志晨影视剧作品集

志晨 著

风雪桅杆山

长春出版社
全国百佳图书出版单位

图书在版编目（CIP）数据

风雪桅杆山 / 韩志晨著. -- 长春 : 长春出版社,
2024. 12. -- (韩志晨影视剧作品集). -- ISBN 978-7
-5445-7704-5

Ⅰ. Ⅰ235

中国国家版本馆CIP数据核字第2024NS8054号

风雪桅杆山

著　　者	韩志晨
责任编辑	程秀梅
封面设计	清　风

出版发行　长春出版社

总 编 室　0431-88563443

市场营销　0431-88561180

网络营销　0431-88587345

地　　址　吉林省长春市南关区长春大街309号

邮　　编　130041

网　　址　www.cccbs.net

制　　版　长春市清风静盈文化有限公司

印　　刷　长春天行健印刷有限公司

开　　本　787mm×1092mm　1/16

字　　数　540千字

印　　张　20.25

版　　次　2024年12月第1版

印　　次　2024年12月第1次印刷

定　　价　80.00元

心系蓬门写百姓　声出肺腑唱众生（代序）

我曾写过几句"我的人生与艺术感言"——

数十载风雨兼程，

行色匆匆。

久沐五更寒，

饱经八面风，

苦追寻，

非图觅芳撷翠，

只为星海一梦！

平民心，布衣情，

小径崎岖勤攀登。

心系蓬门写百姓，

声出肺腑唱众生。

无风送我上青云，

有朋助我树干城，

莫叹前路多坎坷，

人间原本道不平。

我自扬眉向天笑——

红叶经霜久，依旧火样红！

这，便是我的内心独白。当年，在我和胞弟韩志晨共同创作《篱笆、女人和狗》《辘轳、女人和井》《古船、女人和网》的那段时日里，有位北京的记者对我们进行专访，临告别时突然问："你们的座右铭是什么？"我答曰："柳青、李准、浩然！"该记者先是大惑继而大笑："别人的座右铭通常都是一句名言或几句警语，你们的座右铭竟然是三位作家？！"他当时以为我一定是口误或者是戏言，其实呢，我说的却是真话，也是我与志晨在一起研究创作时经常谈论的话题。

"以铜为镜，可以正衣冠；以古为镜，可以知兴替；以人为镜，可以明得失。"每当我秉笔状写当代农村生活或者作为导演用镜头语言去表现当代农民的时候，我确实是把柳青、李准和浩然当作镜子来照的。这三位，都是我非常崇敬的前辈作家。当我还在中学读书的时候，他们早已蜚声文坛，都堪称是驾驭农村题材的巨匠。他们的才气，他们的人品，特别是他们对生活的熟悉程度，都是无与伦比的。但有时我也想，作为一个创作上的后来者，我们不单应当努力学习他们成功的经验，还得认真汲取他们不成功的教训。我不时以此提醒、激励自己，同时也提醒和激励弟弟志晨。

当年，柳青的《创业史》曾被文学史家们誉为"划时代的作品"。梁生宝、徐改霞，特别是梁三老汉，写得真是呼之欲出。然而，十分不幸的是，由于时代和历史的局限，作家却把这部作品捆绑在了农业"合作化"的战车上，把是不是走合作化的道路当作区分农民先进与落后的分水岭和试金石。时过境迁，当今天我们较为清醒地回过头去审视过去那段历史的时候，这部作品的人文价值和美学价值便大大打了折扣。20世纪中期，李准的《李双双》曾是脍炙人口的佳作，直到今天我们依然认为，就人物的鲜活度而言，没有多少作品可以与它比肩。但是，就是在这部相当出色的作品中，作家却偏偏把"是否吃人民公社的大锅饭"当作李双双和喜旺矛盾冲突的中心点，整个作品都是围绕着这个"核"展开的。到了今天，人们才猛醒：咦，原来李双双错了，喜旺对了！这，并不是历史的恶作剧，而是社会发展的规律和内在的必然性使然。另外，《艳阳天》与《金光大道》这两部鸿篇巨制，曾使浩然令人瞩目地独步文坛。其中的弯弯绕、小算盘等人物，真是把中国社会变迁中的农民写活了，写透了，写绝了。然而，令人格外惋惜的是，还是由于时代和历史的局限，导致作家在作品的"含义层面"上陷入了迷津。那些鲜活的人物，一个个都成为"为富不仁"的标本并因此而遭到鞭挞！伴随着我们国家改革开放的深入，伴随着社会的发展和历史的变迁，当人们历经坎坷、饱受磨难，终于大梦初醒，当认识到"追求财富，是人类最原始也是最现实的冲动，是最世俗也是最崇高的理念，是最卑微也是最伟大的行为"时，这两部作品的光彩就难免变得有些黯淡了。

"时间"与"空间"这四个字，对于作家和艺术家来说是至为重要的。所谓"时间"，就是作品的生命力到底有多久，能不能够努力超越其所诞生的世纪；所谓"空间"，就是作品的影响力究竟有多远，可不可以超越其所诞生的国界。在"时间"和"空间"这两个最伟大的评论家面前，人类的一切精神产品和艺术成果都将经受最严格的检验。

我从不敢奢望自己可以清醒而自觉地摆脱时代和历史所给予我们的局限，那无异于用手揪着自己的头发试图飞离地球。我只是希望在进入艺术创作过程的时候，努力保持老黑格尔所说的那样一种"常醒的理解力"，努力表现最广大人民群众的愿望和情绪，反映回荡在他们心底的呼声，尽力做到"心系蓬门写百姓，声出肺腑唱众生"，而不让自己的作品成为马克思、恩格斯所强烈反对的那种"时代精神的单纯号筒"。这，也是我与志晨在创作《篱笆、女人和狗》《辘轳、女人和井》《古船、女人和网》系列作品时共同的遵循。

多年前，我曾在自己一本书的"后记"中写过这样的话："现代化，就是'现实的人'对'人的现实'所进行的挑战；而改革，就是我们全中华民族都齐心合力地冲破一张传统观念的大网，尤其是我们每个人都冲破自己的心灵之网。"这是我对生活一个很重要的认识，也几乎是我所有作品的母题。我试图从各种不同的视角，以各种不同的形式，通过多种多样的艺术形象来揭示这个母题。当志晨独立创作《瓮子、女人和海》《太阳月亮一条河》《八月高粱红》《红脸汉子金领带》《拉林河兄弟》《爱在槟榔花开时》《三请樊梨花》《山高高，路长长》《山爷》《小镇女部长》《风雪桅杆山》等影视剧作品时，我也总是这样叮嘱他、提醒他、鼓励他。

我们家是一个多子女的家庭。我有三个弟弟、三个妹妹，在七兄妹中我是老大。小时候，家里很穷，父亲母亲像一双劳燕，以微薄的薪金聊以家用，茹苦含辛地把我们七个人全都培养成大学生、研究生。我和二弟志晨从事文学艺术创作，三弟志国是著名经济学家，小弟志民和二妹晓华在美国从业，大妹妹雅琴是医学教授，小妹妹晓虹原在机械工业部从事外贸工作，后来自己创业。我们都是在改革开放的"狂飙突进年代"考入大学的青年学子，所以既是改革开放的受益者，又是改革开放最忠诚的拥趸。我们的血管里，奔腾着平民的血液，无论在理论上，还是在作品中，我们都坚定秉持"人类的共同价值"，是改革开放热情的歌者和鼓手。我们特别乐见祖国融入"人类命运共同体"，自立于世界民族之林。

志晨是军旅出身的作家，历任吉林省影视集团副总、艺术总监，系中国作家协会会员、中国电影家协会会员、中国电视艺术家协会会员、中国电影评论学会会员、中国电影文学学会常务理事、国家一级编剧，2010年晋升为国家二级教授，现任吉林省文化发展研究会影视编剧专业委员会主任、长春市电视艺术家协会主席。现在摆在我们面前的这部六卷本的《韩志晨影视剧作品集》，是他多年来辛勤笔耕的结果，是他心血与汗水的结晶。获悉作品集即将由长春出版社出版，作为父母的长子，作为弟弟妹妹们的长兄，我内心的喜悦是可以想见的。真诚地祝贺二弟志晨！

　　文学艺术创作，不是短池游泳，也不是百米跨栏，而是马拉松竞赛。在长长的竞赛途中，要踏踏实实地跑自己的路，弓下腰做自己的事，谁有韧性谁有后劲谁才能跑得最好！何况，生活本身是流动的，而流动的生活是不平静的。文学艺术是发展的，而发展中的文学艺术需要超越，更需要自我超越。真正的艺术家，当如大海的巨鲸，要打破一切习俗与传统表面的平静。一个由这样的艺术家组成的群落，当使一切僵化的、固定呆板的东西焕发崭新的生命力——我们要为此不懈进取！这，也是我对志晨由衷的期望。

韩志君

2024年8月

走出瀚海兮入长河

一、童年生活的磨砺

我出生在科尔沁草原东南部号称八百里瀚海的一个小镇上。我的家是一个多子女的家庭，小时候很穷、很苦。童年的生活遭际，使我心灵早熟，也使我在人生的道路上一直对社会底层民众充满同情和理解。我的作品恪守平民视角，"不仰视权贵，不欺世媚俗，崇尚真善美，鞭挞假恶丑"是我从事艺术创作的原则。

海明威说过："苦难的童年，是对作家最好的早期训练。"我挨过饿，吃过各式各样的野菜，也品尝过人间的冷暖和世态的炎凉，还曾经"死"过一次。我刚上中学那年，"文革"就开始了，两派武斗时有一颗子弹打穿了我家的窗棂，在墙壁上留下划痕，落在炕上时还很烫手，母亲怕我们出事，急忙拿出了家中仅有的几块钱，让我带着两个弟弟向八百里瀚海深处我的姑姑家逃难。这无疑给姑姑家增加了沉重的负担，虽然姑父姑母待我们如同己出，但我想：要出去找点儿活儿干，挣些钱在经济上接济一下姑姑。在我的一再坚持下，我到了一个苇厂，在当厂长的大舅和工人二舅的帮助下，工头留下了我。我每天站在苇垛上，把长长的苇子从捆子里抽出来，铺在地上，拉石磙子压软，以供打杠子的师傅们用其绑草捆。对于十几岁的我来说，这确是一份极为艰难的活计。苇絮花儿塞满了鼻子眼儿是小事儿，那个高高的石磙子在我看来真的像一座小山那样高，好沉好重。因为我每天要争取省下一元钱来，所以用于一整天的吃饭费用只有4角9分。吃不饱，饿的滋味儿很难受，拖起石磙子举步维艰，但我还是咬牙坚持。不到两个月，我给姑姑家寄去了50元人民币。姑姑接到这笔钱，没有喜形于色，反而泪如雨下，可我觉得付出还不够。我看大人们每个月都有一次装货车皮的机会，就是从草场上把草捆背到货车车厢，每背上去一捆，能赚到差不多3元钱。我要求也和大人们一起装货车皮。开始，大人们都不同意，谁会愿意和一个十几岁的孩子搭伴来装呢，弄不好就是累赘。我说："我不要你们帮助，220捆草捆一车厢，我负责装110捆！"他们勉强同意了。当我第一次背起沉重的草捆时，差点儿没被压趴下，晃了几晃，我才稳稳站住脚，走上高高的木质跳板，把草捆放到车厢里。我承认，我不完全是用体力把草捆背上去的，而是用一种意志，一种内心强大的赚钱的渴望！奇迹就这样发生在一个十几岁的穷孩子身上，经过两天一宿的努力，我把每捆都重于我本人体重的110捆草捆全部背上了车厢！我的体力严重透支。清晨时分，我刚刚走下跳板，脑袋一阵眩晕，就什么都不知道了。当我苏醒过来时，已是午后，秋阳暖暖地抚摸着我的脸。我的身边围着二舅和一群工友，他们正拿凉水往我的脸上喷。我缓缓睁开眼睛时，工友们欢呼了起来："活啦！活啦……"我的身体好像已完全融入了大地，我就是大地，大地就是我。我知道，自己死而复生！我一口气吞下了十几枚鸡蛋后，站了起来，这一站，站起了那时的我，还有今天的我！那一次，我挣到了300多元钱，姑姑坚决不同意我再往她那里寄钱，我就寄给了妈妈。许多年后，妈妈对我说："志晨啊，你当年寄回家中的300元钱，其实是救了家里人的命，你爸爸被批斗，工资一分钱不开，有了这笔钱，家里的人才活了下来。"妈妈说得很动情，可我却觉得只是做了应该做的事。

生活的艰难坎坷总是与美好和希望并存。苦难的童年教会我坚忍、顽强的同时，温暖并且充满亲情的大家庭也教会了我真诚与善良。人世沧桑使我懂得了：人，并不是荒岛上的鲁滨逊，需要彼此发生联系，需要互相关照和扶助。我的周围，是生活在社会底层的广大民众，他们不仅渴望物质生活的丰盈，也渴求精神生活的丰富。作为艺术创作者，我们必须以人民为中心进行创作。我们创作作品的真正价值在于用文学的手段关怀人，烛照多种多样的人生，或者擎起一支火把为人们照亮，让世间的每一个人都在人生道路上少一些迷茫与磕绊，多一些快乐与慰藉！

此后不久，我作为一个只念了七年书的孩子，与千千万万个同龄人一道上山下乡。我在科尔沁大草原上一个叫"靠勺山"的贫困小村落里日不出而作，月亮和星星出来了才息，这样生活和劳作了两年后，又到工厂当了两个月工人。满十八岁那年，我便走出了八百里瀚海，参军入伍了。这，是我生命新的启航。

二、部队大熔炉的冶炼

我所在的部队在大兴安岭的深山老林里，是逢山开路、遇水造桥的铁道兵。但我到了部队以后，凭着会画画和写美术字，很快就被抽调到了团文艺创作组，任务是写兵唱兵演兵。当兵之前，我只有七年的文化底子，比小学生强点儿，属于"麻袋片子绣花——底子孬"那伙儿的。让我创作快板书、数来宝、山东快书、相声、三句半、歌词、诗朗诵，哪里做得来？于是，我开始疯狂地读书，把可能找得到的书籍都拿来读，并把其中新鲜的词语、成语或者形容词分类抄在小本子上。在写作中，我会在诸多同类的词语中挑选相对准确和富有新意的使用。哥哥志君又给我寄来《诗韵词典》等一批书籍，对我来说真如"旱天及时雨，枯苗逢甘霖"。当兵第一年的九月，部队安排我到铁道兵东北指挥部参加文艺创作学习班，使我有机会结识了铁道兵文化部创作组、铁三师、铁九师以及东北铁指的许多从事文学艺术创作的战友。此后，我又被送到长沙铁道兵学院深造。在部队这个大熔炉中，经过多方面的冶炼，我在创作上也逐渐开始游刃自如，写出的很多作品都搬上了舞台，有不少还在部队的文艺会演中获奖。

我开始志得意满。有一次，到长春出差，皎洁的月光下，我与胞兄志君坐在人民广场的长椅上，兴致勃勃地向他报告我在创作上的丰硕成果。哥哥听后，给我讲了通俗文学与纯文学的区别，叮嘱我不能仅仅满足于写快板书、数来宝、山东快书、相声、三句半，要有向文学艺术圣殿挺进的志向和决心。他给了我一本巴乌斯托夫斯基的《金蔷薇》，对我说："在部队的生活中有许多鲜活的东西，你要像书中的那位约翰·沙梅一样，细心地从生活的泥土中筛选'金粉的微粒'，聚沙成塔，集腋成裘，努力打造出美丽的金蔷薇，献给自己钟爱的苏珊娜——你的读者和观众。"当时，我听得目瞪口呆，也如醍醐灌顶。在我的创作生涯中，那个皎洁的月夜是个转折点。在哥哥的启发和鼓励下，我开始走上了诗歌、散文以及小说的创作道路。经过不懈的努力，先后有不少作品发表在《吉林文艺》《黑龙江文艺》《青年诗人》《诗人》《作家》《铁道兵报》《志在四方》等刊物上。1983年以后，我又在《小说选刊》《参花》等文学杂志上发表了诸多短篇小说和《井倌》等中篇小说。我常对朋友说：我真正走上文学创作之路，导师是我的哥哥，是他手拉着我手，一脚高一脚低地把我领进了文学的大门口；而冶炼我的火热熔炉是部队，大兴安岭连绵的群山、无际的森林和战友们的生活与情怀给了我创作的灵感，让我积攒了无数"金粉的微粒"，并用它们打造出了属于自己的"金蔷薇"。这，是我艺术生涯的启航。

三、艺术创作实践的淬火

1986年，我结束了16年的军旅生涯，脱掉了熟悉的绿军装，到吉林省电视台电视剧部工作。如果说，童年的苦难生活磨砺了我，部队的大熔炉冶炼了我，那么，此后丰富多彩的创作实践则让我不断地淬火，渐渐地形成了自己的创作风格，丰富了自己的作品艺术长廊。

初进电视台，争强好胜的我，自己感觉对声画艺术缺少了解，就开始恶补电影语言的语法知识，熟悉镜头、画面语言、蒙太奇、声音元素以及声画关系等专业知识。我在主办文艺专栏的同时，也开始执导《生命树》《生命的秋天》等专题片，在全国和省内都获了不少奖。为了切实提高自己的文学素养和艺术素养，我在职进入吉林大学读书，系统地阅读中外文学名著。

从1987年到现在，我和大哥志君一起创作了电视剧《篱笆、女人和狗》《辘轳、女人和井》《古船、女人和网》"农村三部曲"和《大脚皇后》《大唐女巡按》等多部电影；还独立创作了《三请樊梨花》《小镇女部长》《风雪桅杆山》等百余集电视剧和十多部电影作品。每当听到大街上"星星还是那颗星星"的歌声，看到书房里国际、国内的各种奖杯和获奖证书，我都在想：自己作为一个出身于平民百姓家庭的苦孩子、穷孩子，能成为一个从事专业影视创作的文学艺术工作者，真应当感谢五彩斑斓的生活，感谢多种多样的创作实践。"不积跬步，无以至千里；不聚小流，无以成江海"。若没有在艺术创作实践中的不断淬火，就不可能有我的今天和我的那些作品。

在庆祝中华人民共和国成立60周年的时候，国家广电总局和中国电视艺术委员会表彰了60位有突出贡献的艺术家，我与哥哥名列其中。成就的光环，只属于过去，未来的道路遥远而漫长。契诃夫说："艺术家得永远工作，永远思考""要在一个很长的时期里天天训练自己""用尽气力鞭策自己""让自己的手和脑子习惯于纪律和急行军。"他还说："要尊重你自己，在脑子犯懒的时候别让两只手放肆！"我常把他的这些话铭记于心，提醒自己一定要在艺术创作的实践中不断经受淬火。如果我们把艺术家比作孙悟空，那么艺术创作的实践便是太上老君的炼丹炉，那里是可以炼出艺术创作"火眼金睛"的地方。在未来长长的创作途中，我当乐此不疲！

目 录

风雪桅杆山

上集

1. 气象中心，日

卫星云图接收机上一张云图徐徐打印出来。

一只手扯下卫星云图出画。

一位气象中心工作人员的背影，他匆匆地走着，身旁闪过一间间铝合金隔断机房，他推开预报中心大门，快步走向电台。

男声画外音：500hpa高空云图显示，来自西伯利亚高空寒流30日下午到达吉林地区上空，中心地区气温零下35℃，并伴有暴风雪，风力达八级。

电台上的信号灯在闪烁。

一只女人的手在有节奏地发着电报。

一位头戴耳机的女工作人员的背影，她在紧张地工作，发出暴风雪警报。

女声画外音：晚六时暴风雪将到达二号地区，速通知桅杆山差转台，做好预防措施，请注意山上风力八级，山上风力八级……

全黑的画面上，"风雪桅杆山"五个狂草大字苍劲有力。

2. 乡间公路，日

一辆大客车在公路上疾驶。

3. 客车内，日

李婶、云嫂、郝玲等乘客都静静地坐着。随着客车的颠簸，她们在晃来晃去。小锁子靠着云嫂甜甜地睡着。从车内乘客彼此的目光中看出她们彼此很陌生。

坐在车厢前的售票员回过头在高声吆喝："下一站十五里铺，下车的向前换一换。"

云嫂晃着小锁子："别睡了，快到了。"

小锁子："妈你不是说多睡一会儿，晚上和我爸看春节晚会吗？"

云嫂："你爸晚上转播电视，哪能陪你，到时跟妈看。"

郝玲听着她们母子的对话，若有所思。

云嫂在给小锁子整理衣服，郝玲试探着问道："他爸爸是做什么工作的？"听口音她是北京人。

云嫂："差转台的，就是转播电视的。"

郝玲："是不是桅杆山差转台的？"

云嫂："是，哎，你怎么知道桅杆山？"

郝玲："这个地区不就一座差转台吗？"

她们前排的李婶转过头来："哎！我也去桅杆山，你是谁家的？"

小锁子抢着说："我爸是郑长山。"

李婶："哎哟，郑科长啊，这么说你是云嫂了。"

云嫂："这位大姐你是……"

李婶快嘴快舌地说："一说你准知道，眼镜李，李工程师家的……"

云嫂："哎哟！原来是李婶呀，锁子，快叫李娘。"

锁子："李娘好。"

李婶："哎！好，这小子真乖。哎！这闺女，你是谁家的？"她看着郝玲问道。

郝玲涨红了脸："我……我是看同学的。"

李婶："啊！那我知道了，广播学院分来的大学生，姓丁，我那口子的徒弟。"

云嫂看着郝玲，关切地问："从哪来？"

郝玲："北京。"

云嫂："这冰天雪地地来看同学，我看八成是对象吧？"

客车猛地一颠，行李架上一个包裹掉了下来，正好砸在李婶头上，众人哈哈大笑。

4．乡间公路，日

客车轰鸣着从画面划过，扬起一阵雪烟，车上的笑声渐渐远去。

5．差转台食堂，日

职工们正在吃饭。

孙猴子涎着脸说："长山大哥，过年了，当科长的出点儿血，跟手下的哥们儿别抠抠搜搜的。去，取瓶酒来喝喝。"

长山笑了："酒是有，看看大家伙儿意见，中午喝还是不喝？"

大杨瞥了孙猴子一眼，粗声粗气地说："喝什么喝，下午还有工作呢。"

孙猴子显然不高兴了："哎哎，这是什么话呢？喝酒就影响工作了？酒喝足了工作更有劲儿，过年了嘛，不喝点儿酒有什么意思？长山科长，整酒整酒。"

大杨也有些不高兴了："我说不喝，就是不喝。谁要喝谁自个儿整酒去，别老拿别人大头，蹭别人酒喝呀。"

孙猴子说："哎，你这人这是怎么说话呢？什么叫蹭酒喝呀？烟酒不分家嘛！过年了，我老孙要喝两口酒怎么了？长山科长，我跟你说，今儿个这酒我是喝定了。"

眼镜李、秦台长推门走了进来。眼镜李手里拿着两瓶酒说："这是我老李请大家的客，来，喝酒。"

孙猴子第一个站起来响应："来，先给我倒上。哎，来了，酒仙的酒！"

大杨站起来说："慢着，要说喝酒，我还真不忿别人的劲儿，来，先给我倒上。"

孙猴子梗着脖子说："哎，羊群里跳出个骆驼，你好大显示呀！大杨子，今儿个真要和我老孙喝喝？"

大杨说："怎么喝，你说吧！"

孙猴子说："啊——叫我说，说定了，你可不准拉胯。"

大杨说："我要是拉了胯，那就是大姑娘养的。"

孙猴子说："好，好，那咱们就行个酒令，谁输了谁喝酒。"

秦台长说："过年了，喝口酒图个乐呵，打什么赌哇。别扯了，别扯了。"

大杨突然吼了一声："不行，我大杨今儿个是舍命陪君子了，怎么整，你说吧！"

李长明探进头来："秦台长，电话。"

秦台长匆忙走了出去。

孙猴子和大杨都瞪红了眼睛。少顷，酒令开始了。

孙猴子说："桅杆山上三根杆哪！"

大杨说："刺刺棱棱插上天哪！"

孙猴子说："下面拽着八根线哪！"

杨说："拉线埋在地下边哪！"

孙猴子诡谲地一笑："哎，怎么样？喝酒。"

大杨端起海碗，一饮而尽。他放下酒碗，眼睛已经红了。

酒令接着进行。

"桅杆山上一头牛哇，尾巴长在腚后头哇。"

大杨说："四个蹄子分八瓣呀。"

孙猴子说："死钻犄角憋死牛哇。"

孙猴子斜着眼睛看着大杨，一副得意扬扬的样子："来，喝酒吧……"

大杨又端起碗喝了下去。可以看出他已经有些晃了。

孙猴子说："怎么样？还来吗？"

大杨："来……"

这时，长山他们上来拽住大杨说："算了算了，可是不能再喝了。"

大杨用手指着孙猴子说："姓孙的，你听清楚喽……"

孙猴子说："我听着呢。"

大杨说："我今儿个和你喝酒，不是要和你比个酒上面的高高低低，而是看着你那偷奸取巧的样儿，我来气，你知道不？"

孙猴子说："你看我来气，我看你还来气呢！"

大杨说："你小子，谁不知道你呀，抠门抠到一个虱子也能挤出二两油来……"

孙猴子说："我抠怎么了？老子好歹光棍一条，家里没有媳妇给别人骑。"

大杨顿时火了："你糟践人，老子跟你拼了！"

秦台长突然进来了："别吵了！"

屋里立刻静了下来。

秦台长说："根据电话紧急通知精神，今天晚上到明晨有一场暴风雪，风力达八级。现在大家马上分头行动，把一切暴露在外面的设备，都妥善安置好，不能出半点纰漏。一定要保证中央电视台今晚春节晚会的顺利转播。好，大家分头行动吧。"

6. 山间公路，日

一辆蓝色越野车在疾驰。

7. 越野车内，日

车里，厅长拿着无线听筒正在听秦台长汇报情况，听筒里是秦台长的声音："……根据上面的部署，我们现在已开始行动，正在加固桅杆上的馈线，如果时间来得及，准备把桅杆上的拉线也加固一下。看厅长还有什么指示？"

厅长："雪暴很可能提前来临，我的想法是一切工作想办法往前赶……"

听筒里秦台长的声音："知道了……"

厅长："我们打算和同志们在山上一起过年，力争在雪暴之前赶到。"

在厅长说话的时候，人们注意到车后面拉着各种年货。

秦台长的声音："如果实在赶不上来，就在山下住一夜吧。"

厅长非常坚决地："不行……"

对方沉默了。

厅长放下话机，心情沉重地望着前方，车窗外，闪过无垠的冬野。

厅长："能不能再开快点"。

车在疾驰。消失在远方。

8. 小客栈内，日

身背双筒猎枪穿着老羊皮袄的石大爷和云嫂她们一起挤进屋来。

石大爷把东西撂到炕上说："快上炕暖和暖和，一道上都冻实心了吧？快上炕，快上炕。"边说边接她们手里的东西。

云嫂说："石大爷，您别忙活了，我们自个儿来。"

李婶问："他石大爷，山上那伙子人都好吧？"

石大爷："好，好，可就是想你们哪。那眼镜李想你这两天想的，是半宿半夜眼瞅着房笆不睡觉哇。掐着手指头算哪，说你呀还有几天几天快来了。咋的，你不信哪？"

李婶笑笑说："信，信，信你一见面就逗乐子。"

石大爷也笑笑说："都是老熟人了嘛，不说不笑不热闹。哎，我今早下山来接你们哪，那老李是眼睛定定地看着我呀，哎——他没说话，可那意思我明白，那是叫我见了面先给你问个好呢。"

李婶笑着捧过一把花生："行了行了，说的都是真的行了吧。来，先吃点儿东西堵堵你的嘴。"

石大爷好像冷不丁想起了什么："哎哟！你们看我这个没正经劲儿，我该给你们张罗饭去呀！好，你们等着啊，就来就来。吃了饭咱们好上山。"（出画）

9. 小客栈外，日

一挂马爬犁停在那里。马嘴上套着个料袋，马正在那吃料。

天上，阴云密布。

风急躁不安地摇动着小客栈外光秃秃的白杨树。

10. 天线桅杆的二道平台上，日

长山科长正在风中维修馈线。

好大的风啊，馈线被风刮起来，掀得挺高。

大杨在下面喊："长山科长——你下来——我换换你——"

长山不吭声，只是咬牙加固着馈线。

大杨又喊："哎——我说——你听见没有？"

长山不得不回了一句："这么高——可我一个人干吧——你喝了酒，头沉——"

大杨在下面喊："什么——你说酒——见了风，酒早从脚跟底下走了——我上去——"

长山哈了哈手："别上来——别上来——"

突然一阵大风，把长山的棉帽子从平台上刮了下来。

馈线悠起来很高……

帽子被风吹得向山下滚去。

大杨回头喊道："虎子，快去把帽子叼回来"。

一条狼犬冲下山去，追赶帽子。

11. 值班室里，日

眼镜李正在卸下馈线接头，擦拭。

突然，馈线接头从他手上脱落。

眼镜李惊叫一声："来人——来人——快来人哪——"

他双手紧紧地拽住插头，继续喊："来人——快来人哪——"

由于风力太大，插头死死地卡在墙上，眼镜李的手已经被卡出血了。

12. 室外桅杆附近，日

平台上的长山隐约听见屋里喊声，急切地："大杨，快去屋里看看出了什么事！"

大杨折过身往屋里跑去。

13. 小客栈外，日

石大爷正和云嫂她们往爬犁上装东西。

石大爷乐呵呵地对小锁子说："小锁子，吃饱了吗？"

小锁子调皮地腆腆肚子。

石大爷轻轻拍着小锁子的肚子笑笑说："哇，简直快成了大肚子蝈蝈了。"

小锁子："蝈蝈会叫，我不会叫。"

石大爷说："不会叫，咱们学呀，待会儿上了山，就给你爹长山大科长学个蝈蝈叫。"

小锁子："蝈蝈怎么个叫法？我要学，爹肯定愿意听我学蝈蝈叫。"

石大爷随便给他打了个口哨。

小锁子便认真地学起来，可总是学不像。

云嫂说："行了，豁牙子，直漏风……"

小锁子却说："我要学，我要学嘛……"

马爬犁上的东西显然已经装好了。

石大爷招呼大家："坐吧，坐吧……他李婶，坐我后面吧，我这老羊皮袄遮风。"

李婶："好嘞——"

14. 山上桅杆附近，日

虎子叼着帽子来到桅杆下，扬头看着桅杆。

长山在桅杆上一手捂着耳朵，一手拧着馈线。他很冷，也很艰难。

15. 值班室内，日

大杨、秦台长、李长明正和眼镜李一起奋力拽着馈线插头。

（他们奋力的面部和手的特写。）

16. 发电机房，日

孙猴子、丁凯正在维修发电机。

他们都弄得满脸污垢。

丁凯发着牢骚说："这大过年的，还得干这活儿，细琢磨琢磨，真没啥劲儿。"

孙猴子咔巴着眼睛说："你这小子就是噘嘴骡子卖个驴价钱，活明明干了，又发了一大肚子牢骚，啧，白干。我说丁凯，我看你这个大学生哪，也是聪明反被聪明误哇。"

丁凯坐在地上说："聪明也得误，不聪明也得误，只要是上了这山就是得误了。你说吧，找对象，施展才华，青春光阴……什么什么不误？"

孙猴子又咔巴一下眼睛说："说这话，可别让你师傅眼镜李听见，他听见了还不训你才怪呢！"

丁凯苦笑着说："就这一座老孤山，师傅他们能在这地方干了二十多年，真叫人不可思议，也真叫人佩服……佩服……"

17. 值班室内，日

眼镜李他们已经把插头拽住了。

他们奋力把插头插回接口。

18. 桅杆平台上，日

长山还在拧馈线，他的脸已被冻得铁青，鼻涕冻得淌了出来，眉毛上、胡子上结成白霜。

19. 山间公路上，日

石大爷赶着爬犁，嘴里不住地吆喝着牲口。

小锁子还在学吹口哨。

石大爷："他云嫂，今年庄稼院儿收成咋样？"

云嫂："开春那阵子有点儿旱，以后就好了，傍秋儿太阳好，米成实，年景不错。"

郝玲插嘴问："大爷，咱们大约还得多长时间到山上？"

石大爷说："也快也慢，不误车就快，反正到了山根底下还有二十五里盘山道呢！"

郝玲听了皱了皱眉头。

李婶把爬犁上的棉被给郝玲围围，说："闺女，你别着急，我们年年都是这么上的山……"

云嫂说："道好像挺长，爬犁走起来也快……"

小锁子还在学吹口哨。

突然，汽车的轰鸣声由远而近。越野车在爬犁附近停下了。厅长他们从车上走了下来。

厅长朝石大爷喊："石大爷——"

石大爷眯起眼睛细看，才看出是厅长。"哎哟——是厅长大人到了……"

厅长走近前来："这都是要上山过年的家属吧？我打老远就看见你们了。"

石大爷笑着说："是嘞，咋的，厅长今年也上山过年？我记着那往年你们都是正月初五才来似的。"

厅长："有上山过年的意思，也不完全是。我想你们是不知道，今天下午桅杆山地区将有一场特大雪暴。"

石大爷感到很意外："什么？雪暴？哎哟——那可坏了菜了。"

厅长："大姐大妹子，今天可就要委屈你们了。现在你们上山有危险，先在山下避一避，雪一晴，我们立马派人来接你们。石大爷，你立马把她们送回客栈，然后跟我们一起上山，你路熟。"

石大爷为难地："这……"

云嫂从石大爷手里接过鞭子："大爷，你们忙你们的去吧，车我会赶。"说着就把爬犁调过头来。

石大爷忽然想起了什么："哎——等一等。"边说边往怀里掏，掏了一会儿，掏出个对讲机来："哎——这个现代化武器可得给你们留下，有事儿可以联系。哎，你们还可以跟山上通电话，哎，你们谁明白这个事儿？"

郝玲说："我懂。"

石大爷："你记好，003号是长山，007号是老李，你要找的是……"

郝玲用很小的声音说："丁凯……"

石大爷："哦，那就是011号……记住了？"

郝玲点点头。尔后坐上爬犁，爬犁起动了……

厅长和石大爷望着她们的背影，目光里充满了激动……

20. 桅杆附近，日

桅杆的平台梯子上，长山正在往下下，他面色铁灰，下得很艰难。

他终于从梯子上下来了。大杨一把抱住了他，从虎子嘴里把帽子拿过来扣在他头上。

长山拽下帽子说："耳朵有点儿冻了，别捂了，拿雪给我搓搓。"

大杨跪在地上，抓起雪给长山搓耳朵。

搓了挺长时间，长山说："好了，有点儿热了。"

他们站了起来。

这时候，天上已经开始飘雪了。

风夹着雪花，铺天盖地地扑来。

山头和桅杆都笼罩在风雪之中。

21. 盘山公路，日

厅长他们的车在疾驰。

风雪扑打着挡风玻璃。

山路上风雪弥漫。

22. 山间公路，日

云嫂赶着雪爬犁。

雪下得很大，风也刮得很紧。几乎每个人的衣帽上都挂满了雪。

人们的心情都有些抑郁。

爬犁终于在客栈前停了下来。

云嫂她们下来，先把马拴在木桩上。人们开始往屋里抱东西。

小锁子倔强地站在雪中，不肯进屋。

云嫂回头看看小锁子，喊他："喂——你怎么不进屋呀你？"

小锁子执拗地没有吭声。

云嫂皱了一下眉头。李婶劝锁子："锁子，听你妈话，快进屋。"

这时，小锁子哭了。

云嫂有些急了："你这孩子，咋么这不听话呢！"

小锁子抹着眼泪说："我想爸爸……你们别拽我……我想爸爸……"

这哭声震颤人的心弦。

23. 山上差转台，日

雪扑打着天线桅杆，桅杆上已挂了挺厚的一层雪。

24. 发电机房内，日

丁凯对孙猴子说："怎么样了，发动一下试试。"

孙猴子说："没问题，我看没问题。"边说边发动。

发电机突地一下响了起来。

孙猴子大声说："怎么样，我说没问题就是没问题。"

丁凯听着什么，说："不对，你听，什么地方吱吱叫！"

孙猴子听听，说："是哎——什么地方叫呢？"他踅摸了一圈，突然说："得了，得了，你的对讲机响。"发电机声停了，对讲机还在响。

丁凯才有所悟："哦——原来是它响啊……"

孙猴子说："你小子，可别一惊一乍的，你想吓死我呀！"

丁凯打开对讲机，话机里传出郝玲的声音："011……011。"

丁开始接电话："喂——谁？你是谁？我是011。"

25．小客栈里，日

郝玲在和丁凯通话："我是郝玲……"

（以下时空交叉剪接）

丁凯："郝玲！郝玲……谢谢你给我来电话……"

郝玲："什么来电话，我……我现在就在你们的山根底下……"

丁凯："你到了我们的山根底下了？那怎么办？雪太大了，哎，对了，石大爷下山接你们去了……"

郝玲："碰见了。现在要上山的人都待在客栈里，你告诉山上的人……"

丁凯："好了，郝玲，雪一停，我们就下山接你们。"

小客栈里的老挂钟敲了三下，时间已是下午三点。

26．盘山公路上，日

雪依然在下着。汽车突然滑进了路旁沟里。雪已顶住了车前面的保险杠。

石大爷、厅长和司机走下车来，他们蹚着很深的雪，走得很艰难。

他们开始推车（他们奋力推车的手与面部的特写）。

车轮终于驶上了路面。他们每个人身上、脸上都是雪沫与泥渍。

石大爷："我说厅长，不行了，我看车是走不了啦！"

厅长看看前面，又看看后面："糟了，咱们现在是前后的道儿，都叫雪封住了。"

石大爷："要走，只能走迎风坡的小道了，迎风坡雪小。"

厅长说："走，山上的同志折腾了一天，还等着喝过年酒呢！把酒背上，上山。"

他们三人背上酒，沿着小道一步一滑地向山上走去。

风越来越猛，雪越来越大，风雪吹得人睁不开眼睛。

石大爷："不行了，厅长，实在是走不了了。"

厅长："这上也不成，下也不成，我们也不能冻死在这里，原地打雪墙，先避一下，等雪小了再走。"

石大爷："这山上有不少断朽木和榛子棵，我去弄点儿，拢拢火。"边说边放下手中的猎枪。（出画）

厅长和司机在打雪墙。

27．差转台机房，黄昏

秦台长和长山、李长明正在值班机房查看荧屏上的光点。

长山："秦台长，这种光点很不正常……"

秦台长："和天宝山、四方山两个差转台联系一下，看看他们的情况咋样。"

长山随即拿起话机，没等他拨号，话机却响了起来。

长山："喂——你们是哪里？"

（话机里传来小锁子的声音："你是哪里？我是郑长山的儿子，我要找郑长山。"）

长山有些出乎意料："嗯，我就是郑长山哪……"

（话机里小锁子的声音："爸爸，我和妈妈都在山下，找你来过年，爷爷……爷爷他临死的时候……说……今年春节，你们娘俩一定要上山陪他过年，爷爷……怕你心里想他，过不好这个年……爸爸……我们就来了……爸爸，妈妈和你讲话……"）

长山有些哽咽了："……不要讲了，爸爸这有急事，一会儿忙完了，我要你们……"

长山眼里浸着泪水，断然关掉了话机，重新接了一个号，听听接通了，便说："喂——天宝山吗？……喂——你们的电视信号怎么样？不好哇……是什么原因？……啊……啊……"

他放下话机，对秦台长说："他们的情况也不好，说是天线桅杆上挂了冰溜子。"

秦台长说："对对，这就对了。"

28. 小客栈内，夜

昏黄的电灯光下，郝玲和小锁子在那里玩着什么。

小锁子嘿嘿地笑着。

炕下面灶口处，云嫂和李婶正在烧炕。

灶口火势很旺，并不时发出噼啪的响声。

李婶说："这些年哪，我们家老李在山上，我那儿子李长明也在山上，论说不少事儿，我扯扯他们后腿也是应该的，可不就怎么地拉不下脸来找领导说这句话。反正千难万难的事，一咬牙一跺脚，也就挺过来了。他云嫂，这些年，你在家挺着独门过日子，也遭了不少罪吧？"

云嫂："苦不用说，累也不用说，刚结婚年轻那会儿，一到了晚上，风刮得房笆呜呜响，这心里没着没落的，你说就是一个害怕呀。有一天晚上，一头老牛闯进我家院子里拱柴火垛，这吓得我呀，一晚上没睡着觉你说。"

炕上，郝玲和小锁子正玩得热闹。

李婶："要不说，咱们跟了桅杆山上这帮汉子，这些年净遭罪了，家里没个老爷们，老娘儿们咋有章程也打蔫儿。"

郝玲摸了一把炕说："哎哟，这炕烧得可真够热的了，我们南方可从来不烧这火炕。"

李婶笑笑说："不习惯吧，等一会儿云嫂睡炕头你睡炕梢儿。"

郝玲："没那么娇气，睡哪都成。"

29. 盘山路，夜

风雪中，石大爷在雪中抠着木头。

他把抠出来的木头扛到肩上，艰难地走在雪中。

他来到山崖边，便放下木头，把它从上面出溜下来。

木头在山崖上迸溅起一片雪烟……

30. 山上差转台机房，夜

长山、眼镜李、秦台长等人在研究解决问题的办法。

长山说："我看没有别的招了，要想完成好今晚中央电视台春节晚会的转播任务，只能上桅杆凿冰了。"

眼镜李："风雪太大了，上去肯定有危险。"

长山说："我上，再挑几个年轻的上，系上保险绳，我看问题不大。"

秦台长沉吟了一会儿说："这是人命关天的事，我请示一下厅长吧。"

边说边打开话机："001……001……你在哪儿？……001……请回话……"

31．盘山路上，夜

厅长听见了呼叫，他把话机和头缩进了大衣里："我是001，我们现在被风雪阻隔在山道9公里处，路上的雪太大，我们暂时走不了啦。"

秦台长说："你们有没有什么危险？"

厅长："只要不冻死，咱们明天就能见面。"

秦台长："你们采取了什么措施没有？"

厅长："弄了些断木，正在生火。"

秦台长："厅长你们多保重吧！"

厅长："万——一会儿联系不上，你先代我问同志们过年好了。"

秦台长："谢谢……厅长，有个事情要请示，天线桅杆上结了很厚的冰，影响信号发射，现在有的同志提出要上桅杆凿冰，这是件很危险的事儿，我想请示看怎么办？"

厅长一怔，沉吟了一会儿。

秦台长："厅长，到底怎么办？"

厅长声音很大地说："告诉同志们千万要注意安全。"

这时篝火已经升起来了，火光映得厅长的脸颊一闪一闪……

秦台长："知道了……"

厅长："一定要保证信号质量，不能出事故，有问题随时和我联系。"

32．山上天线附近，夜

手电光在雪夜中晃动，伴有嘈杂的人声。

长山正在往身上拴绳子。高喊着："把探照灯都打开！"

他把绳子绑好了，从地上操起个木榔头，就要往桅杆上上。

眼镜李递过一瓶酒说："快，嘬两口。"

长山接过酒瓶嘬了一口，又噗地一口吐掉："这哪是酒哇，是水，水……"

眼镜李莫名其妙地接回酒，闻闻，说："怪了，这明明是酒，怎么变成水了呢？"

这时候，孙猴子说："哎——哎——别着急，要酒喝，看我老孙的。变……变变……"说着，像变戏法似的从怀里掏出一瓶酒来："来呀，我老孙这有酒！"

长山接过酒，狠命地嘬了几口。

那边，大杨在和眼镜李嘀咕："这小子从哪儿来的酒哇，肯定是给你的酒调了包！那小子花花肠子最多，什么屎都拉！"

眼镜李："哎——算了，算了，烟酒不分家，谁喝不是喝呢！"

大杨："大叔，你别咬牙说硬话，我知道你是最离不开酒的，这小子，你瞅着，我和他没完。"

眼镜李："算啦！算啦！"

秦台长吩咐说："李师傅，你年龄大了，快进屋去吧。"

眼镜李："那也好，我去给大家烧姜汤！"

李长明："爹，你会吗？"

眼镜李："会不会的，也烧不到锅外边去！"

那边，长山已上到桅杆上了。

他挥起木榔头猛烈地凿冰，一块块冰块从桅杆上掉落下来。

探照灯把60米高的天线照得雪亮。

众人都在望着他在风雪中凿冰的样子。

33. 盘山路篝火旁，夜

篝火旁，厅长和石大爷在唠嗑儿："这回好了，有火，有这堆烂木头，我们冻不死了。"

石大爷笑着说："这就叫天无绝人之路哇。"

厅长用无线话机喊话："基地——基地——你们马上派一台推土机，天亮以前一定要赶到桅杆山，清除山道上的雪……"

司机围着火堆，边跳边哼唱着，这是用现代流行歌曲调子唱出的一首老歌："火烤胸前暖哪，风吹背后寒……"

34. 小客栈里，夜

小锁子对郝玲说："不玩了，还是给我爸爸打电话吧，姐姐，你要是给我爸打通了电话，让我妈我爸说上话，我就给你讲个故事……"

郝玲拨着电话，呼叫着"003……003……"可是没有人应答。

35. 天线上，夜

长山腰间的话机在响，可他根本没理会，还在风雪中奋力凿冰。

风雪打得他睁不开眼睛，胡须和眉毛挂满了冰霜，他非常艰难。

36. 小客栈里，夜

小锁子："爸爸哪去了，爸爸真是的，他干吗不接电话呢？"

郝玲说："来，咱们给奶奶要一个吧。"

话机通了。

37. 山上食堂内，夜

眼镜李正在那里极为认真而费力地切着姜，锅里的水已经烧沸了。话机突然响起，他放下刀，嘬了一口酒，拿起话机问："喂——谁呀？……谁？……"

38. 小客栈内，夜

李婶拿着话机在说话："谁什么谁呀，你这死老头子，连我的声音也听不出来了？我在你们山下边哩！"

（眼镜李："哎哟哟，是家里的一把手来了，大驾光临，有失远迎啊……"）

李婶："行了，别跩那些文明词了，迎不迎咋的，过年了，能跟你说上几句话，也就算赢了。哎——那个胃病咋样了？"

（眼镜李："不大好。"）

李婶："跟你们哪，一天到晚把心都得操碎喽。那有病，还捂着盖着干啥，就要求下山嘛。"

（眼镜李："哎——哎——我说你这是在哪说话呢？"）

李婶："在小客栈里，咋的了？"

（眼镜李："旁边没外人？"）

李婶："没有，有外人你又怕啥。"

（眼镜李："让外人听见多不好，好像咱不安心这工作，想下山似的。"）

李婶："就你积极。"

（眼镜李："也不能说是积极，从得病那年我就想下山了，可是厅里说山上缺人没批准，你看，今年又把我评上先进了，我怎么好张这个口呢！"）

李婶："行了，别说了，我知道你，你二十多年都没张这个口了，现在叫你张，你也难。"

小锁子："奶奶，问问我爸他在干啥？"

云嫂叱责说："小锁子，奶奶说话呢！"

李婶："说完哩，说完哩……"

（眼镜李："咋的，你旁边儿有外人？"）

李婶："没有，都是山上的家属，长山现在干啥呢？一直没跟云嫂说句话哩。"

（眼镜李："嗯，他现在在桅杆上凿冰哩。"）

李婶问："啥时候是个完？"

（眼镜李："快了，快了，你们见电视上没有雪花点儿，那就是完了。以后有外人时，别说下山的事。"）

云嫂她们赶快打开电视，见上面还有很多雪花点……

小客栈里的老挂钟，敲了六下，钟摆不停地摆动着……

39. 天线附近，夜

风雪中的桅杆与挂钟的指针相叠化。

摆动的钟摆与桅杆上晃动的长山的影子相叠化。

孙猴子嘬了一口酒，又扎了一下保险绳，拎起木榔头，开始往桅杆上爬。

秦台长叮嘱了一声："小心啊——"

孙猴子说："凿高的地方，还得看我孙猴子的。我这次上去，凿不完，谁也不用上去换我。你们都拖家带口，上有老下有小，中间还有媳妇，我呢，老哥一个人，要冻死在上面，我还真闹了个自在。长山科长——我来了——"

（孙向上的身影。

大杨看着他的表情复杂的脸。

秦台长、李长明看着他的脸。

孙逐渐上去了，长山渐渐落了下来。）

长山落到了地面，人们围住了他。大杨三下五除二，解开了绳子，又系在桅杆上。

大杨背起长山就往屋里跑，李长明跟上去。

桅杆上，孙已爬得很高了，他的动作叫人感到惊心动魄。

桅杆在风雪中晃动的幅度很大，他仍在奋力凿冰。

一块块冰凌从桅杆顶上掉下来。

秦台长等人被风雪扫得睁不开眼睛的脸。

40. 小客栈内，夜

李婶、云嫂从外面端进屋里一盆和好的面和拌好的馅子，云嫂笑着说："来呀，咱们包饺子。"

郝玲躺在那里没动。

李婶看了看郝玲，脸上是同情的神色。

云嫂扒拉郝玲一下说："哎——起来，起来，咋说咱们过年也得吃顿饺子，来，会擀皮不？"

郝玲揉揉眼睛坐起来说："皮子我怕擀不圆，包还行。"她看了一眼电视惊喜地说："呀——你们看这电视，信号正常了！"

李婶双手沾着面，云嫂一手拿着和馅子的筷子，都挤过来看电视。

云嫂说："可不是咋的，比刚才可清楚多了。看他们那电视没弄明白，心里头堵得慌。"

李婶："电视一好，他们准也消停多了。来，这回咱们哪，心里敞敞亮亮地包饺子。"

小锁子在炕上乐得直蹦高："哎——包饺子嘞，包饺子嘞——"

对讲机突然响了。

小锁子乐得一把抓起："准是我爸的电话……喂……你是谁呀？是爸爸吗？……是……是石爷爷……"

（石大爷："锁子，你们都好吗？"）

小锁子："好……爷爷好吗？"

（石大爷："爷爷叫风雪困到山中间了，前不着村后不着店，走不了啦。"）

小锁子："妈妈，爷爷他们叫雪困住了……给你……"

云嫂擦了一下手，接过话机："石大爷……你们在哪儿呢？……"

（石大爷豪放地笑着说："我们哪……误在半山腰了……"）

李婶对着话机喊："要紧吗？"

（石大爷："不要紧啊，等着厅长跟你们讲话……"）

（厅长："大姐大妹子们，包饺子没？……"）

云嫂眼睛发潮了："正包呢……"

（厅长："我现在就给你们拜年了，拜个早年了。"）

云嫂："谢谢厅长，你那冰天雪地的还想着我们。"

（厅长："是我对不起你们啊，这大过年的你们家人也不能团聚，我这心里也不好受啊……"）

云嫂听不下去了，关了话机，眼泪止不住地流下来……

李婶也背过身去擦着眼泪……

41. 山上天线旁，夜

大杨匆匆跑了过来，他抬眼看看桅杆上的孙猴子，从桅杆上解下绳子，拴在自己腰上，匆匆地往上爬……

孙猴子在向下滑落……

孙猴子在高喊："怎么搞的，快给老子拉上去！"

大杨不听，仍在往上上……

大杨和孙猴子终于碰面了。

大杨说："把榔头给我——"

孙猴子道："给你？你行吗？你下去，你给老子下去！快下去，再不下去，老子一榔头下去，就给你开了瓢儿，下去……"

大杨坚持说："你不要命了，咱俩换换。"

孙猴子说："老子要不要命，也不用你管，你下去……你那老婆还在城里等你呢，我冻死是个烈士，你冻死就多一个寡妇。"他已扬起榔头假装威胁着……

大杨抬眼看着他，缓缓地向下，向下……可以看见他的眼睛里已盈满了泪水……

孙猴子又爬向最高的地方凿冰。

秦台长仰脸看着他们，他的身上已是一片雪甲……他的身后是李长明……

雪啊，仍在下……

42. 差转台伙房，夜

眼镜李正在给长山扒鞋。

长山坐在那里，唑唑地倒着凉气。

一碗冒着热气的姜汤，放在那里。

眼镜李把长山的一双鞋放在暖气上，又把姜汤给他端了过来："来，趁热乎劲儿喝喽。"

长山端起汤碗，一口一口地喝……

43. 小客栈内，夜

女人们正在包饺子。

云嫂擀着皮儿，问李婶："李师傅在家干活吗？"

李婶："干什么干呢，油瓶倒了都不扶的，你说倒也是，一年休那么个把月的假，你怎么好让他干呢？哎，我看长山可行，在家保证干啥像啥。"

云嫂笑着说："行了，你可别夸他了，他干的那个活儿，东一笤帚，西一扫帚的，秃老婆画眉似的，我可相不中。"

小锁子："妈，你看我包的这个怎么样？"

云嫂见小锁子包得什么也不像，不禁哑然失笑："好，好，包得好……"

小锁子憨憨地笑了。

44. 盘山路上，夜

篝火旁，厅长他们靠着雪墙席地而坐。

石大爷启开一瓶白酒，喝了一大口，递给厅长："嘿，嘬两口，去去寒。"

厅长接过呷了一口："石大爷，你那阵儿说，这儿上山有抄近儿的道！"

石大爷："有啊，你想咋的？"

厅长："一会儿雪停了，咱们就上山。"

石大爷："这雪，看来一时半会儿还停不了。"

厅长："顶雪上怎么样？"

石大爷："哎呀，新雪，滑着呢，那太危险。"

厅长："背阴坡怎么样？"

石大爷："背阴坡不行，要走，只能走迎风坡了，迎风坡雪少，等雪停了看看吧。"

厅长："看来咱们只能大年初一到山上了。"

石大爷："那也就算不赖了。"

司机："开车这么多年，我还是第一次年三十在外边过呢！"

厅长："我们虽然误在这里，可还算安全，山上的同志在天线上凿冰有危险，我这心里不安啊。"

45. 天线旁，夜

孙猴子从桅杆上滑下来，他已是满身冰雪了。

大杨要去扶他，他竟推开了。他一下子跌倒在秦台长的怀里。

秦台长背起了他。大杨、李长明扶在后面向楼里走去。

46. 小客栈内，夜
郝玲边包饺子边说："这回信号全好了。"

云嫂："郝玲，我们这些屯老帽真羡慕你们，羡慕你们这些有文化的人，你看你们就懂信号呀什么的，我们……鸭子看戏一个样，蛤蟆跳井——不懂！"

李婶："人啊，在世上走一回，还是得懂点技术哇。你和丁凯都是广播学院毕业的？"

郝玲点点头。

云嫂问："哎——大姐问你一句不该问的话，将来和丁凯结了婚，你也上这来吗？"

郝玲长时间的沉默。

李婶见状说："哎，年轻人，和咱们比不了，他们有机会调出去。"

郝玲把手里的一个饺子放在手心上看了看，然后放了盖帘上。

老挂钟敲响了七下。

中央电视台的新闻联播开始了。

47. 盘山道上，夜
厅长借着篝火看看手表说："七点了，今天的新闻联播是看不上了。"

司机说："春节晚会就更别想了。"

石大爷："我们这些干电视的大年三十反而看不上电视了。"

厅长接通了对讲机："秦台长，山上情况正常吗？"

48. 差转台宿舍，夜
秦台长背着孙猴子，用对讲机回话："报告厅长，山上一切情况正常！我们保证今晚节目的正常转播！"

（厅长的声音："好！"）

秦台长背着孙猴子向楼里走，眼前唰地一片漆黑。

楼里的灯光全灭了。

秦台长喊了一声："怎么了？"

眼镜李气喘吁吁地跑出来："可能电源线路出现故障。"

黑暗中，秦台长打着打火机高声喊着："马上启动备用电源。"

上集完。

下集

1. 宿舍，夜
大杨擦着了火柴，点亮了一根蜡烛。

众人把孙猴子扶进宿舍，有的帮他脱鞋，有的帮他脱衣服，大家七手八脚地把他扶上床。

李长明给他端来一碗姜汤，长山接过来，用嘴给吹着热气……

孙猴子闭着眼一声不吭地躺在那里，他的脸上有明显的冻伤……

秦台长拿起对讲机："丁凯！丁凯！备用电源怎么回事？"

（丁凯："好了——马上送电。"）

顷刻，宿舍的灯亮了。

2. 小客栈内，夜

电视上的光亮消失了。女人们呆呆地望着电视。

云嫂手上沾着面，满面愁容。

李婶青筋虬突的手，挽起的袖口，饱经沧桑的老脸……

郝玲木然的脸。

小锁子手拄着腮充满稚气的脸……

屋里是沉默，沉默……

李婶长叹了一声："唉——把电视关了吧，看着闹心。"

云嫂说："还是别关了，好知道他们的情况。"

3. 宿舍，夜

孙猴子躺在那里，他在发烧。

长山用手摸摸他的头，对大杨说："他烧得很厉害。"

大杨着急地说："那可咋办？"

眼镜李用手擦着围裙说："他刚吃完药，等等看看吧，再不退烧，就得另想法子了，再这么烧下去，就是铁人也扛不住哇。"

长山："李师傅，你就在这照看着吧。我和大杨还得上那边儿看看。有事儿你叫我们。"

眼镜李说："哎。"

4. 机房内，夜

值班室里，桌子上一台无线电话"铃——铃——"地响着。

秦台长风风火火地走进来，拿起了电话。

电话里传出的竟是叫骂声："……怎么搞的？晚会节目怎么没了？你们算什么电视台？大过年的你们想干什么？电视都不让看。"

秦台长："我们有责任……"电话里已是一片忙音了。秦台长放下电话，眼里浸有少许泪花。他背过身去，轻轻擦了擦。转身喊："丁凯——告诉大家，发电机功率有限，为了保证播出，各屋一律不准开灯！"

丁凯答道："知道了。"

秦台长说："推闸！"

丁凯推上了闸。

荧光屏上立刻出现了各种节目。

5. 小客栈内，夜

女人们和孩子登时一片欢呼声。

"来了，来了……"

小屋子里充满了喜庆气氛。

一盖帘又一盖帘的饺子摆在那里。

老挂钟敲响了八下。

6. 山上差转台，夜

雪依然在下，风依然在刮……

桅杆在风雪中有些倾斜。
一根拉线拽脱了铆……

7. 楼内值班室，夜
楼内值班室里，秦台长和长山、丁凯、李长明、大杨正在值机。
画面上突然有不均匀的波纹出现。
长山说："李长明，大杨。"
李长明、大杨："有！"
长山说："你们跟我来！"
三人疾步走了出去。
秦台长目送他们出去，摇摇头自言自语地说："所有的事儿都赶到今儿个一天晚上出了……"
丁凯仍在值机："哎呀，巧就巧在大年三十儿晚上来这场大雪暴，一下子全乱套了。"
秦说："看来呀，咱们应对突发事件的能力还得加强。"
丁凯："台长你说这话，我可有点儿不服。那这大雪暴一百多年才来一次，咱们做梦也想不到哇。"

8. 宿舍内，夜
孙猴子躺在那里，额头上已敷了毛巾。
眼镜李正在给他换毛巾，并用毛巾给他擦脸和手。
孙猴子呻吟着……

9. 小客栈内，夜
云嫂看着电视说："刚才还好好的，咋又有波纹了呢？"
李婶说："比那阵子可是强多了，好像问题不大了。"
小锁子："姐姐，给山上要个电话问问吧。"
云嫂说："去，山上的人正忙着，你不要添乱！"边说边拿过了对讲机。
郝玲抱过小锁子说："哎，锁子不着急啊，你看，一会儿就会好的。"

10. 桅杆附近，夜
风剧烈地摇着已有些倾斜的天线。
风雪中，长山和大杨正咬牙奋力地拉着拉线。
长山喊："李长明，绞盘哪去了？快点儿，快点儿拖来！"
李长明在风雪中奋力拖着绞盘，他拉几步跌倒了，又起来拉……
长山和大杨在拼命地拽着拉线……
长山仍在大声喊着："李长明，你快点儿的……"
李长明一边大声地嘶喊着："来了……来了……"一边向前拉着绞盘……
秦台长从屋里跑了出来，先帮李长明拽过绞盘，又帮着长山他们去拉线。
长山从绞盘里抽出一根钢丝绳，和拉线紧紧拧在了一起。
长山和李长明把紧了纹盘后，长山喊道："你们松手吧！"
秦台长和大杨松了手，跑向绞盘这边。
四张在风雪中咬紧牙关的脸。

八只奋力转动绞盘的手。

还有那在雪中一呲一滑蹬踩着的脚……

绞盘上的钢丝在旋转……

桅杆在逐渐地被拉直……

11. 盘山路上，夜

篝火仍在燃烧。

厅长在用小刀切着香肠，石大爷往放在火里的缸子里捧了一捧雪，司机则在撕着面包。

厅长切着切着，往嘴里放了一块，津津有味地嚼着："山上的信号正常了，我也就放心了，这个年过得还挺有意思，冰天雪地的喝口老白干，烤片火腿肠也算是特色风味了。"

石大爷："敢情，这些年哪，日子也好，把人都吃狂了，山珍海味都嫌腻了。厅长，我可不是当你显摆，抗美援朝那会儿，我正出担架队，半个地瓜还过个年哩。这我是当你说呀，上次在山上说起这事，你说那小丁说我啥，你傻呀，你不会多带几个地瓜。你说，怎么能跟他说明白呢，你就是带八十个地瓜那也不得大家伙分着吃吗？你说，他们是真不明白呀，还是假不明白？"

厅长笑了："是，要他们全明白了也难。"

12. 小客栈内，夜

屋里。女人们和孩子正在看电视。

他们兴高采烈的神情。

小锁子笑得很开心的样子。

13. 桅杆附近，夜

长山用钳子把螺丝扣拧紧，拧紧……

秦台长、李长明、大杨他们都在拽着拉线。

14. 山上宿舍，夜

孙猴子的嘴烧起泡了。

眼镜李用酒在给他擦着脚心。

孙猴子仍在呻吟……

15. 客栈外，夜

小锁子和郝玲正在看别人放炮仗和转蝶。

五颜六色的转蝶很好看……

马被突如其来的响动惊动了，它不知道发生了什么事。

16. 宿舍内，夜

秦台长他们走进孙猴子的房间。

秦台长问："怎么样？"

眼镜李说："还烧……这样下去怕也不是个办法呀？"

秦台长说："准备担架吧，我们送他下山！"

长山说："好办，弄两根木杆子，用绳子一绑，铺上被就行。秦台长，我和大杨子整吧？"

秦台长说："行，但是这件事儿要快。"

长山说："知道了。"转身出画面。

17. 小客栈内，夜

老挂钟敲响了十二下。

中央电视台的节目主持人正在给全国人民拜年。

云嫂笑呵呵地端上一盘热气腾腾的饺子："来呀——吃饺子啦，过年饺子，吃一口饺子跨两年哪……"

云嫂给李婶、郝玲、小锁子夹着饺子。

18. 山上楼内，夜

长山和大杨正在绑担架，动作显得十分急促。

长山和大杨的脸上都渗出了渍渍汗珠……

19. 值班室里，夜

值班室里。秦台长、眼镜李在听丁凯说话。

丁凯："我不是说不想去送他，这些天山上一直没吃多少青菜，我现在得了夜盲眼，加上又下这么大的雪，我怕因为我耽误了老孙上医院。再说在家值班也很重要，咱们也得实事求是吗？"

眼镜李说："他说得也是，还是我去吧。"

秦台长："你岁数大了，眼神又不好。"

眼镜李说："哎——我抬不动，拿手电照个亮还行吧！"

丁凯说："非得我去也行，只是干不了啥……"

眼镜李说："行了，不说了，我去了。"

秦台长说："李师傅，要是你，我看就别去了。"

眼镜李说："哎，你不说，我也想着去呢，孙技术员病得那么重，我待得下吗？"

秦台长说："不，你不要去了，留家值班吧，值班也需要人。"

20. 盘山公路上

厅长和石大爷他们正在乐呵呵地吃年夜饭——轮流喝着用雪水熬成的面包粥。

他们喝粥的样子，看着显得那粥好像很香……

厅长："石大爷，枪里有药吧？"

石大爷："有！"

厅长："放两枪，给山上的人拜年！"

石大爷："好嘞——"边说边举起枪来。

两声"嗵——嗵——"的枪响，划破雪夜的宁静，犹如炸响的春雷。

21. 山上楼前，夜

长山把孙猴子背了出来，放在担架上。

大杨给孙猴子掖着被子。

眼镜李拎着一个酒瓶子自己先嘬了一口，递给长山说："把这瓶酒带上，道上冷了好啜两口。"

长山接过酒瓶子，顺手揣进怀里："李师傅，您屋去吧。外面怪冷的。"

眼镜李："哎，路滑啊，你们可走好啊。"

李长明："爹，你回去吧，没事儿。"

长山喊了一声："哎——起来嘞——"

众人抬起了担架。

眼镜李目送他们向山下走去。

22. 山道上，夜

大杨、长山在前面抬着，秦台长、李长明在后面抬着。

长山把酒瓶子递给大杨说："哎，啜两口，暖暖身子。"

大杨说："刚才山下边儿好像有人放枪。"

李长明说："是石大爷的猎枪。"

秦台长腰间的对讲机响了起来。

秦台长打开对讲机，传出石大爷的声音："秦台长，听见枪响了吗？厅长在给你们拜年呢！"

秦台长："听见了，谢谢厅长，我们也给你们拜年！"

（石大爷："好哇。厅长跟你们说话。"）

（厅长："老秦，你们好吧？"）

秦台长气喘吁吁地说："好，春节晚会节目播出正常，转播信号没有问题。"

（厅长："好，老秦，你说话怎么直喘呢？"）

秦台长："厅长，我们现在正在抬人下山。"

（厅长："怎么了？"）

秦台长："孙技术员上天线凿冰冻坏了，高烧一直不退……"

孙猴子在担架上喃喃地说："告诉厅长，我没事儿……"

（厅长："你们从哪条路下来？我们去接应一下。"）

秦台长："不行，我们现在走的是小路，枝枝杈杈的挺多，说不定走到哪儿去呢。你们可别接我们了。"

（厅长："到山下大约得多长时间？"）

秦台长："大雪道，不好说。"

（厅长："好吧，孙技术员多保重了……"）

大杨喝了一口酒。

孙猴子说："酒……给我……我冷……冷……"

大杨回过头来说："停一下，停一下……"

担架停下来了。

大杨给孙猴子嘴里倒了一口酒。

孙猴子艰难地咽了下去。

担架又抬起来了，人们又在向前走。

大杨走在前面，突然不慎跌了一跤……

众人跟着都跌倒了。

秦台长扑打着衣服上的雪沫说："嘿呀，着忙出乱子，现在才知道摸瞎糊，忘了带手电……"

长山说："可不是咋的，手电忘带了。"

23. 楼内值班室，夜

眼镜李和丁凯正在值机。

丁凯一边值机，一边听音乐，机房里回响着贝多芬的《命运交响曲》。

眼镜李斜了丁凯一眼。

丁凯并没感到什么，他的脚搭在机台上，在随音乐节奏颤动……

眼镜李忍不住地说："丁凯，年轻人哪，坐得有个坐相，站有个站相，别像没长骨头似的，坐起来！"

丁凯不情愿地坐了起来。

眼镜李又说："工作时间放什么音乐？"

丁凯分辩道："那今儿个不是过年了吗？"

眼镜李说："人哪，咋高兴也得有个规矩。"

丁凯不情愿地把录音机关了。

眼镜李突然想起了什么事儿："哎呀，糟了。"

丁凯扭头看了他一眼。

眼镜李说："糟了，他们忘了带手电了。不行，我得给他们送去！"

丁凯："啥？让我一个人在山上值班？"

眼镜李说："你等等，我一会儿就回来。"说完，他拿起了两支手电，披上棉袄匆匆走了出去。

丁凯打开了录音机，笑着自言自语地说："这老头儿，老伴来到了山根底下，想下山敢情是想疯了。"

24. 小客栈内，夜

小锁子已酣然睡着了。

云嫂、李婶已躺下了，可都睁着眼睛想心事。

她们慢慢地合上眼睛。

郝玲把头缩进被子里，用对讲机要通了丁凯的电话。

（"喂——我是丁凯。"）

郝玲："知道我是谁吗？"

（丁凯："知道，你是郝玲！"）

郝玲："喂，想我了吗？"

（丁凯："想，都快想疯了。"）

郝玲咯咯地笑起来。

云嫂和李婶都翻了翻身。

郝玲："哎，我问你，你的请调报告批了没有？"

（丁凯："我已经打了好几次报告了，反正这地方我是一天也不想待了，不过，没调走之前，还得做一天和尚撞一天钟，至于钟撞得响与不响，我可就管不了那么多了。"）

郝玲："尽量撞得响点呗，工作你还得做好。"

（丁凯："你不知道，这儿的钟不好撞……我现在是不求有功也不求有过，就这样。"）

郝玲："哎，你现在周围有人吗？"

（丁凯："什么周围有人？现在整个山上就我一个人。"）

郝玲："他们人呢？"

（丁凯："都下山送人去了。"）

郝玲："哎……听见了吗？"

（丁凯："听见了，你亲我呢。"）

郝玲："你坏！"

李婶突然插话说："郝玲啊，丁凯那孩子，是我们家老头带的徒弟，那孩子不坏……"

郝玲突然感到一阵难堪。

25. 山道上，夜

雪势已经小多了，风依然很凛冽。

眼镜李打着两支手电，一边跑一边上气不接下气地呼喊："哎——手电筒……"他沿着山道疾跑……虎子跑在前面给他引着路。

他那在雪中扬起雪粉的脚步……

26. 山间小道上，夜

长山他们听不到眼镜李的呼喊，他们已来到了一片山坡前。

大杨看看说："没有别的道好走了，绕着走要绕好大一个弯，只好从这下去了。"

秦台长看了看陡坡，说："从这下去危险。"

长山说："危险是有危险，可时间不等人啊，怎么办？"

大杨说："来，来，大家都这么扯把着，这太难受了。你们先都撒手，我一个人抱他先出溜下去，然后，你们再下。"说着他从担架上扶起了孙猴子。

孙猴子抬眼看了看他。

大杨抱起孙猴子，走向雪坡，边走边说："姓孙的，我这辈子和你算是冤家路窄了。这回要完蛋咱们一起完蛋。"

孙猴子没睁眼睛。

秦台长叮嘱他："小心——"

大杨也不答话，把孙猴子抱住往下出溜。

孙猴子整个人其实是躺在大杨的身上。

他们在雪道上快速下滑。

大杨和孙猴子滑进了一片雪窝里。他们满身都是雪。

大杨钻出雪窝，见孙猴子没动静就拍拍他的脸说："哎，老孙，你可挺着点儿，咱们俩的酒官司可没打完呢！"

孙猴子依然没有动静。

大杨自言自语地说："坏了，闹不好折腾半天还是拖条死狗哩。老孙，你要是装死，我可就给你扔山涧子里喂狼了。"

孙猴子缓缓地睁开了眼睛。

这时候，长山他们围拢来。

大杨傻乎乎地乐着说："好嘞——老孙没死，人没死就有救哇。"

人们又抬起了他。（出画）

27. 盘山路上，夜

眼镜李的手电光一闪一闪。

他在雪中踉踉跄跄的脚步……

虎子在前面不停地辨别方向。

28. 小客栈内，夜
李婶撩开被坐了起来。
云嫂也坐了起来。
云嫂："李婶，怎么不睡了？"
李婶："睡不着。"
云嫂："别惦着他们了，他们不能有啥事儿。"
李婶："我也知道不能有啥事儿，可就是睡不着。"
云嫂："他们下山来了。"
李婶："你怎么知道的？"
云嫂："郝玲刚才打电话问了。"
李婶长叹一声："唉——我们家老头子眼神不好，还犟，你说这大雪泡天的，我能不惦着他吗？"
云嫂："睡不着，咱就不睡了。李婶，我陪你唠嗑儿。"

29. 盘山路上，夜
厅长用话机问："老秦，你们走到哪儿了？"
（秦台长的声音："我们已下到二道平台了。"）

30. 山间小道上，夜
雪已很厚很厚了。
他们每前进一步都很艰难。
大杨说："来，我先捞着他走一段。"说着他趴在了雪上面，向前艰难地捞着孙猴子。
其他人都艰难地在雪中行进。

31. 盘山路上，夜
厅长和石大爷顺风听见了眼镜李的喊声。
厅长："石大爷，听见了吗？有人在喊。"
石大爷："嗯——好像是眼镜李的动静。"
司机说："我们迎迎他去。"
石大爷摇摇头说："山里的事儿你不懂，对面能说话，相逢得半天，听着声是听着声，那见面还早呢！"

32. 山间小道，夜
眼镜李正在急匆匆地向前赶路，突然脚下一滑，他跌倒了。
他的眼镜掉在了雪里。
手电筒掉出好远，滚到山坡下面。
虎子冲下山坡去追赶手电筒。
眼镜李用手在雪中摸着眼镜……

33．小客栈里，夜

李婶："我们家老李呀，那胃病都多严重了，我跟他没少唠叨，让他要求下山，说起来他也不是不想下山，可就是那一脸抹不开肉哇，就是跟组织上张不开这个嘴。"

云嫂："我们家长山不也那味儿吗，这些年为这事儿我们没少闹唧唧。可打过了闹过了，替他们想想，他们舍家撇业的一年到头在外边比咱们还不易，你说，电视总得有人转播，不然大伙儿上哪看电视去？你说他不受苦，也得有人受这个苦，他们不挨这累，也得有人挨这份累。这么一想啊，气也就没了。"

李婶："小锁子长这么大了，和他爸也没一起过着几个年吧？"

云嫂："跟别人说了人家都不信，这是第一个年哪……"

郝玲并没有睡，她在听她们唠嗑儿。

34．山间小道，夜

眼镜李在雪里摸着眼镜。

虎子把手电叼回到眼镜李手中。

眼镜李拿着手电还在继续找他的眼镜。

突然他身子一滑，坠下了悬崖……

悬崖上的一道雪烟中，留下了他最后一声长喊……

这声长喊，带着颤响，消失在山谷里……

虎子在悬崖边来回转着，它找到了眼镜，叼着，可它再也见不到它的主人了。它在悬崖边哀鸣。

35．盘山道上，夜

从很远的地方传来那声长喊。

厅长、石大爷他们都惊呆了。

石大爷："厅长，眼镜李可能出事了。"

厅长："大约是在哪个方位？"

石大爷："约莫是在二道平台那疙瘩。"

厅长说："走，咱们去看看。"出画面。

36．山间小道，夜

长山、李长明他们抬着担架在向前走。

他们喘着粗气，眉毛胡子上结着冰花的脸。

37．山间小道

厅长、石大爷他们攀缘着树枝，你拉着我，我拉着你，在一呲一滑地向上走……

他们走得极为艰难……

时常有人摔倒，但又顽强地爬起来……

38．悬崖下，夜

眼镜李安详地倚着山崖坐卧在那里。

殷红的血，从他的头部如蚯蚓般地流下来……

他手里的手电筒已经不亮了，手还紧紧攥着它，从手臂流出的血正在手电筒上流动，流动……

39．小客栈里，夜

眼镜李的身影与老挂钟相叠化。

老挂钟敲了三下。

李婶拿过一个包袱，打开，取出一件棉袄说："这是我给他做的厚棉袄，去年冬天他回家，我看他棉袄里的棉花叫他磨得精薄精薄的了，你说他们就知道工作呀，工作呀，连冷暖都不知道。"

云嫂说："这不是，我也给他做了件羊皮袄，还差几针没做完呢……"

李婶看着包袱里露出两瓶酒，又笑着说："他爱喝两口，又最爱喝这大泉源，去年回家给他买瓶五粮液，他还说喝不来，就长了这么个穷肚子你说咋整。"

40．悬崖下，夜

厅长他们已经赶到了这里。

他们静静地看着他，还有他手里已破碎的手电筒……

突然，石大爷哭了："老李啊，老李啊……"

厅长拿起话机："老秦，老秦……李师傅坠崖了……"

41．山间小道上，夜

秦台长一边抬着担架一边接电话："什么……李师傅坠崖了？……不对吧，我让他在机房值班呢。"

担架停住了。

（话机里是厅长的声音："他的手里掐着两支手电……他已经牺牲了……"）

秦台长放下担架，大喊一声："老李——老李啊……"

李长明回过身来向那边奔跑，边跑边喊："爹——爹呀——"

他踉踉跄跄地在雪地上跑，摔倒了又爬起来，他浑身上下都是雪……

突然，他站住了，又跪在地上，满脸泪水："爹呀……"

担架停在了地上，人们都低着头，流着泪……

孙猴子的眼角也溢出了泪水……

42．悬崖下，夜

石大爷在擦着眼泪，带着哭腔说："老李，你能不能醒醒啊，人都说好人一生平安哪，大过年的你咋就走了……你老伴她明天一早还要上山找你过年呢……"

厅长和司机神情严峻。

厅长拿着话机说："基地，基地……推土机出来多长时间了，天亮以前把山道上的雪推干净，山下的家属们要上山。"

43．山间小道，夜

李长明、长山、大杨、秦台长他们抬着孙猴子向前走，谁也不吭声，只有沙沙的踩雪声，仿佛是他们的心在哭泣……

突然，孙猴子喃喃地说："我……我……偷过李师傅的酒……"

44．小客栈里，晨

李婶扯过云嫂手里的羊皮袄说："我帮你缝两针，年轻时，我就爱做针线，现在老喽，心还是那个心，眼神不顶用喽。"

老挂钟敲响了五下。

45. 悬崖下，晨
在钟声中，眼镜李安详地坐在那里。

他的头上身上都是雪，他已经俨然是一个雪人了。

他的形象与东方升起的太阳相叠化。

46. 山道上，晨
推土机推着路面的雪。

长山他们挤在驾驶室里，他们在向前张望。

47. 小客栈门前，晨
女人们和孩子乐颠颠地携着包袱走出门来。

她们打扫着爬犁上的雪。

云嫂操起了鞭子："都坐好哇——"

马爬犁奔向了雪道……

48. 悬崖下，晨
厅长他们还守候在眼镜李的遗体前。

石大爷蹲着给他扑拉身上的雪，他的眼里是莹莹泪花……

49. 山道上，晨
马爬犁在行进。

爬犁上的人们兴高采烈地说着什么。

小锁子学吹着口哨，终于吹出了声。

李婶她们全笑了。

他们的爬犁赶上了一个爬犁队。那些爬犁上坐着身穿秧歌服的乡下人，他们吹着唢呐兴高采烈。

云嫂高声问道："你们这是去哪？"

一个人高声答道："上山，给差转台的爷们儿拜年去。"

50. 山道上，晨
推土机停在那里，长山他们跳了下来奔向悬崖下。

51. 悬崖下，晨
李长明扑在了他爹的身上，叫着："爹，爹呀……"他的脸上全是泪水……

在他的后面，站着长山、秦台长、大杨、石大爷、厅长、司机……

他们的脸上是悲哀与凝重……

52. 山道上，晨
爬犁在行进。唢呐声声。人们高兴地舞着手里的扇子。

李婶布满皱褶的脸笑着。

云嫂搂着小锁子笑着。

郝玲看着这一切异常兴奋,她拿出相机拍照。

53. 悬崖下,晨

眼镜李安详的脸,凝固着鲜血的手和那两支手电筒。

厅长和秦台长每人拿着一瓶酒,用嘴咬开,把酒撒在眼镜李的周围……

又有人打开酒,倒着……

酒啊,在这里成了瀑布……

瀑布在雪地上淌成了河……

这是染着血色的河,这是淌着泪水的河……

唢呐声隐约从远处飘来。

54. 盘山道,晨

爬犁队向山上行进,他们离桅杆山已经不远了……

剧终

(本剧在中央电视台播出,获中国电视剧飞天奖三等奖)

小镇女部长

字幕：谨以此片献给"模范基层武装干部"——长春市绿园区锦程街道办事处武装部部长张敏！

1. 大街
北方冬日的一个晚上，老北风打着呼哨儿，在大街上搅起股股雪烟。

街上车少人稀。街灯闪着迷迷离离的光。

两个骑自行车的人，身上落满雪花，她们围着红绿围巾，是两个女人。

车轮飞溅着积雪，雪地发出吱吱的声响。她们骑得很艰难，飞雪扑打着脸颊，有些睁不开眼睛。

忽然，一个女人从车上栽了下来。车子倒在了一边，软软地扑倒在了雪地上。另一女人停下车子，回转身来。"啊！张明大姐！你这是咋啦？"

张明躺在雪地上，闭着眼睛，喘着粗气，额上渗出虚汗来。她没有力气吭声。

另一女人急急地抱起了张明，带着哭腔问："大姐，你这是咋的啦？"

张明微微睁开眼睛，颤声说："大……丽……你别急……我这是……低血糖病……又犯了……你手头有吃的吗？"

孟大丽应道："我看看……"

孟大丽的手在自己的挎包里翻来翻去，急得要哭："哎呀，没有，啥吃的也没有哇！"

张明依然颤着声说："看看……我……那包里……"

孟大丽又翻张明挂在车前的小皮包，说："呀，只有这么个小橘子，都长毛啦！"

张明："快……给我……"她接过橘子，狼吞虎咽地吃了起来。

孟大丽："咋？你连皮带瓤都吃了？"

张明："我不吃，还回得了家啊，你背我？"

孟大丽看着张明的狼狈相，忍俊不禁地："你看你，你看你……"说着，笑了起来。张明也笑了。

孟大丽笑着笑着，笑声却戛然而止，眼窝里盈满了莹莹的泪花……

孟大丽扶起张明："大姐，天这样冷，雪这样大，我家离这近，先到我家，吃口热乎饭再走吧！"

张明："行！你不让我去，我也想去来着。不的话，你大姐今儿个怕是回不了家啦！"

风雪中，两人推着车子。孟大丽搀着张明，缓缓地向前走去。

2. 孟大丽家
小保姆把两碗热腾腾的面条端上桌。张明端起来，就往嘴里扒拉。

孟大丽一惊："妈呀！我的傻大姐呀！这面条刚出锅呀！"

张明边吃边说："傻也好，呆也好，反正我就是得吃了！哎，大丽，你不兴笑我啊，我今儿个可是饿坏了！"

孟大丽的丈夫边看电视，边向这边投来轻蔑的目光。

孟大丽狠狠瞪了他一眼。

孟大丽的丈夫立马假笑道："饿了就吃！多吃！大丽，咋没给大姐端上点卤子来？"

张明一边吃着面条，一边摆手道："不要什么卤子，这面条蛮好吃的！"又对孟大丽的丈夫说，"我说，别让大丽忙活了，这面条里搁肉了，挺香的！"

孟大丽："张明大姐，敢情你是饿急眼了吧？你看好喽，这面条里哪有肉哇？"

张明抬头看看孟大丽："你说啥？没肉？你可别逗了，我都吃着肉了，你咋说没肉！你可真是，我这么大人了，还吃不出有肉没肉？"

孟大丽："那你吃着啥肉了？"

张明："肉！这还有假呀！"

孟大丽："那是你头两口，吃得急，没吃出滋味儿来，你再吃，看还有肉没？"

张明听了，慢慢地向嘴里边扒拉面条，没咽下面条，却疼得张开了嘴："哟哟……"

孟大丽："是刚才烫着了吧！"

张明："没烫着，没烫着！"而后小声对孟大丽说，"就是把牙膛上的肉就着面条吃了！"

孟大丽一惊："啊？"

张明向孟大丽丈夫那边一努嘴儿，示意孟大丽别吭声。

孟大丽摇着张明的肩头："哎呀，我的傻大姐，可疼不疼死了！"

门铃响了起来，小保姆去开门。张明的爱人老王披一身雪花，走了进来。

老王进了屋，摘下上了哈气的眼镜，一边擦镜片上的水汽，一边关切地看着张明，老王的脸上，似乎是冷冰冰的，但张明能看出冷冰冰下面埋藏着的那股炽热，还有关切的问询……

孟大丽的丈夫寒暄："哎，王工程师，王大哥来了！你看你，真是模范丈夫，刚撂下电话。嘎嘣嘎嘣冷的天，你看你说来就来了！"

老王谦和地："不来咋整？你大姐她身体不好！"

孟大丽的丈夫："坐，坐！"

老王："就不坐了！张明啊，咱们走吧？"

张明一边扎围脖，一边说："走，走！"

孟大丽："大姐！雪这么大，要不车子就锁到我家楼下，你们打的走吧！"

老王接过话茬小声说："大丽，也许你能说动她！"

张明："哎，你们别犯嘀咕！打什么的呢！老王，推车子走！"

老王对孟大丽调侃地说："'一把手'说了，不打的，你们回吧，我们能骑就骑。不能骑，就推着走！留步，留步！"

3. 大街上

老王和张明在风雪中推着车子。他们默默地走，谁也不说话。

张明看了看老王："哎，你咋不说话？"

老王的话语柔中带倔地："说话？说啥？没话！"

又是一阵沉默。

张明打破沉闷的气氛："你和孩子还没吃饭吧？"

老王："嗯……吃了。"

张明："吃了？吃的啥？"

老王："方便面。"

张明眼睛有些发潮。"吃方便面，那能叫吃饭吗？"

老王："还行！我跟孩子都吃惯了，还行！"

张明掉泪了："你和孩子多理解我吧！这两天，我们对应征青年家访任务重，这步工作完不成，直接影响下步工作，我没工夫照顾你们……"

老王憨直地："哎，你说你这个人怪不怪哎，我们吃方便面怎么了？我们吃方便面挺好……我们倒是惦着你，大雪泡天，深一脚浅一脚的……你哭什么？我们真的是挺好……"

张明："别说了，好不好我心里知道！"她已热泪潸然。

老王，"哭，哭吧！不怕山了脸，就使劲儿哭！站下！"

张明站下了。

老王扬起胳膊用衣袖给张明轻轻揩了揩泪。

风雪扑打在他的衣袖和张明的脸上……

张明看着自己的丈夫。眼泪流得更欢了，却又深情地微微一笑……

4. 孟大丽家

孟大丽拾掇着床，招呼着丈夫："哎，睡觉吧！"

孟大丽的丈夫头也不回："你睡吧！"

孟大丽莫名其妙地："你咋不睡？"

孟大丽的丈夫话里有话地："你睡了，就等于我睡了！"

孟大丽一愣："哎，你这是啥话？"

孟大丽的丈夫："啥话？你还问啥话？我问你，你到底想不想要这个家了？一天到晚你跟着那个张明瞎跑，跑什么！人家跑，人家是全国出了名的，人家有图希！你跟着瞎跑，你算个干啥的？啊，人家是'兵妈妈'，还能树你是'兵姨'呀！你这不是缺心眼吗！出头的椽子先烂，你知道不知道？枪打出头鸟，你知道不知道？精人碰着这种事儿，躲还躲不及呢，你还往跟前凑合！"

孟大丽："我的事儿，你少管！各人有各人的活法儿！看见别人先进了，你也躲我也躲，那不是拆台使坏吗，这事儿我孟大丽干不出来！好花还得绿叶扶呢，别说人了！"

孟大丽的丈夫："对，你是绿叶，无名的绿叶，你去扶去吧！你也不拿镜子照照自己，你和人家张明般儿对般儿的大学毕业，般儿对般儿的参加工作，人家当了街道办事处的武装部长，全国出了名，你，你是个啥？大白扔一个！你乐意当绿叶，你当，好好地当，咱是不反对，也反对不了！"继而像朗诵似的，"啊！绿叶！永远也变不成红花的绿叶！我为你悲伤，我为你歌唱！"

孟大丽继续拾掇床："见不得别人比自己好了是不是？瞅别人出名，心里吃醋了是不是？亏你也是个有文化的人！我说这话，你别不乐意听，自打你下了海，经了商，你心里的小算盘儿就比以前扒拉得更响了！"

孟大丽的丈夫不无揶揄地："哎呀！过了十年日子了，今儿个我眼前一亮啊，改革开放到了这年月了，咱们家又出了个'白求恩'！行了，算我有眼不识金镶玉，可我得告诉你，有你撞南墙后悔那天！"

孟大丽听了这话，再没吱声，啪地拉灭了电灯，钻进了被窝儿。

5. 张明家

老王和张明走进屋。他们互相扑打身上的雪。客厅的沙发上坐着两位客人。一位是绰号叫'梆子'的男青年，一位是梆子的母亲，他们见张明他们回来了。慌忙站了起来。

张明见了，忙说："坐，坐！"

二人坐下了。

梆子妈："张部长，我们来是为我儿子梆子的事儿……"

张明给他们各倒了一杯水："梆子的事儿，我知道，他政审不合格。"

梆子妈："是，是，这孩子年轻不懂事，以前和别人打过架。"

张明："这位大姐，你想送子参军的心情我理解，可你家梆子可不光是跟别人打过架啊……"

梆子妈："是啊，是啊……是有难处……所以……还得请张部长多帮忙……"

张明沉吟了一下："大姐，你这个忙，我怕是帮不上啊。"

梆子妈："哪能呢！人家都说了，这事就你说了算！"

张明："你说得对。这事是我说了算！可我的身后站着人民站着党呢，他们在拿眼睛看着我办事，不能违背了原则！"

梆子妈："张部长大概不知道吧，梆子是和你一起的孟大丽丈夫亲姐夫的亲外甥啊……"

张明沉吟了一下："合不合格靠的是自身条件，不是靠的什么关系！"

梆子妈："张部长，我知道这事儿你也难！梆子，来！眼瞅着快过阳历年了，先给你张姨磕头拜个早年！"

张明忙拦住："哎，这可不行！"

可梆子还是跪下磕了头。那头磕得梆梆响！

张明扶起了梆子："哎哟！这头都磕起包了，麻溜儿的，揉揉！"

梆子妈："不用揉！只要张部长答应帮忙，我和梆子都认了！"

张明叹了口气，没有吭声。

梆子妈："张部长，我也是有心的人，这事儿不能叫你白忙活，这两千元钱你收下！"

张明一惊："哎呀，那可不行！"

梆子妈："你要是不收，那就是嫌少，要不就是太外道了！我在副食商店上班，以后有事儿只管找我！这事儿就是天知地知，你知我知！"

张明："还有知道的！"

梆子妈瞪大了眼睛："还有谁？"

张明："人格！良心！"

梆子妈好像听明白了什么，说："看来张部长是不肯给面子了？"

张明："这位大姐，当妈的不容易，这大雪泡天的，我理解你，同情你，可部队征兵是有条件的。"

梆子妈有些不乐意："行了，你别说那么多了，既然你说不行，我们也不强求了，梆子，咱们走！"

梆子抱拳硬邦邦地说："那好！咱们可是后会有期了！"

张明并没有听出弦外之音："好，后会有期，后会有期！"

梆子的母亲和梆子悻悻地走了。

老王自里屋出来："什么后会有期呀？你还寻思那是啥好话呢？跟你说，那是给你扔话听呢！往后你还真得注意点儿呢！"

张明："注意？怎么注意？我怕他们？他们不能把我眼珠抠出来当泡儿踩吧！再说我想还不至于！怕啥！"说着，在桌子上摊开了信纸……

老王："咋的？你还要写信？"

张明："有几封信来了几天了，孩子们在军营里盼信呢！"

老王一时无语。

张明开始写信了。

老王进来放了一杯水，摊开手，手上有大大小小的一些药片。

张明接过水，把药咽了下去。

老王："看看，吃这老些药，快顶饭了！"

6．风雪路上

梆子和他的母亲，推着自行车往家走。

梆子抱怨地："我说不来嘛，你偏来！弄了个白搭白不说，还弄得我脑门起了个大包！"

梆子妈："你说这种人，也真是，属茅楼儿石头的又臭又硬！人情人情套不住她，金钱金钱买不动她！"

梆子："你别听那些，这种人，她就是穷装！我不信她不收钱不收礼！哼！她不是跟我装吗？那好，咱们骑毛驴看唱本——走着瞧！"

梆子妈："我说梆子，你得学好了，你可别让妈跟你太操心了！寻思让你当兵，也是奔着你学好！"

梆子："兵，是当不上了！"

风雪，把路封得迷迷蒙蒙……

7．大街上

雪霁，街上有不少上班的人。

张明骑着自行车，行进在人流中。

"张明大姐！"孟大丽骑着自行车从旁边冲了过来。

张明："哎，大丽！"

孟大丽："哎，张姐！你身体咋样了？没事儿啦？"

张明："没事儿了！"

孟大丽笑着问："我是问你那上牙膛啊？"

张明："啊，哎，到了班上可别说，说了，还不叫人笑掉大牙啊！哎，大丽，昨儿晚上，你丈夫亲姐夫的亲外甥找我来了。"

孟大丽："谁呀？"

张明："就是那个政审不合格的梆子。"

孟大丽："啊，我知道！"

张明："大姐没给他们开面儿！你回去跟你们家那口子解释解释，别生大姐的气！"

孟大丽："别理他！愿意生气他去生！气得大肚子病才好呢！"

张明："咋的？你和他闹别扭了！"

孟大丽掩饰地："没有！"

张明："没有？大丽，你骗得了别人可骗不了我。怕是因为我吧？"

孟大丽："别神经兮兮的，没你的事儿！"

8．街道办公楼外

张明、孟大丽她们正在扫雪。

一位二十岁左右的女青年也在那里扫雪，她叫晓玲。

不知道谁堆了个大雪人，一位精神病女人，正手舞足蹈地围着雪人转。

扫雪的人，有谁向这边扫一眼，这女人就用雪球打过去。被打的人身上、脸上立马雪球开花……人们都显出有些不高兴，但谁也没吭声。

晓玲一边扫雪，一边用忧郁的目光看着那个精神病女人。

张明正在埋头扫雪。

孟大丽说："张姐，你看看，那女人也太不像话了，大家伙儿看你面子，都没吭声。"

张明走了过来。

那女人停住手，站在那里，眼神直勾勾地："张部长……"

张明把手里的扫把递给她："大姐！你是军属，一会儿应征的青年都到办事处来，你不是看这些青年人个个都像你儿子吗，那就扫扫雪，省着他们滑倒喽！"

那女人接过扫把，不管东西，使劲儿扫了起来。

张明："大姐，别往两边儿扫，往这边儿扫！"

刚才被雪球打了的两个人说："张明也真是的，整这么个女人来，豆腐掉进灰堆里，打打不得，拍拍不得！真是的！"

"咱们这才接触几回，那女人的儿子都当兵三年了，那女人也就缠了张明三年了！"

"就是，烦不烦哪！"

张明走过来解释说："这女人有精神病，来明白那阵儿还真挺好！刚才她打了你们一身雪，要怨，你们别怨别人，就怨大姐吧！"

其中一人忙说："哎——算了，算了！别提这茬儿了！"

孟大丽对晓玲说："晓玲，你那对象张军倒是不错，可你将来守这么个老婆婆，也是够你受的！"

晓玲沉吟了一会儿说："还多亏了张姨调教她，不的话，那病就得更厉害！"

9. 办公室

张明正在那里给那女人洗手，剪指甲。

那女人嘴里不知哼着什么歌。

晓玲把洗手的水端了出去。

那女人神经兮兮地对张明说："这闺女，不正经！我们家张军以后不能要她！"

张明："大姐呀，话可不能张嘴瞎说，人家晓玲是个多好的闺女呀！"

那女人："她好？她好我就不好！不行！他们的好事我得给他们搅黄喽！"

张明："大姐，这就是你的不对，人家有好事儿，你凭啥搅人家？"

那女人："我这辈子，男人就不正经！下辈子呢？儿子又碰上个女人不正经……"

孟大丽："大姐，我看你呀，才是对牛弹琴呢！她一个病人，你跟她说那些，她懂吗？"

那女人啐了孟大丽一口："我不懂！你懂！"

一个男青年走了进来："谁叫张明？"

张明："我是！"

男青年不客气地坐在椅子上，跷着二郎腿，燃着了一支烟："我是刘二林，人家都叫我二林子，我来当兵来了！"

张明用审视的目光看了一眼这位不速之客："你是哪个单位的？"

刘二林："出租车司机！"

张明："为啥要当兵？"

刘二林："没爹没妈。就我老哥一个，钱挣腻了，想到部队逛逛！"

那女人出其不意地亲了刘二林一下："哎哟，我的儿子呀，钱还有挣够的，钱可是好东西！"

刘二林用手抹了一把脸上被女人弄上的涎水："这是咋回事儿，她要咬我一口，还不把我也给传染上病啊！"

张明："到部队是扛枪保家卫国，责任重大，可不是闲逛！我问你，青年人要做'四有'青年，这'四有'是哪'四有'？"

刘二林一笑："说别的我不知道，说这'四有'我知道！"

张明："知道好，来应征的青年没有说不出来的，你说说我听听！"

刘二林："'四有'吗，就是有房子、有钱花、有女朋友……还有一有吗……就是……对了……有摩托车……对了，小青年都爱骑摩托车兜风……"

孟大丽和晓玲都哑然失笑。

刘二林愣头愣脑地："咋的？你们笑啥？我说得不对吗？哪儿不对了？真要是我说得不对了，你们说！真是，就知道傻笑，你们懂啥！"

张明也笑了："行了，别瞎蒙了！左溜儿你在家待着也没什么事儿，别再东跑西颠的了。想当兵有一条，必须每天跟我一起正点上下班！"

刘二林："只要能当兵，咋的都行！"

10. 副食商店

张明急匆匆地走进来。她来到菜摊前："服务员，麻烦给我来二斤黄瓜，三斤西红柿……"

服务员拿眼觑了张明一眼，没动，反而去查钱匣子里的钱。

张明又说："服务员，我买黄瓜和西红柿！"

服务员没好气地："喊什么喊！又不是你爹你妈死了，服务员服务员的叫什么魂儿！"

张明细细打量，觉得服务员有些面熟。

张明："这位大姐，看着好面熟哇！"

服务员："哟，是张部长啊！真是贵人多忘事，我是梆子的妈呀！十多天前我上过你家呀！"

张明："哟！大姐，你在这上班哪！"

梆子妈："对了！咋的？张部长这么大干部，也和老百姓一样吃这玩意儿啊？真的，上次打你家回来，我直寻思，像张部长这样的干部，肯定不食人间烟火，没想到你也到这来买菜！你要买，就买吧，碰巧我这菜摊上的菜，眼下涨价……"

张明："大姐，我知道你对我有不理解的地方，有时间，咱们唠唠……"

梆子妈："哎，你可别瞎猜，我对你理解着呢！你要不坚持原则，那这地球上还有人坚持原则了？是不是？我可没对你不理解！咋样？这黄瓜15块钱一斤，西红柿20块钱一斤。买不？"

张明愣了一下，客气地："我再到别的商店看看！"

梆子妈："那好，对不起了，我也不能因为你张部长来，拉低菜价，这也是原则！"

张明："那好，我走了！"

梆子妈："好，您走好！"

张明挤入了人流中。

一服务员对梆子妈："你为啥对她漫天要价？"

梆子妈："当个小部长，芝麻大的官，到这还牛哄哄的，我这菜就是烂扔喽，也不卖她！"

11．军营操场上

一些男青年在那里列队。

张明在队前讲话："经过体检、政审，你们都是初定的兵员了，今天，咱们来进行军营一日活动！刘二林！出列！"

刘二林："是！"

张明："你看看你戴的这个帽子，大冬天的不戴棉帽戴单帽，玩什么俏？不怕把耳朵冻掉啊？再看看你那鞋子，不穿棉鞋穿双球鞋。要什么单儿？脚趾头给你冻掉喽！"

刘二林："报告部长，我从小邋遢惯了，没谁管我，我也一冬一冬地不感冒！阿嚏……"

张明厉声厉色地："不行！要当兵就得守当兵的规矩！跑步回去换！"

刘二林："是！阿嚏……"跑步走了。

张明："下面请部队的同志带我们操练科目！"

一位军人站在队前："立正！稍息！立正……注意挺胸收腹，目视前方……"

12．军营食堂

青年们围在一块很大的面板旁，有的揉面，有的揪剂子。

一青年端着一盆馅子，吆喝着："哎，慢回身，馅子来嘞——"

一青年："哎——过年嘞！今儿个提前过年嘞！"

张明看一青年揪的剂子有大有小，就说："田壮子！你那剂子咋揪的？大的大小的小，大的像个猪羔子，小的像个小耗子，重揪！都揪匀乎喽！"

被称作田壮子的青年人应声："哎！"

张明："哎什么哎，你应该回答'是'！"

田壮子立马立正："是！"

有人笑了。

张明："笑啥？军人就得有军人的样子！"

刘二林在擀皮儿，不停地回头："阿嚏！"

张明："刘二林！你不是说你从来不感冒吗？"

刘二林："是呀！今儿个不知咋的了！"

张明："你感冒了，上旁边休息去吧！"

刘二林："是！"

一青年擀的皮子三扁四不圆。

张明："哎，李金虎！你擀的那叫饺子皮呀？三扁四不圆的！来，我擀给你看看！大家伙儿听着，我们锦程街道办事处走的兵，都要学会擀饺子皮儿，逢年过节，同志们聚在一起，你们得多干点儿！"

李金虎："张部长，你真赶上我们亲妈了，亲妈也没这么告诉我们！从今儿开始，我们就喊你妈了！"

众青年："妈！"

张明激动了："孩子们！每年我们送青年入伍，孩子们都喊我妈，这声妈喊得我心直热！孩子们，生为女人，当妈的心思一个样，没有不盼着自个儿孩子成才的！来！儿子们，包饺子！吃了这顿饺子，到了部队过年的时候，就别再想家和想妈了！"

"是！"众青年回答着，乐乐呵呵地包起饺子来。

13. 副食商店

孟大丽走了过来，梆子的妈老远就发现了她："哎——来了！"

孟大丽："哎，想买点儿菜！"

梆子的妈妈："买吧，下边有顶花带刺的黄瓜、新来的西红柿！"说着，就从下边往上拿。

孟大丽："别价、别价，就这就行！"

梆子的妈妈："要多少？"

孟大丽：随便吧，你看差不多就行！"

梆子的妈妈装了满满一称盘黄瓜："二斤半！"

孟大丽："大姐，你把称看马虎了吧，这十斤也有了吧！"

梆子妈："别吱声，俗话说，'是亲三分向，是火就热炕！'"

孟大丽小声地："大姐，这可不行！我孟大丽一辈子没占过别人便宜！"

梆子妈："嗨嗨，那这不是你来了吗！那张明也是来过，我可没这么对待她！"

孟大丽："她来买菜来了？"

梆子妈："菜没买走，叫我把她怼走了！"

孟大丽："大姐，这就是你的不对了！"

梆子妈："谁不对呀，你瞅把她牛的，提你都不行啊，同志在一起，管咋说也得有个大面儿吧！你说她整的这都是啥事儿呢？"

孟大丽："这事儿怨不着人家，梆子是不行！"

梆子妈："妈呀！啥叫行不行的呀？那就不说行就行吗！姐问你，是不是姐给她两千块，她嫌少了没要哇？"

孟大丽："你别说了，人家张明不是那号人！这菜多少钱？"

梆子妈："行了行了，要啥钱？年把月地不来一趟。"

孟大丽："你不要这钱？那好，我也不要这菜！"

说着，把菜倒在了菜摊上，转身走了。

梆子妈愣住了："这都咋的了？跟张明在一块的人咋都这么隔路呢！"

14. 张明家

夜。张明桌子上的闹表已指向两点钟。台灯下，张明还在给军人们写回信。

张明的画外音：孩子，你的来信收到了，知道你在部队方面情况都很好，我很放心。你不用惦记家里的事，上两天，我到你家里去了，你妈妈的病已见好转。过年所需的一些东西，街道民政部门也都关照了，你可以一心无挂地在部队好好干！你的兵妈妈：张明。

张明的画外音：孩子，我们并不相识，可你从遥远的大南方给我寄了这封信来，使我深为感动！你来信谈到了青春、理想，还有处对象等问题，对这些问题，我的看法是……

有两滴殷红的鼻血，滴在信纸上……

张明忽地摔倒在地上……

老王闻声穿着睡衣跑了过来："张明……张明……你这是怎么啦？我送你上医院！"

张明头上全是虚汗，她冲丈夫摆摆手，又指指自己的衣兜。

老王从张明的衣兜里掏出一个小瓶药来，倒出一片，给张明服下去。老王把张明扶到了床上："行了，看你病得这样儿，明天早上就是天塌下来，也得先上医院……"

15. 街道办公室内

孟大丽和晓玲正在那里抄着什么东西。

张明正在接电话。

电话那边传来的声音："……我是张军的父亲哪，昨晚上我们家那疯子又一宿没让我睡觉唉，她说我跟单位的女同志关系不正常，晓玲来家也叫她给闹出去了，晓玲那是我们家未过门的媳妇，从这哭着走的，我这心里过意不去呀……张部长，这事儿就得求你了，她呀，就听你的话！"

张明："好了，我知道了！"

电话里的声音："那好，那可谢谢你了！"

街道党委李书记走了进来："张明啊，有一件事你得马上处理一下，接到一封举报信，是告田壮子的，说他在学校打架斗殴，偷鸡摸鸭子什么事儿都干过。你得去调查一下。"

张明："好，李书记，我立马就去！大丽、晓玲，我出去一趟，顺路还得看看刘二林，今儿个他没来，可能是感冒更重了。"

孟大丽和晓玲答应着。

李书记出去了。

张明穿好衣服，站起身想走。

老王却闪现在门前："你给我站住，你又想上哪儿去？"

张明："我有点儿急事儿！"

老王："不行！说好了咱们一起上医院的！"

张明："不行了，真的去不了啦，我这真的是有急事儿！"

老王："不行！今儿个你说啥也得跟我一起上医院！"

张明："老王，你看看，我这么多事情缠身，我能去得了吗？"

老王："哦，事情多缠身你当回事儿，身上疾病缠身，你咋没当回事儿？"

张明："现在是工作时间！"

老王："工作时间咋了？你是不是我家里的人吧？你不要命了，我还要这个家呢！走！上医院！"

张明："老王啊，你知道我心脏不好，你就别让我上火着急了，你看看我手里这一大摊子事儿，让我上医院我能安心吗？"

老王："行了，一年365天，就你忙！走吧，走吧！可我跟你说，我就在这等你，医院还是得去！"

张明："那好吧！"说完走了。

老王满脸无奈地一屁股坐在了椅子上。

16. 田壮子家楼前

张明对一瘦女人说："经了解，这封举报信是你写的。"

瘦女人："不假！"

张明："你写的这都是事实吗？"

瘦女人："差不多吧！"

张明："是差不多吗？是差远了吧？"

瘦女人："远也远不了哪儿去！"

张明："不对吧！邻居们都反映田壮子是和你吵过架，可并没有打架斗殴和偷鸡摸鸭子那些事儿呀！"

瘦女人："那小子很不听话，气得我够呛！"

张明："那咱们能因为一时置气，就耽误了他人生前途大事吗？"

瘦女人一时语塞。

张明："你也是个女人，对孩子应该有慈母心，怎么能干这种事儿呢？"

瘦女人无语。

张明："论说你也是有文化的人，有文化的人应该做出有文化的事儿来！"

瘦女人依然无语，缓缓低下头。

张明严肃地："中国人要都像你这样，小肚鸡肠地互相整，那中国还能进步哇？好吧，我去见见你们单位领导。"

瘦女人慌了，忙一把拉住她："……张大姐，看来……这事儿是我错了，可大姐你……得给我个面子，别把这事儿说出去……"

张明："你说这话，说明你在人前还要做人，我理解你。不说出去可以，但你必须向我保证以后不再做这种事儿！"

瘦女人忙不迭地："那是，那是！"

17．刘二林家

这是一座平房。张明穿过两边夹着板皮的狭窄小道，敲响了刘二林家的门。张明推门走进。

屋里暗暗的，东西十分凌乱，脏旧的衣物东一团子西一团子的。

在光线很暗的床上，刘二林盖着被躺在那里。

张明看清了刘二林，上前摸摸他的额头，觉得有些烫手。她从兜里拿出药来，摇摇水瓶，水瓶是空的。

张明操起地上的斧子，开始到外面劈柴火。

她把柴火抱进屋来，划火柴点着了一块油毡纸，火，很快在灶膛里跳跃……她把一壶水放在了炕炉子上。

炕好像是烧热了。刘二林舒了一口气，翻了一个身……

张明往水瓶里灌着热水……

张明端着一碗水，拿着药，喊着，"二林子，妈来看你来了，吃药！"

刘二林睁开眼睛，糊里糊涂地说："哦……"

张明把药放进他嘴里，又给他喂水。

刘二林吃了药，转身睡去了。

张明在炉子上放了一壶水，又把屋里各个角落的脏衣服收到一起来。

张明在洗着衣服……

屋外的一根铁丝上，晾满了张明刚刚洗过的衣服。

屋里，刘二林醒了，他一翻身下地，一下子愣住了：自己熟悉的那间小屋怎么变得这样整洁？他疑心是梦……揉揉自己的眼睛。哦……还是这样的整洁！他的目光投向窗外，看见了张明的背影……他的眼里涌出了激动的泪水。他扑地跪下了，泪水啊在他脸上流淌……他跪着向门口奔去，大声地哭喊着："妈！妈——"

张明回转身来，他们紧紧地拥抱在一起……

张明也流下了激动的泪："孩子，等病好了，你把破衣服拿几件，我教你咋补衣服，以后到部队，衣服刮了个口子啥的也能用上。"

刘二林："嗯！"

18．街道办公室

老王焦急地抽着烟。

孟大丽劝道："你别着急，她的事多，说不定转到哪块儿去了。"

老王不答话，只是抽烟。

孟大丽："别老抽烟了，烟抽多了不好！"

晓玲往水杯里斟了水说："喝水！"

老王："我呀，本不抽烟，烟抽得这么冲，有一半是因为跟她愁的！"

19. 张军家

精神病女人来开门："哟！是您哪，进，请进……"

张明："大姐呀，大哥在家没？"

那女人："没，没有……"

张明："大姐，刚才我去大哥单位了！"

那女人："啊，去他单位了？"

张明："人家呀，认为他哪样都好，就一点不好！"

那女人："对对对，就那点不好！"

张明："人家认为他呀……"

那女人用手捂住张明的嘴："行了，别说了，说了怪碜碜的！"

张明："唉！大姐呀，你整拧歪了不是，人家说的根本不是那事儿，还有比那更碜碜的事儿。"

那女人："那啥事儿呀？"

张明："人家是反映他呀，团结人不普遍，从来不跟女同志说话！"

那女人乐了："哎呀，还那样呢呀！"

张明："大姐呀，你对大哥得好点儿，他们男人家一天到晚在外面工作不容易，咱们做女人的得多关心他们才是！"

那女人："是咧，是咧……"

张明："张军给家来信没？"

那女人："……信是来了……他和那晓玲好得像一个人似的，可对那闺女，我是掐半拉眼珠也没看上！就凭我们家张军找她？让她做梦去吧！"

张明："行了，这事咱哪天再唠。今儿个我还有事儿，我就先走了！"

那女人拽住张明说："天都黑了，我做点儿饭给你吃……"

张明："不了，不了！"

20. 街道办公室

老王趴在桌子上，他已经睡着了。

更夫拿着个手电走了进来："哎哎——这都多晚了，该回家了……怎么着，喝酒喝多了是咋的？不敢回家怕挨老婆骂是吧？这不碜碜，我也有过同样的经历。咋样？要不要到楼下喝点儿茶水？"

老王伸了个懒腰。打了个哈欠："得，白等一天，白搭白！"

更夫莫名其妙地看着老王！

21. 路上

天黑黑的，张明骑着自行车进了胡同。

突然，一个黑影窜了出来，张明被撞倒了。

那个家伙上前来抢她的皮包，张明和他厮打起来。

那个家伙举起地上的自行车，砸在张明身上，抓起地上的包跑了。

张明坐了起来，一摸自己的脸，竟是黏糊糊的血……

一束手电光照了过来，来人是老王！

老王照见了张明，他吓了一跳："啊！这是怎么了？"急忙上前去搀扶张明。

张明："没事儿了，包叫一个家伙抢走了！"

老王关切地："没伤着吧？"

张明："擦破了点儿皮儿！"

老王："还好！多悬啊！走吧，往后少一个人走夜道！你呀，叫全家人跟着你试担心！"

张明："我也不想走夜道，我也知道在家里待着舒坦，可新兵要不了多少天就要走了，有好多工作得做！"

老王："哎，我可跟你说，你的病，到底啥时候上医院？今儿个我可是请了假。在你们班上白等了一天！"

两人边说边走进了暗夜中。

22. 张明家

老王在给张明往伤口上涂药水："哎，杀是杀点儿，别动！一会儿就好了！"

张明说："老王，你觉不觉的今儿个的事儿出得有点蹊跷？"

老王："蹊跷？蹊跷什么？"

张明："天黑了这么长时间了，在我之前也有背包回家的，他不抢，为啥专抢我的？"

老王："你是说……有人专为了抢你？"

张明："我干这个工作呀，不少人都认为肥得流油。你说不受贿，人家不信哪。肯定有人认为我的皮包里装的都是赃钱！"

23. 梆子家

梆子在翻着张明的皮包，翻来翻去，除了纸和笔，什么也没有。梆子有些急了，重又摸那皮包，终于，摸到了什么。他拉开皮包的后拉链，拿出一包用手绢包好的东西来。梆子笑了，用手翻开手绢……呈现在他眼前的竟是一沓信，部队战士给张明的来信。

梆子有些惊呆了……

梆子的母亲端着饭菜走了进来，用疑惑的目光看着梆子。

梆子把皮包往地上一摔，骂道："我就不信，她就这么干净！"

梆子妈："梆子！刚才你出去干什么去了？说！这个皮包是哪来的？你……你是不是老毛病又犯了？啊？"

梆子给她妈跪下了："妈，你打吧，骂吧，反正这个皮包我是抢了……"

梆子妈："啊？我跟你拼了，我看你是不想改好哇你！"

梆子："妈，错，我也就错这一把了！我抢皮包，是为了报一箭之仇！"

梆子妈："报仇？报什么仇？"

梆子："我脑袋磕个大包的仇！她不同意让我当兵的仇！我想看看她的皮包里有没有赃钱！"

梆子妈："啊？我的小祖宗。你咋能去抢她的包哟，那是犯法你不懂啊？抢了多少钱，赶紧连包带钱给人家送回去！"

梆子："那包里没钱，只有几封大兵来的信！"

梆子妈哭道："小祖宗哎，你可给我惹了祸了……"

梆子："妈，你别哭了，我一人做事一人当！"

梆子妈："人家不同意你当兵也就是对了，你也不学个好哇你，这回你等着进笆篱子吧！"

24. 孟大丽家

孟大丽和丈夫正在吃晚饭。

孟大丽的丈夫喝着酒说："大丽呀，有句话，压在我心里几天了，不知当说不当说？"

孟大丽："啥话神神秘秘的？说！"

孟大丽的丈夫："那梆子当兵到底差啥当不上？"

孟大丽："那梆子劫过道，有前科！"

孟大丽的丈夫："他有前科，我知道。哎，凭着你跟张明风里来雪里去的，咱也没占着她啥便宜，这梆子又和我沾亲，你能不能让她网开一面，当个例外给处理处理？这点光儿总该借上吧！"

孟大丽："我看不行，你看行吗？"

孟大丽的丈夫："啊，就兴她巧使唤咱们，让咱们这绿叶扶红花，就不兴她这红花扶扶绿叶呀？处感情，干工作，那也不能铁匠挑子一头热呀！这个事儿，你要不乐意去说，我去！我看她咋打发我？"

孟大丽眨眨眼睛："这事儿你要去说，可比我去强！你的亲属，你面子也比我大！我看你去成！"

孟大丽嘬了丈夫一口酒："好，我去就我去。我倒要看看他马王爷是不是长着三只眼。"

25. 张军家

精神病女人正在炒菜。

忽然电话铃响了。

那女人去接电话："喂，是我，你回家来吧，你别不回来，下午那张部长来了……啊……我正给你做菜呢！好，好，你回来吧！"说完，撂下电话，不知哼着什么歌，继续炒她的菜去了。

26. 大街上

早晨。孟大丽扶着自行车站在那里，她好像在等人。

张明骑着车子过来了。

孟大丽老远地就喊："张大姐！"

张明来到她跟前下了车。

孟大丽："哎，别下车，别下车，接着骑！"

张明又骑上车，两人一起向前骑去。

孟大丽："张姐呀，你的脸又咋的了？"

张明："昨晚上，碰上个劫道的！"

孟大丽："妈呀，可吓死人了！哎，大姐，我们家那口子呀，这两天可能为了梆子的事儿要来找你。"

张明："找我？"

孟大丽："他来找你，你就说这事具体由大丽办，就一了百了啦！"

张明："那你不怕他生气？"

孟大丽："这种事儿，就得顶。气，乐意哪儿生就哪儿生去！"

27. 街道李书记办公室

张明正向李书记汇报："有关田壮子举报信的事儿已经弄清楚了，情况就是刚才说的这些。"

李书记："这事儿是弄清楚了，可我们这又收到了新的举报信。"

张明："有关谁的？"

李书记笑了："有关你的。"

张明："我的？告我啥？"

李书记："告你借征兵之机，收受贿赂，说你收了人家不少钱，有一天还收了人家一个猪后鞧儿，十斤鲤鱼。挺滑稽的！"

张明："那猪后鞧儿和十斤鲤鱼是我自己花钱买的，拎着去看了前年当兵的李子和他妈了。买这些东西，我有发票！至于说我收钱收物了，我不想解释，可以请组织调查。"

李书记："不用调查。党组织从来都是相信你的！但是有人署名写了这封信。我就不能不问问。"

张明没说话。

李书记："好了，你一要吃好饭，二要睡好觉。天塌不下来！"

张明深深地点点头。

李书记："你的病咋样了？该看得去看看，身体和工作，都重要。"

张明："嗯！"

28. 街道办公室

孟大丽瞪大了眼睛："什么？你说什么？有人告张部长？"

晓玲："嗯，说是告她在征兵中受贿的事儿！"

孟大丽一听火冒三丈："纯粹是整人！哪儿的人告的？"

晓玲："不知道！说是还有什么猪肉和鱼的事儿！"

孟大丽一想："啊，我明白了，张部长那天是拎到单位一块猪肉和十来斤鱼，可那是她自己买的，我们俩一起给军属送去的呀！这不纯粹是埋汰好人嘛！张部长做了好事儿还得叫人埋汰着，她太憋气了！这肯定是咱们单位哪个家伙干的！"

晓玲："不一定是咱们单位人干的吧？我看大家伙儿对张部长都挺好的呀！"

孟大丽："大家伙儿是大家伙儿，个别人是个别人！不行，我得给张部长出这口气！"说着，她气冲冲地冲到了走廊里。

她站在那里，叉着腰骂开了："哪个背后捅刀子的王八蛋，你给我站出来！站出来！不敢站出来，你就是乌龟王八蛋！背后整人捅尿窝子算你什么章程！整好人，缺德不缺德呀？你不怕缺大德绝户，生个小孩没屁眼儿呀你……"

走廊里站了很多人。

有的人说："这些年真没看见孟大丽骂人呢！我看这种缺德的人该骂，骂得痛快！"

有的人说："骂人虽说不对，可人家骂的在理儿上，我听着顺耳！"

张明从李书记屋里走出来，推着孟大丽说："哎哎，大丽！咱们是机关干部。这样不好！"

孟大丽被张明推着，又挣着回身骂道："不好我也骂了，叫他背后整人的人听了耳朵生疗，脚底长疮！看他还坏不坏！"

张明把孟大丽推进了屋，关上门厉声厉色地说："大丽，你这是干啥呢？影响多不好！全机关不办公了？你是个机关干部！你痛快儿地给我写检讨！"

孟大丽余怒未消，眼里涌出了泪水："咋的兴他鼓捣人，就不兴咱骂骂呀？"

张明斩钉截铁地："不行！"

孟大丽眼含着热泪，看着张明。

孟大丽的丈夫这时从门外探进头来："哎，是这屋吧？"

孟大丽一见火冒三丈："滚！滚！你给我滚出去！"

孟大丽的丈夫一惊，忙退了出去，自言自语道："这是怎么了？进了火药库了？"

29. 街道办公室

张明在教刘二林补衣服："二林子，看着啊，针脚不能太大，要匀称。来，你补一块我看……"

刘二林接过针线："哎，我来……"

张明看看刘二林补的，说："第一次补，补这样就不错了，以后得注意补丁外面露的线头不能太大，那样不好看。"

有精神病的女人突然出现在门口，她背着手走了过来："张部长！"

张明："哦，是您来了，屋里坐！"

那女人却不进屋，在门口向张明招了招手。

张明迎了出去。

那女人从背后拿出一兜苹果和一个指甲刀递给张明："张部长，你的事儿我都听说了，你别上火啊，这苹果水灵，你吃点儿！还有这个也送你，上回我看你给我剪指甲的小刀都很旧很旧了，可你把大把大把的钱都给我们这些军属买东西过年了，这把小刀不值钱，可它是我们军属对你的心……"

张明眼里泪花莹莹："好，大姐，我张明收下了……"

30. 张明家

夜晚，老王坐在那里抽烟："张明，这些年你身体不好，风里来雪里滚的为工作，我没打过破头楔儿吧？可你干来干去落了个啥？落了一身病！落了个家不像家！落了个被别人告！我早就跟你说，你干好了，你这高山就显出平地来了，人家嘴不说，心里对你能愿意？那天有人劫你，因为啥偏劫你呢？这些事儿你都好好想想！我说句话，你乐意信不信。打个报告，这个武装部长不能干了！"

张明："我和你想法不一样，这个武装部长我非干到底不可！"

老王气得哆哆嗦嗦："好好好！你干去！你既然不要这个家了，我也不要这个家了！咱们明儿个干脆离婚！离了，利索了，也省着我每天提心吊胆地……离……离婚！"

张明看着老王："老王，你别跟我说气话，咱们都是往50岁奔的人了，离什么婚！"

老王："要么依你干武装部长，要么依我离婚！"

张明："老王，你说的是真的？"

老王："不假！"

张明觉得眼前一阵眩晕，跌倒在地上……

老王急奔了过来："张明！张明……"

过了几分钟，张明醒了过来。

老王眼浸着泪花说："张明啊，我是真拿你没办法了，我说离婚，那不是为了你不干那工作，为了你好嘛！你说得对呀，这么大岁数了，我离什么婚哪，你呀，你呀，在战士面前你是个妈妈。在我跟前你是个孩子……孩子呀……"

31．孟大丽家

孟大丽的丈夫用刀悠闲地削着苹果，孟大丽写着检讨材料。

孟大丽的丈夫："我说，检讨材料不大好写吧？要不要吃个苹果？"

孟大丽没吭气。

孟大丽的丈夫笑笑："哼哼，长这么大，看见捡这个的捡那个的，还没看见过捡检讨的！"

孟大丽："你这话什么意思？"

孟大丽的丈夫："什么意思，这还用我说吗？她张明叫人告了，你孟大丽是人前替她说话，可她又人前装人拿你扎筷子！你呀你，你孟大丽都虎透了你！"

孟大丽停下笔："我想听听，你说的不虎是怎么个不虎法？"

孟大丽的丈夫："秃顶的虱子明摆着的！你和她是朋友吗？你们是竞争对手！她上去了，你没上去。她下来了，你自然上去，也不是咱们告的她，她就是怪也怪不到你嘛！"

孟大丽："这就是你的意思？"

孟大丽的丈夫："大概也许差不多吧！"

孟大丽："我问你，咱们中国老祖宗传下来的德行，你还要不要？你说这话，亏你还是个当代的中国人！"

"叮咚"的门铃声。

小保姆开了门。进来的竟是梆子妈和梆子。

梆子妈冲梆子："进来，你这个丢人现眼的货！"

梆子一声不吭地走了进来。

孟大丽的丈夫忙起身："大姐……"

梆子妈："老弟，这两天我为梆子的事儿可是快愁死了。"

孟大丽的丈夫："可那张明，我也是没见着哇！"

梆子妈："现在不是兵不兵的事了，是蹲不蹲大狱的事儿啊！"

孟大丽的丈夫："啊？"

梆子妈："这小子把人家张部长给抢了，寻思她那兜里能有别人给她的钱呢，没承想啊，只有几个战士给她来的信！还把人家给打伤了。你们说这事儿咋整吧。不把这些东西送回去，咱们良心上过不去，送回去又怕人家较真儿查咱，梆子真的就得进大狱！你们说咋整吧，我都上老火了我！"

孟大丽："家有家规，国有国法。犯法了，就得服法，这没说的！"

梆子妈："大丽呀，大姐守了十几年寡。就守这么一个儿啊！看大姐的面子上，你找张部长给梆子说说情吧，梆子呀，给你姨磕头哇。"

梆子趴在地上，"哪哪"给孟大丽磕了好几个头。

孟大丽对丈夫说："看看，这就是你要送的兵！"

孟大丽的丈夫一时竟无言以对。

32．医院

张明躺在病床上输着液，老王守在她的床前。

一位医生："这病，她可真能挺！早该来医院看的，很危险的！"

刘二林、田壮子和一群刚换上新军装的青年人，手捧鲜花，走到了张明的床前。

刘二林："张妈妈，我们来看你来了。"

张明微微地睁开了眼睛，看见了他们，嘴角浮现出笑意，她挣扎着坐了起来。大家争先恐后地问候："张妈妈，你好点儿了吗？""我们今天刚发了军装，再过几天，我们就要去部队了！""张妈妈，我们大家伙儿一天见不到您，就想您……"

这些话，使张明泪涟涟。一旁的老王也热泪盈眶。

张明："孩子们，你们走，我能送上你们。今儿个下午我就出院！"

33. 街道办公室

衣架上挂着吊瓶，张明坐在办公桌前一边输液，一边在和孟大丽谈话："大丽，你的检讨我看了，写得还行。以后凡事冷静点儿，别让人说你是个女李逵！"

孟大丽："那事儿也是太气人了！"

张明："事有事实在，无事心自安嘛！"

门口，梆子妈和梆子出现在那里，梆子的手里拎着张明的那个皮包！

张明看到了自己的那个皮包，不禁一惊！

梆子妈："张部长，大姐带儿子来给你赔不是来了！抢你皮包的就是这小子，是这小子作的孽！他原想你不收别人的钱是假的，没想你是真的！你这样的人，我服！我把梆子领来了，你看该治个啥罪就治个啥罪吧？"

张明："梆子，你过来！"

梆子战战兢兢地走到张明跟前。

张明："孩子，你看看张姨这额头，这脖子，这可都是你给张姨留下的记号啊！"

梆子："我错了！"

张明："孩子，你不是错了，你是犯罪了！"

梆子："是，我犯罪了。"

梆子妈："给你张姨跪下！"

梆子跪下，说："张姨！我向你请罪了。"

张明："梆子，你两回跪在地上叫我姨，那我张明就认下你这个外甥！你呀，今后该好好做人了！"

梆子："张姨，你不治我的罪了？"

张明："治不治你的罪，不是我说了算，是法律说了算！一会儿你得到派出所去自首。我也可以把你后来的表现写一写，争取宽大处理吧！"

梆子哭了，一边磕头一边说："张姨，你是个好人。大好人哪……"

34. 张明家

门铃声。

张明去开门，晓玲拎了点东西走了进来："张姨！"

张明："晓玲，快来！"

晓玲坐下了，张明给她倒了一杯茶水。

晓玲："张姨，你别忙了，我来是找你有点事儿！"

张明："啥事儿？你说！"

晓玲："我和张军的事儿！"

张明："哦！"

老王突然出现在门口："哦，晓玲来了！"

张明："行了，这没你的事儿了！"

老王一笑，趄身走了。

晓玲："我和张军商量好的，春节结婚。可张军又来了信，说他妈死活不同意，让我做工作。张姨，我一去，他妈就往外撵我，我这个工作难做……"

张明："我明白了，这个工作我帮你做做看！"

晓玲莞尔一笑："张姨，这是我给他妈买的一双鞋垫和一件羊毛衫……"

张明："好，我代你送给她！"

晓玲："就这事儿，麻烦了。"说着站起身来。

张明："你好不容易来一趟，坐一会儿吧！"

晓玲："不了，我弟弟还在楼下等我呢，我走了啊！"

张明："嗨，大冷天儿的，干吗让他等在楼下。你可走好啊！"

晓玲："哎！"走了。

张明回到屋里，开始翻箱倒柜……终于，她找到了一条纱巾和一件新衬衣。她把这两件东西和晓玲送来的东西包在一起，然后披上大衣。

老王过来问："这么晚了，你又要出去？"

张明："嗯！"

老王："我陪你一起去吧！"

张明："不用！这不是你能陪得了的事儿！"说着急匆匆地走了。老王呆呆地望着她……

35. 路上

张明正往张军家的方向走。她见前面有一个拉煤车的青年人，敞着个棉袄怀儿，热汗腾腾地拉着车。近了，才看出这个青年人是梆子！梆子也看出了张明。

张明："是梆子吧？"

梆子嘿嘿一笑："张姨！"

张明："这么晚了，你咋还在拉煤？"

梆子："张姨，那天我上派出所去了，他们把我宽大了。我寻思着，人活一辈子，得留个好名声。这不，我跟着民政部门的人哪，给五保老人送温暖呢！嘿嘿！"

张明："梆子，回笼觉好睡，回头路不好走！好好干，张姨听你的好信儿！"

梆子："张姨！你瞧好吧！"

36. 张军家

张明正和张军的妈妈唠嗑儿。

那女人说："我不是烦她别的，就是烦她不正经！见着男的笑嘻嘻的，我就烦她这个！"

张明："大姐，你们家的事儿你自己拿主意！可我得向你说道说道，说晓玲这孩子不正经，那可是大姐你冤枉人家了！晓玲成天在我眼皮底下，她是啥样人，我知道……孩子找媳妇，得找个贤惠有文化的，孝敬爹娘的……"

那女人："她是嫌我有病，多咱看我也没个笑模样！"

张明笑了："你看，这是她托我给您带来的东西！这鞋垫是给你冬天垫鞋的，这纱巾是给你春天遮风的，这衬衣是给你夏天换洗的，这羊毛衫是给你秋天贴身的！哎哟，你看这春夏秋冬都替你想到了。我呀，还真没看见媳妇疼婆婆这么疼的呢！"

那女人笑了："唉，张部长，我自打有病啊，看事儿看不准了！你看那晓玲行，就行，我信你的！这事儿啊，你就定吧！"

37. 街道办事处楼外

一辆大客车停在那里,二十几名新兵胸佩红花列队待发。

张明喊:"家属同志们,都请这边来,这边请一下!"

家属们都围住了张明。

张明:"各位大姐大妹子,我求大家一个事儿,孩子们要走了,你们有些舍不得,这个心情我理解!可是我要求你们都要坚强点儿,孩子面前不能抹半个眼泪疙瘩!不能让孩子心里难受,行不行?"

家属们点头:"好!"

张明:"好!上车!"

车上,刘二林紧挨着张明坐下了。

刘二林流着泪拉着张明手说:"张妈妈,到部队我一定干出个样儿来,不给你丢人!"

张明给他抹了一把泪说:"二林子啊,到了部队,想着给你这个妈妈来信,我惦念着你呀……"

刘二林扑到她怀里说:"张妈妈,我没了亲妈,你就是我的亲妈……"

大客车移动了……

38. 张明家

灯下。

张明不停地拿毛巾擦着泪水……她的眼睛已经哭红了,她已哭成了个泪人!

老王过来了:"哎呀,这是怎么说的呢……"

张明依然在哭……

老王:"唉!行了行了,哭,想,有什么用?人也走了……"

张明抽泣着说:"你让我哭吧,哭够了,我心里就畅快了……"

39. 街道办事处会议室

李书记正在讲话:"……我们党委要为先进人物的成长,扶植正气,创造良好的社会外部环境!总是要有的人先进步了,才能带领我们大家进步,先进人物是我们这个国家和社会的光明和希望之所在!张明就是其中的一个!"

众人一片掌声。

40. 街道办公室

有三个军人走了进来:"报告!""报告!""报告!"

张明站了起来。

一军人:"张妈妈,我们回家探家,来看你来了!"

张明:"哎呀,这不是张军嘛,这不是李子和刘国嘛!当兵三年,真是都有个样了!"

张军:"张妈妈,你上回到部队去看我们,我们发誓要为家乡人民争光!你看,这是大家伙儿让我给你带回来的立功获奖证书!"

张明欢喜得泪涟涟:"好,好!张军哪,你和晓玲的喜事儿啥时候办?"

张军:"后天!"

41. 张军家

人们正在闹洞房。

一青年用线拎着块糖，正让张军和晓玲咬糖。张军和晓玲终于咬住了那块糖……

人们沸腾起来！

张军嘴里咬着半块糖说："大家伙儿静一静！我是一个军人，今天我要向大家介绍一个人，这就是我们军人的张妈妈！她已先后送走了九批新兵，这些新兵有的在部队成了老兵，有的当了干部，也有的回到了地方，战斗在家乡的各条战线上！可是无论我们战斗在哪里，我们都难以忘怀张妈妈的一片慈母情！"

众人鼓掌！

张军："张妈妈，请你接受你所有兵儿子的敬礼！敬礼！"

敬礼声中，张明笑了，笑得那样甜蜜。

片尾是张敏和兵儿子们在一起的照片……

在照片上迭出字幕——

1988年8月，《解放军报》以"兵妈妈和她的14个兵儿子"为题，对张敏的事迹进行报道。

1995年10月27日，吉林省委、省政府，吉林省军区授予长春市绿园区锦程街道办事处武装部部长张敏"模范基层武装干部"称号。

1995年11月29日，《人民日报》《光明日报》《工人日报》《中国妇女报》《中国青年报》《中国国防报》等各大报刊，刊登张敏的先进模范事迹……

（本剧在中央电视台播出，获中国电视剧飞天奖二等奖、中国电视金鹰奖单本剧第一名、全军电视剧金星奖一等奖）

胶东铁汉

黑白画面：任常伦连的旗帜在战火中飘扬……
在激情的音乐声中推出片名：胶东铁汉

1. 山路上，晨

朝阳似血，山路如诗。

胶东汉子任常伦身着破旧的庄稼人常穿的玄色衣服，牵着一匹大黑骡子，肩胛斜系着一条大红绸布，兴高采烈、大步流星地走着。

骡背上，坐着他俊俏的新媳妇慕桂莲，满身红色裤褂。她的老父亲慕铁匠挑着女儿简单的嫁妆，乐颠颠地跟着大黑骡子后面。

任常伦扭脸走到慕铁匠身边："爹，你歇会儿，俺挑会儿。"

慕铁匠憨厚地摆手，满脸都是发自内心的欢笑："你当你的新姑爷，俺当俺的老丈人。斧子不能干锛子的活儿，俺哪儿能让你挑嫁妆！"他揩把热汗，又伸手在大黑骡子的屁股拍了一巴掌，"驾！"

大黑骡子加快了脚步。

任常伦只好憨憨地一笑，牵着缰绳快步走去。

坐在骡背上的慕桂莲满脸幸福地望着她爹和这个已经成了她丈夫的汉子。

这时，仿佛从遥远的天际，也仿佛从新娘子的心底，传出一个甜美的胶东女声的轻声歌唱《摘樱桃》——

> 山上的槐花开落了，
> 山间的樱桃熟透了，
> 山里的妹子长高了，
> 妹子的心思山知道。
> 山知道哟水知道，
> 捎信儿的风儿更知道。
> 痴情果子多情树，
> 妹妹给哥摘樱桃。
> 甜甜的樱桃哥哥吃，
> 吃得俺心跳脸发烧；
> 等哥哥你再回山里来，
> 妹妹披上红装跟你下山了……

在这歌声中，一家三口兴冲冲地朝前走着。

他们走过逶迤的山路；

他们穿过茂密的树林；

他们跨过湍急的溪涧……

突然，一阵刺耳的声音把这祥和的气氛打破了！

慕铁匠惶然地抬脸望天，惊呼："呀，小鬼子飞机来啦！常伦，快跑……"

"哎！"任常伦应了一声，拉起大黑骡子，拼命地朝不远处的一片小树林里狂奔。

慕铁匠挑着担子，跌跌撞撞地跟在后面。

原野上骤起的爆炸声。

飞机投弹掀起巨大烟柱……

任常伦在奔跑中回眸，冲慕铁匠焦灼地嘶喊："爹，快把挑子扔了，快扔了……"

慕铁匠顽固地挑着担子，弓着腰，在弥漫的烟尘和爆炸声中吃力地狂跑。

2．小树林子中，晨

慕铁匠一家三口终于跑进了小树林子里。

慕铁匠气喘吁吁地："妈的，这些该死的东洋鬼子！"

这时，慕桂莲忙从骡背上跳下来，掏出红手帕为爹擦汗。

慕铁匠嘿嘿笑着，对慕桂莲和任常伦说："爹穷，没钱给你们买鞭炮。想不到，让小鬼子给咱补上了，哈……"

任常伦和慕桂莲一听，都忍不住笑了。

慕铁匠示意女儿过去给女婿擦汗。

慕桂莲羞怯地走过去，把红手帕递给任常伦。

任常伦咧开大嘴，嘿嘿笑着。

这时，日本鬼子的飞机又一次呼啸着俯冲过来！

任常伦抬眼惊望。

扫射声骤起。

大黑骡子中弹，一声嘶鸣，前蹄高高扬起。

"呀……"依次闪过任常伦、慕桂莲、慕铁匠惊愕的脸和他们痛惜的目光。

大黑骡子倒地，血把身边的青草都染红了。

慕桂莲哭叫着跑过去，猛然扑到大黑骡子身上。

这时，又一阵扫射声起。

"啊……"慕桂莲胳膊中弹，鲜血汩汩流淌。

"桂莲……"任常伦和慕铁匠急奔过去。

慕桂莲疼得脸都扭曲了。她咬紧牙关，一声不吭，只是无助地望着她爹和刚刚当上新郎的任常伦，一任汗水和泪水恣意地流淌。

慕铁匠气得发疯。他冲过去，操起扁担，嘴里"啊啊"叫着，拼命地朝天上抢，仿佛这样就能把小鬼子的飞机从天上打下来一样。

任常伦一手搂着慕桂莲，一手紧紧掐着她的伤臂。血，依然从他的指缝不停地渗出来。

他凝眸看着自己疼得浑身发颤的媳妇，不由得悲愤地仰起脸望着天。他满眼都是怒火。突然，从他的胸腔深处发出一声让人撕心裂肺的狂吼："小鬼子啊，俺日你祖宗……"

他的吼声，慕铁匠的骂声和不远处的扫射声、爆炸声，让胶东大地颤抖了……

3．一道斜长的山脊，傍晚

任常伦双手抱着慕桂莲，缓缓走上高高的山脊。

慕铁匠挑着担子，在他身后满脸悲愁地前行。

慕桂莲躺在任常伦坚实的臂弯间，无言地望着丈夫。

任常伦喟然长叹一声，继续朝前走去……

4. 胶东孙胡庄（如今的常伦村），任家简陋的小屋内，夜

灶火映红了慕铁匠的脸。

他从锅内舀了一碗热水，送到炕边。

慕桂莲脸色苍白地躺在炕上。

"闺女啊，好好养伤，千万不能心急。"慕铁匠轻声安慰她，"你这叫红伤，一时半会儿好不了。常伦出去借钱买药了，有了药，就能好得快。"

慕桂莲听话地点头。

这时门响，任常伦耷拉着脑袋进屋。

慕铁匠望着他，心里什么都明白了，却依然不死心地问："没借着？"

任常伦沉重地点头，声音沙哑地："胡三江、李四海、'胡大巴掌'，村儿里就这么三个有钱的主，都上镇子里喝酒去了。"

慕铁匠不语了。

"爹，"任常伦看一眼慕桂莲，"你老在家照顾桂莲，俺到镇上找他们去！"

"别，"慕桂莲忙说，"你白跑，那些有钱人心黑，不可能借给咱们。"

任常伦："俺试试，不试试俺心不甘。"

慕桂莲摇头："这兵荒马乱的，又黑灯瞎火的，咱不去。"

任常伦倔强地："不，俺去。俺不能眼看你这么咬牙忍着。你心上疼，俺心里也疼。"他一扭头，出屋。

慕桂莲焦灼地："爹，你快把他拽回来！"

慕铁匠："让他去吧。他那性子，俺拽不住他。"

"爹，"慕桂莲欲挣扎起身，慕铁匠忙按住她。慕桂莲带着哭腔说，"爹，今儿本是咱大喜的日子，可闺女俺命不好，变成了大悲。死了大黑骡子不算，俺还受了红伤。俺这心里总哆嗦，可别再出啥事！爹，你拽不回他，你就跟他去。黑黑的夜，长长的路，有两个人也是个伴儿！"

慕铁匠摇头："俺不能把你一个人丢在家里。"

慕桂莲："爹，你快去吧。你不去，俺这心……怦怦乱跳！"

慕铁匠又摇头："不行，常伦那个犟种，不可能让俺陪他，更不会让俺把你一个人留在家里。你别看那小子表面粗，可心很细。他会放心不下你。"

慕桂莲："爹，你可以拎个家什，在后面悄悄跟着他。"

慕铁匠犹豫。

慕桂莲快要急哭了："爹……"

慕铁匠见状，只好说："那……俺……就去吧。你在家，可千万不要乱动。"

5. 小镇上的无名酒家，夜

院门口，悠荡着红色的饭幌子。

有几匹马，拴在院内的马桩子上。

任常伦风尘仆仆地进来了。

酒家的男掌柜和他的女人二翠嫂笑模笑样地迎出门来。

二翠嫂："哟，新郎官来啦？给嫂子送喜糖来了吧？"

任常伦沮丧地："嫂子，送啥喜糖啊。俺媳妇中了日本鬼子的枪了，差点儿把命搭上。"

二翠嫂子惊愕地："真的？"

男掌柜摇着头说："唉，这年头儿！不过……也好，大难不死，必有后福。你家弟媳妇，说不定是菩萨座前的莲花仙子下凡呢！"

任常伦没再搭茬，问："听说，胡三江、李四海、'胡大巴掌'都来喝酒了？"

二翠嫂随手一指："在里屋。"

这时，慕铁匠拎着一把大锹悄然出现在门外……

6. 酒家的里屋，夜

外号"孙大巴掌"的孙万富和胡三江、李四海等人觥筹交错、推杯换盏喝得正欢。

"孙大巴掌"脸上沁出汗珠："来来来，吃！喝！今儿个，咱们孙胡庄有点儿头脸的人可是都来了，得喝他个一醉方休。"

胡三江端起酒杯："'孙大巴掌'啊，咱们一起在孙胡庄里住了这么多年了，你是有名的铁公鸡，一毛不拔，今儿个怎么倒大方起来了？俺们到现在还没闹明白，到底为啥非要跑到镇上请俺们吃这顿饭哪？"

"孙大巴掌"笑笑说："也没啥大事儿，就是想跟几位老哥们儿凑凑。"

李四海说："你可得了吧！要说你啥事没有，只是想请俺们吃一顿儿喝一顿儿，连村里才学会说话的小孩子也不会信！"

胡三江笑道："就是。有啥事，你就胡同撵猪——直入直出。你小子，一撅屁股，俺都知道你拉几个粑粑蛋儿，别跟俺们兜圈子！"

"孙大巴掌"皱着眉："饭桌上，你们说这话，恶不恶心啊？还'一撅屁股，就知道俺拉几个粑粑蛋儿'，那你们说吧，俺今天拉稀的还是拉干的？拉的是什么颜色的粑粑蛋儿！"

"你……"胡三江审视地看着他，"又是找俺们一块儿商量日本人让咱村出壮丁的事儿，对吧？"

"还出壮丁？那可不行！"任常伦蓦然出现在酒桌旁，把在座的各位都吓了一跳。

"孙大巴掌"倏地沉下脸："俺一脚没踩住，你从哪儿钻出来啦？！"

任常伦没理他，继续说下去："这几年，村子里的青壮男人，凡被日本人抓去当壮丁的，有几个活着回来了？你们几位有钱的主儿开开恩，掏掏腰包，把这壮丁的名头费交上去，再好好活动活动，给村里人买个平安吧，那片云彩不就都散啦！"

"孙大巴掌"阴阴一笑："哈哈，你这是要劫富济贫啊。好哇，胡三江、李四海你们俩先摞个话儿，舍得掏钱不？"

胡三江一脸假笑："谁不知道，你'孙大巴掌'家是咱这十里八村的首富。俺家那点浮财，还没你们家锅里的油星儿多。俺倒是想掏，可掏不起啊！"

李四海："就是，你们孙家是大鱼，俺们不过是小虾米。"

"孙大巴掌"笑对任常伦："你看，这富你劫不了，贫也济不成。"

任常伦无语地望着他。

这时，二翠嫂领女儿小辫子端菜进屋。

7. 窗外，夜

慕铁匠用舌头把窗户纸舔湿，轻轻捅个小眼儿，小心翼翼地朝里面看。

8. 屋内，酒桌旁，夜

"孙大巴掌"瞥一眼任常伦："哟，俺才想起来，今天不是你大喜的日子吗？你不在洞房里守着新媳妇，黑灯瞎火地跑到这儿来干什么？"

任常伦话都挤在了舌边，却不知道该怎样吐出口。

二翠嫂一见，忙替他说："几位东家，长伦遇上窝心事了，他媳妇让日本人的枪子给打伤了。他来，是……是想跟各位借点儿钱买药。"

"借钱？""孙大巴掌"充满敌意地瞥了任常伦一眼，"你当俺们是开钱庄的？"

二翠嫂笑了："谁不知道你们都是有钱人！他是借你们的，又不是要你们的。常伦得给他媳妇治枪伤，耽误不得啊！"

"孙大巴掌"反唇相讥道："二翠嫂，你是吃了灯芯草，尽放轻巧屁，这顺水人情怎么都让你给领了？他媳妇的枪伤耽误不得，你这老板娘怎么一毛不拔？"

二翠嫂一脸苦涩地："你们也不想想，各位东家在俺们这儿吃，在俺们这儿喝，都挂了几年账了？俺手头紧，连买菜的钱都快掏不出了。你们只要把账结了，常伦他媳妇治伤的钱，俺出！"

"爽气！""孙大巴掌"用力地拍拍巴掌。他转向任常伦，"你先回吧。明天一早，俺们来跟二翠嫂清账，你来跟二翠嫂借钱。"

9. 乡路上，夜

夜色迷蒙。

有几匹快马从远处奔来，蹄花踏踏，扬起一路烟尘。

孙胡庄的几位财主喝完了酒往回走。

胡三江问"孙大巴掌"："明天，咱们真去结账？"

"孙大巴掌"含笑不语。

李四海挺心疼地："那娘儿们，咱欠她的钱可不是小数。"

"孙大巴掌"朗声笑道："俺让你们来，你们就来，只带上一双眼睛就行。俺要演一出好戏给你们看。"说罢，他策马朝前驰去。

胡三江、李四海互相看看，都猜不透他葫芦里卖的是什么药。

10. 任常伦家屋内，夜

一把烙铁在火上烧着。

慕桂莲缓缓地扯开裹在她伤臂上的破布，露出让人不忍细看的伤口。

她拿起烙铁，横下心，猛地按在伤口上，发出"嗞"的一声响，同时冒出一股青烟。慕桂莲疼得大叫一声，朝后一仰，倒在炕上。

任常伦和慕铁匠进屋，见状大惊，急跑过去。

任常伦："你……你这是做什么！"

慕铁匠也说："闺女啊，你咋自己作践自己啊！"

"爹，"慕桂莲含着泪说，"俺小时候听你说过，这样，伤口可以不烂……"

慕铁匠心痛地："可……这多疼啊！"

任常伦心里沉重得说不出话来。他拿起炕边的烙铁，猛然浸到地上洗脸用的泥盆里。烙铁在水中"嗞"的一声，旋即腾起一大片水雾……

11. 山野，晨

一小队日本兵纵马疾驰。

12. 小镇，无名酒店门前，晨

任常伦满怀希望、大步流星地走来。他一扭脸，瞥见了悄悄跟在他后面的慕铁匠。

任常伦驻足，吃惊地："爹，你咋又跟来了？"

慕铁匠走近他:"咱要是真能借到钱,让你一个人揣着俺和桂莲心里都不踏实。这是啥年头?兵荒马乱啊!"

任常伦:"俺……是惦着桂莲。"

慕铁匠:"桂莲更惦着你。快进去,咱拿了钱,就去买药。"

"好!"任常伦说着,一步跨进屋去。

13. 屋内酒桌旁,晨

"啊?"胡三江一脸惊惶地,"这……这不好吧!"

"孙大巴掌":"有什么不好?任常伦和他老丈人,两个现成的壮汉。不用咱往外掏钱了不说,也省得让日本人定了抗丁的罪。"

胡三江与李四海面面相觑。

这时任常伦进屋。

李四海嘟嘟囔囔地:"这二翠嫂子,菜怎么还不上来!"他起身欲出。

"孙大巴掌":"哎,你去哪?"

李四海:"俺撒泡尿!"一扭身出去了。

"孙大巴掌"笑对任常伦:"去,喊你老丈人也进来坐。"

任常伦:"他在家照看俺媳妇。"

"孙大巴掌"笑眯眯地:"净扯,他从昨天晚上起,就一直跟在你身后当保镖,当俺不知道?其实,你们不该喊俺'孙大巴掌',应当喊俺孙大圣。俺这,也是火眼金睛!"

任常伦看着他,无语。

"去,""孙大巴掌"催促道,"让你老丈人进来,咱们一块喝几盅儿,算俺祝贺你新婚之喜啦!"

任常伦焦灼地:"酒就不喝了。你们快点儿跟二翠嫂子清账吧,俺好借钱买药去。"

"孙大巴掌"笑了:"你真逗!这酒不喝到兴头上,那账能清吗?"

任常伦一听,满脸无奈。

14. 简陋的后厨内,晨

二翠嫂的男人正烙饼,李四海悄悄溜了进来。

二翠嫂的男人:"这烟熏火燎的,哪是你待的地方,快出去。"

李四海向外面觑了一眼,压低着声音说:"哎,你们得有个准备。"

二翠嫂的男人一愣:"哦?"

李四海:"一会儿,你们这儿可能要出大事儿啦!"

二翠嫂男人吓得脸都变了色:"什么大事儿?"

李四海附耳低语:"'孙大巴掌'把任常伦和慕铁匠给告了,说他俩抗丁。日本人马上就来抓他们!"

二翠的男人听罢,神色大变,忙放下手中的活计:"哎呀,这还得了啊!那任常伦和慕铁匠可都是个大好人啊,'孙大巴掌'那小子,心也太黑太毒了吧!"

李四海示意他小声,又说:"他阴着呢,一点人情味儿都没有。他心里头一直惦着任常伦的新媳妇,这要是日本人把任常伦和他老丈人都抓走了,他……"

李四海话没说完,二翠嫂子和女儿小辫儿进屋了。

二翠嫂子的男人把菜刀砍定在菜板儿上,对二翠嫂说:"快,让任常伦和他老丈人快跑!"他小声向二翠嫂说着什么。

二翠嫂听完,忙扯过女儿小辫子耳语,并把一盘菜递到她手里。

15. 小镇外的乡路，晨
日本兵的马队从远处直扑小镇而来。

16. 酒桌旁，晨
李四海回到酒桌坐下，不动声色。

任常伦拽慕铁匠进屋。

"孙大巴掌"热情地："坐坐，快坐。"

慕铁匠淡然一笑："俺们是穷人，无功不受禄。俺们是来借钱的，不是来喝酒的。"

"孙大巴掌"拿眼睛觑着他。

小辫子端着一盘菜进屋，用手故意扯了扯任常伦的衣角。

任常伦似乎意会到了什么，忽地转身欲出屋。

"孙大巴掌"："任常伦！你要上哪儿去？"说着，酒桌下面的手伸向了衣兜，要去摸里面的枪。

任常伦若无其事地笑道："俺一瞧见酒，就来尿。俺去撒泡尿，立马就回！"说着，走出屋。

"孙大巴掌"看着任常伦坐的椅子上还搭着他的外袄儿，放心地把摸枪的手缩了回来，扬扬手说："快去快回，这杯酒，等你回来敬你！"

17. 后厨内，晨
任常伦刚踏进来，二翠嫂的男人便一把扯过他，急切地说："常伦啊，今天是'孙大巴掌'设的鸿门宴哪！他当日本人把你们爷俩告了，说你们抗丁，一会儿日本人就来这里抓人了！叫日本人抓到你们还有个好啊？快跑吧！"

任常伦一听大惊："啊？这个王八蛋，原来是下了套子害俺们！"说着，就要返回屋去。

二翠嫂忙用手死死地扯住任常伦，用恳求的口吻说："你不能再回去，你赶快逃命吧！"

任常伦说："不行，俺的亲爹亲娘没得早，俺拿老丈人就当俺的亲爹。他老人家还在里边，俺怎么能一个人先跑呢！"

二翠嫂的男人说："你先跑。你老丈人，俺们再想法子救他！"

二翠嫂低声而急促地说："你出了后门儿就往山里钻，现在还来得及！"

小辫子也急切地说："是啊，叔！"

任常伦用手摸摸小辫子好看的小脸蛋，笑道："叔不怕他们！俺不能顾自己活命而丢了孝道！"话音未落，任常伦操起一把大镐，已是转身蹚出门去了。

18. 酒桌旁，晨
"孙大巴掌"用手拽着慕铁匠："别客气，你闺女嫁到俺们孙胡庄，咱就是一家人啦！"

慕铁匠执意不坐："家里有病人，这酒，俺们喝不下。"

"孙大巴掌"还想说什么，任常伦像暴怒的狮子一样蹿将进来，顺手掀翻了酒桌。

"孙大巴掌"神色一惊。

任常伦骂道："'孙大巴掌'！原来你是黄鼠狼给小鸡拜年，没安好心！"说着，挥起大镐刨向"孙大巴掌"。

　　"孙大巴掌"急忙躲闪。

　　他冲着任常伦扣动手枪扳机，子弹却打飞了。

　　任常伦冲慕铁匠喊："爹！你快走！"

　　有两个家丁从屋子外面冲进，与任常伦、慕铁匠对打。

　　屋子里顿时乱了套。

　　"孙大巴掌"躲在一隅，两手握着枪，不停地颤抖，一直在寻找机会开枪。

　　胡三江、李四海都吓得躲到墙角的另一张桌子下面去了。

　　胡三江蜷在那里，说："'孙大巴掌'这是弄得哪一出啊？"

　　李四海说："日本兵马上到，这儿怕是要出人命。咱俩瞧机会赶紧溜杆儿子吧！"

　　胡三江挺大嗓门地："都一个村儿住着，'孙大巴掌'这小子，真不该吃里爬外。"

　　李四海吓得掐着他的腮肉说："你小点儿声，咱咬根草棍儿，在这儿好好眯着吧！"

　　胡三疼得直咧嘴："放手，快放手！俺腮帮子快叫你给扯下来了！"

　　屋内，任常伦、慕铁匠仍然与围打他们的人血拼着！

　　"孙大巴掌"颤着声喊："任常伦！慕铁匠！你们要是识相，就赶紧投降，日本皇军马上就到！"

　　任常伦："姓孙的！你这个中国人中的败类！"

　　任常伦和慕铁匠，向他缓缓逼近。

　　突然，"孙大巴掌"的枪响了！

　　慕铁匠忙用身体一挡任常伦，左臂中枪，渗出汩汩鲜血！

　　任常伦大呼一声："爹！"

　　慕铁匠推开任常伦："你快走，这儿有俺挡着！"说着，怒目圆睁，径直地向"孙大巴掌"逼过去！

　　又是一枪响起，慕铁匠腿上中弹。他摇晃了一下，又站住了，突然仰天大笑起来："'孙大巴掌'！你这个乌龟王八蛋，居然拿枪打起老子来啦！打，你冲这打。打不死俺，老子今天就要了你的命！"

　　"孙大巴掌"握枪的手不停地颤抖！

　　屋外，传来狼狗的吠叫声、马匹的嘶鸣声！

19. 屋外，院门前，晨
　　日本兵凶神恶煞般冲进院子。

20. 屋内，晨
　　"孙大巴掌"阴险地一笑："哼，听见没？皇军来了。你们敢把俺怎么样？"

　　任常伦一个箭步蹿上前去，空手夺枪，把"孙大巴掌"反臂拧倒在地上。

　　慕铁匠突然发力，用肩膀把任常伦扛开："你快走，快！"

21. 后厨房内，晨
　　任常伦被慕铁匠顶进了后厨房。

　　慕铁匠一反身又冲回了前屋。

　　任常伦欲跟，被二翠嫂、小辫子和二翠嫂的男人死死拖住。

　　任常伦着急地惊呼："爹，爹……"

　　"你快走——"二翠嫂一家三口拼力将他推出了后门。

22. 前屋内，酒桌旁，晨
一位日本少佐和几个日本兵，带着一只狼狗冲进屋内，端枪瞄住了慕铁匠。

"孙大巴掌"从地上爬起来，掸掸身上的土，走到日本少佐面前："太君，带头抗丁的就是他，那屋还有一个！"

日本少佐一挥手，立即有日本兵冲向慕铁匠，并想要冲进后厨房。

慕铁匠挡住，徒手与日本兵搏斗，被日本兵枪刀刺中，在军靴的踢踏下，被捆绑起来！

日本兵冲入后厨房。

二翠嫂的男人、二翠嫂和小辫子被带了出来！

狼狗不停地吠叫。

小辫子吓得直往后躲。

日本少佐指着二翠嫂的男人，生硬地问"孙大巴掌"："他，抗丁的有？"

"孙大巴掌"回答："太君，他，抗丁的没有，可是……"

日本少佐："可是的什么？什么的可是？"

"孙大巴掌"走到二翠嫂的男人面前，半阴不阳地问："说，是不是你把俺当皇军告了他们的事儿，告诉给了任常伦那小子？！"

二翠嫂的男人不语，怒目圆睁，冷漠地看着"孙大巴掌"。

二翠嫂和小辫子脸上都有惊恐之色！

日本少佐："嗯，你的，良民的不是！"说着，上前给了二翠嫂的男人一个耳光。

血，从二翠嫂男人的嘴角溢流出来。

小辫子吓得"哇哇"大哭。

日本少佐走到小辫子跟前，用手摸着她的头："嗯，小孩，不要怕，皇军，大大的好，喜欢小孩，来，糖块，咪西咪西的，俺们不伤害良民的干活！"说完，转身指着慕铁匠和二翠嫂的男人，对日本兵吩咐道："他们，外边的去！"

23. 离小酒店不远处的山坡上，一片灌木丛中，晨
穿着单薄的任常伦隐在这里朝酒店那边焦急张望。

24. 小酒店门前，晨
门开了，慕铁匠和二翠嫂的男人被捆绑着，从屋子里带了出来！

慕铁匠被绑在了拴马桩上，二翠嫂的男人被捆着站在一边。

"孙大巴掌"扬扬得意地走到慕铁匠面前："哈，慕铁匠，你和那任常伦不是说让俺们出钱，找皇军去免壮丁吗？现在皇军亲自来请你了，俺们爱莫能助。"

慕铁匠"噗"的一口鲜血，喷在了"孙大巴掌"的脸上："王八蛋！日本兵的一条狗！中国要亡，就亡在你们这些吃里爬外的王八蛋手里！"

"孙大巴掌"伸手要打慕铁匠，被日本少佐拦住了："嗯，你不要动手，脸打肿了，皇军的狗就不喜欢吃他的肉了！"

"哎，别，""孙大巴掌"忙说，"还得让他去顶一个壮丁呢！"

日本少佐没理他，冲狼狗一个呼哨，狼狗立马扑向了慕铁匠！

"孙大巴掌"惊悚地看着。

慕铁匠宁死不屈的脸，红化的画面！

25. 山坡上的灌木丛中，晨
任常伦登时红了眼，倏地站起身，想冲下去。

26. 小酒店门前的马桩上，晨

慕铁匠仿佛猜出了他的意思，闭着眼睛痛楚地大喊："中国人啊，杀不光！留得青山在，不怕没柴……"

没等他喊完，日本少佐便一枪击中了他的胸口，血光四溅。

27. 山坡上的灌木丛中，晨

"爹……"任常伦双手掩面，发出痛苦的低咽。

28. 小酒店门前，晨

慕铁匠惨烈地死去了。

胡三江、李四海都吓得赶紧扭过身去！

日本少佐指着二翠嫂的男人一挥手："他的，带走！壮丁地干活！"

二翠嫂的男人被强行带走了。

小辫子哭喊着扑上去："爹，爹！"

二翠嫂也哭喊着扑上去："孩子他爹……"

日本少佐一挥手，日本兵把她们给拦住了。他凶神恶煞地面对二翠嫂和小辫子，然后举起枪，"啪"地击断了高杆上饭幌的绳子。那饭幌儿，飘飘摇摇地坠于地面。

日本兵走了。

二翠嫂反过身来，红着眼睛痛骂"孙大巴掌"："你个狗娘养的！你个吃里爬外的东西！总有一天，俺要扒你的皮，抽你的筋，点你的天灯……"

"孙大巴掌"沉着脸不说话。

蓦然，他掏出枪来，对准二翠嫂就是一枪，二翠嫂应声扑倒。

"妈……"小辫子扑到二翠嫂身上痛哭。

胡、李两个人吓得腿都软了。

"孙大巴掌"吩咐手下家丁："把这酒店一把火烧了！"

家丁点燃火把，去烧草房。

"孙大巴掌"跳上马，对胡三江、李四海说："胡、李二位东家，今天的事儿，你们就装聋作哑，当什么都没看见，当什么都没听见。日后，要是从你们嘴里传出个只言片语来，别怪俺孙某人不讲交情！"说完，和两个家丁上马走了。

胡三江说："这'孙大巴掌'不是作孽吗！都是乡里乡亲的，犯得着整来日本人吗？！"

李四海说："别说了，隔墙有耳！咱们俩先把小辫子她妈给埋了，再把慕铁匠的尸首驮回村子，也不枉咱们做了一回乡亲！"

29. 崎岖的山路，日

"孙大巴掌"带两个家丁策马前行。

突然，从斜刺里冲出了任常伦。他红着眼睛，双手抡着一根大树杈子，像出山的猛虎，直取"孙大巴掌"。

"孙大巴掌"一闪身，大树杈砸在他的坐骑上。那马一声嘶鸣，发疯似的朝前跑去。

任常伦又直取那两个家丁。他的气势，把两个家丁给吓坏了，仓皇地朝前鼠窜。

任常伦手拄大树杈子，悲愤地望着他们背影。

他仰起脸，面对苍天，发出撕心裂肺的狂喊："爹……"

这喊声，让大山都震颤了！

30. 黑黢黢的大山，夜

夜幕降临了。

黑黢黢的大山中，只有夜鸟的哀鸣。

任常伦背着慕铁匠的尸首，牵着没了爹娘的小辫子，一步一步地朝前走去。

他那张悲愤的脸，坚硬得像一块冰冷的铁。

31. 孙胡庄任常伦家，夜

孱弱的慕桂莲满脸忧愁地靠坐在被垛边。

屋门，忽地开了！

慕桂莲惊喜地问："爹，常伦，是你们吗？"

任常伦不吭声。他扛着慕铁匠的尸体、领着小辫子进来，把爹小心地放在了土炕上！

慕桂莲从黑暗中爬起来，划了根火柴，想掌灯，一眼看见血肉模糊的慕铁匠，怔住了，惊问："呀！爹……他这是怎么了？！"

任常伦"咔"地一口吹灭了她手中的火柴，咬着牙说："咱爹……叫'孙大巴掌'勾来日本兵给祸害死了！"

桂莲大哭，却被任常伦捂住了嘴："别哭！'孙大巴掌'不会死心，肯定要抓俺。你给俺收拾下贴身用的东西，俺得马上走！"

桂莲用手捂着嘴，悲怆地呜咽着，颤颤地下了地，一边摸黑儿掏柜子里的东西，一边说："要活一块活，要死一起死。俺跟你走！"

任常伦："不行！爹的后事还得你料理！你代俺找口薄皮棺材把爹入了土吧，别让黄土压了爹的脸！还有，这孩子，爹让日本人抓走了，妈让'孙大巴掌'打死了。你替俺……把她抚养大。"

慕桂莲急问："你要去哪儿？"

任常伦："不知道！要给咱爹报仇，手里没有枪不行！俺能投八路就投八路，投不了八路，就去当土匪！"

慕桂莲一惊："你要去当土匪？！"

任常伦："不是真去当土匪，是去找一杆枪。手里有了枪，就能打小日本，就能对付'孙大巴掌'，就能给咱爹报仇了不是！"

任常伦拎出块磨石，在上面用力地磨着一把大刀！

慕桂莲声音颤抖地："咱们才结婚，被窝儿没焐热乎，家里就出了这么大的事儿！俺知道你是铁心要为爹报仇。可你这一去，生死不知，不如咱一起把爹埋了，埋完了爹，你就拿刀把俺挑了吧；挑了，俺陪爹一道去了，今后你也就轻手利脚地一心无挂了！"

任常伦闻言，看看手里颤抖的刀，眼角溢出泪水来："傻子！你咋这么说话？俺任常伦连鸡都没杀过，能用刀子挑了你？俺下得了手吗！桂莲，留得青山在，不怕没柴烧。不管咋苦，你都得熬着！你……等俺回来！"

屋外，忽然有异常响动。

任常伦警觉地："他们来啦！"

"那你快走！"慕桂莲颤着声说。

任常伦双眉紧锁，掀开窗子，飞身一跃，跳到了外面！

32. 院子内、外，夜

院墙上，伏满了举着洋炮、土枪的家丁。

"孙大巴掌"在院外骑在马上，得意地笑着："任常伦，识相的赶快举手投降，不识相的，明年的今天就是你的周年！"

任常伦冷冷一笑，嗖地蹿上墙头："'孙大巴掌'，你听着——你欠俺任常伦家的血债早晚要还！"

"孙大巴掌"阴阴地一笑："哈，属鸭子的，嘴硬！给俺打，把他给俺穿成筛子眼儿！"

密集的枪声。

墙头上，任常伦往后仰倒……

33. 一道山间小溪，晨

清冽的溪水，在微微的曙色中流淌。

几片落叶，顺水漂流而下。

在溪边的一块巉岩旁，任常伦又累又乏又困又饿，衣衫褴褛地躺在路边。他的左臂，受了伤，衣服上渗出血迹。

一阵脚步声，把他从昏睡中惊醒。

他揉揉眼睛，挣扎着坐起来，忽然发现远处过来一支队伍！

队伍整齐地行进在路上，哦，是八路军的队伍！

任常伦忙挣扎着爬起身，踉踉跄跄朝那边跑去。

34. 行进的队伍中，晨

在队伍的后边，多了一条"尾巴"，是任常伦。

三班长邹满清发现了，忙走过去问："老乡，你是干什么的？"

任常伦："俺是受苦的人，有仇的人！"

邹满清："你为什么总跟着俺们？"

任常伦："俺要当兵！"

邹满清："当兵？"

35. 村庄里，临时连部，日

任常伦响亮地："对，俺就是要当兵！"

连长魏林和班长邹满清饶有兴致地看着他。

军医孙名媛细心地为他包扎伤口。

魏林："你叫什么名字？"

任常伦答："任常伦！"

魏林："哪个村的？"

任常伦答："孙胡庄的！"

孙名媛猛然抬起头。

魏林："为啥非要当兵？"

任常伦突然泣不成声地："手里没有枪，就挨日本兵和汉奸'孙大巴掌'的欺负！"

孙名媛心里微微一震。

魏林："'孙大巴掌'是谁？"

任常伦："日本人的一条狗！"

孙名媛低下头，继续为他包扎伤口。

魏林："俺们要是不收留你呢？"

任常伦倔强地："那能行吗？不收也得收！当不上兵，俺得就去当匪！你们……不能逼俺落草为寇吧？"

魏林笑了："好，还真有个倔脾气！"他对邹满清说："这个任常伦，就到你们三班当兵吧！"

邹满清为难地："连长，你知道，俺是个柔性子。像他这样不服天朝管的人，俺还真怕领导不了他呢！"

魏林："他这种性情的人，打仗肯定是好样的，成不了豹子头林冲，也是黑旋风李逵！"

邹满清笑了："就他？俺看顶多也就是菜园子张青！"

魏林："让你带走你就带走，啰唆什么！"

邹满清立正，给魏林敬了个礼："是！"

他对任常伦："走吧。"

任常伦却执拗地不走。

邹满清说："连长，你看哪，他不走！"

魏林："任常伦，你不是要当兵吗？！"

任常伦说："俺是要当兵，可不俺想当让别人瞧不起的兵。他们班，俺不去！"

魏林："任常伦！你服从组织，还是组织服从你？要当兵就要有个兵样子，到三班去！"

任常伦想想说："连长，俺非得去他们班吗？"

魏林："俺说过的话不重复！"

任常伦："实在非得让俺去，也不是不行，可俺有个要求！"

魏林说："怎么？你还有什么要求？"

任常伦大声说："给俺一杆枪吧！没有枪，当兵有啥意思？"

魏林笑了："枪，会有的，但要从敌人手里夺过来！"

任常伦很失望："咋？队伍里没有现成的枪？"

魏林继续笑道："有哇，敌人正给咱们造着呢！"

任常伦："如果现在就打仗，俺用什么打小日本？空着两只手，俺这是当的什么兵啊？"

魏林说："咱们是八路军山东纵队五旅14团二营第五连！是抗日的队伍！是人民的武装！任常伦，俺再说一遍，所有新兵入伍都不能马上拿到枪，要等待机会！"

任常伦只好耷拉着脑袋，与班长邹满清一起走出连部。

孙名媛久久地凝望着他的背影……

36. 草地上，日

战士们在练刺杀。

换上一身军装的任常伦手里拿根木棍子，也在队伍中，可他的目光，却盯在草地旁架在一起的几支步枪上。

邹满清厉声地："任常伦，你眼睛往哪儿看呢？头摆正，目标正前方，杀！"

任常伦转过头，用木棍刺向前方："杀！"

37. 农家院内，日

训练结束了。

任常伦进院儿，把那根木棍子往地上一扔，沮丧地蹲在地上。

邹满清喊他："吃饭了。"

任常伦："不饿！"

邹满清严肃地："不饿也得吃！记住，你不是老百姓了，你是兵！"

"兵！"任常伦无奈地站起身，嘴里嘟嘟囔囔地，"这当的算是什么兵，木头棍子兵！"

38. 村街，夜

一条大狗在狂吠。

从村子里，悄悄地闪出一个黑影！

这是任常伦。他背着一支步枪，牵着一匹马。

哨兵在暗处的声音："谁？站住！"

任常伦飞身上马。

班长邹满清披着衣服追出来，冲任常伦的背影喊："任常伦！你给俺站住！"

任常伦伏在马背上，向远处疾驰！

哨兵的枪声。

魏林疾步走出来："三班长，咋回事？"

邹满清带着哭腔说："连长，任常伦……他偷走了俺的枪！"

魏林脸色骤然沉了下来。

39. 县城，日本宪兵队大门外，夜

两个日本兵正在一起对火点烟。

任常伦像只敏捷的豹子，从暗中猛然蹿出，两只手揞住日本兵脑袋对着一磕，把他们摞倒在地上。他掏出刀子，每人都连扎数刀，然后才把两支枪往身上一背，扭头走了。

40. 村子里，临时连部，夜

连长魏林焦急地在地上来回走着。

军医孙名媛、班长邹满清和几个三班的战士都无言地望着他。

魏林思忖地："你们说，这个任常伦……会不会是混进来的汉奸？"

邹满清摇头："我接触不像。"

孙名媛也说："我接触也不像。"

魏林皱着眉："那为啥……他偷马，又偷枪呢？"

大伙又沉默了。

41. 日军马厩，夜

任常伦已窜进了马厩。

微弱的灯光下，他选中了一匹菊花青。

手，轻轻解脱了拴在吊木上的缰绳。

菊花青突然仰天长嘶了一声，其他的马匹一片骚动。

马厩旁的一间小屋子里，走出一位日本兵。他披着衣服，伸着脖子朝这边张望。

唰！一道亮光闪过，日本兵胸前插上一把尖刀，他倒地身亡。

这边，任常伦已翻身上马。

又有一名日本兵自小屋内出来，踩在倒地的日本兵身上差点儿绊倒。他立即紧张地鸣枪，高喊："八路，八路……"

一群日本兵冲出，朝任常伦跑着的方向射击。

任常伦在马上回射。

枪声，像爆豆儿一样，划破了夜空！

42. 县城外的山路上，夜

夜色迷蒙。任常伦肩背三支步枪，骑着菊花青，旁边带着先前骑来那匹瘦马在飞奔。

远处，有日军的马队在鸣枪追击。

任常伦不时地还击……

43. 山中密林，夜

任常伦甩开了追来的日军，在密林中下了马。

他坐到一块大石头上，把刚缴获来的步枪轮番拿在手中摆弄，喜爱之情溢满了汗津津的脸。

44. 队伍宿营的村口，黎明

任常伦背着三支步枪，牵着两匹马，嘴里哼着那支我们已经听过的胶东民歌——

"山上的槐花开落了，

山间的樱桃熟透了，

山里的妹子长高了，

妹子的心思山知道……"

他乐颠颠地走进队伍宿营的村口。

突然，不知是从哪儿蹿出几个战士，猛地扑向他！

任常伦像发狂的狮子一样，拼力挣扎，先是用脑袋把两个战士顶倒在地，接着又抡起枪托，向另外几个战士进攻。

"任常伦！"连长魏林蓦地从一棵大槐树下闪出来，厉声喊着他的名字。

任常伦一怔，住手。

魏林冷着脸："立正！"

任常伦立刻听话地立正。

班长邹满清指挥着几个战士冲过来下了他的枪。

魏林走过来，严肃地："你昨晚跑哪儿去了？"

任常伦站得笔直："去县城了！"

魏林："你到县城做什么？"

任常伦不无得意地："报告连长，杀死鬼子两个，缴获一匹战马两杆枪！"

战士们都惊奇地看着他。

魏林厉声地："谁让你去的？无组织无纪律！"

"不，"任常伦脖子一梗，"我有组织有纪律，是连长你让我去的！"

魏林生气地："我？我什么时候让你去的！"

任常伦："你告诉我，枪，要从敌人手里夺过来！"

魏林一愣，有点儿语塞，但马上就说："那……我也没让你一个人去冒险啊！"

任常伦不无得意地嘿嘿笑道："不冒险。"说着，唰地撸开裤腿，"连长，不信你看，小鬼子连我的一根汗毛都没碰倒！"

魏林严厉地："把裤腿放下，不许乱笑！"

任常伦听话地照办了。

魏林语气和缓了一些:"任常伦,知道下面我要说什么吗?"

任常伦有些害羞地低下头,又偷偷地乐了一下,然后才小声说:"不好意思啊!俺笨寻思,可能是因为俺杀了鬼子,又弄回了好马、快枪,你要夸奖俺。其实,连长,不用夸奖,这是小事儿一桩,都是俺该做的!有了枪,俺就像个战士了,就可以打小鬼子和汉奸了不是吗?!"

众战士哄笑!

看见大家笑,任常伦也咧嘴笑。

班长邹满清厉声地:"不许笑,都不许笑!"

魏林看任常伦一眼:"三班长,关他三天禁闭!"

邹满清:"是!"

任常伦怔怔地:"啥叫关禁闭?"

邹满清:"就是让你好好反省错误。"

任常伦更加不解:"啥?我还有错误了?"

邹满清不再说话,一挥手,让几个战士带任常伦走。

"连长!"任常伦扭头大喊,"关禁闭俺不怕,可枪和马可不能不还俺啊!"

魏林强忍着没笑。

他扭过脸,对邹满清和军医孙名媛说:"这小子,是块好料。他身上的伤怎么样了?"

孙名媛:"还有化脓的地方,得接着上药。"

魏林点头,对邹满清:"找老乡买只鸡,晚饭让这小子可劲儿造一顿!"

邹满清:"是!"

45. 禁闭室里,夜

饭菜摆在那里。任常伦躺在一旁,没吃。

46. 禁闭室门外,夜

班长邹满清小声对魏林嘟哝:"连长,他说不把枪和马还给他,他宁可饿死了也不吃一口饭。这小子,说了,就干得出来。俺当初就说不要让他到我们班,可你非得塞给俺们!你看,现在俺是手捧刺猬,扔,扔不下,捧着还扎手!"

魏林:"这小子是犟,可引导好了,俺看,还真是块好钢!"

女军医孙名媛来了,魏林和邹满清跟着她一起进了屋。

47. 禁闭室内,夜

孙名媛推推任常伦:"喂,起来换药。"

任常伦一动不动。

魏林说:"任常伦,你一不吃饭,二不换药,把身体搞坏了,还怎么打鬼子啊?"

任常伦一听连长来了,呼地坐起身:"连长,你得发话,那枪,那马,得归我任常伦!"

魏林:"你缴获的马和枪,都是战利品,必须上交,由连里统一分配!"

"连长,这也太不说理了吧?那枪,那马,可是俺拿命换回来的!"说着,他一撩腿儿下了地,给魏林跪下了,"连长,算俺求你。就算马不给我,也不能不给俺一支枪啊!"

魏林:"任常伦,你还像个军人的样子吗?快站起来!立正!向后转!目标:上桌,吃饭！"

任常伦眼里含着泪水，起身，不情愿地朝小饭桌走去。

48. 村口，大树下，夜
站岗的哨兵警觉地注视着前方。

49. 禁闭室内，夜
孙名媛一边给任常伦换药，一边轻声问他："你的家乡孙胡庄……小鬼子也常去吗？"

任常伦："常去。村里好多人都被抓了壮丁，一个个有去无回，孙胡庄都快成寡妇村儿啦！"

孙名媛："你说的那个孙万富……"

任常伦："咦？你咋知道他叫孙万富？"

孙名媛："听说。"

任常伦："村里没人喊他大号了，都叫他'孙大巴掌'。那人顶坏，跟日本人穿一条裤子。我这胳膊，就是他带人伤的！"

孙名媛怔怔地听着，不语了。沉默了许久，她才说："任常伦啊，你听我一句话：咱是八路，不是土匪，做啥事不能由着性子来，要讲究守纪律。纪律，懂吗？"

任常伦似懂非懂地深深点点头。

50. 树林子里的一片空地，日
队伍正在集合，战士们一个个荷枪肃立。

任常伦徒手站在队尾，眼馋地看着别人手中的枪。

"立正！"随着一声洪亮的口令，魏林疾步走到队前。

"稍息！"他喊，然后用目光扫视着自己的队伍。当他看到任常伦的时候，高声喊道："任常伦，出列！"

任常伦大步跨出。

魏林："向新战士任长伦授枪！"

邹满清双手托一支三八大盖，跑步到任常伦面前，把枪发给他。

任常伦接过枪，激动得泪水夺眶而出。他颤着声喊道："连长，俺任常伦给你磕头了！俺有枪了，俺也知道自己错了。俺向组织认错，再也不私自行动了。"他啪地打自己一记耳光，"俺任常伦，今后再不长个记性，就是狗生猪养的！"

邹满清小声地："任常伦，你说什么呢！"

任常伦立刻噤声。

魏林朝任常伦这边走了几步，语重心长地说："常伦啊，一定要记住，军人，不能用枪指挥脑子，得用脑子指挥枪！"

任常伦郑重地点头："是！"

51. 缀满了野花的山岗，日
太阳很亮，山野很美。

任常伦兴奋地持枪跑上高高的山岗。

他把军帽用力甩向了天空，同时大喊："俺有枪了，俺有枪了……"蓝天白云，仿佛都被他内心的欢乐给感染了。

然而，这快乐毕竟是短暂的。

日本人的炮弹在他身边接连爆炸，震耳欲聋的巨大声响中，掀起的尘柱遮蔽了蔚蓝的天空……

52. 阵地上，日
激烈的枪炮声。
（字幕：1941年1月，山东掖县城南）
魏林带领战士们正在阻击日寇。

53. 扛弹药的路上，日
任常伦与班长邹满清和一个矮个子小兵扛着弹药，迅疾地穿过炮火硝烟，越过一个又一个弹坑向阵地前沿跃进！

突然，炮弹呼啸而至的。任常伦一下子扑倒在矮个子小兵身上。

飞溅的烟尘埋掉了邹满清和任常伦他们的身影！

硝烟飘散，任常伦甩甩头上的土，看看他掩护下的矮个子小兵无恙，便叫他起来，两个人在弹坑里寻找邹满清。

满脸硝烟尘土的任常伦与矮个子小兵在未散尽的硝烟中，用力扒着弹坑中的泥土！

任常伦一边扒一边焦灼地喊："班长，班长……"

任常伦奋力寻找，他终于惊骇地发现了邹班长的手指！他用颤颤的手轻轻一拉，竟拉出一条被炮弹炸碎的沾满泥土与血渍的残臂。

他悲痛欲绝，嘴角颤颤地抽搐着，泪水夺眶而出："班长，班长……"

小个子兵也失声痛哭："邹班长，邹大哥……"

任常伦声泪俱下地低声说："邹班长，你听着。俺任常伦……要为你报仇，旧仇新仇一块报，一块报……"

他猛一拉小个子兵，两人扛起弹药，顶着硝烟继续向前方跃进！

54. 阵地上，日
魏林和战士们的子弹打光了，正和敌人展开白刃格斗！

任常伦和小个子兵冲上来。

任常伦见魏林正与两个鬼子拼刺刀。

他高高扬起手中的弹药箱，砸向敌人，一个鬼子颓然躺倒！

另一个鬼子冲向任常伦，任常伦从肩头卸下枪，一枪结果了他。有更多的鬼子围上来，硝烟中满是飞溅的血光！

两个鬼子冲向矮个子小兵。任常伦用身体掩护着他，与鬼子拼刺刀！他撂倒了一个鬼子，又有更多的鬼子向他冲来！

魏林急忙过来掩护任常伦。

他的左臂挨了一枪刺，血从袖管里渗透出来！

魏林咬着牙，端着枪，继续与敌人搏斗。

任常伦用肩头顶开魏林："连长，你撤！快点儿，你听俺的，撤！"说着，他怒吼着冲向敌人！

55. 孙胡庄，任常伦家，日
慕桂莲用破布吊着一只胳膊，正倚门而望。

"孙大巴掌"来了。

他笑眯眯地："在这儿望风景，还是望我？"

慕桂莲没吭声。

"孙大巴掌"走近她，说："这年头，那个任常伦不死于兵乱，必死于匪祸，你想等他活着回来，除非日头从西边出山。"他伸手掐了下慕桂莲的脸蛋儿。

慕桂莲无语地躲开了。

"孙大巴掌"满脸惋惜地："这么年轻、这么俊俏的小女子，跟那小子没过上一天消停日子，你还为他守活寡，值吗？不值！"

慕桂莲不看他，也不语。

"孙大巴掌"贪婪地盯着她。突然，他猛出手，把慕桂莲推进门内。

56．门内，日

慕桂莲用力挣扎着。

"孙大巴掌"疯了似的扑向她。

慕桂莲拼死反抗。

小辫子从里屋露出脸来，满脸惊惶地看着。

"孙大巴掌"与慕桂莲厮打。

小辫子急冲过去，把一盆水哗地扣在"孙大巴掌"的头上，然后大喊："来人啊，来人啊……"

57．门外，日

小辫子冲出门口，大喊："来人啊，来人啊……"

有几位老人和妇女陆续跑过来："怎么了，怎么了？"

还不等小辫子回答，"孙大巴掌"像落汤鸡似的从门内出。在众目睽睽下，他讪讪地："都回家，看什么看？有什么好看的！"

慕桂莲也从门内出来。她大喘着气，手扶门框，突然从心底发出一阵呜咽：有愤恨，有委屈，也有无助……

58．阵地上，黄昏

残阳如血，硝烟仍未散尽。

死寂的阵地上布满了双方士兵的尸体。突然有人蠕动，是任常伦！他咬着牙，从尸体堆里拖出受伤的魏林。

他拖着魏林，艰难地爬行。

孙名媛等人带着担架队冲上阵地，往下抬伤员。

59．一顶大帐篷内，傍晚

村庄附近的一片树林里，大帐篷内躺着许多伤员。

不时有担架出入。

孙名媛和几位护士，正给一位重伤员包扎。

帐篷一角，魏林与任常伦并排躺在两张单独的病床上。

魏林左臂重伤。

任常伦的脸上、手上也都缠着绷带。

任常伦看着魏林，眼里转动着泪水："连长，你是为了掩护俺才伤着了，不值啊！你是连首长，俺任常伦一条小命，都赶不上你一条胳膊值钱！你不值，真不值！"

魏林：“怎么不值？在军人眼里，战友的生命高于一切。人的生命都是等价的，没有高低贵贱之分。”

任常伦默然无语，只有眼角的泪水在无声流淌，濡湿了脸上的绷带与纱布。

60．孙胡庄，任常伦家屋内，傍晚

慕桂莲坐在窗前，为小辫子梳头。

慕桂莲：“这些天，枪啊炮啊响个不停。枪炮一响，我就心惊肉跳。”

小辫子：“婶儿，俺也是。”

慕桂莲：“唉，你叔他们在哪儿呢？可千万别让枪子碰上！”

小辫子懂事地安慰她：“婶儿，好人有好报，坏人有坏报。枪子会找‘孙大巴掌’，不会找俺叔。”

慕桂莲忧心地摇头：“那玩意，可没长眼睛啊！”

61．大帐篷门口，日

两匹战马拴在这里，其中有任常伦缴获的那匹菊花青。

门帘一撩，孙名媛扶着魏林走出来。魏林脸色好多了，只是左臂袖管是空空的。他抬脸看看天空上的太阳，嘴角和脸上是太多的坚毅。

任常伦随后也走出来，他的脸上仍有痂痕。

其中一匹战马，见到魏林咴咴地长嘶。

魏林走到战马前，单手扳鞍、翻身上马。

孙名媛眼泪汪汪地看着他。

任常伦牵过菊花青的缰绳。

孙名媛突然跑到魏林的马前，紧紧拽住缰绳，眼里泪花闪闪。

魏林望着孙名媛，低声说：“别哭，别让战友们瞧见。我们……还会见面的。”

孙名媛这才依依不舍地松开手。

魏林纵马朝前驰去。

孙名媛扭过脸，含着泪，疾步往回走。

任常伦一把抓住她。

孙名媛一怔：“你做什么？”

任常伦粗声大嗓地：“俺要你一句话！”

孙名媛：“你要我啥话？”

任常伦拿下巴颏儿指指魏林驰去的方向，压低着声音：“你答应当俺嫂子。”

孙名媛顿时满脸飞红：“你……你乱说什么呀！”

任常伦咧开大嘴笑了，很真诚地说：“连长他……发给了我一杆枪，我呢，想要帮他找个媳妇。虽说我是个粗人，可眼不瞎，耳不聋，心不傻。我早就看出来了，你们俩心里都有，就差我伸手把这层窗户纸捅破！”

孙名媛灿烂地笑着，“啪”地打了一下他的手，说：“你把手给我缩回去，不许伸出来乱捅！”又说：“连长他……少了条胳膊，你可得多关心他！”

任常伦嘿嘿笑了。

他高兴地飞身上马，然后郑重地连敬了两个军礼，说：“这第一个军礼，代表连长；这第二个军礼，代表我自己。嫂子，你保重！”说完，纵马去追魏林了。

62. 掖县城南的阵地旧址，黄昏

夕阳晚照，为远山近树罩上了一层光晕。

逆光中，邹满清等烈士的坟墓立在路边。

魏林、任常伦牵着战马，走到墓前，脱帽致哀。他们把自己的帽子挂在墓柱之上。

远处，影影绰绰地有一群人，朝着这个方向奔跑。渐渐近了，有人喊："连长！任常伦……"他们摇动着手里的帽子，一窝蜂似的冲上前来。

突然，他们都蓦地站住了。

他们吃惊地看着魏林空空的袖筒。

有人问："连长，你的胳臂？！"

魏林淡然一笑："左胳臂没了，还有右胳膊在，右胳膊没了还有两条腿在！两条腿要是也没了，还有牙在！只要有牙在，战场上俺就能咬掉小鬼子的几只耳朵！"

有人喊口令："立正！向归队的英雄敬礼！"

众人敬礼！

逆光中，那是手臂的森林。

魏林沉痛的声音："全体向左——转！"

战友们齐刷唰地转过身来。

魏林、任常伦也举手敬礼！

所有人的目光和手臂都朝着同一个方向——邹满清等战友的墓地……

63. "孙大巴掌"家，夜

"孙大巴掌"躺在炕上吸着大烟泡。

一个家丁幽灵般弓着腰走进来，凑到他耳边，近乎讨好地："东家，那个慕桂莲和小辫子上山挖野菜，让俺乘机给抓来啦！"

"什么？""孙大巴掌"呼地坐起身。

家丁："俺把慕桂莲和小辫子给您抓来啦！"

"孙大巴掌"朝他脑袋就是一烟枪："胡闹！"

家丁被打得一愣："东家，您不是……"

"孙大巴掌"谈虎色变地："那个任常伦没死，投了八路，闹腾得很欢，也常在这一带出没。你抓他媳妇，想要引狼入室啊？！"

家丁无所措手足地："哦？那……"

"孙大巴掌"厉声地："放了！咱不能为了吃口荤腥儿，败了整个家业！"

64. "孙大巴掌"家院门口，日

黑黢黢的大门洞，像一张贪得无厌的大口。

慕桂莲牵着小辫子的手，从里面走出来。

小辫子满脸惊异地："婶儿，'孙大巴掌'今天怎么突然发了善心啦？我还以为这回不死，也得脱层皮呢！"

慕桂莲扭脸回眸看看，说："我看他是怕了！"

小辫子："哦？"

慕桂莲眼中充满希望地："准是你叔有了消息。他怕，怕你叔回来找他报仇！"

65. 小树林中的空地，日

"革命战士，不能光想着报自己的小仇！"魏林正给战士们讲课，"我们中国人，没

有去侵略日本，是日本人跑到我们家门口来烧杀淫掠。他们夺我土地，占我河山，杀我同胞……这，是中华民族的大仇。我们报了这个大仇，自然就报了小仇……"

孙名媛坐在战士中，钦佩地望着他。

任常伦把膝盖当桌子，细心地记着笔记。现在，他已经成熟多了。

任常伦微微扭过脸，瞥了一眼孙名媛。发现了她痴迷的目光，调皮地伸出一只巴掌在她眼前上下晃动。

孙名媛娇嗔地打了一下他的手，扑哧乐了……

66. 无边的原野，日
风儿掠过，把蒲公英的种子吹起来，像一个个小伞兵，在无边的原野上飘荡……

67. 队伍的驻地，夜
（字幕：一年后）

迷蒙的夜色中，队伍紧急集合。

魏林站在队前："现在，俺向大家传达命令！上级要求咱们立即行动起来，粉碎日寇即将开始的秋季大扫荡，帮助当地老百姓护秋，搞好坚壁清野；开展反投降斗争，严厉打击通敌汉奸；上级命令咱们：今晚夜袭孙胡庄，活捉汉奸'孙大巴掌'，马上准备行动！"

68. 泥泞的路上，日
孙名媛挺着微微隆起的肚子，从远处跑来。

渐渐近了，她气喘吁吁地追上任常伦，问："常伦，部队这是要去哪儿？"

任常伦掩饰不住内心的喜悦和冲动："孙胡庄！"

孙名媛不说话了，默默跟着部队往前走。

任常伦停下脚："嫂子，你不能去啊，不是已经通知你今晚不跟部队行动吗！"

孙名媛："孙胡庄的地形、地物，俺都很熟！我可以给大家带路！"

任常伦："有我，还用得着你吗？我从小就是在那儿长大的！"

孙名媛想说什么，却又憋了回去。她挺坚决地："不，队伍去打仗，俺一个做医生的，在家怎么能待得住？"

任常伦比他更坚决："不行。路远，又难走，你还怀有身孕。嫂子，你不能给连长当累赘啊！"

"谁是累赘？"孙名媛生气地瞪他一眼，径自朝前走去。

任常伦欲追，却一眼瞧见魏林悠荡着空袖筒，大步流星地走过来。

"连长"，任常伦忙跑过去，焦灼地一指孙名媛的背影，"你看……"

魏林立刻就明白了，说："让她去吧。"

任常伦一愣："唔？"

魏林笑笑："那人，跟你一样，犟种！认准哪条路，十头老牛也甭想拽回来！"

69. 一道山垭口，夜
队伍从垭口中鱼贯地走出来。他们匆匆行军的脚步……

魏林和孙名媛走在最前面。

魏林低声对孙名媛说："咦？你对这一带的道路怎么这么熟！"

孙名媛也低声："该告诉你了，俺从小……就是在这孙胡庄长大的。"

魏林意外地看了她一眼："啊？"

孙名媛："俺就是在那儿背叛了家庭，投奔了队伍。"

"背叛了家庭？"魏林更加惊异地，"你什么家庭？"

孙名媛低声地："地主。"

魏林停一下子扯住了她："停停停！"

他们两人站到了一旁，队伍仍在鱼贯前行。

魏林逼视着孙名媛："你……必须明白地告诉俺：你和汉奸'孙大巴掌'到底有没有什么瓜葛？"

孙名媛低下头："有？"

魏林紧张地："近吗？"

孙名媛："很近。"

魏林："什么亲戚？"

孙名媛："是俺爹！"

魏林如雷贯耳："胡说，有你这么胡说的吗！"

孙名媛："不是胡说，俺真是他女儿。"

魏林激怒地："任常伦，出列！"

"到！"正牵着菊花青前行的任常伦响亮地应了一声，快步走到魏林和孙名媛的面前。

魏林一指孙名媛："交给你个特殊的任务，马上送她返回驻地！"

任常伦惊愕地："啥？你不让俺参加抓汉奸'孙大巴掌'的战斗了？连长，你是知道的，俺连做梦都盼着这一天啊！"

魏林不容分说地："立即执行命令！"

任常伦不肯："连长，路熟的人都回去了，谁带路呢？"

魏林："俺有作战地图！"

任常伦失望地："地图是死的，人是活的！放着大活人不用，你用地图？！这怕不合适吧？"

魏林："你啰唆什么？又想犯纪律！"

任长伦："不会，俺服从！"

魏林转身走了！

任常伦、孙军医都愣在那里。

队伍过去了，只留下牵着菊花青的任常伦和孙名媛呆站在路边。

任常伦满脸焦灼地："你说怎么办吧？俺听你的！"

孙名媛沉吟不语。

"嫂子，"任常伦格外急切地，"那'孙大巴掌'，是我的死对头啊。我要亲眼看到他当汉奸的下场，我不能不看！"

"唉……"孙名媛仰天长叹一声。

任常伦机灵地："对呀，县官不如现管。咱俩，你官比俺大，你说啥俺听啥！只要你别再让连长怪俺、关俺禁闭就行！"

孙名媛摸了摸肚子，苦涩地笑笑，对任常伦说："没问题，你就听俺的吧，往前走！"

菊花青打着响鼻儿，用蹄子刨着地！

任常伦把孙名媛扶到马上，牵着马顺路追赶部队去了。

70. 孙胡庄，夜

村子里传出狗吠声。

队伍散开，向前摸进。

任常伦搀扶着孙名媛走过来，她一瘸一拐的。

魏林见状，有些动怒："嗯？叫你们回去，咋又跟来了？！"

任常伦："夜道黑，嫂子没注意，绊在一块小石头上，寸劲儿！她摔倒了，俺强把她扶起来。她说，怕肚里的孩子流产，走不了回驻地那么远的道了。俺呢，就……把她扶到了马上。"

魏林焦躁地："任常伦啊任常伦，你真是乱弹琴！"

任常伦："连长，不是俺乱弹琴！离开队伍，嫂子她就是俺的上级。这下级不听她这上级的哪行！"

孙名媛："是俺叫他这么做的。"

魏林皱着眉："任常伦，你归队！"

任常伦冲孙名媛扮个鬼脸，乐颠颠地走了。

魏林喊："卫生员！"

卫生员："到！"

魏林吩咐："去，把她先安置到老百姓家里待着，没有俺的命令，不许出来！"

卫生员："是！"

她刚要伸手搀孙名媛，孙名媛却敏捷地站起来，大步流星地走了。

魏林用异样的眼神盯着她的背影！

71. "孙大巴掌"家宅院前，夜

门开了，战士们从院门里推出一个家丁，用刀逼在他的脖子上说：

"'孙大巴掌'在哪儿？"

家丁惊恐地说："日本少佐请俺们东家吃饭，他在日本人的炮楼子里。"

72. 从炮楼到孙胡庄的路上，夜

远远的，岗楼矗立，铁丝网清晰可见。

"孙大巴掌"一副醉态，与几个家丁骑着马往回走。他哼着小调："有奶那个就是娘，有奶就是娘，有娘那个没奶肚子饿得慌。与其饿得慌，不如换个娘……"

潜伏在路边草丛中的任常伦咬牙切齿地低声骂道："呸！认鬼子当娘的狗东西！脑袋低得都插进裤裆里去了，真是给中国人丢尽了脸！"

"孙大巴掌"等人渐渐近了。

任常伦和战士们蜂拥而上，有的动绳子，有的堵嘴巴，不消一会儿工夫，就把他们五花大绑，押解到了魏林面前！

任常伦愤怒地冲向"孙大巴掌"，抢起枪托要砸："'孙大巴掌'，你睁开狗眼看看俺是谁？！俺是被你害死的慕铁匠的姑爷子，俺是慕桂莲的男人，俺是任常伦！你个汉奸，没想到也会有今天吧？"

"孙大巴掌"浑身筛糠，哆嗦成一团："饶命，俺管你叫爷爷，爷爷你饶命！"

战士们把任常伦拉开。

被拉开的任常伦"呸"地吐了一口："管俺叫爷？俺可不要你这样的孙子，怕坏了俺八辈子名声！"

魏林："一排长！你们排要继续在路两旁埋伏，严密监视岗楼那边的鬼子动向！如果鬼子出动，就给俺往死里打！二排、三排撤回孙胡庄！"

73. 孙胡庄村里，日

一个土台前，黄色的纸上写着：孙胡庄护秋锄奸大会。

村民们、战士们都围坐在台前。

慕桂莲领着小辫子来了！她站在队伍前，仔细寻找。

任常伦早就看到了她，尽管目光中有惊喜的神色，可碍于部队纪律，他仍坐在那里，一动不动！

魏林问慕桂莲："你找谁？"

慕桂莲："找俺男人！"

魏林用审视的目光看着她："谁是你男人？俺们部队里有你男人？"

慕桂莲低下头，用脚尖儿搓着地说："俺男人说是参加打鬼子的队伍去了，姓任，叫任常伦！"

任常伦深情地望着她。

魏林对慕桂莲："俺们连还真有个任常伦，看看是不是你说的那个任常伦。"他冲队伍喊道，"任常伦！"

任常伦腾地站起来："到！"却有几分羞涩地偏低下头。

慕桂莲看见了任常伦，她的眼里忽地滚出了泪花！

在她的主观视点里，任常伦的影像渐渐模糊起来！

她抹了一把泪水，迅疾地跑到任常伦面前，一下子扑到了他的怀里，无声地哽咽起来！

小辫子也跟着跑过去："叔……"

任常伦用手臂轻轻揽着妻子，轻声说："别哭！你看，俺这不是好好的吗？"他又亲切地搂过小辫子，"呀，闺女，长高了！"

74. 土台一侧，日

胡三江与李四海被人拉来，规规矩矩地站在这里。

胡三江对李四海说："瞅这阵势，咱俩是不是也要被镇压了哇？"

李四海说："别在心里乱敲鼓了！八路军要镇压的是'孙大巴掌'，明摆着是让咱俩来受教育的！"

这时，"孙大巴掌"被押解上来。

台下立即沸腾起来。战士与群众高喊着口号："打倒大汉奸！严惩'孙大巴掌'！"口号声此起彼伏！

"孙大巴掌"一抬头，看见了台下的孙名媛，心里一阵疼挛。

孙名媛也用极为复杂的目光看着他。

"孙大巴掌"慢慢低下头去。

魏林走上土台，台下立即静了下来。

魏林："根据上级指示，咱们五连在护秋锄奸斗争中，旗开得胜，抓获了汉奸'孙大巴掌'！对这个大汉奸怎么处理？俺们要听听全村老百姓的意见。"

慕桂莲猛地推开任常伦，冲到台上："杀了他，杀了他！是他害死了俺爹，也是害死了小辫子妈！他还帮着鬼子害过村里不少人……"

小辫子也冲到台上，一口咬住了"孙大巴掌"的胳臂，疼得他像杀猪般嚎叫。

孙名媛地无言地望着。

"杀了他！"台底下山呼海啸般的呼喊声。

这喊声，像雷一样在孙名媛的耳边轰响。

魏林望一眼孙名媛。

孙名媛也用同样的目光看着他。

"杀了他，杀了他！"台底下的群众情绪更加激烈。

"孙大巴掌"两手被反绑着，战战兢兢地抬起头来，说："各位乡亲啊，念着俺也为抗日做过一点好事儿，饶俺一条命吧！"

小辫子："谁是你的乡亲？！"

慕桂莲："说，你做过什么好事儿了？俺们怎么不知道！"

"孙大巴掌"："你们……你们都往台下看，那穿着军装抗日的女八路，不正是俺的亲闺女媛媛吗？！"

全场满是震惊的眼神，现场很静……

孙名媛缓缓地站起来，面对着群众说："乡亲们！孙万富……确实是俺的亲爹，俺就是他说的媛媛！"她顿了顿又说："可他……当了汉奸，就不配再给俺当爹了！他就不是俺爹了！他……是日本鬼子的一条狗！"

"孙大巴掌"跪在地上冲孙名媛喊道："媛媛！你妈没得早，念着你爹把你从小带大，喂过你水，也喂过你饭，你就救爹一命吧！"

孙名媛眼里有泪，哽咽着说："俺……支持严惩汉奸'孙大巴掌'！"

胡三江悄声对李四海说："看见没有？人啊，啥时候不能有奶就是娘。你看，他亲闺女都同意枪崩他了！"

李四海带有几分惊恐神色："是啊，人穷也好，富也好，任何时候不能忘了老祖宗是谁，不能做不是人的事儿，不能丧良心啊！"

魏林严厉地说："把大汉奸'孙大巴掌'押下去，执行枪决！"

"孙大巴掌"吓得浑身一哆嗦。

孙名媛把目光挪开，遥望着远山，不再看他。

这时，魏林却走到她身边，说："孙名媛，我命令你，亲手崩了他，来，用俺的枪！"说着，把枪递了过去。

孙名媛看着枪，伸手欲接。

"孙大巴掌"哀求道："媛媛！你帮爹求个情吧，难道你就眼睁睁地看着爹脑袋开花？！"

孙名媛心一悸，把手缩了回去！

魏林焦急地望着她，说："把枪接过去！"

孙名媛不动。

魏林刚要发火，任常伦却一步蹿了过来，把孙名媛挡在了身后。他倏地夺过魏林的手中枪说："连长，孙军医能支持严惩她爹，已经证明她是坚定的革命者。我的血海深仇还没报，你凭什么让她执行！"然后，他压低了声音说，"你敢再难为嫂子，当心我揍你！"

魏林不语了。

慕桂莲也说："对，俺要亲眼看着俺男人崩了这个坏蛋！"

任常伦把枪一挥，高声喊道："带走！"

战士押解着"孙大巴掌"，往会场外面走去。

胡三江问魏林："首长，俺们两个可以走了吗？"

魏林："不能走，大会还没开完！"

胡三江、李四海浑身都有些发抖。

李四海对魏林颤着声说："俺们两个不走，听候首长发落！"

魏林示意会场上的人们静下来："俺宣布：胡三江、李四海两位乡绅……"说到这里他咳嗽了一下。

胡三江与李四海神情极为紧张！

魏林："他们与'孙大巴掌'不同。他俩同情抗日，还掩埋了小辫子她妈，帮助抗日战士任常伦驮回了他老丈人的尸首，当众表扬戴花！"

有人把事先准备好的大红花，戴在了两人的胸前！

这时，枪声从会场外远远地传来，在小村子里回荡。

胡三江和李四海哆嗦了一下，说："'孙大巴掌'……死了！"

魏林不由得扭脸看了一眼孙名媛。

孙名媛一动不动，目光冷峻地望着远方……

75．任常伦家的小屋前，日
一把大斧，猛地劈开木桦子。

任常伦正在劈柴。

他的那匹菊花青拴在木桩上，悠闲地吃着草。

慕桂莲从屋内出，端着水，递过毛巾："别一个劲儿地劈了，歇会儿吧！"

任常伦："俺这一走，又不知道啥时候能回来，多劈点儿吧。这，是老爷们的活儿！"

慕桂莲深情地望着他，猛然扑上去抱住他。

任常伦羞赧地："这大白天的，叫左邻右舍看见，不好。"

慕桂莲："俺不管！走，屋去！"

任常伦听话地跟她进屋了。

院子里一地劈柴。

那把大斧，醒目地丢在劈柴上……

76．小村庄，夜
小村庄出奇地阒静。

从任常伦家的小屋窗户里，透出一线温暖的微光……

77．山上，拂晓
炸弹腾起巨大的烟柱！

78．任常伦家院门口，拂晓
爆炸声和密集的枪声从远处传来。

任常伦拎着枪，从屋内冲出。

慕桂莲和小辫子紧紧跟着他。

慕桂莲："你这就走？"

任常伦："就走。"

慕桂莲："还啥时候回来？"

任常伦："打跑了鬼子就回来。"

他飞身跃上菊花青，回眸对慕桂莲："爹的坟上，你替俺烧把纸吧。俺这个当女婿的，忠孝不能两全了。桂莲，俺走了，你照看好家，照看好小辫子。"

慕桂莲哽咽着点头。

小辫子恋恋不舍地："叔……"

菊花青在原地转了一圈，驮着任常伦渐渐远去了。

慕桂莲和小辫子久久地站在那里。

她们俩，都满眼泪花。

慕桂莲伸手频频拭泪……

那支我们熟悉的胶东民歌《摘樱桃》又一次响起——

> 山上的槐花开落了，
> 山间的樱桃熟透了，
> 山里的妹子长高了，
> 妹子的心思山知道。
> 山知道哟水知道，
> 捎信儿的风儿更知道。
> 痴情果子多情树，
> 妹妹给哥摘樱桃。
> 甜甜的樱桃哥哥吃，
> 吃得俺心跳脸发烧；
> 等哥哥你再回山里来，
> 妹妹披上红装跟你下山了……

人与马——任常伦渐渐远去的背影；

情与爱——慕桂莲迷蒙的泪眼……

79. 日本人炮楼附近，日

战斗正激烈进行。

任常伦一边加入战斗，一边向魏林报告："连长，任常伦归队！"

魏林："知道了！"

一位战士抱着炸药包，在火力掩护下，冲向敌人炮楼。

他被子弹击中，扑倒在阵地上。

任常伦喊："连长，二班长受伤了！"

魏林："一排长，带人把他给俺抢下来！"

一排长带人刚露头，就被敌人的火力压制住了。

任常伦一边卸自己的绑腿，一边喊："赶快卸绑腿，救二班长得用绑腿！"

很快，战士们把卸下来的绑腿递给任常伦！

任常伦迅速地把绑腿连接成一根长绳，把一头交给魏林说："连长，让战士们扯住这头儿，火力掩护！"说着，扯着绑腿绳，侧身隐伏在菊花青身上，猛然地跃出土坡。

好马架！

任常伦冲上去，把绑腿扔给二班长："快，把绑腿拴在腿上，绑紧！"

二班长往腿上系绑腿！

任常伦在马上俯身迅疾地从地上拾起炸药包，催着胯下的菊花青，朝鬼子的炮楼冲去。

80. 我方阵地，日

魏林和几名战士用力扯拽，二班长被拖回了阵地。

"呀，任常伦！"有战士急喊。

魏林举目望去，骤然一惊。

81. 日本人炮楼下，日
菊花青高高扬起前蹄，发出一声哀鸣，中弹摔倒。
任常伦被甩在地上，仍然死死抱着炸药包。
双方密集交火！
就地十八滚！任常伦已伏身在敌人炮楼的旁边。
菊花青在血泊中痉挛。
导火索蹿着火光，就在燃烧很短的当儿，任常伦把它塞进了炮楼下的枪眼。
爆炸声，伴随着冲天火光……

82. 我方阵地，日
魏林把枪一挥："冲啊——"
战士们迅疾跃起。

83. 炮楼的废墟，日
散发着青烟的废墟上，魏林和战士们扒出了埋在爆炸尘土中的任常伦！
任常伦满面硝烟尘土，被抬上了担架。他喃喃地流着泪说："连长，俺要看看俺的菊花青……"
战士们抬着任常伦走向菊花青。
孙名媛："它血流得太多了，活不成啦。"
任常伦泪水如涌："连长，它还在蹬腿儿，没死！求你给它补上一枪吧，让它少遭点儿罪。我求你了……"
还没等魏林说话，孙名媛便迅疾地冲菊花青开了一枪。
菊花青不动了。
担架上，任常伦无声地饮泣。
他向着天空，不，是向着菊花青敬礼……

84. 任常伦家的小屋内，日
"婶儿——"小辫子从外面跑进来。
病恹恹的慕桂莲挣扎着从炕上坐起来。
小辫子气喘吁吁地："婶儿，八路军又打胜仗啦，端了日本人的炮楼子！"
慕桂莲惊喜地："是吗？唉，你叔说了，把日本人赶跑了，他就可以回家了。"
小辫子："婶儿，俺知道你惦着叔。你病成这样，我去找叔，让他回来看看你吧！"
慕桂莲急摇头："你叔是当兵的，要行军，要打仗，咱不能给他添乱，不能让他分心。"
小辫子眨着大眼睛，不语了。

85. 胶东大地，日与夜
一座又一座的日本炮楼在爆炸声中坍塌……

86. 一座古镇，日
欢腾的民众手持彩旗，围在街道上，欢迎入镇的八路军五连。

脸上仍有伤迹的任常伦拄着拐杖行进在队伍中间。

人群前面，一个小姑娘，小脸儿脏兮兮的，衣衫褴褛，瞪大眼睛朝队伍中张望。

任常伦瞧见她，身子像被蜂子蜇了一下。他停下脚步，细细打量她："嗯？小辫子！小辫子，你怎么跑到这儿来了？"

小辫子一下子扑到他的怀里，带着哭声说："叔，我来找你。"

任常伦心里一哆嗦："你婶儿呢？"

小辫子："我婶儿病了。"

任常伦惊讶地："怎么病的？"

小辫子："想你想病的。"

任常伦："好糊涂！她怎么能让你一个人跑出来？！"

小辫子脏兮兮的小脸笑了："叔，你别怪婶儿，是我偷着跑出来的！走，你跟我回家吧！婶儿想你，我也想你了！"

任常伦俯下身子，眼里浸着泪水，用手揩着小辫子脸上的脏东西："你瞅你这脸弄的，叔差点儿就没认出来你。小辫子啊，你们想叔，叔也想你们。可……叔是军人，怎么能跟你随便回家呢！"

小辫子嘴一咧，嘤嘤地哭了。

任常伦忙给她揩泪水："别哭，好孩子，咱不哭……"

87．部队临时驻地，午

正在开饭。

任常伦的拐杖放在一旁，正蹲在那里儿看小辫子大口大口地吃饭。

任常伦："慢点儿吃，多吃，吃得饱饱的，好回家。"

孙名媛来了。她拿出一小包药递给小辫子："小辫子，这药，带回去给你婶儿。"

任常伦感动地："嫂子，谢谢你，也谢谢连长。"

孙名媛亲昵地瞪他一眼："说什么呢！我该谢你的地方……多啦！"

88．田野，日

一大片庄稼，在战火的摧残中依然显露着生机。

战士们正帮老百姓收割。

魏林用一只胳膊，麻利地捆绕子。

通讯员跑过来报告："报告连长，团部命令！"

魏林接过，看完，对身边的任常伦说："小鬼子在中国大地上一天，中国老百姓就别想过消停日子。鬼子又要出来抢粮了！"

任常伦义愤填膺地："收拾它！"

89．山东海阳长沙堡阵地，日

（字幕：1944年11月17日清晨）

炮火连天，硝烟弥漫。

空着一只袖筒的魏林："任常伦！"

任常伦："到！"

魏林："你们三排长牺牲了，现在由你这个副排长负责指挥全排战斗！你们所处的位置是全团口袋战的口袋嘴儿地带，这个口袋嘴儿能否扎住、扎紧，关系到这次咱们能否全部消灭钻进口袋的这伙鬼子。"

任常伦："明白！"

魏林："马上进入阵地！"

任常伦："是！"

任常伦带领全排进入阵地。

炮弹接连在他们身前身后爆炸。

任常伦大喊："同志们，不能让一个鬼子从俺们这里跑出去，要坚决守住！"

他带领战士向冲过来的敌人扔手榴弹，射击。

敌人在溃退。

90. 旷野，日

军号悠扬。

八路军的大部队在追击敌人。

在他们中间，我们看到了魏林，也看到了孙名媛，还有不少很熟悉的面孔。

91. 长沙堡阵地，血色的黄昏

炮弹又在爆炸！

硝烟未散，敌人复又冲了过来。

我们曾见过的那个矮个子战士："报告副排长，子弹、手榴弹都打光了！"

任常伦："没有子弹手榴弹，俺们还有刺刀！就是死了也要用尸体垒成墙，不让敌人从这儿逃出去！上刺刀——"

战士们都在上刺刀！

一场白刃格斗开始了。

三个鬼子端着刺刀，围攻任常伦。

任常伦左冲右突。

这时，那个矮个子战士冲过来，想帮任常伦解围，却不幸被鬼子猛然出枪刺中了肋下，鲜血如注。

任常伦趁那个鬼子未拔出刺刀，猛然刺倒了他。

矮个子兵用军衣塞堵住伤口，继续与敌人血战。

任常伦刺倒了面前的鬼子。

矮个子兵与一个鬼子互相用刺刀插入了对方的肚腹。

硝烟中，任常伦继续与鬼子拼着刺刀。

突然一颗子弹打中了他的头部。

任常伦扑倒在血泊中……

92. 山坡上，血色的黄昏

硝烟中，魏林率领部队冲了过来。

孙名媛与民工担架队冲了过来。

93. 长沙堡阵地，血色的黄昏

任常伦平静地卧在山头上。

"任常伦——"孙名媛扑过来，拼命摇着他。

"任常伦……"魏林嘶声哭喊。

他和战士们悲愤地朝天鸣枪，多灾多难的胶东山河为之动容。

任常伦的血流着，仿佛染红了山川，染红了溪流，也染红了广袤的天空。

特技红化的画面：在胶东民歌《摘樱桃》的主题音乐声中，慕桂云穿着一身红袄向他跑来。任常伦也奔向她。他们几次想拥抱，都未能拥抱成；慕铁匠也笑呵呵地向任常伦奔来，一下子就扯住了他的手！

梦幻般的铁匠炉旁，慕铁匠掌钳，任常伦抡锤打铁。炉中火光闪闪，与不远的炮火和天边的红霞融为一体……

94. 任常伦的墓前，傍晚

硝烟早已散尽，暮色苍凉而凄婉。

魏林、孙名媛和全连战士都用手往任常伦的坟上填土。

那土，宛如流淌的瀑布！

土的瀑布，叠化成咆哮奔腾的黄河……

（字幕：1944年11月18日，八路军胶东军区司令员许世友在牟平县埠西头村的河滩上为任常伦主持了追悼会。胶东军区政委林皓致悼词。）

95. 任常伦的墓前，日

一团熊熊燃烧的黄表纸。

这是慕桂莲和小辫子。

慕桂莲充满哀戚而又刚毅的脸。她的每一道皱纹都仿佛储藏着对任常伦深深的爱恋。

那支我们早已熟悉的歌又一次从天外飘来——

> 山上的槐花开落了，
> 山间的樱桃熟透了，
> 山里的妹子长高了，
> 妹子的心思山知道……

在这歌声中，有一大束野花缓缓地放进画面。

慕桂莲、小辫子回眸。

魏林、孙名媛抱着他们的孩子在他们身后默然肃立。

他们深深地鞠躬。

任常伦的墓静默地卧在青草和鲜花丛中，仿佛在聆听那婉转的歌声。

渐渐的，任常伦的墓隐去，化作巍然屹立于青山之上的任常伦铜像。这铜像，在喷薄而出的太阳照耀下，闪耀着熠熠的光彩……

歌声继续——

在歌声中叠化字幕：胶东铁汉任常伦参加八路军的四年中，参加战斗120多次，负伤9次，荣获山东省军区一等战斗英雄称号。

在歌声中，缓缓拉出演职员表和片尾字幕……

（本剧与赵剑平、韩爱茵合作，刊于《中国作家》）

乌蒙山恋歌

1. 青山环抱的乌蒙寨，清晨

层峦叠翠——非常典型的喀斯特地貌。乳雾缥缈，像仙女的玉带缠绕着一座又一座锥形的青峰。小村庄的侧面，毗邻的几座峰峦高低错落有致，宛若一只张开双翼的鹰隼直击破晓的苍天。

这是云贵高原常见的那种小村落，现代与原始并存，富庶与贫困同在……

鸡叫了。一只开头，远远近近都在呼应。

在雄鸡们此起彼伏的唱和声中，镜头缓缓摇向一个依山傍水的较为富裕人家的小院儿（大俯瞰）。

25岁的郝平背着行囊、拎着手提包朝院门走来。

远远的，我们看见他年轻的妻子魏兰怀里抱着孩子从屋内急急追出……

2. 郝家院门前，清晨

郝平刚走出院门，魏兰就抱着孩子从后面追上来，一把抓住他的行囊。

郝平回眸，惊怔地看着她。

魏兰不舍地："还是别走了。"

郝平："咦？你咋又变卦了！"

魏兰拿下颏儿一指怀里的孩子："咱儿子太小。"

郝平很不耐烦地："有我爸我妈呢！他们能看着你不管吗？"

魏兰还想再说什么："可……"

郝平一挥手打断了她："别说了。你满村子转转，挨家挨户看看，像我这年龄的还有人留在村里吗？我出去闯闯，还不是为了你，为了咱儿子！"

魏兰不语了，含泪望着他。

"回屋去。"郝平扔下这句话，头也不回地走了。

魏兰眼睁睁地看着他远去，眼里的泪水涔涔滚过面颊……

3. 村口，一棵苍翁的老树下，清晨

郝平急急地朝前走着，好像恨不能一步就离开这座小山村。

突然，一辆摩托车急速冲过他身边，在前边不远处嗖地画了个弧儿，嚓地停下。

郝平抬眼，不禁一惊。

他的父亲郝长茂骑在摩托车上，也不说话，十分威严地瞪着他。

郝平嗫嚅地："爸……"

郝长茂："哪儿去？"

郝平："进城。"

郝长茂厉声地："回去！"

郝平不动。

郝长茂："我让你回去，耳聋了吗？"

"爸，"郝平苦着脸，"咱们乌蒙寨的年轻人，念过中学的，上过小学的，还有一个大字不识的，都出去打工了。我再不济，也是中专毕业生！"

郝长茂："你跟他们不一样。"

郝平反问："哪里不一样？我长两个鼻子三只眼睛了？"

郝长茂下了摩托车，走到他身边，语气有所缓和地："你不是村主任的儿子嘛。"

郝平："村主任的儿子就该死？村主任的儿子学完了金融专业就得甘心在村里当个会计？"

郝长茂："年轻人都走光了，爸这个村主任帐前无将，成了光杆司令。你再不支持我，谁支持我？"

郝平扭过脸去，不语了。

郝长茂："就好比，我是岳飞，那你就得是岳云；我是杨六郎，那你就得是杨宗保……打虎亲兄弟，上阵父子兵啊！"

"不！"郝平斩钉截铁地，"我不当你的岳云，也不当你的杨宗保。我一晃儿在村里待四年了，凭什么让我在这破地方陪一帮老头儿、老太太？"

郝长茂瞪大眼睛："你连我和你妈也不陪？"

郝平："我离开这儿，为的正是你和我妈。"

郝长茂："你连老婆孩子也不管了？"

郝平："我出去闯，正是为了老婆孩子。"

郝长茂语塞地："你……"

郝平："爸，你回去，我走了。"

他扭头朝前走去。

郝长茂一个箭步追上，猛然拽住他："你站住！"

郝平挣了几下没挣脱，只好停步，无语地瞪着他。

郝长茂厉声地："回去！"

郝平大声地："不回！"

郝长茂发怒地狮吼："你给我回去！"

郝平更大声地："我死也不回！"

"你……"郝长茂气得浑身发抖，一抬脚，脱下鞋，抢起来，劈头盖脸地朝郝平打去，"我让你不回，我让你不回，我让你不回……"

"住手！"突然，从斜刺里出来两个人，是抱着孩子的魏兰和婆婆孙秀英追上来了。孙秀英一见郝长茂打儿子，红着眼睛冲了过来，一头撞向丈夫，把他撞得一屁股坐到地上。

孙秀英紧紧护住儿子，怒指郝长茂："你疯了！虎毒不食子，你打儿子干什么？"

郝平额角上有血，眼睛里有泪。

魏兰心疼地看着他，忙走过去，想为他揩揩额角。

郝平却猛然甩开她的手，然后狠狠瞪了父亲一眼，也不说话，气鼓鼓地扭头便走。

"你……"郝长茂想起身追他。

孙秀兰急冲过去，又把他推了个腚墩儿。

郝长茂冲着郝平的背影生气地喊："郝平，你小子走了，就永远别回来！"

郝平驻足，回头喊："不混出个人模狗样儿，我绝不回来！"

孙秀兰忙喊："儿子啊，混得好不好，都该回就回。你常来电话，遇困难找你姑和你姑父……"

魏兰木然地望着前方。

郝长茂指着孙秀兰，咬牙切齿地："母夜叉，你个母夜叉！生孩子都不好好生。你看看，你给我生的这叫什么玩意！"

孙秀兰故意气他："我生的是闹海的哪吒，专门治你这个托塔李天王！"

郝长茂："还哪吒，我看你生了个狼崽子！"

孙秀兰指着他："那还不是随你这个根儿！"

郝长茂被他顶得说不出话来。

魏兰怀里的孩子，突然扯开嗓门大声哭了起来。

魏兰流着泪："虎娃，别哭，别哭……"

4. 省城，一座豪华五星级大酒店的开业庆典，日

鞭炮骤响，锣鼓喧天，嘉宾云集。

西装革履的田永豪和穿旗袍的郝美娟夫妇站在台阶上，春风满面地迎接前来贺喜的各路朋友。

郝美娟的手机响。

她悄悄躲到一边接电话。

5. 盘县娘娘山的铁索桥上，日

透过微微摇荡的铁索，可以看到娘娘山的部分风貌——一座崭新的在大山怀抱中崛起的新农村。

23岁的女孩田青青靠在桥边打电话："妈，咱家的大酒店开张了？好啊，好啊……我陪北京来的'三变'课题组在娘娘山考察呢，还要到钟山、水城和六枝等县、区，实在回不去了。哈……向老爸老妈表示热烈祝贺吧，哈哈……"

6. 省城，黔都皇冠大酒店的开业庆典现场，日

郝美娟笑盈盈地："好了，青青，我跟你爸正忙着呢，照顾好自己呀！"挂断手机。

7. 娘娘山的一处建筑工地上，日

田青青带课题组的几位专家来到建筑工地。

田青青介绍："原来，这里条件很差，贫困人口多，资源、资金、农民分散，成为障碍农村经济发展的顽症。实行了'三变'改革，资源变成了资产，资金变成了股金，农民变成了股东，各类的生产要素都被激活了，农民也真正有了当家做主的感觉，生产积极性、创造性都大大提高，初步形成了规模化、组织化和市场化的农村经济发展新格局。我们觉得，这是精准脱贫的非常有效的办法……"

课题组的同志认真地记录着。

从多种角度拍摄的建筑工地：新时期的农民用自己的热情和汗雨谱写着动感的歌和凝固的诗……

8. 乌蒙寨，日

萧条、冷落，与娘娘山如若地火和岩浆奔突的沸腾景象形成鲜明的对比。

魏兰背着孩子挎着满满一大筐青菜走在村街上。

外号"大咋呼"的王喜凤迎面走来，一见魏兰，便嚷道："兰子啊，听说你们家郝平也走了？你傻呀，孩子这么小，哪能放他走啊！丈夫丈夫，一丈之内是夫，他远走高飞了，还能算是你的夫吗？"

魏兰勉强笑笑："婶子，郝平好歹也是中专毕业生，让他出去见见世面，也好。"

王喜凤："好什么好！男人的心像孙猴子脸——一天七十二变，见到年轻的、长得好点儿的、穿得漂亮的，魂儿就容易被勾走。我们家你叔，不就是进城打工，打着打着，

就钻到别人被窝儿里去了，再也不回来了。别大意，要小心。"

魏兰被她给戳中了心事，愣愣地站在那儿，一时不知道该说什么好了。

王喜凤笑笑，又宽慰她："话又说回来，你跟我不一样。我爹妈没给我一张好看的脸，你爹妈给了。瞅瞅，多俊啊！郝平那小子就是想变心，也不一定舍得呢！"

魏兰被她给说得脸都红了，忙说："婶子，你忙，我走啦！"

王喜凤冲她的背影喊道："兰子，回家告诉你公爹，李二旦他老婆不想活了，上吊了，被救下来了，家里都闹翻天了！"

魏兰回身点头："哎！"

王喜凤："让你公爹快去看看。他当村主任，不是得关心群众生活，注意工作方法嘛！"

9. 省城，黔都皇冠大酒店宴会厅的主宾席，日

高朋满座。

硕大的桌面上摆满了鲜花和各色各样的菜肴。

一位胖乎乎的老板模样的人站起身，高举酒杯，对田永豪夫妇："田总，你这座大酒店一开业，小弟我就甘拜下风了。超五星级，棒。来，我敬你一杯，热烈祝贺！"

在座的人鼓掌，碰杯。

田永豪和郝美娟忙起身答礼："谢谢各位！"

一群年轻的男、女侍应生鱼贯而入，手捧硕大的鱼盘分头往各桌上菜。

有个男侍应生往主桌去，突然与一匆忙走来的衣衫破旧、脏兮兮的老汉撞上，大鱼盘子"砰"地摔碎在地，鱼汁溅得到处都是。

众人惊回首。

男侍生激怒地对老汉："你……"

老汉慌慌地："对不住，对不住……"

郝美娟低头看看自己旗袍上的鱼汁，生气地站起身，走到身后不远处一位经理模样的人面前，压低声音说："你们门口保安都是吃闲饭的呀？咋什么人都往里放！"

经理立即指挥着几个男侍应生把老汉往外赶："走走走，快走……"

老汉挣扎。

男侍应生一齐上手，连拽带推。

老汉急了，连声大喊："我找田永豪，我找田永豪……大耗子，我找你！"

田永豪闻声急忙站起身。

他仔细一看，慌忙奔过去，兴奋地："呀，小石头啊？你怎么来了！"

老汉委屈地："大耗子，看，你手下这帮人，把我衣服都拽坏了！"

田永豪亲热地紧紧抱住他："你来，咋也不打个招呼啊！"

郝美娟皱皱眉头，回到桌边坐下。

田永豪拽着老汉走到桌前，给在座的嘉宾介绍，"这是我光屁股时的伙伴儿——小石头！"

石老汉："石水生，老石头了。"

田永豪对郝美娟："美娟，你不认识了？这是小石头儿，咱村的石水生石大哥呀！"

郝美娟应酬地："啊，啊……"

田永豪喊侍应生："加个凳儿，加个凳儿！"

郝美娟急起身："别加了，坐这儿吧。"

田永豪乐呵呵地把石水生按在郝美娟的座位上："来，喝几盅儿！"

郝美娟满脸不悦地瞪他一眼，又忍不住看看旗袍上的鱼汁，一扭头，走了。

10. 田永豪家宽敞的主卧室，夜

郝美娟郁郁寡欢地躺在床上。

外面门响，她把毯子猛然一拉，蒙住了脸。

门开了，田永豪兴冲冲地进屋，一见床上的郝美娟，忙走过去，轻轻撩开她脸上的毯子。

郝美娟紧闭着眼睛，不理他。

田永豪嬉皮笑脸地："夫人夫人，我错了，我请罪。你走了我才发现，不该让石头大哥把你的座位给占了。那是咱黔城皇冠大酒店第一夫人的位置，怎么能说占就给占了呢！"

郝美娟仍不理他。

田永豪俯身在她脸上吻了一下。

郝美娟呼地坐起身："你烦不烦啊！"

"不烦，"田永豪笑眯眯地，"亲你的人是谁？全国劳动模范！五一劳动奖章获得者！新开业的黔都皇冠大酒店董事长！还烦？"

郝美娟从鼻子里哼一声："自我感觉良好！"

田永豪笑道："嘿嘿……表扬与自我表扬相结合。"

郝美娟："你别嬉皮笑脸的！坐好了，听我说话。"

田永豪夸张地扮作小学生的样子，挺直腰板儿，还把手背到了身后："请夫人指示，我洗耳恭听。"

郝美娟："永豪，你别怪我不高兴。今天主桌上坐的，都是咱请来的领导、贵宾，许多都是大老板。你把一个脏兮兮的老头儿也弄到那儿，让别人咋吃饭？让别人心里咋想你？"

田永豪一听，沉下脸来："你这话说得不对。石头大哥是谁？那是我光屁股时的伙伴儿。我把别人统统赶走，也得让他坐主桌！"

郝美娟："你老实交代，今天又给他多少钱？"

田永豪不语。

郝美娟："看着我的眼睛，不许撒谎！"

田永豪吞吞吐吐地："5万。"

郝美娟："咱家的钱是大风刮来的呀？是大水冲来的呀？是从大街上捡来的呀？"她从床头柜上拿过一个小本本，"我粗略算了一下，你今天这个5万，明天那个3万，几年下来，1300多万了！都说是借，哪个还过？那乌蒙寨是个无底洞，你填得起吗？"

田永豪："唉，乡里乡亲的，不是遇上困难了吗！石头大哥家的老嫂子要动手术，咱有钱不借，在一旁看笑话？"

郝美娟："农村改革都30多年了，凡没拔掉穷根儿的人，不能怪别人，怪他们自己——不是傻瓜，就是懒汉！"

田永豪："也不能那么说。咱们村，海拔高，耕地少，山地多，真正脱贫不易。"

郝美娟："可富起来的人家也不少啊！"

田永豪："人的能力有大小，家庭负担也不一样。"

"咦？"郝美娟不无讥讽地，"谁选你当乌蒙寨的扶贫总管了！你把自己当成救苦救难的菩萨了，是吧？"

"唉……"田永豪叹口气，不吭声了。

郝美娟："长嘘短叹的干啥？你把1300多万白白扔进去，还有理了？咱就是打水漂儿，不还看得见几串水花儿，不还听得见几声水响吗？你往乌蒙寨大把大把扔钱，连打水漂儿都不如！"

田永豪仍不语。

郝美娟生气地："又觉得话不投机了，是吧？那算我白说，行吧？睡觉！"说完，往床上一仰，又拿毯子蒙上了头。

田永豪忙又轻轻把毯子掀起："别生气睡觉，生气睡觉伤身。"

郝美娟："你还怕我伤身？我死了你才高兴！"

田永豪使劲把她扶起来，嬉皮笑脸地："别死啊！要是你这祝英台死了，我这梁山伯不成了老光棍儿啦！"

郝美娟嗔怪地给了他一巴掌："你严肃点儿！"

田永豪立即夸张地板起脸："严肃，你看，我很严肃。"

郝美娟努力忍着不笑："田永豪，你别以为我是抠儿，看你资助乡亲们一些钱就心疼。我是觉得，那个穷坑咱填不起，也填不满。"

田永豪点头："可也是，是得想个更好的法子。"

郝美娟盯着他的脸："咱们打拼到今天，不易。这日子，你要是打算好好往下过，从今天起，要约法三章。"

田永豪："哈，约法？还三章？"

郝美娟："咋，你不同意？"

田永豪："不敢，不敢！你是咱家女王，从鼻子眼儿哼一声那就是命令。我理解的执行，不理解的也执行。"

郝美娟："第一，咱不是扶贫机构，更不是红十字会，不能总是大把往外撒钱。"

田永豪点头哈腰地："老臣明白。"

郝美娟："第二，老话说，男人是搂钱的耙子，女人是装钱的匣子。以后，任何人来借钱，没有我同意，一律不准。"

田永豪："女王陛下，遵旨！"

郝美娟："第三，虽说你是董事长，可咱们公司和酒店的大事小情，必须我说了算。"

田永豪："这么说，我是光绪，你就是慈禧？我是木偶，你是我背后牵线儿的？"

郝美娟："也可以这么理解。"

田永豪："行是行，可千万别传出去。"

郝美娟："就得传出去，我得让全天下的人都知道。"

田永豪："那别人不得说我怕老婆吗！"

郝美娟："怕老婆咋了？不怕老婆的男人，不是好男人！"

这时，门铃骤响。

田永豪："谁呢？"

郝美娟："不管是谁，我一律不见。你就说我睡了。"倏地躺倒。

田永豪忙走出卧室。

11. 田永豪家漂亮、整洁的庭院，夜

田永豪对门外："谁呀？"

郝平："姑父，是我！"

田永豪忙开门："呀，是平平啊，你怎么来了？快进屋。"

12. 田永豪家的大客厅，夜

郝平进门："我姑呢？"

田永豪故意大声地："你姑说，不管谁来，她一律不见。"

郝平愣愣地："哦？"

田永豪更大声地："你姑还让我说，她睡了。"

他话音未落，郝美娟便穿着睡衣冲出门来，一把搂住郝平："平平啊！你爸来好几次电话了，追问你来过没有？咋，家里闹矛盾了？"

郝平："没。是我不想在村里干了，要出来找事做，我爸不高兴。"

田永豪："平平，你们年轻的都争着抢着出来，村里剩下一堆老的小的，经济怎么发展？"

郝平："咱乌蒙寨，早成空壳村了！"

"唔？"田永豪愣愣地看着他，"一晃儿，我有好几年没回去了。当年，家庭联产承包的时候，咱村还是县里、市里的典型呢。"

郝平摇头："越来越不行了。兔子不拉屎，穷地方！凡是能跑能颠儿的，都出去打工了；就我爸，硬逼着我整天看那些老头老太太眯起眼睛晒太阳、袖起两手打瞌睡！我好歹也是中专毕业生啊……"

田永豪喟然长叹："唉……"

郝美娟："你的行李呢？"

郝平："放出租屋了。"

郝美娟心疼地："条件很差吧？搬家来住吧。"

"不，"郝平摇头说，"姑，生活上的事，不用你管我；工作的事，我就投奔你和姑父了。"

田永豪斩钉截铁地："不，这话你得反过来：生活上的事，我们管；工作的事，我们不管。"

郝平一愣："哦？"

田永豪："我当着村委会和你爸都拍过胸脯儿，凡乌蒙寨来的年轻人一个不留，绝对不能鼓励和支持年轻人背井离乡。"

郝平不悦，低头不语了。

郝美娟："你姑父说的是实情。到现在为止，我们公司、酒店里还没有一个咱乌蒙寨的年轻人！"

郝平对田永豪："姑父，那……借我一点儿创业的钱吧。我也像你一样，自己创业！"

田永豪冲郝美娟龇牙一笑，对郝平说："你创业，我支持。可这事儿，你得跟你姑商量。她刚给我约法三章，说我只是名义上的董事长，公司和酒店的大事小情都必须她说了算，还说无论任何人借钱，都得经过她批准。"

郝美兰皱着眉："哎，你怎么砰的一脚，就把球踢给我了呢！"

郝平："姑，先借我几十万，等我创业成功，一定连本带息都还你。"

郝美娟瞥一眼田永豪，忙对郝平摇头说："不行。我刚对你姑父下了死命令，总不能话刚说出口就自己打自己的嘴巴呀！"

郝平极度失望地："那……好吧。我走了。"

田永豪看一眼郝美娟："你送，我送，还是咱俩都送？"

郝美娟："我送吧！"

13. 郝美娟车内，夜

阒静的长街依然华灯闪烁。

郝平坐在郝美娟的车内。

郝美娟一边开车一边说话："你爸来电话，让我劝你回去。"

郝平："姑，开弓没有回头箭。我就是死在外面，也绝不回那个穷地方，破地方！"

郝美娟："家里不愁吃不愁喝。别人家穷，你家也不穷啊！"

郝平："我爸让我在村里当会计，整天就是扶贫脱贫那么点儿事。国家给多少钱，都填不满那些穷坑，越扶胃口越大，越扶越懒，咋扶也还是那么一副穷酸相。我烦死了！"

郝美娟不语了，随手递给他一张卡。

郝平一愣："唔？"

郝美娟："里面有30万，密码570318。"

郝平感动地："姑……"

郝美娟："这钱，对谁都别说，包括你姑父和你爸。"

郝平："明白。姑，等我发财了，加倍还你。"

郝美娟亲昵地瞪了他一眼："你当我放高利贷呢！"

14. 田永豪家庭院，夜

田永豪想到家乡的情况，心里很焦灼，在院子里低头徘徊。

他拿出手机，打电话给郝长茂："长茂啊？是我。"

郝长茂的声音："姐夫！"

田永豪："还没睡吧？"

15. 乌蒙寨，孙二旦简陋的茅屋内，夜

郝长茂接电话："还没睡。"

孙二旦的老婆坐在床上呜呜哭。

孙二旦一声不吭，蹲在屋角抽烟。

郝长茂示意孙二旦老婆安静点儿。

她却哭得更大声。

郝长茂只好走出屋去。

16. 乌蒙寨，孙二旦简陋的茅屋前，夜

田永豪的声音："长茂，谁在哭啊？"

郝长茂压低声音："孙二旦的老婆，一身病，花了不少钱，把家底都折腾光了，也不见好。她不想活了，一条麻绳吊上了梁柁，幸亏发现得早。唉，本来就是个穷家，又闹得鸡飞狗跳墙。我在这儿劝了大半天了，怎么劝都不行。"

17. 田永豪家庭院，夜

田永豪："长茂，你当村主任，费点儿心也应该。眼下，咱村的小青年是不是走得不剩几个了？"

18. 乌蒙寨，孙二旦简陋的茅屋前，夜

郝长茂悲凉地："一个不剩了，剩的全是老头儿老太太和孩子。我哪是村主任啊，简直就是一养老院院长和孩子王！"

19. 田永豪家庭院，夜

田永豪痛楚地："唉……我不管多高兴，一想起咱们乌蒙寨心里就……"

这时，门开了，郝美娟进院儿。

田永豪忙对着手机说："长茂，改天再细聊。"

郝美娟见田永豪正轻轻拭着眼角，忙问："永豪，你咋了？"

田永豪："没咋。听长茂说了些村里的情况，心里难受。"

郝美娟："唉，行了，你就别操那么多闲心啦！"

田永豪摇头："美娟，咱们上小学的时候，老师总讲刘伯温有四句诗，你还记得吗？"

郝美娟："'江南千条水，云贵万重山。五百年后看，云贵赛江南。'对不？"

田永豪："可……刘伯温死了六百多年了，咱们的家乡却还是老样子啊，别说赛江南，离脱贫还远着呢！"

郝美娟："你说你，操那份闲心干什么呀？回屋睡觉去。"

田永豪："不，你先睡，我一个人坐坐。"

郝美娟："你答应过的，从今往后，大事小情都听我的。走——"她像押解俘虏一样，把田永豪硬弄进屋里去了。

20. 乌蒙寨，郝长茂家院内，晨

魏兰正背着孩子收拾院子。

孙秀英从屋内出，走过来，关切地："进屋去，我来。"

魏兰不肯："妈，我行。"

孙秀英："你行，孩子不行。早晨风硬。这是咱郝家的独苗儿！"

郝长茂满脸倦色地从外面归。

孙秀英不悦地："还知道回家啊？"

郝长茂红着眼睛："你拉那么长声儿干什么？我是村主任，村民家里出了问题，我不管谁管！"

孙秀英："你这村主任当的，没成爷反倒成了孙子！"

郝长茂不理她了，转过脸问魏兰："郝平来电话没？"

魏兰摇头。

郝长茂骂道："这兔崽子！"

孙秀英："别乱骂！儿子要是兔崽子，你是啥？我又是啥？"

郝长茂愠怒地："你少说几句，我能拿你当哑巴呀！"一转身，进屋去了。

孙秀英忙吩咐魏兰："快进屋，给你爸热饭去！"

21. 田永豪黔都皇冠大酒店办公室的会客区，日

田永豪正倚在沙发上专注地看一堆材料。

有人敲门。不等他回答，郝美娟便推门进屋了："田总，有位重要的领导前来视察。"

田永豪一愣："省里的，还是市里的？"

郝美娟："听说……是联合国的。"

田永豪满脸狐疑："联合国的？"

他话音未落，风尘仆仆的田青青双手背在身后，蓦地从门外腾地蹦进屋来。

田永豪大喜过望地："哇，这哪是联合国的呀？这是从火星上来的呀！公主驾到，咋连个招呼都不打？搞突然袭击啊？"

田青青笑盈盈地："'三变'课题组今天在六盘水汇总材料，我抽空儿跑回来看看爸妈，也看看咱家大酒店。"

郝美娟指着田青青："你看她晒的，躺在煤堆里不龇牙都看不出来！"

田永豪嘿嘿笑道："黑点儿好，黑点儿健康！"

田青青："那当然！不是有那么一句话吗，有钱的女人看鞋，风流的女人看指甲，浪漫的女人看睡衣，炫富的女人看包包，贤惠的女人看饭菜，像我这样帅气的女人看什么？看脸，看肤色！"

田永豪力挺："说得太对啦，放之四海而皆准。我闺女，这叫国际流行色！"

田青青一脸调皮地竖起大拇指："知我者，老爸也！"

郝美娟亲昵地瞪一眼田永豪，也竖起大拇指："拍女儿的马屁，你也！"

一家人都笑了。

郝美娟对田青青："你呀，跟你爸一样，总是自我感觉良好，从没听你们做过一句自我批评。"

田青青一本正经地："谁说的？您听着，我现在就自我批评。"她清清嗓子，又把手背到身后，"爸，妈，我这个人，最大的毛病就是缺德，而且太缺德！"

"哦？"田永豪和郝美娟都让她给说得一愣。

田青青继续板着脸："中国有句老话：'女子无才便是德'，可我……实在没办法，你们女儿实在是太太太有才啦！"

田永豪和郝美娟被她给逗得拍手打掌，前仰后合。

田永豪大拇指高挑："我闺女智慧！"

郝美娟嗔笑道："哈，又拍女儿马屁！"

"我拍女儿的马屁，是为了向女儿请教。"田永豪一指屋内的办公区，"青青老师，那边坐！"

田青青调皮地："您这句话的前面，丢了个'请'字吧？"

田永豪忙说："请，请——"

田青青这才倒背着手、迈着四方步朝那边走过去。

郝美娟被这爷儿俩给逗笑了，对田永豪："你们父女情深，聊吧！我到餐厅看看，给青青准备几个好菜。"说罢出屋。

22. 田永豪黔都皇冠大酒店办公室的老板台周围，日

田青青大模大样地坐到了董事长的高背椅上。

田永豪忙递过手中的材料，说："青青，我找来了近两年六盘水关于'三变'改革的全部文件，都看了。'洞中方数日，世上已千年'，真没想到农村变化这么大。你走的地方多，给爸多说说。"

田青青："爸，这个'三变'改革，是继当年家庭联产承包责任制之后，农村的又一件大事。当年的联产承包主要是从统到分，是千方百计调动农民的生产积极性；现在这个'三变'呢，则主要是从分到统，解决土地、资金、人力过于分散的问题，在新形势下进一步释放生产力。"

田永豪兴奋地："好，好哇！叫我看，这是一把金钥匙，可以打开咱们乌蒙寨那把锈了多年的锁。"

田青青："土地、资金、人力过于分散，是当下许多农村，也是咱们乌蒙寨的病根

儿。"

田永豪长叹一声："唉……青壮劳动力都走了，土地撂荒了，乡亲们贫富分化了，咱们村也由县里、市里联产承包的典型变成了老大难。这把锈锁不打开，想奔小康？不是中国梦，是白日梦！"

田青青："爸，市里和县里的简报，都批评咱们村了。'三变'改革早已热火朝天地铺开，可我舅却在乌蒙寨按兵不动！"

田永豪："你们这次都去过哪些地方？有照片吗？"

田青青："有哇！"她拿出手机，"爸，你看——这是娘娘山，这是大河堡，这是郎岱，这是海坪，这是梅花山……真可以说是旧貌换新颜！"

田永豪深受触动，激情澎湃地："这些地方，有的过去条件还不如咱乌蒙寨，可现在变化真是太大啦，你要是不说，我还真的认不出来！青青……我突然萌生一个想法，你看行不行？"

田青青："您说。"

田永豪："我想把资金转移到咱们村去！"

田青青高兴地："真的？"

田永豪："这么多年，国家有扶贫款，我也没少帮，可不少人家却仍然还是一个字：穷！这个'三变'，是天赐良机。我考虑，咱们去投资，一是可以帮助乡亲们脱贫，二呢，又可以干一番大事业。你觉得呢？"

田青青："爸，你这个决定太棒啦！可……我妈能同意吗？"

田永豪："对你妈，先保密。"

郝美娟刚好进屋："哟，什么事，对我保密？"

田青青冲田永豪一吐舌头，没敢吭声。

田永豪却笑眯眯地掩饰："先别刨根问底了。女儿大了，需要有点儿个人隐私。"

田青青娇嗔地："好哇，爸，你把目标往我身上转移！"

郝美娟笑道："青青，对我就隐私，对你爸就不隐私了？"

田青青欲解释："妈……"

田永豪忙打断她，对郝美娟："女儿都跟爸爸亲，儿子才跟妈妈亲，谁让你生的是个闺女啦！"

郝美娟关切地问田青青："有对象了？"

田青青："啥对象啊！"

田永豪忙拍拍郝美娟的背，继续掩饰道："不让你问你就先别问。八字儿，刚有一撇儿。"

郝美娟高兴地："有一撇儿就比没一撇儿强。好，太好啦。走走走，到餐厅，给咱闺女庆贺庆贺！"

田永豪："对，庆贺庆贺！"

一家人往外走。

23. 大酒店漂亮的长廊，日

田永豪和田青青走在郝美娟的身后。他不无得意地冲女儿扮了个鬼脸。

田青青娇嗔地瞪他一眼，伸出手去，用两个指甲亲昵地掐他的胳膊。

田永豪夸张地咧嘴，作疼痛状。

田青青甜甜地笑了……

24. 郝平的出租房内，日

屋内极简陋，一台旧电脑醒目地摆在小桌上。

郝平坐在床铺边。有个胖乎乎的老同学正在屋内走来走去、比比画画地对他说话。

胖子："我说老同学啊，你爸当村主任，你就住这破屋子？你姑和你姑父是大老板，你就用这破电脑？"

郝平笑着："你别拿我跟你比呀！你是咱们同学中的首富，是贵州的巴菲特——股神！从今往后，别再称我老同学，你就是师傅，我就是徒弟，我就跟着你发财啦！"

胖子信誓旦旦地："好，只要你有足够的资金流，我保你几年后不光鸟枪换炮，还要炮换……"

这时，有人敲门。

郝平："请进！"

田青青拉开门。

郝平惊喜地："呀，青青！"

胖子："咦？人家都是金屋藏娇，你小子破屋也藏娇啊！"

郝平忙介绍："这是我表妹。"

胖子笑道："真表妹假表妹啊？"

田青青只当没听见，进屋，对郝平："哥，听我妈说你来了。"

郝平："出来闯闯。"转脸对胖子，"是我真表妹。"

胖子表情夸张地："哟，真没想到，你小子还有这么漂亮的表妹！"

田青青礼貌地笑笑。

郝平忙又介绍胖子："这是我师傅。"

胖子嘿嘿笑道："念书时的老同学，这次非要跟我学炒股。"

田青青审视地看着他。

郝平："青青，这可是咱们贵州省出名的股神！"

田青青客气地："啊……那你们忙。"

胖子："不坐坐就走啊！"

田青青："我还得赶车回六盘水。"

她转身出屋，郝平送出。

25. 楼下，日

田青青和郝平从楼内出。

田青青回眸对郝平："哥，你这么年轻，为啥不在村里创业？咱们六盘水现在有不少企业家都是'80后'，有的还是'90后'。"

郝平摇头："乌蒙寨水太浅，不是神龙戏水的地方。"

田青青："你以为股市就是？"

郝平："金融，是我的专业，还有楼上那个胖子，是炒股高手，他有'独门暗器'。"

田青青忧心忡忡地："哥，你当心。"

郝平："你放心。"

26. 乌蒙寨，日

一辆豪华轿车驶进乌蒙寨。

王喜凤迎面走来。

车停，田永豪下车，喊她："王喜凤！"

王喜凤一愣，定神细看："呀，这不是田永豪吗！"她急转身，扯开嗓门大喊，"郝长茂，你姐夫回来啦！魏兰，你们家郝平他姑父回来啦！乡亲们，快来啊，'大耗子'回来啦……"

田永豪友好地："哈，怪不得大伙儿都叫你'大咋呼'，你可真能咋呼！"

王喜凤："哈，可不是。刚才你喊我'王喜凤'，我还差点儿没反应过来。等哪天，我干脆把身份证也改过来，就叫'大咋呼'得了！哈哈哈……"

田永豪含笑看着她。

王喜凤："哪阵风把你这只'大耗子'给吹回来了？我喊你小时候的外号，不生气吧。"

田永豪："不生气，亲切。"

王喜凤："一晃儿，你好像有五六年没回来了。"

田永豪："是啊，想咱乌蒙寨啦。"

王喜凤开玩笑地："想我没？"

田永豪："想，那能不想吗！小时候，咱们那些一起挖野菜、砍柴火、干庄稼活儿的伙伴，总到我梦里去。"

王喜凤快人快语地："咱们乌蒙寨，就你出息啦！哈哈，这些年，我肠子都悔青啦，年轻时要是能把你给占上，这会儿我不也跟着抖起来啦！"

田永豪笑道："好饭不怕晚。我这次回来，就是要跟大伙儿好好合计合计，咋样才能让咱们村有更多的人出息，让你和更多的人都抖起来。"

王喜凤："你有啥魔法不成？"

田永豪："'三变'！"

王喜凤不懂："哦？"

田永豪："说到底，就是一变，让乡亲们由穷变富！"

王喜凤喜出望外地："真的？"

田永豪："我'大耗子'啥时候说过假话！"

王喜凤由衷地："太好啦！你小子行，发财不忘本，过去就没少帮衬村里的老少爷们儿，有不少人都说你是救苦救难的活菩萨呢！"

田永豪朗声大笑："你呀，不单是大咋呼，还是个大忽悠！"

这时候，郝长茂和孙秀英沿村街匆匆跑来。

王喜凤："哈，你小舅子和他媳妇接驾来啦！"

郝长茂跑到跟前："姐夫，你这是微服私访啊？咋连个招呼都不打就跑回来了？"

孙秀英忙不迭地："快回家坐。"

王喜凤："你们家里人先热乎热乎，我给咱那些老哥们儿老姐们儿报个信去！"转过身像风一般刮走了。

田永豪对郝长茂："长茂，先别回家。我想到山前山后转转，行吗？"

郝长茂微微一愣："哦？"

27．乌蒙寨，一大片荒芜的山地，日

田永豪俯身抓起一把干土，满眼都是忧郁。

他对郝长茂："长茂啊，你看，咱们村的山地石漠化的趋向越来越严重。老祖宗把这一片山、这一片水、这一片土传到咱们手里，再这样下去是犯罪啊！"

郝长茂："没办法。那些年轻一点儿的，我磕头作揖都留不住；留下来的，不是老就

是小，没有几个能种田。"

田永豪："得想办法，把年轻人再吸引回来。"

郝长茂摇头："不可能。人往高处走，水往低处流。他们进了城，开了眼，让他们再回来，是做梦。"

田永豪："这个梦，咱必须做！要想方设法，让这荒山野岭变成金山银山，变得像发达国家的农村一样漂亮。"

郝长茂："发达国家的农村啥样？"

田永豪："走到哪儿都是一景，是连城里人都向往的地方！"

郝长茂笑了："姐夫，你是站着说话不嫌腰疼。我当了这么多年的村主任，我知道那绝对没可能。"

田永豪很动感情地："长茂啊，现在外国人一到了北上广，就觉得咱们中国是发达国家；一到了中、小城市，又觉得中国是发展中国家；可一到了咱们这样的乡村呢，又觉得中国是贫困国家。难道你就甘心？就认了？就心安理得永远拉国家的后腿？"

郝长茂刚想说话，王喜凤气喘吁吁地爬上山来。她对田永豪："大耗子……"

郝长茂瞪她一眼："你管谁叫大耗子？叫田总，叫董事长，要不就叫田永豪，还大耗子！没素质。"

王喜凤不服地："你有素质！你当别人都是你呢，非得叫村主任，喊你老茂都不高兴，更别说老猫啦！"

郝长茂："我说'大咋呼'，你能不能不咋呼？"

王喜凤："我要是不咋呼，咋能叫'大咋呼'！"

田永豪扑哧乐了。

郝长茂狠狠瞪她一眼，不再吭声。

王喜凤转对田永豪："一听说你回来了，陈大咧咧、李二旦子、小石头儿，还有四狗子，都来看你。可……他们腿脚不利索，爬不上来。"

田永豪高兴地："好啊，你把他们都带到青龙潭那边去，等我。"又转对郝长茂，"走，回家。"

28. 郝长茂家院子里，日

魏兰正背着孩子跟孙秀英一起忙活。

魏兰洗菜。孙秀英刚抓到一只鸡，在手里直扑楞。

田永豪和郝长茂进院儿。

孙秀英对魏兰："兰子，你姑父回来了。"

魏兰笑盈盈地直起腰："姑父！"

田永豪走过去逗孩子："哈，这是虎娃吧？虎头虎脑，叫虎娃正合适。"随手塞了一个大红包。

孙秀英拿过看看，说："姐夫，又不是外人，一个小毛孩子，给这么大红包干啥呀！"

田永豪："头一回见面，算我跟美娟的一点儿心意。"

孙秀英："长茂，快带姐夫进屋，茶早就给你们沏好了。"

田永豪却没动，问孙秀英："杀鸡？"

孙秀英："对呀！酸汤鱼、辣子鸡，都是你最爱吃的。"

田永豪："好，得多做些饭菜。"

孙秀英一愣："唔？"

田永豪："要够20来个人吃，一会儿都端到青龙潭去，我要在那儿开个party。"

郝长茂、孙秀英面面相觑。

孙秀英："爬梯？"

魏兰捅捅她，小声地："聚会。"

29. 青龙潭边，傍晚

夕阳还没有收尽它的余晖，天体仍有密度。青龙潭边的草地上，却燃起了一堆篝火。篝火四周，摆放着不少做好的菜肴。

田永豪、郝长茂、王喜凤、李二旦、石水生、陈大烈、钱四等20来号人，都在潭边席地而坐。

孙秀英、魏兰走来走去地忙活着。

田永豪拿起杯，喝了一大口："各位老哥们儿老姐们儿，大伙还记得这是什么地方吗？"

石水生："这是咱们小时候光屁股洗澡的地方。"

陈大烈："这是咱们砍柴饿了，偷苞谷和山芋升火烤着吃的地方。"

郝长茂："这也是当年搞联产承包，大人孩子们高兴，一起凑到这儿连蹦带跳的地方。"

田永豪笑了："都对！"

王喜凤笑嘻嘻地挨个指点着大伙儿，先从田永豪和郝长茂开始："那时候，没人喊你田永豪，也不喊你大豪，都叫你大耗子；没人喊你郝长茂，也不喊你老茂，都叫你老猫；还有你——李二旦，后面加了个儿子的子，叫李二旦子。"

石水生嘿嘿笑着："我叫小石头儿。"

钱四："我叫四狗子。"

王喜凤一指陈大烈："还有你呢，自己主动报报外号。"

陈大烈摇头："我没有外号。"

王喜凤瞪大眼睛："啥？你没有外号？再装糊涂，灌你酒。"

陈大烈忙说："哦，想起来了，我叫——"他故意卖关子。

众人洗耳恭听。

陈大烈一字一板地："我叫'大咋呼'！"

众大笑。

王喜凤像座山似的压过来："好啊你个陈大咧咧，来，喝酒，喝酒！"

众拍巴掌起哄："喝酒，喝酒。"

王喜凤扯着他的耳朵，直到把整杯酒都灌下去，才饶了他。

陈大烈指着王喜凤："这娘儿们，当初多亏没娶你，娶了你我肯定怕老婆！"

众哄笑。

田永豪等大伙儿笑够了，才又说："小时候，咱们除了在这儿玩，在这儿笑，在这儿干活，还在这儿吹过很多牛皮。"

"是！"王喜凤抢过话头，"说等咱们长大了，一定要楼上楼下，电灯电话。"

陈大烈："这不算吹。在咱们村，有不少人家都实现了。"

石水生："咱们还吹，等长大了，也要像城里人一样，过好日子，过甜日子。"

钱四一指田永豪："大耗子吹得最厉害，说要把咱这穷山秃山变成金山银山花果山。你吹过没？"

田永豪笑道："吹过，吹过。来，大伙先干一杯，然后我接着吹。"

众人高兴地碰杯、干杯。

田永豪放下酒杯，抬高了嗓门儿："今天，我把各位老哥们儿老姐们儿请到这儿来，一是要叙叙旧，二呢，是要一起合计合计，咋样才能把咱们小时候吹过的牛皮变成现实！"

众人浑身一激灵，都怔怔地望着他。

田永豪："小时候，老师常让咱们背一首古诗，还记得不？"

王喜凤："那能忘吗！'江南千条水，云贵万重山。五百年后看，云贵变江南'。"

陈大烈挑刺儿："不是'变江南'，是'赛江南'好不好？'大咋呼'啊'大咋呼'，你可真能瞎咋呼。这是宰相刘罗锅的诗，能乱改吗！"

王喜凤立刻模仿着他的口气反击："大咧咧啊大咧咧，你可真能瞎咧咧。还宰相刘罗锅，是刘伯温好不好！他们俩，一个在清朝，一个在明朝，你这等于说慈禧太后是朱元璋的丈母娘，差得也忒离谱儿了吧！"

人们尽情地起哄、嬉笑。

石水生："哎，大伙儿先别乱起哄！我看出来了，大耗子今天把咱们弄到这儿来，是有正经事要说。"

人们立刻静下来。

田永豪指指四周，激情四射地："乌蒙寨这一片山，这一片水，这一片土，是咱们世世代代生活的地方。我这次回来，就是想跟大伙合计合计，咋样才能让它不单变江南、赛江南，还要胜江南！"

大伙儿都怔怔地又充满期待地盯着他。

可郝长茂看他的眼神，却有点儿跟大伙儿不一样。

30. 黔都皇冠大酒店董事长办公室，傍晚

郝美娟一脸愠怒地面对着六七位肃立在她面前的男、女员工。

郝美娟厉声地："你们这些人，有助理，有秘书，有司机，还有大堂领班，董事长什么时候离开的酒店？到哪里去了？居然谁都不知道！你们……"

那些员工们一个个垂着头，连大气都不敢出。

郝美娟这时努力平和着自己："好了……这事儿，也不能全怪你们。你们……都先出去吧。"

员工们彼此看看，一个个悄悄出门去。

郝美娟走回到董事长的座椅前，无力地坐了下去……

31. 青龙潭边，夜

那一堆篝火更红更亮。

乡亲们的情绪，也被田永豪用激情点燃了。

郝长茂心里不是很舒服，用很生硬的语气对孙秀英和魏兰说："天黑了，也凉了，抱虎娃先回家吧！"

孙秀英不愿走："不忙，我们听听。"

魏兰也说："爸，我们听听。"

郝长茂不高兴地对孙秀英："万一虎娃着凉了，我拿你是问！"

孙秀英撇着嘴儿："你当着姐夫的面跟我要什么威风？等着，看我回家怎么收拾你！"

众笑。

陈大烈起哄："对，让他跪搓板儿！"

王喜凤："大咧咧你又瞎咧咧，跪啥搓板儿呀！秀英是咱村有名的母老虎，她从来不让主任跪搓板儿，她是骑在他身上打屁股！"

众人开心地大笑。

郝长茂狠狠瞪她一眼，没吭声。

孙秀英笑指王喜凤："'大咋呼'，你再咋呼，我撕你嘴！"

陈大烈笑吟吟地："对，狠撕。"

王喜凤站起身，对陈大烈："又找灌了，对不？"

陈大烈吓得慌忙举手，作投降状："别别别……"

王喜凤走到郝长茂身边，比比画画地："咱们村主任，虽说在家怕老婆，可工作还是有成绩的。别看咱乌蒙寨现在走了麦城，可想当年，咱也有过五关斩六将的时候！"

"那是！"石水生插话，"家庭联产承包，是咱们老村长——长茂他爸领头最先干起来的，一连好多年，咱都是全县、全市的典型。还记得那年吗，长茂当上了村主任，他从县里领奖回来，咱们也是聚在这青龙潭边，唱啊跳啊，一直闹腾到天亮。"

田永豪看一眼郝长茂。他坐在旁边，一声不响。

陈大烈："对，咱们一遍又一遍地唱月亮、星星……"

王喜凤："啥月亮、星星！"她清清嗓子，唱道，"星星还是那个星星……"

有好几个人扯开嗓门跟唱："月亮还是那个月亮……"

郝长茂似有心事，仰天长叹一声。

田永豪关切地注视着他……

32. 田永豪家的大客厅，夜

郝美娟一脸焦灼。

她打电话："青青啊——"

田青青的声音："妈，是我。"

郝美娟急切地："知道你爸去哪儿了吗？"

33. 田青青宿舍，夜

田青青穿着睡衣，显然是刚洗过澡，头发披散着，还湿漉漉的。

她一边忙着看材料，一边用肩膀和腮帮子夹着手机："我爸？我爸不是跟您在一起吗！"

34. 田永豪家的大客厅，夜

郝美娟："一整天不见踪影，手机也不开，会不会出啥事啊！"

田青青的声音："不会吧？妈您别急。"

郝美娟："青青，你当我说实话，你们爷儿俩是不是有啥事背着我？"

田青青的声音："没有哇！"

郝美娟："没有？那你们俩那天说要对我保密是咋回事？"

35. 田青青宿舍，夜

田青青意识到田永豪可能去了乌蒙寨，于是就朗声笑着替父亲打掩护："妈，我爸不是告诉过您吗？那……嘿嘿，是我个人的事。"说完，自己差点儿笑出声来。

郝美娟的声音："你真跟你爸没联系？"

田青青："真的没有。今天,我一整天陪北京来的'三变'课题组考察盘县、水城、六枝的猕猴桃科技园区,刚进屋。妈,我建议您有空过来看看,才两年的时间,'三变'改革真是让山乡巨变啊!"

36. 田永豪家的大客厅,夜

郝美娟不耐烦地："青青,你爸丢了,我心急火燎,你还跟我谈什么'三变',烦不烦啊!"说着,挂断电话。

她似乎听到门外有响动,忙不迭地："哎,来啦!"急朝门外跑去。

37. 田永豪家的庭院,夜

郝美娟冲向大门,急急打开,没有人,是风。

她长叹一声,神情落寞而沮丧地靠在了门边。

38. 青龙潭边,夜

乡亲们显然刚刚唱完,只见王喜凤扯着嗓门儿嚷道："哈哈,咱们这些人啊,个顶个都是跑调儿男高音和跑调儿女高音。"

陈大烈："谁说的?咱要是上星光大道,至少也是大衣哥、草帽儿姐。"

王喜凤："吹吧,你就!"

陈大烈："倒是真有个跑调儿的,就是你——'大咋呼',都跑到乌蒙山尖儿上去啦!"

众笑。

王喜凤反唇相讥："你好,'大咧咧'!你跑调儿都跑到北盘江的大峡谷里去了!"

众又笑。

石水生："你们俩呀,别咋呼,也别咧咧了。要说这首歌啊,还是数咱们村主任唱得最好。"

王喜凤立刻说："对,咱们欢迎'老猫'喊两嗓子,好不好?"

众鼓掌："好!"

郝长茂连连摇手："我脑袋疼,嗓子也冒烟儿。"

王喜凤不依不饶地："不行。今天,你非唱不可!"她跑过去用力往起拽他。

郝长茂一把推开她,阴着脸："不唱,唱什么唱!我当这村主任,整天哭的心都有,还唱呢!"

田永豪一见,忙替他解围："长茂不想唱就不唱了,我再啰唆几句,好吧?刚才,大伙儿唱的那歌词儿多好!'星星不是那个星星,月亮不是那个月亮,山也不是那座山,梁也不是那道梁'——改革开放,农村发生了太大变化,拿咱们乌蒙寨来说吧,至少也出了不少富裕户。'骡子下了小马驹,乌鸡变成彩凤凰'——连许多过去根本不可能发生的事都发生了。我看关键的关键,是咱们得想新的,干大的,想过去那些不敢想的,干过去那些没干过的。你们说,对不对?"

大伙儿都静静地听着,没人吭声。

孙秀英率先打破寂静："我看对。"

魏兰也跟着呼应："我看也对。"

郝长茂不悦地瞪了她们俩一眼。

田永豪接着讲下去："咱们县,咱们市,从两年前就开始搞'三变'试点,现在又全面推广。当年搞家庭联产承包的时候,咱们乌蒙寨跑在最前头,是全县、全市的典型,可眼下，却已经被人家甩出了十万八千里。还能再这样拖下去吗？不能；不搞'三变'行吗？不行！咱们这些老哥们儿老姐们儿每个人都要成为种子选手，得把全村108户乡亲都发动起来。"

王喜凤率先响应："行，发动群众，是咱的长项。"

陈大烈："'大耗子'，小时候你就是孩子头。你认定的事，我们就跟你干。"

田永豪忙说："别跟我干，咱们大伙儿都要跟着村委会和长茂干。"这时，他才发现，不知什么时候郝长茂已经往外走了。

孙秀英一愣，忙喊："长茂，你咋走了？姐夫正说到你哩！"

郝长茂就像没听见似的，头也不回地走了。

人们面面相觑。

田永豪伫立在那里，冲他的背影无言地望着……

39. 村委会，夜

满墙都是奖状和锦旗，还有劳模会合影的照片，记录着乌蒙寨曾经有过的辉煌。

郝长茂勾着头，像块僵硬的石头，一动不动地蹲在地上。

田永豪匆匆走来，走到窗口，关切地注视着他："长茂，你咋了？"

郝长茂微微抬起头："没咋。"

田永豪："不对，你有心事。"

"姐夫，"郝长茂这时站起身来，很激动地，"我才明白，你刚才在青龙潭边给我摆的是鸿门宴。什么'资源变资产'？什么'资金变股金'？什么'农民变股东'？全是胡闹！家庭联产承包之前，大锅饭咱没吃过吗？在一口锅里搅马勺的日子咱没过够吗？咱们乌蒙寨好不容易走到今天，为啥偏要扭过头往回走呢？"

田永豪双手扶着窗台，心平气和地："长茂，'三变'改革不是对家庭联产承包的否定，而是对家庭联产承包的深化。"

郝长茂："姐夫，我不傻，你甭拿那些新名词儿糊弄我。当年，我爸，还有老一辈的乌蒙寨人，为了搞家庭联产承包，差点儿把命搭上。我郝长茂，不能做对不起他们的事，更不能对不起我们村的这些荣誉！"

"你呀，"田永豪走进屋里，走到郝长茂的身边，心平气和地，"你是钻进了死胡同。"

"不，"郝长茂执拗地摇头，"'三变'才是死胡同。眼下，村里有穷有富不假，可穷也好富也好，都是自己干出来的，为啥非得把大伙儿往一块儿拉，让大家一起受穷呢？"

田永豪："不是让大家一起受穷，而是要让大家一起致富。'三变'，是精准脱贫的一条阳关大道。"

郝长茂："你这么说，我更不同意。这些年，我这个村主任整天忙活的是啥？不就是扶贫吗！"

田永豪："我知道。"

郝长茂："我拿扶贫款优亲厚友了吗？"

田永豪："没有。"

郝长茂："我给肥肉添膘了吗？"

田永豪："也没有。"

郝长茂："这不结了！哪怕只有一分钱，我也要公平地掰成两半儿，全都送给贫困户。你满村子问问，谁敢说我不扶贫？谁敢说我扶贫不精准？"

田永豪："可……我说了你别不高兴。"

郝长茂："你说。"

田永豪："你光知道给他们输血，却没有想法子让他们自己造血；你只知道送他们几条鱼，却不知道教他们撒网打渔的方法。长茂啊，输血和送鱼的事，你姐夫我过去也没少干，光现金就搭进去一两千万，可穷根拔掉了吗？"

郝长茂看着他，没吭声。

田永豪："搞'三变'，图的是农村经济规模化、组织化、市场化，是把农民由过去单纯出苦力的人变成管理者、经营者，跟过去在一口大锅里搅马勺根本就不是一码事！"

郝长茂："过去搞家庭联产承包的时候说由统到分是解放生产力，现在搞'三变'又说由分到统是解放生产力，这不是说车轱辘话吗！这不是瞎折腾吗！咱不能总是一个劲儿地折腾啊！"

田永豪："这不是说车轱辘话，更不是瞎折腾。'三变'，也不是简单地由分到统，而是一种全新的组织形式，是有实力的企业与村集体和农民个体的三结合。"

郝长茂："可我……我上哪儿去找有实力的企业？人家有实力的企业为哪样肯到这兔子不拉屎的穷地方来？"

田永豪指着自己的鼻子："远在天边，近在眼前。"

郝长茂惊愕地："你？"

田永豪："我！长茂啊，我已经决定，把资金转移到咱们乌蒙寨来，包括新开张的大酒店也要卖掉。"

郝长茂："姐夫，你喝醉了吧？"

田永豪："我没喝醉。"

郝长茂："那你一定是疯了！"

田永豪："你说对了，我真的疯了，是急疯的。眼看着盘县、水城、六枝、钟山那些'三变'的先进典型把咱们村越甩越远，我就像坐在火山口上，恨不能一下子就爆发，让咱乌蒙寨变成火中的凤凰，飞得更高、更远。"

郝长茂淡然一笑："姐夫，几年不见，你学会作诗了。闲着没事儿你随口诌几句可以，可千万别拿它当饭吃。"

田永豪："我偏要拿它当饭吃。"

郝长茂刚要再说话，口袋里的手机响了。

他接电话："哦？是青青啊……"

40. 田青青宿舍楼下的花园，夜

田青青："舅，我爸是不是回乌蒙寨了？"

郝长茂的声音："是。"

田青青："你让我爸接电话。"

41. 村委会，夜

郝长茂把手机递给田永豪。

田永豪："青青，你咋还把电话追到这儿来了？"

42. 田青青宿舍楼下的花园，夜

田青青边走边说话："爸呀，你干吗要关手机呀？"

43. 村委会，夜

田永豪嘿嘿笑着，小声地："不是得甩掉尾巴，防止你妈跟踪盯梢吗！"

44. 田青青宿舍楼下的花园，夜

田青青："爸，你可真是太逗了。跑了和尚你还能跑得了庙？快给我妈打个电话吧，她找不见你，都快急疯了！"

田永豪的声音："哈，没那么严重。"

田青青："爸，你准备啥时候回去呀？"

45. 村委会，夜

田永豪："唉，我想简单了，本以为两天就能回去，可来了一看，思想工作量很大，阻力也很大，连你舅都不支持我。"他是故意说给郝长茂听的。

可郝长茂，却把脖子倏地扭过去不看他。

田永豪："估计，咋也得十天半个月吧。青青，今天，你们又去了哪些地方？"

46. 田青青宿舍楼下的花园，夜

田青青："走了几个县、区的猕猴桃产业园，爸，壮观啊！他们生态产业化、产业生态化的经验，很值得咱们村借鉴。"

田永豪的声音："太好啦！青青，你多说说情况。"

田青青看看表："爸，咱先别说'三变'的事了。你赶快给我妈打个电话请个假吧，要不然，怕是就得'三变'再加一变了！"

47. 村委会，夜

田永豪："再加一变？加什么一变？"

48. 田青青宿舍楼下的花园，夜

田青青龇牙笑着，一字一板地："你跟我妈的婚变！"说完，收起手机，转身进楼去了。

她飘逸的长发，在温柔的月色中好漂亮，好动人。

49. 村委会，夜

田永豪笑道："哈……这丫头！"

郝长茂在一旁听明白了，慢条斯理地说："姐夫，原来你是背着我姐偷着跑回来的？这么大的事，你敢不跟我姐商量，胆儿也忒肥了吧！"

田永豪："你当我是你呀？怕老婆。"

郝长茂："咱俩谁更怕老婆，自己心里明白。"

田永豪："我堂堂五尺男子汉，岂能怕一个女流之辈？回村投资的事，我说定就这么定啦！"

50. 黔都皇冠大酒店董事长办公室，日

"你说定就定了？"郝美娟端坐在董事长的位子上，冷冷地盯着田永豪，"这屋里头喘气的不单是你一个人，你定得了吗！"

田永豪笑道："我作为董事长，我有决策权。"他走过去，想坐自己的老板椅，"躲

开吧，媳妇。你跑我办公室来耍什么威风呀？"

郝美娟不理他，双手抱肩，坐在那儿纹丝不动。

田永豪催她："让开呀。"

郝美娟仍不动，把两份营业执照副本"砰"地摔到他面前，说："你作为董事长？你有决策权？那恐怕是老皇历了吧？"

田永豪扫一眼，登时愣住了："咦，才半个多月的时间，你就变更了法人？"

郝美娟冷笑道："正常流程，5—10个工作日。"

田永豪生气地："你……这是政变！"

郝美娟："哈，你说政变就政变，反正，董事长是我，不是你了。"

田永豪："你……你太不像话了！"

"你像话？"郝美娟突然声色俱厉起来，"你突发奇想，连个招呼都不打，一走就是半个多月，严重影响了公司和酒店的业务，你应当负什么责任？"

田永豪忙跑过去关门、关窗，压低着声音："你小点儿声。"

郝美娟："我不怕！"

田永豪："让员工们听见影响不好。"

郝美娟："你还知道影响？"她站起身，走过去，"砰砰砰"地又把窗子和门都推开了，摆出一副决战的架势，"你怕我不怕！"

"我怕……我怕行了吧？"田永豪连声说，"惹不起你，我躲着你，行了吧！"边说边生气地走出屋去。

郝美娟坐那儿没动，脸上浮起一片胜利的笑容。

51．郝平的廉租屋内，日

显然是刚刚完成了一笔成功的交易，郝平兴奋地蹦起来。

他满脸喜悦，顺手抓过一听易拉罐装的啤酒，咕嘟咕嘟一饮而尽。

52．田永豪家的大客厅，傍晚

田永豪像一头发怒的狮子，在屋里不停地躺下坐起，坐起又躺下。

外面门响。

田永豪铁着脸倒在沙发上。

郝美娟从外面进，瞥他一眼，没理他，径自朝卧室走去。

田永豪忽地坐起身，厉声地："你站住！"态度和语气与在大酒店的办公室里判若两人，把郝美娟吓得一哆嗦。

郝美娟停下脚，生气地："你凶什么？还敢动手打人啊！"

田永豪怒指她："你凭什么把公司和大酒店都改到你的名下？"

郝美娟："你凭什么想把刚开业的大酒店卖掉？又凭什么决定投资乌蒙寨？"

田永豪："那是我的家乡，也是你的家乡！"

郝美娟："你常说，资本最大的特性是追求利润。那你告诉我，你到那荒山野岭追求什么？"

田永豪气急败坏地："这家里的钱都是我赚的，我往哪儿投资还要你管吗？我追求什么还要向你汇报吗？"

郝美娟："你赚的？'每一个成功的男人背后，都站着一个优秀的女人'，这话你不是常说吗？咋，忘了？"

田永豪："我还说过，每一个倒霉的男人面前，都横着一个糟糕的女人。"

郝美娟："说对了，我就是要当个糟糕的女人，就是要横在你的面前。我绝不允许你把辛苦创业赚到手的钱又拿去打了水漂儿！"

田永豪吼道："你敢！反了你啦！"

郝美娟："有理不在声高，你嚎叫什么？咱们俩这台戏不是刚刚开锣吗，我敢还是不敢，你走着瞧！"说罢，一脚踹开卧室的门。

53. 田永豪家的主卧，傍晚

郝美娟非常生气，一进屋，就把手中的包狠狠甩到沙发上，然后瘫坐在床边。

少顷，门轻轻开了，田永豪点头哈腰地走进来。他完全换了一副面孔，头发湿漉漉的，一看就是刚刚淋过水。

郝美娟无言地看着他。

他走到床边，笑嘻嘻地："老婆，你还真生气啊？"

郝美娟闭上眼，不理他。

田永豪："刚才，是我态度不好。我往脑袋上'哗哗'浇了几盆凉水，冷静一想，咋能用这种态度对待我们新上任的董事长呢？这不单是对领导的态度问题，也是立场问题。我错了，该打……"他用手轻轻扇了自己几个嘴巴。

郝美娟缓缓睁开眼："田永豪，你别来这套。你别看硬的不灵，又跟我来软的。"

田永豪笑眯眯地："我知道，你这人是刀子嘴豆腐心，吃软不吃硬。"

郝美娟坐起身，正色道："那我就明确告诉你：这回，我软硬不吃，刀枪不入。"

田永豪亲昵地坐到她身边。

郝美娟赌气地往旁边闪开。

田永豪："美娟，我这半个多月，好不容易挨家挨户地把乡亲们都动员起来了，连过去那些老哥们儿老姐们儿，还有你弟妹秀英和外甥媳妇魏兰也都帮着我忽悠。开弓没有回头箭，乡亲们积极性都起来了，咱能往后退吗？"

郝美娟冷冷地："你开弓没有回头箭，我也开弓没有回头箭。"

田永豪："美娟，不，尊敬的董事长大人，您不同意卖公司和大酒店，我听你的。可……能不能先支持我一笔资金？"

郝美娟态度坚决地："不能。我早就铁下心了，只要我还活在这世界上，你就休想从家里拿走一分钱。"

田永豪："咱家的钱，也不是你一个人的。就算离婚，也得分给我一半吧？"

郝美娟："问题是，咱俩没离婚，在目前的情况下我也绝对不跟你离婚。你别忘了，家里所有的存款，用的可都是我的名字。"

"你……"田永豪心里极生气，但仍然努力控制着自己的情绪，"美娟，凭我作为一个企业家的敏感，'三变'不单可以帮助乡亲们脱贫致富，也是企业巨大的商机。不信你打电话问问青青，有太多成功的案例。"边说，边掏出自己的手机朝郝美娟递过去。

郝美娟不接，连看也不看他。

田永豪凑近她："信我的话，跟我回村，咱们二次创业。你要相信我的能力，就是给我一个厕所，我也有办法让它变成五星级的厕所！"

郝美娟一听，也很动情地："永豪，我不是不相信你的能力，可……你经常出国，难道还没看明白吗？现在，咱们跟西方发达国家最大的差距，不在都市，而在乡村；我们国家城市和乡村最大的差距，不在吃，而在变。咱乌蒙寨，家家户户还都是茅厕，连个冲水马桶都没有，一进去苍蝇乱飞，又没地方泡澡，你让我咋生活？我都不知道你这半个多月是怎么挺过来的！"

田永豪："你说得都对。可不正因为这样，才更需要咱们回去帮助家乡改变面貌吗？"

郝美娟："可咱不是救世主，你也别硬充救世主。"

"唉……"田永豪长叹道，"怪不得人家都说，男人能走多远，由他的老婆决定。"

郝美娟："不，我不想决定你，也决定不了你。一个是我，一个是乌蒙寨那片穷山穷水，你只能爱一个，也只能要一个，随你选吧！"说完，起身走了。

54．田永豪家的庭院，傍晚

郝美娟刚出屋门，田永豪就追出来，把她拽住。

他恳求地："美娟，相信我，跟我回村。"

郝美娟斩钉截铁地："不，要回你回，反正我不回！"

田永豪激动地："可……你把家里的财产和存款都死死攥在自己手里，想让我净身出户啊？"

郝美娟："你不是有能耐吗？你不是要二次创业吗？有能耐你使去呀，二次创业你创去呀！"

田永豪内心挺悲凉地："美娟，我把话给你撂下，回村创业这条路我走定啦。有你这片绿叶扶持，我当红玫瑰；没你这片绿叶扶持，我做木棉花，照样开成火红的一片。"

郝美娟很气人地："再见，木棉花儿，你一路走好，拜拜啦，我不留，也不送。"

田永豪气急败坏地："你……我这辈子，咋娶了你这么个败家娘儿们！"

郝美娟针尖对麦芒地："是啊，我也在想，我这辈子，咋嫁了你这么个败家爷们儿！"

田永豪厉声吼道："住嘴吧，你！"

郝美娟："哈哈，原形毕露了吧？恼羞成怒了吧？你要不要再往脑袋上浇几盆凉水冷静冷静？"

田永豪被她给气得浑身直哆嗦："好……你……我惹不起你躲着你行了吧？我净身出户，行了吧？我田永豪，当年能白手起家，现在也能空手创业。你看着，我不把乌蒙寨变个样儿，这个家门我不进！"说完，气鼓鼓地出门，"砰"地把门摔上。

这一声巨响，让郝美娟悚然一震。

她缓缓坐回到院内的石凳上，泪水禁不住夺眶而出。

55．田青青的宿舍，深夜

田青青已经睡熟了。

温柔的月光，笼罩着她的秀发、她的面庞……

窗外，有夜鸟在远呼近应，有虫儿在浅吟低唱。

突然，急速的敲门声打破了夜的寂静！

田青青蓦然惊醒，倏地坐起身："谁呀？"

门外，是郝美娟的声音："青青，我！"

田青青急下地开门，见郝美娟头发蓬乱、眼睛红肿地站在门外，不禁一惊："妈，这深更半夜的，一百多公里啊，您咋来的？"

郝美娟没回答，却扑到她身上，像个受了委屈的孩子，呜呜哭出了声。

田青青忙劝慰她："您别哭，您坐。您……这是咋了？"

郝美娟哽咽地："你爸那个混蛋，他疯啦！咱们家大酒店刚刚开业，他就放着好日子不过，偏要回村里投资，还要搞什么'三变'。"

田青青笑了："妈，我爸作为企业家，这是他特有的敏感啊。"

郝美娟一愣："你说什么？"

田青青："一个优秀的企业家，就要有鹰一样的眼光，虎一样的勇气，豹子一样的速度。"

郝美娟："我看他是像熊一样愚蠢！我们打拼了20多年，好不容易在城里站稳了脚跟，还能再回到农村去？那不是从金窝银窝挪回到屎窝尿窝吗！"

田青青笑了："妈，您这是偏见。您应当支持我爸才对。"

郝美娟愤愤地："支持他？除非太阳打西边出来。"说完，又哭了起来。

田青青只好像哄小孩一样哄她："好了，妈，咱不哭了，不哭了……"

56．乌蒙寨，郝长茂家院内，晨

孙秀英正在喂鸡、鸭、鹅。

魏兰则坐在屋檐下的小凳子上喂虎娃。

郝长茂阴着脸从门外进。他指着孙秀英和魏兰骂道："叛徒，你们这娘俩，没一个好玩意，都是叛徒！"

孙秀英："你骂谁？"

郝长茂指点着她和魏兰："我骂你，还有她！"

孙秀英："我们哪儿惹着你了？"

郝长茂："这个家，我是户主。你们凭啥背着我入股？"

魏兰站起身："爸，我们一没动咱家的承包田，二没动咱家的存款。我们入的是自己的劳动力。"

郝长茂："那也不行！"

孙秀英："你说不行就不行？"

郝长茂对孙秀英："为这事儿，姐跟姐夫都闹翻啦，你们跟着起啥哄啊？"

魏兰："爸，咱村总共108户人家，都已经有96户自愿入股了。咱……"

郝长茂："他们是他们，咱们是咱们。你们俩，千万不能学'大咋呼''大咧咧'，整天跟在你姑父屁股后瞎咋呼，瞎咧咧！"

孙秀英："姐夫好心好意回村投资，你咋这样说人家！"

郝长茂冷冷一笑："哼，投资，你们等着瞧吧，看他拿啥投资！"说完进屋。

孙秀英朝魏兰摆摆手。

魏兰会意，抱起孩子跟在她身后往外走。

郝长茂从窗内探出头："你们去哪儿？"

孙秀英随口应付他："虎娃要断奶了，我们去买点儿奶粉，不行吗？"

郝长茂："孩子这么小，急着断奶干啥呀！"

李秀英："你连这事儿也管？找个墙角眯着去！"一挥手，与魏兰抱孩子走了。

出了院门，她与魏兰相视一笑。

57．乌蒙寨，李二旦破旧的茅屋前，晨

田永豪在孙秀英和魏兰的引领下，走进小院儿。

孙秀英冲屋内喊："李二旦子！"

李二旦应声而出："呀，你们……"

孙秀英："我姐夫给嫂子买药来了。"

李二旦连声地："谢谢，谢谢。"

田永豪欲进屋。

李二旦忙拦住："大豪，屋里有病人，脏，味儿也不好。"

田永豪一把推开他，率先进屋。

58．郝长茂家屋内，晨

郝长茂正打电话："……姐，我姐夫回到村里了。什么？好好好，只要你卡住钱这个关口，他就是秋后的蚂蚱，蹦跶不了几天！"

59．乌蒙寨，李二旦破旧的茅屋内，日

田永豪正与李二旦夫妻亲切地聊天。

田永豪："二旦啊，咱们村的108户，就差你们几户没入股了。你到底咋个打算？"

李二旦摇头："算了，我们家不入。"

孙秀英急了："为啥呀？"

李二旦掩饰地："我们家太穷，不能拖累了大家。"

魏兰："大爷，没人嫌弃你，是你嫌弃大家吧？"

李二旦不语了。

田永豪笑道："二旦，你是一朝被蛇咬，十年怕井绳，对不？放心，现在咱们搞'三变'，成立股份制的合作社，跟过去吃大锅饭完全是两码事。"

李二旦摇头："我们家，虽说在村里算贫困户，可至少还能填饱肚子。咱们这些人，除了兰子，当年都尝过挨饿的滋味儿，我可不想再折腾了！"

孙秀英："你这话不对，要致富，必须折腾啊！"

李二旦："穷折腾，折腾穷，我可不敢……"

田永豪看看他，说："那……咱们就算一笔细账吧。二旦啊，你家一共有多少承包田？"

李二旦："算上山地，五亩。"

田永豪："一亩地能打多少粮食？"

李二旦："种苞谷，能收400多斤；种山芋，能收1000来斤。"

田永豪扳着手指头："好了。眼下苞谷是1块1一斤，山芋是6毛钱一斤，也就是说，你家的承包地，种苞谷能得2000多块钱，种山芋能得3000多块钱。可这，还没刨去你的种子钱，也没刨去你用的苞谷尿素和山芋复合肥钱吧？"

李二旦点头。

田永豪："现在，咱们村承包田入股，每亩你可以净得600元的保底钱，5亩地就是3000元；你参加合作社劳动，还可按月拿工资；到了年底，又可以分红。以后每隔5年，承包田入股保底价还要再递增20%……"

孙秀英："二旦子，你算算，哪多哪少？"

李二旦依然满脸疑惑："在咱们村，我们家是最穷的一户。有这好的事，为啥非得拉上我呢？"

魏兰："大爷，这也是精准脱贫的一项内容啊！"

李二旦："我是担心……"

孙秀英："你到底担心哪样？"

李二旦："我担心天上掉馅饼，地上有陷阱。"

田永豪笑了："二旦子，你放心，如果有陷阱，我'大耗子'一定替你往里跳！"

这时，躺在炕上的李二旦老伴儿说话了："李二旦，你别不知好歹，别不分香臭。

人家大豪三番五次地找你，是一片好心。你还以为少了你这个臭鸡蛋，人家就做不成蛋糕啊！"

她这句话，把大伙儿都给逗乐了，连李二旦也笑了。

60. 乌蒙寨，郝长茂家，夜
一张小桌，几盘小菜，外加一壶家酿的老酒。

田永豪和郝长茂边小酌边聊天。

田永豪诚恳地："长茂，我回乡创业，不能没有你的支持。可我发现，你跟我一直两条心，连村委会多数人都举手的事，你也不赞成。"

郝长茂："姐夫，我好歹也是你的亲小舅子吧？你千不该，万不该，不该在村委会里孤立我。"

田永豪笑了："咋是我孤立你？是你自己孤立了自己。"

郝长茂："不，是你回来折腾'三变'，硬把我的威信给折腾低了；你再折腾，肯定把我的威信给折腾没了。"

田永豪："当官不为民做主，不如回家卖红薯；当官不领民致富，不如上街卖豆腐。我是看你小子占着茅坑不拉屎，心里着急。"

郝长茂："唉，我真想不通，你为啥放着齐天大圣不做，偏要跑回来当'弼马温'！"

田永豪："那你就想想，唐三藏为啥有福不享，非得跋山涉水去取经？"

郝长茂："我说不过你，可我知道我姐对你回村的态度，你也知道我对'三变'的看法。咱哥俩井水不犯河水。我不支持你，可也绝不刁难你，行了吧？"

田永豪："不行。你得帮我说服你姐，让她给我资金支持。现在我是万事俱备，只欠东风。没有钱，我……寸步难行啊！"

郝长茂："对不起，我做不到，也绝不做。你拿大把的钱往这儿扔，甭说我姐，我也不赞成。"

田永豪急了："你这么说话，还像个村主任吗！"

郝长茂："像不像村主任我不知道，反正我是你合格的小舅子。"

田永豪："你……"重重地放下筷子和酒杯。

"姐夫，"郝长茂淡然一笑，"你手头没有资金，千万别瘦驴拉硬屎。信我话，回城去。"

田永豪执拗地："我不！"

61. 乌蒙寨外高耸的青峰，晨
苍鹰，在飘着乳雾的崇山峻岭上空倔强地翱翔。

62. 一大片坡地和林莽，日
田永豪带着王喜凤、石水生、陈大烈等人测量坡地。

他们沿着斜坡朝前走，渐渐融入一大片绿色的林莽。

当这一行人再从林莽中走出来的时候，时间已经变化到一个多月以后，田永豪被草木挂破、让太阳晒得发白的衣衫，有了一种沧桑感；他的脸色黑得发亮，也有些消瘦了。

围着一大块山石，他们坐下。

田永豪声音略显沙哑："从这一个多月的踏查和测量来看，咱们村的地貌有五种类型：山地、丘陵、谷地、台地、台原。要根据不同的地貌，规划不同的园区：有以粮食作物为主的绿色农业园区，有以果树为主的自然生态园区，有以旅游为主的休闲观光园区……要把咱们乌蒙寨建成'田园综合体'。村里的房屋也要集中改造，不单可以改善乡亲们的居住条件，还可以腾出大片优质土地。"

王喜凤："哎呀，那得多少银子啊！"

她的话，触到了田永豪心底的痛处。尽管他尽力控制，但还是有一片荫翳笼罩了他的面庞。

石水生提醒："眼下到了猕猴桃栽种的季节了。"

王喜凤："可不是，再不栽种，就过了季节了。"

这时候，魏兰背着虎娃上山来送饭："开饭了，开饭了！"

大伙儿凑过去盛饭。

陈大烈："栽那么一大片猕猴桃，可得好几大卡车水泥桩和铁丝啊。"

王喜凤："可不是，加上树苗，得五六十万元呢！"

田永豪立刻皱紧了眉头。

他沉默良久，然后表态："钱，我负责。"

63. 黔都皇冠大酒店董事长办公室，日

"什么？"郝美娟接电话，心里猛然一沉，"你……再说一遍……"

64. 乌蒙寨村委会，日

郝长茂对着话筒，一字一板地："我姐夫为了栽种猕猴桃，把他的车卖啦！……不行，我咋劝也说不通，咋拦也拦不住。"

65. 黔都皇冠大酒店董事长办公室，日

郝美娟缓缓放下电话，木然地坐在桌边。

66. 乌蒙山中蜿蜒却坦荡如砥的公路，黄昏

夕阳衔山了，质朴而秀美的乌蒙山沐浴在红黄相间的斜阳晚照中，宛若一帧天然的画卷。

一辆拉着水泥桩的大卡车，在这充满画意的山水间缓慢地朝前蠕动。

田永豪、石水生、王喜凤、陈大烈等人都坐在水泥桩上，身上和脸上挂满了灰尘，却一个个都龇牙乐着。

有辆小车从后面驶来，超过大卡车却又在前面嘎地停下了。从驾驶座的一侧，下来一位穿西装的小伙儿。

王喜凤眼尖，惊叫："呀，那不是'老猫'家的郝平吗！"

果真是郝平。他扬手拦住大卡车，仰着脸："呀，你们这是干什么去了？"

王喜凤热情地："去买水泥桩啊！"

郝平："买这么多水泥桩做什么呀？"

陈大烈自豪地："栽种猕猴桃。你小子以后再回来，就可以尝到我们的猕猴桃啦。"

郝平："听说，我姑父还在咱们村折腾呢？"

"你姑父？"王喜凤一指田永豪，"这……不是你姑父吗！"

郝平一愣："唔？"

田永豪笑了："哈，你小子连我都不认识了？！"

郝平又惊又尴尬："哎呀，姑父，是您啊！您……咋弄成这样啊？"

田永豪笑笑："我挺好的呀。"

郝平忙不迭地："别别别，您别坐在这上头，快下来，快下来，坐我车。"

田永豪也没客气，敏捷地上车了。

王喜凤惊叹道："啧啧啧，郝平这小子发啦，都自己有车啦！"

67．郝平的小车内，黄昏

田永豪："你的车？"

郝平意得志满地："是，新买的，花了九万六。"

田永豪："你小子，哪来的钱？"

郝平兴奋地："姑父，我炒股，赚啦！"

田永豪："哦？股市可有风险啊。你年轻，干脆回来跟姑父干吧，咋样？"

郝平脑袋晃得像拨浪鼓："我不回。好不容易离开了这破地方，我可不回。"

田永豪："破地方？过几年你再看，我们要把它变成顶好的地方。你可以入股，当股东嘛。"

郝平："哈，姑父，你比我们年轻人还浪漫。我放下城里的股东不当，非得回这儿当农村的股东？"

田永豪摇头："不，你现在只能算是股民，我们才是股东。你炒股带有一定的投机性质，我们才是真正意义的投资。"

话不投机。

郝平瞥了他一眼，只是闷头开车，不再说话了。

68．凉都，田青青宿舍的楼下，傍晚

田青青骑着单车过来。

几乎是同时，郝美娟的小车也进院了，停在她的对面。

"青青，"郝美娟摇下车窗喊她。

田青青："妈，你咋自己开车来了？司机呢？"

郝美娟："我心里堵得慌，出来散散心，也顺便看看你。"

田青青："累了吧？快上楼。"

她亲热地拽着郝美娟进了电梯。

69．田青青宿舍屋内，傍晚

田青青、郝美娟进屋。

田青青细细地打量着母亲："妈，您瘦了。"

郝美娟："唉，让你爸搅的，我吃不下饭，睡不好觉。"

田青青："我爸又不是三岁两岁的小孩子，会照顾好自己，您不用总惦着他。"

郝美娟："我才不惦着他，我是生气。他不把我气死，怕是不能罢休。"

田青青笑了："妈，我爸又咋招惹您了？"

郝美娟义愤填膺地："我卡死了他的钱，是想把他逼回城里来。可……你猜怎么的？为了栽种猕猴桃，买水泥桩和铁丝，他把自己的车给卖了！这不是天下第一的大傻瓜吗！"

田青青："妈，眼下正是栽种猕猴桃的季节，我爸可能怕错过了农时吧。"

郝美娟激动地："那也不能卖车啊！整天'三变'的，你说，那个乌蒙寨，再变还能变到哪儿去！"

田青青："妈，我爸说话您不信，我说话您信不信？"

郝美娟："你说话我信。"

田青青认真地："您啊，可千万别小看这个'三变'。咱六盘水从打搞了'三变'，确实今非昔比了！"

郝美娟不屑地："还能把乡村也变为城市？"

田青青："耳听为虚，眼见为实。您这次回来，留下住几天吧，跟我们转转，您看看变化了的乡村到底啥样！"

郝美娟："不不不，我家里还有一大摊子事，不留，不转，也不看。"

田青青撒娇地搂住她的脖子："不嘛，我不让你走嘛……"

70. 乌蒙寨，郝平和魏兰的房间，夜

郝平亲昵地搂着魏兰，虎娃睡在旁边。

郝平："想我了吧？"

魏兰含笑点头。

郝平："我在外面，也总想你，更想咱们虎娃。"

魏兰："你要是不走该多好啊。"

郝平："不走？不走咱买得起车吗？不走咱将来买得起房吗？不走你和虎娃能有机会进城吗？"

魏兰："姑父说了，将来，咱们农村也会跟城里一样。"

郝平："他说梦话你也信！"

魏兰："不，不是梦话。听说，咱们县，咱们市，不少村子都变得又干净又漂亮又文明又和谐！"

郝平不悦地："魏兰，你中田永豪的毒太深啦！"

魏兰瞪大眼睛，像看个陌生人似的看着他："郝平，你咋能这样说姑父！"

郝平忽地坐起身，厉声地："我这样说他咋了？他跟姑姑吵架，他跑到这儿来跟我爸捣乱，我骂他都应该！"

魏兰："你小点儿声，别吓着孩子。"

郝平更大声地："吓着就吓着，咋了？"

虎娃被惊醒了，"哇"地哭出声来。

郝平生气地背弓着身子躺倒在床上。

魏兰也忙翻过身去拍孩子。

这对小两口，用自己的身体摆出一个极不和谐的造型……

71. 乌蒙寨，郝长茂家院子里，晨

孙秀英在灶房热气腾腾地准备着早餐。她一扭脸，瞧见魏兰抱孩子从屋内出，忙笑盈盈地迎出去："起来啦？妈把饭菜都给你们准备好了，快喊郝平出来，趁热吃。"

魏兰低头不语。

孙秀英这才发现她情绪不对，眼睛也哭得红红的，忙问："你们咋了？"

魏兰低声哭了："妈，他一大早就走了。"

孙秀英惊愕地："走了？！"

郝长茂急忙从窗内探出头来："谁走了？郝平走了？"

魏兰没再说话，只是低声呜咽……

72. 一个少数民族聚居的村落，日

天很蓝，太阳很亮。

田青青和"三变"课题组的成员站在山上的石栏前，俯瞰下面不远处一幢幢整洁、漂亮的小楼。郝美娟站在不远处，也惊讶地看着。

一个穿少数民族服装的女孩正在解说："这里居住的300多户少数民族村民，原来都散居在附近的山上，不仅交通不便，吃水不便，买东西不便，而且占地很多，浪费了土地。实行'三变'改革，在这里建起了统一的住房，大大改善了居住条件，又腾出大片耕地开发绿色生态农业。请各位往我们的右侧看，那里是新建的民族风情街，既满足了当地民众的需求，又成为重要的旅游资源。去年，光是旅游收入就达到8000多万元……"

郝美娟认真听着。

她跟在田青青和课题组的身后，朝民族风情街走去。

73. 民族风情街，日

好一条漂亮的既有姿色又有韵味儿的风情街！

小街两侧，是富有民族特色的集餐饮、休闲、旅游商品销售于一体的建筑群。红土墙与茅草屋顶相结合的造型，成为一道极为亮丽的风景。

郝美娟走着，看着，眼睛显得有些不够用了。

74. 万亩花海，日

此刻，映入我们眼帘的，是一望无际的花海。这里，木本与草本植物相间，粉红色的芝樱花、淡绿色的马鞭草和火焰般的映山红争奇斗艳。

田青青、郝美娟和课题组的同志们走近这片花海，一个个满脸惊奇。

郝美娟拿出手机，不停地拍照。

75. 凉都，一家临街的饭店内，夜

绚丽的花海化作满街的车水马龙和闪烁不定的五彩霓虹。

正是华灯初放时分。田青青和郝美娟坐在这家古色古香的小饭店临窗的位置上，吃着酸汤鱼。

田青青笑盈盈地："妈，累了吧？"

郝美娟："不累。"

田青青："我看您心情好多了。哈，您刚来的那天夜里，就好像天要塌下来地要陷下去的感觉。"

郝美娟："青青，今天咱们参观的那个少数民族村落和风情街，总共建了多长时间？"

田青青："从设计到建成，一年半。"

郝美娟："哇，好快！"

田青青："妈，这就是六盘水人的'三变'速度。娘娘山的农业旅游生态小镇，也只建了不到两年时间。"

郝美娟："真的没想到，农村的变化会是这么大！"

田青青："过两年变化会更大。所以，我爸的决定，是英明的。"

郝美娟瞪她一眼："你们爷儿俩，一个鼻孔出气！"

田青青调皮地用手按住一侧的鼻子："我试试，一个鼻孔怎么出气。"

郝美娟亲昵地打掉她的手，嗔怪地："你呀，跟在你爸屁股后，整天跟你妈耍心眼

儿！你可是从我身上掉下来的肉哇，不是从垃圾箱捡来的，我是你亲妈呀！"

田青青嘿嘿笑着："可……我爱我妈，我更爱真理。"

郝美娟长叹一声："唉……"

田青青："妈，你叹这么长的一口气是啥意思啊？"

郝美娟："我是叹你爸。50多岁的人了，回到村里瞎折腾，我跟你舅都不赞成。乌蒙寨的条件太差了，你说他可怎么熬啊？我看，不死，也得剥层皮！"

田青青："哈，又心疼我爸了吧！"

76. 返回省城的山路上，日

郝美娟一边开车，一边默默想着心事。

有一大片猕猴桃种植园扑面而来。

郝美娟停下车。

她下了车，朝那片猕猴桃种植园走去。

77. 猕猴桃种植园内，日

郝美娟一株又一株，细细地看着。

从她前边不远处，隐隐传来一个中年男子讲解的声音："这片猕猴桃种植园，占地600多亩……"

郝美娟循声走去。

突然，她像受到了电击，蓦地站住了。透过果树的缝隙，她看到了田永豪、王喜凤、陈大烈、石水生和李二旦。他们正聚精会神地听那位中年男子讲解："'三变'改革前，这里是分散的小片山地，苞谷产量非常低，承包人基本不再耕种了，成了一片荒地……"

此刻的田永豪，像个地道的老农民。他的脸很黑，胡子也没刮，明显地消瘦了，在那儿微笑着倾听，却露出一口白牙……

郝美娟心里好生酸楚。

她踌躇良久，悄然转身走开。

田永豪、王喜凤、陈大烈、石水生和李二旦都听得过于专注，谁都没发现她。

中年男子的声音："实行了集约化管理，我们根据海拔和土质特点，把这里改造成猕猴桃种植园，产品无污染，口感好，营养价值高，畅销国内和东南亚。去年，每个农户平均增收6000多元……"

郝美娟尽量放轻脚步踉跄地朝前走着，快要走出果园的时候，她又缓缓回眸，这时我们看到：在炫目的阳光下，她的脸上有一长串泪光在闪烁……

78. 郝平的廉租屋内，日

郝平兴致勃勃地坐在电脑前。

他的老同学胖子站在他身后。

胖子指点着电脑屏幕："你看啊，长期均线金叉，kdj数值底部反复钝化，macd底背离，能量潮喇叭口扩大，这股要涨！"

郝平笑道："你说这股要涨不就结了，前面说了一堆，全是废话。"

胖子满脸得意地："不是得表现出专业性嘛！"

郝平扭头问他："咋样，我大笔买进？"

胖子："买吧。前一段，你不是买了车吗？做了这笔，你就该换房啦！"

郝平"砰"地砸他一拳："你小子，神机妙算！"

胖子笑眯眯地："佩服我不？"

郝平由衷地："给你磕一个的心都有。"

胖子忙说："别别别，要磕，也得当着你们家嫂子和小侄子的面给我磕，得让他们都知道我是你们家的财神爷！"

郝平哈哈笑道："美的你！"

79. 乌蒙寨，田永豪的临时住处，夜
田永豪躺在床上，又焦急又愁苦，怎么也睡不着。

他忍受着长夜和内心的煎熬……

突然，他起身，抓过手机。

80. 省城，田永豪家的客厅，夜
郝美娟反枕双手，孤独地躺在沙发上，满脸的不开心。

手机响，她懒得接。

对方很执拗，铃声一直不断。

她很烦，抓起手机，刚想挂断，一眼瞥见来电者的名字，倏地坐起身，但仍努力平静着自己，明知故问地："喂，哪位？"

81. 乌蒙寨，田永豪的临时住处，夜
田永豪努力让自己柔声细语地："媳妇啊，没睡吧？"

82. 省城，田永豪家客厅，夜
郝美娟声音冷冷地："早睡了。三更半夜的，你打什么电话！"

83. 乌蒙寨，田永豪的临时住处，夜
田永豪讨好地："媳妇啊，每一个成功的男人背后，都站着一个优秀的女人。没有你的支持，我实在支撑不下去了。"

84. 省城，田永豪家客厅，夜
郝美娟："不，我是个糟糕的女人，我把你变成了倒霉的男人。"

85. 乌蒙寨，田永豪的临时住处，夜
田永豪赔着笑脸："媳妇，我那说的不是气话吗！你大人别见小人怪，只当我是放屁不就得了。"

86. 省城，田永豪家客厅，夜
郝美娟："田永豪，你少跟我来这套。我知道你是找我有事，有话你就说，有屁你就放。"

87. 乌蒙寨，田永豪的临时住处，夜
田永豪坐到了窗台上，嬉皮笑脸地："那我还真有个屁，你批准我放，我可就真放了。媳妇，不，董事长大人，我急需几千万元的资金，早点儿批给我吧。"

88. 省城，田永豪家客厅——庭院，夜

郝美娟边说，边推开门走向庭院。她冷笑道："要钱啊！你手里不是有钱吗？你弄钱的办法不是挺多吗？听说，你刚把车给卖了？"

89. 乌蒙寨，田永豪临时住处的窗台上，夜

田永豪："卖了，不卖不行了。猕猴桃再不栽种，就误农时了。"

90. 省城，田永豪家庭院，夜

郝美娟不无讥讽地："你卖了车，有了钱，还找我为哪样？"

91. 乌蒙寨，田永豪临时住处的院内，夜

田永豪急了，从窗台滑到院子里，边走边说："那是杯水车薪啊，我这儿用钱的地方太多。县里、市里都非常支持，已经决定帮我们贷款。媳妇啊，你实在不同意投资也没关系，就拿咱家的公司和大酒店替我们担个保，帮我们把款贷下来，总行了吧？"

92. 省城，田永豪家庭院，夜

郝美娟果决地："不行！当初你离开家的时候，不是说要净身出户吗？不是说去白手起家、空手创业吗？不是说不把乌蒙寨变个样儿就绝不再进这个家门吗？你不是还骂我是败家娘儿们，还把屋门摔得'砰砰'山响吗？现在缺钱想起我了，我告诉你，连门儿都没有！"

93. 乌蒙寨，田永豪临时住处的院内，夜

田永豪顿时火了："郝美娟，真是最毒不过蝎子嘴，最狠不过女人心。你……"

94. 省城，田永豪家庭院，夜

郝美娟很气人地笑道："你说对了，我就狠，我就毒，你能把我怎么着？想借钱，行。你从六盘水到省城一步一个响头磕回来，在家门口跪三天三夜，还得给我上三炷高香！"说完，便赶紧把手机给关了。

此刻，她的心情比刚开始孤独地躺在沙发上的时候好多了，有一种发泄后的快感。

她仰天望望满天的繁星，笑眯眯地朝屋内走去，边走，还边轻轻地哼唱——

> 今天是个好日子，
> 心想的事儿都能成；
> 明天又是好日子，
> 打开了家门咱迎春风……

95. 乌蒙寨，田永豪临时住处的院内，夜

田永豪对着手机喊："喂，喂……"见郝美娟不再应答，仍气得冲着手机喊，"臭娘儿们，你这种臭娘儿们……"

郝长茂进院儿："姐夫，骂谁呢？骂我姐？"

田永豪余怒未息地："不是你姐，是一个比你姐坏得多的女人。"

郝长茂很动感情地："姐夫，这世界上专门有一种人，不好好吃自己碗里的，却总盯着别人锅里的，还喜欢琢磨别人为啥香得吧唧嘴儿。怕就怕啊，别人锅里的没吃上，自己碗里的又馊了！"

田长豪："长茂，我知道，你这是讽刺我。我也知道，我回来创业你心里很烦。但总有一天，你会知道：姐夫为的不光是自己，更为的是乌蒙寨，是乡亲们，也包括你。"

郝长茂："姐夫，你都年过半百的人了，还折腾个啥呢！"

田长豪像是对他，又像是对自己："不，折腾，我必须折腾，要一折腾到底，开弓没有回头箭！"

96. 乌蒙寨，未来的猕猴桃种植园，拂晓

好大的雾，填满了乌蒙山毗邻的峰峦和脚下的沟壑，让人可以在真正的意义上感悟"雾满龙冈千嶂暗"的诗境。

伴着一声又一声响亮的鸡啼，往日寂静、冷清、荒芜的山谷喧闹起来了，从那一片片飘着晨雾的林莽间涌出了一股又一股激情澎湃的人流……

这是怎样感人的场面啊！100多位留守老人纷纷出动，还有数十个不同年龄段的孩子们。他们像过节一样，扛的扛，抬的抬，在乌蒙寨未来的猕猴桃种植园埋下水泥桩。在这些忙碌的人群中，我们发现了王喜凤、孙秀英、陈大烈、石水生、李二旦、钱四……

田永豪微微弓着腰，肩扛两条水泥桩，一步一步沿山坡往上走。他的额头沁出豆大的汗粒，嘴角微抿着，透出内心的倔强……

97. 省城，黔都皇冠大酒店董事长办公室，日

郝美娟正伏案看材料，郝长茂突然满脸大汗地闯入："姐！"

郝美娟忙起身："呀，长茂，你咋来了？快坐。"

郝长茂没坐："我姐夫在乌蒙寨大闹天宫啦！"

郝美娟一拉他："坐下说，坐下说。"

郝长茂边坐边说："他那个猕猴桃种植园开工啦，我咋拦都拦不住。在村委会里，我成了少数，连县里和市里也都支持他。"

郝美娟："那是头犟驴，犟得很哩。"

郝长茂："见过犟的，没见过他这样犟的，犟得很被动，很闹心。现在，我是姥姥不疼舅舅不爱，夹在上下中间、两头受气！"

郝美娟走到桌边，拿过刚才没看完的材料，问："长茂，这……'三变'到底是咋回事呀？"

郝长茂："姐，说句实在话，这个'三变'也真是把我给变糊涂了。我呀，就有两个担心：一是担心你跟我姐夫好不容易打拼赚的钱，全都砸在村里头，那是个穷坑，咱填不满啊！二是咱爸在世的时候，领着全村搞承包，这么多年咱乌蒙寨都是县里、市里的一面旗帜，我还是省里的劳模。可现在……我咋觉得又往回走了呢？这不是要砍旗吗！"

郝美娟不语了。

郝长茂也不再说话。

沉默良久，郝美娟才问："盘县有个娘娘山，你知道不？"

郝长茂："知道啊，跟咱乌蒙寨一样，也是穷山恶水。"

郝美娟摇头："听说……他们，还有不少地方，现在都鸟枪换炮了。"

郝长茂怔怔地："鸟枪换炮了？"

郝美娟点头："换了。"

98. 娘娘山，夜

繁星般绚丽的灯火，炫耀着这个现代化新农村不凡的历程。

郝美娟的小车驶入陶源大酒店门前偌大的银湖广场。

郝美娟和郝长茂下车，眼前的景象，把他们惊呆了。

他们怔怔地朝四周看着，谁都不说话。

主题歌《龙抬头》骤起——

> 哎嗨，龙抬头……
> 大森林那是擎天的手，
> 大青山那是昂起的头，
> 地大的粮仓盛满金秋，
> 天大的人字写到云上头。
> 都往高处走，
> 一步一层楼，
> 风调雨顺正是好时候！
> 乐也乐不够，
> 笑也笑不够，
> 哎嗨，龙抬头……

在这歌声中，郝美娟和郝长茂在迷人的夜色中走过娘娘山长长的铁索桥，走上古色古香的楼台亭阁，走进依山傍水的风情小镇；

在玫瑰色的晨曦中他们驾车驶过梅花山的时光隧道；

在金灿灿的阳光下他们走入墙上绘满彩画的苗寨，走进一位妇女正潜心作画的农家……

在这一组画面中，我们不时可见郝美娟和郝长茂百感交集的脸和惊奇的眼睛……

99. 乌蒙寨，未来的猕猴桃种植园，日

主题歌继续……

在这充满激情的歌声中，我们迎来了乌蒙山区又一个不寻常的格外晴朗的日子。

田永豪扛着两根水泥桩大步走来。他的身边，是我们熟悉和不熟悉的同样紧张劳作的乡亲们。

"姑父——"魏兰背着虎娃从山下跑来，边跑边喊他。

田永豪驻足，回眸。

魏兰气喘吁吁却满脸兴奋地一指身后："您看——谁来啦！"

田永豪顺着她手指的方向望去，一个矫健的身影正朝他这边奔跑。

田永豪高兴地："青青！"

在魏兰的帮助下，他放下肩上的水泥桩，迎着田青青大步走去："哟，视察来啦？"

田青青跑近他，笑道："哎呀，老爸！你看你晒的，可真是躺在煤堆里不龇牙都看不出来啦！"

田永豪嘿嘿笑着："黑点儿好，黑点儿健康。"

田青青："那是，黑点儿好，黑点儿健康。"

田永豪："爸这也叫国际流行色！"

田青青："那是，太国际流行色啦！"

爷儿俩都开心地笑了。

100. 不远处，日

一座石漠化严重的小山。

一棵孤独的老树。

田永豪和田青青边走边谈，入画。

田青青望着忙碌的乡亲们，说："万事开头难。爸，你开了这个头，几个月就没白干！"

田永豪呆呆地望着眼前这一片为他所深深爱恋的山、水和土地，说："青青你看，这一片山地海拔太高，过去种苞谷长得又瘦又矮，乡亲们说连耗子偷吃苞谷都得跪着才能吃到。多年荒着，太可惜了，石漠化也越来越严重。如果不搞'三变'，路就会越走越窄，脱贫致富也是一句空话。"

田青青："爸，你做得对，我支持。"

田永豪内心挺悲凉地："可你妈，还有你舅，都反对我。我眼下一是缺人，二是缺钱。你妈她对我是赶尽杀绝，连贷款让她担个保都坚决不肯。"

田青青笑了："爸，别急。人好办，只要咱把乌蒙寨的事情做好了，外出打工的年轻人就会大批回流。"

田永豪点头："我也这么想。种好了梧桐树，我不信没有凤凰来。"

田青青："钱呢，我有办法。"

田永豪满脸狐疑地："你？"

田青青胸有成竹地："我有一个闺密，手中有一大笔闲置资金，可以分三笔投过来，算她入股。"

田永豪眼睛一亮："好哇，能投多少？"

田青青："每笔六千万元，总共一亿八千万元。"

田永豪喜出望外地："青青，真的假的？"

田青青："爸，我就是为这事特意来的。"

田永豪使劲儿地用手连连拍自己的大腿："青青，爸不是做梦吧？"

田青青："第一笔投资，我保您三天到账！"

"太好啦，太好啦！"田永豪高兴得溢出了眼泪，冲过去就在田青青的脸上一连亲了好几口。

田青青亲昵地捂着脸，皱着眉，表情夸张地："哎呀，爸，您连胡子都不刮，把我扎疼了！"

田永豪咧开大嘴一个劲儿地傻笑，他笑得好开心……

101. 村委会，夜

郝长茂面对着墙上的那些奖状、锦旗和大照片静静地坐着，心里如同倒海翻江卷巨澜。

窗外，田永豪沙哑的跑调儿的歌声由远及近——

> "星星不是那个星星，
> 月亮不是那个月亮，
> 山也不是那座山，
> 梁也不是那道梁……"

田永豪进屋。

郝长茂转过脸："姐夫，咋还唱上了？"

田永豪没理他，继续唱道：

> 骡子下了个小马驹，
> 乌鸡变成彩凤凰……"

郝长茂一挑大拇指："姐夫，你唱得太棒啦！"

田永豪："还行？"

郝长茂："太行啦，唱得跟自己作的曲儿似的！"

田永豪满脸得意，刚想谦虚几句，又突然觉得不大对劲儿。他指着郝长茂："好哇，你讽刺我跑调儿，对不？唉，我咋摊上你这么个小舅子。"

郝长茂扑哧一笑。

田永豪夸张地长吁短叹："唉……我这人命苦哇，媳妇不像媳妇，小舅子不像小舅子！"

郝长茂："姐夫，我看出来了，你今天情绪跟往天不大一样。我知道是青青帮你弄来钱了，财一大，气就粗，对不？"

田永豪很诚恳地："那是。长茂，可惜你不支持我，要是再有你的支持，我能在咱乌蒙寨干出花儿来！"

郝长茂耍赖地："笑话！我对你不是一贯很支持吗？作为领导干部，连这么点儿觉悟我还能没有？喊！"

田永豪怔怔地看着他："咦？你不是说过，咱村是个穷坑，我咋填都填不满吗？你不是说过，我是放着齐天大圣不做，偏偏跑回来当'弼马温'吗？你不是还说过，咱乌蒙寨搞'三变'，你绝对不赞成吗？"

郝长茂故意装糊涂："我说过？没说过吧？那么说话，我还像个村主任吗！"

田永豪认真地："你小子甭耍赖。你跟你姐一个鼻孔出气，想方设法给我下绊子，我一笔一笔都给你记着呢！"

郝长茂："就算是我说过，我这个人……说出的话都是带把儿的，错了，嗖——我一把就能把它们给抓回来！"他在田永豪面前慢慢地舒开攥紧的拳头，嬉皮笑脸地，"你看，我都抓回来了吧……"

田永豪高兴地给他一拳头："你小子，咋说变就变了？"

郝长茂一本正经地："咋的？你们整天搞'三变'，我就变这么一变还不行啊？！"

"行，太行啦！"田永豪激情满怀地，"长茂，有你这句话垫底，咱乌蒙寨的'三变'就全面铺开！"

102. 乌蒙寨，晨

仿佛是呼应着田永豪"全面铺开"的激情呼唤，几十台大型挖掘机和铲车轰隆隆地驶进了乌蒙寨的村街。

在田永豪和郝长茂的指挥下，一台台巨大的挖掘机和铲车以摧枯拉朽的速度冲向破旧的房屋。

乡亲们都站在山坡上看热闹，其中不少都是我们熟悉的面孔：王喜凤、陈大烈、石水生、钱四，还有李二旦和他的老伴儿……

魏兰抱着虎娃，与孙秀英站在一起，开心的笑容仿佛是从心底溢出来的。

充满动感的挖掘机和人铲车；

在烟尘中渐渐夷为废墟的老旧村落……

就在这些热气腾腾的画面上，缓缓叠化出几排涂着彩绘的高层民居。

一岁半的虎娃在宽敞的村街上跟跟跄跄地奔跑。

魏兰和孙秀英从后面追上来，一左一右，把他高高举起，虎娃开心地咯咯大笑。

三代人满脸都是欢乐……

103. 凉都，田青青宿舍楼下，黄昏

郝平衣衫不整，形容憔悴，背着个挎包入画。

他抬眼怯怯地望着楼上。

田青青从楼内出，过去开她的单车。

郝平急喊："青青！"

田青青扭脸看他，怔怔地："哥？"

104. 凉都，钟山大街上的一家小饭店，傍晚

田青青和郝平对坐在街边遮阳伞下的餐桌旁。

郝平显然饿极了，狼吞虎咽地吃着桌上的饭菜。

田青青看着他，说："哥，钱我有，但我真的不能借给你。"

郝平惊怔地看着她，恳求道："青青，你借给我，等我翻了盘，加倍还你。"

田青青摇头："哥，我压根儿就不赞成你炒股。现在，村里外出打工的年轻人，多半都回去了，你何必还在外面漂着。"

郝平："好马不吃回草，谁回我都不回。"

田青青："哥，你应当回去，跟我爸和你爸一起干，由一个被套牢的股民变成真正的股东。"

郝平"砰"地放下筷子，几乎是从胸腔里低吼出一声："不，在哪儿跌倒，我就要在哪儿爬起！"

田青青："怕只怕，你爬不起，还越陷越深。"

郝平："你太小看你哥了。"

田青青果决地："不管你咋想，反正钱我不借！"

郝平仍在做最后的努力："青青，姑表亲，真正亲，断了骨头连着筋。你就帮哥一把呗！"

田青青摇头："实在对不起。"

郝平瞪着她，满脸都是失望。

105. 省城，田永豪家门前的小街，夜

天空飘着冷雨，昏黄的路灯在雨帘中不安地闪烁。

郝美娟开车回家，车灯宛如两只浸在水雾中的眼睛。

到了院门前，车灯的光柱中突然出现了一堆黑黢黢的东西。

郝美娟忙刹车。

她看清了，那是一个蹲在门边的人！

"姑……"郝平站起身，瑟瑟作抖地走到车窗前。

郝美娟惊愕地："平平，你怎么在这儿，还淋着雨？"

"姑……"郝平突然放声大哭。

郝美娟让她哭得心惊肉跳。

106. 省城，田永豪家的客厅，夜

一大盘点心和水果放到了郝平面前。此刻，他刚刚冲过澡，身上穿着宽大的浴袍。

郝美娟坐在他对面的沙发上："吃吧。"

郝平低着头，没动。

郝美娟："平平，你前前后后，从姑这儿拿走100多万了吧？"

郝平嗫嚅地："120万元。"

郝美娟痛惜地："都赔了？"

郝平沉重地点头。

郝美娟不悦地："你不是说你有师傅吗？你不是说他有'独门暗器'吗？你不是还说他是有名的股神吗？"

郝平："姑，他赔得比我更惨！"

郝美娟皱皱眉，然后劝他："平平啊，听姑一句话，回村吧。你爸来电话说，那些外出打工的年轻人已经大多回流了。家里，有你爸有你妈，还有魏兰和虎娃，守家待地多好啊。"

郝平执拗地："不，吃回头草的马还能算好马吗？我宁肯饿死在外面，也绝不回去。"

郝美娟："平平啊，你咋像犯了毒瘾，死死盯上了炒股！"

郝平："我在哪儿跌倒，就要在哪儿爬起。"

郝美娟心里挺不高兴，但还是把一张卡甩到了他面前："唉，爬吧，你爬吧！"

107. 乌蒙寨，李二旦家的新居，日

一双手，正在数钱。

这是李二旦。他使劲儿地往手指上唾了几口唾沫，又继续数下去。

他的老伴儿，瞪大眼睛在旁边盯着。

这是他们的新居，陈设依然简陋，但明净、敞亮，今非昔比。

李二旦一张一张地数完了，问他老伴儿："你猜猜，多少？"

老伴儿："5000元？"

李二旦兴奋地："7600元！咱的分红，再加我这个月的工资。"

老伴儿喜出望外，伸出手："交柜。"

李二旦逗她："不能全交。"

老伴儿："你留钱做哪样？"

李二旦："我……还想去给你买条麻绳儿，好留着你寻短见。"

"去你的！"老伴儿亲昵地蹬他一脚，把他蹬得扑通一声滑到了地上。

李二旦夸张地龇牙咧嘴："哟，疼死我啦！"

夫妻俩开心地大笑。

老伴儿笑着笑着，鼻子一酸，淌出了眼泪。

李二旦忙起身为她揩泪："你看你，多高兴的事，咋还哭上了？"

老伴儿哽咽地："二旦子，我做梦也没想到，咱还能过上这样的日子……"

李二旦笑了："你目光短浅，没出息。我跟你说，咱的好日子，还在后头哩！"

108. 巍峨、险峻的斜拉桥上，暮色苍茫时分

郝平神情落寞地站在斜拉桥上。

他的全部身心，都让绝望、沮丧和无助紧紧地攫住了。

他呆立良久，咬咬牙，终于下了决心。

"妈，爸，儿子对不起你们啦……"他悲怆地仰天大喊了一声，发疯似的冲上桥栏，一纵身骑了上去，往下一看，是幽深不见底的大峡谷，顿时恐惧又占了上风。他痛苦地闭上了眼睛。

自杀，需要勇气；他，没有这种勇气。

他颤颤地从桥栏上爬下来，蹲到地上，双手掩面，发出令人心颤的哭声……

109. 乌蒙寨，村民们的新居，晨
魏兰领着一岁半的虎娃兴高采烈地从楼内出。

她们朝前走着。

突然，魏兰站住了，怔怔地望着前方。

对面不远处，是衣衫不整、蓬头垢面的郝平。他微微张着嘴，惊愕地望着那一大片整齐的楼房，也望着自己的妻儿。

虎娃被他的这副模样给吓着了，哇的一声反身抱紧了魏兰的大腿。

郝平呆立在那儿，像傻了一样。

魏兰双手搂着虎娃，神情复杂地望着郝平。不知怎么的，她的眼里汩汩地流出了泪水……

110. 行将开业的乌蒙寨温泉大酒店，日
张灯结彩，鼓乐手们在准备各种乐器。

田永豪和郝长茂西装革履，正在台阶上指挥人们干这干那。

王喜凤、陈大烈、石水生、钱四等都在里里外外地忙碌着。在他们的身边，多了许多打工回流的青年和壮年男女。这些人的出现，让这喜庆的现场平添了不少生气，也多出一道亮丽的风景。

李二旦拉着老伴儿的手走来。他们俩，换上了一身簇新的衣服，满脸喜气。

"哟，"王喜凤一眼瞧见他们，笑道，"二旦子呀，今天是咱们温泉大酒店开业，又不是你跟嫂子结婚，咋还打扮得像新郎官儿似的！"

众笑。

李二旦也嘿嘿笑着："大咋呼，你就咋呼吧！"

众又笑。

田永豪、郝长茂也忍不住跟着笑。

这时，孙秀英从大酒店中出来了，走到田永豪和郝长茂的中间，附在田永豪的耳边轻轻说了一句话。

"唔？"田永豪一愣，急转身朝大酒店内跑去。

郝长茂欲跟进，孙秀英忙一把将他拽住了。

111. 大酒店内的温泉池中，日
阳光从天窗照进来，水雾氤氲。

郝美娟和田青青身着漂亮的泳装，惬意地泡在温泉池里。

田永豪匆匆进。

郝美娟瞥见她，装作没看见，微微闭上了眼睛。

田永豪走到池边，俯身问："咦，你们咋来了？"

郝美娟不吭声，田青青笑眯眯地朝他挤眼。

田永豪心里顿时释然了，却故意拉着长声说："哟，我才看出来，这……不是黔都皇冠大酒店郝美娟郝董事长吗？哪阵风把您老人家给吹来了？"

郝美娟闭着眼不理他，田青青忍不住掩口而笑。

田永豪模仿着当初郝美娟的语调，说："唉，郝总啊，我们乌蒙寨是个兔子不拉屎的穷地方，到处都是茅厕，连个冲水马桶也没有，一进去还苍蝇乱飞，又没地方泡澡……您

屈尊前来，委屈您了！"

郝美娟突然睁开眼，冷冷地瞪着他："你很得意，是吧？"

田永豪嘿嘿笑着："得意，当然得意！"

"我让你得意！"郝美娟猝然出手，猛地把他拽进了温泉池。

田永豪没有防备，扑通跌了进去，溅起好大的一片水花。当他挣扎着爬起来的时候，已经成了落汤鸡，他穿着那一身西装，显得更加滑稽。

郝美娟、田青青哈哈大笑。

田永豪着急地："你们还笑！一会儿马上就要开业庆典了，这……让我怎么主持？"

田青青一指郝美娟："爸，您甭拿开业庆典吓唬我们。你们乌蒙寨最大的股东都没急，你急哪样！"

田永豪惊愕地："哦？"

田青青指着郝美娟："这，就是我那位给你们三次投资的闺密！连你们建这个温泉大酒店的资金，也是我妈把咱家那个大酒店兑出去支持您的！"

"啊？"田永豪真的感动了。他一把拉过郝美娟，把她紧紧搂在了怀里。

郝美娟伏在他的肩头，嘤嘤地哭了。

这时，热烈的掌声骤起。

郝长茂、孙秀英、王喜凤、陈大烈、钱四、李二旦和他的老伴儿，还有一大帮青年男女从外面拥了进来，一起为温泉池中的这一家人起劲儿地拍着巴掌。

王喜凤扯开大嗓门："热烈祝贺'大耗子'跟我们家嫂子破镜重圆！"

众笑，鼓掌，起哄。

田永豪佯怒道："'大咋呼'，你又乱咋呼。什么破镜重圆？我们这是花好月圆！"

众大笑。

田永豪、田青青也笑了。

田永豪怀里的郝美娟，也忍不住破涕为笑了……

112. 温泉大酒店门前，日

鼓乐喧天，彩花飞溅，礼炮轰鸣。

人们簇拥着浑身湿漉漉的田永豪、郝美娟、田青青从楼内出。

大伙鼓掌、起哄。

在热闹的人群中，我们看见了魏兰，也看到了他身后不远处让虎娃骑在自己脖子上的郝平。

郝平怔怔地朝前望着，心情格外复杂，目光多少有点儿呆滞、空洞、茫然。

这时，王喜凤指着湿漉漉的田永豪、郝美娟和田青青扯开嗓门大喊："大伙儿看啊，今天，是咱乌蒙寨大喜的日子，董事长一家也大喜啦，哈……"

锣鼓敲得更响，礼炮鸣得更欢。

台阶上下那些年老的、年轻的庄稼人，还有他们跑来跑去的孩子们，都在忘情地鼓掌，开心地大笑。田永豪、郝美娟、田青青、郝长茂，还有那些我们熟悉和不熟悉的面孔，都笑得好美，好甜，好灿烂……

主题歌《龙抬头》又起——

> 哎嗨，龙抬头……
> 大森林那是擎天的手，
> 大青山那是昂起的头，
> 地大的粮仓盛满金秋，

天大的人字写到云上头。
都往高处走，
一步一层楼，
风调雨顺正是好时候！
乐也乐不够，
笑也笑不够，
哎嗨，龙抬头……

在这高亢、激动人心的主题歌声中，缓缓化出气势恢宏的"三变"博物馆，以此为衬底，叠印缓缓拉出片尾字幕……

（本剧刊于《中国作家》）

山 爷

字幕：谨以此片献给沂蒙山区著名治山模范——"当代新愚公"李奉田老人和他的乡亲们！

上集

片头字幕衬底：

暮霭，灰棉絮一样的暮霭，在山坳里铺展。远山顶上，血紫色的太阳默默露着半个脸儿。

大山啊，好重好长的影子！

山脚下的小村子里，已是炊烟袅袅。画外的自然音响中，有山民嘶哑的吆喝牛羊回村的声音、妇女呼唤小鸡的声音和推碾子所发出的沉重的吱扭声……

在这幅山民们世代熟稔的灰蒙蒙的乡情画面上，推出红彤彤的两个大字：山爷！

1. 村中碾道旁，黄昏

一双古铜色的脚板有力地蹬踏在石板上，哦，还有那条补丁摞着补丁沾满了灰土和汗渍的裤子。

山爷那张古铜色的老脸。

他的青筋虬突的大手。

此刻，他正推动着石碾，发出吱扭吱扭的响声。

碾道的那一侧，是山爷的老伴儿——山奶。她满脸都是核桃纹儿似的纹络，正伴着石碾声有节奏地颠着簸箕。

突然，从村口传来了敲响石的声响！

这声响，在小村子里回荡。

山爷微微一愣，停住碾子，用那双深邃的老眼朝响石声传来的方向望去。

2. 村头一棵古树下，黄昏

村主任——一位四十出头的汉子正用力地敲着响石。那巨大的音响把整个大山都震撼了！

3. 村中碾道旁，黄昏

山爷怔怔地引颈张望。

山奶颠着簸箕看他一眼，说："天眼瞅着就麻黑儿啦，还不快点儿碾！"

山爷倔倔地瞪她一眼，依然不动。

这时候，二蟒子——一位二十多岁的年轻人和村里的一些三老四少有说有笑地沿村街走来。

"二蟒子，"山爷瓮声瓮气地，"敲响石，啥事儿啊？"

二蟒子笑吟吟地："山爷，没啥事儿。"

山爷眉峰一耸："屁话，没事儿咋会敲响石！"

二蟒子依然笑吟吟地："哦，俺说没事儿，是说……没山爷你的事儿。"

"唔？"山爷不禁一愣。

二蜢子见状忙说："一会儿，要公布承包田方案。你们是五保老人，村里说不用包了。"

山爷皱紧了眉头，盯着二蜢子，从嗓子眼儿里轱辘出一句："咋？没俺家的田了？！"

"没就没呗。"二蜢子很不经意地，"这回，俺也铁下心，得出山挣点儿活泛钱儿。这鳖田，俺也定下不包了。"

山爷目光逼人："混账话！田是鳖，你是啥？你是鳖下的蛋！没有田养你，你活得了！"

二蜢子一见他动气了，嬉皮笑脸地："哟，山爷，你老别生气呀！俺的话是带把儿的，说不对了可以拉回来。咱沂蒙山人啊，都是沂蒙山下的石头蛋。山爷你是老蛋，俺哩，才是小蛋！嘻，俺这回说的不是混帐话了吧？嘻嘻……"他边说笑着边走开了。

山爷手扶碾杠望着他，脸色渐渐沉下来，喃喃自语地："咋？没……俺家的田了？"

山奶瞥他一眼。边低下头挑粮食里的草棍儿边劝慰他："没就没呗，人家村里还不是照顾咱！"

"哼，照顾！"山爷愤愤地低吼了一声，然后就丢下碾杆，蹲到地上。

山奶看看他，只好无奈地放下簸箕，自己走过来推碾子。

山爷点着烟，猛吸了一口，呛得一连声地咳嗽起来。

山奶忙过来为他捶背。

他轻轻推开老伴儿的手，然后站起身，猛地往鞋底上磕磕烟锅，便倔倔地朝村口走去。

山奶急喊："哎，你……"

山爷头也不回，径直走了。

山奶嘟囔着："倔种，总拿人家好心当驴肝肺！"

4. 村头卧牛石滩，黄昏

村民们散坐在卧牛石上。

山月儿——一位眉目清秀的年轻姑娘手里拿张纸单正向村民们公布着土地承包方案，村主任蹲在她的身边。她银铃似的声音，在薄暮中回荡："……张石头家承包东山根下5号地，赵长有家承包西山根下6号地，姚永发家承包南山根下7号地，靠北山根下的8号地，土质不大好，地里有碎石头子儿，俺爹说了，就包给俺家……"

人群中，二蜢子的眼睛定定地盯着山月儿那张很好看的脸，眸子里无法掩饰地流淌出他心底的那一份深深的迷恋。

他身边的墩子瞧出来了，调皮地用胳膊肘碰碰他。

二蜢子一激灵，忙从山月儿脸上收回目光。

墩子压低了声音，狡黠地说："哎，二蜢子，不是说你不承包田了吗，咋也来了？"

二蜢子讪笑道："哦，凑个乐子，看看热闹。"

墩子审视地盯着他："不对吧？是不是来看人家山月儿呀？！"

二蜢子脸唰地红了："山月儿？俺……看她做啥！"

墩子接着逗他："相中人家了吧？"

二蜢子一下子被揭了短，显得更加不自然："别……别闹！人家……是农业专科学校毕业生，又是村主任的千金，咱……咋敢攀那高枝儿！"说着，脸上沁出了汗。

墩子龇牙乐了："兄弟，甭急，有钱能使鬼推磨。等你小子把钱挣足了，村主任一准推上小车把闺女送你家去。到那时，还只怕你不肯开门哩！"

"去你的！"二蟒子嗔怪地给了他一拳头。

"二蟒子！"村主任威严地瞪着这边，"还开会不？"

二蟒子赶忙噤声了。

这当儿，山爷来了。他圪蹴在二蟒子和墩子身边，打着火镰，点着了烟锅，滋啦滋啦地抽着。

山月儿已经念完了。村主任说："咱村田少，又有好有孬。这承包方案，掂掇来掂掇去，脑汁子都绞干了。大伙儿看这么分，中不？"

"俺看中！"二蟒子讨好似的喊了声，"都是乡里乡亲，田分给谁了都得种。有啥不中！"

村主任瞪他一眼："二蟒子，你不承包田，你莫吭声！"

二蟒子让他给噎得直伸脖子。

"嘻。"墩子幸灾乐祸地低声笑道，"舔屁股，舔到痔疮上啦！"

"墩子！"村主任这时却又威严地喝道，"啥时了嬉皮笑脸的？"

墩子慌忙敛起笑容。

村主任盯着他："你乐啥？田这么分，不中？"

墩子忙不迭地："中，中。反正就那么几块巴掌大小的田，都民主好几回了，有啥不中！"

村主任笑了："你小子，是个鬼子六，啥事儿不吃亏。要论田，你那是头等的。说不中？敢！"说罢，扫一眼四周，"大伙儿还有意见没？"

"没，没了。"村民们嚷道："都民主好几回了，还有啥意见！"

"那……"村主任松了口气，一声令下："散会！"

"莫散！"人们正三三两两地站起来，却突然响起了山爷那洪钟般的声音。

山月儿、村主任和众人都不禁一愣。

山爷缓缓站起身来，沉着脸："村主任，俺家的……田呢？"

村主任看清是他，忙热情地招呼道："哟，山爷呀！"

"咋？还认得我？"山爷依然沉着脸。

村主任噗地乐了："这大山里，哪块石头敢说不认识咱山爷！"

"那……"山爷愤愤然地，"咋没俺家的田了，嗯？"

"山爷，"山月儿这时忙挤过来，笑吟吟地解释道，"您是五保老人，村上养了，不包田。"

山爷斩钉截铁地："不行，俺得包！"

村主任笑容可掬地："不让您包，是好心！"

山爷冷峻地："俺不要好心，俺要田！"

村主任面呈难色了："可……这田，都包完了。"

山爷倔强地："包没包完，俺不管。俺就朝你要。"

村主任小心地赔着笑："唉，咱这山里，石头比土多，土比油贵。山爷，这你比俺明白，你……哈，让俺上哪找田去！"

山爷顿时生气了："好啊，福生，你个兔崽子！老子在这山上给小鬼子埋地雷的时候，这世上还没你哩！眼下你翅膀硬了？说不给老子田就不给了？实话当你说，不中！没田了，你生也得给俺生出一块来！"

他甩下这句话，便把手一背，气咻咻地走了。

"山爷！"山月儿喊了声，欲去追他，却叫村主任一把拽住了："山月儿，先甭搭理他。这老爷子就那脾气，还是让他自个儿回去先吧嗒吧嗒滋味儿吧！"

"就是的，不知好歹！"二蟒子这时也搭讪着凑过来，满脸是笑地，"大叔，谁不知道您不让他包田是好心。山爷八成老糊涂了，咋搬屁股当嘴亲——不分香臭哩！"

"二蟒子！"山月儿扭过脸愤愤地朝他吼了一声。

二蟒吓得一哆嗦。

山月儿用那双很好看的眼睛瞪着他，正色道："你少这样说山爷，俺不乐意听！"说罢，一甩手走了。

二蟒子和村主任都呆呆地看着她。

5. 山爷家院子里，夜

一束微光透过窗棂射出来，照在山爷的身上。

他一动不动地蹲在院子里抽着闷烟，仿佛一块黑色的石头。

山奶从屋内出，关切地走到他身边，轻声劝道："嗨，你呀，别又犯倔。老天巴地的，不让包就不包呗！"

"去，"山爷梗着脖子，"你懂个啥！咱能伸胳膊能撂腿儿的，就让人养了？那饭，俺吃不下。"

"可……"山奶通情达理地，"咱村山多田少，满坡都是石头蛋。壮小伙子都没田耕，村主任哪能舍得包给咱哩！"

山爷心情烦闷地："你别唠叨中不中？这些理，就你懂？！"

山奶登时便噤了声。她转过头，想走开，一抬眼却见山月儿来了："哟，山月儿！"

"山爷，"山月儿笑盈盈地走进院儿，"你老人家还生气呢？"

山爷瞅瞅她，瓮声瓮气地："你来干啥？"

"俺爹叫俺来看看你。"山月儿柔声细语地说。

"他小子咋不来？"山爷直愣愣地问。

"正忙哩。"山月儿忙解释。

"忙？"山爷一语道破地，"不对吧？叫俺说，他小子是怕俺要田，不敢来！"

山月儿噗地笑了，调侃地："哟，你老人家还这么大的火儿呀！要不，俺替俺爹让你打几下出出气？"

"你当俺打不动了，对不？"山爷逞强地瞪着眼睛，"告诉你，俺一指头，能把你杵到西山峪去！"这时，他肚子里的气已经让山月儿给化解了不少，脸色也比刚才平和多了。

山奶一见，冲山月儿努努嘴，扭身回屋去了。

"嘻嘻，山爷吹牛！"山月儿边说，边笑盈盈地蹲在他的身边。

"吹牛？"山爷瞪圆眼睛，"山月儿，你……也嫌山爷老了？不，山爷没老。庄稼人恋土，小草恋山，你山爷一辈子也没离开过庄稼地呀！要是……村里还能给俺二亩田，俺照样……还能种得出好庄稼！"他说这话的时候，声音不免有些酸涩，一汪老泪也涌到了眶里。

山月儿不语了，沉默地看着他。良久，才轻声说：

"山爷，你老人家别难受。你……不是就想包田吗？俺跟俺爹说，干脆，俺家那块田，就算咱俩家合包吧。"

山爷沉重地摇摇头："傻话。那几亩田，养得了两家人！"

山月儿不语了，无言地注视着这位饱经风霜的老汉。

山爷沉吟有顷，又说："……唉，细一想，你爹，也有你爹的难处。村里人多田少，他……还能再生出田来吗！"

山月儿动情地："山爷呀，你老人家的脾气秉性，俺知道。你是不乐意拖累乡亲们。可……不管咋说，你是咱村里的功臣。乡亲们，乐意养活你！"

"不，"山爷倔强地，"俺……不要乡亲们养活。俺和你山奶，自个儿养活得了自个儿！"

"唔？"山月儿怔怔地望着他。

山爷猛地把烟锅一磕，呼地从地上站起身来，掷地有声地："山月儿，回去当你爹说，俺不朝村里要田了。你就等着瞧，看你山爷咋样从石头蛋子里抠出田来！"他的脸上，闪耀着一种异样的光彩。

山月儿的情绪，也仿佛受到了他的感染……

6．西峪，晨

秋阳把它懒懒的光洒在光秃秃的石头山上。一群雪白的山羊在山坡上游弋。

墩子夹着根牧羊鞭，正依偎在一块石头旁拿自己身上的虱子。

远处，有雄鸡在啼鸣。

山爷背着手朝西峪走来。

墩子瞧见了他："哟，山爷，大清早的，不在家睡个懒觉儿，上这老秃山逛啥风景？"

山爷："俺随便看看！"

墩子："哈，这有啥可看的。满山石头蛋，兔子都不拉屎！"

山爷没答话，却问他："咦，墩子，这山上连根草毛儿都没有，你咋上这儿来放羊？"

墩子："不是放羊，俺这是遛羊。羊不遛遛，会闹病！咱村的田一承包，连个遛羊的地方都不好找了！"

山爷眯细了眼睛打量那座石头山。说："墩子你说，这山……还能不能想法儿让它长点儿啥？"

墩子哑然失笑，却又故意逗他："能啊！"

山爷仿佛找到了知音，眼睛登时亮了起来。

可墩子这时又说："你看，那不是已经长了满山的石头蛋子吗！"

山爷瞪他一眼，不再吭声。他又继续朝山上走去，边走边看。

墩子用疑惑的目光追随着他。

7．村头小路上，晨

一辆小独轮车上装着几串火红的辣椒、漂白的大蒜，还有一些山货等。这是村主任和山月儿。他们爷俩一个推车，一个拉车，正从村中走出来。

从西峪蹓回来的山爷刚好跟他们走了个碰头。

爷俩停下车，热情地："山爷！"

山爷也停下脚："卖山货去？"

村主任："是哩！"

山爷："福生啊，俺刚好要找你商量个事儿！"

村主任："啥事儿？"

山爷："俺想包一块山。"

村主任惊愕地："包山？哪块山？！"

山爷："西峪那块，包给俺吧！"

村主任哈哈大笑："啥？西峪那块？好啊，全包给你！哎呀山爷，你可笑死俺啦！"

山爷："笑？笑啥哩！俺跟你说的，可是正经话！"

村主任："俺跟你说的也是正经话！"

山爷："你不反悔？"

村主任笑着拍胸脯："咱山里人，吐口唾沫就是钉儿！"

山爷："好。福生，俺要的就是你小子的这句话！"说罢，把手一背，便朝村里走去。

村主任推起独轮车，走两步又回头看山爷，嘴里嘟囔着："这老爷子，想田都想疯了！"

山月儿拉着车，回眸对爹说："爹，你也别这么说话。山爷那人，是有心劲儿的人！"

村主任笑了："再有心劲，就凭他，还能从石头蛋子里抠出田来？！"

话不投机，山月儿不再吭声了。

8. 村街上，黄昏

斜阳晚照里，炊烟袅袅。

村民们都赶着牛啊羊啊，沿着村街回家了。牛哞羊咩欢叫着，间或夹杂着村民的吆喝声。

突然，村头的响石被敲响了！那脆脆的声音，震荡着黄昏的村落。

村主任边提鞋边从屋内跑出来，隔着院墙惊异地朝外面张望，正遇上赶羊回来的墩子。

墩子问村主任："昨儿个刚开完会，今儿咋又开？"

村主任满脸疑云地："俺……俺没张罗开会呀！"

墩子也愣了："那……是谁敲响石呢？！"

9. 村头大树下，黄昏

敲响石的是山爷！

此刻，他正兀立在大树下，奋力地敲着。

他那张苍老的脸上，溢满了神圣和庄严……

10. 卧牛石滩，黄昏

人们三三两两地来了。

村主任也火燎屁股似的赶来。他一到，就大声嚷嚷："谁？谁敲响石？！"

众人面面相觑。

就在这时，响起了山爷的声音。他响亮地："俺！"

村主任和众人惊怔地回眸。

山爷大步走来："俺大号叫李奉田，你们大伙都叫俺山爷！今儿，是俺请乡亲们开会！"

"哦……"乡亲们登时议论声骤起。

山月儿忙招呼大伙儿："哎，都静一静……听山爷讲！"

山爷："俺不多说，就两句话！头一句，俺虽说老了，可别的没有，还有一把子穷力气，俺不要乡亲们养！后一句，村主任批了，打今儿个起，西峪那座石头山俺包了！……就这！"

说完，他一转身，背着手走了。

村民们登时都被惊呆在那里。

还是墩子最先醒过腔儿来。他紧颠了几步，跑到村主任跟前："村主任，你咋能答应山爷承包那山呢？你想砸碎他那把老骨头啊！再说了……"墩子压低了声音："算卦先生说过，西峪那山是神山，是咱村的风水之地，动不得的！"

山月儿一听，立刻反驳道："墩子，你又要小心眼儿！啥神山？你不就是怕山爷一承包，没地方遛羊吗！还神山，唬谁啊！"

墩子被她揭了短，不无尴尬地："山月儿，你……"

村主任一见，忙替他解围："嗨，墩子，山月儿是说着玩的，山爷也是说着玩的，你都别当真。那石头山还能抠出田来？包不包算咋的！今儿个俺当大伙把话撂下，谁从那山上抠出一分田来。俺给他牵马坠镫，然后拿大顶绕村子走三圈儿！"

说完，他便哈哈大笑起来。

在他的笑声中，墩子，还有不少乡亲们也都跟着笑开了。

山月儿呢，却没笑。

她生气地瞪了她爹和墩子一眼……

11．山爷家院子里，黄昏

山奶正用石杵舂糠，一边舂一边"咕咕"叫着，把糠洒给院里的几只鸡。

山爷呢，则蹲在那儿安镐把，往镐头上钉楔子。

二蟒子骑一辆破自行车风尘仆仆地从外边回来，瞅见山爷便停住车，从墙外探进头，笑嘻嘻地："山爷，听说你老放'卫星'啦！"

山爷瞪他一眼，没吭气。

二蟒子笑嘻嘻地："西峪那石头山，你老包得好啊！管它能不能抠出田来，就当锻炼身板儿了呗！咋也比甩手疗法儿、练气功啥的强。"

山爷依然不理他。

山奶却听出了名堂，忙过来问山爷：

"咋？你……你包了西峪那山？"

山爷头也不抬地："嗯！"

"你……"山奶登时急了："你包它干啥呀？！"

山爷："种树呗！"

山奶："种树？土从哪来！"

山爷："从石头缝儿里抠，从山下背！"

山奶更急地："那……水呢？！从泉子到山上好几里，你一天能挑几挑水？！"

山爷："挑不了多，还挑不了少！一天挑个几十挑儿累不垮俺！"

山奶生气地："你当你自个儿还是二十郎当儿岁的小伙儿啊！"

二蟒子呢，则狡黠地一笑："山奶，你老别拉后腿儿呀，得支持山爷的革命行动呀！好，好，他这山包得好，树也种得好！山爷哎，凭你老这身子骨儿，再活 百年没问题！种树用不了几十年就成材了，你能借上力！"

山爷没吭声，拿眼瞪着二蟒子。

二蟒子嘻嘻一笑，忙转身走开，踅进了自家门。这时，我们才注意到他跟山爷是邻居。

山奶不无抱怨地："老头子，你放耳听听，人家说的那都是啥话？！满村子老少，就你一个能人！"

山爷："能人不能人。光说不好使。干着看！"

"还用看！"山奶据理力争地，"一寻思就明白呀！老话说，五十不盖屋，六十不种树！咱没儿没女，又是两个老棺材瓢子。你种树，为的啥？能不能给俺说出个子丑寅卯来！"

山爷："人活一口气，佛争一炉香！咱，能走能撂，当那个五保户，心里安生吗？！啥叫五十不种树，六十不盖屋？'前人栽树，后人遮阴'，不也是老话吗！俺宁可苦干，也不苦熬，就这！"

山奶："你……你浑身是嘴，俺说不过你！"

山爷不无得意地笑了："这叫有理走遍天下，没理寸步难行！"

山奶瞪他一眼："好好，你去'走遍天下'吧！咱们先说下，你包你的山，俺管俺的家。你可别把俺也牵进去！"说完，就端着糠盆进屋了。

山爷呢，冲她的背影微微一笑，便又梆梆地钉起了木楔子。

12. 西峪，黎明

山爷的镐头，惊扰了大山的安宁！

在萧瑟的秋风中，老汉吃力地别着一块大石头，发出吱吱的声响。

他的小褂子，已经湿透了，额上和脸上，也尽是汗。

那一副硬朗的身子，弯成了一张弓！

他就这样奋力地同大山拼搏着……

13. 村主任家院墙内外，中午

二蟒子推一辆崭新的自行车在门外村街上停下，引颈朝院内张望。

村主任正蹲在院内晒辣椒。

二蟒子有意地按响了自行车铃铛。

村主任起身："哟，二蟒子。"他一眼瞧见了他的新自行车，不无艳羡地："咦，鸟枪换炮了！瞅这模样，是发了？"

二蟒子："嘿嘿，还中！"

说完，一伸手，从车把上摘下两瓶酒和一包点心递向村主任："大叔，哈，俺赚了点儿！这，算孝敬你了！"

"哟，这可不敢。"村主任喜眉笑眼地，"无功不受禄！"

"咋无功！"二蟒子讨好地，"大叔你为全村操劳。没你的好主意，俺……也没今天！大叔，你可别瞧不起俺二蟒子。"他执拗举着酒和点心。

"好吧，好。"村主任笑了，爽快地接了过去。

这时，山月儿从院外进来。

二蟒子一见到她，登时有些局促。

山月儿却落落大方地："哎，二蟒子，你忙啥呢？"

二蟒子红着脸："啥……啥也没忙。"

"山月儿，你看，"村主任乐呵呵地举起手中的酒和点心，"这小子，让俺多吃多占来了！"

这时，二蟒子忙对山月儿说："山月儿妹子，今儿俺先孝敬孝敬大叔。等俺再赚了钱，也给你……"

"别，俺可不要你的东西！"山月儿忙说。

"可……"二蟒子的脸登时憋红了。

这时，村主任仿佛听出了点儿什么名堂，便微微一笑，悄然回屋了。

山月儿见爹走了，才说："二蟒子，俺不要你为俺花钱。俺……只想求你帮俺做件事。"

二蟒子喜出望外地："啥事？你说！"

山月儿："把你的那帮铁哥们儿多叫几个来。"

二蟒子不解地："唔？"

山月儿很认真地："从今儿起，你们别一有空儿就凑在一堆儿喝大酒、扯闲淡。你们每天都拿出点时间，咱们帮山爷造田去！"

"这……"二蟒子一听愣住了。

"咋？"山月儿审视地望着他，"不乐意？"

"乐意，乐意！"二蟒子赶忙说，"山月儿妹子，只要是你让俺办的事，哪怕是钻狗洞、下油锅，俺也乐意。俺……这就……这就去！"说罢，就忙不迭地跨上自行车走了，刚走几步又回过头跟山月儿打招呼，不小心跟一位挑水的妇女撞了个满怀，连人带车都摔在了村街上。

山月儿忍不住笑得弯了腰。

14. 西峪，下午

山爷正搬石头垒坝堰。

他青筋虬突的双手；

他那晃晃荡荡投在山石上瘦弱的身影；

当然，也有他那粗重的喘息……

他委实累了，一屁股坐在石头上，俯下身，捧起水罐咕咚咕咚地喝着水！这时，从不远处的山脚下传来人声。他惊怔地朝那边望去——

山月儿、二蟒子和一些年轻人扛着镐头从山下走来了。

山爷登时就明白了是咋回事，忙从地上爬起来，跌跌撞撞地朝那边迎过去。

他挡在众人面前："山月儿，你们这是干啥？"

山月儿："山爷，这山，你一个人啃不动。从今儿起，俺们大伙帮你！"

山爷忙摇手："不，不用，不用！"

山月儿："山爷，俺们帮帮你咋了？"

山爷："俺不用帮。你们要帮，俺就不干了！"

二蟒子心虚地："为啥呢？是为那天俺跟你胡说八道吧？俺，那是跟你逗乐子，你老人家别记仇啊！"

山爷："你这是瞎想。俺哪，不是年轻人啦，老啦，又没儿没女！欠下别人的情，咋还哪？"

山月儿一听，眼窝儿湿润了："山爷，俺们是真心帮你，没人要你还人情债！"

山爷执拗地摇头，情真意切地："不行！俺这辈子，就见不得别人对俺好！"

面对这位倔强的老人，山月儿、二蟒子和众人登时都沉默了。

那坚硬的大山，也同他们一起沉默着……

15. 山爷家院内，下午

山奶一个人在院里磨豆浆。

村主任从门外进来。

山奶瞧见了他，搭讪道："福生来了，坐。"

"山爷呢？"村主任往屋里探探头，见没人，便说："也没睡个晌午觉，就又上山了？"

山奶抱怨地："那个犟种，心里头光有石头山，没俺啦！他心里没俺，俺心里也不要他！"

村主任一听扑哧乐了。

山奶瞪他："福生，你小子乐啥？"

村主任逗趣地："你老又说气话了。不要他，咋还给他磨小豆腐哇？！"

"谁给他磨小豆腐？"山奶强辩地，"俺这是……喂猪的！"

"真的？"村主任一把抓过地上的豆汁罐，装模作样的，"那……俺帮你喂！"

"哎哎！"吓得山奶赶忙夺过。

村主任哈哈大笑："俺就不信你老人家舍得用这好东西喂猪！"

山奶的小把戏被戳穿，自己也忍不住乐了。

村主任乘机开导她："你啊，也别生气。山爷那脾气，谁不知道？硬拧回不了头，得让他自个儿慢慢地品滋味儿！"

山奶忧虑地："可他……"

"别怕。"村主任劝慰道，"人哪，要老，总是从腿上先老。咱就算让山爷上山活动活动筋骨啦！"

山奶："还有这么活动的？遭罪呀！"

"你看，"村主任打趣道，"刚才你还说心里不要他了，这不，又心疼上了！"

"福生，你这兔崽子！"山奶嗔道，"俺绕来绕去，也没绕过你！"

说得两个人都笑了。

他们的笑声，把小院儿涨得很满。

16. 村街上，夜

月上柳梢头。

山月儿哼着小曲，沿村街往家走。

突然，从路边闪出了二蟒子，吓了山月儿一跳。

"山月儿……"二蟒子喃喃地，"俺……"

山月儿努力平静了一下自己："咋，找俺有事？"

"没，没事。"二蟒子忙说。

山月儿："那你在这儿干啥？"

二蟒子局促地："俺……俺是想问问，今儿你让俺找人帮山爷，俺做的……你满意不满意？"

山月儿爽快地："挺好的！"

二蟒子心里很乐，便又走上一步："那……山月儿，俺还想再问问，你还有没有啥事让俺干？"

山月儿摇头："没了。"

二蟒子多少有点儿失望，恳切地："你……你再想想。"

山月儿善解人意地笑了："今儿没了。二蟒子，往后有事，俺会找你！"

"哎！"二蟒子立马高兴起来，"不管啥事，你都说。山月儿，你的话，就是皇上的圣旨。俺二蟒子一定两肋插刀，要是牙崩半个不字，俺是你孙子！"

山月儿强忍着不让自己笑出来，然后礼貌地点点头："好。你明天还得出去做生意，快回去休息吧。"说完，就轻盈地离开了。

二蜢子站在那儿，久久地望着她的背影。

17. 曲曲弯弯的山路上，黎明
雄鸡一声啼唱，喊醒了沉睡的大山。

山爷出现在山路上。

他扛着大镐，朝西峪走去。

突然，他停下了脚。

从不远处，传来婴儿的啼哭。

他急忙走过去。

荒草丛中，躺着一个裹在褓褓里的婴儿。

山爷忙抛开镐头，笨拙地将那婴儿抱起，嘴里不停"哦哦"地哄着她。

18. 山爷家院内，黎明
山奶正忙着喂猪。

山爷抱婴儿从外面进。

山奶回头："呀，吓俺一跳！咋刚走又回来了？"

山爷仿佛捧着个千年古参，笑吟吟地："你快来，看俺给你捡回个好东西！"边说边小心翼翼地进了屋。

山奶惶惑地望着。

山爷刚跨过门槛，婴儿便发出了一阵响亮的哭声。

山奶听到这哭声心里不禁一惊又一颤，忙跟着进了屋。

19. 屋内，黎明
山奶从后面追上山爷："老头子，你又作啥妖？"

山爷笑嘻嘻地："你看，俺给你抱回个心肝宝贝儿！"说着，便把孩子放在炕上，小心地用手撩开了褓褓。

婴儿发出了更响亮的啼哭！

山奶惊得一屁股坐在炕沿上："你……你打哪儿弄来个娃子？！"

山爷看着女娃，乐得直搓手："捡的呗，准是那些城里人扔这儿的！你快看，这妞儿多好看，连哭都带酒窝儿哩！"

山奶正颜厉色地："你先别说妞不妞，先说捡这玩意儿干啥！"

"嘿嘿，你不是老说俺种了树没人传吗？"山爷笑逐颜开，"这，不就有了人啦！年轻那会儿，你不是整天都盼着有个娃吗？"

山奶急得想哭："那是啥时候，现今又是啥时候！不，俺不要，你麻溜拿走，拿走！"

"那好！"山爷瞥她一眼，欲擒故纵地，"那俺还把她丢到山上去，让野狗吃了她！"说罢，伸手抱娃了。

"可这……"山奶却又忙把他的手按住，"这……好歹也是条命啊！"

山爷佯怒地："这也不让，那也不行，你说咋办？"

"这……"山奶颇有点六神无主了。

山爷暗自一笑，也没说话，便往外走。

"哎，"山奶急喊他，"你别走啊，先说这娃子咋整！"

山爷："你看着办吧！"

山奶焦灼地："咱家里、外头，都穷得锅底朝天，留下她，吃啥喝啥？"

山爷狡黠地笑笑："那俺不管。你说过，你管家里，俺管山上！"说完，竟哼起了山东吕剧，头也不回地走出屋去。

山奶只好小心地从炕上抱起了孩子。

20. 山爷家院子里，黎明

山爷哼唱着，不无得意地走向院门。

山月儿这时在大门口出现了。她手里拎着酒和点心。

山爷意犹未尽地："哇，山月儿，给俺送酒来了？"

山月儿笑盈盈地："这是二蟒子给俺爹的，让俺给您偷了出来！"

"偷得好！"山爷笑得眯起了眼睛，"你爹当村主任，少喝这尿汤子！这玩意儿，喝多了迷糊。"

山月儿："给，还有点心。"

山爷轻轻摆手；"哎，这点心，别给俺！你进屋去，给俺那个'老蒯'！"

"唔？"山月儿探询地望着他。

"你别说是偷出来的。"山爷明显地压低了声音，"你得说是你爹代表全村给她的，感谢她支持俺治山和抱养那个娃子！"

"娃子？"山月儿不解地，"哪儿来的娃子？"

山爷一指屋内："你进屋就知道了！"说完，又哼起吕剧，扬长而去。

21. 西峪，下午

崎岖的山路上。山爷弓着腰，用柳箕背着土走了上来。

他背得很艰难。

太阳把他在石上一跌一闪的影子投得很长很长……

这时候，山月儿、山奶抱着孩子，拎着水罐和饭罐也上山来了！

山爷看她们一眼，把土倾在了刚修好的一小圈坝堰上。倒土的响声和他粗重的喘息声交融在一起。

他的脸上，满是汗渍！

山奶嗔怪地："俺看你该娶这石头山当老婆了！给，吃饭！"

山爷龇牙乐乐，拿起镐头继续平土！

山月儿忙又喊他："山爷，趁热吃吧。要不，凉三瓦块地吃了胃疼！"

山爷这才坐下，从饭罐里摸出张煎饼，抹上酱，卷好葱，便大吃大嚼起来！

山奶看他这副模样，又看看满山的石头，不禁犯愁地："唉，山月儿，你看这漫山遍岭都是石头蛋蛋，凭他这把老骨头，得猴年马月才开得出田来！"

"嗯，话不能这么说。"山爷猛地咽下一口煎饼，指着山奶怀中的孩子，"今儿，俺把话给你们撂下：等这娃子会爬了，俺要把这山上山下都筑成坝堰；再等你们见她能跑了，俺就让这山顶变成果林！"

山月儿钦佩地望着老人。

山奶没再说话。

她忧心忡忡地看看老伴儿，然后又俯下脸去看孩子。那个婴儿此刻早已不再哭闹。她安静地躺在褓褓中，睁着一双可爱的小眼睛，望着眼前这几位陌生人和那也曾像她一样被遗弃了的光秃秃的大山……

22. 西峪，夏日一个美丽的黄昏

那绿毡子般的草地，那白色的小羊，那与小羊在一起玩耍的红衣小女娃。

孩子这时已经两岁了。两年的时光，西峪那座光秃秃的石头山也同女娃一起焕发出了生命的活力：山上，已经造出好几处用坝堰筑起的梯田。那是山爷血与汗交融的颂歌！

山爷背着一柳箕土朝山上走去。

他大弓着脊背，每一步都坚忍而扎实。

他停了一下。揩着汗，笑眯眯地望着红衣女娃。

这时，我们才发现：他比两年前黑了，瘦了，也苍老了。

"山爷——"不远处有人喊他。

他回眸望去。

原来是二蜢子。他骑辆崭新的摩托，像阵风似的朝山爷刮过来。

山爷放下柳箕。

二蜢子走近，打兜里掏出个铃铛，晃着说："您要的铃铛！"

"哎！"山爷笑眯眯地接过，并掏给他五元钱。

二蜢子接过，连看也不看，就揣进了兜里。

"山爷，没事儿俺就走了！"话音未落，他的摩托已经驶出挺远。

山爷蹲下身子，把铃铛系在小羊的脖子上。

小女娃拿手扒拉着铃铛。那叮叮咚咚的响声，使她的脸上现出灿烂的笑容……

23. 村头，黄昏

山月儿正为自家的果树喷药。

二蜢子驾着摩托驶来，见到山月儿，戛然刹车。

"山月儿！"他不无炫耀地拍着摩托。

"哟，"山月儿落落大方地，"大款啦！"

"嘿……"二蜢子摸着脖子傻笑，然后又盛邀山月儿，"走，俺带你兜一圈去l"

"不，"山月儿摇头。

二蜢子很真诚地："咋，还瞧不起俺？"

山月儿沉默地看着他，不语。

二蜢子急切地："山月儿，俺就不明白！在咱村，俺虽不敢说最趁，可也不相信还有谁比俺趁。为啥你家大叔早就答应的事，你就硬是不撒口！"

山月儿平心静气地："二蜢子，俺早就当你说过：俺爹是俺爹，俺是俺！"

二蜢子："你……到底为啥哩？是嫌俺……还不够趁？"

山月儿微微笑了："不，俺是嫌你除了钱，啥都不趁！"

"啥？"二蜢子脸倏地红了，"……山月儿呀，俺……俺知道，你是嫌俺文化浅。可……不管咋说，俺也算个初中生吧，不比你低多少啊！"

山月儿朗声笑了："不服咋的？来，俺随便考你俩字儿，你认出一个，俺二话不说，跳上摩托跟你走！"

二蜢子眼睛一亮："说话算数？"

山月儿："铆上钉钉！"

二蜢子又撸胳膊又挽袖子地："俺他娘地豁出来了。你说，你说！"

山月儿调皮地："难的不说，考你笔画少的。"

二蜢子感激涕零地："那对，那对。"

山月儿："你听好：把银行的'行'字儿从中间劈开，那两个字念啥？"

"唔？"二蟒子登时傻眼了。

山月儿歪着脑袋望着他。

"有这字儿吗？"二蟒子满脸狐疑。

山月儿："没有算俺输。"

二蟒子苦涩地摇头："那……你说，念……念啥？"

山月儿一字一板地："彳亍。"

"吃醋？"二蟒子哈地笑了，"你唬俺了。那两个字不那样写。俺总在外面做生意，连'吃醋'俩字儿还会不知道！山西人常吃那玩意儿，有半句假话，俺是你孙子！"

"哈……"山月儿一听，乐得连腰都直不起来了。她上气不接下气地："俺说二蟒子啊，你说'喝酱油'得了呗！哈……"

在她的笑声中，二蟒子懵懂地站在那里，脸都涨成了茄子色！

24. 二蟒子家院内，月夜

屋檐下，闷闷地坐着一个人，这是二蟒子。沉重的心事，使他格外地郁郁寡欢。

院门一响，墩子从外面挤进来。

"哎，走啊。"墩子兴冲冲地，"搓几圈去！"

二蟒子摇头："俺不玩。"

"咦，咋啦？"墩子关切地，"让霜打了？"

"唉……"二蟒子仰天长叹一声。

"哦，"墩子恍然大悟地，"是又叫山月儿给卷了吧？"

二蟒子不语。

"嗨！"墩子笑道，"这事愁啥？你……去求一个人啊！"

"嗯？"二蟒子一怔，"求谁？"

"山爷呗！"墩子怂恿道，"那老爷子，在山月儿心里有分量。他替你去说，准成！"

"嘿！"二蟒子茅塞顿开地，"俺真笨，咋连这都没想到哩！"

25. 西峪，晨

山爷正挥着大镐对付一块巨大的山石。

二蟒子来了："呀，山爷，这么早就干上啦！"

山爷："庄稼人，受苦的命。一闲下来，浑身不自在。"他放下手中的家什，"二蟒子，你来得正好。俺刚好有事儿想求你！"

二蟒子笑眯眯地："啥事儿？"

山爷沉吟了一下，然后说："这一阵子，你那生意，赚头儿咋样？"

二蟒子眨眨眼："挺好！"

山爷："那……俺可就直话直说了。"

二蟒子："咱爷俩谁跟谁，绕弯儿干啥！"

山爷："二蟒子，你看这西峪，这两年让山爷整治出点儿模样来了。眼下，田不算多，也一亩有余了。俺……得买树苗，栽果树。"

二蟒子明白了："哦，山爷，你是要用钱吧？"

"哎，哎！"山爷急点头。

二蟒子笑了："小事一桩。咱爷俩的事，好说。"

山爷如释重负地："那……俺下了工去取，中吗？"

二蟒子："这事，好说。山爷呀，俺这会儿来，也有急事儿求你。"

山爷："求俺？啥事呀？"

"俺……"二蟒子单刀直入地，"俺想托你……给俺提个亲。"

山爷："跟哪个？"

二蟒子："山月儿呗！"。

"唔？"山爷不禁一愣。

二蟒子期待地："山爷，满村子，她最信你的话。你去说，兴许中！"

"不，"山爷忙摇头，"这种事，俺不做。"

"咋呢？"二蟒子立时瞪大了眼睛。

山爷心直口快地："你，配不上那闺女！"

二蟒子不服地："哪儿配不上？俺干三天，顶别人仨月！"

山爷依然摇头："俺知道你有钱。可……山月儿那闺女，不是光认钱的人。实话说，你跟她，不配！"

二蟒子更加不服了："你的话，俺不信。有钱，能让鬼推磨！"

山爷掷地有声地："你说的那是鬼，可山月儿她哩，是人，是上好上好的人！"

二蟒子沉下脸，不吭声了。

山爷笑道："你小子，先别胡思乱想。真要想娶那闺女，俺倒有一法。"

二蟒子闷闷地："啥法？"

山爷："你小子，得立马去找山月儿，老老实实地拜个师傅，跟人家学上几年文化！"

二蟒子一听，登时火了："啥？你……你让俺拜她一个黄毛丫头当师傅？山爷呀，你糟践人呗，也不能这么糟践呀！"说罢，愤愤地扭过身，朝山下走去。

"哎，"山爷急急地追上几步，"二蟒子，那……俺朝你借钱的事……"

二蟒子铁着脸："你们都是不认钱的人，咋又来找俺借钱啦？"

山爷只得赔着小心："俺不是急着买树苗嘛！你放心，俺手头一宽绰，立马还你！"

二蟒子冷冷地一笑："山爷，俺知道你张回嘴不易，可俺那钱挣得也不易！你要是用个块儿八角的，中，可多了，俺不借！"

山爷一辈子也没让人家这样说过，登时呆呆地怔在了那里！他的心，仿佛被人给用尖刀剜了一下，好疼痛、好苦涩。他的那张老脸，几乎都痉挛了！

下集

1. 西峪，晨

二蟒子的话，使山爷的心像被人用尖刀给剜了一下，好疼痛、好苦涩！

他呆呆地站在那里。

山风吹过来，吹落了他满眼的老泪。

他就这样无言地站着，一动不动，仿佛同身边的大山融为一体了，仿佛他也变成了那坚硬的石头。

2. 山爷家屋内，夜

孩子已经在炕上睡熟了。

山爷圪蹴在门槛边抽烟，神情忧郁而沉闷。山奶呢，则在专注地摊着煎饼。

热气腾腾的煎饼鏊子，弄得满屋都是热气！

山奶拎起一张刚摊好的煎饼，递给山爷："你尝尝，喷儿香！"

山爷仿佛没听见似的，一动不动。

"哎，"山奶轻轻踢了他一脚，"寻思啥呢？"

山爷一激灵，忙掩饰地："没，俺啥也没寻思。"说罢，继续抽烟。那烟雾，好像愁云，缠绕着他的心！

山奶用审视的目光注视着他，关切地："你……到底咋了？"

山爷："俺说过了，没咋。"

山奶："没咋？你蒙得了别人，蒙不了俺！"

"唉……"山爷从心底长叹出一声。

山奶："又遇啥难处了？"

山爷闷闷地："钱！咱那儿毛半钱，都搭在治山上了。眼下，没钱买树苗！"

山奶一听也愁了："那咋整哩？不行，借点儿吧！"

山爷摇头："不是小数儿，上哪儿借去！"

"找二蟒子呗！"山奶说，"咱村，数他趁。"

山爷："找过了，那小子不开面儿。"

"那……"山奶献计道，"你找山月儿去呀！俺瞧出来了，只要山月儿一开口，就是要二蟒子的命他也舍得出！"

山爷又摇头："不，俺不想瓜连山月儿！"

"那咋办？"山奶也愁了。可突然，她却又眼睛一亮，急急地走到屋角。那里，有好大一堆磨秃的镐头。她说："这些你磨烂的镐头，怕也有百八十斤。要不，咱卖了它？"

"你甭瞎掺和！"山爷苦着脸，"那……都成了废铁，卖得了几个钱儿！"

山奶："咱家里不是还有几百鸡蛋吗？不行，把两只羊也卖一只！"

山爷："唉，那点儿钱顶啥用？！"

山奶犯难地："那……俺可就没辙了。你有主意，你想吧。"

"俺哪，"山爷磕磕烟袋，慢吞吞地，"倒也不是没想过……"

山奶催他："你有主意，你说呀！"

山爷："俺这主意，是主意也不是主意。"

山奶："你……这是啥话？！"

山爷："怕你不乐意哩！"

山奶微微一愣："唔？"

山爷："俺想……把咱俩那棺木卖喽！"

山奶惊得瞪大了眼睛："啥？！亏你想得出！那棺木是卖得的？！咱都是奔七十的人啦，你想……死时让人家卷炕席筒啊！"

山爷语气强硬地："俺不怕死了卷炕席筒，也笃定不会卷炕席筒。今儿，俺当你把话说定：那山不治好，树不成材，咱手里的钱赶不上他二蟒子……俺不死！"

山奶呆呆地望着自己这位倔强的老伴儿……

3. 山爷家大门口，翌日晨

一挂马车停在那里。

几个壮汉正往车上抬木头，山爷也跟着忙里忙外。

山奶抱着孩子站在窗前。她默默地注视着这一切，目光中有一种叫人看了潸然泪下的东西！

二蟒子正蹲在隔壁院子里学刷牙，听到动静，带着满嘴的牙膏和血沫子从墙上探过头来，怔怔地看着。

车老板挥动了鞭子："驾！……"

山爷伫立在那儿，眯起细眼看着远去的马车，心里也同老伴儿一样，有一股子说不出来的味道……

4. 村主任家院内，晨

村主任和山月儿正在菜园子里忙着搭黄瓜架。

"爹，"山月儿喜眉笑眼地，"抽空儿，你上西峪看看呗。山爷的田，造出足有一亩多了！"

村主任笑笑："用你说？俺早就看过八百六十遍了！这倔老头子，硬是一镐一镐抠出来的，不简单哩！"

山月儿："眼下，他怕是得张罗买树苗了。他家，笃定没钱。俺想……帮他张罗点儿，别让他老人家再难心啦。"

"中啊！"村主任爽快地，"你找二蟒子去。"

"又是二蟒子！"山月儿娇嗔地，"咱家就不能拿出点儿？"

"嗨，"村主任瞪她一眼，"爹不是想让你们俩串通串通感情吗！"

"俺不跟他串通。"山月儿噘起了嘴，"他那人……"

"他那人咋了？"村主任嗔怪地，"俺查过，人家那钱可都是正道儿来的！"

山月儿："可他……肚子里的文化水儿，挤干了也装不了半茶壶！"

"文化，文化，"村主任瞪她一眼，"都开放搞活了，那玩意儿，顶几个钱？！"

"爹，"山月儿正色道，"吃人的嘴短，拿人的手短。往后，二蟒子再送这送那，你别收。俺的事儿，你也别管！"

"你……"村主任生气了，"你，你这丫头……"

这时，院门响了，山爷一步跨进来。他见气氛有点儿不对，便说："哟，你们爷俩咋了？"

村主任忙笑吟吟地："没咋，没咋。俺们……哈，正说国家大事哩！"

山月儿瞪他一眼："谁跟你说国家大事！"

村主任强辩地："咋了？刚才，咱说没说山爷造田的事？山爷造田属不属于农业基础？农业基础是不是国家大事？！"说罢，他瞪山月儿一眼，才转向山爷，"你老人家，找俺吧？"

"不，俺不找你。"山爷揩了把脸上的汗，"俺找山月儿！"他一把拉过山月儿，"好闺女，俺得求你一件事儿。你答应也得答应，不答应也得答应！"

山月儿："是要借钱买树苗吧？"

"不，"山爷摇头，"买树苗的钱，俺有了。俺……把棺木卖了！"

"唔？"村主任和山月儿都不禁一惊。

山爷呢，却继续说下去："眼下，田，造出了一点儿，钱，也凑齐了。可山爷俺不懂技术，俺……得求你收俺当个徒弟！"

山月儿一时不知如何是好了："山爷，这……"

"山月儿，"山爷情真意切地，"你知道，俺造这点儿田，不易；凑这笔钱，也不易。你山爷，苦不怕累也不怕，可就是没文化呀！那些冬桃、黄梨、柿子、葡萄，没文化咋养得活！山爷老了，输不起了。俺是怕……怕再有闪失，得拜你当师傅。就算俺求你了……"说着，竟双腿跪了下去。

山月儿和村主任都登时慌了手脚："山爷，山爷，你……你这是干啥？快，快点儿起来！"

山爷却执拗地："山月儿，你不答应俺，俺就不起来！"

山月儿泪涟涟地："山爷，俺答应，俺咋会不答应！"

山爷追问："你的话当真？！"

山月儿忙连连点头。

"那……"山爷高兴地，"俺可就按咱山东家的规矩，给你行拜师礼了！"说着，竟俯下身去，很虔敬地给山月儿磕了个头。

山月儿和村主任都慌得手足无措，忙把他扶起来。

"山爷，"山月儿流着泪，"你老人家放心，俺从栽培到管理，都给你当帮手！"

"那就好，那就好。"山爷欢喜得老泪纵横……

5. 空镜
沂蒙山区一个晴丽的早晨。那乳雾中初升的太阳又大、又红、又圆！

6. 山路上，晨
一辆小毛驴车，装着高高摇摇的树苗，在曲曲弯弯的山路上蠕动。

赶车人是山爷。他边走边又扯开嗓门儿唱起了山东吕剧。这久违了的歌声，传达出他心底那按捺不住的欢乐和倾吐不尽的激情。

山坡上，墩子，还有他的羊，都被山爷苍老的吼声吸引了，伸着脖子，呆呆地朝这边看。

山爷忘情地吼着。

他的步履坚实而有力……

7. 西峪，黄昏
白色的小羊和红衣女娃在山脚下嬉戏。那小白羊脖子上的铃铛，不时发出悠远的响声。

山坡上，山爷、山奶和山月儿，正紧张地忙着栽树。

山爷抖开一团马尾儿，用嘴叼着，小心翼翼地往树上绑！

山奶："你那是做啥？"

山爷："人哪，吃一样饭，有百样心！咱这树苗来得金贵，绑上这，当个记号。"

山月儿憋不住扑哧乐了："山爷，这一手，你可是俺的师傅啦！"

山爷一听，也忍不住笑出声来："姜，是老的辣嘛！"

又一个坑挖好了。

山爷拿来一棵树苗，双手正正地放在坑里，乐滋滋地好像在举行什么仪式。

山月儿开始用锹细心地填土："山爷，树栽下了要略微向上拔一拔，才不蜷须子，能吃上水！"

山爷："哎，俺记下了。"

这时，从山脚下传来小羊脖子上那叮咚叮咚的铃铛声和女娃甜甜的笑声。

山爷朝那边望一眼，然后说："哎，山月儿，俺那娃子都两岁多了，还没名字哩。你是文化人，给起一个呗！"

山奶也说："对对，俺早就想让山月儿起！"

"中啊！"山月儿爽快地答应。她略一沉吟，便说："山爷，咱沂蒙山的冬桃，风霜雨雪都不怕。叫俺说，干脆就叫她桃桃吧！"

山爷高兴地："中！叫桃桃好。等咱桃桃长大了，咱的这果树也就长高了！"

这时，夕阳已经下山了。它用紫色的微光涂抹着山崮平川。

西峪上已经栽起了不少树！

山爷望着那些树，脸上焕发出异彩。

8. 村头大树下，黄昏

那块响石又被"当当"地敲起来。

还是山爷。

他用力地敲着，一下又一下。那苍老而刚健的身影显示出一种极其优美的旋律！

9. 卧牛石滩，黄昏

响石声中，村民们络绎不绝地来到这里。

山爷站在一块大青石上，双手抱拳："各位父老乡亲，俺李奉田，在这给大伙儿施礼啦！"

村民中响起轻微的议论声。

山爷扫一眼众人，又进一步抬高了嗓门："俺不说，大伙也知道。俺那巴掌大的一块田，都栽上果树了。在这村里，俺活了六十多年，从没做过对不起乡亲们的事。眼下，求各位父老乡亲，看在俺李奉田的面上、好好待承俺那些小苗儿。等它们长大了，俺挨门挨户给你们送果子。就这！"

他话音刚落，山奶便急匆匆地跑来："老头子，老头子……"

山爷急扭头望她。

她跑到山爷跟前，凑到他耳边小声嘀咕了几句。

"啥？"山爷大惊失色地喊了声，噌地跳下大青石，跌跌撞撞地朝西峪那个方向跑去。

10. 西峪，黄昏

那座石头山上，刚栽好的果树已经被啃坏了不少。

山爷发疯似的跑来，跌倒了，又爬起……腿上胳膊上都被石头划出了血道子！

他在那些被啃坏的树苗前停住，无力地蹲下身。

山风啊，掩动他破旧的衣衫，还有他的头发。

他一动不动，目光和神情都仿佛呆滞了。

山月儿这时也匆匆跑来，望着那些狼藉的树苗，心中十分痛惜。

她想劝山爷点什么，可一时又不知从哪儿开口。

他们就这样沉默着！

沉默良久，山爷才缓缓站起身。

他朝着山野，茫然四顾。

突然，他的脸痉挛了一下，目光也骤然在一个方向上凝住了。

11. 离山爷不远的山坡上，黄昏

墩子蜷在一块大石头下睡觉。

他的身边，那群羊在自由自在地游弋。其中的几只，还拖着一棵树苗在津津有味地啃着。

12. 山爷栽树的地方，黄昏

山爷瞧见了睡觉的墩子，气得脸都变了色。他一哈腰，从地上操起大镐，怒气冲冲地直奔墩子那边去了。

山月儿一见，赶忙跟上。

13. 墩子睡觉的山坡，黄昏

墩子依然在蜷着身子酣睡。

山月儿冲过来，拿脚踢他："起来，起来！"

墩子睡眼惺忪地："……山月儿啊，咋、咋了？"

山月儿声色俱厉地："你看看你的羊！"

"羊？"墩子还没醒过腔来，"羊、羊咋了？"

"把山爷的树苗都啃了！"山月儿气得眼泪都快下来了。

墩子这才意识到问题的严重性，忙一骨碌爬起身："不，不能吧！"

"啥不能！"山月儿一把从羊嘴里扯过那棵树苗，"你看，还在啃！"

墩子登时怔住了。

可他只怔了一刹那，旋即便嘿嘿笑了："山月儿、山爷。你们真能逗！那……是俺自家的树苗。"

"你自家的树苗？"山月儿冷笑了一下，然后嘣地扯断树上的马尾，"你家的树苗有这个？"

墩子一惊，眯细了眼睛："这……这是啥？"

山爷："马尾儿！俺特意做了记号！"

墩子傻了："你家的树苗，棵棵都有记号？"

山爷："是哩，每棵俺都绑了马尾儿！"

一听这话，墩子却又静下来。他狡黠地："哟……这可是巧了！俺家的树苗，也有的绑了马尾儿！"

"你……"山爷气得身子都发抖了。

墩子却嬉皮笑脸地："山爷，你别生气。人老了生气，容易气坏肝儿。这树苗，真不是你的。不信，你老人家就喊两声，它要是答应了，俺就赔你！"

"兔崽子，你反天啦！"山爷气得猛地抢起大镐，朝墩子冲去！

墩子见势不好，赶忙撒腿就跑。

山爷还想继续追，却叫山月儿给拽住了。

他余怒未息地大喘着气："兔崽子，这个兔崽子！"

山月儿轻声劝他："山爷，跟这种人，犯不上生气。毁的树苗，咱重栽。钱，俺家有。"

山爷心疼得眼里沁出了老泪："多好的树苗儿唯。墩子这兔崽子，造孽呀！"

"饶不了他！"山月儿咬牙切齿地，"这回，非罚他！"

14. 村街上，傍晚

"罚俺？"说话的是墩子，"凭啥！"

村主任冷着脸："就凭你的羊祸害了人家的树苗！"

墩子梗着脖子："咋，你就听你闺女的一面之词？"

"俺调查了！"村主任也是寸步不让，"你小子，说话办得讲良心。山爷快七十的人了，豁出命来造了那么一块田，栽了那么几棵树。你就忍心……"

"啥叫忍心？"墩子鸡蛋里挑骨头，"你说俺故意破坏得了呗！"

"你……"村主任叫他给噎住了。

这时候，二蟒子不知从哪儿钻了出来。他责备地："墩子，你拿啥态度对待大叔哩？"

墩子见他来了，别过脸，不再吭声。

二蟒子瞅一眼村主任，然后又批评墩子："男子汉大丈夫，好汉做事好汉当。自个有毛病，装啥狗熊？"说着，从口袋里掏出二百块钱，"拿着，给山爷和山月儿赔礼去！"

墩子赶忙接过来，又假装不乐意地："得，大叔，看你的面子，俺认倒霉。"说完就走了。

村主任冲着他的背影："真是块滚刀肉，蒸不熟煮不烂。"

二蟒子笑吟吟地："大叔，圣人不见小人怪，甭跟他生气。走，咱爷俩上俺那儿喝几盅儿去！"

村主任被他拉着走了几步，却又猛然停下脚："呀，不行！"

二蟒子："咋了？"

村主任："山月儿说过，不让俺再喝你的酒。"

"唔？"二蟒子不免有些尴尬。

这时候，村主任却拍着他的肩膀："你小子啊，得意山月儿，得直接找她，别从俺这儿转弯抹角地兜圈子。那闺女，俺当不了她的家。你的酒，俺喝多少也都是白喝！"

"哦，哦……"二蟒子像傻了似的，一时不知道该说啥好了。

15. 西峪山上，暮霭中

这里已经搭起了锅灶，铺好了地铺。

灶膛里火光熊熊，山爷正往锅里熥煎饼。

山奶背着孩子、拎着水罐儿走上山来。

她一眼瞧见了那锅灶和地铺，便说："咋，想在这儿过日子啦？老婆不要了，娃儿不要了，家也不要了？这山，比啥都亲啦？！"

山爷笑道："老婆也亲，娃儿也亲，可咱对山也不能不亲！你看，这山上有咱栽的树哩！"

山奶疼爱有加地："你睡这凉石头上，也不怕冰瘫了身子！"

山爷笑眯眯地："俺只怕……这一身硬骨头，咱把这山硌疼哩！"

"你呀，"山奶忍不住笑了，"孙猴子，也没你这份折腾法儿！"

山爷："好了，别絮叨了。往灶里添把火，就在山上吃饭吧。俺吃了一辈子你做的饭菜，今儿你也尝尝俺做的！"

山奶惊愕地："你？还做了饭菜啦？"

山爷："熬了点儿地瓜汤。"说着，他盛出一碗，端过来，"你尝尝，好喝不？"

山奶半信半疑地端过汤，尝了口，顿时皱起眉头："哎呀，你往这汤里放了多少盐哪？！"

山爷接过去也尝了口，品品说："不咸呀，淡了，没滋味儿！"

山奶："还不咸？就差点儿把卖盐的打死啦！"

山爷自知理亏，像孩子似的嘿嘿笑了。

16. 山爷家院门口，暮霭中

院门紧关着。

空旷的院子里，只有那只脖子上带铃铛的小羊。

莫非是它太寂寞了吗？此刻，它正不安分地拱着院门……

17. 村外一个山坡下，暮霭中

墩子在田里干活儿。

突然，从不远处，传来小羊的叫声。

他伸头一看，原来是山爷的那只小羊从家里跑出来了，不禁心中窃喜，就赶忙钻出，把它往庄稼地里驱赶。

他把小羊赶进地，就坐在地边一个大水塘上看着，还不时地用土坷垃堵截，不许它出来。

他的脸上，浮着一丝狡黠的笑容。

18. 西峪，夜色中

山坡上，亮起一盏马灯。

山爷正挑灯夜战。他用镐头用力地撬着石头，黑色的身影，在灯光中一跌一闪。

这时的山野，已经阒然无声。只有山爷撬石头的声响和他粗重的喘息，在广袤的天穹下回荡……

19. 村主任家院门口，夜

山奶匆匆跑来，隔着院墙朝屋内喊："山月儿，山月儿……"

"哎！"山月儿应声出来，走到院门边，"您喊俺？"

山奶焦灼地："山月儿，俺上山给你山爷送饭的那么一会儿，俺那羊……就不见了！"

"唔？"山月儿微微想了一下，便开门出院，把山奶一拉："走，俺帮您找去！"

她们匆匆的脚步。

20. 西峪，拂晓

村主任迈开大步，急急地上山。

山爷的地铺上，老人正疲倦地酣睡。

村主任弓下腰："山爷，山爷！"

山爷微微睁开眼睛："哦……福生啊。"他从地上爬起来，边搓着脸边说，"你……咋来了？"

村主任："山爷，墩子一大早就去闹俺！"

山爷一惊："啥事儿呀？"

村主任："你的羊，跑进了他家地里！他拴了羊，非要找你说话哩！"

山爷慌忙起身："呀，坏了人家庄稼吧？"

村主任："俺去看了，没坏多少。可那小子，得理不饶人，非要俺主持'公道'哩！"

山爷忙不迭地："俺去，俺去。"

他急急地走了。

村主任走两步，又回过身，用手撩开山爷地铺上的褥子。这是一层很薄很薄的褥子啊！

村主任的神情，登时变得深沉而凝重。

21. 墩子家田边，拂晓

墩子跷着二郎腿坐在地边的水塘沿上。

山爷的小羊，可怜兮兮被拴在旁边。

墩子瞥见山爷来了，就悠然自得地划着火柴，点起了一根喇叭筒烟。那烟气，从他的鼻孔和嘴里喷溢出来。

山爷走到他跟前："墩子，俺家的羊，进了你家的田了？"

墩子："莫问，自个儿看！"

山爷痛惜地看着那些被啃坏了的庄稼。

墩子慢声拉语地："山爷，俺家的庄稼，倒是没拴马尾儿，可它们都长在俺的田里。你老人家，不会赖账吧？"说罢往起耸耸身子！

山爷愧怍地："墩子，你罚吧。啃的庄稼，俺认罚。"

墩子："罚是要罚。可……你是老辈人了，俺咋也不能像你那样抡起大镐吓唬人。俺不打也不骂，用个文明法儿：你就代羊认个错吧！"

山爷看了看墩子："这中。羊的错，俺都领了。你再说罚吧。"

墩子："俺也不朝你多要。那天，你罚了俺二百，俺也就罚你二百得了！"

这时，村主任从后面赶到了。一听，便说："墩子，你别耍赖。地里才倒了几棵庄稼，就要二百！"

墩子反唇相讥道："咦，主任，你可是一村之长啊，对人……不该有薄有厚吧？"

"中了，中了。"山爷忙将村主任拉到自个身后，"墩子，这钱，俺还你。还有，俺跟你动镐头那事，你也别记心上。俺那是心疼树苗，昏了头。"

墩子眨眨眼，摆着手说："打盆说盆，打碗论碗儿。那事儿你不提，俺也不提了！"

22. 山泉旁，晨

"墩子那人。真黑！"这是山月儿的声音。"羊才啃了他几棵庄稼，就要二百块！"

"也不怪人家黑，"山爷宽容地，"哪个庄稼人，会不心疼庄稼！"

此刻，这爷俩正在泉边汲水。

乱石丛中淌出一泓清流。

山月儿用木瓢往陶罐里舀："山爷，你总是拿好心眼儿对人！"

"嗨，"山爷裤腿高挽、挂着条扁担站在一边。

"都是村里人，抬头不见低头见，闹得别别扭扭的不好！"

"您看着，墩子那号人，俺这辈子也不搭理他！"山月儿舀完了水，捋了一把头发，站起身抢扁担："山爷，给俺！"

山爷："不成，不成。你一个闺女家，稀嫩的骨头，咋能让你挑哩！"说罢，又笑笑，打趣地："再说了，你好歹还是俺师傅哩！"

山月儿也让他逗笑了。

这时，山爷温情地注视着眼前这位善良的女孩子，很关切地："山月儿，你听说没有？二蟒子那小子，让你一气，去念农民夜校了！"

山月儿："他那人，只怕是心血来潮，图上几天热闹哩！"

"哎，"山爷摇头，"你也别把人家一碗水看到底。说不定，还真能收住心哩！那小子，对人心肠不坏。昨晚上，硬送到俺家八百块钱，非让俺把卖掉的棺木再买回来。"

山月儿生气地："他早咋不借哩！"

山爷替二蟒子解释道："那天，也是俺饿了他！"

山月儿不置可否地淡然一笑。

山爷看她一眼，不说话了。

他挑起水罐，朝山上走去……

23. 山坡上，上午

山爷家那只惹过祸的小羊，安分多了。它摇着铃铛，在悠闲地寻觅着青草。

桃桃跟在它后面，不时蹲下身采集山花。

一簇美丽的小花！

当桃桃伸出小手把它们采起来的时候，她已经是一个五岁的女娃了！离她不远处的那只小羊，也长大了，长高了。只有它脖子上的那只铜铃，还依然像几年前一样在叮叮咚咚地作响……

24. 西峪山上，上午

几年的苦战奋斗，使山爷的田明显扩大了。那层层用坝堰垒成的梯田，几乎覆盖了大半座石头山。

当年栽下的果树，已经蔚然成林。

山爷正在给果树剪枝。

这时，桃桃身边的那只羊突然悄悄钻进了果林。它贪馋地啃着果树。

"桃桃，桃桃！"山爷大喊。

"哎！"桃桃应声跑来，"爷爷，啥事？"

山爷怒气冲冲地："你看看，叫你带好羊，你偏不，它把树给啃了！"说着，便抡起镐头打那羊！

桃桃心疼地哭了："爷爷，你别打它，别打了！"

山爷气呼呼地跳到桃桃跟前："你不让打羊，那俺就打你！"说着用手打了她屁股一下："俺让你留个记性，看你还好不好好看羊！"

桃桃挨了打，先是一愣，继而哭了。

恰巧，山奶挎着饭篮、拎着水罐上山来了："呀，桃桃，咋啦？"

桃桃只是哭，不说话。

山爷："咋啦？羊啃树，俺顺手打了她！"

山奶登时火了："啥？你个老不死的，敢打孩子哩！俺今儿个看看你到底有多大的本事儿！要打，你连俺一块打！"说着，就扑向了山爷。

山爷挓挲着两手，只是挣脱："桃桃……快，快来帮帮爷爷！"

桃桃忙上前抱住奶奶的腿，喊道："奶奶，别打了……别打了……"

山奶这才松开了手："老东西！不是怕吓着了孩子，今儿个跟你没完！"说完转身问桃桃："他打你哪啦？来，奶给你揉揉！"

桃桃抹了把眼泪，很懂事地替爷爷掩饰："爷没打俺，光打了羊！俺哭，是疼羊哩……"

山奶转身逼问山爷："你到底打没打桃桃？"

山爷狡黠地一笑："她自个儿不是说了嘛！"

桃桃抹干了泪，冲山爷挤了挤眼儿。

山奶嗔笑道："你敢打孩子，俺让你三天没饭吃！"

桃桃一听，赶忙拿起煎饼和大葱："爷，你吃饭吧，快吃！"

山爷接过来，大口大口地嚼着。

他望着那满目丰腴的大山和自己可爱的女娃，内心里有了许多欣慰。

25. 山月儿家果林，下午

山月儿在林中查看果树。

突然，有人怯怯地轻声喊她："山月儿……"

她回眸一看，原来是墩子，便立马绷紧了脸："喊俺啥事？"

墩子羞赧地："山月儿呀，俺也不知咋惹了你，你都好几年不搭理俺了。俺今儿硬着头皮来，是……有事求你。"

山月儿："求俺？！"

墩子："嗯。"

山月儿："你别是进错庙，烧错香了吧！"

墩子脑袋晃得像个拨浪鼓儿："不不！俺寻思来寻思去，这事儿就得求你！"

山月儿："啥事呀？"

墩子苦着脸："俺家种的那十几棵樱桃树，叶子累累见黄，不知是得了啥怪病？"

山月儿冷冷一笑："人没病舌头不短，树没病枝叶不黄。你家那树，病了。"

墩子央求道："山月儿，不看僧面看佛面。俺一春零八夏地侍弄那些果树，你说啥也得去给看一眼呀！"

山月儿想了想："俺去是去，可话得先挑明：能不能看好，没一定！"说完，便一扭头，走了。

墩子忙谦恭地跟上。

26. 墩子家田里，下午

满眼都是泛黄的樱桃叶子。

山月儿从树丛中直起腰来，说："墩子，这树的病，能治。"

墩子急切地："到底是啥病呀？"

山月儿淡然一笑："你想让俺说出这树的病来，得先让俺问问你的病！"

墩子："俺有啥病？"

山月儿："你实话实说，那年罚山爷是咋回事？"

墩子脸红了，口吃地："那……那都是过去的事了。"

山月儿咄咄逼人地："俺今儿要问的，就是过去的事！"

墩子为难了。

他想不说，却又不敢，窘了好一会儿，才抹了把额上的汗水吞吞吐吐地："山……山爷那羊，是俺……是俺赶进田里的。"

山月儿轻蔑地瞥他一眼："不缺德吗？"

墩子低下头，不敢吭声。

山月儿："墩子，俺可不是吓唬你。你这树的病，就是你缺德的报应！"

墩子焦灼地："山月儿，到底咋治呀？"

山月儿："俺告诉你，给多少咨询费？"

墩子忙不迭地："你……你开价儿！"

山月儿："不多要，二百五！"

墩子一听："这么多呀！"

山月儿："明码实价儿，你用俺不用？"

墩子忙掏钱："用用用。"

山月儿接过钱，淡然一笑："这树的病，不用治。往后，你少上点儿生肥就行了！"

"啊？！"墩子后悔不迭地，"一句话，就值二百五？"

山月儿："不服咋的？这叫知识！"说完，便扭身走去。她走了几步，又回过头来，抖着手中的钱，很气人地："别心疼，没多要你，那年，你罚山爷二百块，这是连本带利息！"

墩子沮丧地望着她轻捷的背影。

27．村头，下午

山月儿带着胜利的喜悦兴冲冲地走在村路上。

二蟒子驾着摩托从后面追上来。这时的他，从举止到衣饰，都显得文雅多了，仿佛是变了一个人似的。

"山月儿！"他嘎地刹住车，兴冲冲地从贴胸的口袋里掏出个小红本儿，不无炫耀地，"你看，你看——"

山月儿："啥玩意儿？"

"毕业证呗！"二蟒子笑逐颜开地，"山月儿，俺从农民夜校毕业了！"

山月儿拿过那红本儿看一眼，莞尔一笑："是不是花钱买的呀？"

"不不不，"二蟒子急切地分辩，"俺要说半句假话，是你孙子！"

山月儿微微沉下脸："往后，你能不能少说这种粗话！"

"能，俺能！"二蟒子信誓旦旦地一拍胸脯，然后就忙不迭地说起了"细话"："雄关漫道真如铁，俺从今起就要迈步从头越了！山月儿呀，古话说，'试玉要烧三日满，辨材须待七年期'。你要是还信不过俺，就拭目以待。俺二蟒子是'言必信，行必果'，要是说了不算绝对是你孙子！"他"孙子"两个字刚出口，便自知又一次失言，慌忙后悔不迭地拿手掩住了口。

山月儿被他这番话和他的那副模样逗得咯咯笑出声来。

她银铃似的笑声，铺满了阳光明媚的村路……

28．墩子家田边，黄昏

夕阳晚照中，墩子勾着头默默坐在田边的水塘沿上。

山爷朝他走来："墩子！"

墩子猛一回头，不无疑惑地看着他。

山爷："墩子，给——你的钱，俺不要！"说着，把手中的二百五十块钱递到他面前！

墩子万没想到山爷会来送钱，很感动，忙把住他的手说："山爷，俺，俺都当山月儿说了。那件事……俺对不住你……"

山爷："哎哎哎，老邻旧居，哪有舌头碰不着牙的。来，这是山月儿给俺的那二百五，拿着！"

墩子急摇头："山爷，这钱，俺不能要！上回那二百元钱，是俺故意坑你的！要是再收回来，俺墩子还算人吗？！"

"嗯，能说出这话，就是好小子！等俺那果子下来，山爷拿这钱给你们这帮兔崽子买酒喝！"山爷收起钱，同时脸上也现出一片欣慰。

29．山爷家院子里，黄昏

桃桃正拿着草叶喂羊。

山爷从院外进。

桃桃瞧见了，急忙扑过去："爷爷！"

山爷弯下腰亲她，她呢，却伸出小手，把一块糖塞进了山爷嘴中。

山爷心里都淌蜜了："呀，好甜！"

桃桃歪着小脑袋："这是山月儿阿姨给俺买的。"

山爷乐了："桃桃，等咱山上的果子下来，卖了钱，爷爷也给你买好多好多你爱吃的东西！"

"不嘛，不嘛。"桃桃连连摇着小手，"奶奶说了，那山上的果子，是爷爷一镐一镐刨出来的、一罐一罐浇出来的。俺可舍不得换糖吃！爷爷，咱不换，咱不换嘛！"

桃桃这句话，说得山爷鼻子一酸。他那双深陷的老眼里，禁不住飘出了好大好大的一片水雾……

30. 空镜
溟蒙小雨来无际，云与青山淡不分……

31. 西峪山上，雨中
山爷冒着雨，挥着他的那把大镐，又开始向一大片新裸露的石头开战了！

显然，他是在进一步扩大自己的"疆域"。

雨和汗，早就把他的衣裳湿透了，可他却浑然不觉。

那把沉甸甸的大镐，在越来越猛烈地撞击着大山……

32. 山爷家院子里，雨中
桃桃从屋内跑出来，挺焦灼地看天。

"奶奶，奶奶——"她喊，山奶没在。

她想了想，忙跑到仓子里扯出山爷的一件破雨衣和草帽儿，往胳膊下一夹，又小心地脱掉了鞋，整整齐齐地摆放在窗台上，然后就光着两只小脚丫，顶着雨，朝西峪的方向跟跟跄跄地跑去了。

33. 村外，墩子家田边，雨中
桃桃夹着要给爷爷的雨具，挣扎着跑到了这里。

突然，她停下脚。原来，她发现有几只羊正在田里啃树。

"去去！"她从地上抓起泥巴，往外驱赶那些羊。

羊惊慌地跑向了田边的大水塘。

桃桃急追过去。

有只羊蹿到了水塘的边缘。

"别上去，别上去！"桃桃急喊，"羊，你快下来！"

羊却依然在水塘边上兜圈子。

桃桃急了，忙爬上水塘。

她在水塘边缘上转圈撵羊！

突然，那羊反身冲了回来。桃桃猛然一躲，脚下滑了一下，扑通跌进了塘里！

"爷……"这个幼小的然而却饱经忧患的生命，只留给这世界一个字，便在雨中倏然消逝了。

山爷的雨衣和草帽儿，忧伤地飘浮在浑浊的溅着雨花的水面上。还有那羊像是发觉自己闯了祸，站地塘边，不时地发出"咩咩"的悲鸣……

34. 山爷家院子里，雨中

山奶挎着个筐，头上顶片大荷叶，匆匆地从外面回来。

"桃桃，"她笑眯眯地，"奶奶给你买罐头来啦！"

没人应声。

这使她感到有些异样，忙走进屋内。她刚进屋，便又冲了出来，陡然色变地："桃桃！桃桃……"

35. 村外，夜

山奶的呼唤，变成了无数个人的呼唤："桃桃，桃桃……"在这些人中，有山爷、山奶、山月儿、二蟒子、村主任、墩子和我们已经熟悉的那些父老乡亲们，他们都焦灼地奔跑在雨中。

最急的当然还是山爷和山奶。他们不停地晃着手电筒，声声啼血。

突然，从不远处传来山月儿的喊声："快来，在这儿哩！"

山爷、山奶踉跄地奔过去。

36. 水塘边，夜

数十支手电光一齐交织在塘面上。

那件破旧的雨衣和草帽儿，依然还在忧伤地飘浮。

山月儿、二蟒子、村主任和墩子纷纷跳进塘去。

山爷和山奶跑来了。

"桃子，桃子……"山奶惊恐的喊叫声里夹着哭腔。

山爷也扑到水里。

他从山月儿的手中接过了水淋淋的桃桃。

他一步一步，木讷地走上岸来。

山奶目光呆滞地看着这一切。

良久，她才踉跄地扑向桃桃，嘶声狂喊："桃桃，俺的桃挑！你……这是咋的了你呀……"

人们都缄默不语。

山爷欲哭无泪。

偌大的夜空下，只有风声、雨声和山奶凄厉的哭声……

37. 西峪山上，雨后的黎明

一座石头堆成的小坟。

山爷、山奶，还有桃桃的那只白羊，都伫立在坟前。

山奶仍在啜泣。

山爷哑然无语。

那只白羊脖子上的铃铛，叮咚作响，仿佛一曲悲伤的挽歌。

这时，我们才看到，那白羊的眼里居然也在流泪。

38. 山爷家里，夜

窗台上，整齐地摆着桃桃的那双小鞋。

山奶失神地躺在炕上。

山月儿坐在炕边，悉心地照料着她。

在门槛边，圪蹴着山爷。他身边，偎着那只白羊。

山爷深深地抽了一口烟，突然猛烈咳嗽起来。

山月儿忙过来为他捶背。

山爷长叹一声，缓缓站起了身，从门后拎出了镐头。

山月儿关切地："山爷，这么晚了……"

山爷没吭声，只是沉重地摇摇手，然后就佝着身子走了。

山月儿无言地望着他。

39. 西峪山上，夜

马灯光里，山爷在刨石头！

铁镐与山石撞击，溅起点点火星。

他发疯似的刨着，用那把铁镐拼命地宣泄心底的悲痛！

突然，大镐把"啪"地断了。

他这才丢开镐把，缓缓蹲下去，拿手捂着脸，发出了一声苍老的悲鸣。

那黑黢黢的石头山，那一层一层的坝堰，那坝堰中的果树，都在他的哭声中战栗了……

40. 村主任家院门口，夜

村主任披着衣服从屋内出来，倚门张望。

这时，山月儿打着手电回家了。

村主任关切地："俺让二蟊子上山找山爷，找回来没？"

"嗯！"山月儿点点头，然后便不再说话了。

"唉……"村主任从心底发出一声长叹。

41. 山爷家，深夜

那只白羊依然偎在门边。

山爷斜倚在窗台旁闷闷抽烟。他把全部的悲痛都深深地刻进了脸上的褶皱。

"桃桃，桃桃……"山奶突然在梦中哭喊起来。

山爷忙轻轻地摇她，她懵懂地看着山爷。

"做梦了吧？"山爷问。

山奶流泪了，哽咽地："俺……梦见咱的桃桃了。"

山爷："唔？"

山奶："她……躲在果树底下，跟俺藏猫猫……还说，她要吃桃子！"

山爷悲苦地："桃桃馋桃子，可……还没等俺把桃子种出来，她就……"说罢一回身，从窗台上拿过桃桃的那双小鞋，捧在手里细细地看。

山奶瞧见这双小鞋，眼泪流得更欢了。她哽咽地："桃桃命苦……等咱那树上结了桃子，第一个……就送到桃桃坟上！"

山爷摇摇头："桃三杏四梨五年。咱那桃树去年刚栽，还得两年结果哩！"

山奶不语。

山爷看她那悲痛的样子，马上又劝慰道："哦，两年，也不长。"

山奶沉重地摇头："桃桃没了，咱也老了。叫俺说，那山，就交给村里吧！"

"不！"山爷斩钉截铁地，"只要天没塌下来，地没陷进去，俺……就跟那山没完！"

42. 一组山爷治山的镜头
他抡着大镐的英姿；
他搬石头继续垒坝堰；
他和山奶一起用柳箕往山上背土；
他挑着陶罐在泉边汲水……
当他和山月儿、村主任一起再走上西峪山顶那一大片果林的时候，已经是"绿树荫浓百鸟唱，满枝硕果一山香"了！

43. 果林中，晨
望着眼前这硕果累累的景象，村主任乐得连嘴儿都合不拢了。
他朗声笑道："哈哈，山爷呀，当初俺还跟你打赌，说你治得了这山，俺就在村里拿大顶。没想到……哈，你的事，连市里、县里领导都晓得了，还说过些天要来给你立碑哩！"
"真的？"山月儿也笑盈盈地，"那……爹，俺看你那大顶可怎么拿！"
村主任让女儿逗乐了。
可山爷呢，却没说话。他沉默有顷，便悄悄朝果林深处走去了。
山月儿和村主任都惊异地望着他。
山爷走到一棵桃树下，庄严地停下脚。
他举起一双粗大的老手，颤颤地伸向了枝丫间最大最红的一颗桃子……

44. 桃桃坟前
那颗硕大的桃子摆放在桃桃坟前。
山爷和山奶无言地伫立。
突然，从他们身后，从那曲曲弯弯的山路上，远远地传来了热闹的锣声、鼓声和唢呐声。
山爷、山奶都缓缓地扭过头朝那边望去。

45. 通往西峪的山路，晨
二蟒子兴冲冲地开着一辆崭新的半截子车。
车上，有山月儿、村主任、墩子和乡亲们。他们都在兴高采烈地吹吹打打。
在他们身后，还有一辆大彩车，上面竖着一块刻好的大石碑——"当代新愚公"几个大字格外醒目！一缕红绸，在石碑上飘飘扬扬……
车驶到西峪山坡下停住，人们纷纷跳下车来。
二蟒子和墩子扯开嗓门大喊："山爷，政府给你立碑来啦！"
唢呐鼓乐响声一片。
突然，在人群中出现一阵骚动。
二蟒子、墩子忙挤过去。他们一看，原来是村主任正笑嘻嘻地表演拿大顶！
二蟒子挤到山月儿身边，笑着问："山月儿，咱大叔啥时候练出这一手啊？！"
山月儿友好地瞥他一眼，调皮地："这是俺家的秘密，还不到该你知道的时候！"
二蟒子嘿嘿笑了。

这时候，山爷和山奶从山上下来了。

望着欢乐的人群，他们的两双老眼里都储满了激动的泪……

46. 那山，那碑……

哦，多么贫瘠而又多么丰腴的沂蒙山区啊！

那漫山遍岭的石头、庄稼和果林……

在这崇山峻岭间，在西峪，在山爷的那一大片果林前，"当代新愚公"的石碑巍然耸立。

就在这块黑色的石碑上，叠印出两行醒目的大字：山东省枣庄市山亭区农民李奉田，十几年治山如一日，被人民政府授予"当代新愚公"的光荣称号！

片尾字幕衬底：

扮演山爷、山奶的演员与现实生活中的李奉田老人和老伴儿的形象交替地出现在屏幕中。在他们各种姿态的影像上，不时叠化出片尾字幕……

（本剧刊于《中国电视》，在中央电视台播出）

红脸汉子金领带

片头：

一座风光秀丽的小城，三面环山一面临海。站在山的高处，可以鸟瞰到它的全貌，还有阳光下蔚蓝的大海，海面上缥缈如画的船队、岛屿。

涨潮了！一层层波涛涌向海岸，波涛在海岸的石堤上撞碎了！银白色的浪花迸溅着，高高地迸溅着！浪花飞溅到海堤旁的柏油路面上。

一辆乳白色面包车驶了过来，浪水溅在车前面的挡风玻璃上。

市锡镶工艺厂厂长孙金成正坐在司机旁边。他，看上去四十来岁，一米八〇左右的个头儿，一双炯炯有神的眼睛，一个虎背熊腰的红脸大汉。

司机用雨刮器刮着挡风玻璃上的浪水。

孙金成不知在想着什么，这时，却轻轻地笑了。

浪花继续飞溅上柏油路面。

面包车驶向远方。

在主题歌中，出现片名，演职员表。

1. 某街道锡镶厂

简陋的厂舍。

厂办公室门前聚集着一群人，吵嚷声很大。

十几名女工把厂长姚锡宝围在中间，七嘴八舌，声色俱厉地斥责他。

车间主任马金花（五十来岁）闹得最欢，她晃头奋臂地说："兵熊熊一个，将熊熊一窝！姓姚的，三岁长胡子你瞅瞅你自个儿这小老样儿，连十几个老娘儿们的工资你都发不起，你当的什么狗屁厂长？！呸——！你尿泡尿溺死得啦！"

一女工："马金兰说得不为过呀！没有金刚钻儿，你压根儿就别揽这瓷器活儿！厂子支巴起来啦，大家伙儿没黑天带白天地干了六个月，一分钱没挣着，还拉了一屁股饥荒！你还怕叫人家说呀？说你你还冤呐？"

另一女工："我看呐，这个厂长你能当就当，不能当，就趁早土豆搬家——滚毬（球）子！给别人倒地方！"

马金花胳膊一抡："哎——，叫谁走？叫他走？说得倒轻巧！告诉你，姓姚的，今儿个你要不就工资的事儿，说出个子午卯酉来，我们这些老娘儿们就给你个好看的！"

姚锡宝气恼地白了马金花一眼："干啥？杀人不过头点地！你们七嘴八丫子东说西说，我都听着，都忍着，你们还想干啥？"

马金花轻蔑地一笑，说："想干啥？你说，厂子啥时候给大家伙……这个！"做点钱动作。

姚锡宝苦着脸儿说："产品卖不出去，一分钱回不来，你让我拿手指头给大伙这个呀（也做点钱动作)，这不是大白天说梦话嘛！"

马金花："好！有你这句话就好！来，上！咱们扒光他的衣服，把他抬到大街上，让全城老百姓都知道咱厂子有位胆大不知寒碜，吃粮不管穿的厂长！来呀，动手！"

说话间，她和几个年纪稍大点儿的妇女上前揪住了姚锡宝的衣服。

姚锡宝挣扎着："我看你们敢？"

马金花："哼！不擀的是煎饼，擀的是饼！扒！"

几位年纪大些的妇女真的动起手来。

姚锡宝手臂被人扭着，发出痛苦的嘶喊。

几位年轻的女工低下头，痴痴地笑。

姚的妻子王大兰，一直站在人群外看着、听着。此时，她的眼里涌满了泪水。

姚的上身已被人扒光。

王大兰终于忍耐不住了，她拨开人群，冲到马金花跟前："马金花！平时我还管你叫一声大姐，不看僧面看佛面，你也别做得太过分啦！不是说姚锡宝是我丈夫，我王大兰向着他说话，你们看看！"她用手拨弄着姚的头发说："他，三十岁刚冒头儿的人，六个月前头发丝全是黑的，你们看看，各位大姐大妹子，现在白了多少！产品卖不出去，他不愁吗？愁得他厂里家里直打转转！他祖上传下这锡镶手艺，他想拿它成全大家伙儿，他是好心！可东西卖不出去，咋办？得大家伙想办法，光闹他有啥用？"

几位年纪大些的女人听了这席话，都缓缓松开了手。

马金花见状，把手从姚的裤腰带上抽出来，推了一把姚说："哼！今儿个看你媳妇的面子，先饶了你，可说过的事儿，你还得想招儿！"说着，招呼女工们说："走，先干活去！"

女工们走向破旧的车间门口。

一女工对马金花说："挣不来钱，还干啥活儿？"

马金花笑着说："像不像做比成样，咱们就是磨洋工，他将来也得给咱开工资不是嘛！不开也行，咱们大伙儿就到他家吃饭去！哼！活人还叫尿憋死啦？！"

这位女工瞅瞅马金花，没吭声。

2. 环翠楼公园

天气晴好。公园里人流熙熙攘攘。

孙金成穿着白衬衣，系一条金色领带，与街道办事处刘主任同坐在公园通往山顶的石阶上。

他们都默默地吸着烟，谁也不说话。

沉默良久。孙金成终于说话了："刘主任，您刚才跟我说的话，不是开玩笑吧？"

被称作刘主任的中年男人笑笑，用信任的目光盯着对方，反问道："你说呢？"

孙金成顺手在石阶上碾灭烟。边站起来边说："行啦，我明白了。我孙金成这辈子，天生就是操心遭罪的命！你们街道上的官儿，虽然针鼻儿大，但大小是我领导，你们定的事儿，我认了。"他站在那里，出了口长气。

刘主任也站了起来，示意孙一起向上走走。他们一边拾级而上，刘一边说："金成，你别闷屈！你有牢骚，就冲我发。要骂人，你就骂我。叫你到锡镶厂当厂长，是我提议的。我知道你在现在这个厂干得红火，工人舍不得你走。可是，我们不能眼看着锡镶厂的十四位女工有活干，没钱挣，去喝西北风！你去当厂长，我们也不在旁边看笑话。你驾辕，我拉套！"

听了这话，孙金成站住了，用探询的目光看着刘主任。

刘主任乐呵呵地说："我呀，兼任你们厂工会主席，不拿一分钱，当个服务员！你看合不合格？我的锡镶厂大厂长？"

孙金成深深地点点头："好，俗话说：鲫鱼找鲫鱼，鲇鱼找鲇鱼。咱俩是一条桌子腿儿拴俩蚂蚱，锡镶厂要是搞砸锅喽，我拴上了，你也别想跑！"

刘主任开玩笑地："真要跑，我也跑不过你呀，你个子比我高，腿也比我长嘛！"

孙金成哈哈笑了起来。

刘主任站在那里，抱着双臂，微笑地看着孙金成笑。他的微笑中有深情与焦虑。

3. 锡镶厂办公室

孙金成、刘主任、姚锡宝与十四名女工坐在一起开会。

孙金成："从今儿个起，厂长这把椅子就归我坐了。我知道这把椅子不太好坐，除了直嘎悠之外，还有针尖儿，有麦芒儿，挺扎屁股！但我也得坐。厂长嘛，总得坐厂长的椅子！能不能坐稳，在凭我，也在凭大家啦！说起来，城区没把咱们郊区大柳树村划归街道前，咱们还都是一个村的乡亲。今儿个，咱们由农民变成了市民，务农改为做工，咱得活出个样儿来，干出个样儿来，别让人家拿下眼皮瞅咱们！从现在开始，厂子里一切工作由我负责。锡宝啊，你的工作等咱俩交接完工作再安排。马大姐！"

马金花应了一声。

孙金成："从成品库提出一百套成品，精工细作，哪道工序不行就重新加工。"

马金花："行！只要咱们产品能卖出去，能开出支来，累死也行！"

孙金成笑着说："别累死，累死你，你们家大哥找我来要老婆，我可还不起！"

众女工都笑了。

孙金成："刘主任，你讲两句吧！"

刘主任摆摆手："哎呀，别整那套例行公事啦，没啥事儿，就散会。"

孙金成会意一笑："好，散会！"

众女工走出办公室，有几名女工回头又看了看这位新厂长，尔后，走向门外。

4. 车间

这是个铸模、浇铸、砸印、锡镶等多工种杂居的车间。

车间的一隅。马金花、王大兰等女工在用"节骨草"蘸水擦壶。

女工于凤翠边干活边和马金花唠嗑儿："哎，大姐，新来这个大个子，你看咋样？"

马金花撩了于凤翠一眼，说："咋样？你说咋样？"

于凤翠笑笑："人家问你呢！"

马金花沉吟一会儿说："这玩意儿，画猫画虎难画骨，知人知面不知心。冲他刚才说那两句话，倒挺煞使。谁知他到底咋样？咱们现在是霜打的茄子落架的秧，正发蔫的时候，别给咱们送走个孙悟空，又请来个猴就行！"

王大兰瞅了瞅马金花，想说什么，嘴唇翕动一下，话又咽了回去。

一女工打趣儿说："我说，上级是不是要在我们厂子成立篮球队呀？这不，把篮球队长给我们派来啦！"

众女工忍俊不禁。

又一女工："别闹了，什么篮球队呀，是广告模特队！你瞧，（用手假做托领带动作）金利来领带，男人的世界！"

她拿腔拿调的声音引起众人哄笑。

笑声突然戛然而止，孙金成高大的身影出现在车间门口。

他向车间里走来，车间里仿佛只有他的脚步声。

他在马金花等人身边站住了："笑嘛，咋不笑啦？嘿，真是，一个女人低出气，三个婆娘一台戏。你们这些女人在块堆儿憋着笑，可小心憋出脚气来！"

众女工都忍不住笑了。

于凤翠搭话："听谁说的，不笑长脚气？"

孙金成："你想啊，不笑生病，脚气是病，所以不笑就长脚气，我不憋笑，哎，我就没长脚气！"

众女工哄笑起来。

"好，你们都笑了，你们都不长脚气！"

众女工又笑。

孙金成右手拿起一个锡镶茶具，先用左手拿起嵌有"光绪通宝"铜钱的壶盖看，又看壶身。他看得很仔细，看罢，对马金花说："马大姐，你看这，还有这，都得重新擦磨抛光。一条鱼能搅腥一锅汤，一个小毛病能把产品质量拽下来。咱们一点儿别马虎，人家才乐意买咱的货，咱卖出货去也心安！"

众女工都围拢过来。

马金花扬扬手说："哎，哎，干啥？聚什么堆？干活儿，干活儿！谁干不好谁返工！"

5. 姚锡宝家

王大兰端上饭菜，放在饭桌上。对姚锡宝说："哎，你倒是吃是不吃？一会儿端了热，热了端的。"说着，把六岁的孩子小洋抱到板凳上，给他洗脚。

姚锡宝从床上一骨碌爬起来，蹙着眉头说："他妈的，驴打江山马坐殿，街道上弄的这叫什么事儿呢？！"

大兰给孩子擦着脚，劝解说："哎呀，挺大个老爷们，咋遇事儿没点儿肚量？你瞅瞅你，蒙床大被，一躺一下午，干啥？和谁治气呢？依我说呀，要怨，得先怨你自己个儿。你打下的那还叫江山呐？顶多说是个破烂摊儿！"小洋被擦干净了脚，抱上了床。他骑在爸爸腿上说："爸爸别生气。"

姚锡宝搂过儿子，叹了口气说："唉，咱没能耐咱知道。可憋闷人也没有这么憋闷的呀！今儿上午，姓孙的又找我谈话了。"

大兰："他说啥啦？"

姚锡宝："叫我下车间跟班干活儿！"

大兰笑了："呀，我寻思多大的事儿呢！就为这呀？！就值得憋闷一下午？依我看，你是坐了几天办公室，忘了自己老大贵姓啦！咱们从庄稼院儿里出来几天？才几天不干庄稼活儿？啥苦活、累活没干过？咋的，叫你下车间就低下你啦？你就绿豆蝇坐月子——包上（蛆）屈啦？"

姚锡宝不耐烦听："哎哎，你说啥呢？别恶心我好不好？实话跟你说，车间我是不去，看他姓孙的能把我咋的！"

6. 厂里办公室

孙金成和姚锡宝在谈话："我说锡宝啊，我好话说了三千六，你咋就不进盐津儿呢？你懂技术，先到车间跟跟班，劳劳动，以后再安排你的工作，有啥不好？"

姚锡宝："我不是怕干活儿，我是烦那帮老娘儿们，我烦她们！"

孙金成用手指敲着桌子，沉思片刻说："嗯，我知道你也是待不住，厂里再有的活儿就是拔草啦，你把院子里的荒草拔拔咋样？"

姚锡宝一脸不高兴："太阳太晒啦，我没草帽。"

孙金成乐呵呵地说："那好办！"掏出几块钱来："买个戴，啊。"

姚锡宝没接钱："这几个钱，我花得起！"说罢，快快不乐地走出办公室。

孙金成望着他的背影，笑笑。

厂院内。

大阳地儿上，姚锡宝在拔草，他戴着顶旧草帽。

汗水已经浸湿了他的汗衫儿。他的额头上都是汗。他干得很不耐烦。

孙金成走了过来，姚锡宝装作没看见。

孙金成走到姚锡宝旁边："草帽买啦？"

姚锡宝不卑不亢地："借的"。

孙金成："兄弟你真要强，大热的天，也不说歇会儿！"

姚锡宝抹把汗说："我禁热！"

孙金成："回家叫弟妹熬点儿绿豆粥喝，小心中了暑。"

姚锡宝："别在我跟前提粥，一提粥我就反胃，小时候喝粥喝伤了。"

孙金成听了这话，不知为什么，眼圈唰地一下红了，他强咬住嘴唇，眼泪才没掉出来。他转身离开了。

姚锡宝见他走了，自言自语地："啧，猫哭老鼠——假慈悲。"

7. 车间

一女工："这天可太热了，简直是要把人当馒头蒸啊。"

马金花："要不说呢，有房子还是盖在屋里。屋里就是比外面凉快。这天，要是再像以前当老农那会儿，在外面拔草弄地的，可要人命啦。"

王大兰不动声色地拿眼瞟瞟她们。

马金花："大兰呐，你穿那么多，不热呀？车间里也没外人，热了就脱，像我似的，穿个小背心干活儿，多凉快！"

王大兰："热吗？我一准是有病，我咋觉着冷，浑身乍冷的呢！"

马金花听出了话里的弦外之音，不再吭声了。于凤翠却信以为真："大兰，要真有病，可得抓紧治，别大发喽！"

王大兰仰仰脸说："我也说不清我有病没病，我也说不清我有的是啥病！"

马金花："别人我是不知道，我是有病！我这个心脏啊，从打前天新厂长来开会那阵儿就不得劲儿，谁知道咋的啦。唉，没法子，心病还得心药医，慢慢治吧！"

王大兰愤然放下手中活计："马金花，你说谁呢？"

马金花："哟——，我说我自己个儿呢，有你缸儿有你碴儿呀？你搭的什么话儿呀？"

王大兰："明人不做暗事，有啥话你明说，用不着含着骨头露着肉地挤对人！"

马金花："哎哟——啧啧啧。你那叫大厂长的太太呀，我哪敢挤对您呐？！"

王大兰还要说什么，被于凤翠劝住了："行了，大兰妹子，你少说一句不低下。"又冲大伙儿说："哎哎，都干自己活吧，这热闹有啥看的。"

王大兰赌气地坐在那儿，气息难平。

马金花："真是，瓜子里嗑出个臭虫——啥仁儿都有，有愿捡钱捡物的，还有愿捡骂的！"

王大兰又想站起来，被于凤翠按住了："大兰，你和她置气，划得着吗？她是个啥人？过去十里八村打大仗出名的手，都和人飞过菜刀，你跟她扯，扯得清吗？"

王大兰捂着脸哭了。她哭得很伤心。于凤翠递过一方手帕："给，擦擦，别哭了啊。"

8. 姚锡宝家（翌日上午）

姚锡宝躺在床上，盖着大被。他正发烧，嘴唇烧得干干的。不时发出轻微的呻吟声。

王大兰端碗绿豆汤放在床前："这么老热的天，一通傻干，还有不中暑的。起来，喝口绿豆水！"

姚锡宝撑起身来，喝了口绿豆汤说："姓孙这小子，他可真会治人……"

话音未落，响起敲门声，屋外传来孙金成的声音："是姚锡宝家吧？"

王大兰迎了出去："哎，来啦！"

姚锡宝一抖落被，躺下，头转向里面。

孙金成拎了一兜时令水果走了进来："听说锡宝兄弟病了，我来看看。"

王大兰："孙厂长，您看看就看看，还买东西干啥。坐，坐，您坐！"

孙金成坐在床边，用手摸着姚锡宝的手说："哟，还真烫！"他放轻声音说："兄弟，我背你上医院看看吧？"

姚锡宝："啊，不用，我还挺得住！"

孙金成："有病可不能挺啊。看挺出别的病来！哎，咋上这么大火？嗓子都哑啦。"

姚锡宝听了这话，撩开被坐起来："姓孙的，咱们今儿个打开天窗说亮话，你不用拿话来套拢我，也用不着刘备摔孩子收买人心，打一巴掌再给我个甜枣吃。我姚锡宝不是三岁两岁小孩子，我明白！你是想把我整趴下，显示显示你自个儿的能耐，我跟你说，你挤对我也挤对不哪去，大不了我就小孩拉屎挪挪窝儿，调个单位，还有啥？"

孙金成："兄弟，你这么说话，可亏大哥的心呐。你知道，你大哥是热肠子人，你这么说话，叫你大哥经不住哇。"他的声音有些哽咽，眼圈有些发红："人都说：路遥知马力，日久见人心。谁咋样，用不着自个儿说，长处着看。你要是信着大哥，咱们就摽着膀子一块干，锡镶这活儿你明白，我不靠你靠谁？你看着我的眼睛，我说的是真话假话？"

姚锡宝抬起头来，看到孙金成两眼含着盈盈泪水。他脸上的怒气逐渐消失，愧怍地低下了头。

孙金成："人家都说男儿有泪不轻弹，我不行，我是有哭就哭，有笑就笑。我这人哭哇，是干掉眼泪没动静，哭声都在心里呢！那天你说喝粥喝伤了，一句话我就经不住！兄弟，小时候咱们都过过穷日子、苦日子，就凭这点儿说，咱们兄弟就得好好干，就能处好！我不信，大哥刚来，老弟就撤梯子拆我的台！"

姚锡宝："那是，整好人是孙子！"又冲王大兰说："哎，拿盒烟来。"

孙金成："别拿别拿，有烟留着以后抽，今儿个你有病，抽得冒烟咕咚的，空气不好。"

姚锡宝接过王大兰递过来的一盒烟，抽出一颗，自己点着了："我没好烟，看得起呢，就抽，看不起呢，就别抽。"他把烟盒与打火机放了那儿。

孙金成苦笑一下，把手伸向烟盒。

9. 孙金成家

孙妻正帮孙金成拾掇东西。床上摆满皮箱及衣物。

孙金成走了进来："哎，这是翻腾啥？"

孙妻嗔怪地："翻腾啥？你明儿个不是要出差吗？你一天在家像住旅店一样，整个一个甩手掌柜的，油瓶倒了都不说扶扶，人家不得给你收拾收拾呀？"

孙金成咧嘴笑笑："别收拾啦，我这回出差，啥也不带，光把钱带足了就行。"

孙妻："为啥？"

孙金成："不为啥，听我的吧！"

10. 火车站

检票口前。孙金成把放在地上的大纸箱背起两个，两手又拎起另外两个大纸箱。

姚锡宝和十几名女工都来送他。他们拎着水果什么的奔了过来。

于凤翠先喊了一声："厂长，孙厂长！"

孙金成回头见到了他们，放下手中两个纸箱，说："大老远的，你们又跑来干啥？"

马金花："哎呀厂长啊，你这回出去，生意能不能造个虎皮色，那可关系到咱们厂还能不能办下去呀，这是多大的事儿啊……"

于凤翠递上一兜水果："厂长，这是我们大家伙儿齐钱，给你买来带车上吃的。"

孙金成接过水果，眼眶里有些发潮："行，这兜水果我带着，东西再沉我也带着。大姐大妹子、锡宝，你们回去吧。回去等我的信儿，东西要卖不出去，我也不回来了，我跳海，真的跳海！"

众女工眼里都浸含泪水，望着厂长。

孙金成落泪了，他抹把泪水说："哎，你们都掉什么泪呀？现在哭还有点儿早，我还真兴许活着回来，我活着回来，厂子也就活了。盼我活着回来的都别哭，都笑！"

众女工破涕为笑了。

孙金成也笑了，他望着一张张对他充满希望的脸。

姚锡宝攥着张站台票，从地上拎起那两个大纸箱："走，我进去送你！

孙金成感激地看着姚锡宝。

孙金成、姚锡宝从检票口走进站台。

女工们目送着他们。

11. 路上

火车车轮飞速旋转，与孙金成凭窗而望的沉思神态相叠化。

12. 王府井（北京）

王府井街口，孙金成背着拎着四个纸箱，在人流中吃力地行走。

他来到了工艺美术品商店门前。

他走进工艺美术品商店大厅，顾客和营业员都用诧异的目光，看着这位彪形大汉。

一位值班主任走了过来，和他说了句什么，领他走过柜台，向一楼的经理室走去。

他们走进经理室。值班主任介绍："这是我们黄经理。"又对被称作黄经理的四十来岁的女人说："他从山东来，找您有事儿。"说完，走了。

屋里，只有孙金成和黄经理，孙金成往办公桌上放身上的纸箱，黄经理过来帮他。

纸箱卸下来了，黄经理看见孙金成背上汗衫儿已被汗水湿透。她递过一方毛巾，关切地说："擦擦汗吧。"

孙金成也不客气，接过毛巾擦了擦脸上的汗。

黄经理："这么热的天，你背这么老沉的东西，你不要命啦？！"

孙金成坐在电风扇跟前，说："这位大姐，人穷急眼啦，就不要命啦。我这回来是求你们来啦。我呀是山东威海市一个只有十四个女工的街道小厂的厂长，叫孙金成。我们厂生产这玩意，挺生古，全中国独一份。说老外挺喜欢。可生产了一溜十三遭，到现在瞪俩眼睛一套没卖出去，钱呢，一分没回来。国内有些地方的商场都嫌价钱有点儿贵。我一横心，蹽到你们这来啦，想在你们这租节柜台，卖一个月试试。"

黄经理："说了半天，你也没说明白，拿出一个来，我看看货。"

孙金成纠正说："我们这玩意儿论套。"说着，从纸箱里拿出一套锡镶茶具来，递到黄经理面前。

黄经理见了货，眼里流出惊讶的神色："好，好，好，你们卖多少钱一套？"

孙金成："给三百五十块钱就行。"

黄经理："不贵，不算贵，你这些货，留一半给我吧。卖得好，我们给你们去订单，再多订点儿！"

孙金成："那敢情好啦！"随手抄起一个苹果说："这位大姐，我可代表全厂职工谢谢你啦，来，这是厂里职工给我带的苹果，你吃一个。我跟她们说，我卖不出货去，就跳海，不活啦，她们都哭啦！"

黄经理："嗨，你说得那么玄乎干啥？！"

孙金成："哎，那可不是玄乎，卖不出去东西，我真跳海。你不信呐？我真干得出来呀！今儿个你帮老弟卖这些东西，是救了老弟的命啦，我该给你磕头儿哇！"

黄经理显然被感动了："你们街道小厂也真是不易。那一半货你别背了，你要上哪儿，我叫车送你！"

孙金成："大姐，人家都说我命好。你看，出门儿就遇上好人了。"

13. 工厂车间

于凤翠问马金花："大姐，你说，那产品要销不出去，厂长会不会真的跳了海呀？"

马金花："你呀，真是个傻子！孙厂长那么精明个人儿，他会往海里扎？"

于凤翠："他人是精明，可那和销售产品是两码事儿，产品兴销出去，也兴销不出去呀。"

马金花："没有那弯弯肚子，他才不吃那镰刀头儿呢！你瞧好吧。人家出去风光一把，钱还得给你拿回来。不信？不信你就看着，哎。凤翠呀，大热的天，你手下的活儿也得悠着点儿干，咱们每个人月生产指标按大伙儿干的平均数。干得越多，指标越涨，你老冒尖儿，那大伙儿还不对你有意见呐？"

于凤翠："咋的？我多干活儿还干出错来啦？！"

马金花："不是，我是说你干活儿，得藏着点儿心眼儿！"

14. 大连海员俱乐部

海员俱乐部商品柜前。

许多外国人围在这里，他们拿着锡镶茶具，不断发出"OK！"的赞叹声，争相购买着。

柜台服务小姐与孙金成一起应酬着他们。

孙金成目光炯炯有神，嘴角上挂着一丝不易被人察觉的笑。

大海啊，真宽阔，天空飞翔着银色的鸥鸟。

海风撩起孙金成的衣衫，他凭栏远望。

海水泛着粼粼波光。

15. 工厂车间

女工们在干活儿。

孙金成、马金花走了进来。马金花扬扬手里的工资袋："哎——发工资了，七个月工资一堆发，来呀，领工资！"

女工们高兴地围拢来。

马金花一个一个念工资袋上的名："于凤翠！"

于凤翠应声接过工资，马金花低声对她说："咋样？大姐我没说错吧？"她又喊："李秀英！王大兰……"

于凤翠最先拿到工资，她点着钱，不知为什么眼泪滴到了钱上。她抽着鼻子，仍然在点钱，点完了钱，她抬头看见了孙金成。她挂着泪痕的脸笑了。孙金成也在望着她们笑。

王大兰手里攥着钱，若有所思。

16. 姚锡宝家

王大兰把工资钱放在方桌上，对坐在方桌另一侧的姚锡宝说："哎，你的工资呢？"

姚锡宝皱着眉头，抽着烟，看了王大兰一眼说："没去取。"

王大兰："哼，没看出来，脸皮还挺薄呢，我最烦这样的人，既不如人，又不服人！"

姚锡宝："我没说我不服他，我说了吗？"

王大兰笑笑："那干吗没去取工资？"

姚锡宝："我是觉得没脸见人呐，恨不得有个地缝都钻进去。都是人，人家咋就这么会干呢？！"

王大兰："洗脸盆儿里扎猛子——得知道深浅。你服了就行，人家孙厂长多有文化，你念了几天半书？！"

姚锡宝："那是……那是……"

17. 厂办公室

孙金成、刘主任、姚锡宝、马金花等在开会。

孙金成："今儿一天，收到了两份订单，总共订一千五百多套。要是照咱们这几个人，这路干法，那可就得干到猴年马月去啦。咋办？大家伙儿拿拿主意！"

刘主任："不行的话，就招点儿工嘛！"

孙金成："这个主意，我看行。要招，就别招点儿，咱们一下招他一百人，三班倒着干。"

姚锡宝："人多好干活儿，可吃住也成问题啦！"

孙金成："咱跟银行请了笔贷款，把市里东街那栋白楼买下来，这块地皮市工商局不是要买吗？卖给他们。咱们人走家搬，到那边干去！"

马金花："招工在街道招，还是在乡下招？"

孙金成："一半对一半，行不？"

刘主任："我看行。乡下青年质朴，城里青年有文化。"

马金花："我乡下有个侄女叫马云，初中毕了业的，我可得给她先报个名！"

孙金成："沾亲带故的事儿尽量少弄，要强调条件，素质好的行，素质不好的亲闺女也不行。"

18. 孙金成家

电话铃响起。孙妻过来接电话："喂——。"

听筒传来一个男子的声音："孙厂长家吗？请他接电话。"

孙妻放下听筒，冲孙金成说："哎，找你的。"

孙金成过来接电话。

孙妻抱怨说："当个破厂长有什么好，一天到晚家里外头不消停。"

孙金成示意妻子小声点儿，拿起听筒："喂，我是孙金成。"

听筒里传出声音："我是区劳动局李太然。"

孙金成："哦，李副局长，晚饭吃了吗？"

听筒里李副局长的声音："没呢！刚到家。我告诉你呀，你们要的那一百个招工指标，市里已经批了。"

孙金成："哎哟，好事儿，好事儿！"

听筒里李副局长的声音："区里有两个人，你们得安排一下，一个叫李昌明，工学院老大学生，还懂点儿美术，技术好，可以考虑当个技术科长，这是个人才。再一个是区委刘副区长的爱人程亚菲，想在厂机关搞个文秘、会计啥的，你看咋样？"

孙金成："头一个要真像你说的那样，那没问题。第二个有点儿问题，领导干部的亲属安排在厂机关，影响不好。要来，只能下车间。"

听筒里李副局长的声音："这两件事儿，你看着办吧。他们明天就去报到行吧？"

孙金成："按我说的，要行。就来吧！"

听筒里李副局长的声音："好吧，没事儿啦。"

孙金成放下听筒，伸个懒腰说："厂子穷时，谁都瞧不起，厂里有了点儿钱，人都往这呼，真要命！"

19. 工厂新址

职工大会。一百多位女工坐在那里。

孙金成在讲话："跟大家宣布几件事儿。第一件事儿，街道刘主任仍然兼我们厂工会主席。第二件事儿，街道任命姚锡宝同志为厂生产科长，李昌明同志为技术科长。第三件事儿，厂里决定马云同志担任车间统计员，姚彩玲同志担任工厂会计。第四件事儿，厂里给每位职工发一条围裙和一条领带，这种金色的领带，就是我们厂厂徽，上下班的路上大家要注意佩戴。"

众人鼓掌。一位中年女人，穿着很入时，站起来离开了会场。她是区委刘副区长的爱人程亚菲。

20. 某公用电话亭

程亚菲握着话筒说："李副局长吗？厂里开会，宣布的机关人员里可没有我呀？"

听筒里李副局长的声音："是吗？我跟孙厂长说过的呀，您别着急，我再问问。"

程亚菲"啪"地放下电话。

21. 工厂里

车间。

新从乡下来的女工秀秀、玉珍在这边儿擦壶。

马金花问一女工："你家那个喝大酒的，管服没管服？"

那位女工："管服啥？大酒照样喝个瓶底朝天，还净熏高级烟，骂人。"

马金花："那样的男人，你就得跟他玩两回命，掐他大腿里子，挠他胸脯子，叫他知道你厉害，他就老实啦。"

于凤翠："大姐你说话可真逗！那两口子感情是俩好对一好处出来的，哪有说打仗打出来的？"

马金花："那可不一定。打是稀罕骂是爱，两口子不打仗，那日子过得还有啥意思！我和你姐夫打了大半辈子、吵了大半辈子，养孩子、过日子啥也没耽误！"

那位女工："我跟他打仗，他胳膊粗力气大，我哪打得过他呀？"

马金花眼眉一挑："嗨！治他的招不有的是，不给他做饭吃，饿不服他才见鬼！再不拿吃药吓唬他，弄一把安眠药，或是敌敌畏，瓶刷干净了，灌点黑加仑饮料，闹着要吃要喝，他不慌神？！"

那位女工似乎有所领悟，其他人却在笑。

秀秀与玉珍小声说："玉珍，按说咱这位主任是城里人，她怎么一张嘴净是这套嗑儿？！"

玉珍："城里人？城里人也不都好，碰到那二五眼的在咱满村儿也挑不出一个。"

在一旁做工的城市女青年丽丽听见这话，插嘴说："哼！她算什么城市人啊，她才进城几天？脚上的牛屎味儿还没甩干净呢，就算是城市人啦？我瞅她呀，土里土气的一个土老帽！"

秀秀一直低着头，没停手里活计。

玉珍却长叹了一口气，不知不觉地放下手里的活计，在那发愣。

在一处不显眼的地方，程亚菲在和谁赌气似的擦着壶。

厂里办公室。

技术科长李昌明递给孙金成一份报告，他对孙金成说："厂长，有几项技术革新势在必行，浇铸车间现在用煤炉加热锡水，弄得冒烟咕咚污染环境不说，也不利于职工健康，我们想把它改造成电锅加热。另外，现在模压出的锡板太厚，浪费太大。我们研究用轧面机的原理制一套轧板机。这样，既提高工效又减少了浪费……"

孙金成："昌明大哥，看来你们对技术革新问题真是动了脑子，你们干吧，我支持你们！"

22. 车间外走廊

统计员马云与马金花碰面了。

马金花轻轻拉拉马云衣袖说："咋样？姑给你找这个工作还舒心吧？"

马云："嗯，我生怕干不好。"

马金花："嗨，啥工作都没有三天力巴的，凭你个初中文化生，干这点儿事儿还不是小菜一碟！"

马云："厂长说了几回啦，统计数字要准确，不仅涉及生产情况，还涉及每个人奖金。"

马金花："你新来乍到，别太心眼实啦，心眼实啦招人骂。时间长了，你就知道了，那数目字都是一笔糊涂账，你报多少，他厂长还能去库房查呀？那事儿就那么回事儿。"

马云："姑，上旬你们总共干了多少套？你们报的数，我加来算去，咋总和库里的数对不上呢？"

马金花："哎呀，说半天姑跟你说啥来着？我们咋报，你就咋报，没错！"

23. 女工宿舍

宿舍里只有秀秀与丽丽。

秀秀在补袜子，丽丽在描眉。

丽丽："我说秀秀。你别土老帽啦好不好？那袜子破那样了，还缝个啥劲儿？待会儿我给你一双！"

秀秀："这袜子刚坏了一点儿，不算破。"

丽丽："那还不叫破，那还啥叫破？我给你一双！你要不喜欢，兜里揣着这月工资呢，可商店里去挑，得意哪双买哪双！"

秀秀：“丽丽，在我们乡下笑破不笑补。”

丽丽：“乡下是乡下，城里是城里。”

秀秀停下手中针线活，问：“哎，丽丽，你是城里人，咋跟我们乡下人一起来住单身呢？”

丽丽：“想知道？”

秀秀：“嗯。”

丽丽：“我离婚了。”

秀秀一脸惊愕的神色。

丽丽：“你吃什么惊啊？真是少见多怪！知道不？城里离婚是普通的事儿，懂不？”

这时，门吱呀一声开了。玉珍手里拿着漂亮的套裙，喜笑颜开地走了进来。

秀秀：“玉珍，买什么啦？”

玉珍把套裙放在身上比，说：“哎，你们看，我穿咋样？”

秀秀：“好像演员！”

丽丽：“裙子是不错，可惜这颜色和你脸和胳膊的颜色不搭调。我这有粉，你用不用往脸和胳膊上擦点儿？！”

玉珍放下裙子，撸起衣袖说：“我皮肤黑，不是爹妈给的，是太阳晒的。咱这没晒着的地方，比你擦粉的脸都白！”

丽丽不以为然地轻轻“哼”了一声。

24. 厂办公室走廊

孙金成在和会计姚彩玲说话：“彩玲，你爹妈是老工人，你文化程度也好，用你当会计，我们是合计了再三才定的。厂里的会计，官不大，权不小，整天和钱打交道，这个担子让你挑，你知道轻重，多余的活，我就不说啦。”

姚彩玲眨着毛嘟噜的大眼睛，不说话。只深深地点了点头。

这时，丽丽走了过来：“哟，厂长，您在这呐，我找了一大圈儿也没找着您。”

孙金成：“有事儿？”

丽丽：“嗯。到您办公室谈吧！”

孙金成、丽丽走向厂长办公室。

丽丽回头瞅瞅姚彩玲，嘴角露出得意的笑。

姚彩玲似乎注意到丽丽笑得不正常，她转身走进会计办公室。

25. 浇铸车间

原来的煤炉被扒倒，屋里显得挺乱。

生产科长姚锡宝走了进来，见到这种情况，问一女工：“这是在干什么？车间咋弄成了这个样？”

女工：“怎么，你不知道？技术科的人在搞技术革新呢！”

姚锡宝一听，有些火了：“搞什么技术革新？耽误了生产算谁的？”

这时，技术科长李昌明等抬着个电锅走了进来。

姚锡宝怒气冲冲地：“李昌明，你也太不带劲儿啦！这种炉子打我祖太爷那辈儿就开始用。咋的，你说扒就给扒啦？！告诉你，锡镶工艺咋说也姓姚，不姓你那个十八子李。这炉子你们咋扒倒的给我咋修上，就这话，二话没的说！”说罢，气呼呼地转身走了。

李昌明和几位技术人员木然地站在那里。

李昌明对一位技术人员说：“来，给根烟抽！”

那位技术人员一愣，一边掏烟一边说："你不是不抽烟吗？"

李昌明苦笑着说："有时候，也玩一颗！"

26．厂长办公室

孙金成坐在办公桌前，问："啥事儿？"

丽丽趴在桌子上，一只胳膊撑着脑袋，莞尔一笑，"孙大厂长，你这门口没挂杀人刀吧？工人没事儿就不兴进来聊聊？"

孙金成瞅她笑笑："你想聊啥？"

丽丽："聊啥？要想聊，嗑儿多的是！聊天空、聊海洋、聊生活、聊爱情、聊男人、聊女人……就看你想聊什么，想聊不想聊啦！"

孙金成："你说的这些，我都想聊，可就是没时间。"

丽丽："我知道，你们当厂长的，一天就是忙。可人呐，也得得休闲处且休闲！我这呢，有两张舞票，厂长要肯休闲休闲，我就陪你。"

这时，办公室门开了，刘主任走了进来："孙大厂长，工会主席来了，还不站起来迎接迎接！"

丽丽吓了一跳，赶忙离开办公桌。

孙金成站了起来："嘿！想曹操，曹操就到。我正想找你呢！"对丽丽说："好，我留一张，谢谢啊！"

丽丽妩媚一笑："那咱们就晚上见？！拜拜！"转身走出办公室。

刘主任笑呵呵地："行啊，你小子艳福不浅呐。"指着舞票说："真的挂上啦？"

孙金成："有点兆头儿，离挂上还差一寸！"

刘主任："人在逆境中需要的是坚忍，人在顺境中需要的是节制。老兄把这句话赠给你，不为过吧？"

孙金成："老弟哪敢说什么顺境啊，整天坐在这把椅子上，总感觉是如临深渊，如履薄冰啊！"

刘主任："嗯，有这种感觉，要比骄于小胜，忘乎所以好！"

孙金成："正好你来啦，我正要找你商量一件事儿！"

刘主任："说。"

电话铃突然响起。

27．擦壶车间

丽丽对秀秀说："哎，秀秀，哥们求你个事儿，我约了厂长去跳舞啦，得去化化妆，这个壶……"

秀秀："放这儿吧，我帮你擦。"

丽丽："好，真是够哥们！"说着，用带口红的嘴在秀秀额头吻了一下，吻得秀秀很难为情。

丽丽走了。

玉珍对秀秀说："这种人，帮她干吗？"

秀秀瞅瞅玉珍没吭声，玉珍递过个小镜子："瞅瞅你，都成了五花脸啦。"

秀秀接过小镜子，发现额头的口红印儿，一边用唾沫擦着，一边难为情地笑着。

28．厂长办公室

孙金成拿起听筒："啊，是李副局长，啊，程亚菲的工作，啊，我不是和你谈过了……不行，那不行，啊？！你说什么……把锡镶茶具拿家去干？这个……我们可没这个先例……刘主任呐，你跟他说啦？……"

刘主任急忙向孙金成摆摆手。

孙金成："嗯，他没在我这儿。"边说边向刘主任眨眨眼。刘主任笑了。

孙金成："如果确实是领导家有困难，拿家干去也行，只是生产指标不能变，完不成就扣工资，你跟她说清楚就行！好，我撂啦！"

孙金成："一天呐，这些乱事儿弄得你脑袋嗡嗡叫，工作好干，可关系难处，叫个官就比你大。"

刘主任："领导倒未见知道这些事儿，有个别的官太太净背着领导瞎整！"

孙金成："哎，我说我的大主任，统计员小马反映车间主任马金花她们假报生产指标，多领奖金，你看这事儿咋办？"

刘主任："马云检举了她亲姑姑？！"

孙金成点头。

刘主任："马金花这个人，早就不适合当车间主任了，你看谁能接她？"

孙金成："我看于凤翠行，这人有心计，群众关系不错，手上活儿也好。"

刘主任："那就换嘛！"

孙金成："换马金花，她肯定要跳老虎神。这女人在人前歇尖儿卖快儿惯了，但早换晚换也得换，她早跳晚跳都是跳，这关躲也躲不了，我找她谈，换她！"

刘主任："还是我们一起找她谈吧！"说着从桌子上拿起舞票："哟，这一张舞票可是五元钱呐！"

孙金成打趣地说："丽丽小姐跳单人舞，比跟我跳双人舞舞姿优美！哎，说实话，舞厅那地方，我还真不敢多去，我是怕踩掉了人家的脚趾头儿哇。"

二人相视而笑。

第一集完。

片头：

（同上集）

29．擦壶车间

于凤翠在擦壶，她的额头是莹莹汗水。

对面是马金花，她瞥了于凤翠一眼说："凤翠大妹子，这月奖金你又是头名，该请客了吧？"

于凤翠："请谁客？请你客？"

马金花："不请我请谁呀？月月产量报表我给你报，月月奖金经我手给你发。"

于凤翠："行啊，请就请，是下饭店，还是买现成的拿车间来吃？"

马金花："随便你，吃不吃的都是小事儿，主要图的是你有这份心思！"

于凤翠："行啊，行啊。"

王大兰捅了一下于凤翠，低声说："哎，你有钱没地方花啦？拿钱砸鸭脑袋玩呀？哼，给她吃？喂狗狗还知道晃晃尾巴呢！"

于凤翠："哎，别小心眼儿，钱是人挣的，处人呐，人家给咱一锹土，咱就得还人家一座山。人家当主任的报表啊发奖金啊，也是帮咱干了不少事儿。"抬头问马金花："你说，照多少钱？"

马金花："哪有杀鸡问客的呀，花多花少，在凭你自个儿啦，你这月奖金一百零五块吧？"

于凤翠："真的，你不提这茬我还真给忘啦，我咋觉着这月奖金我不该得这么多呢？"

王大兰："不光你多，大伙儿都多。"

马金花："哎，说话嘴上都有个把门儿的，别出去瞎说呀，钱装进兜里，话得烂在心里！"

于凤翠瞅了一眼马金花，还想说什么，王大兰却拿腿碰了她一下，于凤翠把到嘴边的话咽了回去。

会计姚彩玲走进车间，她在门口说："马金花、于凤翠，厂长叫你们。"

马金花："哎，知道啦！"对于凤翠说："咱们厂长可真行，整这么个漂亮传令兵。"说着拿眼示意于凤翠走。

于凤翠说："主任，你自个儿去得啦，有啥事儿回来给我传达传达，我这正忙着呢！"

马金花眨眨眼睛："那也行。"

30. 浇铸车间

李昌明和几名技术人员蹲在地上，李昌明的神情很严峻。

一名五十岁左右的女工走了进来："李科长，改造成电锅，这明情儿是件好事儿，可你们科跟科之间得别整拧喽。我们车间归生产科直接管，生产科长现在让我们立马恢复生产，你瞅瞅，你们弄得这个乱糟样，叫我们咋生产，拿啥生产？"

李昌明："这件事儿，真是厂长定的。他说他跟生产科讲，八成是给忙活忘啦，您别急，事儿呢，是我们做下的，出了事由我们兜着，您别急。"

31. 生产科办公室

姚锡宝坐在办公桌前正斥责科内的两名科员："你们是干什么吃的？人家把浇铸车间加热炉都扒了，咱们还闷在葫芦里呢！一天屁股最亲的就是板凳，这样怎么管生产，管什么生产？"

李昌明笑呵呵地走了进来："姚科长，正好你们都在，我来给大家认个错！"

姚锡金翻翻眼睛说："知道错，你们为啥还干？"

李昌明："这事儿其实是我跟厂长合计的，厂长定的。"

姚锡金一惊："厂长定的？"

李昌明："我这么大岁数啦，没说过假话。"

姚锡金赌气地："行行行，厂长定了你们就干，还找我们认错来干啥？！生产科这一摊子，今后也归你们技术科领导啦，你们是亲妈生的，我们是后娘养的，行了吧？！你们要觉着我碍事，也不用钻心磨眼地琢磨我，我自己打报告辞职，行了吧？！"说着拎起手提包向外走。

李昌明急忙解释："姚科长，您别误会……"

姚锡金："我没误会，也不会误会！好啦，再见！"

32. 厂长办公室

马金花一手揪住孙金成的衣领，她蹦着高想去扇他的耳光，可孙金成个子太高，几次都扇空了，她还想再扇时，胳膊被刘主任等人把住了。

马金花唾沫星子横飞地骂道："孙金成，你个狗娘养的！你说，你凭什么撤了老娘？

奖金发多了不假，可那炒豆大伙儿吃，炸锅咋就成了我一个人儿的事儿了？！你又相中于凤翠那个小婊子啦，你相中她啥啦？她能给你打溜须，能跟你贴近乎，能跟你亲嘴儿是不是？告诉你，别看老娘脸上褶子多，屁股比她脸蛋都光溜儿，你要亲，给你亲，你个不要脸的东西……"她挣扎着，骂着。

孙金成："马金花，你要再闹，厂子就开除你！"

马金花顺手抄起个茶碗砸过去："开除！开除！有能耐你就开除！"

孙金成一躲，茶碗在墙上碰碎了！

马金花："老娘跟你豁出去了，大不了一命抵一命！你们少拽我！"说着挣脱大家，用手去抓孙金成。

孙金成的衬衣被拽掉了纽扣，胸脯子被抓出几道血印子。

马金花继续挣扎着，骂着："你个王八蛋！你个孙子！……"

孙金成"啪"地一拍桌子："你们都放手！我看她怎么的！不怕死叫她往上上！你们都放手！"

拦架的人真的放了手，马金花却被孙金成这一招给镇住了。她看见了孙金成蔑视的目光，攥紧的双拳。这时，她拍着大腿，哇的一声哭开了，"哎呀，我的天呀……"边哭边躺倒在地上，翻过来调过去打滚儿。

刘主任："马金花，你太过分啦！你再闹，我就报警了！"

马金花这时才看清是刘主任："哎呀我的刘主任啊，你可得给我做主哇！"

刘主任："你回去，先交一份检讨来！"

马金花停止哭嚎，从地上爬起来，走向门外。

"站住"，孙金成又说："这个茶碗钱，我替你掏啦，可检讨得写清打人、挠人、骂人的事儿和多占了多少奖金！"

马金花仍有很强抵触情绪带着哭腔说："我没文化，我不会写。"

孙金成："你不会写，鼻子底下还有嘴巴？找会写的帮你写。"

马金花一捂脸，呜呜哭着跑出门去。

孙金成脸色严肃地坐在办公桌前。

刘主任走到他跟前："哎，还真生气啦？"

孙金成："你都看见了，我这厂长当得有多难！你们这些当官的，哪天要把我免喽，我给你们烧八炷高香，磕八个响头！干点儿别的，跑点儿买卖啥的，省心落意儿，多好！"

刘主任："你别跟我说这个，你是啥人我知道！"

33．擦壶车间

马金花哭丧着脸走了进来，拿过网兜噼里啪啦地装饭盒。

于凤翠："主任，厂长找咱啥事儿？"

马金花拉着长声说："别管我叫主任啦，主任叫人家告啦，告我的人上去当主任啦。"

众女工悄声议论。

于凤翠想了想说："大姐，你咋哭啦？你说说，到底咋回事儿？"

马金花："行啦，别装啦，我的于大主任，我傻点儿不假，可萤火虫吞到肚子里，各人家的事儿心里都明白，别跟我装疯卖傻的。"说完"哼"了一声走了。

于凤翠愣愣地站在那里。

王大兰拽了于凤翠一下："哎，听她刚才那话的意思，是不是让你当主任啦？"

于凤翠："我只想多干点儿活儿，压根没寻思那事儿。我可不想踩别人肩膀进步。"

王大兰："叫你当，你就当，我看你就合适！"

孙金成不知什么时候来到于凤翠对面："于凤翠，厂里决定，从现在起，你是这个车间的主任。"

于凤翠手足无措地站起来："哎呀，不行，我哪当得了什么主任呐！"

孙金成："不是我看你行，是组织上看你行！"

于凤翠不吭声了，半天，她才望着孙金成点点头。

王大兰倾心地笑了。

众女工忽然鼓起掌来，弄得于凤翠很不好意思。

孙金成笑呵呵地看着于凤翠。

34．女工宿舍，夜

宿舍里黑着灯，窗外，月色皎洁。

玉珍和秀秀说："秀秀，你说咱厂长咋能跟她去跳舞呢？嗯瑟吧搜的。"

秀秀："有人说，女人不嗯瑟，男人不喜欢，谁知道呢。"

走廊里传来高跟皮鞋声。

玉珍把头侧向里面装睡。

秀秀起身给丽丽开了门。丽丽走了进来，"叭！"拉亮了灯。

玉珍随手拽一张报纸把脸遮住。

秀秀："丽丽，厂长去啦？"

丽丽瞥了一眼玉珍，说："去啦！咱哥们儿请他他还能不去？哎，咱们厂长也真是个土老帽儿，听着音乐，不会迈步，还得我教他。"

玉珍爬起来关窗户："风咋这么大呢，吹得人难受。"

这时，丽丽却拉灭了电灯。

35．姚锡宝家，夜

姚锡宝在台灯前写辞职书。

王大兰走了过来："哎，这么晚不睡，写啥呢？"

姚锡宝："老娘儿们少管老爷儿们事儿，睡去吧啊。"

王大兰："啥？你要这么说，我还非得问问，你写啥呢？"

姚锡宝手捂着稿纸不吱声。

王大兰："把手拿开，拿开……"

姚锡宝不情愿地挪开手，稿纸上露出辞职报告的字样。

王大兰："写这干啥？是不是当了两天生产科长把你烧包烧的？"

姚锡宝："孙厂长和李昌明商量搞加热炉改造，跟我连个招呼都不打，你说，我这个科长当的还有啥劲儿？"

王大兰："哟，就为这呀，那谁吃饭还不兴掉个饭粒儿呢？厂长准是忙活忘了呗！你没瞅瞅，厂长一天有多忙，你哪能挑他那个理呢！"

姚锡宝："加热炉是咱家祖传的，说扒就给扒了，我咽不下这口气！"

王大兰："你家祖辈都在农村，你咋还蹽城市住来啦？啥不都在变不是嘛！我看你，年纪不大，思想挺旧，你也得变变！"

姚锡宝："咋变？"

王大兰："咱跟真正的城里人比，文化上差，咱们现在日子也够过，拿钱买点儿有用的书啥的，学到东西啦，钱不算白花，你说呢？"

姚锡宝："我发现，自打进城，我媳妇比以前变开通了啊。"

王大兰："以前咋的？以前也比你强！"

36. 浇铸车间，夜

李昌明他们在安装电锅。

李昌明直起腰说："行啦，明天早上一准能用啦！"

一名技术人员说："啥？还明天早上呢？你看这都几点啦？"

李昌明看看表，笑了："嗯，你们别笑我，人一上岁数啦，脑袋瓜子不好转轴：应该说是今儿个早上，今儿个早上……"

孙金成走了进来："都装好了吗？"

李昌明："哟，你怎么也没睡？"

孙金成："睡啦，我哪能不睡？刚才在办公室地毯上眯了一觉啦。哎，咋样？"

李昌明："没问题啊。"

孙金成："好，上班就验收，把锡宝也找来看看，哎，改造的事儿是你跟他说的吧？"

李昌明："得了吧，你说你说，结果你没说……"

孙金成拍着头说："哎呀，我的错，我的错。孙金成这月奖金丢啦，一半奖励你们，一半给锡宝，向他们认错！"

那位年纪挺大的女工在和姚锡宝说话："姚科长，这电锅可真是比那冒烟的炉子受使，那玩意儿，熏得人'喀喀'咳嗽不说，小脸儿都脏得像小鬼儿，再说，火跟不上来，就耽误事儿，这玩意儿多好，又干净又好使……"

姚锡宝愣愣地站在那里，他俯下身用手摸摸那电锅，他的手在发颤，他脸上的肌肉也在愧怍地发颤……他一回身，见李昌明正站在他身后。

四只眼睛在对视。

李昌明微笑着说："姚科长，你看这炉子还行吗？"

姚锡宝："行，行！我呀，是年轻人老脑筋，你呀，是岁数大新脑筋。大哥，你行，你真行。"

李昌明："那么说，你姚科长验收合格啦？哎——同志们，姚科长验收合格啦！"

李昌明身后的技术人员和在场的女工都鼓起掌来。

姚锡宝一脸不好意思。

37. 厂长办公室内外，日

姚锡宝来到办公室门外，敲了敲门。

孙金成喊："进！"

姚锡宝走了进来。

孙金成："哎，你到我这屋来，敲的哪门了门呢？我这屋又没有大姑娘、小媳妇，以后来别整这啰唆事儿，推门就进！"向姚锡宝伸出一只手来："给我。"

姚锡宝："啥？"

孙金成："你昨天晚上写啥啦？"

姚锡宝："我……没写啥呀。"

孙金成："没写啥？没写啥那就算啦。告诉你，厂子在你们家可安了个活的红外线夜视仪，有些事儿你得注意。"

姚锡宝脸微微发红："你别听大兰瞎说。"

孙金成："浇铸车间你去了？"

姚锡宝"嗯"了一声说："这新玩意儿……是好。"

孙金成："锡宝，听了你这话，我高兴！"

38. 擦壶车间

程亚菲拿壶往兜子里装。

于凤翠拿过四套壶来："我说，你擦过的这几套壶都得返工。"

程亚菲白了于凤翠一眼，爱搭不理地说："你把这几套壶给厂长吧，就说我们家那口子帮我擦的，他说返工，我再返工。"

于凤翠："行，那就先放这吧！"

丽丽瞟了一下程亚菲向屋外走的背影，对秀秀说："你瞅瞅她那样儿，真够好人看半拉月的。还说我们家那口子帮我擦的，比副区长还副区长。我看她呀，是张三不吃死孩子肉，纯粹是活人惯的。"

于凤翠："丽丽，我以前没听你在人前讲究过人呐，今儿个你咋讲究起人来啦？"

丽丽："唱戏讲话了，我烦她那一出。"

于凤翠："烦人家就讲究人家呀？比如说车间里有人烦我和你，讲究咱们，咱们听了，不也是不乐意？！"

丽丽："啥话一到你于大姐嘴里就是中听，我服。"

于凤翠向大伙儿说："哎——，大家伙儿边干活边听着啊，我给大家传达厂长对咱们车间的要求，总的是要坚持文明生产、文明管理，文明两个字，包括的内容可就多了……"

39. 马金花家

马金花正靠在写字台前在那发愁。

马云推门走了进来："姑，你捎信儿让我来帮你写啥材料？"

马金花一脸不好意思："姑哇遇着难啦，走了麦城啦。哎，班上那帮人没编排我吧？没用下眼皮瞅你吧？"

马云："没，没有。"

马金花："没有就好。哎，擦壶车间新上来那个主任于凤翠，你可得注意她啊，那是条咬人不露齿的母狗，你姑就是她鼓捣下来的。"

马云："车间里人说她，可不像你说的这样。"

马金花："哼，她们知道啥，她们没挨过她蔫整！"

马云："姑，你一会儿说她鼓捣你，一会儿又说她整你，人家到底咋的你啦？"

马金花："咋的啦，奖金的事儿就是她向厂长告的密！"

马云："姑，你可别冤枉人家。"

马金花："冤枉她？哼，你想想，不是她还有谁？准是这娘儿们！"

马云："姑，我……跟您说了……您别生气，你打我骂我都行。奖金的事儿……是我跟厂长说的。"

马金花一惊："啊？！"她想发怒，可转念一想又笑了："净瞎扯，你别糊弄姑，哪能是你呢。"

马云："姑，我不糊弄你，真是我。"

马金花一听这话，忽地站了起来："咋的，真是你？"

马云认真地点点头。

马金花："哎呀——，山中无老虎，你倒出息个暴（豹）哇，你姑刚把你从垄沟垄台里抠出来几天，我不图你报我的大恩大德，你倒整起你姑来了啊。你个混蛋玩意儿你，胳膊肘子向哪边儿拐都不知道啦？！啊？！"

马云："姑，你帮我忙和奖金的事儿是两码事儿。"

马金花："行啦，我不听你说，你可别来气我来啦！你给我走，走！"

马云："姑，你别生气。"

马金花："你走不走你，还等着我往外捞你呀？今后你别认我这个姑，你我权当两方世人！"

马云缓缓移步，走向门外。

马金花突然歇斯底里大发作，一边哭嚎着，一边拿拳头使劲儿捶自己的头。

40．厂长办公室

李昌明和几名技术人员坐在那里。

孙金成在给他们逐一倒水。

李昌明客气地："放下放下，我们自己来。"

孙金成："到我屋来，你们是客人，哪能让你们倒水呢！这回技术改造，你们都是有功之臣。"

李昌明："厂长，下一步我们准备搞一条自动化生产线，可以节省劳动力，还提高工效。"

孙金成："你这想法挺好。可咱俩的想法又不完全一样，自动化好是好，可自动化减下来的人往哪安排？失业？中国人多，咱们磨磨手指头儿，就'哗哗'地挣外国人的钱。我就挺满足了。老兄，你们那个自动化方案先撂撂？先把注意力集中到产品适销对路，品种多样化上来"。

李昌明笑了："行，我们回去另外考虑个方案。"

"笃笃"的敲门声。

李昌明他们起身走了，于凤翠拎个兜走了进来。

孙金成："凤翠，有事儿？"

于凤翠："你看程亚菲擦的这些，我看不合格，让她返工，她说要问问你。"

孙金成摸不着头脑："问我干吗？"

于凤翠："她说这壶是她那位大副区长帮着擦的，说你叫返工才返工。"

孙金成笑了，说："我是厂长，我能管着工人，能管着副区长吗？产品不合格，就得返工，从地球说到月亮上去，也是这么个理！"

于凤翠："马金花四天没着面儿啦，有人说她窝囊出病来啦，病得还挺重，都住医院啦！"

孙金成："今儿个下班儿，咱们去看看她，在咱们厂子，她也算建厂元勋，咱们不能甩了她，忘了她。"

41．会计室内外

丽丽从走廊那边走了过来。走到会计室门口，也不敲门，推门而入。

姚彩玲正在填着工资表，她抬头看见了丽丽："您有事儿？"

丽丽已操起电话筒："没事儿，借小姐电话用用。"

电话已经挂通，听筒里传来孙金成的声音："喂——"

丽丽："孙厂长啊，我是你的舞伴——丽丽！"

孙金成的声音："你在哪儿？"

丽丽："上班时间，我能在哪儿？"

孙金成的声音："在厂里还打什么电话？有啥事儿不能当面说？"

丽丽："哎哟——我的大厂长，有些话就是不好当面说的嘛！"

她的声音里充满了娇嗲气，一边说一边拿眼睛溜姚彩玲。

姚彩玲那张俊秀的脸，显得十分平静。

孙金成的声音："有话快说，我这正忙着呢！"

丽丽："忙啊忙啊你总是忙，说嘛，那天为啥没去？"

姚彩玲拎起一条毛巾，走了出去。

孙金成的声音："啊，啊……那天我没去吗？我是去了没见着你呀。"

丽丽："那天你去了天河舞厅？"

孙金成："哎哟，对啦，对啦，我没看票，我去的是紫蔷薇舞厅啊。"

姚彩玲拎一条湿毛巾走了进来。

丽丽："行啦，我的大厂长，你别编啦，约好，这个周六晚上六点半，紫蔷薇舞厅，我在门口等你，不见不散啊。"

这时对方已将电话挂断，丽丽又喊："记住，是夏令时！"

当听到断音后，只好放下话筒。

姚彩玲走过来："用完啦？我擦擦电话。"

丽丽麻哒一下眼睛："你这电话是该擦擦啦，弄脏了我的手。"

姚彩玲："怕脏手，最好到别处去打。"

丽丽"哼"了一声，走出门去。

42. 市场

瓜果摊前。孙金成、于凤翠、王大兰在买水果。

孙金成："哎，凤翠，别买菠萝、橘子，买香蕉，香蕉清火。"

说着，递给于凤翠三十元钱。

于凤翠："这钱可不能让你花，咱们三一三十一。"

说着，递回二十元钱来。

孙金成："这钱你先拿着，买星期六晚上紫蔷薇舞厅的四张舞票，咱们去跳舞。"

于凤翠："哎哟——可逗死人啦，咱这猴头瓦楞相儿，大脚巴叉的，跳哪门子舞哇！"

孙金成："你们不跳，乡下来的那些女孩子咋跳？下了班儿，宿舍一蹲，多闷屈，她们想跳不好意思跳，你们带个头儿。"

于凤翠："说着说着，你来真的啦？！"

孙金成："嗯，不假。"

43. 女工宿舍

秀秀："丽丽又出去跳舞啦，看人家活得多有意思。"

玉珍："会跳个舞有啥？看学不学，哼，想学，三天就会。"

秀秀："跟男的跳舞，我可不行，一碰他们的手，我这心就得直蹦。"

玉珍："是去跳舞，又不是去谈恋爱，你心蹦什么？"

秀秀脸红了，没吱声。

44. 医院

某病房。

马金花躺在床上，孙金成他们走了进来。

马金花急忙挣扎着爬起来。

孙金成他们把水果放在茶桌上。

孙金成说："大姐，您别起来，您躺着吧！"

马金花沮丧地说："你们坐吧，我——完蛋啦，老觉着身上哪都不得劲儿，一检查，肚子里检查出个瘤，恶性的良性的还不好说，我完蛋啦。"

孙金成坐在床边儿上说："大姐，病还没查清呢，你别这么犯憋屈。"

王大兰扒了一根香蕉，递给马金花。

马金花眼窝有些发潮，接过香蕉说："你们说我咋能不憋屈，检查、住院、动手术这得一两千块钱。"

孙金成："大姐，你别憋屈这，只要你把病治好啦，花多少钱，厂子都认。"

马金花抬眼瞅瞅孙金成，看见他胸脯上还留着被她挠破的印痕，低下头，无声地哭了。

于凤翠坐在床的另一边儿，说："大姐，车间里的老姐妹都挺想你。你忘了？我还没请你客呢！"

马金花："我这个人啊，自个儿的毛病自个儿也知道，脾气酸、嘴辣，还愿意占小便宜。自个儿也寻思改，就是改不好，八成是生就的骨头长就的肉啦？跟车间的姐妹们说说，我哪地方对不住大伙儿的，叫她们别搭理我这个糟老婆子。厂长，我不是跟你瞎说，我活了大半辈子，还是第一回输嘴，你信不信？"

孙金成点点头："大姐，你快好了吧，出院时候，我们请你客，吃海参。"

马金花："我出了院，就去上班，干不了重活，看个大门儿啥的也行。"

45. 姚锡宝家

姚锡宝光着脚丫子，跷着二郎腿，倚在床上的靠垫上看书。

王大兰走了进来："哎，用功的，光看书不吃饭啦？小洋呢？"

姚锡宝："他二姑来领走啦，你咋才回来？"

王大兰向腰上扎围裙："马金花病了，说是长了什么瘤，我们上了医院。"

姚锡宝："哎，洗手洗手。"

王大兰："这是抽的哪门子风啊，一个埋汰神冷不丁又干净起来啦。"

姚锡宝："医院是病菌感染区，那书上说的。"

王大兰笑笑："行，依你。哎，我说，厂子里可说了，要评文明车间、文明班组，还要评文明家庭，我得当文明妻子，你得当文明丈夫，下了班该做饭得做饭，不能老擎吃现成的。"

姚锡宝："我不是不做，我一做饭就糊，一糊你就不让做了，谁知道咋回事儿，我一做饭就好糊……"

王大兰："行啦，尿壶镶个金边儿——你就长个好嘴儿。"说着又嗔怪地笑了。

姚锡宝："哎，到底用不用我？"

王大兰："行啦，看你的书吧，有用的地方别忘了给我讲讲就行。"

46. 孙金成家

电话铃声响起。

孙妻来接电话："喂——"。

听筒传出丽丽的声音："是孙厂长家吗？"

孙妻："是啊。"

丽丽的声音："找孙厂长听电话。"

孙妻："他现在还没回来。您是……"

丽丽的声音："我呀，是一个女人。"

孙妻："您找他有什么事吗？"

丽丽的声音："也没什么事儿，随便聊聊。哎，我跟他聊聊，你不吃醋吧？"说完，听筒里传来丽丽的浪笑声。

孙妻快快不乐地放下电话。

孙金成走了进来。

孙妻一脸不高兴地坐在那儿。

孙金成："哎哟，屋外一根云彩丝儿没有，你脸咋阴成这样儿？"

孙妻："我脸……阴什么？"

孙金成："老夫老妻的，孩子都上了中专啦，你一眨巴眼睛，我不知道你想啥得啦。说，咋回事儿？"

孙妻："刚才有个电话找你。"

孙金成："啥事儿？"

孙妻："没事儿，是个女人。"

孙金成："叫啥名？"

孙妻："没说。"

孙金成："听声音，年轻的年老的？"

孙妻："比我年轻。"

孙金成："哦，明白了，所以就扳倒了我们家的一个醋坛子。"

孙妻："我？我才不管你的事呢！哎，别自我感觉良好啊，谁看得上你？"

孙金成："人家都说四十岁的男人是最有魅力的，我现在可是四十岁啊。"

孙妻："我可没看你哪儿好。"

孙金成："来，给你看封信。让你这个醋坛子醋到底。"

掏出一封信递给妻子。

孙妻接过信，两人凑到写字台的台灯前。

孙金成指着信说："你看，她说全世界最值得崇拜的男人就是我。她说她爱我，甚至想吻我的皮鞋。你说我的皮鞋上尽是灰，还有股脚汗味儿。她吻我皮鞋干什么……哎呀，真是……"

孙妻："你别念，我自个儿会看。"看到后边，问："丽丽是谁？"

孙金成："一个离婚了的女人，也可能是刚才给你打电话的这位……"

孙妻拍拍信说："这怎么办？"

孙金成："你处理吧，点火，当垃圾，随便你。"

孙妻笑了："给你吧，当座右铭。"

孙金成把信接过来，放在桌上："座右铭是糟糠之妻不下堂。"

孙妻："谁是糟糠？你才是糟糠呢！"

孙金成："行，我是糟糠。可以做酒，也可以做醋。"

孙妻亲昵地拧了孙金成脸颊一下说："掐死你，你这个坏男人！"

47. 擦壶车间

于凤翠对程亚菲说："我把你说的话，都跟厂长说啦，厂长说不合格的产品就得返工。"

程亚菲："行行行，我拿走，我看是他这个厂长干腻歪啦。"

于凤翠盯了程亚菲一眼。

程亚菲走了。

48. 厂长办公室

孙金成正在那看工厂的建设蓝图。

姚彩玲走了进来，她给孙金成送来一卷报纸："厂长，这是今天报纸，里面还有你一封信。"

孙金成翻开报纸卷，拿起信说："哦，谢谢。"

姚彩玲匆匆地走出门去。

电话铃声响起。孙金成放下信接电话。

听筒传出李副局长的声音："孙厂长，我是李大然。"

孙金成："哦，李副局长。"

李局长的声音："程亚菲的工作，还有没有往机关调调的可能？这个事儿算是老兄我求你啦。"

孙金成："局长，不是老弟拨您的面子，她连一个工人的起码素质都不具备，怎么往机关调？"

李副局长的声音："你们厂那么多人，别在她一个人的事儿上太认真。"

孙金成："我是这个厂的厂长，一百多双眼睛盯着我呢。"

李副局长的声音："那么说，她这个事儿没希望啦？"

孙金成："基本上看不到曙光。"

李副局长的声音："那么吧，我们把她调出，调到别的单位安排，行吧？"

孙金成："那行，把手里的活儿交利索就可以走。"

李副局长的声音："这个事儿麻烦你啦。"

孙金成："别客气。"说完，挂断了电话。

孙金成双手插进头发里，陷入沉思。

49. 紫蔷薇舞厅内外，傍晚

舞厅门口，丽丽在焦急地等待。

孙金成、于凤翠、王大兰他们走了过来。

丽丽看见孙金成，急忙迎上来："厂长，叫人家好等。"说着，用手挽住孙的胳膊。

孙金成向后一指："你看，还有她们。"

丽丽松开手："哟，主任你们也来啦？"

舞厅内，灯光闪烁。

孙金成和丽丽跳着舞，于凤翠、王大兰是当然的观众。

丽丽："跳得还行，为啥不常出来跳？"

孙金成："刚学，老婆管得紧呐。"

丽丽："你怕她啥？哎，我那封信，你看啦？"

孙金成："什么信？"

丽丽："我从那门缝里塞你办公室那封信呐！"

孙金成故作惊讶地："哎哟哟，我哪知道是给我的，让我当成无头信转回邮电局去啦！"

丽丽噘起嘴，一脸不高兴。

孙金成："丽丽，一会儿你教那两位跳跳，咱们厂子准备了一大间屋子，给职工工余时间跳舞，请你当舞会指导咋样？"

丽丽沉默一会儿，说："是你求我？"

孙金成点头："嗯！"

丽丽也点头："你求我的事儿不行也得行！"

50. 姚锡宝家，夜

姚锡宝光着膀子画着什么图。

王大兰走进门来。

姚锡宝回头看了一眼："舞蹈跳完啦？没一舞就倒吧？"

王大兰："听准音乐，走不对步，走对步啦，又踩不上音乐，可累死啦。你整啥呢？"

姚锡宝用手一捂："哎，这可是秘密工程。"

王大兰："别跟我卖关子，你那玩意儿有啥秘密？"

姚锡宝："不信你瞅着，咱们厂保证出大新闻！"

王大兰："哟，啧啧，瞧把你能的！"

51. 厂长办公室

于凤翠、程亚菲走了进来。

于凤翠："厂长，她来办调转手续。"

孙金成："嗯，车间的工作都交利索啦？"

程亚菲瞅瞅于凤翠。

于凤翠："还差三套茶具没交上来。"

孙金成一愣："为什么？"

程亚菲支支吾吾地说："哦……叫我们家那口子送人啦。"

孙金成："茶具没交齐，手续不能办。三套茶具就是一千五百块钱，你回去，和你们家那口子合计合计，交钱也行。"

程亚菲："能不能把手续先给我，钱的事儿找我们家他说。"

孙金成："不行，你是我们厂的工人，我就冲你说话。"

程亚菲："好吧，那你就等着吧！"说完，转身气冲冲地走了。

52. 擦壶车间

马金花拎了一兜橘子走了进来。

于凤翠随后跟了进来。

马金花回头打招呼："凤翠！"

于凤翠："大姐，您出院啦！"

马金花："瘤子割出去啦，身上觉得轻快不少。来，我给大家发橘子，一人一个。"

马金花给大家扔着橘子。王大兰等人笑着接过橘子。

王大兰拿着橘子看了良久。

53. 厂长办公室

孙金成："今天开会,研究两件事儿:一件是新建厂房的事儿,一件是产品品种多样化的事儿。"

姚锡宝、李昌明、生产科、技术科的人员都在座。

孙金成："新建厂房是件大事儿,我们原来在经济上麻袋片子上绣花——底子不好,没敢张罗。现在看是非张罗不可啦,一是生产要扩大,二是拥有了一定的资金,每个月纯利润就二十来万元,有了钱,咱也得花在刀刃上,来,大家先看看这些图纸。"

众人传看图纸。

孙金成："锡宝,你先说说产品品种多样化的事儿。"

姚锡宝："嗯——,我怕笨嘴拙腮的怕说不好,就画了几张画,这是花瓶图样,这是看盘图样儿,还有新式茶具。这是日本人喜欢的龟和樱花;这是东南亚人、阿拉伯人喜欢的波斯猫;这是印度人喜欢的大象;这是非洲人喜欢的狮子和鹰;这是美洲人喜欢的红枫叶和星辰;还有欧洲人喜欢的皇冠;大洋洲人喜欢的美利奴羊和珊瑚。我们生产这些东西,就能保证我们的产品适销对路,在国际市场上站住脚。"

李昌明第一个站起来鼓掌,其他人也都跟着站起来鼓掌。

李昌明激动地说："老弟啊,你亮出这一手叫大哥看着脸热眼红啊,嫉妒不嫉妒你呀?嫉妒!可我得承认你,想法子超过你。我超不过你呀,我这个技术科长就辞职!"

众人又鼓掌。

孙金成说："对嘛,中国人之间少一点互相拆台的嫉妒,多一些互相承认,互相超越的'嫉妒';那么,有一天,全世界都会眼红我们!"

这时,门开了。刘主任走了进来:"干什么呢?这么热闹!"

孙金成笑着说:"我们在研究建房和产品的事儿。"

刘主任:"会议开完了吧?先散会吧,我有事儿找你说。"

孙金成:"好好,散会。"

众人走出厂长办公室。

刘主任神情有些紧张地问:"程亚菲那个事儿,你咋整的?怎么上边儿对你这么不满意?"

孙金成:"没啥事儿呀,一千五百块钱交啦,她走人不就完了嘛。"

刘主任:"你别傻啦,那一千多块钱还能要吗?有人想给人家递还递不上去呢!"

孙金成:"那这钱谁掏?我掏?"

刘主任:"哎呀呀,行啦行啦,我们办事处掏还不行吗?你放人吧。"

孙金成:"放人?你叫她程亚菲往我这面墙上看看,没窗户,也没门儿,她别想混出去,这个事儿我挡到底啦!"

刘主任:"你呀,你呀,你呀,你是宁折不弯不听劝呐。"

孙金成:"我刚来厂了时,你口口声声说帮我帮我,这遇到较劲儿时候,你要撤梯子?"

刘主任:"金成啊金成,你咋不明白呢?我是心疼你!你不放人,你知道人家要咋治你?人家要调走你!"

孙金成嘿嘿笑了:"不用他们调,我不干了行吧?哎——,我可以骑着摩托跑买卖啦,天马行空,独往独来。哎呀,轻松死啦!"

刘主任不无沉重地说:"得啦,得啦,你心里想的啥我知道。我知道我说不通你,那你明天就等着听通知吧！"说着要走。

孙金成叫住他："你先别走，你给厂子兼一天工会主席，就得帮我管一天的事儿，我要给你一封信。"

刘主任："什么信？"

孙金成："你看。"

刘主任展开信："哦，我明白了，是求爱信，有姑娘向你求爱。"看了孙金成一眼，又说："行啊！没看出来呀！"

孙金成："我在这个女人堆里当厂长，一共收到两封这样的信，那一封，轻轻飘飘无所谓啦。这一封却是认真的，女孩子，天真幼稚，想入非非的年龄。我找她谈，怕她抹眼泪，甩大鼻涕……"

刘主任："行啊，当了厂长有人爱，也不枉为厂长一回。"他拍拍信说："你放心，我找她谈。"

54. 某餐厅

孙金成、于凤翠、王大兰、姚锡宝、李昌明、姚彩玲、马云、马金花围成一圈，每个人都系着金领带。

马金花坐在孙金成的对面。

马金花说："今儿个大家伙儿请我的客，我高兴……"说着流下眼泪，她撩起衣服擦擦泪说："我高兴……"她拿起一件新衬衣说："厂长，这是我赔你的衬衣，你喜穿不喜穿，都了了我一桩心思。"把衬衣递给厂长又说："……唉，当厂长不易啊，咱们在一块工作也不易，大家能打着圈围，乐乐呵呵地吃这顿饭，更不易……瞅着你们，我真乐，打心眼里往外乐。"

马云夹过海参来："姑，你吃。"

马金花点头："好，好。"

于凤翠夹过菜来："大姐，你吃菜。"

王大兰夹过菜来："大姐，你吃菜。"

马金花泪水盈盈地点着头。

孙金成说："大姐说得对，今儿个咱们吃的是高兴饭，喝的是高兴酒。来，除了大姐，咱们能喝的都喝点儿。"说完，嗑了一杯。

姚锡宝喝了一杯酒说："金成、昌明两位大哥，你们和我一样，一杯酒脸就红……"

孙金成："脸红怕啥？红脸汉子好交……来，再喝一杯。"他又喝了一杯。

姚彩玲瞅着孙金成出神。

孙金成："彩玲，你怎么不吃菜？吃菜！"

姚彩玲忽然意识到了什么，拿起了筷子。

马金花举起杯子："来，我以水代酒，敬大家一杯，祝大家在厂长领导下，抱成团地干，给咱们厂子和国家争光。"

大家把杯子都举起来了。孙金成也跟着举起杯来，酒到唇边，他想了想，没喝，又放下了。

李昌明眼尖："哎，厂长，你怎么没喝？"

孙金成略微有些醉意，端起酒杯说："这杯酒我喝。"一饮而尽，眼泪止不住淌了下来。

于凤翠、姚彩玲、王大兰都说："厂长，你怎么啦，厂长……"

孙金成抑制住自己的情绪："我没怎么……我真舍不得离开大伙儿……明儿个你们就

差不多知道啦。"

众人惊诧地望着孙金成。

55. 厂办公楼内，晨

厂办公楼内空无一人。

楼梯上，孙金成拾级而上，楼道里回响着他沉重的脚步声，这脚步声让人感到振聋发聩。

他打开厂长办公室的门。

他走进办公室。

他拉开窗帷，眺望窗外的城市，远山和海。

他沉思的脸。

电话铃响了。

他缓慢地抓起电话。

话筒里传来的声音很陌生："孙金成同志吗？"

孙金成："是我。"

话筒中的声音："我是区政府的，我姓刘，关于我妻子程亚菲要调走的事，我要向你和全厂职工检讨！她做了一些事情，我不知道，但我有责任。昨天，我知道她串联一些人，想调走你，被我臭骂了一顿。一个干部的家属，在群众中不做好榜样，像什么话嘛！委屈你啦，我的好同志。"

孙金成两手攥着话筒，眼里流下两行泪来。

这是一张成熟的、眼角已有细细鱼尾纹的、永远是那副坚定神态的、流泪的脸！

定格吧，让人们记住他！

喜鹊登枝

人物表

花志海：25岁，原是花家村人，大学毕业，某集团高尔夫会所经理。

艾丽娜：26岁，澳大利亚人，某大学外教，中国名叫喜鹊。

花小蕾：22岁，花志海妹妹，原是花家村人，景区导游。

叶子茂：20岁，绰号"小帽子"，叶有根之子，原是花家村人，高尔夫球童。

花　妈：50岁，李金枝，原是花家村人，志海、小蕾的母亲。

叶有根：52岁，原是花家村人，现是花妈家南院邻居，老年大学秧歌队成员。

叶秋菊：22岁，叶有根之女，原是花家村人，某航空公司空姐。

盖利克：28岁，男，某大学外教。

谭大妈：55岁，原是花家村人，现是花家东院邻居，老年大学秧歌队成员。

谭大妈丈夫：56岁，原是花家村人，某景区跑马场管理人员，老年大学秧歌队业余成员。

谭芸：32岁，谭大妈之女，原是花家村人，有国外婚史，现在某集团上班，带个混血孩子。

二姨：46岁，名叫李银枝，花妈李金枝之妹，东脉村村民。

叶奶奶：78岁，原是花家村人，叶有根的母亲。

1. 某景区仿造的长城上，傍晚

夕阳中的烽火台，宁静而美丽！

突然有四个年轻人，从里面奔了出来，他们是：年轻帅气的花志海、漂亮质朴的叶秋菊、时尚美丽的花小蕾、个子不高、习惯反戴着帽子的一副调皮模样的"小帽子"叶子茂。他们在追逐嬉戏。

有两个年轻的女导游模样的人，气喘吁吁地迎面往上跑！

"小帽子"一见，有些惊异地对花志海他们说："哎哎，我说！志海哥，秋菊姐，这眼瞅着天就黑了，玩登山看景的人都在往山下走了，她们怎么还往山上去啊？"

花志海对花小蕾说："小蕾！这两个人是你们景区的导游吧？你快去问问她们有什么急事儿？"

花小蕾手做成喇叭筒状，冲着山下喊："哎，是任塔塔、李春艳吧？"

被称作任塔塔的女导游也冲着山上喊："大学外教艾丽娜爬山的时候突然把腿扭伤了，伤得挺重，自己下不来了！"

花志海："她在哪儿？"

两位女导游从下面往上一指，就在那山梁顶上！

花志海："'小帽子'！走！咱们两个返回去！帮她们把艾丽娜接下来！"

小帽子朗声答道："好！"说完，就和花志海蹚身往上边走！

花小蕾对叶秋菊说："秋菊姐，咱们从小都在一个村里长大的，我哥这人就这样，见不得别人有一点儿难处，见到肯定就要伸手帮！谁要是这辈子找了我哥，就赚了！"

叶秋菊脸色绯红："小蕾！你哥现在是集团高尔夫公司的经理了，眼眶子高了，人家可不一定能瞧得上像我这个乡下闺女出身的空姐了！"

花小蕾："哎，实不相瞒，我二姨正跟我妈给你们从中撮掇这事儿呢！我看，也许有戏！”

2. 东脉村，傍晚

村落里炊烟袅袅！

花志海的二姨家，二姨和花妈正在灶前忙碌着烧火、做饭。

花妈：“银枝啊，姐家从村里没搬进动迁安置小区那会儿，觉得乡下是这也好，那也好！屋前菜地屋后井，住着舒坦又清静，可真正住进小区楼房，那是楼上楼下，电灯电视电话，上厕所再也用不着雨天一呲一滑地往外跑，冬天上厕所再也不冻屁股了！现在姐到你家来，觉得干啥都伸不上手了！照实说，你们东脉村离新开发的风景区这么近，没听说你们这啥时候动迁进城住大楼啊？”

李银枝：“姐，我们东脉村和你们花家村不一样，这村老房子太多，五百多年的老房子不少，上头来考察时说，我们村有文化保存价值，所以一时半会的可能动迁不了！”

花妈：“是啊？银枝啊，人到了这岁数，就盼着姐俩能往跟前凑凑，有个说话人，你要是也迁进城里，住在姐眼皮底下，那该多好！”

银枝：“那敢情好，可世界上的好事儿不一定都能让咱摊上。

哎，姐，志海和小蕾子他们四个人去爬山，怎么这个时候了还没回来？”

花妈：“年轻人在一起，玩玩闹闹的，时间上哪能有个准性？等一会儿看看，再不回来，就给他们打手机。”

银枝对花妈说：“姐，我看咱家志海和叶有根家那个秋菊俩人挺般配的，差一不离十的，他们的事儿该定就得定下来，要不，叶有根老找我这个大媒人，让我在中间说合。”

花妈：“孩子大了不由娘啊，别说志海的事儿我管不了，就说那个小蕾子吧，论说也二十来岁了，一提给她找对象，就噘嘴鼓腮地说：皇帝不急太监急！听着了吧？她成皇帝，我成太监了！”

银枝忽然说：“姐，我看那老叶家的小帽子老往咱小蕾子跟前贴贴乎乎的，不会贴乎出点儿什么事儿来吧？”

花妈自信地说：“叫你说的呢，有啥事儿？羊肉贴不到马肉身上，我们小蕾子这朵花咋插，也插不到他‘小帽子’这泼牛粪上！”

3. 险峻的山路上，夜

花志海背着艾丽娜，他的额头上汗水涔涔。

艾丽娜趴在花志海背上，两手搭在他的肩膀上，那张好看而又显得有些无助的脸。

“小帽子”在后边一手扯着树，一手扯着花志海的衣服，防止他们摔倒。

路很险要，他们一点点儿地往山下走。

4. 景区仿造的长城垛口附近

花小蕾正接电话：“哎呀，妈，你们放心吧，我们没事儿，我哥他们救人去了，马上就从山上下来了！是，我已经看见他们影儿了！放心吧！”说完，合上手机：“这一天到晚的，八成的电话都是我妈打来的，一会儿问你在东边还是在西边，我们都多大了，她却老是含在嘴里怕化了，顶在头上怕吓着！啧！”

叶秋菊：“咱们多大，在老人的眼睛里也是孩子，可怜天下父母心，你得这么想：有老人惦记着多好！”

这时，花志海和小帽子已把艾丽娜从长城的阶梯上，背到垛口来。

花志海轻轻放下艾丽娜，上衣已浸湿了汗水：“蕾子，赶紧给120打电话，要救护车！"

艾丽娜操着熟练但有少许生硬的汉语，对花志海说："真的谢谢你们，没有你们帮忙，我一个女人在大山顶上过夜，可就惨了，说不定还会遇到什么危险。"

5. 东脉村二姨家院门口
救护车红蓝灯闪烁。

花志海、"小帽子"、叶秋菊、花小蕾、两名女导游和医护人员用担架把艾丽娜担上救护车。

花妈、二姨李银枝站在门前，一副焦急的神情。

花志海突然跳上了车。

"小帽子"说："志海哥，要不我去，你别去了！"

花志海说："天都大黑了，你们都饿了，快进屋吃饭吧，我去！"

叶秋菊见状，若有所思。

救护车在众人的注视下，开走了。

6. 医院，夜
手术室门外，花志海坐在一排椅子上。

有护士走了出来："哪位是艾丽娜的看护人？"

花志海站了起来："我是。"

护士："踝骨处有骨折，马上需要手术，可能需要输血。"

花志海："我是O型，而且一直是献血志愿者！你们医院电脑里可以调出我的献血档案！"

护士："那好！有备无患，你跟我来！"

7. 东脉村二姨家屋内
花妈、二姨正在答对花小蕾、叶秋菊、"小帽子"他们吃饭。

"小帽子"用菜叶儿打起一个饭包，一边吃一边说："嘿，这饭吃得真香！好长时间没吃到这样的饭包了！"

花小蕾早打好一个饭包，递给叶秋菊。

叶秋菊接过来放下，却没吃。

花小蕾："哎，秋菊姐，在大山上跑了一整天了，你早就嚷嚷说饿了，怎么到了饭桌上却不动筷子啊？你是咋回事儿呀你是？"

叶秋菊似有心事，说："饿过劲了，就不饿了，你们先吃！"

"小帽子"看了一眼叶秋菊，说："我不是替我姐说话，你们瞅那个外国洋妞趴在我志海哥背上那个样，像粘到志海哥身上一个样！是，她是腿受伤了，可也不至于是那样一副熊样子吧！真够好人看半拉月的，这外国洋妞儿的举止做派，不是有一点儿过，而实在是大马勺抠耳朵，叫人太下不去眼儿了！"

花妈和二姨听了这话，若有所思。

二姨李银枝拿过那个饭包对叶秋菊说："那外国洋妞长得像个啥！我掐半拉眼珠也没看好她，哪像我们秋菊，又水灵又顺眼，二姨我可是打秋菊自小就喜欢你！她从我们秋菊手里可抢不走你们志海哥，不信，咱就打个赌！来，把心放肚子里，吃饭！"

秋菊看看花妈，花妈正冲她微笑点头。她的脸上漾起笑意，拿起饭包，轻轻地咬了一口："哎呀，人家真的是饿过劲了，你们都把话扯哪去了？"

花小蕾说："嗯，秋菊姐咬的这口饭包哇，可暴露出一个惊天的大秘密：秋菊姐的心里是真正喜欢上我海子哥了！"

秋菊放下饭包，轻轻地打了花小蕾一下："就你多嘴多舌！"

众人全都笑了起来！

8. 医院手术室内，夜
艾丽娜在接受手术，输液袋里是殷红的鲜血！

9. 医院病房内
艾丽娜的脚吊在床上，阳光从窗子洒进来。

花志海从门口进来，把一大束鲜花放在艾丽娜的床头。

艾丽娜冲花志海灿烂地微笑着。

10. 南山高尔夫门口，傍晚
艾丽娜拄着一根拐杖，手里拿着一枝鲜红的玫瑰花，等待在门口。

下班的人流中，走出了花志海："哎，艾丽娜，你怎么在这里？"

艾丽娜："花志海！别叫我艾丽娜，我有中国的名字，叫喜鹊！我来，是想告诉你，我，爱上了你！"说着，深情地递上手中的鲜花！

花志海先是一愣，继而缓缓地接过了这枝鲜花，放在鼻子前一嗅。

艾丽娜，不，喜鹊！却轻轻地甩开拐杖，一下子扑到花志海怀里，忘情地亲吻他的脸颊！

正从门口走出来的"小帽子"看到了这一幕，他的脸上充满惊异！不相信地揉揉眼睛，终于看清了眼前这难以令人置信的一幕。他自言自语地说："这外国洋姐儿，也有点儿太猛了吧这？！冲锋战士啊！"

11. 花妈家，傍晚
花志海的房间，床头的空花瓶里，插入了那枝鲜红的玫瑰花！

一枝又一枝的鲜花插满了花瓶，哦，这是爱的日志！

花瓶下有凋萎的花瓣。花瓶里的花儿却一直新鲜！

（时空跳跃蒙太奇）

12. 花妈家的院子内外，晨
城市化的小区，清一色的二层小楼，各自独门独院又隔篱相邻。花妈家的小院儿，位于这趟楼房的紧西边。院落门前有一条东西走向的道路，通往楼侧的两条南北大道。

院落内，有盛开着的秋菊和其他花儿，一个圆形的玻璃鱼缸摆放在那里，里面有几条自由自在的小金鱼儿。窗子的侧面放置着养了十几只兔子的笼子等。

花妈正喜气洋洋地往窗子上贴着红色剪纸窗花。

邻院儿，正在葡萄架边晾衣服的谭大妈笑盈盈地冲花妈说话："金枝大妹子啊，不就是过个生日吗？这大清早起的，像捡了狗头金翡翠盆似的，你瞅你忙活得这个欢啊！"

花妈手里拿着一张要贴未贴的红剪纸窗花，走到铁篱前，笑盈盈地对谭大妈说："谭大姐，咱姐俩从小是一个村长大的，你就是我李金枝肚子里的虫，啥事儿能瞒过你的眼哪。"她往前凑了凑，笑盈盈地说："我们家志海昨儿个就来电话了，说是今儿个他要领女朋友来家给我过生日，你说我这可是第一回要见未来的儿媳妇，能说不把屋里屋外好好拾掇拾掇吗？"

谭大妈笑了，一边从户外的洗衣机里掏出衣服，一边抖着，边晾边说："哎哟，还有这喜事儿啊！"说着，她压低了声音，并往花妈家院儿南边的叶有根家指了指："哎，不是说南院叶有根家那当空姐的叶秋菊和你们家海子有搞对象的意思吗？今儿个你们家海子领回来的会不会是她呀？"

花妈莞尔一笑："嘿嘿！不瞒大姐您说，到现在志海这小兔崽子还一直跟我打哑谜呢！一问急了，他支三扯五地说：老问啥问，到时候你不就知道了？不瞒你说，我倒是希望是前院那叶秋菊，那闺女和我对心思！"

谭大妈说："大妹子，你有福啊，你们家要儿有儿要女有女，是龙凤双全哪。你看你们家海子，横看竖看，左看右看，没有缺彩儿地方啊，不但人长得带劲儿，还是响当当的大学毕业生，从小在咱花家村长大，那也真是百里挑一啊！"

花妈笑盈盈地说："谭大姐，就你，总夸我们家小志海！"

谭大妈："不是我夸你们家志海，人就怕比，远的不说，就说你们家隔道西院儿那杨小乐子吧，小时候就鼻涕拉瞎的不咋样，才一个村里的高中生，可人家命好，赶上乡村城镇化的好时候了，那不，去年长得那么带劲儿的大学生都给娶家来了！你们家海子，哪不比杨小乐子强出十万八千里还带拐弯啊，海子的媳妇哇，保准错不了！"

花妈笑着："那是，我们家小志海的对象错是错不了，这，我心里有数。"

谭大妈家院里，三十多岁的女儿谭芸带着上了幼儿园的儿子，上了院内停放的一辆红色小轿车。轿车驶向院落外。

东院儿，谭大妈的丈夫一边在葡萄架上往下剪葡萄，一边冲花妈说："海子妈啊，我看，你可要做好思想准备，你们家那志海啊，今儿个领回来的女朋友可不一定是叶秋菊！"

花妈把手里拎的一条鱼顺手挂在了晾衣绳上，走过来，一边接过谭大妈递过来的一大盘子葡萄，一边充满疑惑地问："志海他大伯，你这好像话里有话啊，对了，你和志海在一个大单位工作，那小子有点儿啥蛛丝马迹的，你应该能知道哇！快点儿，给大妹子我透露透露。"

谭大妈丈夫："哈哈，你们家志海虽然年轻，可是我们集团大部门的总经理，既管着我们风景区跑马场，又管着高尔夫会所，虽说几乎天天见面、熟悉，可要说准他对象是谁，我还真拿捏不准。"

花妈一脸狐疑："志海他大伯，有啥话你就直说，咱们老邻旧居的，跟我说话咋还含着骨头露着肉的呢？"

谭大妈接过话茬儿："哎呀，海子他妈，你可别听他胡咧咧，他知道个啥，就知道上班牵马遛马，下班吃饭睡觉。他能知道个啥。"

花妈仍是一脸狐疑。

二姨李银枝骑着一个电瓶摩托车，进了院门："姐！"

花妈："银枝，你咋来得这早？"

二姨李银枝从车前筐里拿出些新鲜的山菜："姐过生日，大清早我就上山采了些山菜，好包顿山菜馅儿的饺子。"

花妈和二姨里外屋开始忙活起来，剁饺馅儿、和面。

这时，一辆红色小轿车停在了院门前。

轿车门打开了，喜鹊捧着一束乳色的康乃馨、拿着一件红毛衣先下了车。

花志海、喜鹊一起走进了院子。

东院儿谭大妈一边打着手里的毛线活计，一边朝这边引颈张望。

南院儿屋子里的叶有根、叶奶奶，透过窗子也在向花妈家张望！

花妈和二姨登时就愣在了那里。

13. 某海滨城市机场

蔚蓝色的大海。

海滨林立的群楼。

城市的上空有飞机掠过。

飞机，降落在停机坪上。

熙熙攘攘的人流。

身着空姐服饰的叶秋菊一手拉着拉箱，一手拎着个漂亮的生日蛋糕，与一队空姐从出口走出。

更衣室外，秋菊换成普通装束，拎着生日蛋糕走了出来。

机场外，秋菊的弟弟"小帽子"反戴着鸭舌帽儿，正坐在一辆轿车里等着她。

"小帽子"从里面给姐打开车门，秋菊拎着生日蛋糕上车，小心地用手捧着。

"小帽子"看了看蛋糕上的字："李金枝阿姨生日快乐！"假意地说："哎呀，真难为姐了，知道你小帽子弟乐意吃蛋糕，特意从外地给我带回来了！谢谢啊，姐！"说着假意伸手，拿出想吃一块的样子。

秋菊赶忙用手臂挡开："'小帽子'！别动手动脚的，也不看看，这蛋糕是给你带的吗？你长吃这蛋糕的嘴吗？开车！快点儿的！"

小帽子一边发动车，一边说："这家伙的，真会给花志海他老妈打溜须啊，这家伙的，这八字还没一撇呢，就连自己亲弟弟都不认识了。这家伙的，不就一块破蛋糕吗？你以为我真想吃啊，我还告诉你，这玩意儿油了吧唧腻腻歪歪甜了吧搜的，白给我都不吃，说吃，只是试试你叶秋菊对弟弟叶子茂的心，看你心里有没有我'小帽子'这个弟弟！这家伙的，哼！我可看明白了！向着人家，让海子哥开车来接你呀，人家接你吗？还得是我来接你！"

叶秋菊白了"小帽子"一眼："哼，心里就没有你了咋的吧？吃不着葡萄就说葡萄酸。好好开你的车得了！再逗咽儿，看我一脚把你从车上踹下去！"

"小帽子"知道他姐是在开玩笑，可故意耍贫嘴："姐，我亲姐，你可别踹！这家伙的，我怕你！这可是高速！你真要蹬我一脚，那咱姐俩的命，可就成天上飞的鸽子了。"

车在高速上奔驰。

"小帽子"在悠然自得地吹着快乐的口哨。

好听的口哨声，飘甩在宽阔的高速公路路面上。

14. 花妈家

南院儿、东院儿、西院儿的人们都在朝这里凝望，人们的神情里都有着太多的惊讶！

花妈蹙着眉头，她知道有许多眼睛正在盯着这个小院里的一举一动。自己踅身进屋去了。

喜鹊似乎没有觉察到什么，顺手把花束端正地摆放在了屋外窗台上，把红毛衣递到了花志海手里！

花妈坐在屋里的床边，隔窗，她看见那束乳色的花儿，一脸忧郁的神色。

二姨两手沾着面，抭挲着双手不知所措地站在院子里。

花志海见他妈进了屋，忙拿着红毛衣跟了进去。

屋内，花志海对妈说："妈，这是她亲手给你织的毛衣。"

花妈悄声说："小志海啊，妈还以为你和前院那叶秋菊对了象呢，你和这外国洋妞儿，你了解人家吗？"

花志海："妈，你还不相信你儿子？你儿子不会看错人。"

花妈说："唉，真是笑人不如人哪，我过去总笑话东院那谭芸找了外国人当老公，后来叫人家甩了，自己带着个孩子过日子，没想到，这种事又要轮到我们家头上了。"

花志海："妈，我不是谭芸，人家艾丽娜，不，是喜鹊，她是个好人！"

花妈："儿子，你可想明白，妈就你这么一个儿子，可指望你养老呢！你把她娶家来，别别愣愣的，我一和她语言不通，二和她生活习惯不一样，妈能和你们过一块去吗？"

花志海说："妈，人和人的心和感情都在沟通，语言和生活习惯不是大问题！你放心，她会很好孝敬你的！你看，这件毛衣就是她亲手给您织的！"

花妈说："先放那吧。"指指窗外说："那束花儿我不要，白不刺啦的，不好看。"

花志海："妈，那不是白色的花，那是乳色的花，是表示不忘母亲哺育之恩的花！"

花妈："我不喜欢，你把它悄悄扔垃圾箱去。不管妈心里咋不喜欢她，可你领回来了，妈不能不给你个面子，妈和你二姨给你们包饺子呢！"

花志海走出屋子，从窗台上拿起花。

喜鹊蹲在兔笼子跟前对花志海说："志海，在离窗口这么近的地方养兔子，风一刮过来，味道很不好闻，对阿姨的身体健康也很不利。必须把这些兔子笼赶快弄走！"

屋外，花志海对喜鹊说："喜鹊，这十几只兔子是俺妈养的。动它们，得先问问她。"

喜鹊拦住花志海："志海，我们应该为阿姨的身体健康考虑，不管她同不同意，这些兔子笼都应该赶快弄得离窗子远一点儿。"

花志海："你是好心！可要等一下。"说完，他拿起那束花就往外走。

喜鹊的目光都集中在兔笼子上，对花志海说："志海，你要干什么去？应该过来帮我！这些兔子在笼子里，我怎么搬得动？"

花志海急急地走了出去。

喜鹊已打开了兔笼子！

花志海再回到院里，见兔子已经在满院子跑。

喜鹊在满院抓兔子。

东院儿、南院儿、西院儿，都有眼睛在注视着这院里的一切。

"砰！"那个盛着小金鱼的玻璃鱼缸，被正在抓兔子的喜鹊绊倒摔碎了，小金鱼儿在地上乱蹦！

花志海急忙走过去蹲下去收拾玻璃碎片和小金鱼，并对喜鹊说："我让你等一下，你急什么？！"

这时，花妈和二姨扎着围腰，出现在屋门口，她们看着满院落乱蹦的兔子，还有碰碎的鱼缸儿。

谭大妈从邻院探过头来："妈呀！这过生日的大好日子，怎么还把鱼缸子弄碎了呢？"

花妈皱着眉头说道："小志海，你们这是干什么？我养的兔子哪儿招你们惹你们了？你们撵得鸡飞狗跳墙的？好端端的鱼缸子也弄碎了！你们是来给我过生日，还是来给我添堵来了？！"

喜鹊、花志海顿时愣住了。

喜鹊一脸愧疚："阿姨，对不起，您过生日，我让您不高兴了。"

二姨急忙说："没事儿，没事儿，你们都进屋，这块我来收拾一下就行了！"说着，操起笤帚、撮子开始收拾地上的东西。

喜鹊见状，脸儿涨得红红的，忙抢过笤帚、撮子使劲儿地收拾起来。

这时，邻院谭大妈探过头来，小声对二姨说："哎哟，这个洋闺女长得倒不错，一副文质彬彬的样，可怎么这么毛手毛脚的，你姐过生日，她碰碎了东西，这可不是好兆头！"

二姨听罢，有些发呆。

15. 花妈家院儿内外

"小帽子"开着车从大道上拐了下来，车停在了院门口。

叶秋菊刚要下车。

"小帽子"却喊住了她："等等，姐，院子里有情况！"

叶秋菊隔着车窗玻璃看到了正忙碌着的喜鹊。

"小帽子"说："姐，咋办？战斗在向你招手！"

秋菊低下头想了想，终于，她推开车门拎着蛋糕，毅然决然地向花妈家院里走去。

"小帽子"钻进车里，边自言自语："唉，这真是：(唱)红尘自有痴情者，莫笑痴情！……"边说边把车开走了。

秋菊走进院，喜鹊停下手里的活计看着她。

花志海说："秋菊来了。"

二姨见状，忙接过秋菊手里的蛋糕："秋菊，快，进屋。"

这时，花妈已经迎出门来。

花小蕾突然走进院来："哎哟，妈！您看您人缘多好，过生日，来了这么多人！"她上前拉住秋菊："秋菊姐，进屋！"

花妈却用下颏往喜鹊那边一努，示意花小蕾看看喜鹊也在。

花小蕾看见喜鹊，一脸狐疑，小声道："哎，艾丽娜，她怎么来了？"

花妈冲花小蕾使个眼色："屋去，都屋去吧！"

叶秋菊说："婶，我就不进屋了，刚回来，还有事儿！"

花小蕾扯着她说："有啥事儿？别扯了，进屋！"硬把满身不自在的叶秋菊扯进了屋。

16. 花妈家屋子内外

屋里，花小蕾一边招呼叶秋菊，一边挽袖子："来来来，帮我妈和二姨搭把手，包饺子！"

叶秋菊只好伸手帮助擀皮。

二姨李银枝看看秋菊，小声对花妈说："海子这小子也是太不听话，放着秋菊这么好的闺女不找，非找那洋妞儿！你看看，她在外边和志海干啥呢？"

屋外，喜鹊搂着花志海的肩膀，突然亲吻了他一下，花志海的脸上顿时留下了口红印记。

二姨："这大青白日的，街坊邻居可有戏看了！姐，我要是你，可不能让小志海就这么和她发展下去，我非把他们搅黄喽不可！"

花妈神色凝重，满腹心事的样子。

盖帘上，摆着许多饺子。

花妈放饺子的手与秋菊放饺子的手碰在了一起，她们好像触了电一样。

花妈看看秋菊，她的眼里似有泪光在闪。

花妈打了个唉声，把头沉得低低的，包着饺子。

17. 邻院儿谭家

谭妈一边冲西院儿探头探脑地张望，一边对屋子里走出来的谭芸说："芸儿，你看看，你看看，那院儿的海子，和你当初一样，也找了个老外！"

谭芸说："什么老内老外的，他找什么样的人，跟咱们有什么关系？少朝人家那院探头探脑地瞎看。"

谭妈："唉，我看是又有人间悲剧要上演！那洋妞儿在院子里和花志海又搂脖子又亲嘴的，这么水性杨花，将来能和花志海过长啊？那花妈能指上她养老哇？"

谭芸说："妈，对洋妞，你不能拿中国人的老眼光看。人与人之间，处的是份感情，是份心思！家里外头人都以为是我那原来的老公甩了我，其实不然！"

谭妈一惊："小芸，这话你可从来没跟妈说过啊！"

谭芸眼里有泪："妈，他是个好人，大好人！他和中国的石油钻井工人在伊拉克帮助开采石油，在炸弹爆炸冲击波震得房子将要倒塌的时候，他和一位中国的工班长用身体拼命顶住了一根支柱，让十几名中国工人脱离了危险！可他们被砸在了里边！"

谭妈眼里也有了泪花："这么说，孩子他爸还是个烈士？！"

谭芸点点头，擦了把泪水："妈，你们不能戴有色眼镜看待外国人！"

18. 花妈家

沸腾的锅里，饺子在翻滚！

二姨在捞饺子。

花小蕾往一张圆桌上摆着筷子碗儿："哎——吃饺子喽！"

秋菊心事重重，掩饰不住内心的酸楚对花妈说："婶，今儿您过生日，就是着急忙慌地赶过来看看您，也代表我爸我奶了。婶，您没啥事儿的话，我就回了，回了啊。"

花妈一把拉住秋菊的手："秋菊啊，饺子煮好了，你没吃上一口，哪能走呢？"

秋菊看着花妈，克制住内心的不平静："婶，我真的有事儿，我回了！"

花妈对花小蕾说："你秋菊姐着急回去，你把这盆饺子给前院你叶叔家送过去！"

秋菊推辞说："婶，别了！"

花妈嗔怪地："你看你这孩子，别推三推四的，不光是为了你，你奶奶、你爸，也好长时间没吃过我包的饺子了！小蕾！快去！"

花小蕾应声，端着盆饺子与叶秋菊一起出了门。

19. 叶有根家

叶有根一身秧歌服还没换下，正在屋外的水池旁洗脸卸妆，一脸模糊的油彩。

叶奶奶坐在轮椅上晒着太阳。

那盆饺子摆在院子里的一张圆桌子上。

叶秋菊把筷子、碗儿和酱油、醋摆在圆桌上，她过去推奶奶坐的轮椅，把奶奶推到了圆桌前。

叶奶奶看着饺子，没动筷子，叫着叶有根："有根，咱们一起吃吧！"

叶有根："妈，你老人家先吃！我这就来！"

叶秋菊把一双筷子递给叶奶奶。

叶奶奶接过筷子："秋菊，你怎么不吃？"

秋菊眼里有泪，急忙背过身去说："我吃过了！"

叶奶奶夹了一个饺子，放在嘴里嚼着说："有根哪，这么多年难为了李金枝照顾咱家的这份心了，妈知道：她心里有你，你心里也有她，可你们命相不合啊，她的前一方男人，就是她命硬给克死的啊！"

叶有根洗着脸，听了这话，像被蜂子蜇了一下，站在那里，眼睛里有泪光。

20. 花妈家屋里

圆桌旁，花志海、喜鹊、花小蕾、二姨都坐下了。

花妈还在忙活。

花小蕾递给喜鹊一双筷子。

喜鹊接过来，用它去夹碗里的饺子，却怎么也夹不起来。她自己笑道："用它吃饭我会，夹这个饺子嘛，却有些滑！"

二姨说："我们中国三岁的孩子用筷子也能夹起饺子来。"

喜鹊："可我们三岁的时候使的是刀叉和勺子。"

花志海用筷子帮助喜鹊往碗里扒拉了几个饺子："吃吧！"

花妈端上一碗蒜酱来，说："蘸着吃。"

喜鹊却端着碗，腾的一下站了起来，对花妈说："好，让我站着吃我就站着吃！"

花志海、小蕾、花妈、二姨都有些忍俊不禁。

花志海笑着拉她坐下："不是让你站着吃，是让你用饺子蘸着这个蒜泥吃！"

喜鹊面带几分尴尬地说："我以为是我犯了错，让我站着吃，也算是给阿姨赔个礼道个歉呢！"

除了花妈，众人都笑了。

喜鹊用勺子把一个饺子拨到花妈碗里："阿姨，你就是我未来的妈妈，这个饺子您先吃，代表我要一辈子孝敬妈！"

花妈和二姨都被她这突然的举动弄得有些愣住了。

花妈面对这个饺子，吃也不是，不吃也不是，她长叹了一声，说："你们先吃吧，我这胃有点儿不舒服。"说完，走进里屋去了。

喜鹊对花志海说："阿姨胃痛，要给她服药。"

花志海说："小蕾，你去抽屉里给妈找几片管胃疼的药！"

花小蕾说："得了得了，你们快吃你们的饭吧，药，治不好妈的胃疼病。"

喜鹊用勺子盛起一个水饺，送到花志海嘴边，花志海一口吞入，边嚼边说："行了，喜鹊，自己吃自己的，我又不是三岁两岁的小孩子！"

花小蕾和二姨相视一笑。

21. 某大学外教宿舍内外

红色小轿车停在楼下。

宿舍内，喜鹊在给鱼缸换水。

花志海手里拿着一本外文书翻着："哎，这本书的作者是托马斯·肯尼利，他就是你讲过的，那位近代澳大利亚在世界文坛上做出了杰出贡献的优秀文学作家吗？"

喜鹊挂着拖布："是他，云雀和英雄，铁匠吉米的赞歌，都是他的作品，和澳大利亚的其他著名作家墨累·贝尔、大卫·马洛夫、科林·麦卡洛等人齐名。"

花志海半躺在床上，随意翻动着书页说："我看过好莱坞导演斯蒂芬·斯皮尔伯格导演的他的作品《辛德勒的名单》，让我很震撼，辛德勒能从死亡的监狱中解救出那么多犹太人，我佩服他的智慧和胆量！我手里的这本书作者写的是什么？"

喜鹊闪动着明亮的眸子说："一本书，里面写的是什么，要自己打开它，用心去读，才能真正读懂它，不打开读，或者只凭别人简单介绍，怎么能真正了解书中的内容？"

花志海面呈尴尬地一笑："我英语不好。"

喜鹊拿过另外一本书，对志海和言细语地说："我这里有汉语译本，你可以拿去看。地球是一个村，村民之间语言不通不好。中国现在搞了'汉语桥'，让外国人来学汉语，很好。可是，中国人也要学习外语，走'外语桥'，中国人才能很好地与世界文化相交融。"

志海接过喜鹊递过来的书："哎，你说得是，我听过那首'汉语桥'的歌，歌中写道：(朗诵)汉语桥是一座桥，走来你和我，东方的江西方的河，彼此手相握。甲骨秦篆的余音，编钟汉鼓的长歌，长江大海同携手，我们走向广阔！"

笃笃的敲门声！

喜鹊打开了门。

是一位英俊的小伙子、外教盖利克！他手里擎着一束红玫瑰站在了门口！

花志海、喜鹊都有些愣了！

盖利克看见了喜鹊房间里的花志海，嘴唇儿颤了颤。

喜鹊对盖利克说："不好意思，地板刚拖过，湿湿的很滑，不能请您屋里坐了！"

盖利克听了这话，把手中的红玫瑰放在门口，对花志海带有挑战性地说："你，出来一下！"。

花志海走了出来。

他们双目对视！这是情敌的目光！

盖利克突然说："你知道不知道？她，艾丽娜，是我心中的恋人？"

花志海："我不知道。我只知道，她，现在是我的恋人！"

盖利克："我想告诉你，你应该立即从她的身边走开！"

花志海："我可以走开，但我爱她的心和手中的拳头，不允许我这样做！"

盖利克一拳挥来，打在了花志海的鼻子上，血流了下来！

喜鹊见状，忙给花志海递过来纸巾，并对盖利克厉声说："盖利克！你怎么这么不文明？"

盖利克说："当劝告无效，我只能动用拳头！"

花志海擦着鼻子上的血："可动用拳头，是征服不了人心的！"

盖利克："为了心中的爱情，有时候需要动用森林法则！"

花志海说："那么，好吧，我奉陪！"说完，三拳两脚，把盖利克打倒在地，指着他说："你想动用拳头，我随时恭候！"

喜鹊拉开花志海，也拉起倒在地上的盖利克，对盖利克说："盖，打拳击，你不是他的对手！"

盖利克站起身，沿着楼梯飞快地冲下楼去。

外教宿舍楼外，花志海和喜鹊从高楼层的窗口向楼下的盖利克抛下那束红玫瑰，这束花正好落在刚出楼门口的盖利克身上。

22. 校园中

夕阳晚照中，盖利克在校园树林的沙袋前，赤膊打着拳击！一拳比一拳猛烈！他的眼里有火光与泪水。

远处，有几位大学生在草坪上吹着萨克斯，音乐声时缓时急，如泣如诉。

23. 花妈家内外，夜

屋里，花妈看见花志海的鼻子眼儿有青淤和血渍，就问："你那鼻子怎么回事儿？"

花志海遮掩地："啊，没事儿，碰了一下。"

花妈闻言，一脸狐疑。

屋外，花妈端着个盆子出来，却见盖利克站在自己家的院外，向屋子里望。

旁边，停着一辆摩托车。

花妈见有位外国人站在这里，生疑地问："你，找谁？"

盖利克说："找你儿子花志海！"

花妈一听，登时气不打一处来："你要找我儿子，要么就进屋去找，别在这里偷偷摸摸的，刚才吓我一跳！"

盖利克："我不方便进去，只能站在这里等，你有什么不方便吗？"

花妈说："我没什么不方便，我是觉得你真的不方便！"

花志海从屋子里走了出来："盖利克，你来干什么？"

盖利克："我来，就是要找你，就是想告诉你：我以前在艾丽娜的宿舍里住过！"

花志海："别跟我说这些，我只知道，艾丽娜现在是我心头树枝上，石礓子打来也不会飞走的喜鹊！"

盖利克骑上摩托："那好，以后别说我给你戴过那个绿帽子就行！"说着，骑着摩托车走了。

花妈听了这些话，对花志海说："小志海啊，你是活活要气死我啊，放着前院秋菊那知根知底的黄花大闺女你不找，你得跟人家打仗争一个洋妞儿烂货！"说着，一阵头晕。

花志海赶忙扶住了花妈。

花妈推开了花志海："小志海，将来你跟着那个烂货过吧，这个家留给你，就当你没我这个妈，我没有你这个儿子！"说完，踉踉跄跄地奔前院去了。

花志海喊了一声："妈！"

花妈却没有回头。

24. 叶有根家院门前，夜

花妈和叶秋菊站在那里说着话。

花妈："菊啊，婶知道你心里不痛快，知道你心都在淌泪！外边有风，看皴了脸，快点回屋去吧啊？！"

秋菊伏在了花妈的肩头上，哽咽着说："不怨海子哥，怨我，我没有喜鹊更招他喜欢！"

花妈搂着秋菊，把脸和她贴在了一起："菊啊，你心里头想的，婶子都知道，婶子也打年轻时候过过。可是，只有狠心的儿女，没有狠心的爹娘啊！你志海哥大了，他不听我这当娘的话了！"

秋菊睁大了一双泪眼："婶，海子哥看好了喜鹊，错不了。"

花妈叹口气道："什么错不了哇，别跟我提这让我心里犯堵的事儿了。菊，我看你家车在家呢，你把你弟弟'小帽子'叫出来，叫他送我一趟！"

秋菊小声问："婶，你要去哪儿？"

花妈："我到东脉村小蕾她二姨家去！我不能在家和他干憋气！我得走！"

叶有根家的窗口，透出明亮的灯光。

门开了，帽子、秋菊推着坐在轮椅上的叶奶奶走了出来。

叶奶奶说："金枝啊，有根跟他们老年秧歌队扭秧歌去了，还没回来，你都到了家门口，咋不进屋呢？"

花妈走到叶奶奶轮椅跟前："大娘。"

叶奶奶伸起衣裳袖子："你看看，这穿的衣裳还都是你帮着洗的，往常吃啥好吃的，都惦着给我送点儿，大娘借着你的力，沾着你的福了！"说着，伸手摸摸花妈的脸："金枝啊，大娘眼神儿不如从前了，天一黑看啥都恍恍惚惚的！用手摸摸你，看你是瘦了还胖了！"

花妈说："大娘，外边风这么大，你还出来干啥？快回屋去吧啊。"

秋菊说："婶，我奶说，说啥也要出来看看你！"

"小帽子"把车倒出院去，从车窗口说："婶啊，上车！"

秋菊用轮椅推着奶奶，把花妈送出院去。

花妈边上车边说："大娘，菊，你们都回吧。"

秋菊、叶奶奶都在向花妈挥着手。

车，开走了。

叶奶奶长叹了一口气："你婶她是好人没好命，要是没有克夫的命，给我当个儿媳妇多好！"

25. 广场，夜

在民歌"编花篮"的音乐声中，一群老年人扭着秧歌。

"编，编花篮，编个花篮就上南山，南山开满红杜鹃，杜鹃花儿开得艳……"老人们身着彩色秧歌服装，扭得很欢实。

叶有根、谭大妈、谭大妈丈夫都在其中。

一曲终了，谭大妈、谭大妈丈夫、叶有根聚到一起歇气说话。

叶有根："大哥，老花家的那海子，今儿领家来个外国闺女，看样子是对象。"

谭大妈丈夫说："前些年都是中国女孩找外国男人，图希出国追求享受，基本是外男中女。这些年可变了，外女中男的现象上升！这说明啥？这也说明咱中国的身份地位在国际上提高了。"

谭大妈嗔怪她丈夫说："跟他唠嗑吧，把嗑儿都能唠散花喽，几句话没说完，就整上理论词儿了，可能分析了！我家这老头子这辈子没当农民理论家真都屈了才了！有根，别听他扯，听我跟你说啊，哎，不是原先说你们家秋菊有跟老花家海子对象的意思吗？怎么没成呢？"

叶有根笑笑说："嘿嘿，不知道哇。"

谭大妈："大家伙都知道的事儿，你还装不知道。"

叶有根说："你这当大娘的，也不说早帮我们家秋菊跟老花家海子撺掇撺掇这事儿，现在才想起来说，黄瓜菜怕都凉了！"

谭大妈："那我不是听说你托海子他二姨撺掇这事呢吗？要不，谁不愿意当个红娘？谁不想保一桩红媒延寿十年哪？"

"编花篮"的秧歌音乐又响起。

他们，很快又融入扭秧歌的行列中。

26. 某大学校园内

迷蒙的月光，洒在校园草坪边的长椅上。旁边停着那辆摩托车。

盖利克一个人孤独地坐在那里，在想着很沉的心事。

远处的风，带来小提琴优美又有些凄婉的音乐。

27. 城区去往东脉村的路上

"小帽子"边开车边说："婶，你咋跟我海子哥生这么大的气啊？这黑灯瞎火的，咋非要往东脉村跑哇？在家里你是大王，老虎！你这一走，这不是山中无老虎叫猴子成大王了吗？要我说，你可不能生气啊，你得让他们生气啊，把那个洋妞儿气走！抖出你是家中大王的威风来才行啊！你这一走，大王不成小王了么，那洋妞儿将来不乘虚而入成了大王了么？"

这时，"小帽子"的手机响了，他接起："啊，知道是你！花小蕾，你妈在我车上呢，我们正往东脉村你二姨家开呢！什么？开回去？哎呀，方向盘是在我手上，可往回开，那我得请示你妈啊。你妈是你家大王，懂不懂？行行，一会儿我给你回话！"说着，合上手机："这家伙的，婶，你们家小蕾跟我说话老厉害了，嗷嗷的，我可惹不起她，我要是你们家人，连个扑克牌里的小二都算不上，顶多算个梅花尖！婶啊，你说句话吧，咱是调头回转还是往前开？"

花妈说："往前开！"

帽子说："那我就听婶的了！对！往前开！"这时手机又响起来了。"小帽子"一边一接手机，一边说："这家伙的，不容空儿啊，又追上来了！喂喂，你说怎么的？我知道，我听明白你的意思了！可就算我应该听你的，可你们家管你的人儿，不正坐在我车上呢吗，我不得听她的吗？什么？往回开？那不行。你们家大王说了，往东脉村开！行了，我手机没电了，别打电话了啊，我开车接电话，不安全！"他合上电话，对花妈说："哎呀我的妈呀，这家伙的，婶，你们家小蕾，就差一口把我给吃喽了！不过她说啥没用！"手机又响了。"响也白响，我不接了！我听婶的，我得分出谁是大王小王来。"

花婶看看"小帽子"："你这小子，平时说话总是屁了咣唧的没个正经的时候，到关键时候，婶看你还行，算有正事。"

"小帽子"："婶啊，人得多了解，像我'小帽子'这么好的小伙子，天底下你上哪儿找去？如果说我将来要是给婶你当了姑爷，那可把婶你美出鼻涕泡来了，想到哪去，小车上一坐，姑爷就悠悠地开走了。"

花妈反话正说地："我可没那么大福分，让你小子给我当姑爷。"

"小帽子"："婶啊，说啥话，别封门封得太死，世界是人类的，人和人之间什么事儿都有可能发生，也许，就在下一秒钟。"

花妈叫他给逗得有了些乐模样："浑小子，好好开车！"

28. 东脉村，夜

车，驶进东脉村，在一个胡同口停了下来。

花妈下车敲门。

二姨家的小院响起狗吠声。

二姨来开门："呀，姐啊，这黑灯瞎火的，你怎么来了？"

花妈："有话进屋再说。"她回头对"小帽子"说："'小帽了'啊，你回吧，我今儿就住在这儿了啊！"

"小帽子"从车窗探出头说："婶，你啥时候回，就给我打电话，你别管啥时候，啥天气，就是天下刀子，我也来接你！咱们娘俩那叫铁磁儿！"

花妈："这个'小帽子'，尿壶镶个金边儿，就是嘴儿好！好，你回吧，慢点开啊！"

"小帽子"乐呵呵地开着车，走了。在车里他自言自语地说："哼！这老太太，还蒙在鼓里呢，不知道我把她姑娘花小蕾在爱情上已经拿下了！"他笑嘻嘻地拍自己脸颊："嘿嘿，"小帽子"哥们儿，你真行！"

花妈与二姨走进院内，院门，关上了。

屋里，二姨一边往炕上铺被褥，一边说："姐啊，咋的了，是不是还是因为那个洋妞的事闹心呢？"

花妈沉默不语。

二姨说："姐呀，过日子，谁家没本难念的经啊，别老跟儿女操心了。人这辈子，一晃就过去了，跟他们操心，得操到哪年哪月是个头儿啊，人没等老，心先操老了！"

花妈："我也是想着不跟他们操心，可是老话说得好：树老了心空空，人老了事满胸！儿女的终身大事，你姐能不操心哪？"

二姨端过一些彩色面塑，转个话题说："姐，别老往一个牛角尖里钻了，咱得想点乐呵事儿，你说，咱妈把剪纸的手艺传给了你，把做面塑的手艺传给了我，你说我做的这些花馎馎，能值钱不？"

花妈拿起一个看："哦，这上面还画了个喜鹊登枝，论理，你倒是画得不错！外国人哪，对咱们中国民间的东西可喜欢了！我的剪纸还被出国的人当礼品带到国外去了呢！"

二姨和花妈躺下了。

花妈翻来覆去睡不着。

二姨说："姐啊，我看左溜儿你也是睡不着，干脆就跟我说说明白了吧，对那个叫喜鹊的洋妞和志海的事，能给他们搅黄不？"

花妈回过身来，叹口气："唉，我希望他立马黄，那样，我心上的满天云彩都散了！你说这小志海要是真跟那洋妞结了婚，生了个孩子东不东西不西的，像东院谭芸那闺女生的那个孩子似的，那可咋整？"

二姨："姐，那叫混血儿！听说混血儿聪明，还有不少在外国当大官的呢！"

花妈："我可不指望我未来那孙子当不当官，我只是希望，他是个纯粹的中国种，纯粹的中国人！"

夜的村庄，很静很静。只有风摇动着树梢的声音。

29. 某医院，上午
血库，花志海在献血，喜鹊在一旁陪着他。

他们一起走出医院楼门，上到喜鹊的车上。

车，驶出医院大院。

30. 东脉村二姨家，日
花妈与二姨正在炕上做着剪纸与面塑。

院门外，喜鹊的那辆红色小轿车停下来。

花志海带着喜鹊一起敲着紧锁的铁门。

二姨的声音："谁呀？"

花志海说："二姨，是我！"

院子里，二姨正要给志海开门。

却被花妈制止："不能开！我没有他这样的儿子！"

二姨虽然是对花妈说话，却故意挑高了声音让门外的花志海也能听到："姐，志海来我这二姨家，我把孩子拒之门外哪行？有啥话说啥话，让孩子在门外站着哪行！"

花妈说："他乐意哪去哪去，他还认我是他亲妈呀？那外国妞比我这亲妈还亲！银枝，这个门你不能开！"说着，把银枝扯进了屋里！

花志海敲了很长时间门，无人回应。院落里只有狗在叫。

志海把耳朵附在门缝儿处仔细倾听。

志海使劲地咕咚铁门："二姨！妈！我都听见你们说话声了，快点儿把门打开吧。"

花妈推开屋门，冲着大门外说："小志海啊！你又来找我干啥？！你看你那洋妞好，妈不碍你的眼，妈把家给你们倒出来了，你们是上房掀瓦下房砸锅，妈都眼不见心不烦了。你不用来看我！我想在你二姨这儿清静清静！你走吧。"

志海说："妈，我知道你是生儿子气了。妈，我们买了东西来看你和二姨来了，你有家，你得跟儿子回家啊，给儿子开门吧妈！"

院落内，二姨推着花妈的胳膊，用商量的目光劝她去开门。

花志海说："二姨，我妈不给开门，你得给我们开门哪，你外甥可也是来看你的呀？开门哪二姨！"

花妈在院里说："你们，你们是谁们？是不是把我不乐意见的人儿又给我领来了？！"

志海忽地跪在地上，说："妈！儿子哪儿做得不对，你可以打可以骂，但你得给儿子开门啊！妈！"

喜鹊见状，一脸忧郁。

院内，花妈把二姨拉进屋去！

二姨："姐啊，孩子大老远地来家，这门都不让进，你觉得合适吗？"

花妈说："我不能净可着他们合适，他领那外国对象回家，事先也没征求我的意见哪！这个小志海啊，我得治治他！不开门，他们一会儿就走了！屋去！"说着，和二姨进屋去了。

院落里再没有声音，只有二姨家的狗汪汪地叫着。

喜鹊示意花志海翻过院墙去看看。

花志海的手迅速搭在了院墙的墙头上，墙头上的玻璃叉子划破了手，鲜血染红了手掌。

狗，叫得很疯狂！

花志海从墙上纵身跳进院里。

二姨慌忙迎出，先呵斥小花狗："别叫！"又忙对志海说："哎呀，志海，这手怎么扎成这样啊，等等，二姨去取创可贴啊！"急急反身回屋，并顺手把花妈往屋外推。

花妈出了屋门，见志海手上血流不止，嘴角微微一颤，轻轻叹口气，坐在院落中的一只矮凳上，眼里扑簌簌地淌出泪来。

二姨给志海贴了好几个创可贴，才把血止住。

志海用伤手打开了院儿门。

逆光中，喜鹊拎着水果什么的成剪影状站在那里！

她走了进来，用柔和而略带点儿异音的口吻轻轻地花妈说："阿姨！都是我不好，惹您老人家生气了！"说着，就给花妈和二姨各鞠了一躬。

花志海扑地跪在了花妈面前，并拉着喜鹊说："喜鹊，你给妈跪下！"

喜鹊却不肯跪，她向花妈鞠躬，并没直起身来！

花妈见了发了大火："这是干啥啊？冲我默哀哪？！我还没死！"

志海："喜鹊，妈不接受这个，你也快跪下吧！"

喜鹊仍然不跪，只是又鞠了一躬。

花妈声音不大地对花志海说："你让她给我下什么跪？我可承受不起！"

志海有些急了，拉着喜鹊说："来，快跪下。"

喜鹊："志海，我不是不想下跪，只要阿姨高兴，我怎么都行，可是我真的不会下跪。"

花志海硬把喜鹊拉跪在自己身边。

喜鹊却只跪下了一条腿！

花妈见他们两人都跪在自己面前，又一时有些不知所措。

二姨："哎呀，小志海！你们快起来吧，进屋！"

喜鹊没动，仍然单腿跪在那里："阿姨还没有宽恕我们。"

花志海说："妈，你觉得儿子和喜鹊哪儿做得不对，我们可以改，妈，儿子求你了，给儿子和喜鹊一个改错的机会！"

花妈满面愁容，没抬头，突然对花志海说："你们还在这儿傻跪着干啥？那手扎成那样，还不赶快去村里卫生所包扎包扎？记着，打一支血清，看得了破伤风。快去！都多大了，啥心都得跟着你操。"

志海跪着说："妈，我这手没事儿！"

花妈说："没什么事儿没事儿，你说没事儿就没事儿啊，快去！"

志海闻言，冲喜鹊示意，他们站起身，一起出去了。

院落内，花妈泪花闪闪，对二姨说："唉，孩子大了不由娘啊，你说我们家小志海，找个啥样的闺女娶不到家，可他，鬼迷心窍，火走一经，非得给我领回来这么个人来，我这心里的火啊，上大了去了，我心里接受不了哇。"

二姨："姐啊，这事儿，就分咋看了，要依我看，喜鹊这个外国姐，进院儿给你又鞠躬又下跪的，说不定将来还是个孝顺媳妇呢！"

花妈："银枝啊，你向着谁说话呢？这妞儿是个老外，她要是跟小志海结了婚，跟我话说不到一起，日子过不到一起不说，还比小志海大一岁，女大一不是妻啊，这个小志海啊，放着叶秋菊那么让我顺心顺眼的闺女家不娶，非给我领家这么个洋姐来！我能不上火吗？"

二姨给花妈递过剪子和红纸，说："姐，我看你是一天到晚这也愁那也愁，愁来愁去，把自己给愁老了！别想那么多了，教你妹妹剪个喜鹊登枝吧！"

花妈："别提什么喜鹊！登什么枝？！我李金枝这个枝可不是她能登的！我倒真心想我们家海子快点儿蹬了她！"

31．东脉村里，日

卫生所门外，志海、喜鹊走了出来。

他们走在村街上。

有擦肩而过的村民，用异样的眼神，看着他们。

旁边有高高的石墙，哦，风雨剥蚀的墙上垒着的是历史与岁月！

喜鹊两臂舒展，色彩鲜艳的上衣系在腰间，充满青春与活力的身子贴在石墙上，哦，这是时代与历史在互相映衬。

志海用手机给她拍照。

喜鹊的脚踩到了一块残破的石磨上，好奇地问："海，这是什么？"

志海笑了，俯下身，用重新包扎了的那只手，抚摸着残破的石磨说："这是原来电没有引进到村里以前，村民们使用磨米的石磨，扁圆形的，现在没用了，被村民们当石头垫了道。"

喜鹊说："哦，我懂了，我好像在一首诗里读到过：日出月落好像一盘磨，磨里头转的是往日的生活，说的就是这个磨吧？"

志海："对，就是这个磨！"他们站起身，一边往前走，志海一边感慨地说："生活有时就是这样，我们曾经离不开甩不掉的东西，有一天会成为脚下的铺路石，人们踩着它，吹着轻松的口哨，正大步走向通往远方的路！"

喜鹊莞尔一笑："海！我的大经理！这辈子你不当诗人，真是屈了才了！"

32. 东脉村，傍晚

炊烟袅袅。小小的村落俨然是一幅美丽的画卷。

那辆小红轿车停在二姨家的院门外。

二姨在灶上忙着炒菜。

花妈坐在灶旁的一个小凳子上，一边咳嗽着一边向灶里添柴，火光映着她那满是愁容的脸，她的脸上有汗渍。

突然，一块浸湿的毛巾递到她面前。

她侧脸一看，递过毛巾的是喜鹊，在喜鹊的身后站着志海。

她侧回脸去，面无表情地向灶里添着柴。

喜鹊依然擎着毛巾，并把毛巾向前探着，轻声叫着："阿姨，您先歇会，这个工作我来做！"说着，她要给花妈揩汗，却被花妈用手轻轻地拨开了。

花妈站起身，走到屋外去了。

二姨、志海、喜鹊都看着花妈的背影。

喜鹊的眼睛里有不解的神色，她蹲坐在灶旁的小凳子上，往灶口添柴。

二姨用有些惊喜异样的眼神看着她："这个不叫工作，叫烧火！"

艾丽娜："我，没有见过这个工作，我只吃过火锅店里的火烧。"

屋外，花妈坐在窗前的一条长凳上，苦思不语。

花志海站在花妈跟前，低头用鞋搓着脚下的土，不语。

屋里，二姨在灶前教喜鹊添柴："明白了吗？这就是烧火！火烧是一种吃的小饼子，这是干活。"

喜鹊："二姨，中国的汉语很奇妙，两个字一颠倒，意思就变了！我很想跟你学点胶东话。你们胶东人说吃饭怎么说？"

二姨："你跟我学胶东话？我们管吃饭叫逮饭！逮了没得？就是吃没有？"

喜鹊："逮，就是逮住的逮！抓住的意思，我记住了！"

院内的饭桌旁，喜鹊把饭菜端上来，并喊坐在一旁的花妈："阿姨！逮饭逮菜了！"

花妈往这边看看，有些忍俊不禁，又忍住了。

33. 二姨家屋里，傍晚

二姨正在画面塑！

喜鹊拿起一个面塑："二姨，这个可以逮吗？"

二姨笑道："这叫面塑，也叫花饽饽，当然可以逮！"

喜鹊拿起一个面塑，使劲咬了一口："能逮，喜鹊我就先逮一口，尝尝什么味道？！"

二姨笑着制止："哎，喜鹊！快点吐出来，这是生的，要蒸熟了才能吃，就是熟的，也要剥了这层花皮吃才行！"

喜鹊的牙齿和嘴唇弄得千红万绿，笑着说："看来我是逮错了！二姨，我们家在澳大利亚维多利亚州开了个工艺品商场，你的面塑和阿姨的剪纸，都可以拿到我们那边去卖，说不准会有一定的销路！"

二姨："哎呀，喜鹊啊，你这话可说二姨心里去了，二姨啊，可稀罕钱了！你要是能帮二姨把这些花饽饽换些币子，那二姨啊，就不知道该怎么感谢你好了。"

34. 东脉村

夜幕四合。小村很静，偶尔有几声狗吠声。

月亮在白莲花般的云朵里穿行，清辉洒在村里的井台旁。

花妈坐在井台旁，一脸愁容。

志海在她身后站了好久，终于轻轻地坐在了妈的身旁。

"妈。"他轻轻地叫了一声，把一件衣裳披在他妈的身上："夜里凉。"

花妈没有推辞，终于说话了："你说吧，你和她的这个事儿到底怎么了断？"

志海没有回话。

花妈说："小志海，你是不是铁了心，非这洋妞儿不娶了？你给妈说句痛快话！"

志海低声说："妈，她，她真的是个好女孩，准能孝敬您！"

花妈："小志海啊，这个喜鹊，是个有男朋友的女人，为什么有秋菊那样的黄花大闺女你不找，你非要给找个让你妈堵心的烂货？！"

志海："妈，她以前那个男朋友，可跟她早断了！"

花妈："你的鼻子是怎么伤的？你跟她以前的那个男朋友打架了，你脸上青一块紫一块的，你妈我看不着哇？你妈眼睛还没得雀蒙眼，还看得着！她到底哪儿比秋菊好？值得你这么不顾命！我可跟你说，妈就你这一个儿子！你要是有个好歹，妈这心能经受得了吗？"

志海半天没吭声，想想说："妈，现在的年轻人和你想的早不一样了！我不在意她是不是与别人有没有过爱情经历或是越格的行为，而真的在意的是她会不会一生真的爱着我！"

花妈："昨儿个爱他，今儿个爱你！我看这就是个招蜂惹蝶的货！一个烂货你也娶？行，我看你就是叫这个外国妖精给迷住了！有一天你尝了苦果子，别忘了妈今天的这份苦心就行。"说完，径直往二姨家的院落里走。

志海带着哭腔说："妈，人心像一本书，你不打开看看，怎么能知道里边内容好歹？"

花妈站住，并没有回身："怎么着？我苦巴苦业地供你读书，供你从小学读到大学，怎么着？妈供来供去，供出一个给我上课的先生？！妈不用你给我上课！我吃的那个咸盐铺在道上，都够你走十里地的了！"说着，继续往二姨家院儿方向走。

花志海上前拦住妈："妈，儿子还有几句话，你听我说完！"

花妈："什么话，你说。"

花志海："妈！咱们花家村城镇化要并入城区时，你反对，不是一般的反对！老舍不得房前屋后那些种了多少年的地啊菜啊，还有猪啊鸡啊，田园式的生活。可真的搬进了城区，你又觉得一下子进了天堂，觉得哪儿都好！"

花妈："这些七百年谷子八百年陈糠，你又翻腾它干啥？打盆说盆，打碗论碗儿，别扯别的！"

花志海说："妈！这叫啥？这叫你有时认为对的事儿不一定真对！你认为不对的事情不一定真不对。妈，你总守着旧的生活观念不行，得接受接受新的观念。"

花妈："行了小志海，你可算有出息了！妈得管你叫师傅了！可我告诉你，妈是老了，可还没老糊涂！白的红的，我还分得清！土蒜洋葱，我还知道辣法不一样！这个洋妞儿，就算她没这毛病那毛病，可妈憋闷了，跟谁唠嗑去？妈有个头疼脑热，谁帮妈拔个火罐，做饭梳头洗衣裳她行吗？！你说，没进门呢就净出隔路事儿，妈能指上她吗？"

花志海："妈，我敢说，慢慢地，这些她都能做到。"

花妈："行了，你可别糊弄你妈了，她一个老外国人，听说家里还挺有钱，从小娇生惯养的，能帮妈做这些？这不是明给你妈我窟窿桥走呢吗？行了，长话短说，要你妈你就别要那洋妞！你两头选取一头吧！"说完转身进屋去了！

花志海没再解释什么，冲着妈的背影说："妈，孝顺与爱情，你儿子本来想都要。可如果妈非要让我选择一个，叫我这当儿子的怎么办？！如果没有两全之策，我不能只要媳妇不要妈啊！"

35．二姨家，夜

屋子里，二姨和喜鹊在东屋炕上铺着褥子、褥单和被子。

月光洒在窗口上。东屋炕上，花妈、二姨都躺在了被窝里。

喜鹊却心事重重，坐在炕边上没睡。

天上，半圆的月亮，依然在云彩花儿中游走。

二姨左瞅瞅右看看，给花妈掖了掖被子，对喜鹊说："喜鹊，你怎么不上炕睡觉？"

喜鹊冲二姨笑笑，没有吭声。

二姨又对喜鹊说："喜鹊闺女，是不是睡不惯我们中国的土炕？"

喜鹊说："从小一直一个人在一张床上睡，与别人在一个炕上睡，真的不习惯。"

二姨说："那怎么办？要不，你和那屋海子调个地方。"

花妈听了，坐了起来。

喜鹊却说："不用，地方就别调了，我一个年轻人，怎么都好说。你们快点睡吧！"说完，她走到屋外去了。

屋外，月光如水，喜鹊坐在一个长条板凳上，靠在窗旁的外墙上，打了一个哈欠。

东屋，花妈对二姨说："你都看到了吧？她和我，吃，吃不到一起去，睡，睡不到一起去，这要给我当了儿媳妇，我咋当这个婆婆？这哪是给我找的儿媳妇，是给我找个妈啊！"

花妈说着，轻轻地啜泣起来。

二姨也是一脸愁云。

西屋，志海闭着眼睛躺在被窝里，眼角突然溢出好大的一滴泪水！

东屋，花妈抓起一床被子说："银枝，不是冤家不聚头哇，外头天这么凉，你去，看能不能把她劝屋里来，实在不回来，你把这床被子给她围身上！"

二姨应声："姐啊，你啊，就是刀子嘴豆腐心！"

花妈打个唉声说："唉，不管她是哪国人，她，在我眼皮底下，还是个孩子。"

花志海突然出现在东屋："妈，二姨，不用送被了，一会儿我去招呼她，我睡这边，让她一个人去睡那屋吧。"

36．谭大妈家院门口，夜

叶有根忽然跑到了谭大妈家院门前，急切地喊："她谭婶，她谭婶！"

谭大妈和丈夫一起跑了出来，她问："呀，她叶叔，啥事儿啊这么急？"

叶有根说："老太太突然发病了，吐了好几大口血，马上得去医院，'小帽子'车没在家，你们家谭芸姐这车能不能用一下？"

谭大妈："哎哟，谭芸她躺下了，我马上回屋看看，看能不能叫她起来，等会啊。"

说着，就反身回屋了。

谭大妈丈夫："有根，你别着急！你大叔我是不会开车，会开，不用她，我开着就去了！"

叶有根："秋菊出航班没在家，这'小帽子'，平时没事时他老绕绕哄哄地在跟前，临到有事了，不知干啥去了，手机打他也不接！"

这时，谭芸匆匆地跟着谭大妈出来了，马上发动着了车，谭芸对叶有根说："叶叔，怎么没叫救护车啊？"

叶有根："叫了，120回话说几台车都出去了，要等，我怕等不及啊！"

谭芸："叶叔，你上车！"

叶有根说："哎呀，前后院住着，上啥车呀？"说完，就朝前院跑。

谭大妈丈夫和谭大妈也朝前院跑去。

37. 叶有根家院门前
叶有根、谭大妈和她的丈夫以及谭芸把叶奶奶抱上车。

叶有根一边上车一边说："哎呀，这还得麻烦你们。"

谭大妈和丈夫说："有根啊，别说这话，都说远亲不如近邻，近邻不如对门，住家过日子，谁能灶坑打井房顶扒门，万事不求人哪？你可别着急啊。"

车开走了。

38. 某公园的长椅上，夜
花小蕾躺在"小帽子"的腿上，两人正接着吻！

39. 东脉村
早晨，秋光里的小村，缕缕炊烟升起。有牛羊哞咩欢叫的声音。

村中的井台旁，喜鹊在快乐地压着井水，并唱着："喜鹊那个喳喳落井台，远方书信乘风来，姑娘含笑把信看哪，一阵山歌飞村外……"

井水啊，好像唱着歌，流淌进井口下的铁桶里。

志海肩头荷着根扁担站在那里，面带忧郁地看着喜鹊压着水："呀？什么时候学会唱这首歌了？"

喜鹊莞尔一笑："好听吗？"

志海："好听！"

喜鹊："好听你听就行了，问那么多干吗？！"

志海转身挑着水，往二姨家院儿的方向走去。

他们的脚下，是弯弯的凸凹不平的石板路。

40. 二姨家院内
志海和喜鹊刚进院儿，二姨就迎了过来，说："海子啊，你还挑啥水啊，快点儿追你妈去吧！"

志海刚放下扁担，一惊："我妈她走了？！"

二姨："可不是咋的，刚才你妹妹小蕾子来电话了。说你们家前院的叶奶奶昨晚黑起就住院了，病挺重的。你妈一听就急了，抬腿就往外走，我咋拦都拦不住！"

志海："她往哪边去了？"

二姨："她说是回家，奔公共汽车站那边儿去了。"

花志海和喜鹊慌忙跑进屋，边披上外衣边跑出来，手里拎着一袋花饽饽。

两个人钻进轿车里。

车发动了，志海和喜鹊在前后车窗口与二姨打着招呼。

车开动了，志海对二姨说："二姨，您回吧，别惦记我妈。我们到了家，就给您电话！"

二姨望着开走的车，又喊："好！接着你妈，别等到家，就先给二姨来个信儿啊！"

车上飘下志海的声音："放心吧，二姨！"

喜鹊从车窗口探出头来，用带些生硬的语音说："回吧，二姨！"

二姨竟爽快地答应道："哎！"

41．东脉村通往城区的公共汽车乘降点

花妈正在那里焦急地等车。

喜鹊开着车，停在了花妈身边。

花志海下车，对他妈说："妈！你上车！"

花妈说："不用了，公共汽车一会儿就到！"

喜鹊下车打开后车门，和志海一起把花妈推上车！"阿姨！你可以不同意我和志海处对象，可去看叶奶奶是急事儿，不能耽搁！"

喜鹊开着车，花妈已经坐在了车里。

谁也不说话，只有汽车的音响在唱："喜鹊那个喳喳落井台，远方书信乘风来，姑娘含笑把信看哪，一阵山歌飞村外……"

花妈捅捅坐在副驾驶位置的花志海，示意他把那歌关了。

花志海关了音乐。

车里一片寂静。

42．医院，晨

某病房内，叶奶奶躺在病床上，打着吊瓶。

叶有根、"小帽子"、花小蕾都在。

花妈、花志海、喜鹊突然出现在门口，他们拎着一兜水果。

叶奶奶看见了他们，拍拍床边，示意他们坐下。

花妈对花小蕾出现在这里，感到有些意外。

小蕾说："妈，听说叶奶奶病了，我们从昨晚上就一直在这儿了。"

花妈说："哦，那你们都该上班的上班，该回家的回家，我吃好了也睡足了，今儿个一天，我打替班儿！你们都走！"

喜鹊："今天我没有课上，我也可以在这里！"

叶奶奶声音微弱地说："有根，你和孩子们都回吧，有枝儿他们在这呢！你们回吧！"

叶有根说："妈，那我们就先回去，歇会儿再过来！"

叶奶奶说："回吧，折腾一宿了，都回吧。"

叶有根："海子他妈，你们就辛苦了！"

花妈说："哎呀，别说了，别说了，快回家歇着去吧！"

叶有根、"小帽子"、花小蕾他们走了。

志海跟喜鹊打了个手势也走了。

花妈帮叶奶奶收拾病床上的被子，还有床头柜里的东西。

喜鹊则用温热的毛巾给叶奶奶擦着脸和手。

43. 景区一角

"小帽子"的车开了过来。

花小蕾坐在车里："咱俩的事儿，多悬在我妈面前没露了馅儿，我妈拿眼睛直盯我，盯得我心里直发毛！"

"小帽子"一边开着车一边说："那你发啥毛，去照看我奶奶，这是天经地义的事儿，你妈不也去了吗？"

花小蕾："好像你胆多大似的，不怕未来的老丈母娘审查你不合格啊？"

"小帽子"："谁像你哥和那女外教哇，事儿没等怎么的呢，弄得满城风雨的，我'小帽子'办事儿，把握！神不知鬼不觉的，生米就崩成爆米花了！到时候，'砰！'一开锅，你妈不同意也得同意！没有第二选择！"

花小蕾："别给你个破草帽子，就晒脸啊，谁跟你生米崩成爆米花啊？德行。"

"小帽子"："哎，我说花小蕾，你想事儿怎么邪心八道的呢！我说的是那意思吗？我是说，要靠住你！把你靠岁数大喽，你就一直不找，看谁都不合适！靠几年，你妈一看你岁数大了，眼角也快有褶了，不好找了，到那时候咱们把关系一公开，你妈肯定得默认！你说你偷偷跟我'小帽子'处了这么长时间对象了，一直跟你妈开展'地道战'，怎么一点心眼儿都没长呢！问你句话，能靠住不？"

花小蕾使劲儿掐了"小帽子"大腿一把："我叫你贫嘴！"

"小帽子"疼得直咧嘴："哎哟，干吗非往大腿里子上掐啊，往胳膊肘这块肉皮上掐——不疼！"

"小帽子"在大院门前停下车，花小蕾走了下来："哎，下班早点儿来接我啊，咱们一起去医院换我妈！"

"小帽子"："行！哎，没事时候好好想想啊，为了将来'砰'那声响的安全到来，能靠住不？！"说着做个鬼脸，把车调头，把车开走了。

花小蕾冲着车说："不用你跟我嘚瑟！就是掐轻你了！"

44. 医院，日

病房内，谭大妈拎了一包东西，领着小外孙子走了进来。

花妈见了，轻声说："大姐，你来了。"

谭大妈见喜鹊也在这儿，有些意外。

她凑到叶奶奶跟前，声音有点儿大："大婶，你认识我是谁吧？"

叶奶奶点点头，声音微弱地说："哎呀，我这有点病，把街坊四邻都给惊动了，不好意思啊，昨晚上还是小芸那闺女给送来的，小芸妈，快坐！"

谭大妈向叶奶奶举起手里的东西，说："大婶，我给您送来纯天然的槐花蜜来了，您哪，冲点儿水喝，补补身子啊。"

谭大妈的小外孙子举起手中正玩着的小汽车说："我也要给老奶奶送礼物，等老奶奶病好了，坐上我漂亮的汽车，呜——回家！"

叶奶奶冲孩子笑着："真是个好孩子！"

一位医护人员走了进来："谁是这位病人的陪护家属？"

花妈："有什么事儿，你说吧。"

那位医护人员："你到医生办公室来！"

花妈对谭大妈说："大姐，这儿你先帮着照应一下。"

谭大妈说："好，你去吧。"

医生办公室内，医生对花妈和喜鹊说："从昨晚病人一直咳血，现在病人需要补充点血，血库里有血，但最好用新鲜血源。老人是O型血。"

花妈说："我是O型的，可以给她输血吗？"

医生说："可以，但必须化验一下才能确定。"

喜鹊说："不用了，我是O型血，志愿来这里献血也有几个月了，血库有我现成的档案。"

血库里，医务人员在给喜鹊抽血！

花妈在一旁，显然受了感动。

病房内，鲜红的血，输进了叶奶奶的血管里。

喜鹊站起身要走。

花妈送到门外："喜鹊闺女，今儿个这事儿得谢谢你！有时间去俺家，我请你吃饭！"

喜鹊笑了："有阿姨这句话，比多少个谢字都让我高兴！"说完走了。

45. 河桥上

夕阳淡淡的余晖，蓝色的河水泛着扑朔迷离的波光。

晚风撩起了花志海和喜鹊的衣衫和头发，他们凭栏向远处眺望。

喜鹊："我们澳大利亚最长的河流是墨累河，在流向海洋的途中，它有一个最伟大的壮举，就是接纳了达令河等支流，从而把自己的长度延伸到3719公里！"

花志海："我们中国最长的河流是长江，在流向海洋的途中，它最伟大的壮举是把无数条融进来的支流，一起带向了海洋！"

喜鹊："河流是人的老师，让我们懂得了融汇中的接纳与包容！"

花志海面色冷峻，眼里有泪光。

喜鹊挽着他的胳臂，柔声地问："海，你怎么了？"

志海："我想起了元代散曲家马致远的那首小令：枯藤老树昏鸦，小桥流水人家，古道西风瘦马，断肠人在天涯！"

喜鹊："你，怎么说自己成了断肠人？你是在告诉我：我们的爱情成了泰坦达尼号？"

花志海："我今天约你来，是想告诉你，在对老人孝顺和个人爱情的天平上，我很难两全！"

喜鹊："志海，人生是一条路，路怎么走，脚在自己的腿上！"

花志海："可告诉腿怎么走路的，不只是爱情！"

喜鹊："牛郎织女的故事，是中国一个不很美丽的神话！我们就这样被分开了吗？我不甘心！"

花志海："为了尽孝道，我做儿子的不得不放下妈不想要的东西！"

喜鹊颤抖的声音："海，今天我彻底明白了，我只知道自己想要的爱与幸福，却不知道怎么才能得到它！我们分手，不怪你，是我做得不好！"

入夜了。海滨街道明亮的灯光下，喜鹊眼里浸着泪水，在红色小轿车里向花志海轻轻摆摆手，车开走了。

花志海站在那里一直向远去的车挥着手，直到车的影子完全消失，他才大踏步地沿着海滨公园的路向前走去。

脚步声，像心声那么沉重！震颤着道路，也震颤着人们的心弦！

46．某大学校园内

人工湖边上的长椅上，喜鹊一个人坐在那里悄悄流着泪，揩泪的纸巾堆了一小堆。

盖利克忽然坐到了她的旁边："艾丽娜，是他欺负你了？"

喜鹊止住哭泣，摇摇头："没有，他怎么会欺负我。"

盖利克关心地问："那，你为什么哭？"

喜鹊没有回答。

盖利克说："如果我没有猜错，你是失恋了。"

听了这话，喜鹊禁不住哭出声来。

盖利克说："艾丽娜，你不要伤心了，世界的东西方文明融会贯通是需要过程和时间的。你要一个中国的男人和他的家庭成员完全理解接纳你，也许需要很长的时间。我劝你不要过于悲伤，生活之路拐弯的地方，常常有个等着你的太阳！我想，我应该是那个太阳！"

47．风景区山道上，日

花志海一个人缓缓地走在山道上！眼前浮现出他背着喜鹊下山时的某些情景。他突然拼命地向山顶跑去！

他跑到山顶，突然止步。

他的目光，越过山野，望向苍茫的海洋！

48．花妈家，夜

花志海对妈说："妈，我跟喜鹊的事儿了断啦！"

花妈有些惊异地说："儿子，你说啥？了断啦？真的和她了断啦？她不爱你了，还是你不爱她了？"

花志海点点头，说："嗯，了断啦！她仍然爱我，我也爱她，可我是妈的儿子！婚姻大事，我不能不顾及妈的想法！妈，我明天要出个儿差。"

花妈长叹了一口气："小志海，妈知道你是个孝顺孩子！妈也看出来了，那喜鹊不是个坏人，可再好，也赶不上你找个中国女孩好不是？你实要是感情上回不过弯来，就出去走走，可不能太想不开啊，妈，还指望你养老呢！"

花志海点点头："儿子知道。"他的眼里莹莹泪水。

49．某大城市的机场

飞机降落在跑道上。

花志海拉着拉箱走出机场。

叶秋菊与一队空姐，拉着拉箱，从他的身边经过。

花志海没有看到她。

她看到了花志海，她停了停，见花志海走远了，欲言又止。

就在秋菊回身的时候，花志海却忽然回过身来，他摸出了手机。

50．某大城市咖啡厅

花志海和秋菊在轻音乐中喝咖啡。

秋菊笑吟吟的，给花志海搅拌咖啡。

51. 花妈家，下午

喜鹊开着车停在了门口。她拎着芹菜和肉走了进来。

花妈见她来了，迎到门外说："哟，是喜鹊来了。"

喜鹊笑着说："阿姨，我这人实在，你说请我吃饭，我就来了！我可不敢不听你老人家的话啊！我是想来找你学习剪纸，还有炒菜包饺子！"

花妈勉强地笑笑说："啊，闺女，我听我们家志海说了，你们两个的事儿了断了！那个啥，屋里坐不？！"

喜鹊："当然要进屋！我和志海虽然不做中国人说的对象了，可也还是好朋友啊。"

花妈："你来行，可得隔三岔五的，来得太勤，左邻右舍的，该寻思你和我们家志海还是对象呢，那，对你，对志海都不好！"

喜鹊："什么叫隔三岔五，是说星期三到星期五吗？阿姨，既是有这番好意，我也就以实为实了，我一般下午和晚上都没有课，这些天，我可能就天天下午和晚上到你家了！"

花妈："那，合适吗？"

喜鹊："这有什么不合适的？你一个人在家待着也怪没意思的，我也想跟着您学学剪纸、做饭、炒菜，你不用担心我的时间！"

花妈自言自语："这可怎么整？这块黏糕我还真起不出去了，这不是黏上了吗？"

喜鹊已经开始坐在一个小凳子上择芹菜了！

52. 某大城市绸缎庄

秋菊和花志海在琳琅满目的绸缎庄内闲逛。

秋菊拿着一块孔雀蓝色的绸缎，在往身上比量！

花志海在一旁观看。

秋菊笑得喜气而灿烂！

53. 叶有根家，下午

叶有根和坐在轮椅上的叶奶奶在喝茶聊天。

地上的方桌子上摆着葵花子、花生和苹果。

叶奶奶说："有根啊，以前因为妈心里有一个坎儿没过来，一下子把你和后院金枝的事耽误了十来年，这回妈得这场病，使妈长了见识，海子妈像亲闺女似的照顾我，你和她的事儿，妈不但不拦了，还想在老妈有眼睛照着的时候，你们把这件事儿了啦！妈闭眼睛那天，也就不惦记你们了！"

叶有根："妈，你不是说她命里克夫？"

叶奶奶："唉，在医院里头，我悄悄问大夫了，对命里克夫有没有啥药能治？人家笑我了，说：都什么年代了，你这老太太，还有这旧思想。连能救咱命的大夫都说这话了，我不信还信谁的？！有根，我知道你面子矮，你不乐意张嘴跟海子妈说也行，我叫"小帽子"通过小蕾子跟她妈说！"

叶有根脸上第一次有了笑模样！

54. 花妈家

喜鹊在和花妈、花小蕾一起包饺子。

(镜头叠化)喜鹊扎着个围腰在向花妈学炒菜。

(镜头叠化)喜鹊在拿着青草喂兔子。

(镜头叠化)喜鹊在换花妈家鱼缸里的水。

（镜头叠化）喜鹊在跟花妈学剪纸。

在这段的画面中，插入主题歌：

是风，我的情泪也是雨，愿柔风细雨永在你的怀抱里！你不想我，我也想你，心儿飞过千百里，穿过那风，穿过那雨，让阳光和我们在一起，爱你的心永不变，只要有天还有地！我想悄悄告诉风，我想悄悄告诉雨，今生今世最爱的就是你！我的思念也……

喜鹊走出花妈家，花妈出来相送。

盖利克推着电动摩托车，又站立在院门前。

喜鹊走过去，对盖利克说："盖利克！我们感情的那一页日历早已翻过去了！你应该开始你自己新的感情生活！在我新的情感世界里，我不希望你来打扰，可以吗？"说罢，上车，车开走了。

盖利克蔫蔫地推着电动摩托车，低着头走了。

花妈看见此情此景，打了个唉声："唉，人世间哪，最叫人捉摸不透的就是男人女人之间的感情！"

55. 某大城市街市上，夜
大街上霓虹闪烁。

花志海与叶秋菊走在街道上。

秋菊满脸带笑。

花志海脸上却总有几分抑郁。

56. 花妈家
花妈冲着喜鹊说："喜鹊，来，帮阿姨把这兔笼子搬到那边去，放在窗底下，味道是不好！"

喜鹊和花妈一起搬兔笼子。

花小蕾努着嘴说："妈，这也太让人嫉妒了吧，成天张口闭口喜鹊长喜鹊短的，你心里还有没有你这个亲闺女？"

花妈笑容可掬地："亲闺女能不亲嘛，可你喜鹊姐也让我感到亲了，说句实话，最近哪，你可没有她陪我的时间多！"

57. 大学外教宿舍楼门前，夜
盖利克坐在台阶上，显然，他在等喜鹊！

喜鹊从车上走了下来。

盖利克站起身，说："艾丽娜，你既然和花志海已经分了手，我，为什么不能爱你？！"

喜鹊笑笑说："盖利克，你不要再等我，你应该去寻找能够属于你自己的爱！"说着，转身走了。

盖利克望着她的背影说："可我不喜欢别人，我只是爱着你！"

喜鹊回头对他说："可是，爱，一加上零，并不等于二！"

58. 机场
花志海和叶秋菊一起从里面走出来。

坐在车里等着接姐姐的"小帽子"一愣，忙下车帮着他们往后备厢里放行李："哎，你们俩怎么碰到了一起？！"

59. 景区高尔夫练习场

叶秋菊在练习打高尔夫，花志海在教她，"小帽子"反戴着球帽，冲秋菊直挤眼睛。

那边，盖利克背着两个球杆包走了过来，把包放在了秋菊旁边的位置上，他看见了花志海。

花志海给他和叶秋菊互相介绍："这是叶秋菊，空姐，今天刚来学打高尔夫。这是盖利克！"

盖利克对秋菊说："你是有典型东方之美的女孩子，有天生丽质的模特造型，"他递上一张名片，"我在大学，是教美术设计的教师，可以给我个电话吗？！"

秋菊掏出手机说："可以，现在我给您打过去！"

盖利克的手机响了，他看了下说："好了，叶秋菊小姐的电话号码我记下了，你是我见到的最美丽的东方女孩！"

花志海问盖利克："你怎么背了两套杆儿来？还有谁来打球？"

盖利克说："这是艾丽娜的，她去洗手间了。说来也怪，今天，她非要来这里打球，我只好陪着她。"

花志海听了这话，心里微微一悚。

这时候，喜鹊从那边走了过来！她看见了花志海！她揉揉眼睛再看，真的是花志海！突然，她快步向前跑了几步！当快到花志海面前时，又突然停了下来！她的心里是难言的悲喜交加的音乐！如潮水，如长风啊！

她愣愣地看着花志海："海……"话未出口，她已泪如泉涌了。

花志海也在看着她。

还有叶秋菊、盖利克，互相的目光中都有着太多太复杂的情感互动！

花志海用平静的语气对喜鹊伸出手去，并说："艾丽娜小姐，欢迎你来我们这里打球！"

喜鹊缓缓地伸出手去，刚碰上花志海的手，又像触电似的缩了回去。她愣了一下，低下头，到背包里去取球杆儿。

发球台上，依次站着秋菊、喜鹊、盖利克，花志海一个一个地给他们做辅导。

60. 城区内某咖啡店，夜

花志海、喜鹊、盖利克、叶秋菊坐在这里喝咖啡。他们在交叉聊着天。

喜鹊对花志海轻声说："你的手机关机半个月，今天见到你了，我很高兴！"她的一大滴泪水掉在了咖啡杯里。

盖利克看看艾丽娜，对秋菊说："叶秋菊小姐，我们系就缺少您这样一位身材的绘画模特，如果肯赏面子，我们愿意聘请你到我们大学当模特。"

叶秋菊说："盖利克先生，实话说，虽然我当了空姐，可我还是个从乡下走出来的孩子。对到你们大学去当绘画模特，想想俺脸都发烧，我知道盖利克先生是好意，但我肯定做不来！"

盖利克说："您可能以为到大学里做绘画模特是件很不文明的事吗？其实不然，那是一种真正的文明，是你现在还没有完全了解和认同的文明！有时间的话，我们约你到我们学校来参观考察一下，交流，也许会在不理解与理解之间，架起一座桥！"

61. 景区一角，傍晚

花小蕾一副愁眉不展的样子。

"小帽子"："我说我的小姑奶啊，这是谁招你惹你了？下了班不回家，在这儿拿屁股跟台阶会上气了？！有啥事儿你说，我的小姑奶奶！这家伙的，别这么折磨人行不行啊？！"

花小蕾："我说的事儿，你能办啊？"

"小帽子"："能办不能办，那你说出来看看是啥事儿啊？"

花小蕾一撇嘴，装出一副居高临下的神态："你那小样吧，办不成大事儿！"

"小帽子"："哎，我说花小蕾！你别趴门缝儿看人，把人看扁了。我'小帽子'虽然模样一般个不高，可那也有大号，姓叶名叫叶子茂！意思就是那个娇绿的叶子那个……很茂盛！今儿个我还就真跟你较上劲儿了，我就不信，活人能叫尿憋死喽，凡事儿有矛就有盾，天大的事儿总有解决问题的招！说吧，啥事儿！"

花小蕾："你爸和我妈的事儿在你奶奶那关是通过了。"

"小帽子"："对啊，我不跟你说了嘛，你得和你妈谈啊！"

花小蕾："谈了，我妈说她岁数大了，不愿意把自己的事和孩子们找对象的事搅到一起，想过一阶段再说！"

"小帽子"："他们是老人，他们的婚事办在晚辈人婚事前边才好！"

花小蕾："那是！可你知道我妈那人，我哥的事儿不落停，她不会和你爸先结合！"

"小帽子"笑嘻嘻地："我看，你妈把你哥和那外国妞的事儿卡死了，现在，我姐和你哥的关系又将打开一条绿色通道！"

花小蕾；"别胡扯！我是我哥肚子里的虫，我知道他心里真正爱的是谁！"

"小帽子"："爱的谁？我看你哥和我姐也不是绝对没可能，据我观察，最近一系列情况挺反常！"

花小蕾说："哎呀，要学会透过表面看内里，你姐和我哥没什么大戏！"

"小帽子"一惊："什么？！没戏？！"

花小蕾说："自打我哥和喜鹊分手后，人都瘦了一圈儿，我当妹妹的能不知道他心里在想啥吗？"

"小帽子"："你要这么说，我明白了，这玩意也是，咱俩成了，你妈和我爸再成了，我姐和你哥也成了，一圈儿成！那也是有点儿太那个啥了。这么的吧，我看你妈对那喜鹊的看法有重大转变，打通你妈那道关卡，对我来说，是小菜一碟！"

花小蕾："吹啥呀？吃灯芯儿草放轻巧屁呢？！"

"小帽子"推推帽子："你花小蕾就是瞧不起我，你就不知道历史是大人物与小人物一起创造的！这回我就给你露一手，让你知道马王爷是怎么长着三只眼的，小跳蚤咬人更疼！小人物也能改天换地！"

花小蕾："逞疯啊？说出点门道来，我听听。"

"小帽子"："你妈在你们家是大王，可在我们家我奶奶是大王，实话说在我奶奶心里我这当孙子的是大王。你妈爱我爸，就是我奶没过门的儿媳妇，我奶说话，她敢不听吗？我说话我奶能不听吗？我天天在奶奶面前吹风，就夸喜鹊这好那好，别说你妈现在心里已经有点乐意了，就是她再不愿意！我奶奶只要下句话，你妈肯定得听！你信不信？！"

花小蕾乐了："臭小子，看来我没白爱你，你还真是有些道行！可你奶奶能愿意你姐和我哥的事彻底黄了吗？"

"小帽子"："这话说的，这得靠我来工作，工作着永远是美丽的！"

花小蕾："我妈现在心里还有一个心结：就是她跟别人好过！"

"小帽子"说："哎呀，这都什么年月了？你妈生了海子哥和你，可她爱我爸，我爸能说你妈有问题吗？！"

花小蕾站起身："别说浑话！有这么比较的吗？"

"小帽子"把帽子扭正："啥叫不行这么比较哇？事不就是这么个事吗？我不过就是照本实发了呗！"

花小蕾："说，下一步想咋实施？"

"小帽子"："啥咋实施啊，把这些话让我奶跟你妈说明白喽，让你妈转变观念！完事！"

花小蕾："行，别光吹，实施后看结果！"

"小帽子"："干啥啊？！巧使唤人啊？还没说奖励我一下，让我亲一口呢！"

花小蕾回身："事儿办成了，让你亲十口，行吧？！"

"小帽子"得意一笑："亲嘴是形式，让你魂牵梦萦是本事。"

花小蕾："又没正形是不是？"

62. 叶有根家，夜

叶有根乐滋滋地给花妈倒茶。

叶奶奶对花妈说："海子妈啊，说完你们俩的事，我再说说孩子们的事。你别以为我这血管里也淌进那洋闺女的血，我就向着她说话。人家那闺女咋样，咱得自己用眼看用心品，不能听别人说啥就是个啥。我有病这些天，人家那喜鹊照顾我比我这亲孙女都多。要依我说啊，咱们这些当老的，别招孩子们心里恨了，别总把自己这块老磨盘当中心，老让人家围着咱们转，有些想法该报废那也得报废，该垫道也得垫道！"

花妈充满复杂情感的脸："叶婶，依你说，我该同意我们家志海和喜鹊的婚事？"

叶奶奶说："我是秋菊的奶奶，按说这句话我难说出口，可事到如今，我得说：志海心里不是很喜欢秋菊，强扭的瓜不甜。你啊，就成全了志海和那洋闺女的好事吧！"

花妈的眼睛里有了泪水，并闪烁着一种从未有过的光芒！

63. 花妈家、公司宿舍楼道（交叉蒙太奇），夜

窗外有月亮，从云彩缝儿里钻出来，很圆很亮！

花妈显然想了很久了，她缓缓地拿起电话听筒。

花妈在与花志海通电话："小志海啊，妈想跟你说个事儿！"说着哽咽了，说不下去了，她手持着电话手柄啜泣。

公司宿舍楼道里，花志海在用手机和妈说话："妈，你怎么了？有话慢慢说。"

花妈擦擦眼泪："小志海啊，妈跟你说句重要的话，你和喜鹊处对象的事儿，妈不拦了！"

花志海说："妈，你咋又突然提起这事儿了？！"

花妈："儿子，妈说的是真话，那闺女，给我当儿媳妇我看应该是行啊！"说着，泪眼婆娑了！

花志海缓缓放下手机，内心充满了阳光和欢喜！

花志海快速地拨通着电话，我们听不清他在对喜鹊说着什么，却能听到他此时内心正轰响着激情与抒情相交织的美妙音乐！

花志海发疯似的跑下楼道阶梯！

他快速踢踏的脚步声，仿佛是欢快跳动的心音！

64．海滩上，夜
海潮冲拍着滩岸！

花志海站在那里等待着。

喜鹊冲下堤岸的台阶，一边快乐地喊着："志海！我的海！"一边朝花志海奔去！

花志海也跑向她！

喜鹊扑进花志海的怀抱！

花志海把她高高举起抢着转圈儿！喜鹊开心的欢笑声！

天啊，地啊，海啊，灯啊，路啊，都是他们快乐的旋转舞台！

让人感动的婉转而又高潮迭起的抒情音乐！

65．大学美术设计系教室
有学生在画写生。盖利克陪着叶秋菊在参观："这是大卫，这是维纳斯。这幅画是法国学院派领军人物阿道夫的作品，后来，马奈、雷诺阿等印象派画家否定了学院派的绘画方法，使绘画美学向前开拓了一大步。后来又出现了高更的后印象派，抽象派呢，使绘画美学在不断地否定中丰富与进步。这边还有一些吴昌硕、张大千、徐悲鸿、齐白石、吴冠中等中国画家的画作。东西方绘画美学，在我们这个教室里熔为一炉！"

叶秋菊用钦羡的口吻说："你怎么知道得这么多？！"

盖利克："其实我对你讲的只是皮毛，绘画美学是一门很深的学问，要想了解它，必须走进去。我不一定比你聪明，只是比你早入门几年而已！"

叶秋菊说："在这之前，我真没有了解这么多，今天，让我很开眼界！"

盖利克："人们在生命的价值之路上追寻，总得不断接受新的事物，走出原来思维的怪圈儿！你来我们这里做一个业余绘画模特，并不是坏事。"

字幕：一年以后

66．城市老年大学秧歌队活动室
"编花篮"的音乐声中，一群老人身着鲜艳的秧歌服装正在欢天喜地地扭秧歌。

谭大妈、谭大妈丈夫都身在其中。

叶有根、花妈在领舞。

花妈的脸上是幸福的笑容，她好像变得年轻了许多！

67．大学美术设计系教室内，夜
模特台上，站着穿中国孔雀蓝色旗袍的叶秋菊！

她显得那么时尚而靓丽！

台下，盖利克和一些学生正在画油画写生！

西方油画的色彩，正涂画着中国姑娘的靓丽姿影！

68．花妈家，上午
阳光是那么明丽！屋里屋外站满了人！

窗子上贴着红红的喜鹊登枝的窗花！

二姨走了进来："姐，我来了！"

花妈迎过去说："银枝，你的面塑最近在澳大利亚工艺店卖得怎么样？"

二姨："和姐你的剪纸放在一起卖，生意能不红火吗？！"

花妈："今儿个把面塑的事儿放下了？！"

二姨："我外甥结婚这么大的事，我能不来吗？！钱不是一天挣的，现在咱有钱了，钱，哪有人情值钱？！"

兔子笼儿早已摆在小院一角了。

69．花妈家院门外

鞭炮炸响！

一顶花轿抬了过来！有人扭着胶东秧歌！

唢呐声声！锣鼓铿锵！

花志海身着西服扎着鲜红领带，他伸手撩开了轿帘！

喜鹊身着中国红颜色的旗袍，蒙着绣有喜鹊登枝红盖头走下轿来！

喜鹊自己掀起盖头笑吟吟地："人怕见面，树怕扒皮！老蒙着盖着太憋屈！"

众人欢呼、鼓掌！花志海和喜鹊他们各自捧着鲜红的玫瑰和康乃馨向叶有根和花妈走来！

缤纷的花雨！

在他们的身后跟着一对伴郎伴娘，哦！这是一道中西方人文合璧的亮丽风景线！

穿着中国金黄色唐装的盖利克、穿着孔雀蓝色旗袍的伴娘叶秋菊！

盖利克对花志海说："花志海！以前我太爱艾丽娜了，爱昏了头，做过浑事，说过胡话，很是对不起你，艾丽娜，不，是喜鹊！他和我没有过那个什么事儿，她，真的是这个世界上最纯真的一个好姑娘！"

花志海和花妈都听到了这些话，都笑了。

在人群中，我们看到了二姨、谭大妈和丈夫、谭芸抱着孩子等人的笑脸。

忽然，人群闪开一条路，是"小帽子"和花小蕾推着坐在轮椅上的叶奶奶走了进来。

"小帽子"今天特意戴正了一顶新帽子，并且色彩鲜红！

花小蕾穿着彩虹花筒裙，显得朝气勃发！人群中又出现欢呼与雀跃！

胸佩红花并写有"新郎爸爸""新郎妈妈"绸条的叶有根、花妈站在那里，花妈穿着喜鹊送的那件红毛衣！

花志海、艾丽娜向他们叫道："爸！妈！"鞠躬并献花！

叶有根、花妈答应着，满脸幸福的笑容！

花妈接过喜鹊手中的一束红色康乃馨！把喜鹊搂在怀里！

花妈眼里是喜悦的泪水："喜鹊！妈的好儿媳妇！"

喜鹊依偎在花妈怀里喃喃地说："妈妈，我的亲妈妈！"

"喜鹊那个喳喳落井台……"歌声响起！仿佛是喜鹊与花志海在歌唱！

叶奶奶等人幸福而灿烂的笑容特写，依次出现在银幕上！

歌声，飘过城市的街道，飘向大海！哦，好蔚蓝而广阔的大海啊！

镜头从这片广袤的大海摇上。

大空中朵朵云彩化儿，如莲般地盛开着，是那么洁白，那么美丽！

双向车道

1. 江南某市路桥区街道

一条笔直的黄色隔离线。

隔离线两边，车来车往。

身穿刚刚摘掉徽章绿色军装的蔡丹阳搂着四岁左右的儿子，坐在车的后边。她引颈向外面张望，脸上是欣喜的神色。

前面，坐着已换上地方新服装的丈夫刘滨水，和他们以前的战友、出租车司机方友根。

刘滨水打着招呼："哎哎，老婆！你往这边看！新盖起来了多少高楼大厦！"

丹阳笑着，很是美丽与灿烂："嗯，几年没回来，像是又变成了另外一座城市！我记得原来这里是单向车道，现在也变双向车道了。"

方友根叫了声："嫂子！一晃我也有好几年没见您了。我在部队的时候，你和滨水刚结婚，嘿，现在水仔都这么大了！"

滨水对蔡丹阳说："方友根复员回来，干得不错，这汽车都是自家的！"

友根咧着大嘴笑笑，说："小case，咱是复员兵啊，自己谋个职业！哪像你和嫂子都是转业干部，回到地方，那也是得接着当干部唯。"

蔡丹阳："你滨水哥他是那么想，我呢，想法跟他不完全一样，我是依照自己的想法活，活自在了就行。"

滨水用异样的眼神儿看了丹阳一眼，没吭声。

2. 水塘村

蔡亮家屋里。一个男人正对蔡亮和丽娇说："杀人偿命，欠债还钱，天经地义！你蔡亮子借我钱的时候说得好好的，所以这钱你们得尽快还我！"

蔡亮眉头紧锁，埋头坐在椅子上不说话，其妻丽娇汪着泪在一旁对那男人说："大哥，不是不想还您的钱，现在是没钱，你又不是不知道，我们家蔡亮这一回是亏大了！"

那男人说："啊？没钱就是理由了？我今天来，就是找你们讨个还钱的日子，我可以等！"

蔡亮没抬头，低声说："大哥，以往咱都是很要好的朋友，我跑了和尚，还跑得了庙吗？现在我有难处了，你得宽限宽限。"

那男人："哎呀，听人家原来说借钱的是孙子，欠钱的是爷，我还不信，蔡亮子，这回你是让我长见识了！"

蔡亮用手一抹脸："过几天吧。"

那男人："好，你说的，我等！"说完，向门外走。

丽娇往外送那男人："大哥啊，您慢走！"

那男人头也没回地就走了。

丽娇回身对蔡亮说："你疯了？你说过几天还他钱，你上哪儿弄钱去？"

蔡亮咬牙冷冷地说："你别跟着乱掺和，我有我的主意！"

丽娇惊恐地瞪大了眼睛："啥主意？亮子，你可不能往歪歪道上走唯。"

蔡亮把头埋得很低，不再吭声。

3. 十里长街街口

出租车停在那里。滨水抱着水仔，和丹阳、友根下了车，他们一行人拿着东西往街口里走。

两旁是木桶、服装、制秤、铁活儿等林林总总的各式门店。

卖老式秤店铺里面的一对老夫妻在看着他们，觉得新鲜儿。

在一处木板楼前，滨水推开了门。

空荡的厅堂，很整洁。

丹阳逆光先走了进来，放置着物品。

水仔却迟迟站在门口不肯进来。

丹阳回身叫儿子："水仔，进来吧，从今儿开始，这就是咱们的新家了！"

4. 水塘村蔡亮家，夜

床头摆着一碗粥。

亮子躺在那里。

丽娇眼里有泪："亮子，你得吃点东西啊，一天了，水米没沾牙怎么行？"

亮子眼睛瞪得直愣愣地，不说话。

丽娇："亮子，你说话啊！"

亮子咬着牙说："四十来万元，就是砸碎我的骨头，我也还不起。我只有一条路，才能一了百了！我死了以后，你再寻个人好好过日子吧。"说着，眼角溢出了泪。

丽娇："啊？天无绝人之路，船到桥头自然直。你可不能走这条道啊，扔下我可咋活？姐姐和姐夫从部队转业回来了，不行，找他们想想办法？"

亮子："一人做事一人当，我不能连累丹阳姐他们！"

5. 板楼屋子里，夜

屋子里显然多了许多东西。给孩子洗澡的大木盆和木制洗脚盆，很醒目地摆在地上。

水仔已经酣然入睡了。

滨水往床铺上的丹阳这边凑着。

丹阳微闭着眼睛，往一旁轻轻推着滨水说："哎呀，可别挤了，今儿个忙这样，看来还是没累着你。"

滨水："哎呀，这又好一阵子没那事了，想了！"

丹阳看看他："真想了？"

滨水认真地应了声："嗯！"

丹阳把推他的手收了回去。

滨水就势滚到了丹阳身上。

滨水趴在丹阳身上，说："今儿个，我到区人事部门去了，手续该办的都办了。说是叫等着。"

蔡丹阳没睁眼睛："等？等到什么时候？要我说，人生路上，只有走出来的美丽，没有等出来的风景。一辈子就那么几万天，哪一天，我也不想在等待中度过。"

南官河水里的月亮，好大好圆！

丹阳睡意蒙眬："满足了，就早点儿睡吧，明天还要回水塘村看咱爸呢！"

滨水："还想要。"

丹阳微睁眼睛："有完没完了你？！今儿个打住吧，等过几天歇过劲儿来，你乐意怎么折腾怎么折腾！"

南官河桥下的波面上泛着清朗而美丽的光。

6. 水塘村

水塘边，围了许多人。

蔡亮子蹲坐在塘边一棵横长的老树上，头深深地埋下。

丽娇在一旁惊恐地哭喊："亮子，你可不能跳塘啊，不能扔下我不管啊！"

蔡亮仿佛没听见她的话，颤颤地站起，纵身扎进塘内。

丽娇哭喊着："救命啊，快救命啊！"

先前来要钱那位男人和正在塘边钓鱼的方友根，早已跳进水里，拼死抓住了蔡亮。

蔡亮衣着湿津津地躺在塘岸上吐着水，丽娇忙着敲打他的后背。

那位要钱的男人和方友根，在一边拧着湿淋淋的衣服。

蔡丹阳、刘滨水突然分开人群挤了进来。

丹阳翻开蔡亮的眼皮看看，对滨水和丽娇说："快，把他背回家去吧！"

滨水背起了蔡亮，走了。

丽娇回头对那位来要钱的男人和方友根说："大哥，谢谢你们哦！"

那男人说："谢啥呀，你家男人要是真淹死了，我的钱朝谁要去？救他的命，也是从水里往外捞我自己的钱呢！"

方友根穿着湿衣服，拿起了钓竿。

滨水："友根，回去找件干衣服换换吧？"

方友根笑着扬扬手里的钓竿儿："不用，一会儿就干了，钓鱼要紧！"

一幢老式江南风格的乡下房子。

友根的出租车停在那里。

屋内，蔡老爹，一位面色黝黑的乡下人，心情忧郁抽着烟。水仔围在他身边玩。地桌上放着蔡丹阳他们带来的果篮什么的。

蔡亮子躺在屋里的床上。

丹阳、滨水，丽娇都在这里。

丽娇哭着说："姐啊，当着你和姐夫不说假话。亮子他是没路走了……"

亮子闭着眼睛，微声微气地说："姐，你别跟我着急，没事儿。"说着，眼角流下泪水来。

蔡丹阳说："亮子，你是个男人，得把脑袋仰起来！从没辙的地方想出辙来，那才是男人！"

丽娇不无夸张地："姐啊，碰上一般事，亮子他不这样啊，这回可是真碰上大坎了！"

刘滨水有些抑郁地看着丽娇说："我看这事儿得解决。给你们送鸡蛋，不如送能下蛋的鸡。我看，你和亮子商量商量，上市里十里长街租个门店做个生意怎么样？！"

丽娇："那可敢情好。"

丹阳对滨水说："开店铺的钱，咱们出吧？！"

滨水："嗯！那是当然！"

丽娇抹着眼泪："姐跟姐夫可真成了我们家救星了！"

蔡老爹插过话来："十里长街啊，那是宋末元初就兴办起来的商业街，以前我沿着南官河，没少往那儿使船！小亮子、丽娇要去做生意我不反对，可有一条，你姐姐、姐夫帮你们在那儿开店铺，你们可不能打他们的脸，再说咱们老蔡家人，在南官河两岸也是有名有姓的人家，你们要是干不好，我可不让你们！"

7. 蔡老爹家屋内外，日

丹阳和蔡老爹在门前坐着竹凳上一边择菜，一边说着话。

友根一手拿着渔竿儿，一手拎着条大活鱼走了过来："嫂子，你瞅这鱼这个肥！"

滨水闻声从屋子里走了出来："哟，这么大的鱼都钓上来了！"

水仔跑过来，用手捅那活鱼，那鱼摇头摆尾的很是欢实。水仔直乐，冲蔡老爹说："外公，鱼！我喜欢吃！"

蔡老爹说："连外公带鱼一块叫，别把外公当鱼吃了！"

友根咧着嘴笑："哈哈，是水仔和大家伙儿有口福，来，就着新鲜儿，弄到锅里去！"

丽娇从屋子里走出来，目光里充溢着感激，接过了友根手里的鱼。

这时，一位俊气清雅的闺女走进院儿来。

友根最先看见了，立即被她的美丽和气质吸引，凝视着有些对眼儿："她是……"

蔡老爹见是香妹来了："哦，是香妹来了！"转头对友根说："是香妹，丹阳她姑家的孩子，我的外甥女！"

丹阳站起身来，上前亲热："香妹来了。"

香妹脸微微泛红，显出些许不自然的神情，问丹阳："丹阳姐，听说你们来了，我亮子哥怎么样了？"

丹阳："没事儿了，屋里躺着呢！香妹，你高中毕业了吧？"

蔡老爹："高中毕业都两年了，考了两年大学，有一年考上了，说是不喜欢那个专业，愣没去。这不，在家待业呢！"

屋里，丽娇在拾掇鱼。

已经换了衣服，神情依然疲惫、躺在床上的亮子跟她说："唉，人不该死，总有救啊！"

院子里的一个角落。

用砖砌起来的有围没盖的厕所里，滨水和友根正在解手。

显然，滨水要塞给友根什么东西。

友根一边撒尿，一边觑了他一眼，瞪起眼睛："干什么你？！别跟我来这套！人和人之间，除了钱就没别的了？快收起来，跟我弄这事儿，小心叫尿泚着！"

8. 十里长街丹阳家内

夜色深深，十里长街上许多店铺已关了门。

屋内，丹阳在把洗衣机里的衣服一件件拿出来，往晾衣绳上晾。

滨水趿着拖鞋，端着茶碗走出来："这都几点了，你还洗衣服？"

丹阳一边晾着衣服，一边说："完事了，晾上就完。哎，滨水，我正想跟你商量事儿呢。"

滨水用有些异样的眼神看着她："什么事？说！"

丹阳："我不想等着安排工作，想干点儿事！"

滨水："我一猜你说的就是这事儿。"

丹阳："滨水啊，咱弟亮子欠人家那么多钱，姑家的香妹又没工作，我这当姐的不管行吗？"

滨水沉吟了半晌："拿钱帮亮子他们办店我不反对，可你用不着自己找事儿干啊。"

丹阳："我不做生意，并把生意做好做大，亮子他们欠的钱得什么时候能还上？靠咱们俩的工资？那得熬到白了头发！"

滨水把手里的茶碗一顿："做生意？说得轻巧，你一个外科医生，懂生意场上的事吗？"

丹阳："人，没有从娘胎里落地就什么都会做的，不懂的我可以学！"

滨水有些生气了，阴阳怪气地说："学？！好，你学吧。我看你能干出个什么样来？！"说着，气冲冲地转身进里屋去了。

里屋床上，水仔已经睡熟。滨水用被蒙着头，背身躺在里边。丹阳脱了衣服，钻进被窝儿，用手指轻轻地去捅滨水。

滨水忽地转过身去。

丹阳："哎，别生着气睡觉哇，想那事不？想的话，给你。"

滨水躺在那儿说："不想！你别想拿软刀子扎我！你说，你一个转业军医，在街头卖上服装了，这叫熟人们知道了，算怎么回事呢？！"

丹阳："熟人知道了又能怎么样？我一不偷二没抢，做的是正经生意，我没啥怕的！"

9. 丹阳家屋里

早晨的阳光从窗子洒进来。

丹阳正从饭锅里往外取蒸好的馒头，氤氲的热气中，她汗水津津。

友根突然走进门来："嫂子，馒头蒸好了，正好没吃饭呢，滨水哥呢？"

丹阳说："说是心里憋闷，上南官河边上散心去了。"

友根："怎么着？是着急工作安排的事儿了？那早一天晚一天能怎么的？至于嘛！"

丹阳说："不是，是我跟他商量，我想要自己做生意，我们两个人都是干部，让市里人事部门只安排他，他就跟我闹翻了。"

友根："是吗？眼下是商品经济时代，人的活法很多也很自由哇，我去河边找他说去！"说着，走了。

丹阳冲他背影说："找着你滨水哥，跟他一起回来吃饭！"

10. 南官河边

远远地看去，友根和滨水在河边的一棵香樟旁说着什么。

近了，我们才听到滨水在说："友根，你看这南官河，平平静静地流淌，两岸风景如画，我喜欢没有风浪的生活。"

友根："滨水哥，可你别忘了，这河它本来也通着海呢！我倒觉得它流淌得太平静了，像这些在桥上来来往往习惯了安静生活的人们，缺少了一点儿大海的激情！"

滨水："激情？！我没想到你方友根这个老实人也有浪漫情怀，和我们家你嫂子一样，是个灵魂不安定的人！"

友根笑笑："有人把出海口筑坝拦死了，这条河就成了死河。风景再美，也是狭窄的，没有广阔和蔚蓝！"

滨水看看友根："我不同意你的说法，可欣赏你的说辞。"

他们的脚下，南官河在静静地流。

远处，有人在从船上往岸上卸货。

11. 丹阳家的隔壁店铺里

时近中午。

滨水、丹阳把亮子和丽娇送进隔壁店铺。

丹阳帮他们放下行李，说："还不错，紧挨着我们家，就租到这家店铺了，这样咱们两家来往就方便多了。"

亮子："姐，姐夫，我看出来了，这屋子你们都帮着给拾掇了，不错，挺敞亮，你们先回去忙，一会儿找个饭店，我请你们吃饭。"

丹阳说："你们先安顿安顿，我和你姐夫就先回了。"说着往回里走。

滨水说："不用请我们吃什么饭，这回两家近了，有什么事儿，我们能帮的，你们就说！"说着，也走了。

丽娇见丹阳他们走了，对亮子一脸嗔怪的神情："你显什么大泡哇？咱们没钱，困难，你还说要请人家吃饭，你有病啊！"

亮子反唇相讥："有钱没钱不能没了人情。姐和姐夫这么帮咱，请他们吃顿饭还不应该吗？"

丽娇："要请你去，我不参加啊！"

亮子："你看你这娘儿们，浑到家了，你不去，我去！"

12. 丹阳家

丹阳坐在一个小竹凳上刷鞋子。

滨水端着个茶碗，在她身边走来走去："亮子、丽娇他们都来了，咱们也别吵也别闹的。你非要做服装生意，我拦不住。可有一条，除了咱们答应给亮子他们的钱，家里的钱你不能再用！"

丹阳笑了："那行，我原本也没打算用家里的钱啊！我办理手续了，有一笔转业费！"

滨水冷冷一笑："好，放着好好的医生不当，非要下海经商，你能！"

13. 某银行营业厅

丹阳在人群中排着队。

窗口，营业员问她："您办理什么业务？"

丹阳："个人贷款。"

营业员："您先把这些单子填好，先到楼上领导那里签字。"

丹阳接过那些单子："知道了！"

楼梯上，丹阳攥着一把单子，匆忙上楼的脚步。

丹阳从楼梯上匆忙下楼的脚步，突然，她"哎呀"一声，脚崴了，疼得蹲坐在那里，额头上有汗渍渗出。

一位白领模样的人扶起了她。

把丹阳扶坐在了椅子上，那位白领接过了她手中的单子，帮她在营业室内办理了手续。

丹阳打手机："友根啊，你忙不忙？不忙一会儿到台州联合银行门口来接我一下。"

银行门前，友根驾驶着出租车，停下。那位白领搀着丹阳走到出租车前。友根见了，忙下车打开前车门。

丹阳上了车。

车内，友根问丹阳："嫂子，去医院吧？"

丹阳："没事，我是医生，我知道怎么回事，就是扭筋了！往我家开！"说着，一脸灿烂的笑。

友根一边发动车一边说："嫂子，脚扭了，怎么还笑得呢？！"

丹阳笑得更开心了："友根啊，嫂子刚才在银行是办完了一件大事，你说我能不乐吗？！"

14. 十里长街

入夜了，长街上灯火通明。

丹阳和亮子各骑着一个三轮车，上面装满了服装。

香妹连跑带颠地在后边帮丹阳推着车。

各式门店的橱窗从他们的身旁闪过。

亮子边骑着三轮车边说："姐，你那脚，这么蹬车行吗？"

丹阳咬牙骑着："没事儿，干点儿活儿，也是活血！"她脸上汗水涔涔，这是一张青春气息犹存和充满自信的脸！

丹阳家和亮子家的店铺前，灯光灿然。

丹阳一瘸一拐地和香妹，亮子、丽娇分别往各自的店铺里搬运服装。

滨水从屋里出来，见状，接过丹阳手里的服装，心疼地说："行了，我的小祖奶奶！你脚扭成这样了，还干什么活儿，一边待着去！"说着，紧蹙着眉头，帮着搬运服装。

水仔穿了件很肥大的衣服，让丹阳看："妈，看我长大了吧？！"

丹阳嗔怪地说："行了，水仔，你可别在这儿帮倒忙了，越帮越忙！"

水仔嘿嘿一乐，甩着长袖子跑了。

滨水搬完服装，跟亮子、丽娇过到隔壁那边店铺去了。

香妹一边往店铺墙壁上挂着各种样式和色彩的衣服，一边小声和丹阳说："姐，那个开出租的方友根，你们认识多久了？"

丹阳："论年头不少了。你问这话啥意思？"

香妹笑着说："姐，他看我的眼神有点儿那个特别。"

丹阳笑着说："那人满可靠，是外粗内细的那种人。别看表面大大咧咧的，心肠对人可热着呢！"

香妹笑笑："姐，人家对他没感觉。"

丹阳笑笑："要是什么时候有感觉了，可跟姐说啊！"

香妹矜持地一笑："哎呀姐，人家是来做事儿的，又不是来找对象的。"

丹阳："没那么绝对吧，工作感情两不误，才是生活嘛！"

15. 亮子店铺内

一张大床上，亮子、丽娇已经躺下了。

丽娇说："哎，累了一天了，不睡觉，瞪着眼珠子想啥呢？"

亮子把手枕在脑后，对丽娇说："嗨，人哪，真是看不透以后的事儿，你说我要是跳塘死了，那还有这开店的事儿？真是穷山尽水疑无路，柳暗花明又一村哪。"

丽娇拉长着脸："哎，什么穷山尽水？你说错了吧？"

亮子："反正就那意思吧。"

丽娇："哎，别以为姐他们帮咱开个门店，咱就是捡了根大金条似的。我怎么看姐家进的服装好像比咱家进的好呢？！"

亮子"腾"地坐了起来，带着怒气说："哎，我说你这娘儿们，这是怎么说话呢？我跟姐一起进的服装，两家进的都一样，你这不是鸡蛋里挑骨头么你？！"

丽娇说："你小声点儿，这个楼板不隔音！"

亮子说:"你这娘儿们啊,一肚子小心眼儿,心眼儿比绿豆粒都小。姐他们对咱们怎么好,也是交不下你!你说,没有姐他们,我还活得起吗?"

丽娇辩解道:"话别这么说好不好?你是她啥人?你可是从一个娘肚子里爬出来的亲弟弟呀!这些年他们当兵在外头,家里的事儿他们管啥了?不都是咱们跑前跑后的吗?这回他们回来了,他们管管咱们还不应该啊?!"

亮子:"天底下的姐姐多了去了,都像我姐这么管弟弟的事了吗?一家人,因为钱的事打得形同陌生路人,这样的事儿还少吗?你说!姐他们进的服装哪件和咱不一样了?"

丽娇讪笑着:"这两家店铺挨着开门,卖货能没有竞争吗?我是怕不给咱们进抢手货,那咱们能赚着钱吗?赚不着钱,把姐姐姐夫的人情大面子收了,咱们又弄个两手空空,图什么?"

亮子:"你想人,要往好里想,别尽往歪处想行不?"

丽娇扬面朝天地:"行啊,不过今天我可把话撂在这儿,要是十天半个月的还挣不着钱,我可不在这儿陪着你,我自己回水塘村。"

16. 丹阳店铺里,夜

丹阳的脚还是有些不方便。她把水仔从洗浴木桶里拎出来,用毛巾被裹好:"去,你爸头一天上班回来,叫他过来泡脚!"

水仔围着毛巾被调皮地跑开了:"爸!妈叫你泡脚了!"

丹阳把水仔洗过的水从大木桶里舀出来,放进一个泡脚盆里,又用壶兑上些热水。

香妹逗水仔在那边玩。

滨水坐在藤椅上,早光了脚,挽着裤腿儿。

丹阳帮他把脚放进木盆里。

滨水说:"我说,老婆,你别对我这么好行不行?"

丹阳用手绺了绺刘海儿,仰起好看的脸说:"你刘滨水有出息啊,摇身一变,成了商贸公司的总经理了,你这脚,我不张罗给你洗,熏着我无所谓,熏着单位同事,人家还不得说啊,这当过兵的人的脚,怎么这么臭呢,自己不洗,老婆也不管,到头来还不是丢我的脸!"

滨水拍打着两脚说:"嗨,感动啊。"又声音不大地说:"哎,你的脚瘸瘸的,得注意点儿,别留下病根。"

丹阳:"哎呀,你们这些外行人啊,还老想说内行话。告诉你,我的脚没事,瘸了就挂副拐杖!"

滨水说:"哎哟,那我可就有个瘸老婆了。哎,我问你,你看你成天到晚遭的这些罪,犯得着吗?!"

丹阳说:"生于忧患,死于安乐。苦点累点也许活着更有意思!"

滨水叹了口气,对丹阳软言软语地说:"原想不让你动家里的钱,是想把你开店的事搅黄了,可没想你还越干越来劲儿了。真想不明白你。不过,冲着你今儿帮我洗脚的面子上,晚上有啥想法,你就说话,我给你个机会!"

丹阳说:"别没正经话。"说着,放好拖鞋,佯作虎着脸说:"快点儿滚里屋去!"

滨水小声说:"呀,简直是个母老虎!装啥呀?两口子那点儿事儿谁不知道哇?"

丹阳声音有些严厉了:"快滚吧你,越说越下道儿!"

滨水涎着脸,仍小声说:"好,就你正经,咱那水仔是在南官河里捞出来的行了吧?!"

丹阳假意掐住滨水的脸说:"说,还胡说不?"

滨水："掐吧，肉掐掉一块也这么说！"

香妹和水仔走了过来。

水仔童言无忌地："妈，我爸犯啥错误了？"

丹阳看看香妹，脸微微泛红，用手在滨水脸上用力挤着："他这长了个酒刺……"

滨水就势打掉丹阳的手，说："什么酒刺啊？谁长酒刺了？"

丹阳一个劲儿地给他使眼色。

滨水笑笑："哎呀，挤得这个疼，只不过是个小疱疱而已！"

丹阳笑了。

香妹深知其情，也笑了，对水仔说："水仔，快一边儿玩去吧啊！"

丹阳开始泡脚洗脚，对滨水说："哎，你说今天咱们挣了多少钱？"

滨水拿眼睛看看丹阳，一脸不屑的神色。

丹阳："光批发一笔牛仔裤就赚了四千多块！"

滨水淡淡一笑："你就是搬家座金山来，我不稀罕。"

丹阳看看滨水，找话说："哎，今天第一天上班，感觉怎么样？"

滨水："这栋商贸大楼里我就是总头儿，办公室不小，比部队大首长的都宽绰，那大班台，阔！"

丹阳笑着逗滨水："哎哟，这么大的老板，没配个女秘书哇？"

滨水："说是原来的老总真有，老总调工作时给带走了。"

丹阳在往洗好的脚背上涂碘酊："那你将来就琢磨再配一个吧？！"

滨水半开玩笑："有指标。"

丹阳扔开碘酊棉签，拿眼觑了滨水一眼："瞧你那德行，说说还当真了你！"

17．亮子屋内

丽娇乐滋滋地在那儿数着钱。

亮子走了过来："今天赚了多少？"

丽娇故意虎着脸："没赚着！"

亮子："乱说，这钱是大风刮来的啊？"

丽娇："对，大风刮来的！告诉你，凡事儿要多长点儿心眼儿，赚了得说没赚着，这样姐他们才能更多地带咱们！"

亮子："我是实话实说那伙儿的，店铺是姐他们帮着租的，衣服是姐他们帮着进的，说没赚着钱，这不是睁着眼睛说瞎话吗？！"

丽娇："你不说，没谁非叫你说！"

亮子："你这娘儿们啊，越来越不像样子了，跟姐还玩假的，太不阳光了吧。"

丽娇："哼，这年头，谁亲？！我看就是钱亲！"

楼下的敲门声。

丹阳的声音："亮子，你们睡了没有？"

丽娇："是姐来了，你睡吧。"她向外面应着声："哎，来了！"

亮子十分不满地斜了丽娇一眼。

门口，丹阳在和丽娇说着话："今天生意怎么样？"

丽娇："哎呀，姐，这么晚还来关心我们，你也累了一天了，亮子睡了。今天呢，我们这边生意还行，但不像想的那么好。"

亮子猛地咳嗽了一声，从屋里走出："姐，我跟你实话实说，我们这边生意不错！"

丽娇抢过话头说："姐，我管账，他啥也不知道。我们这边的生意还真的一般。什么时候进货，姐想着，再给我们家多进点儿上档次的吧。"

丹阳看看丽娇："两家店挨着，进的货没好没坏。今天你们店里也来了不少人买衣服，钱还是挣着了。我算计着再帮你们进批货，把底儿帮你们铺厚实，余下来经营的事儿，你们就自己弄吧。我回了。"

亮子说："姐，您早点儿歇着吧！"

丹阳走了。

丽娇埋怨亮子道："我说你睡了，你非出来嘚瑟什么？"

亮子："你跟姐说假话，我姐心里没数哇？！姐说的那话是话里有话啊，我都替你脸红！"

丽娇："你红去吧，我脸可白着呢！"

18. 某戏楼里

滨水和一些人在一个长桌旁坐着，桌子上摆有各种水果干品。

一位身材略显肥硕的中年人，站起来说："刘滨水总经理新来总公司走马上任，我，身为刘总的部下，安排接几天风洗几回尘，本是分内责任。今儿个主要是请刘总看家乡戏！"

滨水忙站起："哎呀，不好意思，谢谢了！"

一位年轻漂亮的女人，身着白领服装走了过来。

服务员忙介绍："各位领导，这是我们戏楼的业务经理梁一岚！"

梁一岚风姿绰约地递过一张名片："商贸总公司和本戏楼是老关系单位了，刘总新上任，一回生二回熟，慢慢就成朋友了！梁一岚欢迎刘总大驾光临！"

那位副总站着，笑哈哈地对滨水说："这位梁经理，是熟人！不仅一表人才，而且还是台州乱弹、路桥莲花的表演高手。一会儿就能看到她的精彩表演！"

梁一岚："不敢不敢。"

滨水望着梁一岚，若有所想："对不起，本该交换个名片，可是我这个新官，椅子还没坐热乎，名片还没印呢！"

那位副总对坐在长桌子旁的一位说："李副主任，你听见刘总的批评了吧？刘总的名片，早该印好了！"

滨水说："不不不，他问我了，我说不急。"

梁一岚笑吟吟地递上个戏折子："刘总，想看什么，您就先点着！我得去化个妆，回头儿我再过来照看您。"

梁一岚说完，转身走了。

滨水下意识地拿眼睛觑着她好看的背影。

那位副总："哎，刘总，说实在话，咱们总公司就缺这样一位干练的老总秘书兼办公室主任！"

滨水的话，好像有弦外之音："戏，好开场了吧？！"

台上，有女演员在唱戏。

滨水问那位副总："身段好，唱得也好，她是？"

那位副总："梁一岚哪！"

19. 十里长街，丹阳、亮子店铺内外

一位男顾客走了过来，丽娇站在店铺门外，向那顾客偷偷勾手指头，并大声嚷嚷："男式服装啊，赔本大甩卖！款式新，穿着帅啊！"

那位男顾客本来在丹阳店铺前停住了脚，却朝亮子店内走去了。

香妹从店铺里探出头来，看到了这一切，目光里流溢出对丽娇的反感和蔑视。

亮子冲丽娇招手，示意她进来，别在外边嚷嚷。

丽娇一扭身子，仍旧嚷着，并把那男顾客迎进店铺来："哎呀，这位大哥，身材好帅，穿什么衣服都好看，我家的衣服样式全。看这件，这颜色、款式多适合你呀！"

丹阳店铺内，香妹小声地对丹阳说："姐，那屋丽娇做事真叫人恶心，跑到咱们店铺门前来抢生意来了！她这人，在村子里就出名，自私鬼！"

丹阳笑了："香妹，别跟她计较，他们挣着了，就当是咱们挣着了。"

香妹："姐，你别看我表面一说一笑的，我可是只蔫豹子，来了脾气，房顶都敢捅个窟窿！"

丹阳："哎呀，都是自家人，较什么劲哪？！"

20. 南官河岸

蔡老爹把驾着的机动货船停在一处船坞。

有人从船上往下走："蔡叔，来十里长街又看儿女又看外孙子的，约莫几点往回赶哪？"

蔡老爹拎着几条鱼，从兜里掏出手机："有这，你们就只管逛街吧，少一个人，我的船也不往回开！"

21. 滨水办公室

滨水拿着梁一岚的名片，用手指敲打着桌面，终于拿起话筒，拨通了电话。

听筒里传来梁一岚清脆甜美的声音："喂，哪位？我是梁一岚。"

滨水有些故意压低了声音："梁经理吗？我是商贸总公司刘滨水！"

听筒里沉默了一会儿，忽然朗声笑了起来："哎呀呀，想起来了，是刘总啊！接到你电话老激动了！"

滨水说："梁经理，我只想讨扰件事儿。"

梁一岚的声音："这么客气啊，您只管问。"

滨水说："梁经理，您现在的月薪是多少？"

梁一岚的声音："这本来是个人秘密，但是刘总要问，我不能不说：三千五百块钱。"

滨水："嗯，我知道了。"

梁一岚的声音："哎，刘哥，咱们一回生二回熟。今后私下往来，你就叫我妹子行吧？"

滨水笑了："哈，也好，那梁妹，我问你，如果月薪给你五千块，到我们公司来做办公室主任怎么样？"

梁一岚的声音："刘哥，您说的是真的假的，不是要拿妹子开涮吧？"

滨水："君子无戏言！"

梁一岚的声音："哎呀，这是从天上往下掉钢镚儿啊，我回头给你电话！"

刘滨水："那好，我静待佳音！"

22. 丹阳家门前

蔡老爹拎着一串鱼，走了过来，佯作顾客："店家，买衣服！"

丹阳一抬头，笑了："哟，老爸来了！"

香妹笑着："大舅！"

水仔跑过来："外公！外公！"

蔡老爹举起手里的鱼："水仔啊，看，外公给你带什么来了？"

水仔笑了："鱼，外公！我爱吃！"

蔡老爹笑着："还是要连外公和鱼一块吃！"

香妹从蔡老爹手里接过了鱼。

蔡老爹跟着香妹进到里屋，小声问："那屋丽娇这两天怎么样？"

香妹一边拾掇鱼，一边小声说："还是那老毛病，跟谁都玩小心眼儿。不光跑我们门前拉顾客，晚上还老和我哥吵吵闹闹的，楼板不隔音，我都能听着！"

蔡老爹眉头拧起个大疙瘩，叹了口气道："进了城，没想到她还是这副德行。有些事儿别让你丹阳姐知道太多，别让她寒心啊。我过你亮子哥他们那边看看去！"

23. 亮子店铺里

里屋，蔡老爹在和亮子说事儿："你自己的老婆什么样你自己知道！该劝得劝，该管教得管教！咱们姓啥？姓蔡！抗倭名将蔡德懋的后人！咱们蔡家人做事，那得走得正行得端，可不能在这十里长街上给蔡家人丢脸！"说着，站起要走。

亮子扯住爸说："爸，怎么说也得吃了饭再走哇！"

蔡老爹说："这肚子里都是气，气都气饱了！"

亮子又说："爸，你一个人在乡下，得照管好自己啊！"

蔡老爹倔倔地说："我现在能走能动能开船，啥也不用你们惦记，等走不动爬不动那天，我就自己上门来找你们了！"说着，走了。

蔡老爹穿过外面店铺，丽娇说："哟，爸，怎么不多坐一会儿啊？"

蔡老爹没看她，也仿佛没听见她的话，倔倔地向丹阳家那边走了。

丽娇问亮子："怎的，你惹老爷子生气了？！"

亮子："我没惹，谁惹的谁知道！"

丽娇大声辩解："这是什么话？我惹着你爸了？！"

亮子摆摆手："得得得，别不分白天黑夜，张嘴就想吵架，等咱爸走的，我再跟你理论！"说着，进到里屋去了。

丽娇横了亮子背影一眼，一脸不满意的神色："哼，从早起我就在这儿卖服装，我招谁惹谁了我？！"

24. 滨水办公室

梁一岚坐在对面的沙发上，冲滨水妩媚地笑着。

滨水一副很高兴的神情："梁一岚，没想到这么快，你就来我们公司工作了。"

梁一岚笑笑说："我这个人很相信缘分。缘分，是打不烂拆不散的情感密码，躲是躲不过的！"

滨水："从现在起，我就得叫你梁主任了！"

梁一岚："八小时之内吧，之外，你还是哥，我还是妹！"

滨水好像意识到了什么，笑得有些勉强："啊，好哇，梁主任走马上任，我个人本该代表公司给你接个风。"

梁一岚笑得更妩媚了："刘总，您太客气了！其实是您帮了我的大忙，我梁一岚虽是一介女流，但对有恩于我的人，我会全力相报，如果肯给面子，今晚我就请您的客！"

25．南官河上

夕照中。河上颤动着波光。

蔡老爹开着机动货船，船上有搭船的一些乡亲，向远驶去。

船上，有人唱着渔歌："南官河水波连波，船走水上歌对歌，唱得日升月又落，歌里的故事摞成摞……"

26．丹阳家

十里长街渐渐暗下来了，暮色苍然。

丹阳、香妹、水仔围在桌子旁吃饭。

香妹听见外边有人进来，放下碗筷儿走了出去。不一会儿又踅身进来了："我以为姐夫回来了，原是一个来看衣服的。"

丹阳大口吃着饭说："啊，你姐夫来电话了，说是公司有事儿，晚点回来。店铺里的事儿，你多照看，吃完饭姐就得马上出发，进货的车在那边等着呢。"

香妹一脸牵挂："姐，你一个女人家，脚伤还没好利索，天又黑！"

丹阳笑笑："没事儿，全当是参加回夜间军事演习了！"说完，披上衣服，匆匆忙忙地有些瘸拐地走了。

亮子店铺前，丽娇手里拿着个煎饼盒子在吃，她看到了丹阳匆匆离去的背影。

27．山路上

夜色笼罩，货车的灯光扫着路面。

驾驶室内，一位货车司机驾着车。

丹阳似睡非睡地坐在一侧。

司机看看她，有些口吃地说："困……了？要不要我……给你讲个段子，精神精神？"

丹阳没睁眼睛："不听！我要眯会儿！"

货车司机："这……娘儿们，装得还挺像！"说着，用手去摸丹阳的大腿。

丹阳用手打了他一下："我可告诉你，你放老实点，我是军医出身，说端掉你下巴，弄错位你胳膊关节不用费太大劲儿！"

货车司机咧着嘴："呵，牛哇！长得模……样不错，就是脾气暴……了点儿，威武，酷……妞哇！能不能给点儿微风？"

丹阳笑笑："哎，是不是一有女的坐你车，你就不老实啊！"

货车司机："谁……见着美女，不动……心哪，那……还是男人不是。"

28．市区某酒馆内

透过明亮的车窗，可以看见滨水和梁一岚两个人正对面坐着。

屋内，桌下，可见梁一岚搭着美丽修长的大腿，滨水规规矩矩的双腿。

梁一岚用鞋尖轻轻碰了滨水的腿一下，滨水立刻有种过电的感觉。

梁一岚笑吟吟地："哥，你走神儿了，不往我这儿看，想啥呢？"

滨水刚才有些怔神儿，像一下子醒过来，语无伦次地："啊，没有，没想啥！"说着，拿起酒杯来："来，碰一杯！"

梁一岚用媚眼斜睨着滨水，两人碰杯。

29. 丹阳店铺前

十里长街各家店铺的灯光都悠然地亮着。

一位顾客刚走到丹阳店铺前，香妹刚迎上去，那人却朝丽娇那边走去了。

香妹看见丽娇竟在大模大样地向那位顾客摆手。

丽娇笑模样儿地把那位顾客迎入自己店铺，说："一样的货，买我家的，我家的比那边的便宜！"

香妹怒气冲冲地冲过来，嘁里啪啦地扯拽亮子店铺里的衣服。

丽娇忙去拦阻。

香妹推了她一把："你给我闪开！你不想好好开店，我就宁可打散了，你这是在欺负我吗？你是在欺负丹阳姐！"

丽娇上前撕扯香妹，两人扭在一起。

亮子闻声，上前劝阻："松手，都松手！"

香妹使劲儿一推，把丽娇推了个腚墩儿。

丽娇坐在地上拍手搭掌地哭了起来："哎呀我的天啊，我可活不了啦！"

店铺前已有些许邻人前来围观。

亮子推走了气喘吁吁的香妹。

香妹回过头来，厉声说："哥，回头去管管你们家那个小妖精，丹阳姐帮你们办店铺，她这么干，还有人的良心吗？"

香妹怒气冲冲地走进丹阳店铺，与不知什么时候来的方友根撞了个满怀。

友根怔怔地："我的妈呀，平日看着温温顺顺的小香妹，怎么变得像只大老虎似的？！要吃人哪？香妹。"

香妹看看他，竟然得意地一努嘴："没你的事儿！"

那边，亮子扯拽丽娇："起来吧，这么多人看着，别在哪儿咧嘴哭了！"

丽娇："我不起来，就是不起来！你去那屋给我狠狠打那个小骚妖精！"

亮子对围观看热闹的人说："哎呀，散了吧，大家伙都散了吧，自家姐妹吵架，没什么好看的！"

围观的人渐散。

丽娇哭得好像很委屈："谁是她自家姐妹啊？我才没有这样她这个亲戚呢！"

亮子看人走光了，回头对丽娇说："要我说啊，这都是你自己找的，活该！"

丽娇再度哭闹起来："啊？你说啥？你们家里外头一起欺负我，我可不想活了！"

30. 市区某酒馆内

梁一岚斜睨着滨水，有些微醉，风情万种地说："刘哥，看得出你是个懂女人的男人。女人的美，不光在脸蛋上，也在身上，更在腿上。你老盯着我的脸看，我的脸上没长花骨朵儿。"

滨水："哎，梁妹，谈正事，怎么扯到那儿去了。你好看，我看看不犯错误吧？"

梁一岚小声地："刘哥，你摸摸人家的腿啊，又白又嫩的，一捏都出水，你摸摸么。"

滨水一脸尴尬，一捂脸："梁妹啊，你别要你哥，你想试试我在女人面前的坚定性是不？告诉你，甭考察我，你哥，坚定的男子汉，在任何女人面前刀枪不入，当然，你嫂子除外。"

梁一岚一笑："怎么？还保持军人的坐怀不乱哪？你现在不是军人了，你是地方老百姓了！"

滨水："来，喝酒！"

梁一岚："这酒还喝吗？"

滨水一愣："喝啊！"

梁一岚喊："服务员！买单！"

滨水对服务员做了个制止的手势，对一岚说："哎，梁妹，这酒刚开始喝，怎么就要买单呢？你生我的气了？"

梁一岚说："谁敢生你的气啊，公司一手遮天的大经理！"

滨水给一岚倒酒："我要是哪做得不对，请你原谅，我刚回地方，还没有完成从军人到总经理的角色转换，不少事不懂。这杯酒，我喝了，给你赔礼道歉。你第一天到公司来上班，我不能惹你不高兴！"

31．丹阳家店铺内

香妹给友根倒了杯水。

友根："丹阳嫂子一个人去的？"

香妹点点头："嗯！"

友根有些埋怨地说："真是的，还坐大货车，打个电话，我就送她一趟呗！这大黑天的，道上一旦出点啥事儿可怎么办？！"

32．山路上

货车停在路旁，前机器盖子已经支起。

货车司机又到驾驶室来拿工具。

丹阳睁开眼睛："怎么了？"

货车司机："完了，车走不了！"

丹阳一下子精神了起来。

33．市里某酒馆内

梁一岚手端着一杯红酒，一副醉态。

桌子下的鞋子，穿挂在脚尖上，鞋子悠悠荡荡地，很像她此时风骚的心态。

她向滨水抛着媚眼说："哥，你帅！你纯！我梦中的情人类型！第一眼见到你，就有电！哥，得不到你的人，我可以得到你的梦！这杯酒，就当是你给我的梦，我全喝了！"说着，一饮而尽。

滨水看看手机上的时间，好像意识到了什么，说："时间不早了，今天就到这儿吧。"

梁一岚摇晃着站起来，用一只手搭在滨水肩上："哥，你对得起妹，妹就得对得起你。哥什么时候想要妹干什么，妹都奉陪，人生，得一知己足矣！"

滨水："梁妹，你喝多了！"

一岚："我喝多了？我没醉！我清醒着呢！哥，我告诉你：人生什么都是浮云……人从无中来，又到无中去，在这个短暂的世间，只有男人女人，抱在一起才是真实的，其余什么都是浮云！浮云！"

34．山路上

一堆很小的篝火，燃烧着。

路上没有车辆与行人。

丹阳烤着火，对一旁的司机说："对我这种女人你就死了心吧！除非你要了我的命！量你也没那个胆儿！否则啥你也别想！车呢，能走，你还是要走，别想拿这招儿治我！"

货车司机说："不是，真……不是！我也看出你不是我……能上得了手的女人，车能走，我何必和你一起遭这……罪呢。车真坏了！说句时髦话：车……不给力，我也……没法儿！"说着，往丹阳跟前凑合，伸手又想摸丹阳。

丹阳一只手扯住他的手，另一只手一用力，货车司机疼得"哎哟"一声："哎呀呀，你这娘儿们，还真……有一手……哎呀，疼死我了！"

丹阳又一使劲，给他胳膊复了位："给你长个记性，记着别想占我便宜！"说着，走了。

货车司机甩着胳膊说："这娘儿们，带刺儿的花……比野蜂子还扎手！哎，你……要干啥去？"

丹阳一瘸一拐地走得较远处走去，蹲进了树丛里方便。

货车司机："啊，这娘儿们模样不错，就是有点儿……瘸！裤子……是脱了，可惜了……与我没缘！"

35. 山路上，路旁

远外，友根开着出租车向这边驶来。

树丛里，丹阳刚提拎起裤子。

货车司机却向她跑来。

丹阳厉声斥责地："你要干什么？！"

货车司机说："你……别怕！苍蝇不叮……无缝的蛋，那……边来车了，我给你挡挡光！怕你跑了……光！"

丹阳系好裤子，说："你别过来！"

货车司机说："我领教过了，我……不过去！"

那辆出租车停在了丹阳跟前，车前门开了："嫂子！"

丹阳喜出望外："友根！"

36. 十里长街

夜色深深。

店铺都已闭店了。

梁一岚用手挽着滨水。

滨水用手拨开她的手臂，声音却软软的："梁妹，别这样，叫人家看见不好！"

梁一岚放浪形骸地笑了："哥，原来你不是不喜欢我，是怕别人看见啊！"

滨水："啊？我可不是那意思！"

梁一岚仍是醉意甚浓："人无意中说出的话，那才最有意思！"说着，把手臂插进滨水的臂弯里，攥紧着他的手，说："放心吧，没人看见！黑天半夜的谁看得着谁啊。"

滨水把梁一岚纤细而白净的手攥紧，一起插进自己的衣兜里，他有些沉醉。

突然，他像意识到了什么，身子像触了电似的一抖，松开她的手："梁主任，对不起，工作谈得太晚了。我得回去了！"

梁一岚随手招呼住了一辆出租车："上车，我送你！"

滨水只好上了车。

梁一岚也上了车，紧挨着滨水坐下，手搭在他的腿上。

出租车驶在城市的大道上。

黄色的隔离线，十分醒目。

车来车往。

37. 山路上

出租车灯照着。

友根帮助修着车，冲驾驶室里喊："发动一下！"

车"轰"的一下发动着了。

友根擦拭着沾着油污的手："嫂子，你上我的车吧，我送你！"

货车司机从驾驶室里探出头来："哎，她她她……不坐我的车……了？"

友根说："我送，你就说明儿个上午在哪儿见面吧！"

货车司机："批发市场外头的……停车场吧！"

友根说："好嘞！"

货车司机自言自语地说："没想到……开个破出租的，比……我有艳福，赶明儿个有钱了，换车！咱也……开……出租！"说着，开车走了。

丹阳坐在出租车里，问友根："那车的毛病大吗？"

友根开着车："不大！"

丹阳说："这个人不怎么样！"

友根："林子大了，什么鸟儿都有。"

丹阳说："友根，今天还真是多亏了你，不过，这么远的道，还得连夜往回赶，你开车可小心着点儿！"

友根："嫂子，你别担心我，我们开出租的，一天到晚哪儿不跑？"

38. 亮子家屋里

床上，丽娇仍在啜泣。

亮子已经躺下了，忽地撩开被子说："你到底睡不睡？！有完没完了？！"

丽娇喊道："没完！我不是为了咱们多挣几个钱，我拉什么顾客？！我为了谁？我还不是为了替你还债吗？外头人和我作对，你也和我作对，这日子还能过吗我？！"

"咣，咣，咣！"板楼那边传来砸墙声！

是香妹在用拳头砸墙！

亮子说："闹吧，隔壁都提抗议了！"

丽娇故意提高了嗓门："不就是那个小妖精吗？我不怕她，她再和我争，我就撕破了她的嘴，看她将来怎么找婆家！"

"咣咣咣！"砸墙的声音更剧烈了！

亮子说："行了，可别因为这点儿事闹得亲戚和四邻不安了，这店铺能办就办，不能办明天就撤，咱们回水塘村！"

丽娇像在喊："啥？你说回就回啊？没门儿！这年头儿，谁嫌钱咬手哇！"

亮子说："说吧，是在这开店，还是回乡下，两条道，你选一条！"

丽娇沉吟一会儿说："我不回村！"

亮子看着她说："那好，那你的毛病就得改着点儿！"

丽娇低着头不再吭声。

39. 批发市场

丹阳问那货车司机："能不能帮我装装货？"

货车司机甩甩胳膊说："我想帮你装……可胳膊说装不了！"

丹阳一笑："挺大个男爷们，还记仇哪？哎，帮我找个人装装货行不？你常来这地方，人熟！"

货车司机："没地方找，你事先又没说，临时……上哪儿找人去？！你有一身能……能耐，自己干呗！"

丹阳看看货车司机，没吭声，转身一瘸一拐地向货物堆走去。

一个很大的衣服包，背在她的背上。

她汗水涔涔。

一趟又一趟，她在装车，蹒跚而坚定的脚步。

货车司机袖手在一旁看着。

又一个庞大的衣服包，背在她的背上，她在向货车走去。

突然，脚上一阵剧痛，丹阳身体摇晃了一下，咬着牙忍住，没有倒下。

货车司机终于伸手帮着接住衣服包，并往车上装，说："你这娘儿们，太……刚烈！我……算服了你……了！"他冲身边几位司机模样的人喊："哎，都过……过来，帮着装装车！"

丹阳看看说："帮可是帮，我可没钱给你们！"

货车司机："哎，白帮，我们……不……要钱！"

几个人帮着装车。

40. 滨水办公室

梁一岚夹着几份文件走了进来。

滨水正在办公桌前低头处理一份文件。

梁一岚把文件放在桌子上，见滨水没抬头看她，就转身给滨水的茶杯里续了一点儿水。

当她把水杯放在滨水面前时，滨水没抬头，说了声："谢谢！"

梁一岚站在滨水身后，故意用身子轻轻贴他："刘总，今晚我举行家宴，一些朋友都来！"

滨水这才抬起头来，有些惊异地："家宴？"少顷，又说："哎呀，今晚上我兴许有事儿。"

梁一岚扭动着腰身，说："哥，不给你妹我面子？"

滨水有意识推辞："你们都是熟人，一起乐去吧，我这个人太正统，去了容易搅了大家伙儿的局儿。"

梁一岚："花蕊儿和花瓣都是花，我主要是请花蕊儿，你不去还有什么意思？！"

看看梁一岚："这不太合适吧？咱们主要是上下级、工作关系。"

梁一岚听了这话，心里一紧，一脸不高兴地往门外走，嘟囔着说："好吧，那就再说吧！"

滨水看着她修长婀娜的背影，若有所思。

41. 丹阳家店铺内

丹阳显然已经卸完了服装，店铺里屋堆了不少衣服包。

丹阳和香妹坐在一个小木桌前。

丹阳脸色严峻、声音却带着几许柔和地说："我不是跟你说过了？！她要拉顾客就让她拉，你挺大个闺女家，跟她吵什么架？！不嫌丢人哪？"

香妹低声说："人家是好心！"

丹阳沉着脸："我知道你是好心，可我要的咱们两家一条心！"

香妹低声啜泣。

丹阳看看香妹，拿过一张餐巾纸给她揩眼泪，说："行了，别冤屈了，我的小姑奶奶！架都吵了，我说说你不应该啊？！"

香妹听了这话，慢慢止住了哭泣。

丹阳："这回好，你在十里长街上可露脸出名了，看你将来怎么找婆家？谁敢娶你个小辣椒！"

友根嘴里吹着口哨，走了进来："嫂子，我！我来了！"

丹阳站起来："哟，友根来了！"

友根："车正好从这边路过，随便到你这儿看看！"

丹阳忙给友根倒了杯茶水。

友根接过，往外走："你们说话呢吧？我外头喝去！"

丹阳："没事儿。你坐你的！"又对香妹说："走，跟姐把这几包衣服给他们送过去。"

香妹"嗯"了一声，背起一个大衣服包，坠得她一个趔趄。

友根不知什么时候过来，竟然伸手托住："快放下，我来我来！"

香妹站稳了："你松手，松手，我自己来！"

友根看着丹阳："嫂子，香妹这劲儿头像你，一对犟牛！"说着，也帮着背起了一个衣服包。

丹阳："你对象的事，有眉目没呢？"

友根："没呢！我一个劲儿给你打进步，嫂子你得指点迷津啊！"

丹阳向香妹背影一努嘴："冲啊！"

友根："这可是块硬骨头，不好啃！"说着，背着衣服包往亮子那边去了。

丹阳对着他背影一笑。

亮子、香妹走了过来。

亮子看他姐要背衣服包，忙说："姐啊，你别动，我来！"

42. 商贸公司楼下，街上（车内）

滨水走出楼来。

一辆轿车驶了过来。

滨水拉开车门，见开的竟是梁一岚。

滨水一怔："嗯？怎么是你开车？"

梁一岚笑着说："司机临时有事儿，我临时打个短儿。上车吧，我送您！"

滨水上了车。

梁一岚开着车驶出院落，驶上街头。

车内，梁一岚："哥，是我到我那坐会儿呀，还是直接回家啊？"

滨水有些犹豫，沉吟了一会儿，说："你那儿，我还非去不可吗？！"

梁一岚笑了："我看咱们就听方向盘的吧，它往哪转，咱俩就往哪走，行不？"

滨水无奈地："哎呀，这一天，脑子里头都是事儿，乱成一锅浆糊了。到你那换换脑子也好。你那人多，坐一会儿我就得先走，别搅了你们的雅兴！"

车轮，在道路的隔离线上碾过。

滨水："哎，你开车怎么可以压黄线？那就是一面墙，不可以越过的，你懂不？"

梁一岚："我懂！可我是个自由主义者。"说着，笑了。

滨水觉得她笑得有些诡秘。

43．丹阳家里屋

丹阳和香妹在择菜、淘米做饭。

水仔在一边玩。

香妹："姐，这些天我心里一直悬着个事儿？"

丹阳："啥事？"

香妹："你是医务人员，如果区里安排你去医院上班怎么办？"

丹阳："我早已办理了复员手续，自由择业了！"

香妹："姐，你行！人哪，敢扔掉生活中本可依靠的拐棍，靠自己的能力走路，有胆有识！"

丹阳："什么人夸人最没劲儿？自家人夸自家人最没劲儿！我自己什么样我知道，怎么夸也没用。哎，香妹，姐问你个事儿，对那个方友根，到底有没有那方面感觉？"

香妹深明其意，脸红了，说："人家说过了，怎么还问呢！"

丹阳用探询的目光看着香妹："那友根可是个不错的人啊，我看他对你有心！"

香妹有些局促地："我知道。可人家现在不想说这事！"

丹阳觑着香妹说："看人多看一段也好，多用心品品，日久见人心！"

44．梁一岚家

梁一岚系着围腰，从微波炉里拿出热好的菜，端到客厅的茶几上。

滨水坐在一旁的沙发上，一边喝茶，一边看电视，他问："你要请的朋友怎么还没到？"

梁一岚妩媚一笑："人家听说我把你请到家里了，都不来了。"

滨水一脸狐疑："嗯？为什么？！"自省地："你看，我说我不该来嘛！"

梁一岚："我的那些朋友，智商不低，和他们聚会的机会有的是！"说着，解下围裙："来，你先吃！"

滨水："哎呀，让你在家请客，不好意思。"

梁一岚挨着滨水坐下，斟了两杯酒："来，哥，今天这屋可就咱俩，没有外人，你说，这酒怎么喝吧？！"

滨水有些不安地搓着手，半天才端起酒杯："我酒量不大。"

梁一岚："哎呀，哥！一个大男人，怎么腼腆得像个大闺女似的，看我的！"说着，一饮而尽。

滨水一脸吃惊的神色："哎哟，你这么厉害啊！"

梁一岚："我今天就是高兴，这叫啥？酒逢知己千杯少！"

45．亮子店铺里屋

亮子说："你看这些天把咱姐累的。唉，从小到大，我姐什么时候干过这么累的活儿？我真心疼我姐！"

丽娇说："姐，确实是个好姐。可那个香妹，就是和我较劲儿！"

亮子："卸衣服，香妹没往咱这边背衣服哇，那叫啥？姿态！人情是把锯，有来就有去，一会儿吃完饭，咱们一起过姐那边坐会儿，也就算是给姐个面子了，行不？"

丽娇看看亮子说："不！我不能在香妹面前矮半截！让她看我好瞧哇？！要去你去，

我不去！"

亮子叹口气："真是江山易改，本性难移。你呀，不改改这副臭德行，像是我们蔡家人的媳妇嘛！"

丽娇看了看亮子，说："呀呀，别把话说那么难听好不好？好像我有多大毛病似的！这么着吧，一会儿我给她们做点饭，你代我送过去。"她转身从衣箱里抽出两件鲜亮的真丝围巾："两条，姐一条，那条给谁，你随便，不是看你和姐的面子，真不愿意给那个小妖精！"

亮子拿起丝巾，看着丽娇笑了："行啊，老婆，有进步哇！"说着亲了丽娇一口。

丽娇："你老婆心眼是小点儿，可也别把我想得一无是处。人家敬咱一尺，咱也不能敬人家五寸。"

46. 梁一岚家内外

茶几上的菜已被吃得差不多了。

滨水站起身来："我得回去了，谢谢你的家宴。"

梁一岚脸色微红，借着几分酒意，一下子扑到滨水怀里，亲了滨水的脸颊一下，说："哥，你好帅，人家好喜欢你哟！"

滨水有些不能自持了，但他很快镇定下来，拍拍梁一岚的肩膀："好了，梁妹，我说过了，咱们是同事，也可以做兄妹，但不能做过格的事儿。好了，我走了！"

梁一岚身子一下子软了下来，跪坐在了滨水脚下，双手捂着脸，有啜泣声。

滨水神色沉重地看着她，说："梁妹，也许我今天晚上就不该来！对不起！"说着，转身开门，下楼走了。

楼门口，滨水走了出来。

"哥！"梁一岚站在窗口，带着哭腔喊他。

滨水停下脚，转身回望窗口，梁一岚半垂着头，长发散落着，站在窗口的灯影里，好一个夺人心魂的倩影。

滨水驻足良久，终于转身慢慢地走了。

47. 丹阳家里屋

丹阳给香妹围上丝巾，说："照镜子看看，你丽娇嫂子送你的丝巾漂亮不漂亮？"

香妹不好意思地接过来，去照镜子。

镜子里的香妹，美丽得像一朵花。香妹很美气，冲着镜子中的自己，嫣然一笑。

这时候，滨水走了进来。

亮子说："姐夫回来了。"

滨水应道："嗯！"看看桌子上有饭菜，"哎哟，有饭有菜啊，好香！"又看见丹阳正在试花丝巾："嗨，看我这老婆，一打扮，倍儿漂亮，就是腿瘸点儿！"

丹阳从脖子上取下花丝巾，使劲儿抽打了滨水一下说："瘸了，就瘸了，你怎么着？瞅你这一身酒味，熏人！光喝酒没吃饭啊？！"

滨水："啊，吃了点儿，同事家宴，没吃饱！"说着，接过香妹递过来的筷子和碗，大口吃了起来。

48. 亮子店铺内外

先前那位讨债人正和一帮人把店铺里的服装往车上装。

亮子愁眉不展地说："大哥，这么做，你把事儿做得太绝了吧？"

那位讨债人："怎么是我把事情做绝了？欠钱不还，倒有钱跑到市里做起生意来了，你跑得了和尚，跑得了庙么，你跑到天涯海角，我也找得到你！"

丽娇："大哥，我们可不是不还钱，我们这不是想挣了钱还你吗？这生意就是只能生蛋的鸡。刚养，你就来杀鸡。我们挣不着钱，怎么让鸡下蛋还你的钱哪？"

丹阳走了过来，问丽娇："这是怎么回事？"

丽娇："要债的，又来要钱来了？没钱就装衣服。"

丹阳："他们要装，就装吧，不行店铺就不开了！"她冲那位要债人说："哎，要装，就都装彻底，连我家店里的也装走！"

那位要债人冲着丹阳淫邪地一笑："我知道你是蔡亮的姐姐，大美女！今儿个这事，我是冲着蔡亮，不是冲你。可你既然有这话，我就恭敬不如从命了！"他吆喝着手下人："来，把这个店的衣服也都装走！"

衣服散落了一地。

丹阳一脸愁容，很疲倦地坐在那里，看着这一切。她突然站起身，对那讨债人说："你听好，十天之内，我砸锅卖铁，也会还清你的钱！"

讨债人："好，别以为我是稀罕你们这些烂服装，等还了我的钱，一件不少地都给你们送回来！"

49. 丹阳家屋里

亮子、丽娇、香妹都在。

丹阳说："人活一口气，佛争一炉香。我再去贷款，连咱们手头有的，先把亮子欠人家的钱还上。"

丽娇："姐，咱们两家的店还能开下去吗？"

丹阳："没钱租门市房，丽娇就和我到桥头摆地摊！"

亮子："啊？姐，那可太委屈你了！"

丹阳："别说那话，人能吃得了的苦，我都能吃！"

50. 滨水办公室

滨水正在办公，笃笃的敲门声。

丹阳围着花丝巾，一身靓丽地走了进来。

滨水抬头，有些惊讶："呀，你怎么来了？还是第一次到我办公室来吧？"

丹阳环视着屋子："尽管我办理了复员手续，可区里了解到我有业务专长，来了通知，问我想不想先到医院参加业务考试，看考试成绩决定是否录用，我想，还是过来和你商量一下。"

滨水给她沏茶倒水："有我说话的份吗？店铺办不下去了，你又欠了银行一大笔贷款，你还想怎么折腾？"

丹阳又说："社会上总得有人折腾，有人折腾才有社会进步。瓦特不折腾有蒸汽机吗？爱迪生不折腾有电灯吗？人类不折腾，有宇宙飞船上天吗？"

滨水："你现在已经山穷水尽了，还想怎么折腾？"

丹阳："我想摆地摊去！"

滨水："什么？摆地摊？区里让你去医院考试，你为什么不去？"

丹阳："我再去当医生，只凭工资，银行那些贷款怎么还？"

滨水痛苦地摇摇头。

丹阳："哎，明天晚上友根过生日，召集一些要好的战友聚个会。让咱俩都参加。"

滨水指指面前的水杯，对丹阳说："你喝茶。"

门，突然开了，梁一岚拿着文件出现在门口。

她看见丹阳，忙说："刘总，来客人了！"

滨水有些不自然地笑了："不是客人，这是我的爱人，你的嫂夫人蔡丹阳！"

对丹阳端庄的气质与外表的漂亮，梁一岚深感吃惊："呀，嫂夫人啊？！"上前拉住她的双手说："哎呀，您真的是太漂亮了！像电影里的哪个演员来着？！"

丹阳微笑着："你是？"

滨水忙介绍道："啊，这是我们公司的办公室梁主任，梁一岚。"

丹阳："还说我漂亮呢，你是既年轻又漂亮！"

梁一岚表面笑着，眼里却掠过一丝深深的妒忌："哎呀，嫂夫人可真是个大美女！"

丹阳呷了口茶，说："梁主任，我们家滨水来这儿当老总，人生地不熟的，什么事儿就靠你们多帮忙了。"

梁一岚说："说不上帮忙，都是我们分内的事儿！"

丹阳看着办公室说："他这个人啊，习惯乱放东西，东一堆西一堆的，你们得多帮他拾掇拾掇，一个办公室，别弄得乱七八糟的，好像猪窝狗圈似的！"

梁一岚解释说："嫂夫人，我看我们刘总挺利索的。"

滨水笑着说："梁主任，在你嫂夫人眼里，我就是个老也长不大的孩子！"

51. 桥上服装地摊，日

丹阳、丽娇、香妹都是一身朴素打扮，在地摊旁忙着卖服装。

丽娇递过两瓶矿泉水，对丹阳说："姐，叫你跟着我们受罪了！"说着眼眶湿润了。

丹阳接过水，给了香妹一瓶，自己一边喝一边说："这怎么是受罪？这是快乐！把欠人家的钱还了，人家把服装也给咱送回来了。自由自在地卖服装挣钱，姐高兴啊！咱们苦干它个年把的，等还清了银行贷款，咱们还要租店铺开店！"她一边打点着顾客，一边问香妹："香妹，刚才我上厕所那工夫，街那头卖秤的大伯大妈来过没有？"

香妹："来过了！"

丹阳："这么巧？卖给他们的衣服，一件多少钱卖的？"

香妹："总共五件，赚了二十八块钱。"

丹阳对香妹说："香妹啊，那是个老街坊，我答应人家原价来原价走的！哪天顺路，我得过去把钱给人家送回去！"

香妹："送回去？有必要吗？他们也不知道原价是多少哇？"

丹阳："可咱的良心知道，亏良心的事儿咱老蔡家人不能干！"

友根和先前的要债人，一起从人群中挤了过来。

友根指着要债人对丹阳说："嫂子，从他那又拉回一车衣服，卸哪儿？"

丹阳："先卸亮子家去吧，他在。"

友根："好嘞！"说完，走了。

那位要债的人，却在丹阳跟前蹲了下来。

丹阳问："有事儿？"

那位要债的人小声说："大妹子，就凭你这身段，这脸蛋，这皮肤，怎么说也用不着在这摆地摊啊！"

丹阳说："那你说我该干点啥？"

那位要债的人："嘿嘿，只要你跟我好上，我宁愿养着你，给你钱，让你开店铺，当大店铺的老板娘。"

丹阳使劲儿抖了一下手里的衣服："离我远点，别影响了我的生意！"

那位要债的人悻悻地站起，自语道："这娘儿们，美人儿长个倔脾气！"说完走了。

滨水西装革履地从桥上人流中走过，他神情复杂远远地看着丹阳他们，为之动容，快步离开了。

52. 市区某餐馆，夜

丹阳、友根、滨水，还有几位退役战友，正在一起为友根庆祝生日。

掌声。

丹阳衣着靓丽："请友根讲几句！"

友根站起来，说："就两个字啊，感动！咱一个开出租车的，社会上最普通的平头老百姓了，大家伙今天能来给我过生日！感动！来，这杯酒，我干了它！"

丹阳拦住："别，友根，你是开出租的，嫂子我呢，是摆地摊的平民草根，司机不能喝酒，这杯酒，嫂子替你喝吧！"

滨水的手机骤然响起，他到餐馆外去接电话。

友根对丹阳说："不用，车早放库里去了，今天就喝酒了！"说着，一饮而尽。说："下面由谁起个头，咱们一起唱首歌好不好？"

众人一哄地："好！"

友根："哎，滨水哥呢？"

丹阳做接电话状，说："外头呢，咱唱咱的！"说着，站了起来，顿顿嗓子说："唱个啥呢？唱个这吧：咱当兵的人……"

大家一起唱了起来："咱当兵的人，有啥不一样，自从离开了家乡，就难见到爹娘……"

餐馆外，滨水拿着电话："梁妹，我真的去不了，战友们正聚会呢，你嫂子他们都在这儿呢！"

手机里是梁一岚的声音："哥，人家想你，今晚上见不到你，明天你可能见不到活着的梁一岚了！"

滨水："梁妹，别开这种玩笑，好不好！"

对方挂断了。

滨水叹了口气，在战友们的歌声里，一脸抑郁地走回餐桌。

友根说："滨水哥，瞅你脸色不太对头，有事吗？"

滨水掩饰道："没事，没事，喝酒！"

53. 十里长街

虽有一些店铺关门了，但远处近处的屋檐下，还亮着一串串红色的灯笼。

滨水和友根显然是喝多了，两个人手搭着肩，趔趔歪歪地在街上走。

丹阳脸上也泛着酒晕，跟在后边。

滨水哼唱着带酒意的歌："人生难得几回醉，不欢更何待！"友根："今天这酒，喝得就是痛快！"

滨水舌头有些发硬，打着酒嗝儿："我说哥们儿，单帮打算跑到什么时候，怎么全天底下就没有一个适合你的女人？"

友根："缘分没到，我看中的女人太少，女人看中我的更少！你说我不跑单帮谁跑单帮去？"

滨水借着酒劲，拍着胸脯，大吵摆嚷地说："这个事儿得解决，哥帮你解决！你指着你嫂子帮忙，指到猴年马月去了吧？我比她强！"

丹阳说："哎，我说你们两个，别吵吵巴火地好不好？喝酒，喝人肚子里去了，也没喝到狗肚子里去吧？！"

54．丹阳家里屋

友根和滨水、丹阳坐那喝茶。

香妹在旁端茶倒水。

滨水看着友根冲香妹努努嘴低声说："这可是金不换的好闺女，论性情是暴烈了点儿，可人品，啧！"说着竖起大拇指。

友根粗声大嗓地："人家香妹，看不上咱！"

滨水制止地："别乱说话！"他冲香妹说："香妹，你过来！姐夫今天介绍你们俩正式认识认识，方友根，你友根哥！"

"砰"，香妹手里的茶碗一颤，掉落到地上，摔碎了。

香妹的脸顿时涨红了。

滨水笑了："你看你看，我这个妹妹，太腼腆，见了生人就紧张！刚给你们正式介绍介绍，就这样：砰！哈哈！"

丹阳也从中撮合："香妹，别忙了，坐下，一起说会儿话！"

滨水单刀直入地："香妹，你看，你和友根处个对象合适不？"

香妹搓着手，鼻尖渐渐沁出汗珠来，不说话。

滨水对友根说："你看你看，咱乡下闺女，就是老实腼腆。"

香妹闷了一会儿，终于开口了："姐，姐夫，话说到这儿，我不说实情就不好了，我在乡下时就有对象了！"

丹阳一脸惊讶的神色。

滨水惊讶地："嗯？！是谁啊，我和你姐怎么都没见过？"

香妹："进城在东海海湾那边筑路工地上修大桥呢！姓路，叫路新桥。"

滨水："是吗？你看，我这是乔太守乱点鸳鸯谱了！"

友根咧着大嘴笑着，鼓掌："人家香妹有对象了，那我祝贺！我祝贺！"

55．丹阳家卧室

夜色已深。

水仔早已睡熟。

床上，丹阳有些兴奋，赤着胳膊，想搂滨水。

滨水用手推挡开："哎呀，热不热啊！"

丹阳腾地坐了起来："刘滨水，你起来，你是不是觉得我摆地摊给你丢人了？"

滨水闭着眼睛摇摇手说："今儿个喝酒喝多了，咱不说这事，困，睡觉！"说着，起了鼾声。

丹阳见状，生气地躺下了。

56．滨水办公室，日

滨水正在打电话："嗯，梁主任还没来上班？有一个多星期了吧？"

一位年轻女性的声音："是的，说是割腕自杀，被抢救过来了！"

滨水放下电话听筒，用手轻轻敲击着办公桌面，心事重重。

他望向办公室的门。

幻觉中，门开了，梁一岚笑吟吟地走了进来，忽儿，梁一岚不见了，仍是关闭着的门。门，像血一样红！

电话铃声响起。

滨水接电话："嗯，信？！送过来吧！"

57. 十里长街街面

丹阳拎着一兜菜，从中华老字号"秤店"门里走出来。

秤店的墙壁上挂满了自制的老式杆秤。

那对老夫妻出来相送。

大伯深受感动："哎哟哟，这28块钱，怎么还送回来了？！"

丹阳："我说过，你们到我那儿买服装，就是进价！"说着，走了。

大妈望着丹阳背影说："现今，像她这么不往钱上使劲的人少喽！"

那位大伯拿着钱，说："咱们做了一辈子的秤，就为给人们讨个公平。可这人比咱们高，是人和人心里的秤戥！"

58. 滨水办公室

滨水在看一封信。

梁一岚的画外音："滨水哥，我病了，心里头的病！这是我家的钥匙，能打开我心病这把锁的人只有你了，再见不到你，你也许就永远见不到我了。"

这时，我们注意到，滨水的办公桌上确实有一把钥匙。

滨水，陷入深深的矛盾中。

59. 梁一岚家内外，夜

楼下，滨水徜徉了许久，进楼不进楼呢？他心情极为复杂地抬头望着梁一岚家窗口明亮的灯光。

梁一岚的身影在窗口一闪。

滨水心里像在翻江倒海。

终于，他走进楼去了。

钥匙，打开了门。

滨水刚站定，梁一岚就穿着很薄的睡衣扑了过来。

她紧紧地拥着他，泪水潸然而下，用双手捧着滨水的脸，深吻着他的嘴唇儿！我们注意到：她的手腕处缠着纱布。

滨水情不自禁地抱紧了她。

滨水突然要推开她："梁妹，咱们这样不好。"

梁一岚紧紧地抱着滨水，闭着眼睛说："哥，为你我割了一次腕了，你是不是还要跳个楼给你看？！要看，我现在就跳！"

滨水怜香惜玉地："梁妹，你为什么要这样？我想不明白！"

梁一岚满脸泪水："女人为什么想男人？你问天去，它知道！"

"砰"的一声脆响，是滨水手里的钥匙滑落在了地板上。

滨水忘情地深吻一岚。

两个人倒在了床上，滨水压在了一岚的身上。

灯，瞬间熄灭了。

黑暗中，是梁一岚的呻吟声。

60. 梁一岚家

(时空转换蒙太奇)灯再亮起时，已是一年以后。

梁一岚大肚子已隆起了，身材臃肿的她，在地上走来走去。

滨水躺在客厅的沙发上，紧蹙着眉头。

梁一岚坐在滨水身边，点燃了支很细的香烟，嘴里喷云吐雾："跟你老婆离婚的事儿，什么时候谈？我不着急，可肚子里的孩子着急！"

滨水神情倦怠地坐起来，一声不吭。

梁一岚洋洋不睬地："别这么捂着，你得说话！你应该明白：我生个没爸的孩子，一旦在公司传扬开了，后果是什么！"

滨水脸上的肌肉痛苦地抽搐着："这一关我早晚得过，我今天回去就和她谈！"

61. 丹阳家里屋

(重复蒙太奇)

丹阳帮滨水挽好裤脚："你怎么了？脸色怎么这么难看？"说着帮他把脚放进了木盆里，伸手拿块搓脚石给滨水搓着脚。

滨水望着丹阳，眼里突然汪了泪。为了掩饰，他只好低下头去。

滨水用毛巾给他揩净了脚，说："累了就早点儿进屋歇着吧！"

滨水往里屋走，突然背对着丹阳站住了，嗫嚅地说："丹阳，我有句话要跟你说！"

丹阳关切地："什么事儿啊？"

背对着丹阳的滨水喉结动了动，有些哽咽了，半天才说出来："店铺重新开张，你又……累得够呛，早点儿……歇着吧！"

丹阳嗔怪地："哎呀，我当是什么话呢，神神秘秘的！"

滨水走进卧室，用目光定定地望着床上的鸳鸯被子，他神情颓然地坐在床上，用拳砸着头！

62. 丹阳家店铺内外，上午

丹阳正和香妹在店铺里忙活。

梁一岚腆个大肚子走了进来。

丹阳看看，对她说："您要买孕妇的衣服，还是小孩儿衣服？我们店不经营这个，您得往长街的那头儿走。"

梁一岚择了个地方坐下，说："我不买服装，我是来找人的！"

丹阳一愣："找人？找谁？"

梁一岚："蔡丹阳大姐，你不认识我了？"

丹阳有点儿发蒙："嗯？看着是有些面熟，您是谁来着？"

梁一岚："我是梁一岚，梁主任啊！"

丹阳猛然想起来了："哎呀，可不是，我真就没认出来，你身上有喜了！快坐。"说着，给她拖过把椅子。

香妹要给她沏茶。

梁一岚对香妹说："茶就别沏了，你先回避一下，我有句话要跟大姐说。"

香妹走进里屋去了。

丹阳："什么话？你说吧！"

梁一岚指指自己的肚子："知道我肚子里孩子的爸是谁吗？"

丹阳："谁?"

梁一岚："刘滨水!"

这句话,对丹阳来说,不亚于五雷轰顶,她一下子怔在了那里。她的眼神充满疑惑:"嗯? 怎么可能啊? !啊? !"

梁一岚缓缓地站起身来往外走:"我知道你不会信,你可以直接去问他!"说着,走出店去。

丹阳的眼里渐渐汪满了泪水,她突地捂住自己的脸,低声饮泣起来。

香妹跑了过来:"姐! 怎么了?"

丹阳哭了好一阵,才哽咽着说:"家里闹地震了! 关门! 今天店不开了! 关门!"

香妹一脸迷惑,但她已感觉到事情很是不同寻常,忙到外面关门。

丽娇往这边看着,问香妹:"哎,你们今儿个刚开张,怎么就关门了?"

香妹一脸严峻,一声不吭。

丽娇向亮子勾手指头,示意他出来。

里屋,丹阳一脸苍白,躺在床上,眼里是太多的泪水。

亮子、香妹、水仔都在床边上,用关切的目光看着她。

63. 大街上,日

丹阳和滨水默默地走在大街旁。

双向车道上车来车往。

丹阳掏出一张刚才办好的离婚证和存折,给滨水塞进兜里:"离婚证和存折,你的你揣好了,别掉了。"

两个人对面站着,丹阳忽闪着含泪的眼睛,看着滨水。

滨水低着头,眼里也有泪。

丹阳给滨水整理着衣服,又用颤抖的手,摸摸滨水的脸,无声的泪淌过脸颊,说:"滨水,是我光顾了忙店里的事儿,没照顾好你!"

滨水一下把丹阳揽在了自己怀里,有泪水在脸上流淌,他把存折拿出来塞进了丹阳的兜里:"这些钱,你留着办店用吧,以后再办个大店。"

丹阳说:"大店是要办,可我不会用你的钱。想着经常回来看看水仔,我跟他说爸爸出差了!"

滨水:"丹阳,到现在我还是不明白,你辛辛苦苦地做这生意,仅仅是为帮亮子他们吗? 值吗?"

丹阳:"是帮他们,也是要活出个我自己来。你喜欢上了能给你带来新鲜感的女人,我却喜欢上了能给我带来新鲜感的生活。人们,也许都在追求新鲜,但新鲜和新鲜的内容不同。既然过不到一起去了,分开了对谁都好。保重!"

丹阳放开手,轻轻抹把泪水,走了。

这时,她才注意到梁一岚正在不远处挺着个大肚子站着。

丹阳在梁一岚身边站住了,轻声对梁一岚说:"今后,你对他好点儿吧,算我求你了。"

梁一岚嘴唇儿动了动,想对丹阳说什么,却又咽了回去!

丹阳步态蹒跚地走了。

梁一岚挎起了滨水的胳膊,回身向相反的方向走去。

滨水回头看着。

梁一岚用肘拐了他一下,冷冰冰地说:"哎,离婚了,就别再回头回脑地看人家了好不好啊！"

丹阳上了一辆出租车。

梁一岚和滨水也上了一辆出租车，车在调头。

两辆出租车朝向反的方向，在黄色隔离线两边各自驶去。

64. 产院产房走廊

有婴儿的啼哭声。

滨水和友根从走廊折角走了过来。

没走几步，友根看看没人，反手揪住了滨水的衣领："刘滨水！你还是人吗？骂你，我嫌脏了嘴！打你，我嫌脏了手！亏得你还当过兵，呸！丢透人啦！今后人前背后的别说认得我方友根！别说当过兵！听见没有？！"

滨水声音很低地说："友根，人生路上有些错可以挽回，但有的错，你明知是错，想挽回，难啊。"

友根猛地一搡，把滨水搡在那里："我没法理解你！那个家叫你毁了，嫂子对你的那片心，叫你毁了！"说完，头也不回地走了！

65. 丹阳店铺里屋，日

丹阳围着毛巾被，坐在一把椅子上，脸色依然不好看。

丽娇端着碗宽心面过来放下，眼里有泪地说："姐啊，看你这样我真不知该说啥好，一年多来，你尽想着我们了。我做了碗宽心面，给您送过来了，要是往日我有做得不对的地方，姐，你就别和我一般见识了。"

丹阳眼里已没了泪水："丽娇，难得你给我做这面，就当姐吃了。我跟你说啊，你嘴快，我离婚的事儿，对两个人暂时不能说：一个是我爸，他年纪大了，我不想他跟着我们太操心；再就是水仔，孩子太小，容易伤着他的心！"

丽娇："姐，你放心吧，我一准不说，牙缝儿不欠！"

这时，友根进来了。

丹阳撩开毛巾被说："友根，你来得正好，我正要找你呢！有时间吧？跟着我出趟门！"

友根："你就说什么时候走吧！"

丹阳："现在！"

友根点点头。

丹阳对丽娇和香妹说："我得几天回来，家里的事儿，就交给你们了！"

丽娇说："姐，有我和香妹呢，你就放心吧！"

66. 公路上

车子行驶在高速公路上。

友根驾着出租车驶在公路上："哎，丹阳。"

丹阳："哎，你怎么不叫我嫂子了？"

友根："哥都不是哥了，管谁叫嫂子啊？说，往哪儿开啊？"

丹阳："顺着南官河岸，往海边开！"

出租车行驶在笔直平坦的路上，阳光在路面跳跃。

友根的声音："服装批发市场不去了？"

丹阳："真笨，回来不正好顺路吗？"

67. 海边

傍晚。

波澜壮阔的大海，泛着落日的余晖。

丹阳和友根赤着足走在海边上。

海风撩起丹阳那头秀美的长发！

68. 服装批发市场

友根和几位男人一起背着货包，往货车上装。

丹阳胳膊上挽着友根的外衣，在货车边上点包数。

69. 商贸公司财务部主任室

梁一岚尽管大腹便便，但打扮入时，坐在班台里，给几个工作人员开会："从今天起，我正式接手公司财务部主任的工作，公司所有财务上的事儿，必须经过我手，尤其动用现金，必须由我一支笔签字！"

70. 十里长街

友根一手拎着个菜兜，让水仔骑在脖颈儿上逛街。

路过那家老秤店，友根驻足向里张望。

墙壁上挂的秤都没有了。

依然是那对老夫妻，笑呵呵地站在柜台里边。

友根问："大伯大妈，你这家老店不卖秤了？"

大伯乐呵呵地说："不卖了，做了一辈子秤，过去是抢手货，现今不时兴了。时代变了，大家伙都用电子秤了。我改卖电子秤了！"

71. 丹阳家新的店铺内外

丹阳家新的店铺比原来的店铺大多了。

门面上张灯结彩，看来是新开业。

友根肩驮着水仔，拎些菜走了过来。

丹阳一身白领打扮，从店里走出来。

友根说："把水仔从幼儿园接回来了，顺便帮你买了点菜。"

丹阳对水仔说："还骑在叔叔脖子上，快下来！"

水仔却说："不，我就要骑脖颈儿！"

友根说："孩子要骑，就让他骑，我不累！"

丹阳接过友根手里的菜："水仔在你身边长了，肯定得叫你惯坏喽。"

友根咧着大嘴一笑："不会吧？"

丹阳："友根，开这家新店，你又是帮着跑装修又是跑服装的，你可没少跟着受累！姐都心疼你了。"说着，硬把水仔从友根肩头抱了下来。

友根咧着大嘴小声地："丹阳，我可没承认你是我姐啊！"

丹阳在他的声调里，明显地意识到了什么，睃睃友根，莞尔一笑，低声说："你这话啥意思？"

友根："你听出啥意思了，那就是啥意思！"

丹阳："别胡思乱想，你姐是二锅头了，你还是头曲老窖！和我好，你亏了。"

友根："二锅头咋了？陈年老酿，味道纯正！我方友根这辈子能喝上这口，那就是天那么大的福分！"

丹阳亲昵地一笑。

字幕：一年以后

72. 丹阳家新的店铺门前，夜

屋外下着雨。

笃笃的敲门声。

丹阳打开了门，门前的一幕令她惊讶。

滨水擎着伞，一副落魄的模样，怀里抱着个很小的孩子。身边是两位穿着雨衣的警官。

丹阳问："这是出什么事儿了？"

滨水脸上有雨水："我摊上官司了，梁一岚卷了公司一大笔钱跑了！我进监狱不能带着孩子。丹阳，这孩子叫阿月，拜托了！"

丹阳看看滨水，过了好一会儿，才接过阿月，点点头，低声说："嗯，孩子没罪！"

滨水和那两位警官消失在了雨幕中。

丹阳关上门，抱着孩子进里屋去了。

73. 丹阳家新的店铺里

香妹和新来的一些服务员都在忙着。

丹阳一边给阿月喂着牛奶，一边拿着拨浪鼓逗她。

水仔跑了过来："妈，阿月妹妹是从哪儿来的？怎么来到了咱们家？"

丹阳："水仔，阿月妹妹是妈昨天晚上生的，是你的亲妹妹！"

水仔又问："是亲妹妹？"

丹阳："是！你叫刘军仔，她叫刘军囡。"

字幕：又过了两年

74. 十里长街街口，傍晚

友根的出租车停在那里。

滨水显然是刚出狱，因为剃过的平头还未蓄长。

丹阳把怀里的阿月递给滨水，又掏出存折："这是你的存折，里面的钱，我未动。"并把存折揣进滨水的兜里。

滨水说："这个存折我拿着，这钱，就当是我欠你的。"

丹阳的眼里含了许多泪，亲着阿月的脸。

水仔捧着一个生日蛋糕，递给滨水："爸，妈说今天是你的生日。"

滨水接过蛋糕，泪水潸然。眼前浮现出以往和丹阳、水仔一起过生日的美好场景。

阿月反身扑进丹阳的怀里，声音怯怯地："妈妈！"

水仔看着妈，眼里是太多的不舍，摇着妈的手，轻轻地说："妈妈，爸爸要带妹妹去哪儿？"说着哭了。

阿月也哭了，把手伸向水仔："哥哥！"

滨水脸上是太多复杂的情感，他抿着嘴，强忍住泪水，抱着阿月，上了车。

香妹把一个装有阿月衣裳的小包袱放在了车上。

友根把车开走了。

水仔向前追着车，眼里含了泪："阿月！妹妹……"

长街上有许多人在路上或铺子的玻璃后面，向这边引颈张望！

丹阳控制不住自己的情感，也踉踉跄跄地向前追去："阿月！阿月！刘滨水！要不把阿月留下吧！"

丹阳、水仔一前一后在长街上奔跑的脚步。

向前奔进的出租车的车轮骤然停下了，友根抱下了从滨水手里递过来的阿月，向丹阳、水仔这边奔来。

阿月咧嘴哭着，伸向丹阳、水仔的手："妈妈！我要找妈妈！"

滨水坐在车里副驾驶的位置，从车耳镜上看着这一切，手里攥着那张存折，泪水潸然。

丹阳带着复杂的情感心理，在音乐和慢镜头中抱起了阿月！

阿月破涕为笑的小脸儿。

水仔高兴得哭着的小脸儿。

丹阳流泪的脸，看着阿月和友根笑了。

友根看着丹阳，咧着大嘴笑了！

他上前幸福地搂住了丹阳、水仔和阿月！一下子把他们三个人全抱了起来！转着大圈儿……

在友根的怀抱里，丹阳泪如泉涌！

十里长街啊，骤然亮起了那么多喜庆的大红灯笼！

双向车道上，友根开着出租车。

友根和丹阳身着喜装，胸佩红花，满脸喜气。车里还有水仔、阿月，满车是笑脸！

黑卡字幕，画外水仔和阿月的声音："妈妈！妈妈！"

丹阳的画外音："水仔，阿月，从今天起你们管友根叔叔叫爸爸了！"

水仔、阿月清脆的画外音："爸爸！"

"哎——！"友根的声音！

净影寺

人物表

荆　浩：中国北方山水画派开山宗师，28岁左右。

慧觉大师：净影寺住持，猿仙通背拳拳法奠基人之一。

裴　休：晚唐宰相，荆浩恩师。

甜　女：裴休之女，20岁。

晚　儿：甜女丫鬟，16岁。

李黛乔：裴休之妾，侍卫潘三两的情人，30岁左右。

潘三两：原为裴家侍卫，后为裴妾情人，30岁左右。

后　空：8岁左右，寺童。

相宅老管家：60多岁。

谢　侃：藩镇割据将军，40多岁。

裴家马僮。

左先锋官。

右先锋官。

众武僧，众兵士，众家丁，民众。

字幕（画外音）：公元907—960年，由于晚唐朝廷的昏庸与官僚阶层的腐败，导致中央集权制的国家出现了四分五裂的局面，史称五代十国时期。战争与灾荒，把黎民百姓推入了水深火热的深渊。战乱年代，几乎所有人都是受害者。

1. 净影寺住持禅房，夜

镜头从一幅"松石图"山水画上拉开。画面以屹立在悬崖上的双松为主体，近处是水墨渲染的云烟，远处则群峰起伏。

荆浩和慧觉大师的手共擎着这幅画。

旁边，有一位8岁左右、眉清目秀的小和尚，帮着抻着画，他是后空小师父。

慧觉大师念着画面上的题字："恣意纵横扫，峰峦次第成。笔尖寒树瘦，墨淡野云轻。岩石喷泉窄，山根到水平。禅房时一展，兼称苦空情。嗯，荆浩先生！一幅节气高远的松石图，一句深谙世道的苦空情，道出了先生值此乱世之秋，寄居禅寺，心忧天下的鸿鹄之志！请请请！"慧觉大师一边小心卷起画轴，一边向荆浩介绍后空说："这是我的小徒后空，空儿，给荆浩先生看茶！"

后空小师父笑嘻嘻地："师父说，荆浩先生喜欢喝山菊花，我早已经准备好了！"说罢，回身端过茶具，置于茶桌上，擎壶洗茶。

荆浩笑着，用欢喜的目光看着可爱的后空，与慧觉席地坐于茶桌两侧，慧觉一边让茶，一边说："先生在画上所题苦空二字，此乃我们佛家用语，足见先生隐退山林之后，正逐渐参透红尘之事。"

荆浩擎起茶盏，轻轻滴入炭炉一滴水，水汽顿生，说："水本为水，入炉为气，有无气生，只在瞬息。可见有无之间，原本如此贴近。由此可以联想到人世沧桑，一无生万有，万有归一无。可叹当下大唐江山有终将归无，平和安定中已是四处烽烟骤起、藩镇割据，天灾人祸，百姓民不聊生，饿殍遍地，好端端的大唐江山已经碎裂。慧觉大师想必已经听说了：那些无良无道的藩镇将军们，已令手下的军士将十几万黎民百姓杀死，并用石碓捣碎，竟做了人肉粥喝！真是惨绝人寰！"

慧觉大师闻言，双手合十："阿弥陀佛，善哉善哉！"

寺童后空，正在为他们续茶，听了这话，惊诧地瞪大了黑亮的眸子！

慧觉大师叹了口气："荆浩先生，我都听说了。我们佛门弟子有好生之德。如此生灵涂炭，实乃古今罕见！大唐好端端的江山社稷，就毁在昏庸朝廷和那些贪官污吏手中。风，其实早已起于青萍之末，可朝廷每日沉浸于声色之中，对各地贪官污吏欺上瞒下、离心离德、鱼肉百姓的逆行熟视而无睹，仍粉饰天下为太平盛世，结果，危如累卵的江山，一朝覆倾，便再也不可收拾了。"

后空端上围棋，慧觉大师与荆浩举子布阵。

荆浩说："棋子有黑白，世道也有黑白，棋子的黑白可以看在眼里，世道的黑白可以了然于心中。在这混混沌沌的乱世之中，白可能被当作黑，黑却可能被当成白！弈棋，也如乱世人生，在黑白两道间行走博弈。你我寻求的不是谁输谁赢，而是共悟置身于如棋局的乱世之中，如何才能用智慧走出迷津！"

慧觉大师道："僧侣是人不是神，焉能没有忧国忧民之心！没有人喜欢战乱与杀戮，哪位老百姓不想在太平盛世中过一个安稳日子？！"

荆浩道："荆浩早就知道，慧觉大师虽身居深山寺院，对大唐世风日下，早就忧心忡忡，并也曾几番对宫廷耿直进言，可惜这如黄钟大吕般的声音，没能警醒大唐执政者们的沉迷之心啊！我荆浩乃一介文弱书生，内心最向往的，无外乎是国泰民安，自己有个悠闲自在舞文弄墨的世外桃源。现今，面对大唐江山破碎、生灵涂炭，我是深感自己力量之微弱，常叹没有回天之力啊！"

慧觉大师："贪官污吏、乱臣贼子们乃国家安定、百姓幸福的祸水与大殃！昔日繁荣昌盛的大唐江山已是大江东去了，不会再回头了！"

荆浩："一统唐朝因腐败而分而亡，让人心痛疾首！我荆浩虽已置身后梁时代，但仍有颗不死的盛唐之心！没人不盼望自己心爱的祖国，在走出战乱与分裂后，仍能像盛唐时期那样，到处是一派安定祥和、繁荣强大的景象！"

2. 开封城内裴相爷家老宅，夜

一驾马车驰进府宅，风尘仆仆的马僮翻身下车，急声喊道："相爷，相爷！"

门前的灯笼光照中，宰相裴休和老管家闻声从屋内出。

裴休："马僮，什么事儿这么急？"

马僮："裴相爷！小人刚才探听到，潘三两、李黛乔他们带领一标人马，马上就要来抢相爷家的这座老宅院了！"

裴休闻言："什么？这对狗男女！竟敢如此造次，简直是反了！"

老管家："相爷！时值乱世，人心难测，他们什么事情都干得出来！我看马上撤离相府才是！"

裴休沉吟了一声，未置可否。

老管家吩咐道："马僮！你马上带上相爷、甜女和晚儿他们从后门走！越快越好！"

马僮答道："是！"

裴休脸色陡变："慢！我不走！我倒要看看潘三两、李黛乔这对奸夫淫妇！怎么有脸面见我！我就是不走！"

老管家劝道："相爷啊！好汉不吃眼前亏啊！世道变了，人心也在跟着变！潘三两已不是你昔日的侍卫潘三两了！李黛乔也不再是相爷昔日同床共枕的小妾李黛乔了！他们狼狈为奸，可是什么坏事都干得出来！"又对马僮说："马僮！事不宜迟！你带相爷他们立马走！这儿，有我带几个家丁顶着！快！"

马僮答道："是！"上前架着裴休走了！

裴休边被架着走，一脸哀伤："想我裴休平日待他们不薄，他们也曾对我信誓旦旦，人心啊！太难测了！"

马僮："相爷啊，别想那么多了！人心隔肚皮，好人坏人，谁脑袋上也没贴帖儿，不遇到事儿怎么看得出来？！"

裴休被马僮扶上马车，长叹一声："唉！那李黛乔在我显贵得意之时，嫁我为妾，背后却狠心整死了我那可怜的夫人，又与表面对我忠心耿耿的侍卫潘三两偷情，他们绝不是善良之辈！我裴休老了，可我说什么也不想离开这个老祖宗传下来的宅子，我要和他们一命换一命！"

马僮："相爷啊，听您老管家的吧，避避风头再做打算，才是上策！世态炎凉是天地间的一杆大秤啊，君子、小人在这杆秤上一称，就黑白分明高下立现了！"

有家丁带着甜女、晚儿向马车奔来！

马僮、家丁扶着甜女、晚儿上了车！

马僮挥鞭打马："驾！"

车轮启动，驶向后门！

裴休老泪纵横，撩帘凝视宅院："我裴休前朝为官两袖清风，心系黎民！都说苍天有眼，可我不仅丢了大唐宰相的官职，连这祖传的老宅院都守不住了，苍天啊，你的眼睛在哪里？！我一直信那句老话：瓦片还有翻身日，东风会有转南时！马僮，我们还会回来的，对吗？"

马僮没有回答，他飞快地赶着马车，驶出了宅院后门。

这时，府院门前传来嘶喊声！潘三两骑着马，带着一些手持兵器身着黑衣黑裤的人，冲到府宅门前。潘三两高声叫道："快！把门给我撞开！"

立即有人抬着根大木头，冲撞府门。

老管家带着几个家丁，用木头和身子死死地顶住宅门！

相府的一只大黑狗使劲地向宅外吠叫！

老管家一边顶着门，一边背着身对门外的潘三两说："潘三两！昔日你在长安相府上当差，裴相爷待你不薄！你拐走相爷的小妾李黛乔也就罢了，为何又要赶尽杀绝，来抢相爷家的老宅？！"

门外，潘三两骂道："你个老不死的，给我少废话！快点儿把门儿给我打开！"

老管家怒道："有我在！你们休想进相爷家的门，除非从我的身上踩过去！"

宅门被撞开，潘三两带着那些手持刀械的人冲入府内，对着老管家就是一刀！又对扑上来的大黑狗一刀！

大黑狗应声倒地！

老管家颓然倒地，手捂着汩汩流血的胸口说："潘三两，你个狗杂种！好狗还知道看家护院呢！你连狗都不如！"

潘三两对着老管家又是一刀，对手下吩咐道："把这老东西，给我捞到大街上去喂狗！"

有人上来，拖走老管家！

老管家身下的血迹！还有他那双死不瞑目的眼睛！

潘三两显然搜完了宅子，骂道："裴休这老东西，跑得比兔子还快！想他也不会跑得太远！给我追！"

"慢着!"话音未落，浓妆艳抹的李黛乔扭腰挪步地走了过来："这黑灯瞎火的，让手下的弟兄们往哪儿追啊？我看，今儿个晚上见好就收吧，管怎么说这套大宅子就算落在了咱们手上了，我看大家伙就先把屋里屋外的都拾掇拾掇，有什么值钱的收上来以后，就都歇着吧!"

潘三两无奈，只好大声吩咐着手下的人："也好，就听夫人的吧。可有一样，你们大家都给我听好了，这宅子里的一切，现在可都归我和夫人李黛乔了，拾掇屋子的时候，你们手脚都给我放老实点儿，不然，我潘三两认得你，手里的刀可不认得你!"

李黛乔说："哎呀，别说得那么吓人，我知道，这座老宅可是个清水衙门，没多少值钱东西，大家就放手拾掇吧!"

3. 通往净影寺的乡路上，晨

晨，烟雾弥漫的乡路上，有饿殍和战死军卒的遗体，不时有阵阵硝烟掠过。

有军士抬着尸体，往一处支有大锅和摆放了许多石碓的地方堆放。

有军士在石椎旁用力捣着什么。

马僮驾车从硝烟中穿出。

车内裴休撩开车窗的帘子，望着路旁凄惨情景，两眼含泪："唉，想我大唐，一统天下二百九十载，中间虽经安史之乱，但总体来说风调雨顺，国泰民安，没想到大好江山，倾覆于瞬间。哀帝被废，我裴休返回故里开封，没想到开封又成了大梁朱温称帝的都城!昔日大唐的万里疆土上，竟找不到老夫我一块安身立命的地方喽!"

甜女："爹，从昨晚起，你就撩着帘子一直向外看，一夜都没合眼了，你现在不是相爷了，咱们家宅也叫人家占了，你就别在那儿忧国忧民了，咱们还是先忧忧现在吧，咱们往哪里去?!"

晚儿也说："相爷，小姐说得极是，您老人家该合上眼睛，打个盹儿也好啊!可别熬坏了身子!"

裴休摇摆着手说："不是不想睡，是真睡不着啊，我等失去家宅区区小事怎么可与国之倾亡大事相比啊?想我裴休也曾壮志满怀，在京城长安辅佐昭宗、哀帝，力图通过推行清明吏治，挽江山社稷于既倒。不料，朱温那窃国之贼，对昭宗百般阿谀，却在哀帝即位不到三年之时，就将一个16岁的哀帝赶下帝位，自己做起了大梁皇帝!我裴休今日真是报国无门啊!长安待不了啦，开封祖传老宅在我手里也丢了!于国于家，我都是个不肖子孙!我怎么睡得着哇?!啊?!"说着，老泪纵横，又痛哭起来。

甜女见状，对马僮说："马僮，咱们奔波了一夜，人困马乏，我看还是寻个客栈，先歇息一下吧!"

马僮答道："小姐说得对!前面再遇客栈，我就停下来!驾!"

车轮继续向前奔进。

车厢内，晚儿对甜女说："小姐啊，这些年咱们随老爷在长安，在开封，都是久居宅院，对外面的事儿知道得很少。这世道怎么变得这么吓人?一路上到处都有死人，横躺竖卧的。车一直颠簸，我还以为是路不平呢，却原来都是轧到了死人身上。"

甜女说："连年战争，又遇荒时暴月，黎民百姓们不好活啊!"

马僮说："没看见那些士兵在石碓里捣的是什么?是人肉!"

4. 净影寺，日

一匹快马疾驰到净影寺前，一军官模样的人，满身风尘，在寺前下马、拴马。

寺内，荆浩正在墙壁上绘制佛学壁画。

慧觉大师、后空小师父及僧侣围在一旁观看。

慧觉大师微微额首道："荆浩先生工诗文，通经史，更有绘画大师的奇才，这些有关佛学掌故的壁画，真是幅幅形神兼备、美轮美奂，让人击节叫绝！"

荆浩停下手中画笔，谦逊地笑道："慧觉大师实在是过誉了！给净影寺绘制壁画，荆浩不敢有丝毫懈怠，必须尽心尽力而为之。"

未待慧觉大师再说什么，那先锋官已手持一卷文书，大脚步走进寺院来，高声大嗓地叫道："哎，你们的慧觉和尚在吗？"

后空迎上前去，用手一挡，问道："请问你来自何方？姓甚名谁？怎么一进我净影寺山门，就大呼小叫我们慧觉大师的尊名？！"

那先锋官看看后空："你一个乳臭未干的小毛头孩子，怎么配与本先锋官说话？我有公事，要找你们慧觉和尚！"

后空双手合十："人无论老幼，都要互相尊重，我年纪虽小，却也是有名号的，我是后空！"

那先锋官嚷道："我管你什么后空前空的，闪开！我要见你们慧觉和尚！"

慧觉闻言，缓步上前，双手合十一揖："本僧便是慧觉，不知这位将官找我何事？"

先锋官上前，恭敬地递上那简文书："慧觉住持，我从梁国京城开封赶来，是当今大梁谢侃大将军麾下的左先锋官，你知道：梁国刚刚开国，正在广招天下尚武人才。特命我前来，请你出任右先锋官，共图大梁霸业！这是委任书。"

慧觉双目微合，道："这位先锋官，你该知道，慧觉乃出家之人，早已了断红尘多年！"

左先锋官："慧觉住持，你在这深山老林里当这和尚，苦守山门青灯，有什么好处？若是跟了我们，那可是有享不尽的荣华富贵。人生一世，草木一秋。苦苦守着这深山寺院，活着还有什么劲儿呢？"

慧觉双手合十："南无阿弥陀佛，慧觉早已远离世间色界，与众僧习得些武功，全是为了强身健体，自恃山门。净影寺虽居太行腹地，却也是大唐圣神皇帝武则天拨银修建。战乱之时，不仅是一块弘扬佛法的圣地，也是一块志士仁人隐居的世外净土。恕慧觉不能接受什么右先锋官的委任。出家人，只愿毕生晨钟暮鼓、诵经讲禅、弘扬佛法。"说着吩咐后空："后空！这位先锋官沿途奔波，想是又饥又渴，快些领到膳房用些斋饭，而后送客！"

后空应诺："是了，师父！"

左先锋官又道："慧觉住持，为请你出山，我一路奔波数日，鞍马劳顿，你总不能这么几句话就把我打发了吧？我劝你还是再思量一下，过了这个村儿可就没这个店儿了。此次你不出山，日后也许会后悔的。"

后空道："哎呀，你这人怎么这么啰唆！我师父已经说了，他不会跟你出山的！"

慧觉大师道："先锋官，贫僧以为：世间视觉心觉之万色，皆是空也。想我净影寺取名净影，是说不仅净空了自身，也净空了影子。你想，我身为净影寺的住持，日后会因为一个区区的先锋官官职而后悔吗？我想送先锋官一句话：静是动的主宰，轻是重的初始！那些重武功而轻文治、谋权以渔利，以杀人为乐的人，是不会长久得志于天下的。尖兵利器都是世间的不祥之物，想以武力逞强于天下的人，最终都会得到武力的报应！此乃因果，无人能外。望先锋官三思！善哉善哉啊！"

左先锋官听了慧觉大师的话，打了个愣怔："这么说，慧觉住持真的要在这深山老峪里清苦一生了？"

后空在一旁咕嘟着嘴儿，有些不高兴地看着左先锋官。

慧觉大师道："善哉善哉！"

左先锋官："好吧！我虽是一介武夫，却也明白万事不可强求，那我就回去如实禀报了！告辞！"说罢，与慧觉互相一揖。转身与后空奔斋房那边去了。

左先锋官一边跟后空走，一边道："你们这位慧觉住持的这席话，话语不多，却使我这四肢发达、头脑简单的人，如沐春风、顿开茅塞！依他说来，他不去当这个右先锋官也许还真就是对的呢！"

后空斜了先锋官一眼："你在跟谁说话呢？"

左先锋官："跟你呀！"

后空说："我再跟你说一遍，我有名号，法名后空，你该叫我后空！"

左先锋官回说："甭想！我怎么会管一个只知道尿尿和泥玩的小毛孩子叫什么师傅？！要知道我是当今大梁的将官！"

后空拿眼睛觑了他一眼，问："你跟我说实话，你杀过人没有？"

左先锋官："本人身为将官，怎么会没杀过人呢？！"

后空："你一进我们寺院，我就看到你身上有股子杀气！不像个好人！"

左先锋官拿凶凶的眼神看着后空。

后空："你不用拿那种眼神看我！我们佛门讲究不杀生，你不只杀畜生，是杀人！我说你不是好人说错了吗？"

左先锋官摆摆手："算了算了，我的肚子饿得咕咕叫，没工夫与你说长论短！快些弄些饭菜来我吃！"

马僮，骑着一匹快马，奔驰在太行山中。

这边，荆浩一边画着壁画，一边听慧觉大师说："佛门圣地，有墙而无壁，方才，我说荆浩先生画的这些画美轮美奂，不是美在画的色彩上，而是美在画家的心里。美心才是画的本质，而画不过是美心的外在形态罢了。"

荆浩说："慧觉住持净心净影，不受功利诱惑，已进入人生至境。每每言及佛学真谛与世间万千存在的来龙去脉，都令布衣荆浩钦佩之至！"

斋房后厨，后空在往一碗菜里尿尿。

斋房中，后空抿着嘴儿给那左先锋官端来饭菜，那先锋官饥不择食，立马大吃大嚼起来："哎！你们寺院里的饭菜，怎么好像都有股子怪味儿？"

后空掩饰住窃笑，道："哎，我说你这人怎么这么爱挑肥拣瘦的？我们寺院里的饭菜，那可都是梵界净土里的净物，你这样的人能吃上这样的饭菜，我都怕你弄脏了我们的饭碗。"

左先锋官气愤地眨眨眼，咽下口气说道："还有没有饭菜，再端上些来，我实在是饿透腔了！"

后空拿眼斜睨了左先锋官一眼，说："没了，那一大碗饭，一大碗菜，都叫你大口粗肠地吞下去了，这兵荒马乱的年头，我们还得吃地瓜叶子充饥呢，你能吃上一大碗饭就不错了，我还上哪儿给你弄饭去？！让你吃得太饱，好有力气杀人去啊？！"

左先锋官拿眼睛斜睨着后空，说："你这个小兔崽子，不知道我哪儿得罪你了，从打进了寺院门，你就跟我过不去！"

后空双手合十，说："这位将官息怒，善哉善哉！"

寺院门前，左先锋官神情复杂地看了看净影寺，飞身上马远去！

这时，从远处，有人骑着一匹马向寺院奔来！

马僮在寺院门前的树上拴好马，衣衫沾满污迹汗渍地奔进寺院。

他疾步走近荆浩，叫道："荆浩先生！"

荆浩停下手中画笔，回望马僮，有些吃惊地问："你是？"

马僮的脸上沾满汗渍和硝烟污迹，他抹了一把说："荆浩先生，怎么刚一年多没见面，你就不认得我了，我是裴相爷家的马僮啊。"

荆浩惊喜地说："哎哟哟，马僮！真的是你啊！你从天上掉下来的呀？你看你弄得蓬头垢面的，我差点没认出来你！快说说，裴相爷家那边状况如何？！"

后空忙递上一碗茶水来。

马僮接过茶碗，一口喝下："再来碗！"后空忙又递上一碗茶水。马僮又喝下，才说："荆浩先生啊，咱们裴相爷家那边出了大事了，老夫人被相爷的小妾李黛乔整死了不说，家宅也被李黛乔和与她通奸的前侍卫潘三两抢占了去！"

慧觉闭眼，双手合十说："罪孽啊罪孽！"

荆浩急问："裴相爷现在哪里？"

马僮："相爷暂时栖身在百里外的一家客栈里，打发我前来找你，看看你处可否暂且令我等栖身？"

荆浩说："什么叫可否暂且令你等栖身啊？有我荆浩栖身处，怎么会没有恩公与你等栖身处呢？！想我荆浩24岁进得开封，举目无亲，投报无门，沦落街头，是裴相爷在路上遇到穷困潦倒的荆浩，不嫌我出身寒微，竟留我于府上攻读诗书两载。裴相爷的大恩大德，荆浩正愁报答无门呢，今日良机实乃天赐！"

后空给马僮递过来湿手巾，马僮接过来，擦拭脸上的污渍与汗水。

慧觉大师："救人于水火，是佛家苦修的法理！荆浩先生，你的恩人就是我的恩人！我马上叫人把寺院西侧的几间屋子腾空出来，打扫干净，供荆先生的恩公与家人居住，你看如何？"

荆浩对慧觉大师施礼道："大师慈悲，那我就与马僮去接裴恩公他们啦！"

后空端过一盘饭菜来："这位大叔，又累又饿的，还是吃点儿饭菜再走吧？！"

马僮："谢谢这位小兄弟，饭菜就不吃了！我们这有急事儿！"

后空眼里竟然涌出泪花："我知道，你是好人，我们净影寺的饭菜让好人管够吃！"

马僮、荆浩都用爱怜的眼神看着后空！

慧觉大师说："荆浩先生，眼下兵荒马乱，你一个文弱书生，不会舞枪弄棒，遇有情况恐难应对，不如我再带几位武僧与你同去！"说着，解下身上袈裟。

荆浩说："哎呀，那当然是好，只是太有劳慧觉大师了！"

慧觉大师："哎，自家人，不必客气！救急救命要紧！"

寺院门前，后空："师父，我也想去！"

慧觉大师道："你还小，在家守护山门吧！"说罢，与几位僧人持棍上马。

马僮抖动缰绳，荆浩催马，他们迅速驶离净影寺。

慧觉等人的几匹快马紧随其后，在蜿蜒的山路上渐行渐远。

后空端着手中的饭菜，伫立寺前，望着远去的马队！

5. 开封城内裴相爷家老宅

日，寝室内。

梳妆台前，潘三两从背后抱住李黛乔，两人陶醉地欣赏着室内一切。

潘三两说："黛乔，我的亲，如果不是我潘三两力主动武，这府上的宅院会落到你我的手上吗？哈哈，真是不费吹灰之力，就把事儿办停当了。"

李黛乔面现忧郁："潘三两，你虽身怀轻功，身轻如燕，可你的脑袋瓜子想事情可别太简单！我看，你还是先别太得意，只要我们家那老不死的还有一口气，这宅院可就是姓裴不姓李，更不姓潘！"

潘三两："亲，探子已经探回来了，裴老头他们奔西北方向跑了。你别急，心急吃不了热豆腐！就凭我潘三两这一身武功，手下还有这帮子人马，还怕他一个孤老头子跑了不成！让他跑，我看他能跑到哪儿去？！他就是跑到天边儿地沿儿去，也得做我潘三两的刀下之鬼！"

李黛乔撒娇："哼，你床上能，床下也能，好像没你不能的，大话你可说出来了，我李黛乔倒要看一看，你到底怎么个能法？！"

潘三两："好了好了，心肝陪我上床睡会儿，睡好了，我立马带人去追杀那裴老头！"

李黛乔假意推脱："哎呀，大白天的睡的哪门子觉呢！那老不死的睡觉时就只管自己呼呼睡，不管我，你可倒好，完全倒过来了，黏黏糊糊的，一时一刻离不开我！"

潘三两嘿嘿一笑："这叫什么？这叫牡丹花下死，做鬼也风流！"

6. 太行山区客栈，夜

夜幕四合。

那驾马车停在那里，旁边还拴着慧觉大师他们的几匹马。

客栈内，两张桌子上，裴休、荆浩、甜女、晚儿、马僮与慧觉大师、僧人正在分桌喝酒吃饭。

荆浩端起一杯酒站起，敬裴休："恩公！弟子荆浩再敬您和家人一杯！"

慧觉笑着："对对对，给裴恩公压惊的酒，接风的酒，洗尘的酒，是要连敬三杯才好！"

裴休颤颤地站起，说："好，这第三杯酒，我还是要喝！马僮！"他朝马僮说道。

马僮立马站起："相爷！"

裴休："此次深夜出走，躲过一劫，你功不可没。荆浩敬我和家人的这杯酒，不光甜女、晚儿要举杯，你也要一起干了这杯酒！患难之秋，自今儿个起，家里不要再论什么主仆，都是自家人啦！"

马僮："谢荆先生、裴相爷！"说着，一口干了。

"哈哈哈！"随着笑声，潘三两突然出现在门口，紧跟着一群人冲了进来。

潘三两用嘲笑的口吻说："裴相爷！老裴头！没想到吧！在这荒郊野店，你会和昔日的手下侍卫潘三两幸会吧？！"

裴休拍案怒道："好你个潘三两，你这无情无义之人！即便是条狗的话，我在府上喂它多年，它见了我也会摇摇尾巴。可你，不但不感我裴休的恩德，反倒恩将仇报！你这个不知礼义廉耻的小人，你还有何脸面来见我？！"

潘三两狞笑着说："风水轮流转，今岁到潘家！老裴头，念着你我熟人熟面，你的李夫人又成了我的潘夫人的情份上，本来我不想杀你，可你的府宅不能既姓潘又姓裴！我潘三两只好借你的脑袋使使，给府宅彻底改个姓！""说着，朝手下人一挥手："上！把与老裴头一起吃酒的都给我拿下！"

众家丁一拥而上。

慧觉大师赫然站起："慢！请问这位刀客，因何事非要动手抓人？"

潘三两："你这秃僧，少管世间闲事！给我上！"

慧觉大师："我等贫僧，站在你们与他们中间，我看这虚空中有一条线，好像一堵墙！若是你们从这儿翻得过去，那就抓吧！"

潘手下一兵丁怒道："哼！你们快点儿闪开！我家潘爷自幼练习轻功，身轻如燕才得名潘三两，！我想你们这秃僧不会不知晓我家潘爷的大名吧？！识相的赶快闪开！"

慧觉大师等僧人只是拿眼睛看着潘三两等人，不动声色。

潘三两纵身一跃，想从慧觉大师他们头上跃过，不料被慧觉大师一挥袈裟长袖挡了回来。

潘三两轻轻落在地上，恼羞成怒，挥动着手中的刀喝道："给我上啊！"

僧人与家丁们混战一团。

晚儿惊恐的眼神。

家丁们显然不是僧人们的对手，僧人们一顿拳脚，直打得家丁们落花流水、倒地呻吟。

潘三两与慧觉大师再度过招，飞闪腾挪，忽被慧觉一拳打中，竟从客栈窗子被打飞了出去。

客栈外，潘三两在地上打了几个滚儿，见势不妙，便带着几个退出来的家丁，匆匆溜入旁边的山林里去了。

客栈内，慧觉大师笑道："久不与人过拳，没想只用上几分力气，却将他从窗子打飞了出去。"

荆浩说："猿仙通背拳虽然还在创立之中，却也神通到如此地步，这拳，也真可谓是太行神拳了！"

慧觉大师抱拳一揖："荆浩先生不可如此过誉！此拳还有许多疏漏之处尚待修补，当局者迷，旁观者清，荆浩先生还是多指出些破绽之处才好！"

荆浩说："我一个舞文弄墨之人，不懂拳脚。这次幸得慧觉大师等一行前来，不然，后果难以想象！"

慧觉大师双手合十："南无阿弥陀佛！"

荆浩转身对裴休说："恩公，依我之见，不如趁潘三两那反贼败走，咱们趁夜深人静出行，这样，可以躲过许多耳目，等那厮再来寻时，怕再也难寻到我等踪迹了。"

裴休："就依荆浩所言，只是要劳累你和慧觉诸位方家了！"

慧觉大师："裴相爷无须这等客气，慧觉等人虽远居深山，却也对裴贤相的人品功德有所耳闻！匡扶人间正道，也是佛家本义。只要裴相爷和家人平安了，我等出点儿小力，不足挂齿！"

马僮："相爷，那我就去外边套车去了！"

裴休："去吧！"

马僮退出。

客栈门口，灯影里，荆浩、裴休、慧觉、甜女、晚儿、僧人依次走出。

突然，对面山林里飞出几支冷箭来，直直射向裴休。

慧觉大师用手急急抓住了几支箭，扔下了。

慧觉大师与众僧急急跃向山林。却不料潘三两等人已消踪遁迹。

一僧侣对慧觉大师道："师父，他们早跑没影儿了！"

慧觉吩咐道："上马！发车！"

就在慧觉大师等人上马、裴休登车之际，却又有一支箭儿飞来，射向裴休。荆浩见状，急忙用身一挡，那箭竟射中他的左臂，鲜血登时染红了衣裳。

慧觉大师一见荆浩臂上流出的血色，疾声叫道："不好，这是毒箭！"旋即为荆浩拔箭，用嘴吮毒。

甜女、晚儿、裴休扶荆浩上车。

7. 去往净影寺的山路上，夜

夜，颠簸的车子。车内，有些昏迷的荆浩躺在裴休怀里，甜女在一旁给荆浩擦着血渍，并紧拉着他的手。

荆浩微闭的眼睛缓缓睁开，见甜女拉着他的手，有些不好意思起来。

甜女呢，眼里有莹莹泪花，嘴角却有莞尔微笑。

晚儿给荆浩掖着被子，眼神里流露出仰慕与爱戴。

车的外面，是慧觉与僧人的马队，马蹄踏踏。慧觉大师面色沉重地对身边的僧侣说："这个潘三两也真是个狡诈之徒，万没料到，他们躲在暗处，又射来这致命的一箭！"

8. 开封城内裴相爷家老宅，晨

李黛乔鼻子不是鼻子，脸不是脸地对潘三两说："大话说过了，结果叫糟老头子那帮人给打了个丢盔卸甲，屁滚尿流！哼！你说吧，怎么办？！"

潘三两说："我的小冤家，你总得容我一个空儿吧？如果就是那老裴头儿一个人儿，那我拿他不像老鹰叼小鸡似的，手到擒来嘛！可是我遇上了一帮武功高强的和尚！如果我没猜错，这些和尚，应该是净影寺的！看来以我和手下的这点儿人马，对付不了他们！咱们得另外想辙！"

李黛乔筋了筋鼻子："想辙？想什么辙？你就是吹牛皮说大话的能耐，我不信你能想出什么辙？！"

潘三两说："话，还不能这么说！车到山前必有路哇！"

李黛乔不屑一顾地："有路？有个屁路？！"

潘三两说："我还真琢磨出一条道儿来，不知你看着可行不可行？"

李黛乔眼皮一麻嗒："说！什么道？！"

潘三两说："当今大梁皇上的重臣谢侃大将军，昔日与老裴头有私仇。缘由是裴老头曾多次在昭宗与哀帝面前进谏，严词声言要查办谢侃大将军拥霸一方、为非作歹的诸多逆行。没想到，那谢大将军手眼通天，朋党根深蒂固。裴老头不但没能扳倒谢侃，自己反而随着哀帝被废而退隐老家开封。现今谢侃还不知道裴休已回到老家开封，还没来找老裴头来算旧账。我想，我何不借谢侃之手锄掉老裴头这个心腹之患呢？"

李黛乔："凭你与谢侃大将军那么一点点儿交情，你想去求动他，我看很难！"

潘三两："我与他府上的心腹侍卫有八拜之交。通过他的引见，我可以试着先去蹚蹚路！"

9. 将军府，日

茶厅内，潘三两坐在一个侧凳上，正与坐在宽大交椅上的谢侃大将军说话："谢大将军，俗话说：有仇不报非君子。当时，裴休老头向昭宗、哀帝都告过你的御状，企图置大将军于死地。想必大将军也应该记得：在下潘三两曾冒着生命危险给您私下送过信儿呢！"

谢侃说道："我谢侃是个粗人，有什么话都愿说在明处。那老裴头确实与我有私仇。可我就一直在猜闷儿，你身为裴府的侍卫，论你与裴休的关系应该是主仆关系。你能背叛主子，私下里给我送信儿，我看你的脑袋后边像是有块反骨吧？如果，你是我手下的侍卫，我早就一刀宰了你了！今天你来找我，无外乎是想借我的手除掉老裴头。话说明了吧！你和裴老头那小妾李黛乔私奔，又抢占了裴家祖传宅院的事儿，我可是都听说了。"

潘三两有些惊诧，故作镇静地说："谢大将军既然都知道了，我也就不想再绕弯子了！大将军可否看在我曾与你暗中报过信儿的情份上，拨五百精兵，帮我潘三两一把呢？！"

谢侃哈哈大笑："潘三两啊！人哪，聪明可以，可也别聪明过分了！我与裴休老头的个人恩怨总有一天会了断，但不是现在！你说你给我送过什么信儿，那都是秃子头上的虱子——明摆着的事儿！老裴头在朝廷上下内外对我下重手，你不说，我也早就知道！"

潘三两跪地叩头："谢大将军，我潘三两实在是在没有别的办法的时候，才来求你，请大将军开恩，帮我这个忙才好！"

谢侃道："哈哈？想空手套白狼？没门儿！这事儿你要是真的想办，办法也是有的，什么办法？你自己领悟去吧！"说罢，拂袖转身进里屋去了，丢下一句："送客！"

立即，有侍卫上前，送潘三两退出茶厅。

潘三两一脸沮丧，走出茶厅。

10. 开封城内裴相爷家老宅，日

李黛乔说："我早就知道，那个谢侃大将军，可不是那么好求的，你跟他不送点重礼，他绝不会轻易出这个手的。"

潘三两："为了灭掉老裴头，为了完全拥有这个宅院，为了跟那帮山野和尚计较出个成败输赢，咱们该割肉也得割点儿肉！不然，谢侃这只老狼是不会轻易出洞的！"

李黛乔洋洋不睬地说："唉，那个老裴头是个两袖清风的苦官，家里本来就没有多少积蓄，你又是个穷光蛋，要拿出许多银两打点谢侃，也真是件难事。"

潘三两："事在人为，就凭娘子这么聪明伶俐，除使钱之外，我看你总能想出别的招法来！"

李黛乔佯作怒色："你在说什么？我看男人堆里头，顶数你花花肠子多，你是不是又在我身上打主意了？！你个没良心的！你就不能再想想别的招！你真就舍得把我这花枝乱颤的身子给舍了出去？！"

潘三两说："人世间的事儿，有时就是这样，舍不出孩子套不住狼啊，小亲亲，为了咱们的后半辈子，能有这么个大宅院，你就委屈一回吧！我看，只要夫人肯出面，这事儿就会十有八九了！"

李黛乔故意拿捏，说："我看你就别胡扯了！我乃一介女流，徐娘半老，又曾是裴休之妾，那谢侃如何会买我的账！整不好，又是碰了一鼻子灰，我可丢不起那个人！"

潘三两说："娘子有所不知，那谢侃是个酒色之徒。今天见他，在言语之间已流露出对娘子有所垂青。只要娘子肯去求他，并用心计与其虚与周旋。我看这事儿准有门儿！"

李黛乔："潘三两，我早知道，你的心思一直在那老裴头儿的黄花闺女身上，只是没得到，才拿我这半老徐娘顶坑！哼，别以为我看不明白你心里藏藏掖掖的那点儿事儿！都说十个女人九个傻，看来，真是可惜了我李黛乔对你潘三两的这片痴心了。"

11. 净影寺外

入夜。

甜女正在临时搭起的石灶上给荆浩熬药。

晚儿在向灶里添柴。

灶火闪动的光芒，映照着两个女孩儿好看的脸。

后空拿着一包草药走了过来："两位姐姐，这是师父让我给你们送来的草药，说是让加在今天的药锅里一起熬！"

晚儿接过来，说："知道了，你回吧！"

后空执拗地说："不行，我要亲眼看见你们把我已经洗干净的草药加在锅里，我才好

去回复师父！"

甜女笑了，忙说："好好好，就依后空小兄弟说的办！"说着，往药锅里加草药。

后空见草药加完了，笑了，转身，甩着上衣的长袖，高兴地走开了！

火上的药壶周围，水汽氤氲！

晚儿觑着甜女的脸说："小姐，自从晚儿跟上你，从来没见你如此操劳过，我看小姐对荆先生，真是关爱有加。"

甜女："晚儿，今后别再叫我什么小姐，直接喊我姐吧！"

晚儿："人家叫习惯了的！"

甜女："叫习惯了就不能改了？叫小姐哪有叫姐亲啊？！"

晚儿："恭敬不如从命，那好，我就听姐的！姐！"

甜女："哎，晚儿妹叫得真亲！"

晚儿："姐答应得也脆生啊！"

甜女与晚儿都笑得很开心！

甜女又说："晚儿妹，路遥知马力，日久见人心。这话太有道理了！在我们遇有逆境之时，潘三两和李黛乔忘恩负义，抢夺宅院，使我们雪上加霜，而荆先生不忘与我父旧情，挺身而出，救我们于危难之中，加之又为我父挡了那支毒箭，如果家父真中了毒箭，尽管有慧觉大师营救，可老父年老体弱，后果不堪设想。这些天，慧觉大师不辞辛苦上山采药，精心为荆先生调治药方，我为荆先生做一点煎汤熬药小事，于情于理，都属应该应分的事儿啊。"

晚儿："可是，我看小姐……啊，姐！我看姐每每看荆先生的眼神，里面似乎还藏着很深很多的东西呢，我猜姐是……"

甜女的脸"腾"地红了："是什么？你可不能乱说！"

晚儿笑道："是什么，姐心里自然明白，我一个粗俗丫头，哪里猜得透姐的心思呢！"

甜女一脸娇嗔，操起一根拨火棍，假意要打晚儿："你个鬼丫头，再乱说我打你了！"

晚儿急忙躲身，并说："看看，姐嘴没说出来的话，脸说出来了！姐的脸都红成大萝卜了，好红好红的啊。"

甜女操着拨火棍去撵晚儿，她们围着药灶绕着圈儿，轻快的少女的嬉闹声，飘荡在寂静的山野。

12. 街市，日

谢侃大将军骑在马上，耀武扬威地带领一队人马走在街上。

李黛乔打扮得花枝招展，坐在一顶两人小轿上，敞着轿帘，迎面走来。

她立刻引起了谢侃的注意，谢侃在马上露出一副垂涎女色之相。

当李黛乔从他身边走过，他拨转马头，叫道："这位娘子，恭请留步！"

李黛乔知是叫她，便呼停轿，款步走出轿来，一脸媚笑。

谢侃在马上叫道："不知你是谁家的娘子。我终日在开封街头来回行走，却绝少遇见娘子这般天生丽质的美人，你这嫣然一笑，百媚顿生，真是要把我谢侃笑得陶醉而跌落马下了！"

李黛乔明知故问："这位大将军，骑着高头大马的，想必你是在拿小妇人开玩笑吧？敢问眼前这位玉树临风风流倜傥英姿勃勃的将军姓甚名谁呢？"

谢侃在马上笑道："哈哈，俺姓谢，名侃，想必娘子对俺会有所耳闻吧？"

李黛乔立即逢迎道："哎呀，原来是如雷贯耳的谢大将军啊，小妇人对您应施跪拜之礼才是。"

谢侃在马上说："免礼免礼，娘子如不嫌弃，请到谢某府上一叙如何？"

李黛乔："小妇人是出来随便走走，也无大事，如蒙厚爱，倒是很想到贵府走上一趟呢。"

谢侃在马上俯下身，色眯眯地抚摸起李黛乔的手："哎哟，娘子的手，真是纤纤玉手！让我谢某人想入非非得很！请问娘子姓甚名谁？"

李黛乔："小妇人姓李名黛乔！"

谢侃仰首笑道："哈哈，我当是谁呢。果然是名不虚传的美娇娘李黛乔！真是天赐良机，上马，与我一道回府去吧！"

说着，顺手把李黛乔拉至马上，拥在怀里，扬扬得意地奔将军府去了。

13. 净影寺附近山野，日

荆浩左臂仍旧缠着绷带，却已坐在几座秀丽的山峰下，精心写生绘画了。

山间小道上，拨开荆棘，走来了提着水壶、茶碗的甜女和晚儿。

甜女脆甜甜的歌声，回荡在山野："巍巍太行山连山，山下流水湾对湾，妹挎筐篮山中走哎，摘朵黄花戴发间，待到见了哥哥的面，不知他喜欢不喜欢？！"

荆浩显然听到了甜女的歌声，仰起脸来向歌声飘过来的地方一望，脸上浮满笑意！

歌声转化为寂静山林的鸟鸣声。

她们走到离荆浩不远的地方，并不说话，只静静地看着他。

荆浩仍在专心地写生绘画，装作没有觉察到她们的到来。

待甜女和晚儿蹑手蹑脚又走近了些，荆浩突然说道："喔呀，山道弯弯，林深树密，沿途多为荆丛，你们两个小女子，如何吃得了这般辛苦，竟来与我送茶，叫我荆浩心感不安了！"

甜女和晚儿只好从树丛后绕出来。

甜女说："父亲在家看书，我们姐俩在家里待着也是无事，能为先生送茶，并亲眼观看先生作画，实在是求之不得的事儿！先生集吴道子用笔、项容用墨之法，创造了水晕墨章的绘画方法，画的太行山灵水秀，张张作品都是那么精到，敢问先生手上画的这是？"

荆浩对甜女投去深情一瞥："我意欲画一幅'匡庐图'，正在采集山姿树貌。你看，这亭亭玉立的山峰，像不像我心中那位美丽无比的少女呢？"

甜女闻听此言，面含羞色地低下头，又红了脸说："不知先生所言的美丽少女所指何人？是沉鱼落雁闭月羞花，还是？"

荆浩意味深长地笑道："冲山喊话山回声，冲谁说话谁肚明！有些话，只可意会，不可言传！"

晚儿一拍手道："荆先生说的话，我全听明白了！姐，你就是荆先生心中那位美丽无比的少女！"

甜女的脸红透了，假意追打晚儿："死丫头，满嘴乱说什么？！"

荆浩呢，站在那里，只是会心一笑。

甜女，已经明白了眼前的一切，她，羞怯地站在那里，对荆浩投去深情的眼神！

14. 观音湖旁石壁处，日

荆浩正带领一些僧人及工匠在石壁上凿刻观音佛像。

荆浩左手持錾，右手持锤，腰系吊绳，正在凿刻佛像。

顺着湖上的木桥，走来了甜女和晚儿，她们手提壶碗，走至桥头凉亭，放下手中家什儿，向荆浩那边望去。

甜女面现忧郁之色："晚儿啊，荆先生臂伤尚未痊愈，却在抢锤凿刻佛像了，你过去，把他喊下来，让他别再干了，让人看着心疼。"

晚儿筋了一下鼻子，说："姐有心，自己去叫他就是了，我一个使唤丫头，哪有那么大的面子啊。"

甜女说："你这死妹子，越来越贫嘴，越来越不听话了，叫你去你就去，啰唆什么。"

晚儿："哎呀，姐又生我的气了，行了行了，人家替你去叫他不就是了。"又自言自语地说："哼，净拿人家当日头爷，费着人家的亮，暖和你们！"说罢，转身下了凉亭，边向荆浩那边走边叫道："荆先生，我家甜女姐喊你下来喝口水呢。"

荆浩在石壁上回道："我不渴！"

晚儿回望凉亭上的甜女，甜女冲她使着眼色。

晚儿又冲荆浩叫道："荆先生，我家姐说你胳膊上的伤还没完全好，心疼你，不想让你在上边凿东弄西的！"

荆浩回道："没事儿，我的胳膊已经没事儿了！"说完，又在石壁上凿了起来！

甜女有些不安了，在凉亭上来回踱着步。

晚儿冲荆浩说："先生啊，你快下来吧，你没看见我们家甜女姐看你凿石壁都急得像猴烧屁股似的坐不住？她要找你说点儿悄悄话，你快下来吧！！"

甜女回身，冲晚儿使劲儿戳了下手指头，自言自语道："好你个晚儿，开始捉弄你姐了。"

荆浩已从凿刻处下来，走进凉亭，一边揩着汗一边说："甜女，真有事儿假有事儿？什么事这么急啊？"

甜女脸儿一红，笑着说："先生臂伤未好，怎么就到石壁上干起重活儿来了呢？"

荆浩说："石壁上佛像的眉眼发丝和衣纹儿处，都是需要精雕细刻的，这些佛像会与石壁同在，留存千古的，我看有些工匠雕工有些粗糙，就亲自上手再细细修补一下。"

晚儿说："不知先生是真不知道还是假不知道，我家姐心里一直就深深爱慕着你！一会儿见不到你就想你！看你伤没好就干重活儿，她实在是太心疼了，心里像刀剜针扎火燎蜂子蜇那么疼啊！"

甜女顿时觉得更加不自然起来，冲晚儿嗔怪道："你又胡说什么？你钻到我心里看去了？"

晚儿却嬉笑着，对荆浩说："先生，我晚儿说的句句是真话实话，小姐想你想得晚上经常难以入眠呢。"

甜女呢，却不再争辩，深深地埋下头去。

荆浩抑制不住心里的激动，上前搀扶起甜女，举目凝视甜女那张好看的脸。

甜女呢，也眼泪汪汪、喜不自禁地望着他。

荆浩轻轻地把甜女揽入怀中。

晚儿见状，轻轻一笑，转身跑下凉亭，去湖畔采摘了枚红叶，从树丛那边把那枚红叶轻轻举起，透过叶的缝隙，偷窥着凉亭上的荆浩与甜女，看着看着，微笑着的她，眼里滚出了泪珠。

15. 将军府内，日

一面梳妆镜前，李黛乔鬓发松散地站在那里，正在整理衣扣和梳理头发，描抹唇红。

她的身后站立敞怀露胸的谢侃。

谢侃淫笑道："娘子床上功夫果然不凡，谢侃领教了。"

李黛乔洋洋不睬地说："你们男人啊，都是馋猫儿，没几个好东西。"

谢侃说："你们女人，就是远则怨，近则不驯。这不，刚与我谢某人有了床笫之欢，就敢说我不是好东西了！哈哈，不过看在娘子对我谢侃尽心侍奉的情份上，娘子所言之事，我谢某办定了。荡平一个小小的净影寺，要不了多少人马。我先拨二百人马，给娘子那个潘三两，由他带领去攻打净影寺，如何？"

李黛乔惊讶地问："嗯？大将军，你怎么知道那老裴头藏身在净影寺？！"

谢侃哈哈一笑："我乃用兵之人，会弄不明白这点儿事儿？开封城里的人谁不知裴休是隐居净影寺荆浩的恩公？那日潘三两又曾与僧人交手，老裴头不藏身净影寺还会藏在何处？哈哈！我想无须时日，那个弱不禁风的老裴头，定是我麾下之囚了。"

李黛乔娇声嗲气地说："你们这样的男人除了贪色，就会吹牛，牛皮可别吹大了，事儿办妥了再夸口也不迟。"

谢侃涎着脸说："娘子，潘三两去净影寺捉拿老裴头，你一个人在家独守空房，也太清冷了些，我这被窝儿可时刻等着你啊！"

李黛乔故作娇嗔地："妾身明白，只要大将军愿意，我愿随时侍奉左右。只是潘三两再回来的时候，就会有些不方便之处，万望大将军海涵！"

谢侃拿眼觑着李黛乔："娘子的意思是？"

李黛乔："如果大将军真的喜欢我，何不把你我的好事做到底，就势把潘三两解决了，到那时，连我带相府的宅院也都是大将军您的了！"

谢侃拿眼盯着李黛乔，阴阴一笑，没有吭声！

16. 将军府茶厅，日

谢侃在对左先锋官面授机宜："兄弟此次与那姓潘的突袭净影寺，不是要去杀裴休，而是要去抓裴休！连同他膝下的那个黄花闺女都给我一起抓来！"

左先锋官面露有疑色："大将军所言，本为何意呢？"

谢侃："你跟随我征战多年，心窝子里的隐私话，也不相瞒。现今那朱温虽当了大梁皇帝，我看他也是短命的，刀把子握在咱们兄弟手里！有一天，我谢某人真要黄袍加身了，身边还真没有一位我能看着顺眼，能拿得出手的正宫娘娘啊！"

左先锋官："大将军是要把裴休家的那位甜女抢来做妻子？"

谢侃阴阴一笑："冤家宜解不宜结！如果那裴休真成了我的老丈人，我还会与他计较昔日的恩恩怨怨吗？"

左先锋官："末将得令！"

17. 净影寺院，夜

明朗的秋月下。

慧觉大师与众武僧，正在月下习棍，时而齐练，时而对打，猴棍打得出神入化。

山野，回荡着众人的习武吆喝和棍棒拼打声。

马僮，还是那身装束，置身练武的僧人之中，一同挥动棍棒。

后空，一脸童稚，却极为认真地在群僧之外用一根柴棍，跟着舞来弄去！

荆浩、甜女、晚儿等，一直在旁观看群僧棍艺，不时发出喝彩声！

慧觉大师与众僧收却猴棍，走到荆浩面前，拱手："荆浩先生！"

荆浩也拱手一揖，道："慧觉大师和众僧的猴棍真是越打越精了，让我眼花缭乱，惊喜非常啊！"

慧觉大师："猴棍，只是我们想创立的猿仙通背拳的一个棍种。一个拳种的创立，不能一蹴而就，需要好多代人的薪火相传，才能成功呢。荆浩先生，胳膊上的伤好利索了没有？"

荆浩："已经好利索了！承蒙慧觉大师厚爱，那日若无您和这些武僧兄弟相助，我与恩公及家人怕早成了潘三两他们箭下、刀下之鬼了。对此天高地厚般的恩德，恩公与我一直萦怀不忘。恩公刚才还嘱我请您方便时，去他那里把茶一叙呢！"

慧觉大师双手合十："哎哟，荆浩先生，那日你送贫僧的'双松图'，以图中双松隐喻你我岁寒时节共为挚友。慧觉已悟到其中玄妙机缘。自此我们之间恩德的话，权且休了口罢，一切皆是你我今生注定的缘分！时也命也运也，善哉善哉！"

荆浩："慧觉大师悟性甚高，荆浩受教了！"

慧觉大师又道："人无伤虎意，虎有伤人心。在这兵荒马乱的世道中，人们在和平年代信手拈来的东西，却会变得可望而不可即，想要的很难再得到，一切不想要的却也会来。那日，我与寺中僧人曾与潘三两交手，我想他们十有八九会猜到裴恩公如今所居之处，所以，我带众僧日夜习武，必须像防其最后射来那支冷箭一样，枕戈待旦，时刻防患于未然哪！"

荆浩道："慧觉大师所言极是。那日，潘三两虽败了去，但他谋杀裴恩公贼心未死，想必迟早会循迹前来报复。慧觉大师有此防患之心，让我心安，也深感不安！"

慧觉大师："先生又因何而存不安之心呢？"

荆浩道："净影寺乃佛门净土，一向安宁于红尘乱世之外，若无搭救我恩公之事，谅也不会引来外患。也正是此因，引起我深感不安。"

慧觉大师朗然一笑："荆先生不必多虑，抑恶扬善，也是我佛门本义！南无阿弥陀佛！"

18. 净影寺内，夜

晚儿闺房。

天上月儿一弯，在白絮般的云彩花儿里穿行。

晚儿的闺房里，没有点灯，只有清冷的月光从窗棂上筛进来。

晚儿独坐桌前，用手轻轻抚摸着桌子上的提壶与茶碗。

提壶上的花案中，蓦然隐现出荆浩的音容笑貌。

晚儿痴痴地看着虚幻的影像，嘴唇儿微微颤动，脸上充满渴望，幸福地微笑着。她想用手指去抚摸荆浩的脸，幻影倏地消失了。

提壶上交替出现荆浩的笑脸、荆浩把甜女搂在怀里的画面。

晚儿抬头痴痴地望着窗外残月，泪涟涟。

19. 观音湖桥头凉亭，日

甜女在弹着占筝曲《高山流水》。

晚儿满腹心事地看着甜女。

哦，瀑布飞泻的瓮口。

碧绿纯净的观音湖，湖畔雄伟挺拔的太行山。

20. 净影寺内，日

墙壁上是未完成的壁画。

旁边有武僧、马僮与猴儿嬉戏。

慧觉大师与荆浩在一茶桌上品茗，并下着围棋。隐约有高山流水的古筝声远远传来。

后空在一旁侍候棋局。

这时，一匹快马驰至寺院门前，一僧人急急行至慧觉与荆浩面前，对慧觉说："师父！有一标人马，有二百余人，昨晚宿营丹石峡谷，直奔我寺而来。说是要踏平净影寺并捉拿裴休相爷，领头的就是先前来过寺院的那位左先锋官与潘三两！那位左先锋官念及前些日子来寺中，曾闻师父的教诲和膳饭款待之情，又念净影乃佛门圣地，不忍见寺毁人亡，便遣一心腹军卒乔装平民前来送信，以便让我们有所准备！"

慧觉大师闻言，微微颔首，低声说："我知道了！"随即抬起手中一粒棋子："嗯，兵来将挡，水来土掩！有敌奔我净影寺而来，我们必须御敌于十里之外的小天门关。这里，自古以来为兵家咽喉要道，地势复杂，易守难攻。我们在此布下伏兵，荆先生以为如何？！"

荆浩道："荆浩不懂兵法，但觉得此计可行！一夫可挡十人，加之净影寺武僧个个身手不凡，溃敌重兵应该有望！"

慧觉大师啪地把手中一粒棋子落盘，撩衣站起，对身边僧人说："告诉全寺众僧，带上应手家什，埋伏于小天门关，与那左先锋官手下兵士对打时，要见机行事，宁制一服不制一死，除了那恶贼潘三两，不得枉杀无辜！"

僧人答："是，师父！"说罢，急急退下。

21. 净影寺附近山野，夜

小天门关。

夜色之中，有僧人埋伏在树丛里。

不远处的路上，有一队人马在潘三两与那位左先锋官的带领下，逶迤而来。

马队渐渐进入僧人的埋伏圈。

忽然，山野里杀声四起，僧人从树丛中纷纷跃出。

山谷里到处是厮杀的身影。一位棍僧正与潘三两打斗，刀来棍去，激烈异常。

荆浩，也手持长棍，笨手笨脚地在一旁帮忙！

突然，僧人使了一个绝棍，一棍将潘三两掀翻马下。

那位左先锋官与慧觉大师假意过手，你来我往，意趣非常。

荆浩见潘三两倒地，并被僧人用长棍顶住，便全身扑了上去，要掏绳捆绑！

那位左先锋官见潘三两被掀翻马下，急忙策马挥刀拨开僧人手中棍棒，疾声喊道："潘三两，你快跑，这里有我顶着！"

潘三两一个兔子蹬鹰，把荆浩掀于一旁，急忙爬上马去，策马跑了。

这边，棍僧们仍在与军卒们打斗，刀光棒影，精彩绝伦。

见那潘三两跑得没了踪影。慧觉大师和那位左先锋官，相视一笑，均示意手下收住手中刀枪棍棒。

慧觉大师做了个感谢手势："谢谢左先锋官美意，谢谢了！"

那左先锋官跳下马道："慧觉住持前几日那一席话，叫我有拨开云彩见到天日之感，我该谢您呢！"

慧觉又说："左先锋官，当下乃乱世之秋，人们因争夺利色而互相争战杀戮。可天下不会归附于不奉行大道的人！不奉行大道的人，不仅使黎民百姓失去不想失去的，他们想要的最终也得不到，这就是佛家所说的因因果果！南无阿弥陀佛！"

那左先锋官抱拳："慧觉大师，再次受教了！"说罢，对手下军卒大喊一声：

"撤！"

众军士闻听此言，哄然传喊："撤啊，快撤啊！"

慧觉大师、荆浩等手持长棍，与牵着战马的左先锋官同行。

"先锋官慢走！"草林丛中，突然蹦出持着木棍的后空来："左先锋官！万没想到，你还是个有良心的人！"

左先锋官笑道："我当是谁，原来是上回不管我饱饭的毛头小子！"

后空笑着说："又叫我毛头小子！我是后空小师父！行吧！你既是个有良心的人，乐意怎么叫就怎么叫吧！不过，有个小秘密，就必须告诉你啦！"

左先锋官倾下身子，后空小师父对他附耳细语。

左先锋听了，先是吃惊地一愣，继而哈哈大笑。

慧觉大师被他笑得莫名其妙："先锋官笑什么？"

左先锋官："笑这个毛头小子，上回在我的饭里拌了他的童子尿了！哈哈！哈哈！"

荆浩与众僧侣都笑得前仰后合！

接着他拍拍脑袋说："行，这一味补药，吃清醒了我的脑子，我更知道当今天下的人心所向了！"

慧觉大师笑了，又道："左先锋官，你带这一标人马假打真和，会不会有人给谢侃泄露了风声？！"

左先锋官："不会，这些都是我手下的同甘苦共患难的兄弟！军士们饥寒交迫，并随时可能命亡沙场，阵亡军士家中的老人和孤儿、寡妇的泪水，早已淌成一条河！这些弟兄们早已厌恶了无辜者之间的杀戮，并对谢大将军的骄奢淫逸充满了怨恨！"

左先锋官上马，慧觉、荆浩与其再度互相施礼！

慧觉大师："你可想好了回去怎么样向谢侃交差？"

左先锋官："大师不必担心，我自有办法！"

那左先锋官带领一标人马，急急退出小天门关山口。

慧觉大师、荆浩与众僧见众军卒渐行渐远，一脸笑意。

荆浩道："今日之战，名为实战，实为佯战，得道多助，失道寡助，此乃天道也！"

慧觉大师道："苍天有眼哪！"

说罢，带领众僧兴致勃勃地回转了去。

22. 将军府内，日

谢侃与李黛乔正在茶厅把茶。

忽见潘三两一副落魄之相，跌跌撞撞，闯了进来。

谢侃见其这副模样，惊讶地问道："怎么回事？你怎么一个人先跑了回来？我的人马呢？"

潘三两双膝跪地，一脸苦相："回禀谢大将军，我与左先锋官一彪人马，刚刚行至小天门关处，不料，却中了净影寺那帮和尚的埋伏，那帮僧人武艺高强，我等根本不是他们的对手，小人死里逃生，能捡条活命回来，已属万幸了。"

谢侃喝道："怎么会中了埋伏？兵家用兵之计，最忌走漏风声，肯定是有人泄露了军机！"

潘三两急忙分辩道："如果有人泄露军机，那也肯定是谢大将军军营里的人，我潘三两与那群人已为宿敌，绝不可能给他们通风报信啊！"

谢侃大将军拍案站起，怒声喝道："胡说！我手下的弟兄们跟随我多年，不可能去给那帮和尚送信！依我看，在这里面做了手脚的非你莫属！"

潘三两哭着辩解："谢大将军，你实在是冤枉小人了，小人求你拨人马征讨老儿裴休，怎么会胳膊肘往外拐，给他们送信儿呢？"

谢侃又道："如果不是你，为什么我的人马一个不见回来，你却临阵逃脱先跑了回来，你给我说个明白！"

潘三两道："谢大将军啊，小人武功不敌那武僧，被他挑翻马下，左先锋官见状，挥刀挡棍，呼我快跑，我才先逃了出来！望大将军明察！"

谢侃怒道："哼！把我的人马引进他们埋伏圈的是你，贪生怕死第一个跑回来的还是你！来人！先拉出去待斩，等候我的命令！"

立即有军卒上前将潘三两绑了，意欲推出门去，李黛乔忽然站起，半跪在谢侃大将军面前，假意为潘三两求情："谢大将军，看在你我的情份上，你且饶了潘三两这一回吧。"

军卒把潘三两推了出去。

潘三两拼命喊叫："大将军！我冤枉啊！冤枉！"

谢侃用手扶起李黛乔，坐于茶座那侧，他将一茶碗轻轻推至李黛乔面前，面带狞笑地说："娘子，以前你说让我解决了那潘三两，今日为何又为他求情，饶他不死？"

李黛乔一笑："我是试试大将军是真想杀他还是假想杀他。若是真想杀他，我也就死心塌地跟着将军了，还求的什么情？可要是假想杀他，我今后在潘三两面前怎好做人？"

谢侃一脸奸笑："潘三两若做了刀下之鬼，不正是你我的福分吗？以后那宰相宅院，可就是我的一处后花园了。娘子，你莫非不觉得我谢侃会比那潘三两更好地相待于你吗？"

李黛乔微微举目，看着谢侃，说："谢大将军！你真的要杀潘三两？！"

谢侃说："无毒不丈夫！我谢侃走到今天，就是踏着别人的尸体走过来的！像他潘三两这种人，霸主人小妾，抢主人宅院，又去追杀主人，早已在开封街市上声名狼藉！我只有用他祭刀，方能树立我谢某人的虎威！来人！"

众刀斧手应道："在！"

谢侃："把那潘三两给我砍喽，提着他的头颅前来见我！"

刀斧手应声："是！"

少顷，有刀斧手提着用布包好的潘三两人头，请谢侃过目。

李黛乔见到潘三两血淋淋的人头，顿感惊骇，幻觉中潘三两向她扑来，一刀刺中了她的前胸，她"哎呀"地惨叫一声，血迷心窍，突然发了神经，居然颤声笑个不停！

谢侃冲那不停颤笑着的李黛乔喝道："别笑了！"

可是李黛乔还是狂笑不止，已呈疯癫状。

谢侃忙吩咐手下："疯了，她疯了，来人！把这个疯婆娘给我赶到街上去，不得再回裴家相府！"

有丫鬟与兵丁，把李黛乔架出府门。

她仍然是一副疯癫狂笑之状，时而手舞足蹈，时而嘴里喃喃自语，谁也听不清她说的什么！

这时，那左先锋官急急走进门来，撩袍跪地："启禀大将军，末将不才，引兵于小天门关，遭遇武僧埋伏，我军兵士死伤众多，望请将军恕罪！"

谢侃问道："你的手下死伤多少？"

那左先锋官回道："亡者十余人，伤者五十余人。"

谢侃想把左先锋官从地上扶起，道："千错万错，都不是你的错，先锋兄弟，你辛苦了，快快请起！"

那左先锋官只是跪伏地上，不肯起来，又道："末将有罪，不敢起身，望大将军恕罪！"说罢，又接连叩头。

谢侃道："先锋兄弟无罪，快快请起。"

这时，那左先锋官才缓缓站起身来。

谢侃愤然作色道："事情已然明了，无须多说，我已把潘三两处斩！一会儿贴出告示，就说他是内奸！让他偿我十几位兄弟的命，也不算冤枉他了。"

左先锋官对谢侃说："大将军对潘三两做得是不是有点儿过头了？！怎么斩了潘三两，还把李娘子也撵走了？"

谢侃冷笑道："不把潘三两弄死，不让李黛乔沦落街头，以后把那老裴头和我那将来的正堂夫人弄回来安排在哪儿住？！我谢侃的正堂夫人不能没个家呀！"

左先锋官用惊怔的眼神看着谢侃！

谢侃："下一步，只要你想办法把老裴头和他那宝贝女儿，弄到我手，你就算立了大功一件！"

23. 净影寺，夜

荆浩书房内。

入夜，荆浩正潜心绘画《匡庐图》。

晚儿提着壶儿进来送水。

荆浩正在专心致志地绘画，竟然没有察觉到进来的晚儿。

晚儿斟了一碗水，故意把壶儿碗儿轻碰了一下，又把碗儿轻轻放到了荆浩跟前。

那荆浩依然是没有半点儿察觉的模样。

晚儿见荆浩只是专心绘画，全然不知她之所在，便用幽怨的眼神看着荆浩，眼里竟然有了泪。她使劲地咳嗽一声，这下子倒是吓了荆浩一跳。

荆浩这才抬起头来，看着晚儿说："哎哟，你什么时候进来的？我怎么一点儿不知道。"说着，又去画他的画了。

晚儿背过身去，使劲地一跺脚，竟嘤嘤地低声哭泣起来。

荆浩停住手中画笔，面带诧异地问道："晚儿，你这是怎么了？莫非有人欺负你了？"

晚儿抽泣着说："哼，我就是个小姐身旁的穷使唤丫头，没人看得起我！"

荆浩面色更加诧异，道："晚儿啊，你和甜女名为主仆，实同姐妹，谁会看不起你呢？"

晚儿听了这话，得到了些许安慰，抹了把泪水，却仍旧带着哭腔说："还说别人，你荆先生就半点儿也看不起我。"

荆浩吃惊地一愣："嗯？这话是从哪里说起呢？我可是一直把你与甜女全当作亲姐妹看待的。"

晚儿噘着嘴说："嘴说把我们当亲姐妹一样看待，可你心里可不是这么想的，你做出的事儿更远不是这么回事儿。我和甜女姐在一起的时候，你的心和眼神都拴在她的身上，就像没我这个人儿似的。今儿这么晚了，我怕你画画渴了，给你来送水，你明明知道我进得屋来，却还故意当作没看见！我虽是个使唤丫头，可也是个人啊，你说，你这不是看不起我是什么？"

荆浩说："哎哟，我的晚儿妹啊，你这是把话说到哪里去了？我可是真没有瞧不起你的意思，如果真有哪些地方得罪到了你，纯属我无意，我这就给你赔个不是好不？！"

晚儿闻听此言，破涕为笑，忸怩着身子说："赔不是，你怎么赔？嘴上说赔赔就完了？"

荆浩说："那你还要让我怎样赔才是？"

晚儿突然用手指着荆浩说："你看不起我，做错了事，就该赔不是，对不？"

荆浩说："那是那是。"

晚儿背过手去，得意地说："哼，我要你怎样赔你得怎样赔，不然我就在甜女姐面前告你一状，说你欺负我了！"

荆浩拿起手中画笔，对着自己的脸比画着："该不会是让我拿着画笔，给自己画个五花脸吧？"

晚儿半是执拗半是得意地说："不是让你画五花脸，但也确实和脸有关系，你往这儿看。"说着，用手指指自己的脸蛋儿。

荆浩问："什么意思？"

晚儿说："亲这一下，就算你赔不是了，两头销账。"

荆浩说："哎呀呀，那可不行，男女授受不亲。"

晚儿用手捂脸，又佯哭起来，边哭边说："你和甜女姐又搂又抱的，为什么我让你亲我这亲妹妹一下都不行？我长得就那么丑吗？"

荆浩说："晚儿啊，别闹了，你人小不谙情事，我与你家甜女小姐已是心中生情，欲定终身了，与你不同。"

晚儿哭着道："我知道你爱着甜女姐，可我晚儿也是个大活人，也有自己的七情六欲，人家就是喜欢你。碍着你对甜女姐有情有爱，我也不敢有非分之想，可就求你亲我脸蛋儿一下，就这么难吗？"

荆浩沉吟半晌，放下画笔说："好吧，就亲一下，就当是哥哥亲妹妹了。"

晚儿绷住笑，把脸儿偏过来，荆浩正欲亲她，门却吱呀一声开了，甜女提着一盏灯笼，挎着个饭篮，来给荆浩送吃的来了。

荆浩有些愕然地站在那里，

晚儿呢，却转身向甜女跑去，接过她手中的饭篮，和她手中的灯笼。

24. 将军府内，日

茶厅内，谢侃正与左先锋官在厅内品茶，谢侃拿眼觑着左先锋官问："左先锋官，我出兵征讨净影寺的真实目的，其实只有你一个知道。"

那左先锋官回答道："万没想到，堂堂谢大将军竟对那裴甜女情有独钟！我见大将军在前些日子，可是与那李黛乔形影不离啊。"

谢侃说："燕子虽然也算是一种好鸟，可是没有办法和鸟王凤凰相比啊。我与那李黛乔只是逢场作戏，玩玩乐乐罢了，那种为了荣华富贵不惜杀掉情夫的女人，在我的心中并没有分量！我不杀她，让她流落街头，已是格外开恩了！"

府门外，鬓发散乱、衣衫不整、连哭带嚷的李黛乔，正放声怒骂："好你个黑了心肝的谢侃！你把老娘糊弄到了今天这步田地，你却不要老娘了！早晚你得遭天杀，天打五雷轰死你个王八蛋！"

茶厅内，李黛乔的哭骂声隐隐传来，谢侃阴阴一笑道："旧的不去，新的不来，我谢侃定要派兵踏平净影寺，不愁那裴甜女一个弱小女子不到我的手中！"

那左先锋官说道："看来谢将军此时只想得到新人笑，不想再听见旧人哭了。"

谢侃说："你和右先锋官带兵三千，说什么，也要把那个裴甜女给我弄到手！"

左先锋官道："哦？大将军仅仅为一个弱小女子，竟要兴兵三千？值得吗？"

谢侃道："如今我谢某人身为大将军，人生一世，草木一秋，我图什么？仅仅为夺得一方江山吗？自古以来，哪个风流人物不是爱江山更爱美人？！"

谢侃将军府门外，有军卒往远处拖着李黛乔，她痛哭怒骂着什么。

府内的茶厅，那左先锋官问谢侃："大将军，这三千兵马何时启程？"

谢侃站起身来，在地上踱了几步，说："事不宜迟，明日准备，后日发兵。"

那左先锋官回禀道："末将遵命！"

25. 净影寺禅房内，日

荆浩、慧觉大师、裴休、裴甜女、晚儿、马僮、后空都在这里。

裴休说："荆浩、甜女，慧觉大师一腔美意，特地前来找老夫前来为你们做媒，老夫我已允诺了这桩婚事。浩儿啊，你知我膝下只有这甜女一人，她从小到大，一举一动，都牵动着我的心思。顶在头上怕吓着，含在嘴里怕化了。如今，我就把她托付你了，愿你们择日结成连理之后恩恩爱爱，相濡以沫，鸾凤和鸣，白头偕老。"

荆浩与甜女双双跪在裴休面前。

慧觉大师微闭双目，面呈喜色。

晚儿呢，愣愣地站在一旁，眼里隐约有泪光闪动。

马僮在一旁，只是憨憨地笑！

荆浩说："裴恩公待我荆浩恩深似海，不仅在我贫困潦倒时，留在相府苦读两载，今日又将膝下千金甜女许与贫生为妻，这等恩情，荆浩当没齿不忘，我会与甜女永远相爱，厮守终生。荆浩今日心吐之语，可以天地共察，众心明鉴。"

26. 净影寺大雄宝殿前，夜

月色下，佛殿前的一片空地上，众武僧正在慧觉大师的带领下习武，喊声阵阵，近震寺院，远荡峡谷。

马僮、后空，身着布衣，也在其中一起练武。

27. 太行山谷，夜

夜色中，一乔装成平民的兵丁，骑着一匹快马，沿着逶迤的山路急速奔来。

突然，马被绊马索绊倒，乔装成平民的兵士滚落路旁。

有十几个军卒手持刀剑，扑上前去，将其用绳索捆了。

领头的一位军卒带人细搜那乔装兵丁的衣兜，竟搜出一封信札来。他手持信札，对乔装的兵丁"嘿嘿"一笑，说："你是给净影寺那帮和尚送信儿的吧？哼哼！我们是谢大将军的侍卫，受谢大将军的派遣，在这里已经等候你多时了。走！"

众军卒押解着乔装成平民的兵丁往回走，渐渐地隐入了夜幕，在他们消失的身影后，只留下了那条起伏不平、弯曲漫长的山路。

28. 净影寺，观音湖

天未破晓。

众僧与慧觉大师正在起早诵经！

荆浩所居的小院门开了。

晚儿挑着一盏灯笼，与荆浩一前一后走出院门。

屋内，裴休、甜女仍睡在各自的床上。

在慧觉大师和众僧人的诵经声中，晚儿与荆浩走上观音湖上廊桥。

荆浩在晚儿手提灯笼光亮的照耀下，爬上木架，开始雕刻佛像。

29. 将军府内，日内

刑讯处，几位行刑手正在对送信的兵丁用刑。

那兵丁已是满脸、满身鲜血淋漓了，昏厥过去的他垂着头被绑在行刑架上。

有军卒提着水桶在往他的头上泼冷水，并吼道："说！到底是谁让你送的信？"

被行刑的兵丁缓缓睁开眼睛，只是与行刑的军卒怒目相向，一言不发。

这时，谢侃大将军来到了刑讯处。

一军卒上前报告说："这小子，看来是王八吃秤砣，铁了心了，所有的刑罚都用过了，他就是不肯讲！"

谢侃一摆手，说："他不讲就算了，弄死他，把尸体拖到后院儿喂狗算了。"

那军卒回答道："遵命！"

谢侃又问："不是说搜出了一封信札吗？现在何处？"

那军卒忙回答道："就在这儿！"说罢，急忙将那封信札递到谢侃面前。

谢侃接过信札，开启信封，从里边抽出一纸，扫了一眼，继而嘴角微微一颤，冷笑道："传我的那位的左先锋官，请他速来我府中议事！"

有军卒回禀道："遵命！"

谢侃手持信札，拂袖而去。

30. 将军府内，日

茶厅内。

谢侃愤怒地把信札使劲儿地拍在茶案上，用手颤颤地指着跪在地上的左先锋官说："看来，我真的是错杀了潘三两！那小子，看来是真的成了冤死鬼了。可我万没想到，给那帮和尚暗中报信的人原来是你！说！你我兄弟多年，你一直跟随我之左右为啥你要一次又一次地给那帮和尚送信？暗中毁掉我的用兵之计。说！"

那左先锋官笔挺地跪在谢侃面前，道："我虽跟随谢大将军多载，可人在迷局中行走，被眼前的兵精器利挡住了双眼。我原也以为拥兵十万便可雄霸于一方天下。可那日，末将奉大将军之令，前去请慧觉大师出山，那慧觉与我寥寥数语，却唤醒我这迷局中人。我才如梦方醒！"

谢侃依旧怒道："什么如梦方醒？你且说来我听！你倒是清醒了还是糊涂了？"

左先锋官道："末将明白了：只有奉行天下大道，才能走对世间人生小路，才能得到天下人的拥戴。这正是我两度差人给他们送信的原因。大将军啊，人各有志，泾渭分明，现今你我虽身在同一军中，却已貌合神离了，你可以以泄露军机定我重罪，可杀可砍。末将即便是走上了黄泉之路，也总算明白了人应该如何行走于世间的至理，没白活这一回，我死而无憾了！"

谢侃听了那左先锋官的这席话，微闭眼睛，沉思良久，才缓缓地说："想你也知道我谢侃，我杀人无数，要杀一个人就如杀一只小鸡儿那么简单。可念你我兄弟多年，你为我谢侃有今日立过不少功劳，我还真有些下不去这个手！你听好！我且放你一马，不要你的性命，可必须革去你的军中官职。"说着又吩咐左右："来人！把他绑了，死罪可免，活罪不饶！先重打四十刑杖，再关入军中大牢！"

立刻有军卒上前把左先锋官绑了，押解出去。

左先锋官面无惧色，始终昂头挺胸，正气凛然！

谢侃自言自语道："看来，要荡平净影寺，抢来裴甜女，非我亲征不可了！"

31. 观音湖畔，日

荆浩，在对面石壁上雕佛像。

甜女与晚儿在湖畔浣纱。

甜女与晚儿便挥动手中棒槌，又唱起那山歌来："巍巍太行山连山，山下流水湾对湾，妹挎筐篮山中走哎，摘朵黄花戴发间，一会儿见到哥哥的面，不知他喜欢不喜欢？！"

晚儿一边对甜女鼓着掌，喝彩道："哎，甜女姐唱的歌又甜又好听！"又撩动着湖中水，用手搭成话筒，使劲儿朝着对岸石壁上的荆浩喊："哎！荆浩哥！甜女姐唱的歌你听到没有？"

荆浩停下手中活计，也用一只手搭作话筒："听见了！喜欢——听！"

这声音，震荡着太行群山，湖上仿佛又飘来甜女的歌声！

山谷里，马僮正在割马草，离他不远的树上，拴着一匹马。听到歌声的他，满脸是笑。

32. 太行山谷中，夜

夜色中，旌旗猎猎。在"谢"字大旗下，谢侃披挂整齐，骑在马上，率领众多人马，沿山路迤逦而来。

旁边的右先锋官在马上问道："大将军，兵马已接连几日行军，有些劳顿，可否趁夜色安营扎寨，歇息歇息？"

谢侃道："不行！必须赶在拂晓之前，赶到净影寺！趁那帮和尚与裴休老儿等尚在睡梦之中，正好下手，免得他们听到风声，钻进了深山峡谷，再找他们可就难了！"

那位右先锋官回道："末将明白！"随即对身边一骑马军卒说："向后传大将军的命令，所有军卒不得停脚，一定要赶在天亮之前突袭净影寺！"

那骑马军卒说："是！"立即调转马头传令去了。

33. 净影寺，观音湖畔（夜、晨）

一切还笼罩在夜幕之中。

大雄宝殿里却已梵音一片。

众僧与慧觉大师、后空已在诵经！

荆浩所居的小院门又开了。

晚儿，还是挑着那盏灯笼，与荆浩一前一后走出院门。

屋内，裴休、甜女仍睡在各自的床上。

在慧觉大师和众僧人的诵经声中，晚儿与荆浩走上观音湖上廊桥。

荆浩在晚儿手提灯笼光亮的照耀下，爬上木架，开始雕刻佛像。

晚儿问："荆浩哥，这么多的观音佛像，你一个一个这么精雕细刻，要雕到猴年马月啊？"

荆浩："这些观音佛像，将穿越岁月的云烟，一直留给千古后人瞻仰。你细想想，即便我们付出一生的代价，做这些有益于今人后人的事，也是满值得的！"

晚儿在下面高高举着灯笼："可惜，晚儿是一介女流，无才少文，不能助你一臂之力！"

荆浩一边雕刻着佛像，一边说："连日以来，你一直为我雕佛像起早挑灯，怎么还说没有助我一臂之力呢？"

大雄宝殿里，僧人们仍在诵经。

净影寺院外，忽然杀声震天！

一僧人疾步踏入大雄宝殿，对慧觉大师说："师父！寺外，突然有几千兵马杀来，已至山门，如何是好？"

慧觉大师一愣，急忙指挥众僧："风云突变，以我等之力，无法抵挡这些乱臣贼子，快快叫上荆浩先生与裴老相爷家人，与我等先顺寺后山间小路撤到山上，待躲过此劫，再作长远计议吧！"

一僧人："是，师父，我们这就去叫醒裴家家人！"

在脚架上雕刻佛像的荆浩，与晚儿都听到了寺院那边的喊杀声。

荆浩急忙下了脚架，熄灭晚儿手中灯笼，与晚儿一起急急跑上湖面廊桥。

谢侃的军卒冲进寺内，这里仿佛已变成一座空寺。

寺后，石阶山道上，慧觉大师与众僧人正在向山上拾阶而行，他问道："怎么还不见裴家父女和荆先生、晚儿他们的影子？"他止住脚步，一副焦急的神色向寺内看。

已经跟随师父跑到寺院后山道上的后空，闻听此言，马上说："我回去看看！"说着，就一溜烟儿似的跑下山去。

寺内，在裴休与甜女的住房前，有两位武僧、马僮正在等待裴休与甜女。

裴休在甜女的搀扶下，衣衫不整地跑出屋来。

这时，已有军卒冲到近前，大喊："抓住他，这老头就是裴休！他身边的就是谢大将军要活捉的裴甜女！给我上！抓活的！"

两武僧、马僮与众军卒混战一处。

后空赶到，扯着裴休和甜女说："快快，跟我来！"

裴休却一把推开甜女和后空小师父道："甜女！你们快跑！快跑！他们要我这条老命我就给了他们去！"

后空小师父扯着甜女向山上跑，甜女一步三回头地喊着："爹！爹！"

马僮操起一根僧棍，也与军卒们对打起来！

终因寡不敌众，两僧人、裴休、马僮都被军卒们绑了。

后空与甜女刚跑到山根，却有两个手持军刀的兵丁拦住去路。

后空摆好架势，向两个兵丁冲去，边冲边喊："甜女姐快跑！"

可怜后空竟然被兵丁一刀刺穿胸膛，颓然倒地，鲜血染红了小路！

这时，天已拂晓。

荆浩与晚儿在一堆乱石后向这边焦急地看着。

已有军卒把裴休、两个武僧、马僮押解到了谢侃马前。

谢侃得意地跳下马来，趾高气扬地走到裴休面前："裴休老儿，你可还认得我谢侃吗？想当初你身为宰相，在皇上面前几番告过我的恶状，险些要了我的性命！没想到今日会落到我的手掌心儿吧？"他用手抬起裴休的脸："裴休老儿，我不会杀你，因为你马上就要成为我的岳父大人了！你那如花似玉的女儿，今天也会落到我的手里，成为我谢某人明媒正娶的夫人！"

裴休朝谢侃"噗"地啐了一口唾沫："你这不知人间寡廉鲜耻的狗东西！当年你拥兵一方，贪赃枉法，鱼肉百姓，老夫向皇上告你的状，实为为民请命，替天行道！"

谢侃边擦拭脸上唾液，冷笑着说："哈哈！落在我的手掌心里了，你还敢跟我玩硬的，那可就别怪我对你不客气了！来人！把他们都给我扔进囚车！押回开封！"

那边，甜女跑上了观音湖畔的讲经阁。

众军卒尾随追至。

甜女已被逼到讲经阁断崖处。

众军卒中有人吼道："不许伤了她啊，大将军一再吩咐，要抓个活的！"

众军卒步步紧逼！

山路上，有僧侣背着后空的遗体，放在慧觉大师面前。

慧觉大师眼噙热泪，左手持钵，右手持掸水树枝，在往后空脸上身上掸着水。

他内心深处的画外音：后空！我本想把我对佛学悟到的所有，还有身上的武功都传给你。让你成为猿仙通背拳的第一个掌门人。没想到，乱世，夺走了你一个童年人的可爱生命，也毁灭了我心中的一个梦想！南无阿弥陀佛！

众僧侣双手合十，双目紧闭，在向后空告别。

山下寺院弥漫着战烟。

山谷里仿佛回荡着众僧的诵经声！

讲经阁断崖处，甜女怒火中烧，知自己已陷入绝境，嘴里大喊一声："荆浩我夫！我先去了！"突然转身一跳！

哦，甜女跳下了断崖！她的喊声震荡峡谷！

躲在山崖那边向这边观望的荆浩和晚儿，泪水夺眶而出。

在甜女飘向崖下的身影里，仿佛又响起了她那清脆甜美的歌声："巍巍太行山连山，山下流水湾对湾，妹挎筐篮山中走哎，摘朵黄花戴发间，一会儿见到哥哥的面，不知他喜欢不喜欢？！"

观音湖面，蓦然溅起冲天的水花！

34．山路上，日
谢侃神色黯然地带着兵马行走在山间小路上。

裴休、马僮和两个武僧被押在囚车内。

右先锋官问道："大将军为何闷闷不乐呢？"

谢侃道："只抓回个干巴巴的老头子，我真心想要的那个裴甜女却跳崖死了，我乐得起来吗？！"

35．讲经阁的断崖上，日
荆浩与晚儿背着两个盛满绚丽野花的背篓，走上讲经阁。

鲜花，从讲经阁上向湖面飘散。

湖面，俨然是花的世界。

讲经阁断崖处，荆浩神色呆滞地把手中的画卷，一幅一幅扔了下去。

画卷缓缓飘下，犹如游云朵朵。

荆浩又拿起一本书，也要扔下去。

晚儿眼里含泪："荆浩哥，这是你梦遇仙翁，在互问互答中总结出的气、韵、思、景、笔、墨绘画六法，难道也要扔下去吗？"

荆浩神情痴痴地道："扔下去吧，世间的一切，原本都是过眼烟云。这些东西连同我的生命再珍贵，如何能与你甜女姐美丽的生命相比呢？你甜女姐都跳崖了，留这些东西和我的生命还有什么用处呢？"

晚儿哭着夺下荆浩手中的"笔记法"，又使劲儿摇晃着荆浩说："荆浩哥，人死不能复生，甜女姐走了，可你的身边还有我呢！我虽然还小，可我会像甜女姐那样爱你，与你同生死共患难，你要相信我！"

荆浩神情痴痴地摇着头说："晚儿，我与你甜女姐定亲那天，我们山盟海誓，要厮守终生！如今她在这场劫难中先走了，我怎么会毁约失言苟活于世呢？我的面前只有一条路：那就是我定要和她一道走了！"

晚儿哭着说："荆浩哥，你是当今难得的大画家，今后的人生之路还长着呢，你要想开些，万万不可寻短见哪！"

荆浩站立在讲经楼的断崖上，仿佛听到了自己的画外音："水本为水，入炉为气，有无气生，只在瞬息。可见有无之间，原本如此贴近。由此可以联想到人世沧桑，有本是无，无本是有！"

荆浩："大丈夫堂堂五尺之躯立于世间，言必信，行必果。为了信守我对你甜女姐和裴恩公的承诺，我荆浩死不足惜！"

说完，他对着对面山谷一声呐喊："甜女！我来了！"一纵身，也从断崖处跳了下去。

晚儿大惊，继而哭着大叫一声："荆浩哥，若有来世，晚儿还愿给你送水提灯笼！我也来了！"说罢，也纵身跳下了断崖。

哦，掀起巨波的观音湖！观音湖畔异常秀美的三座山峰，山峰上叠化出甜女、荆浩、晚儿三个人的音容笑貌，还有他们往日在一起的说笑声！

36. 军中大牢，日内

牢门内，被革职的左先锋官，身戴枷锁，都因于军中大牢内。

牢门突然大开，一群军卒冲了进来。

他们扶起左先锋官说："先锋官，谢侃带人马征讨净影寺去了，他一出开封，朱温皇上圣旨一下，守城的几万军卒们就全都反了"

左先锋官："嗯？反了？！"

一军卒："谢大将军整天花天酒地，骄奢淫逸，蓄谋篡夺大梁朱温皇上之位，军中已多月无饷，粮草断绝，大营中早已是怨气沸腾。您平日视我等如兄弟，朱温皇帝已下御旨，任命你为大将军！现在大家正等着你出牢掌兵呢！"

左先锋官颤颤站起来，自言自语地说："慧觉住持所说的因因果果，也许正在应验之中啊！"

37. 开封城内，日

谢侃骑在马上，一副志得意满的神态。

裴休、马僮和两个武僧被押在囚车内当街游走示众。

突然，裴休在囚车里看见了站在路边、衣衫褴褛的李黛乔，他居然没有认出她来。

李黛乔却认出了囚车里的裴休。

李黛乔突然不顾一切地冲向囚车，嘴里嚷着："老爷！老爷！裴老爷！我是李黛乔啊！"

裴休闻言一惊，定睛观瞧，才看出真是李黛乔！但他并未搭话。

他们四目相视，眼神有太多太多复杂的东西，彼此的怜悯、仇恨都在霎时交织在了一起。

谢侃示意军卒驱逐李黛乔，她被狠狠地推倒在地。

囚车，继续前行。

李黛乔趴在地上哭泣："老爷！裴老爷！我……我对不起老爷你啊！"

囚车里的裴休，眼神像一眼深不见底的老井！

突然，一路兵马杀将过来。

谢侃在马上吼道："什么人，竟敢如此大胆？"

话音未落，已有军卒冲上前来，与谢侃展开拼斗。

谢侃用手中刀拨开众人兵器，又大声喝道："你们是什么人，难道连我谢侃大将军都不认得了吗？"

众军卒中有一人喝道："什么谢大将军！我们都是你的兵爷爷！"说罢，众军卒刀枪齐下，谢侃挺刀迎战，终因寡不敌众，直被众人掀落马下，又有人手起刀落结果其性命。

谢侃暴尸街头。有乞丐一样的黎民百姓上来吐唾沫！

那已任大将军的左先锋官骑马奔来，临到近前下马，见谢侃早已倒地毙命，只好长叹一声："唉，天阴有雨，人作有祸，他谢侃有今日，想来也是到了尽数！"他对身边军卒道："把他入殓埋了吧，派人到他的府上，帮他把八十多的老娘安顿照料好了！"

有兵卒应声而走！

那左先锋官和众军卒一起把裴休、马僮、两个武僧救下囚车。

裴休步履蹒跚，在马僮和军卒搀扶下连声道谢。

那左先锋官却说："裴相爷，您为官清廉，百姓有口皆碑。您是个好官，就回您家的老宅安身吧。"

裴休说："现今八方藩镇割据，乱军蜂起，安身？身何以安啊？"

那左先锋官道："现在守城的几万官兵都是与我患难与共的兄弟。这些人和我一样，苦出身，我们不会打扰百姓！"

裴休道："那就好，那就好！我想你们不会像谢侃那个坏蛋，置黎民百姓于水火之中而不顾啊。"

那左先锋官笑道："世间的事儿很有意思。有些只顾自己不顾百姓的，到头来反倒没顾得上自己；而一直不顾自己而顾百姓的，反倒保存了自己！"

38. 裴休家老宅，日

裴休病卧在床。

马僮进来禀报："启禀裴相爷，那个疯癫女人李黛乔如今无家可归，流浪街头，居然来到咱府宅的门前想要口吃的，不给就赖着不走，怎么办？"

裴休勉强撑起身，边咳嗽边说道："给她口吃的吧，权当喂狗了！你要告诉她：我这辈子都不会再见她！"

马僮应道："相爷慈悲，小人照办就是！"

府院门口，马僮给李黛乔端来了饭菜。

李黛乔看着饭碗，目光呆滞，并没有吃，眼里竟也滚出泪水来："老爷呢？"

马僮："我家老爷说了，他这一辈子不会再见你！"尔后，关上了府门。

李黛乔跪趴在地，头发散落，鼻涕哭出多老长。

有树叶从树上往下飘落。

李黛乔的身边，连饭碗里也落上了树叶！

渐渐地，李黛乔和饭碗都被那厚厚的落叶覆盖！

她被无情地埋葬了！

39. 净影寺，夜

慧觉大师正在大雄宝殿为一僧剃度："你的法名，就依你吧，你吃过后空童子尿拌的饭菜，后空的魂魄也就镶嵌在了你的心中，你就叫后空吧，后空！你且抬起头来！"

"后空谢师父！"当这僧人抬起头来，我们才看清：哦，后空原来是那位左先锋官，他如今已皈依了佛门！

众僧在一旁诵经。

40. 观音湖的石壁上，晨

天还未亮，却有许多盏灯笼亮在石壁上。

近了，我们看到慧觉大师与后空等人都在细细修雕佛像！

佛像上，浮现出荆浩昔日修雕的身影。

甜女、晚儿、茶童微笑可爱的面容，依次浮现在石雕上！

锤声叮当，震撼山谷！

观音湖上，出现霞光的一抹流红，倒映着三座秀美的山峰！

湖面上，仿佛又响起了甜女的歌声。

慧觉大师心声的画外音："空了，空了！空了的是世间万象，难空了的是世态炎凉、悲欢离合中的人心、人情！空了的是净影小寺，难空了的是万色之影！净影净影，因难净影，所以净影！南无阿弥陀佛！"

片尾字幕（画外音）：有人说，甜女、荆浩与晚儿他们跳崖后，并没有死，被湖边石崖上的佛像幻化出的神力托住了；也有人说，他们被观音湖上打渔的人救了起来；还有人说：甜女他们三人确实都死了，化作了湖畔三座巍峨秀美的山峰。

2012年6月初稿　河南焦作净影山庄

2013年2月定稿　海南海口鸿天阁

三请樊梨花

人物表

樊梨花：（女）19岁，寒江关守将樊洪之女

薛丁山：（男）24岁，唐军二路元帅

程咬金：（男）66岁，唐朝护国公

薛仁贵：（男）50岁，唐军兵马元帅

姜　须：（男）22岁，唐军将官

薛金莲：（女）18岁，丁山之妹

银　杏：（女）17岁，梨花贴身侍女

樊　龙：（男）30岁，樊洪之子，寒江关大将军

樊　虎：（男）28岁，樊洪之子，寒江关大将军

杨　凡：（男）26岁，白虎关兵马大元帅

虎　头：（男）寒江关守门兵丁

虎　脑：（男）寒江关守门兵丁

众将官：（寒江关）若干

众女兵：（寒江关）若干

众将官：（唐军）若干

众兵丁：（唐军）若干

众将官兵、叛军、杨凡部下若干

刀斧手、探马等

第一集

片头歌：

阳春三月百花开，

朵朵梨花粉的噜的白；

随风播撒芳香阵，

好似那女帅升帐点兵来；

燕子声声枝头过，

千年青史一剪裁。

1. 驿道（日、外）

烟尘滚滚，马蹄踏踏。

唐军将官姜须伏在疾驰的马背上从镜前驰过……

（合唱）帅令如山天地崩，

　　　　万马征西捣敌营；

　　　　江山不忍半壁残，

　　　　壮士血溅沙场红。

2. 唐营大帐(日、内)

薛仁贵元帅焦急地在帐内走来走去，不时向大帐外望着，众将官互相看看，鸦雀无声，帐外可见一队巡逻将士走过……

薛仁贵：

(唱)鸦雀无声月不明，

　　　仁贵心翻浪千层，

　　　奉旨西征讨叛逆，

　　　寒江陷我十万兵，

　　　樊梨花阵前掳去程千岁，

　　　急盼姜须早回营。

3. 唐营大帐(日、外)

姜须策马回到营区，在帐前翻身下马，跌跌撞撞向帐内奔去。

4. 唐营大帐(日、内)

姜须进帐急报："启禀元帅——元帅……"

薛仁贵急切地："姜须，程老千岁他怎么样了？"

姜须气喘吁吁地："薛元帅，程老千岁他……"

薛仁贵："他……到底怎样了啊？"

姜须："他——他——他……"（昏倒在地）

5. 寒江关，梨花客厅(日、内)

先是哈哈大笑声。

程咬金端起一碗酒一饮而尽，豪爽地哈哈大笑，左右侍女倒酒端菜，程咬金乐不可支……

程咬金：

(唱)五湖你去访，

　　　四海你去问，

　　　哪一个不知我大名鼎鼎程咬金，

　　　单凭这当当当的三板斧，

　　　瓦岗寨上我为尊，

　　　没想今日败在梨花手，

　　　落马被擒我反成了座上宾，

　　　有酒我大碗大碗饮，

　　　有肉我就大口大口吞，

　　　我老程生来是福星落凡尘……

银杏走进花厅："千岁爷，我们梨花小姐前来拜见啦！"

樊梨花一身轻装步入花厅：

(唱)樊梨花满面春风步入花厅，

　　　程老千岁不愧是老英雄，

　　　身陷寒江色不变，

　　　大杯饮酒兴正浓，

　　　老千岁呀，老千岁呀，

梨花阵前多有不敬，

敬杯酒为您老压压惊。

程咬金："哎，梨花闺女，这么客气干啥？我也不是客……"

6. 唐营大账(日、内)

薛仁贵："二路元帅薛丁山！"

丁山："丁山在！"

薛仁贵："姜须、薛金莲！"

姜、薛："末将在！"

薛仁贵："你三员战将听令！老千岁现虽安然无恙，但寒江关情况不明，你们要整饬兵马，枕戈待旦，听候军令，不得有误！"

众将："得令！"

7. 寒江关，梨花客厅(日、内)

程咬金接过梨花敬上的酒一饮而尽："哈哈……梨花啊，打今往后你别老千岁千岁地叫我，听着怪别扭的，你若不嫌弃老夫，我看你干脆就认我个干爷爷，我认你个干孙女怎么样啊？"

梨花：(喜出望外)"梨花早有此意，只是不敢高攀千岁您……"

程咬金：(故作生气状)"嗯？"

梨花：(见状)"啊，蒙您老抬爱，这个爷爷我认定了，梨花参见千岁爷爷！"

程咬金："好好好，我的好孙女，乖孙女，快快请起……"

8. 将军府大堂门外(日、外)

樊龙、樊虎从大堂内走出，上马挥手，率一队持刀兵士匆匆离去。

9. 梨花客厅(日、内)

程咬金："梨花呀，有句话爷爷不知问不当问？"

梨花："爷爷您只管问好了。"

程咬金："像你这么个如花似玉的闺女家，你们家怎么就把你许配给了白虎关的叛将，那丑鬼杨凡了呢？"

梨花："爷爷，有所不知，我大哥樊龙与杨凡是多年的好友，杨凡又是国舅苏宝同的亲外甥，我大哥为了攀权结贵，就给我定下了这门亲事。"

程咬金："嗨！这不是一朵鲜花插在牛粪上了吗，那你……"

银杏：(抢过话)"我们小姐压根就没认过这门亲，为这事他们兄妹没少闹腾！"

程咬金："梨花跟爷爷说实话，你就没个意中人？"

银杏："有哇，我们家小姐呀……"

梨花："银杏你……"

银杏："哎呀！小姐，当着你干爷爷的面，还有什么不好说的，有啥话，拉弓射箭——照直崩！"

程咬金："我的好孙女，做月下老可是你爷的拿手好戏，跟爷爷说，你相中谁了？"

程咬金的一番话问得梨花满脸飞红，欲言又止，红着脸将头低下……

小银杏见状，机灵地走到了程咬金面前，弯下腰，悄悄地俯耳……

程咬金："啊……啊！哈哈哈！孙女呀！爷爷这下可是萤火虫飞到肚子里——心明了

啊，原来你相中咱大唐二路元帅薛丁山了。好！有眼力！我说吗，上次你将他打下马来，枪按脖子上都舍不得杀他，原来是心中有他了呀！哈哈哈……"

梨花：（娇羞地）"爷……"

程咬金："好好！你们二人若能成为夫妻，那才是天作之合，孙女，你放心，这个媒人我是当定了，这杯喜酒我更是喝定了！……"

此时，一女兵走进花厅。

女兵："启禀小姐，将军府来人传话，请小姐速去商议军机大事。"

梨花：（思索片刻）"给将军回话，我随后就到。"

银杏：（欲言又止）"小姐。"

梨花起身走到程咬金面前："爷爷，我哥他们找我去有事相商，正好我也有话要向他言明。"

梨花转身对银杏："银杏，你再去温壶酒来，让我爷爷喝好！我去去就回……"

10. 梨花客厅门外（日、外）
梨花匆匆走出大门，女兵已备好战马在此等候。
梨花翻身上马，疾驰而去。

11. 梨花客厅（日、内）
银杏给老千岁倒上酒："来，千岁爷爷喝酒。"
程咬金端起酒杯，若有所思，随即一饮而尽。

12. 梨花客厅门外（日、外）
梨花二哥樊虎骑着马从另一侧冲进院子，来到客厅门外，将手一挥："进府搜查！"
众兵士手持钢刀杀气腾腾，冲进樊府大院。

13. 梨花客厅（日、内）
一队兵士持刀闯入花厅，程咬金和银杏不由得大吃一惊，随之樊虎持宝剑进入花厅内。
樊虎见程咬金坐在席前，有些吃惊，不由黙然一笑。
樊虎："哈哈哈，你这老东西果然在此！来人！将他给我拿下！"
程咬金：（见状）"且慢，我是樊梨花的干爷爷！"
樊虎："大胆！我乃樊洪之子樊虎，我才是你干爷爷呢！给我上！将这老混蛋结实地捆起来押走！"
程咬金："你们要把老夫押往何处？"
樊虎："死到临头了，还要问个明白？！走！"
众兵士正欲绑走程咬金，银杏拦在了门前。
银杏："慢，程老千岁乃梨花小姐认下的干爷爷，你们休得无礼！"
樊虎："臭丫头！这儿哪有你说话的份儿！将她也给我绑了。"
众兵士上前来绑银杏，却被银杏挥拳挡开，樊虎冲上来与银杏对打，银杏终究不敌，倒地被擒，樊虎一气之下举剑要杀银杏，程咬金突然一脚踢翻桌子，大吼一声："住手，放了她！你们抓的是爷爷我，来吧，要杀要剐随你们便……"
樊虎将手一挥，众兵士冲上前又将程咬金绑住拿下。
程咬金啐了樊虎一口唾沫："我看你们这叛贼还能横行几时？！"

银杏被兵丁们绑在了厅内柱子上。

银杏：（悲痛欲绝）"程老千岁！"

众兵丁押着程咬金离开花厅。

程咬金："我程咬金这辈子在鬼门关一脚门里，一脚门外，走的趟数多了！要走，爷就陪着你们再走一趟！"

银杏被绑在柱子上，嘴已被堵上，急得直跺脚。

14．将军府大堂(日、内)

樊龙正与几位将士议事，只见梨花在堂门前下马，径直进入堂内。

梨花："大哥，唤小妹前来有何要事相商？"

樊龙见状，示意众将退出大堂。

樊龙："梨花，有件事我想要问问你……"

梨花："大哥请讲。"

樊龙："那程咬金被俘之后，你是怎样处置的？"

梨花："禀告大哥，那程咬金我一没押，二没杀，我将他视为上宾，款待他。"

樊龙：（强压怒火）"你！……你真是气死我了！"

梨花："大哥，小妹有一事不明，正要请教大哥！"

樊龙："何事不明？"

梨花："大哥呀！"

(唱)咱爹本是大唐将，

　　　你怎能对叛贼为虎作伥，

　　　苏宝同谋位兴兵来犯上，

　　　可怜那百姓无炊饿断肠，

　　　哥哥呀，哥哥呀，

　　　大唐是故土乡情实难忘，

　　　你何不献出寒江归咱大唐。

樊龙："一派胡言！！"

(唱)梨花你说话太张狂，

　　　竟敢劝我献寒江；

　　　我与那苏宝同早已盟下誓愿，

　　　要乾坤倒转自立为王。

　　　哪个胆敢来阻挡，

　　　叫他命赴黄泉剑下亡。

樊梨花："大哥你难道真的执迷不悟吗？"

樊龙："你再敢胡言乱语，休怪大哥我无情无义！"

梨花既惊诧又无奈地看着樊龙。

15．寒江关法场(日、外)

城墙下的法场，一派森严，刀枪林立。

程咬金被五花大绑地押进来，他边走边豪爽地哈哈大笑。骑在马上的樊虎满脸杀气："你这个老东西！死到临头了，亏你还笑得出来！一会儿脑袋搬家了，看你还笑不笑！"

16. 将军府大堂（日、内）

樊花：“大哥，那苏宝同在西凉兴兵谋反挑起了战乱，你是非不明还与他合谋，你为了巴结他，非逼我与杨凡结为秦晋之好，大哥这不是将我推入了火坑吗？”

樊龙：“婚姻之事，由不得你！”

梨花：“我至死不会嫁给杨凡，更不会再随你们去反叛朝廷，使大唐江山四分五裂！”

樊龙：（怒气冲天）“你，你想怎么样！”

梨花：“实话跟你讲吧，刚才我将程咬金请到府中，已当面表明了我的心意，程老千岁他愿意……”

樊龙：“愿意什么？”

梨花：“他愿意做红媒，将我许配给大唐二路元帅薛丁山！”

樊龙：“好哇，你这个不知羞耻的女子，你是看上大唐薛丁山那个小白脸了是不是？你是想让我放弃寒江关归顺大唐是不是？你做梦！”

樊龙气得踉踉跄跄地走到梨花跟前，猛然打了梨花一记耳光。

樊龙：（气急败坏地）“想让程咬金做你的大媒？你到阴曹地府去找他吧！哈哈哈……”

梨花：（一惊）“你，你把程老千岁怎么了？”

樊龙：“我已让樊虎把那个老混蛋押往法场了，此刻他恐怕已成为刀下之鬼喽！哈哈哈！”

梨花听罢气得浑身颤抖，突然转身向大堂外冲去！

樊龙：（见状大喝一声）“来人，将她拿下！”

大堂门外冲进一队卫兵手持兵器拦住了梨花去路。

梨花杏眼圆睁，拔出宝剑大喊一声：“我看你们哪个敢？！”

樊龙暴跳如雷：“反了！反了！把她给我绑了！”

梨花听罢悲痛欲绝：“大哥，没想到你这般绝情，你再逼迫于我，休怪妹妹我这厢无礼啦！”

樊龙气急败坏地喊道：“杀了她！杀了她！”

梨花抢起宝剑，将兵士打退，杀开一条血路，纵身一跃，骑在马上，冲出大堂。

樊龙大声喝道：“快给我拦住她！”

17. 城下法场（日、外）

程咬金被五花大绑在高台的木桩上。

樊虎气势汹汹地望着程咬金，转身对刀斧手喝道：“三声炮响后，立即开刀问斩，让这个老家伙人头落地！”

程咬金大义凛然地抬起了头：“看天，乃是我大唐的天！看地，乃是我大唐的地！我就看你们这帮叛臣贼子还能横行几时！”

18. 梨花客厅（日、内）

梨花推开客厅大门，只见花厅内桌椅东倒西歪，满地杯盘狼藉，银杏被绑在厅角的柱子上，口里塞着布，看见梨花进来，口里喊不出声，急得直跺脚。

梨花发现了银杏，急忙上前给她松绑，拔出口中布条。

银杏：“快！小姐，快去法场救老千岁！”

梨花听罢，立刻转过身去，冲出花厅。

门外一声马嘶，梨花翻身上马，疾驰而去……

19. 城下法场(日、外)

此时，"咚"一声炮响。

程咬金茫然抬起头来："看来，我程咬金今天要血溅旗枪了啊！"

20. 城内(日、外)

梨花紧催战马疾驰而过。

21. 城下法场(日、外)

法场一片肃静，只听二声炮响，凶神恶煞般的刀斧手已握刀在手，程咬金左右张望，樊虎扬扬得意地看着他。

程咬金："梨花呀！梨花，你若再不来救我，我老程吃饭的家伙什儿就要没了……"

22. 法场外(日、外)

梨花策马到法场外。

几个兵丁上前阻拦，梨花挥剑驱散，冲了进去。

23. 法场(日、外)

此时三声炮响。

樊虎大喝一声："开斩！"

刀斧手抡起大刀。

程咬金无奈地闭上了双眼，此时突然传来了樊梨花的画外音："刀下留人！"

梨花策马而来，边跑边喊："刀下留人！"

刀斧手住手张望。

樊虎恼怒气急的脸。

程咬金喜出望外地："我的孙女哎，你再晚来一步，可就见不着你爷爷喽！"

樊虎见状，挥刀而上并大声对梨花喝道："贱人，闪开！"

梨花挥剑护住程咬金。

樊虎几次冲上台接近程咬金都被梨花挡开。

樊虎气急败坏地："梨花！你竟敢抢劫法场！你胆大包天，休怪二哥我无情无义了！看刀！"说罢一刀紧似一刀，梨花左推右挡，只是招架，护住程咬金。

梨花："二哥，何必相煎太急，伤了兄妹之情。"

樊虎："你投靠唐营，我岂能饶你！"

樊虎的刀不离程咬金左右，程咬金吓得一会儿睁眼，一会儿闭眼……

在场兵士们个个愣在一旁，目瞪口呆……

樊虎见杀程咬金不成，便刀刀紧逼梨花。

梨花："同室操戈，让人耻笑。"

樊龙驰马而来，拔剑参战，樊龙樊虎二人气急败坏，恨不得立马将梨花置于死地，他们从台上打到台下，从前面打到后面，一个在前，一个在后，将梨花夹在中间，樊龙执刀直刺梨花前心，樊虎在后执刀直奔梨花后背。

梨花见势不妙，危险时刻纵身一跃，兄弟二人难以收手，迎面刺了过去。

梨花刚一落地，只听身后"哎呀"一声，回头一看，梨花顿时惊呆了。

樊龙、樊虎相互刺中了对方的腹腔。

樊虎惊恐的脸。

樊龙痛苦的脸。

鲜血顺着二人腹部刀伤处汩汩流出……

梨花见此状不由大声叫道："大哥，二哥！"

银杏带领一队人马闯了进来。

程咬金见此情景，也是目瞪口呆。

梨花眼前一黑，昏死了过去，银杏扑向昏倒在地的梨花。

24. 唐营大帐(夜、外)

(渐亮)

远处灯火连营，薛丁山仗剑巡营。

丁山：

(唱)塞上巡营铁甲凉，

　　　风凉月凉心更凉，

　　　丁山我一杆银枪长七尺，

　　　胜不了扎花绣朵的小姑娘，

　　　樊梨花阵前把我打下了马，

　　　威风扫地脸无光，

　　　越思越想心越冷。

薛金莲手捧披风上。

薛金莲：哥哥你穿上披风免得着了凉！

丁山："金莲，你怎么来了？"

薛金莲："我心里挂念着程老千岁，睡不着啊。"

薛金莲看了一眼愁眉紧锁的薛丁山。

薛金莲："哥，你还在为打不过樊梨花的事儿生闷气哪？"

丁山："笑话，那天输给她樊梨花是我一时大意，让她占了上风，如有机会再战，定要她知道我薛丁山的厉害！"

薛金莲："哥，别看她樊梨花打败了咱们，可我不知道怎么就是打心眼里喜欢她，她不但武艺超群，人也长得好看。你跟她对阵的时候，我看她不但手下留情，而且对你还有些眉目传情，哥，她是不是对你有'意思'了？"

丁山："女孩子家休要乱说。"

薛金莲："哥，你别属死鸭子的嘴硬了，反正我是看出来了，我觉得你和樊梨花才是天生的一对，地设的一双，那樊梨花真要成了我嫂子，该有多好啊！"

丁山："行了，废话留到舌根底下，夜冷风寒，你回营休息吧。"

薛金莲顺从地点点头转身离去……

丁山望着远去的妹妹，思绪万千……

25. 寒江关，梨花后厅(夜、内)

程咬金从银杏手里接过一碗热参汤，呼呼地吹着走近梨花："孙女呀，别再哭了，这两天你水米没打牙。喝口参汤补补身子。"

梨花轻轻用手将汤碗推开：

(唱)骨肉相残不忍看，

　　　心如万把钢刀剜，

乱云滚滚压头顶，

雨泪纷纷洒胸前，

梨花我成了一只孤雁啊，

孤零零，凄惨惨，不如一死对苍天！

梨花起身拔出护身宝剑，众大惊！

程咬金抢上前握住了宝剑，血从指缝中流出。

程咬金："梨花！孙女！爷爷我一向心直口快说话不拐弯，说句难听的话，你两个哥哥也太狠心了！再说了，你深明大义，一心为大唐百姓着想，问心无愧，有什么可自责的？梨花！咱大唐平叛征西，军中缺少你这样的良将之才！你心里真有大唐，就得好好珍惜自己呀！"

银杏："是啊，小姐，少爷他们投靠叛贼，对你绝情，你为他们去死，太不值得了……"

梨花听罢，情绪稍见缓和……

程咬金："银杏，打今儿往后，你不许离开小姐半步，如出了岔子，拿你是问！"

银杏："千岁爷，您请放心！"。

程咬金："孙女，今晚我还要赶回唐营，和你商定的事我必须禀报元帅之后再做定夺，你千万不要再胡思乱想，一定等我的回音。"

梨花望着程老千岁点了点头。

程咬金走出门外。

梨花望着程咬金的背影，脸上露出了一丝不易察觉的期待……

26. 唐营帐外(夜、外)

皓月当空，篝火点点，兵丁巡逻。

27. 唐营后帐(夜、内)

薛仁贵身着便装，正在灯下观看兵书，起身：

(唱)熟读兵书千百卷，

苦战沙场几十年，

胸中自有兵百万，

缺一良将在身边；

若得樊梨花奇女子，

本帅何须再求贤。

薛仁贵(自语)："程千岁呀，你若能说服梨花同保大唐天下，实乃千古奇功啊！"

帐外传来兵士声喊声："报——程老千岁到！"

薛仁贵起身相迎。

程咬金在丁山、姜须、薛金莲的簇拥下进了元帅大帐。

程咬金："哎呀，我说薛元帅，我老程去寒江关看了看风景，又回来了啊。"

薛仁贵上前搀扶老千岁："哎呀，程老千岁，你可叫本帅惦记苦了啊！"

程咬金："惦记什么，啊？哈哈哈……"

薛仁贵："丁山，吩咐下面备好酒菜，为程千岁接风！"

程咬金："不必！这酒就不喝了，茶嘛我得来一碗。"

程咬金说着端起茶碗慢慢地喝了起来，有意卖关子，大家都在关注着程咬金的神情。

程咬金："哎呀，我老程脸上褶子哄哄的，有什么好看的？"说罢转过脸继续品茶。

仁贵急得直搓手，姜须急得团团转，丁山、薛金莲互相对视又仍然期盼地看着程千岁。

程咬金看到众人着急的样子，扑哧笑出声来。

程咬金："哈哈，我的薛元帅呀！"

(唱)老夫此行喜事多，

听我从头给你们说，

一喜梨花姑娘明大义，

献寒江归大唐没费周折；

二喜梨花认我干爷爷，

这样的好孙女再多我也不嫌多；

三喜梨花她看上了人一个，

薛金莲：(夹白)"谁呀？"

程咬金：

(接唱)他就是二路元帅你哥哥；

四喜呀我老程要做月下老，

多喜多福我更得多活，越活越洒脱。

薛仁贵："这真是喜从天降，三军易得，一将难求，梨花姑娘武艺高强，她能归顺大唐实乃幸事啊！

28. 寒江关，梨花卧室(夜、内)

梨花对镜卸妆，银杏服侍左右。

梨花："银杏，不知程老千岁现在怎么样了？"

银杏："没有消息。"

梨花："如有什么消息，速报与我。"

银杏："是。"

29. 唐营后帐(夜、内)

丁山："你是说樊龙樊虎已经不在寒江关了？"

程咬金："在不在了和咱有啥关系，反正在寒江关再也不会见到他们了。我说元帅，我在梨花面前可是夸下了海口，她和丁山的事由我做月下老，你的意思……"

薛仁贵："就依千岁所言，那日在阵前，我看那梨花花容月貌，武艺超群，我儿能娶她为妻，实乃托千岁之福哇！"

程咬金："哪里，是人家梨花姑娘看上你儿子丁山了，这小子有桃花运哪。丁山，说了半天，你还没说，这桩亲事你是愿意还是不愿意呀？"

丁山："我……"

薛金莲："愿意！愿意！"

程咬金："你心里头高兴不高兴？"

姜须："高兴！高兴！"

程咬金："都让你们俩说了，是你们俩娶梨花呀？"

薛金莲顽皮地一伸舌头。

姜须幽默地做了个鬼脸。

丁山低头不语。

程咬金见状："犟小子，不就是梨花把你打下马来丢了脸面，你心里不服是不？"

丁山哑口无言。

程咬金："常言道，不打不相识，不是冤家不聚头！这样好的媳妇你打着灯笼也没处找，你小子还横挑鼻子竖挑眼干啥？嗯？！"

薛金莲听罢焦急万分，跑到丁山面前。

薛金莲："哥，你说句话呀！你是不是心里喜欢梨花小姐，嘴上说不出来啊？"

众人注视着丁山。

丁山："嗯……嗯……一切全凭父帅与千岁做主。"

程咬金满意地点了点头。

薛仁贵："好好好，待我军进得寒江关，就择一良辰吉日，与他们完婚！"

程咬金："哈哈哈，有喜酒喝，我老程就打心眼里往外高兴！"

众大笑……

30. 寒江关法场(晨、外)

(渐亮)

梨花孤身一人坐在空空的法场上，她起身走着，看着，想着，满脑子是那日法场上的喊叫声。

梨花满脸泪痕，痛苦地闭上双眼……

银杏："小姐，程老千岁回来了。"

梨花由悲转喜，不由一怔："告诉爷爷，说我有请！"

第二集

1. 寒江关城门(日、外)

寒江关城门换上了"唐"字大旗。

旌旗猎猎，鼓号声声。

薛仁贵率领部分唐军将士，浩浩荡荡进入寒江关城门。

樊梨花率众将士跪地而拜，迎接薛元帅……

薛仁贵下马满怀喜悦，扶起樊梨花，程咬金满面笑容……

薛丁山骑着马远远地盯着樊梨花。

梨花脸如盛开的桃花娇艳可人，她正与薛元帅、程咬金说着话，介绍着什么……

丁山下马后仍然怔怔地看着梨花，薛金莲走到身边说："哥哥，您怎么了？是不是看直眼儿了？"

姜须也凑到兄妹跟前。

姜须："哎，少帅爷，你可真是艳福不浅哪。"

丁山："去，别没个正经……"

梨花趁程咬金和薛仁贵一旁耳语时，两眼左右也找着丁山。

丁山也正在看着人群中的梨花，突然眼前一亮……

梨花情眸闪闪，又不好意思地移开了视线……

程咬金："元帅，你看丁山与梨花的婚事？"

薛仁贵："老千岁，你的意思呢？"

程咬金："择日子不如碰日子，征战时期，我担心夜长梦多，别出了什么事，我看今晚就成全他们，拜堂成亲。"

薛仁贵："好吧！一切听从你安排。"

薛金莲看到了刚才的一瞬间发生的事情，高兴地拍着哥哥的肩膀。

薛金莲："哥，我那嫂子刚才偷着看你呢！"

丁山不好意思地抬起头顺着妹妹所指方向看去。

正好梨花抬起头面带羞涩地看丁山。

丁山满含深情望梨花，一队旌旗从他面前划过。

城门楼上"唐"字大旗迎风招展。

2. 唐营大帐，喜堂(夜、内)

(渐亮)

(伴唱)樊梨花呀献寒江，

　　　喜事一桩接一桩。

　　　大红的喜字红烛照，

　　　一对新人拜花堂。

(数板)大红的喜字挂起来。

　　　粗大的龙凤蜡烛点起来。

　　　红枣、栗子、花生拿过来。

　　　热气腾腾的两大碗子孙饺、长寿面一一端上来。

3. 唐营大帐(夜、外)

篝火熊熊，装满白酒的两只大碗相接，露出了程咬金的笑脸。

程咬金："哈哈哈，我说全营将士们，今儿个是二路元帅薛丁山的新婚之喜，这酒要喝透，这肉要吃够，想扭你就扭，想逗你就逗，总之今天大伙要高高兴兴，乐乐呵呵，痛痛快快地一醉方休！"

薛仁贵站了起来举起酒杯："请将士们开怀畅饮！干！"

鼓乐齐鸣，众将欢呼："干喽！"

4. 大帐洞房外(夜、外)

红色的吉祥纱灯烛光闪烁。一女兵手提着纱灯引着新郎丁山向洞房大帐走来，丁山身着红袍，喜气洋洋。

丁山：

(唱)红烛报喜心欢畅，

　　红袍加身做新郎，

　　红娘本是老千岁，

　　红灯照路进洞房。

来到帐前，打发走女兵，欲进洞房又停下，丁山思索着：

(接唱)梨花她相貌出众武艺强，

　　　只是她桀骜不驯太张狂；

　　　阵前她三次将我打下马，

　　　打得我二路元帅脸无光；

　　　今日她嫁我丁山归我管，

我要疼她、管她、训她，时刻勒紧手中缰！

丁山主意想定，转身走进大帐洞房。

5. 大帐洞房(夜、内)

丁山满怀喜悦掀帘进入洞房，抬眼看着床前的新娘。

新娘梨花将红嫁衣搭在椅子上，没蒙盖头，素衣淡妆，低头不语，闷坐床前。

丁山他微微皱了皱眉头。

梨花身旁的几个侍女也是面无笑容地站立一旁。

丁山疑惑地挥手示意侍女们退下……

侍女们施礼走出洞房。

丁山走到桌前倒了两杯酒，一抬头见梨花素妆淡抹在灯光下越发显得高雅、庄重、美丽……

丁山端着两杯酒走近梨花，将手中的一杯酒递给梨花。

梨花慌忙站起接过酒杯，又惊又喜，百感交集。她深情地看着丁山，欲言又止。

丁山含情脉脉地："梨花……娘子——"

(唱)洞房好比绿梧桐，

　　鸾凤和鸣唱深情；

　　红烛照圆妆前镜，

　　为何你闷坐床头不吭声？！

樊梨花强作笑颜，躲开丁山的目光，微微点点头：

(唱)丁山敬我酒一盏，

　　话语温存情缠绵；

　　梨花压却心烦乱，

　　含悲忍泪强作欢颜。

二人相对，轻轻碰杯饮干了这杯酒……

6. 唐营大帐(夜、外)

将士们倒酒、把盏、畅饮……

薛仁贵、程咬金边饮边说边笑着，桌案上摆满了酒肉菜……

可见远处的营房区灯光通明，一串串红灯悬挂帐外，一堆堆篝火正熊熊燃烧……

一群将士抱着酒坛，围着大堆的篝火，跳起了奔放的舞蹈。

(唱)大碗的美酒咱们那个使劲儿喝，

　　喝它个乾坤旋转气吞山河；

　　男子汉疆场生死无惧色，

　　敢笑天下无豪杰。

　　枕戈常梦新婚乐，

　　得胜还朝咱再说，

　　喜今夜小帅得配英雄女，

　　甜甜喜酒哎，千杯不醉，

　　喝——喝——喝！

歌声伴着舞蹈，将士们互相倒酒敬酒。

薛金莲幸福地微笑着。她含笑观看将士的狂舞。

姜须到处给人敬酒谈笑着……

程咬金与薛仁贵把酒观望……

7. 大帐洞房(夜、内)

梨花望着丁山的背影，突然眼前仿佛闪现出她父兄临死时的情景，不由得泪花闪动。

丁山回身望妻。

梨花转身拭泪。

丁山见状，走到了梨花身旁。

丁山："夫人，你怎么了？看见你伤心的样子，我心里不安，有什么难言之隐，可以对我说。你我拜了天地，入了洞房就是夫妻了，说出来，也许我能帮你分忧解愁啊……"

梨花心微微一动，但依然低头不语……

洞房内一片沉寂，远处传来大帐外将士们的笑语欢颜。

丁山见状，不由得心神不安，他来回踱步，又走到一旁坐下不言……

梨花察觉丁山的情绪有所变化。望了丁山一眼，欲言又止……

丁山静坐片刻后实在忍耐不住了，他忽地站起来。

丁山："夫人，你如此伤心，却不对我言明，是何缘故？"

丁山看了看梨花仍然不语的样子，他上前一步。

丁山："你是不是嫌弃我薛丁山？如果是这样，我暂且告退，有所得罪了。"（说完转身就走）

梨花："夫君请留步！……我有话要说……"

丁山停住了脚步，缓缓转过身来静候梨花……

梨花站了起来无奈长叹一声："夫君！"

丁山见状："夫妻一体，贵在交心，夫人但讲无妨！"

梨花："我为了大唐！为了将军，几乎落下不仁、不义的骂名，我……"

丁山："夫人你快快讲明缘故，不然会把我闷死的。"

梨花："好吧！这些话早晚要说，有些事迟早要知道，我这就告诉你吧……"

8. 唐营大帐(夜、外)

程咬金招呼着大伙吃喝……

薛仁贵站起端着酒杯大声喊道："大唐将士们，今日大家开怀畅饮，明日里养足精神，待起兵之日，荡平叛贼苏宝同的老窝！干！"

将士们一呼百应，共同举杯……

9. 洞房大帐(夜、外)

洞房帐外一队巡逻的兵士走过，帐门站着银杏等女兵守护。

不远处的马桩上拴着梨花与丁山的两匹战马，正亲热地打着响鼻……

10. 大帐洞房(夜、内)

薛丁山心中早已怒火中烧，但他强按住自己……

丁山："那杨凡又是怎么一回事？"

梨花："我大哥因为巴结苏宝同将我许给叛将杨凡，我至死不从，一心归唐，才惹出两位哥哥惨死的事端，这几日我心里十分悲痛，高兴不起来，还望夫君……"

丁山："这些事你为什么早不说？"

梨花："老千岁为了平息叛乱大计，不影响唐军征战部署，让我暂且压下此事。可我想，你我结下百年之好，夫妻之间就不应该有所隐瞒，所以……"

丁山此时已怒不可遏，他突然冲到梨花面前，用手指着梨花大声喝道："你……你太不要脸了？"说着抢起巴掌扇了过去……

梨花被丁山的两巴掌扇得两眼直冒金星，目瞪口呆地怔在那里。

丁山：（气急败坏地）"怪不得你不穿红挂绿，泪流满面，原来你是个有夫之妇，杀害兄长的下贱女人，我薛丁山岂能容你！"

丁山上前抽出镇床的鸳鸯剑，扔给梨花其中一把，自己手持一把。

丁山："两军阵前，虽然我败在你手，但我并不服气，今天我要与你见个高低！"

丁山说着抢起宝剑向梨花刺来，梨花转身躲开……

11．洞房帐外(夜、外)
银杏与站岗的女兵听见了帐内的吵闹声。
持枪的巡逻兵士经过帐外也驻足倾听。

12．大帐洞房(夜、内)
梨花再次闪身躲开丁山刺来的一剑，用自己的剑压住丁山的剑。
梨花："夫君，你可要分清是非，切不可感情用事！"
丁山："你水性杨花，伤天害理，有何脸面活在世上！"
丁山说罢挑开梨花的剑，唰唰唰，又是几剑紧刺梨花，梨花左躲右闪，只是招架并不还手……

13．洞房帐外(夜、外)
银杏已听清了洞房内传来吵闹与剑击声，慌忙打发一兵士："快去报知元帅！"
兵士："是！"

14．大帐洞房(夜、内)
丁山剑剑刺向梨花。梨花无奈挥剑自卫，她突然抓住一个机会，再次压住了丁山的宝剑。
梨花："我的二路元帅，你怎么会这样翻脸无情呀？"
丁山想挑开梨花的剑，可是有些困难。
丁山："你毒比蛇蝎、狠比豺狼，我与你不共戴天！"
梨花："薛丁山，你虽为男人身，可却是个负心汉！"
梨花说罢将剑一收，丁山一个踉跄后退，两人在洞房内开打。

15．唐营大帐外(夜、外)
程咬金正与薛仁贵饮下一杯酒。
程咬金："好酒，好酒哇！姜须！再与我和元帅搬上酒来！"
一兵士报上。
兵士："启禀元帅，大事不好，洞房里新郎与新娘打起来了！"
程咬金："你小子胡说什么？"
兵士："老千岁，小的不敢胡说，新郎与新娘已经动上刀剑了，元帅快去看看吧，去晚了要出人命了……"
程咬金："这是怎么说的，走，咱们去看看。"
众人起身向洞房大帐走去。

16. 洞房大帐内(夜、内)

丁山一剑紧接一剑，梨花左拔右撩，围着桌子转．丁山掀翻桌子，踢倒凳子，再上一剑，只见梨花一个剑花撩飞丁山手中的宝剑，将剑锋直逼丁山的咽喉……

丁山大吃一惊，随即闭上了眼睛，一心等死。

梨花见状，又气又恨，又是委屈，突然将剑一抛，转身扑倒在新床上大哭起来。

丁山听到剑落地声，又听梨花哭泣，方才睁眼。

薛仁贵、程咬金等人掀帘冲进洞房内。

洞房内一片凌乱，两个新人一个在哭，一个在气。

程咬金："哎呀呀，洞房花烛夜，你们这是干什么呀？"

丁山："小贱人！你给我记着，我饶不了你的！"

丁山气鼓鼓转身欲走。

薛仁贵："畜生！你给我站住，来人哪，将他给我押往军帐，听候处置！"

几个兵士上前将丁山押下。

姜须、薛金莲见状，不知如何是好。

程咬金暗示薛仁贵，薛仁贵走向梨花。

薛仁贵："梨花儿媳，你别难过，父帅一定给你做主。"

17. 唐营主帅大帐(夜、内)

将士、卫兵分别排列两旁上下，刀枪火把林立，一派肃穆，程咬金在薛仁贵一旁坐着。

薛仁贵：(一拍桌子)"把薛丁山带进来！"

门口一兵士："带薛丁山——"

丁山被五花大绑地押进大帐内

薛仁贵：(大吼声)"跪下！"

丁山双膝跪地。

薛仁贵："新婚之夜，为何夫妻吵架，动剑厮杀！"

丁山："父帅！"

(唱)樊梨花早已许他人，

扫帚星飞进我薛家门；

洞房只得变战场，

只想挥剑斩却这孽根！

薛仁贵："大胆畜生，樊梨花不嫁叛将杨凡，他兄长二人自残身死之事，老千岁进城之后已告知于我，梨花何罪之有？你不分是非，还仗剑杀人，真真气死我了！"

程咬金："不光气死你了，把我也快气死了。丁山哪，梨花哪点配不上你呀！我看你小子是洗脸盆里扎猛子——好不知深浅哪！屎壳郎戴花穷酸臭美乱嘚瑟！你你你，气得我不知该骂你什么好了……"

薛仁贵："老千岁且息怒，我立即拿他军法从事！"

程咬金："行了，你们家的事，自家去处理！我得去看看我那干孙女了！"

程咬金起身就走，姜须、薛金莲焦急拦住去路。

姜须："老千岁，这节骨眼儿，您可不能走哇！"

程咬金："小孩子家，懂得什么，你们等着有好戏瞧吧！"

程咬金说完头也不回地离开了。

姜须、薛金莲茫然地望着程咬金的背影……

18. 洞房大帐内(夜、内)

梨花闷坐床前，一言不发，银杏正收拾着桌椅等物。

银杏："咳！谁想到你们的新婚之夜会闹成这样！"

梨花满含委屈地低下了头。

银杏：(挂剑)"这个薛丁山也太不像话了，这要是我呀，早就给他一剑了。"

门帘一挑，程咬金走了进来。

程咬金："哎呀，我的孙女呀，大事不好了！你的老公公要拿你丈夫军法从事啊！"

梨花听罢，不由得心中一惊，急忙站起。

银杏见状即说："小姐，这是他自作自受！咱们不管！"

梨花感觉银杏话说得有理："我不管！"

程咬金："对！不管！也不能管！这小子狂妄自大，蛮不讲理。你呢，也甭惦着他，就让他爹打折他两条腿，弄残他两胳膊，挖出他两眼珠子，拧歪他的脖子，咱宁可养他一个残废，也不能受这小子的欺负……"

银杏："老千岁，你说得怪吓人的，家法不就是打几板子，抽几鞭子吗？"

程咬金："那得分什么罪，他打了梨花，动了刀剑，元帅都气糊涂了，没准下令用个什么红烙铁把他的小白脸烙得糊涂巴曲，坑坑洼洼，用铁丝子穿他的耳朵呢！"

银杏："哎呀！那不跟个鬼似的吗？我们小姐还怎么跟他过呀？"

梨花此时心情也有些紧张

程咬金见状："梨花呀！你宁可守寡，也不用去救他，打死这小子才好！扔野外喂狗得了！"

梨花："哎呀！爷爷，都这时候了，你咋还说这种话？"

程咬金突然地："哈哈哈！"

梨花："爷爷，把我都急死了，你还有心思笑！"

程咬金："我笑你们两个可真是，豆芽菜炒两盘，两口子打架闹着玩，行了，行了，你也别绷着了，快去吧！去晚了，麻烦可就大了！"

梨花带着银杏，慌忙火急地冲出洞房，直奔大帐而去，程咬金见状不由乐得哈哈大笑：

(唱)程咬金笑嘻嘻，
　　心里着急嘴不急；
　　元帅面前我没留半个字，
　　把人情留给梨花好孙女；
　　此一去必定有好戏，
薛元帅能借坡下驴。

程咬金："哈哈哈——"

19. 唐营大帐(夜、内)

一口大铁锅架在木火上，锅内热气腾腾，木火熊熊……

丁山已被剥光了上衣，由几个兵士架着。

梨花领着银杏匆匆走进元帅大帐内。

薛仁贵，一见梨花进帐，猛拍桌案："来呀！大刑伺候！"

众兵士将丁山往火堆旁推上，梨花一看便急了，大喝一声："慢！"

姜须、薛金莲面露喜色。

丁山不觉一怔。

梨花："儿媳参见公爹。"

薛仁贵："罢了，梨花，你受委屈了，父帅这就给你出气。来呀，用刑！"

梨花："敢问公公，丁山犯了什么法，要用此大刑？"

薛仁贵："他，他违背了本帅军令！"

梨花："他违背了公爹哪一条军令了呢？"

丁山："樊梨花！不用你来摇唇鼓舌，我宁愿死在大刑之下！"

薛仁贵："好你个畜生，当着我的面还敢和梨花吵嘴！与我掌嘴！"

梨花上前一步面对薛仁贵。

梨花："公爹请慢！"

(唱)夫妻难免要吵闹，

　　　犯了军规哪一条？

　　　军士胆敢动手打，

　　　梨花人饶剑不饶。

此时大帐内鸦雀无声。

程咬金这时大摇大摆走进了帐内。

程咬金："我说薛元帅呀，还是我孙女说得对，人家两口子的事，咱们跟着掺和啥？让人家小两口自己去处理吧！"

薛仁贵："哦，哦哦好，就依老千岁所言，看在儿媳梨花的面上，且饶了他这一回，丁山，还不谢过你妻梨花。"

军士们松开了丁山，丁山松绑后将头一偏。

丁山："我宁可一死，绝不谢她！"

梨花听罢一怔，伤心的泪水夺眶而出。

程咬金急得直跺脚："这小子真浑！"

薛仁贵："你……真是个不知好歹的东西。来人！先将畜生押入南牢，听候发落！"

丁山冲着梨花"哼"了一声，被众军士押出帐外。

薛仁贵："儿媳啊，你千万不要与他一般见识，我定会好好教训，你暂且回房休息吧！"

梨花犹豫片刻："父帅，儿媳近日身体不适，我想回寒江关自家休养几日。"

薛仁贵："这……"

薛仁贵不知所措地望了一下程咬金，程咬金也只好暗暗点了点头。

薛仁贵："也好，你且回去安心休养，待你身体有所好转，我再派人去接你回来。"

梨花："谢父帅。银杏！"

银杏："在！"

梨花："立马回家！"

梨花转身走出大帐。

薛元帅、程咬金万般无奈地看着梨花离去。

20. 青龙山下(日、外)

(渐亮)

一杆"杨"字大旗随风飘扬，旗下几员叛将骑在马上，不远处一队卫兵持枪站立。

一探马伏在马上飞驰而来，在杨凡坐骑前，翻身下马，探马："启禀杨将军，我军已在青龙山设好埋伏。"

杨凡："嗯，命各路军马，严阵以待，不得有误！"

探马："是！"

探马转身上马疾驰离去。

杨凡："这青龙山，地势复杂，易守难攻，我要在这里将唐军打得丢盔卸甲，一败涂地！哈哈哈！然后一举夺回寒江关！直捣大唐皇帝老儿的老窝！"

叛将甲："杨将军真是胸怀大略，有勇有谋哇！"

叛将乙："苏大元帅谋反成功指日可待，您杨将军可是功不可没呀！"

杨凡踌躇满志并得意地："哈哈哈！"

21. 青龙山另一侧山上(日、外)

薛仁贵正与程咬金察看地形，商议军机。

一探马上前禀报。

探马："启禀元帅，叛军杨凡的大队兵马已经到了青龙山。

薛仁贵与程咬金一怔。

薛元帅："再探！"

探马退下，上马疾驰而去……

薛仁贵："老千岁，这青龙山乃是我军西进必经之路，青龙山地势复杂，倘若贸然前往，恐怕难以取胜啊！"

程咬金："樊梨花对这一带地形了如指掌，如请她来才是万全之策。"

薛仁贵："丁山无故休妻，还打了人家，现如今正生着气，请她，她肯来吗？"

程咬金："解铃还须系铃人，要请梨花出战，还必须由丁山去请。"

薛仁贵："此事就依千岁所言，将丁山从牢里提出，让他戴罪立功，告诉他，如不从命，军法处置！"

22. 唐营大帐外(日、外)

一兵士牵来丁山的战马，丁山向程咬金等深施一礼，上马直奔寒江关而去。

程咬金看着丁山远去的背影……

23. 寒江关，城楼上(日、外)

梨花伫立在城楼上，向着远方的唐营眺望……

梨花：

(唱)山远水远唐营远，

　　　月圆镜圆人不圆；

　　　痴心女牵挂负心汉，

　　　小冤家时时晃动在眼前；

　　　想不惦念偏惦念，

　　　不愿想他又梦魂牵，

　　　恨自己情丝绵绵剪不断，

　　　这真是越理越乱心越烦……

镜头叠化远山，

丁山马上的英姿，

丁山身着红袍潇洒的身影，

洞房花烛夜与梨花共饮交杯酒。

银杏领着一队女兵来到梨花跟前，后面紧跟着守门关的一老一少两个兵士。

银杏："禀小姐，守关兵带到。"

守关兵："叩见姑娘。"

梨花："现在是交战时期，寒江关乃是军事重镇，你们要严加防范，来往行人定要仔细盘查。"

守关兵："请姑娘放心，我们一定严加防备，仔细盘查。"

梨花："银杏，我们去其他几个关口！"

守门兵目送梨花等远去……

24. 路上(日、外)

丁山骑在马上，向寒江关梨花院驰去。

丁山：

(唱)心烦意乱恨马慢，

军令如山压双肩；

怕见梨花偏去请，

不去也难去也难！

25. 寒江关城门(日、外)

两个守关兵虎头、虎脑在城关聊天，巡查。

虎头："老哥，咱们的梨花小姐近日里总是愁眉苦脸，整天没个笑模样！"

虎脑："唉！她新婚之夜跟丈夫闹翻了，赌气才回了咱寒江关的家里，你看她能笑得起来吗？这才是家家都有难唱曲，人人都有烦心事啊！"

虎头："哎，老哥，你看城外来了个骑马的。"

虎脑："兄弟，咱可得留点神。"

二人注视着城下的薛丁山。

丁山来到城下，见城门楼上有兵士。

丁山："喂，城上有人吗？开关，开关！"

虎头："叫唤什么！你是干吗的？"

丁山："我是唐营来的，有重要军务要进关！"

虎头："什么唐营来的，走，兄弟咱俩下去看看。"

城门缓缓打开一条缝，虎头、虎脑走出城门。

虎头："既是唐营来的，且报上名来！"

丁山："我……是我！"

虎头："我，我是谁呀！你姓我呀，叫个我啥？"

丁山："我是……不是姓我……是……"

虎头："得得得，你别在这儿胡闹了，咱可没工夫听你在这儿啰唆了，快走！我们要关门了！"

丁山："我是薛丁山！"

虎头："什么！你是薛丁山！"

虎头、虎脑气得喘着粗气不言语……

丁山："二位，你们这是怎么啦？"

虎头："你不提薛丁山还罢了，这一提哪……"

丁山："怎样？"

虎头："我生气！"

虎脑："我冒火！"

虎头、虎脑兵士一替一句：

这个薛丁山哪！

一窍不通啥不懂，

二虎吧唧糊涂虫，

三番两次落下马，

四脚朝天倒栽葱，

五迷三道拜天地，

六亲不认往外扔，

我们家小姐——

七尺男儿败手下，

八面威风鬼神惊，

九天仙女降凡界，

薛丁山，他实在瞎眼睛，

真该揍他个乌眼青！

丁山："好了，好了，别骂了！"

虎头："咱们还没骂够呢！"

虎头虎脑："咱哥俩接着骂！"

虎头、虎脑兵士一替一句：

薛丁山哪，薛丁山，

吃饭让他噎脖子，

喝水让他呛嗓子，

进门让他碰鼻子，

抢枪让他掉膀子，

骑马让他滚鞍子，

摔坏他这个小崽子，小犊子，小兔羔子……

丁山："行了行了，你们不要骂了，骂够了吧！"

虎头："还有一肚子骂词儿哪！"

虎脑："老哥接着骂！"

虎头、虎脑："薛丁山哪、薛丁山——"

丁山："呸！我就是薛丁山。"

虎头、虎脑二人突然张口结舌怔在那里，片刻，二人才缓过神来。

虎头："你别拿薛丁山吓唬咱啊，想那薛丁山乃大唐的二路元帅，走到哪不是前呼后拥，就你这小样……"

丁山："不要啰唆，放我进关，我有重要军务在身。"

虎头："本官不懂军务！"

虎脑："咱俩只知看关守城。"

虎头："什么猪哇、狗哇，散乱杂人一律不能放进关！"

丁山："真是岂有此理！"

虎头："理？你们薛家还讲理？讲理还欺辱咱们梨花小姐？"

丁山："那是我们家事，用不着你们管我，有话我找梨花说。"

虎头："嘿嘿，实话告诉你，梨花小姐就在城内，你不代薛家赔罪，想进关，墙上挂个花花溜溜的小门帘——没门儿！"

丁山："你想怎样！"

虎头："面对咱寒江关九拜三鞠躬，请罪！"

丁山："你……"

虎脑："还得跪上三个时辰，才能进关！"

丁山："与其在此受辱，不如回转唐营。"

梨花、银杏带女兵骑马而归。

两守城兵士迎上前来。

梨花："刚才你们因何事开关？"

虎头："来了个小子，傲气十足，一会儿说是薛丁山，一会儿又说是薛丁山派来的。"

梨花："他说有什么事？"

虎脑："他说是来找您，有军务。"

梨花："他人呢？"

虎头："我们俩让他九叩三拜，跪拜寒江关，向姑娘您赔罪，可他不干，赌气骑马走了……"

梨花："怎么？走了？"

虎头："刚走不一会儿！"

梨花一听急忙下马，向城上跑去。

梨花急促的脚步，快捷地登上楼阶。

梨花焦急的脸。

梨花奔跑的背影，向城楼垛口冲去。

梨花气喘吁吁地来到垛口，向远方望去。

只见远处一匹坐骑，消失在扬起的尘烟中……

梨花刚欲喊叫，却又控制住了自己，无奈的梨花转回头来："冤家呀！"

第三集

1. 唐营大帐内（外、日）

薛仁贵骑着马带着姜须、薛金莲等将官，急匆匆地赶回大帐。帐外马桩上拴着丁山的战马，薛仁贵怒气冲冲下马走进帐内。薛金莲示意大伙不要跟着……

薛仁贵在帐内围着丁山气不打一处来。程咬金坐在一旁十分生气……

薛仁贵："你这个逆子！说！为什么没有请来梨花？"

丁山："守城兵丁，恶语伤人，儿臣不堪受辱，一气之下就回来了。"

程咬金："啊，守城的兵士说了你几句你就受不了，那你对梨花说了那么多伤害她的话，她就受得了吗？"

丁山无言以对，低下头来。

薛仁贵："哼！身为唐营二路元帅，应以大局为重，似你这等小肚鸡肠岂能成就大事？刚才探马来报，青龙山叛将已向我军下了战表，要与我军决战青龙山，樊梨花请不来，这仗怎么打？"

丁山听罢将头一扬："咱唐营有的是能征善战的将军，何须非要请她？儿臣愿戴罪立功，前去青龙山，与敌决一死战！"

薛仁贵："你，你……"

程咬金在一旁三思过后,起身对薛仁贵。

程咬金:"元帅消消气,大敌当前,军情紧急,依我看也只好让丁山去试一试了。"

薛仁贵:"也罢,丁山!命你带领将士,兵发青龙山!"

丁山:"是!"

2. 空镜(夜、外)

一弯残月挂在星空……

3. 寒江关梨花卧室(夜、内)

梨花独坐窗前思绪万千。

梨花:

(唱)风啸啸,夜沉沉,

独坐窗前想亲人,

我夫丁山今何在,

父帅可曾胜敌军。

望寒星,万点寒星洒珠泪,

看残月,一弯残月勾我心,

恨不得提枪上马破敌阵,

慢慢慢,又何必自讨无趣重进他薛家门。

4. 青龙山战场(日、外)

两军阵前。丁山全身披挂,手提银枪,严阵以待。

叛将杨凡在马上傲视丁山。

杨凡:"来将通名。"

丁山:"你爷爷乃大唐二路元帅薛丁山!"

杨凡:"好你个薛丁山,我就怕你不来,没想到你自己送上门来了,哈哈哈!"

丁山:"你是何人?快快报上名来!"

杨凡:"我乃苏宝同帐下,白虎关兵马大元帅杨凡。"

丁山:"杨凡!你与苏宝同谋反,挑起战乱,明年的今日就是你的祭日!"

杨凡:"小子,你别口出狂言,放马过来。"

丁山:(对身后众将士)"杀!"

杨凡:(对身旁众将士)"活捉薛丁山,杀!"

丁山白马银枪,风驰电掣般冲了过来……

杨凡手持大刀催动战马杀了过去……

马蹄翻飞,兵足踏踏……

刀枪相碰,杀声四起……

黑烟滚滚,旌旗摇动……

丁山与杨凡杀在一处。

一股黑色的浓烟直冲云霄……

5. 唐营大帐外(日、外)

一将士满脸灰尘,衣冠不整,策马直奔大帐而来。来到帐前,体力不支滚下马来,两兵士将他架往大帐。

6. 唐营大帐内(日、内)

薛仁贵正与程咬金分析前方战况，见兵士架着将官走进来。

急忙放下手中之事上前询问。

薛仁贵："快快报上前方战况！"。

将官："元帅……不得了啦，二路元帅被叛军诱进敌阵，没有出来，现在生死不明，请快……"

将官话音未完就昏了过去。

程咬金："快将他抬了下去，好生安顿。"

薛仁贵抬起头来看着程咬金。

薛仁贵："我的老千岁，你看这可怎么办吧？"

程咬金："冻豆腐，(拌)办不了啦！"

两个人在帐中转来转去苦思良策，突然两人几乎同时转过身来，异口同声地喊出："樊梨花！"

7. 寒江关城门(晨、外)

(渐亮)

城门打开，梨花与银杏身着轻装、骑着骏马冲出城门。

城外大地一片葱绿，生机盎然……

两匹战马在春天的大地上奔驰着，梨花与银杏，如凌空的飞燕，如飞舞的仙鹤。

梨花神色抑郁。

8. 古道上(晨、外)

程咬金与姜须并马而驰。

程咬金："姜须呀！你说咱俩到了寒江关见了梨花可咋说啊？"

姜须："就说丁山被人逮住，请她搭救，还怕她不去？"

程咬金："哦！不行，不行，不能照直说，咱俩得绕着弯说……"

9. 寒江关城(晨、外)

银杏骑在马上一勒缰绳，战马兜了一个圈子，她回身看了看掉在后面的梨花："小姐快，快跟上来！"

程咬金与姜须的坐骑已接近寒江关了，姜须在前，程咬金在后，姜须向远处眺望，发现有两匹战马……

姜须："老千岁，你看那边骑马的人好像我嫂子梨花！"

程咬金：(手搭凉篷仔细观察)"是她，机会来了，姜须，快冲上去！"

二人马上催鞭驰向梨花……

梨花与银杏正说笑，忽见两匹战马冲到面前，梨花一看，愣住了。

程咬金："哎哟！我的好孙女，你可想死我喽！"

梨花："啊……千岁爷爷一向可好？"

姜须下马，笑嘻嘻地走上前来。

姜须："嫂子，小弟给你施礼了。嫂子你走后这几天，唐营上下没有一个不夸你的，都说咱嫂子人品好……"

梨花："姜须，你别跟我张口嫂子闭口嫂子地叫了，我与那薛丁山已没有什么干系

了！"（说完下马）

梨花一番话，弄得姜须十分尴尬，一时不知说什么好。

银杏在一旁偷着乐。

程咬金在一旁皱了皱眉。

梨花："老千岁，你们这是干什么呀？"

程咬金："嗯……这些天我总觉得心神不安，昨晚上做了个梦，梦见孙女你呀，整日泪眼汪汪，身体消瘦，小脸焦黄，卧病在床，我心里放不下，就想来寒江关看看你……"

梨花："梨花有何德能，劳千岁挂牵，既然来了，快请到府中一叙。"

程咬金："正合我意……"

梨花："不过，一别谈军情战事，二别提薛丁山。"

姜须："梨花嫂……"

程咬金："姜须，你别多嘴，好！今天咱爷孙俩只唠家常，不说别的。"

梨花："千岁爷爷，请。"

四个人分别上马，前往寒江关……

10. 寒江关、梨花府花亭(日、内、外)

一丫鬟端着茶盘走入花亭，大家已然落座。

姜须向程咬金挤眼，示意程咬金开口说话。

程咬金见状，假装不懂。

梨花看在眼里，明在心上，佯作不知。

银杏在一旁偷着乐。

梨花："老千岁，姜贤弟，二位请用茶。"

程咬金："哎呀，孙女，刚才进城看见寒江关上上下下，秩序井然，你可真是治军有方啊……"

梨花："爷爷，你过奖了。"

程咬金：（没话找话）"哎，孙女，近来身体可好？"

梨花："还好！"

程咬金："夜里睡得可安稳？"

梨花："安稳。"

程咬金："啊！那一日三餐……"

姜须：（急了）"哎呀！我说老千岁，都什么时候了，你怎么火上房不着急啊！嫂子，你知道我们干什么来了？"

梨花："你们不是来看我的吗？"

姜须："啊……是看你，可也是来请你的。"

梨花："请我！请我干什么？"

姜须："那叛贼杨凡兵发青龙山，要与我们决一死战，我哥薛丁山前去迎敌，不料中了杨凡之计，现在生死未卜。嫂子，你快去救救他吧！"

梨花："姜须，我们在进城之前已有约定，不谈军情战事，不谈那薛丁山。银杏，送姜须！"

姜须："哼！事情既已挑明，你想撵我走，我偏不走，今儿个不把你请回唐营，我就死在这儿！"

梨花："姜须！"

（唱）薛元帅运筹帷幄掌帅印，

唐军中兵如潮水将如云，

梨花与丁山有名无分，

破敌阵还是去另请高人！

梨花："姜须，你再谈此事，休怪我翻脸！"

程咬金："姜须，你真是三个鼻子眼，多出一口气呀！那薛丁山虽然与梨花拜了堂，成了亲，可他对梨花恶语相加，蛮横无理，伤透了我孙女的心哪！"

梨花听到此话，内心一动。

程咬金："梨花恨丁山，我更恨他，他死了才好呢！"

姜须："您老糊涂了，丁山一死，我梨花嫂子不就成寡妇了吗？"

程咬金："当寡妇她愿意，不就是一辈子守空房吗？你小子再胡言乱语，我抽你！"说着上前假意去打姜须。

姜须东躲西藏，闪到梨花背后。

姜须："嫂子，你原谅我小哥吧！他是鬼迷心窍了，他得罪了你，我们都恨他，不过，这人非圣贤，孰能无过，人无过成仙，马无过成龙，丁山他是个凡人，你再给他一次改过的机会吧……"

程咬金："姜须，你要再替薛丁山说情，我就打死你！"

两人说着又撕打起来，梨花连忙上前拦阻……

梨花："爷爷，看在我的面子上你别发火了。"

程咬金："梨花，你看姜须哭得鼻涕一把，泪一把的，可怜他了？"

梨花："姜须，我来问你，丁山被擒可是实情？"

姜须："我要骗你天打五雷轰！嫂子，你再不去救他，怕出大事了，我给您跪下了！"（突然跪地）

梨花强忍悲泪："姜须兄弟，你……"

银杏："小姐，看来他并没撒谎，你不能置一时之气，误了军机大事啊！"

梨花犹豫着，思索着，拿不定主意……

程咬金："梨花，爷有句话想问你？"

梨花："爷爷有话直讲。"

程咬金："梨花呀！你人小肚量大，眼下唐军有难，爷想你不会不帮忙的！"

梨花："爷啊，梨花再糊涂，也能分清国事家事哪个为重。爷呀，有话你说吧！"

程咬金："好！我这里带来你父帅亲笔书信一封，请你过目。"

梨花接到书信打开细看：

画外音起："梨花儿媳，我薛仁贵替儿子薛丁山向你赔礼，我教子不严，得罪了儿媳，深感惭愧，今我军在青龙山一战失利，我儿丁山生死未卜，望儿媳以国事为重，前来助战……"

梨花已是泪流满面。

11. 青龙山叛军大牢(日、内)

漆黑的牢门突然打开，一束强光射进来。

双手被缚的丁山被强光照得睁不开眼。

叛将杨凡率手下如同恶魔般走进牢内。

杨凡："哈哈哈，薛丁山，不想你也有今日吧！"

丁山："哼！落在你手，无非是死，要杀要砍随你的便！"

杨凡："好！有种！难怪她樊梨花弑父诛兄，献关归唐，毁掉我与她的婚约。你想死？没那么容易，你与我之间有夺妻之恨，我绝不会轻易让你死掉，我要用你引来樊梨花，一并抓获，然后小刀拉肉，抹上咸盐花儿慢慢折磨你们，最后点天灯烧了，以解我心头之恨哪！"

丁山："杨凡，你这叛贼，有朝一日，我非亲手杀了你不可！"

杨凡："你小子做梦吧！"

杨凡一挥手，上来几个随从对丁山拳打脚踢。丁山反抗，杨凡狠狠地打着丁山，将丁山打倒在墙角。

杨凡十分得意地看着丁山，双手拍了拍……

杨凡："看紧他，不服就揍！有口气儿就行！"

杨凡走出牢房，门随即关上，牢房内又是一片漆黑。

12. 唐营，寨门(日、外)

薛仁贵带领一群将士们在寨门前等待梨花。

远处，程咬金、梨花、姜须、银杏策马而来。

薛金莲："父帅，你看他们回来了！"

薛仁贵不由面露喜色……

梨花在寨前下马，走到薛仁贵跟前参拜。

梨花："拜见父帅！"

薛仁贵："免礼，免礼！"

薛金莲："嫂子，你可回来了，你好吗？"

梨花："小妹，你好。"

薛仁贵走到程咬金、姜须跟前，低声道："老千岁，还是你有法子，真的把梨花请回来了。"

程咬金："此番请梨花，姜须可是立下了汗马功劳哇！"

薛仁贵看了看姜须微笑点头……

薛仁贵："众位请到大帐一叙……"

13. 青龙山，叛军牢房(夜、内)

(渐亮)

薛丁山坐在地上的草堆上。望着窗外的夜空，思绪万千。

(唱)黑夜茫茫心沉重，

愁思万缕想唐营，

丁山我龙游浅水遭虾戏，

盼父帅再遣良将发救兵！

窗外月光洒进牢房，俯瞰丁山蜷缩在草堆上……

14. 唐营帐外(晨、外)

晨雾迷漫，一抹霞光，照亮了唐营大寨……

15. 唐营大帐(日、内)

帐内各部将领已列队站好。

薛仁贵："今日青龙山一战，由樊梨花代本帅执掌帅印，各路兵马要听从调遣，违令者按军法处置！"

众将："我等心悦诚服！"

薛仁贵："梨花，兵符将令全在这里，请归帅位吧！"

梨花向薛仁贵深施一礼，转身走上帅位。

众将齐刷唰地站好，面向新帅抱拳施礼。

众将："参见樊元帅！"

梨花：(挥手)"免礼！各位将军！梨花我年轻，初掌帅印，望各位鼎力相助，同心协力把敌歼。"

众将："愿听樊元帅吩咐。"

梨花："那就多谢了，薛仁贵，程咬金！"

二位坐着的老将没想到会点到自己，慌忙站起抱拳施礼。

薛仁贵、程咬金："末将在！"

梨花："你二人带领部分兵将守住大营，保护粮草、不得有误！"

二人答："得令！"

程咬金："元帅，放心吧，我老程别的能耐没有，守个营，押个粮草，是我的拿手好戏。"

梨花："其余众将，随我挥师青龙山，消灭叛军！"

16. 青龙山战场(日、外)

(伴唱)刀光闪闪惊天地，
战鼓咚咚马蹄疾，
万马军中一奇女，
冲锋陷阵无人敌。

樊梨花挥枪率将士冲杀。冲锋的兵士，刀枪大旗掠过画面。

樊梨花大战叛将杨凡，旌旗挥舞，浓烟滚滚刀枪厮拼，杀喊声、战鼓声、呐喊声震天动地……

双方兵士们厮杀，黑烟蔽日……

一战将被枪挑下马……

一兵士被砍翻在地……

杂沓的脚步。

倒地的兵士。

梨花与几名敌将厮杀。

手持"杨"字大旗的兵士中箭，"杨"字旗摇晃倒地。

梨花枪挑叛将，叛将落马。

杨凡见状，慌忙调转马头逃走。

梨花反身回枪，只见杨凡逃走，便催马急追："杨贼！哪里走！"

杨凡急逃。

梨花急追。

17. 青龙山叛军牢房(日、内)

牢门被踹开。

丁山抬头望去。

姜须、薛金莲带领几名兵士冲了进来。

姜须："小哥！"

薛金莲: "哥哥!"

丁山激动得站了起来……

二人扑向牢笼,把牢锁砸开,松开丁山的绑绳,丁山接过薛金莲递过的刀。

丁山: "我要亲手杀了叛贼杨凡!"

薛金莲上前扶住了丁山。

薛金莲: "哥,我嫂子正在追杀杨凡呢!"

18. 战场上(日、外)

杨凡与梨花的战马,一前一后追逐着……

梨花愤怒的脸。

杨凡回头惊恐的脸。

梨花在马上搭上了弓箭,发箭。

杨凡坐骑中箭,马倒,杨凡滚落在地。

梨花赶来,用枪指着杨凡,用蔑视的眼光看着落马打滚的他。

杨凡挣扎地爬了起来,抽出了宝剑。

杨凡: "樊梨花,你这个水性杨花的东西,不嫁我杨凡,反投靠了大唐,今天又带唐军杀得我全军覆没,我……我跟你拼了!"

杨凡说话间,梨花下得马来,拔出了宝剑与杨凡对峙。

梨花: "杨凡!你还不快快剑下受死!"

杨凡: "休想!看剑!"

二人杀在一处。最后,杨凡被梨花打翻在地,赶上来的兵士们将他擒住。

梨花: "将叛贼押了下去!"

梨花说罢转身向远处走去……

"唐"字大旗高高飘扬。

19. 青龙山战场,山坡上(日、外)

姜须、薛金莲搀扶着衣衫褴褛的丁山走上山坡。

他们来到了主帅梨花跟前不远处。

姜须: "小哥,这就是救你的恩人,快去负荆请罪吧!"

丁山抬头望去,只见梨花站在坡上望着自己。

梨花惊喜的脸。

丁山惊诧的脸,随即闭上了眼睛……

银杏走到了梨花跟前推了她一下。

银杏: "小姐,迎上去,给他一个台阶下吧!"

薛金莲在丁山身边向梨花。

薛金莲: "嫂子,我哥来看你啦!哥,别愣着,快去呀!说句客气话,讲点好听的……"

梨花见丁山受过苦的样子,心里一紧,赶紧走了过来。

梨花: "夫君,我来晚一步,让你受苦了。"

丁山慢慢睁开眼睛,目光里面含着羞辱和愤恨……

丁山: "我受不受苦,与你何干?"

梨花一惊。

姜须: "小哥,你是不是糊涂了啊?"

薛金莲："哥！您怎么这样对嫂子说话呀！"

丁山一咬牙："她不是你嫂子，我没认她做妻子！"

众人还想劝阻丁山，却被梨花拦住了。

梨花冷静地："薛丁山，你到底想说什么？"

丁山突然怒吼："我放下脸面去请你，你摆什么臭架子？你非但不见我，反而让几个守门兵士羞骂于我，而今你不请自来，又是大败叛军，又是救我出牢，好事都让你做了，不就想让大伙儿知道你樊梨花有本事，我薛丁山无能吗？你以为我会感谢你，你想错了，我堂堂七尺男子汉，不会靠老婆来活着，我们大唐有的是能人，用不着你来显能……"

樊梨花听着听着，不由得落泪。

姜须、薛金莲："哥，你！"

杨凡见状，不由哈哈大笑。

杨凡："哈哈哈，樊梨花呀樊梨花，这就是你投靠大唐的好处！"

樊花回首怒目直瞪叛贼杨凡。

丁山听罢杨凡一席话，抬眼望向梨花。

梨花转头看着不懂事的丁山，万分气恼。

杨凡突然甩开兵士，挣断了绳索，抢过一兵士手中的弓箭，瞄准了梨花。

众人被这突如其来的变化惊住了。

梨花镇定地用眼睛盯着杨凡。

丁山紧张地注视着梨花。

杨凡在满弓时突然间将箭移向了丁山，射了出去。

丁山木然地怔在那里。

大伙全都惊呆了。

梨花一个箭步跨了过去，推开了丁山，自己肩头中箭！

杨凡见状，转身想跑。

梨花忍痛抽出宝剑抛向杨凡，

杨凡后背中剑，挣扎着倒了下去。

丁山一时不知所措……

梨花拔出了肩头的利箭，一股鲜血从肩头伤口处流淌出来。

梨花忍痛地："银杏，我们回寒江关！"

姜须、薛金莲追了上来。

薛金莲："嫂子，你身负箭伤，不能走哇！"

姜须："嫂子，我小哥是混蛋，请你不要和他一般见识呀！"

梨花绝望地："我的伤不要紧，请你们将兵符帅印转交给薛元帅，恕我不辞而别了。"

梨花说罢转身上马。

大伙将目光全都移向了丁山。

丁山看着上马准备离去的梨花，神情有些犹豫不决。

梨花两腿一夹，拍马离开了。

丁山猛地喊了声："梨花！"

梨花骑在马上闻声后背一震，她没有回头，催马而去，只是银杏回了一下头，随后便紧追梨花而去……

丁山怔怔地站在那里，大伙都盯着他。

画外音："薛元帅到！"

20．唐营大帐(夜、内)

众将官已列队站好，火把高举。气氛森严。薛仁贵拍案而起："把薛丁山押上来！"

五花大绑的丁山被押了上来。

薛仁贵："薛丁山，我把你这个畜生，斩喽！"

众将官跪地："元帅！"

薛仁贵："众位将军军令已定，谁若讲情，军法从事，将薛丁山推出帐外。"

程咬金摆手："你们都先下去，老夫有话对元帅说。"

众将官退下。

程咬金："我的薛元帅啊！有梧桐树才能引来金凤凰，你要把这梧桐树砍喽，那金凤凰还能来吗？"

薛仁贵听罢三思。

程咬金："你可不能断了梨花归唐之路啊！"

薛仁贵思忖再三，怒颜未改，对丁山说："为了大唐的江山社稷，暂且饶你一命！"

丁山："谢父帅不斩之恩。"

薛仁贵："非是我不杀你，是碍于老千岁与众将官苦苦为你求情，薛丁山！营牢之中，你要闭门思过，听候发落！"

21．寒江关梨花卧房(夜、内)

梨花斜依床头。

(女声伴唱)半窗冷月半窗霜，

半倚半靠独卧床，

半睡半醒难入梦，

半边热泪湿枕旁。

梨花的魂从梨花的身体上叠画走出画面，

梨花将身倚在床头睡着了……

22．唐军，牢房(夜、内)

丁山斜靠在牢栏上。

(男声伴唱)寒窗冷月透骨凉，

丁山独困在牢房，

更深夜静心难静，

痛碎心肝悔断肠。

丁山的魂从丁山的身体上叠画走出画面，

丁山在牢栏旁昏睡着……

23．梨花园(日、外)

(梦境音乐)梨花与丁山分别来到了梨花园。梨花园如同仙境一般美丽，二人转来转去突然间发现了对方，二人迫不及待地上前相拥，亲热……

(伴唱)曾记得我与丁山初识在疆场。

曾记得我与梨花初识在疆场。

(伴唱合唱)他看我小鹿撞心房。

我看她小鹿撞心房。

二人在战场初相识。二人马上互望，战马转圈……丁山向梨花刺上一枪，梨花抓住了丁山的枪。梨花向丁山刺上一枪，丁山将梨花的枪抓住，二人四目相望……

突然梨花将枪一挑，丁山翻身落马，梨花用枪紧逼丁山又不忍心把他伤……

丁山望着梨花收枪转身策马离去时回眸一望……

梨花见丁山落马后仍然痴情不变的样子……

梨花：

(唱)我对丁山情如火，

丁山：

(唱)我对梨花冷若霜；

梨花：

(唱)他遭毒打我心欲碎，

丁山：

(唱)她为我挡箭动心肠。

梨花：

(唱)丁山哪——

丁山：

(唱)梨花呀——

(合唱)我二人何时重相聚，

　　　　夫妻恩爱共度春光。

24. 梨花在卧室(日、内)

梨花与丁山相见(意识流)。

梨花：

(唱)忽听屋外叩门响。

丁山含笑到身旁。

(合)肩靠肩来膀靠膀，

　　推园门，放眼望，

　　满园梨树花正香。

梨花携丁山推开后园门进入梨花园梦境中……

丁山：

(唱)她夸我比梨树美，

梨花：

(唱)他夸我比梨花香；

丁山：

(唱)更鼓响，不见梨花在何方？

梨花：

(唱)更鼓喃，不见丁山在何方？

丁山与梨花在梦境中分开、互相触摸不到，看不见对方……

(伴唱)更鼓惊醒南柯梦——

　　　　留下了两地思念，满腔愁肠……

梨花、丁山在卧室与牢房半睡、半醒、半出梦……

25. 唐军牢房(晨、外)

丁山从梦里归来,突然被开大门的声音惊醒。牢外传来声音:"圣旨到!"丁山赶忙站起。

程咬金带人手捧圣旨走进牢房。

丁山赶忙跪拜。

程咬金:"薛丁山接旨。"

丁山:"万岁,万岁,万万岁!"

程咬金:"奉天承运,皇帝诏曰,权赦丁山,贬为庶民。命你头顶香盘,七步一跪,拜上寒江关,必请来樊梨花小姐,方饶你死罪,钦此。"

丁山:"谢主隆恩!"

程咬金:"丁山哪,抬起头来,我问你,这两天想得咋样?"

丁山低头不语。

程咬金:"一肚子委屈是不是?"

丁山:"嗨!我有啥委屈,连皇上都替她说话了。"

程咬金:"丁山哪,此次去寒江请梨花事关重大呀,你请的不光是你媳妇,她可是大唐的保国栋梁啊?"

丁山:"老千岁言之有理,我……"

程咬金:"只要你真心实意向梨花认错,赔个不是,那梨花是个深明大义之人,常言说得好,好汉生在嘴上,好马生在腿上,只要你诚心,就能换回梨花对你的真意。"

丁山:"丁山一定诚心跪拜寒江关,请来梨花……"

26. 古道上(日、外)

(渐亮)

烈日炎炎,碧空万里。

丁山的身影投入画面,丁山手托香盘跪拜在地,满脸流汗……

丁山:

(唱)骄阳当头照,

　　　跪拜寒江路途遥;

　　　跪疼了腿来跪酸了腰,

　　　跪得浑身汗水浇。

几匹战马从远处跑过,骑马人稍有停顿,又继续上路……

丁山:

(唱)路旁的小树歪脖把我笑,

　　　河边的花草对我把头摇,

　　　笑我丁山太狂傲,

　　　笑我对妻把歪理挑,

　　　这真是:自己走出脚上泡,

　　　自种苦果自己嚼,

　　　自搬石头砸了自己脚,

　　　自点火苗把自己烧!

茫茫大地,旷野荒郊,跪拜的丁山显得那么渺小。

27. 樊府大门前(日、外)

樊府门前扎着白彩,挂着白纱灯……

丁山精疲力竭地走到大门前,抬头一望,大吃一惊,赶紧上前打听,只见家人丫鬟们都穿白戴孝……

身戴白绫的银杏,从府内走出,她见到了丁山,有些吃惊。

银杏:"姑老爷你……你干什么来了?"

丁山:"我奉圣命七步一拜请你们家樊姑娘来了。"

银杏:(悲痛地)"你七步一拜到寒江关真是难为你这二路元帅了啊,可惜你来晚了——"

丁山:"此话怎讲?"

银杏:(痛哭失声地)"你,你再也见不着我们樊小姐了。"

丁山:(大惊)"啊——这——这到底出了什么事?"

银杏:"我们小姐她,她死了。"

丁山:(眼一黑,身一晃)"她,她是因何而死?"

银杏:"你三番两次把她气回寒江关,我们小姐抑郁成疾,整日以泪洗面,加上中了箭伤,她……"

丁山:"哎呀——!"

(唱)闻噩耗头顶如同遭雷击,

　　　恨苍天夺去我贤妻,

　　　跌跌撞撞把门进,

　　　扑奔灵堂脚步急!

丁山摇摇晃晃,眼前景物,人物移位闪动。

28. 樊府内院(日、外)

丁山步履踉跄,推开众人直奔灵堂。

29. 樊府内灵堂(日、外)

丁山来到灵堂。

灵堂供桌上摆着供品,供桌后面赫然立着一块灵牌:樊梨花亡灵之位。

丁山见状大哭。

丁山:"梨——花——"

(唱)见灵牌顿觉得昏天黑地,

　　　闻哀乐好像是电闪雷劈。

　　　梨花呀,我的妻,

　　　丁山我悔断肝肠对不起你!

(伴唱)肝肠悔断你也是来不及。

丁山:

(唱)如今我七步一跪来请你,

　　　你双目一闭命归了西,

　　　哎呀,梨花我的妻呀,

　　　九泉之下你把我等,

　　　薛丁山与你做个来世夫妻!

站起身奔石柱我一头撞去。

梨花：

（接唱）"你想撞死我还不依。"

一只手拉住了他。

丁山："别拉我，让我去死——"

丁山：（没有回头看清是谁）"让我去死，让我去找梨花。"

梨花："夫君，你仔细看看我是谁？"

丁山回头一见梨花，大吃一惊，吓得坐在地上。

丁山："梨花！你……你没死？"

梨花："没死。"

丁山："你还活着？"

梨花："你不信？"说罢，梨花用手去掐丁山的脸。

梨花："冤家，疼不疼？"

丁山："不疼……啊，疼，疼，疼哟，哎呀，我这不是在做梦吧？我的梨花没死啊。"

丁山扑上去抱起了梨花，转起圈来。

程咬金、薛仁贵等已站在灵堂门口大笑……

丁山与梨花面带羞色急忙上前参拜。

丁山、梨花："参见父帅、参见老千岁。"

薛仁贵将二人双双扶起："免了免了。"

程咬金："丁山你小子这榆木疙瘩脑袋终于开窍了。梨花，这面子咱也找回来了吧？"

梨花低头含笑不语。

丁山："老千岁，这到底是怎么一回事？"

程咬金："这是我们定下的哭丧计，试试你小子对梨花的心诚不诚！"

梨花："爷爷，你可把丁山折腾得够受了。"

程咬金："哟哟哟，心疼了？哈哈哈。"

薛仁贵："梨花立了战功，龙颜大悦，特下旨命你们二人再次完婚。"

丁山、梨花："谢万岁恩典！"

程咬金："好，今日丁山、梨花奉旨完婚，灵堂变喜堂啊！"

白色的灵堂瞬间变成了喜堂。

（伴唱）红喜字哎红绣球，

红灯笼哎红彩绸；

大红幔帐红线绣，

红烛高照喜泪流；

月老终圆姻缘梦，

打过的冤家再聚头。

歌声中，丫鬟们手持红色手绢翩翩起舞，最后将手绢全部抛向空中，恰似万朵梨花盛开，手绢落处，丁山身着红袍，掀起红盖头，梨花嫣然一笑。

片尾歌：

大碗的好酒，咱们那个使劲儿地喝，

喝他个乾坤倒转气吞山河，

男子汉沙场生死无惧色，

敢笑那天下无豪杰。
大坛的好酒，咱们那个使劲儿地喝，
喝他个三江见夜四海无波，
男子汉与生俱来血热性，
敢管那皇上叫大哥。

（本剧在中央电视台播出，获中国电视剧飞天奖三等奖，中国电视金鹰奖，全国少数民族文学创作骏马奖）